Corina Bomann

LEUCHT-FEUER

DIE SCHWESTERN VOM WALDFRIEDE

ROMAN

PENGUIN VERLAG

FSC www.fsc.org
MIX
Papier aus verantwortungsvollen Quellen
FSC® C014496

Klimaneutral*
Druckprodukt
ClimatePartner.com/14044-1912-1001

Penguin Random House Verlagsgruppe FSC® N001967

1. Auflage 2022

Neumarkter Straße 28, 81673 München
Umschlag: bürosüd GmbH
Umschlagmotiv: Arcangel Images, Ildiko Neer / www.buerosued.de
Redaktion: Carlos Westerkamp
Karte: Peter Palm
Satz: GGP Media GmbH, Pößneck
Druck und Bindung: GGP Media GmbH, Pößneck
Printed in Germany
ISBN 978-3-328-60226-2
www.penguin-verlag.de

Dieses Buch ist auch als E-Book erhältlich.

Die Autorin hat im vorliegenden Roman tatsächliche Ereignisse
aufgegriffen, die sich in einer bestimmten Gegend zu einer
bestimmten Zeit abspielten. Zahlreiche tatsächliche Abläufe
und handelnde Personen sind verändert, ergänzt und in ihren
Verschränkungen sämtlich romanhaft gestaltet.

Dieser Roman ist also ein Werk der Fantasie, in dem Fakten
und Fiktion, Geschehenes wie Erfundenes,
eine untrennbare künstlerisch verfremdete Einheit bilden.

Prolog

Potsdam, 14. August 1925

Als sie erwachte, war es dunkel. Sie tastete nach ihrer Lampe und schaltete sie an. Ein Schälchen Haferbrei und ein Glas Milch standen auf dem Nachttisch. Wahrscheinlich hatte ihre Mutter das Dienstmädchen in ihr Zimmer geschickt.

Lilly war froh, dass sie nicht selbst gekommen war und ihr ein Gespräch aufgenötigt hatte. Die ganze Angelegenheit war schon schwierig genug.

Sie erhob sich, trank die Milch, ließ aber das Schälchen mit dem Brei unberührt. Dann ging sie zu ihrem Kleiderschrank. Nur drei Stücke suchte sie aus: ein Sommerkleid und zwei Winterkleider, außerdem Unterwäsche, Strümpfe und ein Paar Winterschuhe. Ein weiteres Kleid zog sie an. Es bestand aus grünem Kattun mit Häkelspitze und hatte kleine Puffärmel, die sie wie das junge Mädchen aussehen ließen, das sie noch immer war. Doch nach dieser Nacht würde ihre Kindheit endgültig vorbei sein.

Zu den Kleidern legte sie zwei Bücher, ihre Waschtasche, ein kleines Handtuch und eine Börse mit ihren Ersparnissen. Mit den hundert Mark, die sie besaß, würde sie bestimmt eine Weile durchhalten.

Als sie mit dem Packen fertig war, schlich sie mit ihrer Tasche auf Zehenspitzen zur Zimmertür. Alles war ruhig, das Licht im Wohnzimmer verloschen. Ein Blick auf die Uhr sagte ihr, dass es schon nach halb elf war.

Lilly nahm ihren grauen Mantel von der Garderobe und zog ihn sich über. Kurz überlegte sie, ob sie eine Nachricht hinterlassen sollte. Wenn ihre Eltern bemerkten, dass sie fort war, würden sie sie vielleicht von der Polizei suchen lassen. Also kehrte sie in ihr Zimmer zurück und schrieb eine knappe Erklärung, die sie auf die Kommode im Flur legte.

Dann öffnete sie leise die Tür. Das Messingschild mit der Aufschrift »Steuerberatungskanzlei Otto Wegner« blitzte im Mondschein auf, doch sie ignorierte es und verschwand in die Nacht.

Der Himmel war klar und an den Rändern immer noch etwas hell. Sterne funkelten über den Dächern der Jugendstilhäuser. Nur noch wenige Fenster in der Nachbarschaft waren erleuchtet, meist in den Dienstbotenquartieren, wo die Angestellten die letzten Arbeiten des Tages erledigten. Grillenzirpen begleitete sie den menschenleeren Gehweg entlang.

Während sie das Klappern ihrer Absätze auf den Steinen vernahm, fragte sie sich, wohin sie gehen sollte. Von nun an musste sie auf eigenen Füßen stehen. Und dazu gehörte, dass sie eine Anstellung fand.

Nur, was sollte sie tun? Sie hatte lediglich die Volksschule abgeschlossen und konnte keinerlei Ausbildung vorweisen. Früher einmal hatte sie davon geträumt zu studieren, doch dann war alles anders gekommen, und sie hatte diesen Traum wie so viele andere begraben müssen.

Meta, das Dienstmädchen ihrer Familie, fiel ihr wieder ein. Die Arbeiten, die sie erledigte, waren einfach, aber sie war lange Zeit auf den Beinen. Lilly hatte nur selten im Haushalt helfen müssen, meist dann, wenn Meta ihren freien Tag hatte. Doch putzen würde sie ebenso können wie Kartoffeln schälen, wenn es nötig war.

Das wütende Kläffen eines Hundes zerrte sie in die Gegenwart zurück. Zähnefletschend warf sich das dunkle Tier gegen den Zaun neben ihr.

Lilly schreckte zurück und ging schnell weiter. Sie bog um die Ecke und schlug den Weg in Richtung Bahnhof ein.

Das weiße Gebäude mit dem Rundbogendach und den hohen Fenstern grüßte sie schon von Weitem. Sie wusste nicht, ob um diese Uhrzeit noch ein Zug fuhr. Wenn nicht, würde sie eben auf einer Bank schlafen. Eine Rückkehr in ihr Elternhaus kam nicht infrage.

Eine leichte Brise wehte ihr entgegen, als sie das Gebäude betrat. Der Fahrkartenschalter war noch geöffnet, in diesem Augenblick aber unbesetzt.

Lilly schaute sich um. Außer ihr waren nur wenige Reisende in der Wartehalle. Ein Mann hatte sich auf einer Bank ausgestreckt. Zwei weitere unterhielten sich auf der anderen Seite der Halle. Einer von ihnen blickte zu ihr hinüber, worauf sich Lilly schnell abwandte. Das Letzte, was sie jetzt brauchte, war ein Mann, der sie belästigte.

Schließlich erschien die Frau am Schalter. Sie wirkte müde, und einige Strähnen hatten sich aus ihrem Dutt gelöst.

»Wohin soll's gehen?«, fragte sie.

»Nach Berlin«, antwortete Lilly.

Die Frau musterte sie. Erst jetzt schien ihr aufzufallen, wie jung Lilly war. »Wo sind denn deine Eltern?«

»Ich fahre allein«, antwortete sie und zählte die Münzen ab. Dabei versuchte sie, ihre Hände nicht zittern zu lassen.

Die Frau brummte etwas, das sie nicht verstand, dann reichte sie ihr den Fahrschein. Lilly bedankte sich und erklomm die lange Treppe, die zu den Gleisen führte.

Der Wind wehte hier etwas stärker, aber er war immer noch mild. Lilly blickte an den Schienen entlang. Die Dunkelheit jenseits des Bahnhofs erschien ihr bedrohlich. Noch nie zuvor in ihrem Leben war sie ganz allein unterwegs gewesen, immer waren Mutter oder Vater bei ihr. Diesen Schutz hatte sie nun verloren.

Wut wallte in ihr auf. Sie hätten ihr beistehen sollen! Es hätte doch sicher noch eine andere Möglichkeit gegeben …

»Mädchen, was machst du denn hier so allein?«, fragte eine Männerstimme. Lilly legte schützend die Arme um ihren Körper. Ein Schauer rann über ihre Haut.

Als sie sich umwandte, blickte sie in das Gesicht des Schaffners. Er war ein älterer Herr mit Schnauzbart und ergrautem Haar, das unter seiner Schaffnermütze hervorschaute.

»Ich will mit dem Elf-Uhr-Zug nach Berlin.«

Der Mann musterte sie prüfend, dann fiel sein Blick auf ihren Koffer. Ob er ahnte, dass sie eine Ausreißerin war?

»Gibt es denn da jemanden, zu dem du gehen kannst?«

Lilly kam in den Sinn, zu lügen. Wenn sie nun behauptete, ihre Tante aufzusuchen? Was kümmerte es den Schaffner eigentlich?

Bevor sie sich für eine Antwort entscheiden konnte, schien er die Wahrheit schon in ihrem Gesicht gesehen zu haben. »Wenn du in Berlin bist, melde dich bei den Schwestern von der Bahnhofsmission am Lehrter Bahnhof«, sagte er gutmütig. »Die werden sich um dich kümmern.«

»Danke«, sagte Lilly, worauf der Mann nickte und von dannen zog. Wenig später wurde der Zug der Wannsee-Bahn ausgerufen.

Lilly erhob sich und umschloss den Griff ihres Koffers fester. Als der Zug zum Stehen kam, schritt sie entschlossen zur Tür und stieg ein. Sie mochte vielleicht erst fünfzehn sein, aber sie würde es schaffen! Sie würde ihren Eltern zeigen, dass sie zurechtkam. Und eines Tages konnte sie vielleicht zurückholen, was ihr genommen wurde.

Erster Teil

»Am 26. März 1930 fand die eigentliche Gedenkfeier anlässlich des 10jährigen Bestehens unserer Anstalt statt. Von denen, die seit dem Gründungsjahr der Anstalt hier arbeiteten, waren außer Dr. Conradi und seiner Gattin die Schwestern Elisabeth Bruhn, Maria Kuch und Grete Kraatz, der Bademeister Br. Rohleder und der Gartengehilfe Br. Lüdtke zugegen. Ich selbst weilte zu dieser Zeit krankheitshalber außerhalb zu einer Kur und konnte nur ein Gedicht als Festgruß einsenden.«

»Inzwischen schritt der wirtschaftliche Verfall in Deutschland weiter fort, ein Bankkrach nach dem anderen folgte, was auch auf die Zahlungsfähigkeit unserer Kranken nicht ohne Wirkung blieb. (…) Menschlicher Voraussicht nach musste man damit rechnen, dass die Belegung immer geringer werden würde, wodurch der Bestand des Hauses ernstlich gefährdet worden wäre, zumal noch Proben andrer Art auf uns warteten.«

(Chronik des Krankenhauses Waldfriede, 1930–31)

1. Kapitel

Berlin, 30. April 1930

»Lilly, hast du nach Frau Berger in Zimmer achtzehn geschaut?«, fragte die Oberschwester streng. Mit ihrem zurückgekämmten Haar und den dunklen Rändern um die Augen wirkte sie mindestens zehn Jahre älter, als sie eigentlich war.

»Natürlich.« Lilly versteifte sich unwillkürlich. Es war nie gut, wenn Oberin Erika wie ein Kastenteufel aus der Tür des Schwesternzimmers schoss.

»Und was ist mit den Verbänden von Frau Hansen in der Vierzehn?«

»Wird gleich erledigt.«

»Gleich? Soweit ich weiß, hätte das schon heute Morgen der Fall sein sollen!«

»Ich weiß, Oberschwester, aber wir sind heute ein wenig knapp, weil Thea krank geworden ist.«

Lilly wischte sich den Schweiß von der Stirn. Obwohl es erst Ende April war, wurde die Luft in den Fluren der Frauenstation der Chirurgischen Klinik der Charité bereits stickig. Die roten Fußböden verströmten den Geruch von Bohnerwachs, der sich ungünstig mit den Ausdünstungen der Desinfektionsmittel und des Jods mischte. Unbarmherzig prallte die Sonne durch die hohen Fenster, vor lauter Arbeit kam niemand zum Lüften.

»Ist dir nicht gut?«, fragte die Oberin, aber ohne eine Spur Mitleid in der Stimme.

»Doch, Oberschwester Erika.« Lilly hatte bereits drei lange Dienste in Folge hinter sich. Sie sehnte sich nach ihrem Bett. Die schmale Pritsche im Wachraum war hart, und da auch nachts operiert wurde und die Patienten danach in die Zimmer gebracht werden mussten, konnte man die wenigen Augenblicke der Ruhe nicht Schlaf nennen.

»Ich muss dir nicht sagen, dass wir von einer Krankenschwester höchsten Einsatz erwarten«, sagte Schwester Erika. »Professor Sauerbruch wird dir die Ohren langziehen, wenn nicht alles zu seiner Zufriedenheit verläuft.«

Das hatte er bereits getan, nachdem Lilly einen Eintrag in der Fieberkurve vergessen hatte. Man hätte fast glauben können, dass ein Orkan durch das Krankenzimmer tobte.

Der neue Leiter der Chirurgischen Klinik war für seine Stimmungsschwankungen bekannt und berüchtigt. Das Personal, das ihm im Operationsaal assistierte, wurde häufig noch während eines Eingriffs ausgetauscht, weil Dr. Sauerbruch verärgert war von Unzulänglichkeiten. Assistenzärzte litten darunter genauso wie Schwestern und Pfleger.

»Keine Sorge, Schwester Erika, es wird alles erledigt.« Lilly kniff die Augen zusammen. Warum musste die Müdigkeit sie gerade jetzt überkommen?

»Geh in den Waschraum und spritz dir etwas Wasser ins Gesicht«, sagte Schwester Erika schroff. »Und spute dich anschließend mit den Verbänden.«

»Ja, Oberschwester«, gab Lilly zurück.

Im Waschraum tat sie wie ihr geheißen, dann schaute sie ihr Bild im Spiegel an. Wassertropfen perlten von ihrer Stirn über die Nase, die mit zahlreichen Sommersprossen übersät war. Die Schatten unter ihren Augen waren blau, ihr Blick war glanzlos und ihre Wangen eingefallen. Unter ihrer Haube hatten sich ein paar störrische hellbraune Strähnen hervorgeschoben. Obwohl sie erst zwanzig war, fühlte sie sich wie eine alte Frau.

Ihre Ausbildung zur Krankenschwester war seit einem Monat vorbei, doch noch immer hatte sie keine Zusage, ob man sie in der Charité hier als Schwester anstellte. Die wirtschaftliche Lage war schlecht, und oftmals hörte sie, wie Ärzte sich über schwindende Patientenzahlen beklagten. Dabei konnte sie nicht feststellen, dass die Arbeit weniger wurde.

Vielleicht hätte ich doch lieber Dienstmädchen werden sollen, dachte sie. Doch die Güte der Schwestern in der Bahnhofsmission hatte sie dermaßen beeindruckt, dass für sie schnell festgestanden hatte, ebenso wie sie zu werden und Menschen in der Not zu helfen.

Lilly biss die Zähne zusammen, stieß sich vom Waschbecken ab und kehrte auf die Station zurück. Schwester Erika würde sie nicht kleinkriegen!

Stunden später schleppte Lilly sich zum Umkleideraum. Zum ersten Mal seit Langem hatte man ihr keinen zusätzlichen Spätdienst aufgebrummt, sodass sie den heutigen Abend endlich zu Hause verbringen konnte. Außer ihr hatten noch zwei andere Schwestern Feierabend. Lilly grüßte sie mit einem Kopfnicken und wandte sich ihrem Spind zu.

Sie war gerade aus ihrer Uniform geschlüpft, da erschien Schwester Margarete neben ihr, eine etwas rundliche Frau mit einem freundlichen Gesicht.

»Na, hast du auch Feierabend?«, fragte Lilly, während sie sich ihr Kleid über den Kopf zog. Es bestand aus blauem Wollstoff und war beinahe etwas warm für die Witterung. Aber morgens konnte es immer noch empfindlich kalt werden.

»Lilly, du sollst sofort zur Oberschwester kommen«, sagte Margarete mit bedrückter Miene.

Lilly starrte sie verwundert an. »Hat sie einen Grund genannt? Soll ich noch einen Dienst machen?«

»Sie sagte nur, du sollst zu ihr kommen, bevor du heimgehst.«

Lilly nickte. »In Ordnung.«

Kurz überlegte sie, ob sie doch wieder ihr Schwesternkleid anziehen sollte, dann entschied sie sich dagegen, straffte sich und marschierte an Schwester Margarete vorbei.

Das Büro der Oberschwester roch nach Bohnerwachs. Schwester Erika thronte hinter ihrem Schreibtisch wie eine Königin mit Schwesternhaube.

»Schließ die Tür hinter dir«, sagte sie streng.

Lilly gehorchte, wandte sich um und strich noch einmal über ihren Rock.

»Du bist jetzt insgesamt fünf Jahre bei uns«, begann Erika. »Deine Ausbildung zur Krankenschwester hast du recht gut bestritten.«

War der Moment gekommen, in dem sie ihr Bescheid sagte, dass sie bleiben durfte? Lilly unterdrückte ein freudiges Lächeln.

»Die Wirtschaftskrise macht es unserem Haus momentan nicht leicht. Wie du weißt, haben wir den Mädchen deines Abschlussjahrganges noch keine verbindliche Übernahme zusichern können. Der Ärztliche Direktor hat nun einen Entschluss gefasst.« Sie machte eine Pause und musterte sie.

Lilly krallte die Hände in die Schürze. Das waren nicht die Worte, auf die sie gehofft hatte.

»Lilly, wir müssen dich leider mit sofortiger Wirkung gehen lassen.«

Die Stimme der Oberschwester traf Lilly wie ein Stein. Sie schnappte nach Luft, schwankte, suchte dann Halt an einem der Stühle.

»Sie … Sie kündigen mir?«

Die Oberschwester erhob sich und griff nach einem Umschlag, der auf ihrem Schreibtisch lag. »Hier ist dein Zeugnis und deine restliche Bezahlung.«

Lilly schüttelte ungläubig den Kopf. Das konnte doch nicht wahr sein! Vor wenigen Stunden hatte Erika ihr noch einen Vortrag darüber gehalten, dass sie ihr Bestes geben sollte, und jetzt wurde sie rausgeworfen?

»Das … ist ungerecht!«, begehrte sie auf. »Ich habe meine Arbeit stets nach bestem Wissen und Gewissen verrichtet!«

»Das stimmt, aber die Klinik kann sich kein weiteres Personal leisten.«

Tränen stiegen Lilly in die Augen, doch dann zügelte sie sich und ging zum Schreibtisch. Mit zusammengepressten Lippen griff sie nach dem Brief und schob ihn sich in die Schürzentasche.

»Alles Gute, Lilly«, wünschte ihr die Oberin, doch sie antwortete nicht darauf. Sie taumelte aus dem Büro, dann den Korridor entlang in Richtung Ausgang.

Ein paar Schwestern kamen ihr entgegen und fragten sie, was mit ihr sei, doch ihre Stimmen erreichten sie nicht. Draußen auf der Treppe blieb sie stehen. Ihr Herz raste, und ein Schwindel ließ sie davon absehen, die Stufen hinabzusteigen.

»Charité« bedeutete Barmherzigkeit. Doch wer hatte Mitleid mit ihr? Alles, was sie sich in den vergangenen Jahren aufgebaut hatte, fiel nun vor ihr zusammen. Sie ließ ihren Blick über die Klinikgebäude schweifen: Fassaden aus rotem Backstein und weißem Anstrich, die sich dicht aneinanderschmiegten, Ziergiebel, die sich in die Luft reckten. Sie beobachtete eine Gruppe Medizinstudenten und einige Schwestern, die über die gepflasterte Straße eilten. Was sollte nun werden? Wohin sollte sie nun gehen?

Mechanisch setzte sie sich schließlich in Bewegung. Sie ließ die Chirurgische Klinik hinter sich, sog ein letztes Mal den vertrauten Anblick des Turms am Haupttor in sich auf. Grüßte ein letztes Mal den Pförtner. Dann brach sie in Tränen aus.

2. Kapitel

Berlin, 5. Mai 1930

Unruhig trat Dr. Louis Conradi von einem Bein auf das andere und strich sich nervös über den Schnurrbart. Er hatte sich den Vormittag freigenommen, doch wenn der Zug an Gleis 2 nicht bald auftauchte, würde er unverrichteter Dinge fahren müssen.

Die Sonne strahlte über den Dächern der Stadt, es war ein wunderschöner Frühjahrstag. Ein süßer Duft nach Forsythien lag in der Luft. Am Wetter konnte die Verspätung also nicht liegen.

Die Wirtschaftskrise, die nach dem Schwarzen Freitag 1929 aus Amerika nach Europa herübergeschwappt war, machte sich mittlerweile auch im Verkehrswesen bemerkbar. Ob es Kohleknappheit war, Personalmangel oder ein Verzweifelter, der auf die Gleise sprang, um seinem Leben ein Ende zu setzen – kaum ein Zug erschien mehr pünktlich.

Doch schließlich ertönte eine Durchsage, und wenig später schob sich das Stahlungetüm über die Gleise. Rauch waberte über den Bahnsteig hinweg und verdeckte den Blick auf die Waggons für einen Moment. Dann kam der Zug zum Stehen.

Louis reckte den Hals. In der Menge der aus den Wagen drängenden Passagiere würde Hanna Richter nur schwer auszumachen sein, da sie recht klein und zierlich war. Doch schließlich entdeckte er ihren kobaltblauen Mantel.

»Schwester Hanna!« Im Gehen hob Louis die Hand und winkte.

Die Gerufene sah sich um. »Dr. Conradi!«, rief sie überrascht aus. »Was machen Sie denn hier? Es wäre doch nicht nötig gewesen, dass Sie mich abholen.«

»Ich hatte einen Termin beim Vorsitzenden der Berliner Medizinischen Gesellschaft, und da dachte ich mir, ich nehme Sie gleich mit. Erlauben Sie?« Er griff nach ihrem Koffer. »Das ist alles?«, fragte er.

»Ich benötige nicht viel«, erwiderte Hanna bescheiden. »In der Kurklinik hatte ich alles, was ich brauche.«

»Gut, dann kommen Sie.«

Louis ging voran und spürte Hannas fragenden Blick. »Sie waren bei der Medizinischen Gesellschaft?«

»Meine Aufnahme ist so gut wie sicher«, antwortete er. »Ein paar Formalitäten noch, dann werden sich die Türen für mich öffnen.«

»Gratuliere«, sagte Hanna freudig. »Die Gesellschaft hat sich aber auch Zeit gelassen.«

»Die meisten Herren wussten gar nicht, dass es das Waldfriede und mich gibt. Ich bin ja nicht dieser Professor Sauerbruch, der kürzlich in der Charité angefangen hat.«

»Das heißt nicht, dass man Sie übersehen darf.«

Er blickte sie lächelnd an. »Sie haben mir wirklich gefehlt, wissen Sie das?«

»Sie mir auch, Herr Doktor«, entgegnete sie sanft.

In einer Seitenstraße in der Nähe des Bahnhofs parkte der Wagen, den das Waldfriede kurz vor dem großen Börsencrash angeschafft hatte.

Louis konnte sein Glück noch immer kaum fassen. Vor zehn Jahren hatten sie, bedroht von Enteignungsplänen eines Regierungsbeamten, die Arbeit am Krankenhaus Waldfriede aufgenommen. Ihre Kleider waren zerschlissen gewesen, der Bauch oftmals nur spärlich gefüllt mit dem wenigen, was die Küche inflationsbedingt hergab. Und nun besaß das Krankenhaus sogar ein Automobil!

»Wie geht es Ihrer Frau?«, fragte Hanna, während sich Fritz Kowalski, der Heizer und Chauffeur, in den laufenden Verkehr einfädelte.

»Bestens. In den letzten Wochen ist sie mir hin und wieder in der Sprechstunde zur Hand gegangen. Ich glaube, es hat ihr Spaß gemacht.«

Seit sie vor fünf Jahren das Ärztewohnhaus bezogen hatten, war Catherine nur noch selten in der Klinik.

»Das glaube ich auch«, gab Hanna zurück. »Und was hat sich während meiner Abwesenheit getan?«

»Dr. Bockhammer ist wie angekündigt ausgeschieden und zurück in die Schweiz gegangen«, berichtete Louis.

»Haben wir schon einen Ersatz?«

»Dr. Rosenbaum ist an seiner Stelle gekommen. Er hat auch das Röntgen übernommen, als Sie auf Kur waren. Er ist ein angenehmer Mensch. Sie werden ihn mögen.«

Hanna nickte bedächtig.

»Es ist äußerst schade, dass Sie die Jubiläumsfeier versäumt haben«, fuhr Louis fort. »Aber das Gedicht, das Sie geschickt haben, hat den Gästen gut gefallen. Schwester Elisabeth hat es vorgetragen und ist Ihren Zeilen sehr gerecht geworden.«

»Davon bin ich überzeugt.« Hanna lächelte dennoch ein wenig traurig.

Zu Beginn des Jahres war sie von einer schweren Bronchitis heimgesucht worden, die sie drei Wochen lang ans Bett gefesselt hatte. Dr. Meyer war sich mit Louis einig gewesen, dass Hannas Anfälligkeit für diesen Infekt von zu wenig Ruhe herrührte. Also hatten sie ihr eine Kur auf der Insel Rügen verordnet.

Wenn er sie so betrachtete, musste er zugeben, dass dies die richtige Entscheidung gewesen war. Hannas Wangen waren wieder rosig, die harten Kanten in ihrem Gesicht abgemildert. Ihre Augen hatten den Glanz zurückgewonnen, den er gesehen hatte, als sie im Jahr 1920 angefangen hatte.

Vielleicht sollte ich auch für ein paar Wochen verreisen, dachte Louis. Es war erst knapp ein Jahr her, dass er mit dem Verdacht auf Herzmuskelentzündung zusammengebrochen war. Seine Beschwerden hatten sich zurückgezogen, doch an manchen Tagen spürte er deutlich, dass er nicht mehr die Widerstandsfähigkeit eines Zwanzigjährigen besaß.

»Wenn wir angekommen sind, muss ich Ihnen erst mal das Geschenk meines Vaters zeigen.«

Hanna zog fragend die Augenbrauen hoch. »Was ist es?«

»Das werden Sie gleich erfahren.«

Eine halbe Stunde später passierten sie das Krankenhaustor. Die Sonne schien hell auf den trutzigen, turmartigen Vorbau zur Grunewaldallee, der vor fünf Jahren zu dem filigranen dreistöckigen Fachwerkbau hinzugekommen war und die Krankenpflegeschule beherbergte. Nur kurz erhaschte sie einen Blick auf einen Arzt, der im Unterrichtszimmer an einem der hohen Sprossenfenster vorbeiging. Der wilde Wein, der im Sommer beinahe die ganze Fassade wie ein Tuch bedeckte, zeigte die ersten Blätter. Ein Krankenwagen parkte auf dem Rondell, zwei Pfleger in gestreiften Jacketts trugen einen Patienten ins Haus. Etwas abseits schob eine Schwester eine Patientin im Rollstuhl durch den Park. Die Blumenrabatten, die der Gärtner liebevoll mit Stiefmütterchen bepflanzt hatte, leuchteten in Blau, Gelb und Rot.

Seit das Waldfriede im Jahr 1920 eröffnet worden war, war es beständig erweitert worden. Im Speisehaus waren nun die Bäder untergebracht, das Gebäude, das die Wäscherei beherbergte, trug über sich die Kapelle ihrer Gemeinschaft. Werksschuppen waren hinzugekommen, Gewächshäuser. Etwas abseits, direkt am Rand der Alsenstraße, stand das Ärztewohnhaus. Beinahe mutete das Gelände nun wie eine kleine Stadt an.

Louis bedeutete Hanna, mitzukommen. »Herr Kowalski kann Ihre Tasche ins Haus bringen.«

Der Chauffeur nickte und nahm ihr Gepäck an sich.

Louis führte Hanna durch den Park an dem viereckigen Brunnen vorbei, in dem es leise plätscherte. Vor einem schmalen Baum, den man beinahe übersehen konnte, machte er halt. Die herzförmigen Blätter leuchteten in frischem Grün.

»Dies ist das Geschenk meines Vaters, ein Catalpa speciosa oder Prächtiger Trompetenbaum«, erklärte Louis. »Man findet ihn hauptsächlich an den Flussufern des Mississippi und des Ohio River. Aus seinem Holz wurden früher Schwellen für Bahnstrecken gefertigt, aber in Europa verschönert er Parks wie unseren.«

»Ein Gruß aus Ihrer Heimat also«, bemerkte Hanna, während sie vorsichtig eines der Blätter berührte.

Louis nickte. »Meine Mutter erzählte mir, dass wir dort, wo wir früher gelebt haben, auch einen Trompetenbaum hatten. Ich selbst kann mich nicht an ihn erinnern, aber ich habe Bilder gesehen. Die Blüten sind weiß und ähneln bestimmten Orchideenarten. Von Weitem könnte man sie auch mit blühenden Kastanien verwechseln.«

»Das muss wunderschön aussehen. Aber wir werden wohl noch eine Weile auf Blüten warten müssen.«

»Mein Vater behauptet, dass die Bäume wie Unkraut wachsen.«

Schweigend betrachteten sie den Baum. Er war nicht nur ein Stück seiner Geburtsheimat, Louis verband damit auch die Erinnerung an seine verstorbene Mutter Lizzie.

Den Anflug von Trauer schob er aber rasch beiseite. Er sollte auf das Leben schauen. Er hatte eine Frau, ein Haus, ein Lebenswerk. Und Hanna war wieder da und würde seinen Arbeitsalltag wieder fröhlicher machen.

3. Kapitel

Berlin, 6. Mai 1930

Als sie das Sprechzimmer betrat, huschte ein Lächeln über Hannas Gesicht. Die Kur an der Ostsee hatte ihren von der Infektion geschundenen Lungen gutgetan. Doch schon bald hatte ihr das Krankenhaus gefehlt. Sie hatte ständig daran denken müssen, wie es wohl ohne sie lief und wie Dr. Conradi zurechtkommen würde. In den letzten Tagen des Aufenthaltes hatte sie der Rückkehr ins Waldfriede regelrecht entgegengefiebert.

Heute war ihr erster regulärer Arbeitstag, nachdem sie den vergangenen Nachmittag damit verbracht hatte, auszupacken und ihre Post zu sichten. Ein Brief ihrer Mutter war darunter gewesen, außerdem hatte ihr eine Schwester aus Amerika geschrieben, die sie auf der letzten Schwesterntagung kennengelernt hatte.

Es war schön gewesen, am Abend wieder mit ihren Kolleginnen im Speisesaal zu sitzen. Elisabeth und Else hatten ihr Löcher in den Bauch gefragt und von der großen Feier berichtet. Einmal mehr war Hanna klar geworden, dass sie hier eine Familie waren.

Nun freute sie sich auf die Patienten und auch auf die Chronik, an der sie nach Feierabend arbeitete. Akribisch notierte sie die Vorgänge im Waldfriede in kleine Notizbücher, um dann am Ende des Jahres eine Zusammenfassung der wichtigsten Ereignisse niederzuschreiben. Eigens dazu hatte Dr. Conradi eine Schreibmaschine angeschafft.

Angesichts ihrer Krankheit war sie nicht dazu gekommen, weitere Einträge zu verfassen, doch jetzt fühlte sie sich stark genug, auch diese Arbeit wieder in Angriff zu nehmen. Durch das, was Elisabeth und Else ihr erzählt hatten, hatte sie genug Material für weitere Seiten.

Ein Klopfen riss sie aus ihren Gedanken.

»Ja, bitte«, rief sie, worauf eines der Hausmädchen eintrat.

»Schwester Hanna, da ist ein Brief für Sie gekommen«, sagte sie und reichte ihr das Schreiben. Der Absender war das Gesundheitsamt von Zehlendorf. Warum schrieben sie ihr? Sie hatte keine meldepflichtige Erkrankung gehabt …

Hanna riss entschlossen den Umschlag auf und zog das Schreiben hervor. »Das gibt es doch nicht!«, rief sie im nächsten Augenblick erschrocken und schlug die Hand vor den Mund.

***

Mit geschwollenen Augen starrte Lilly aus dem Fenster. Eine Woche war sie nun schon arbeitslos, und in ganz Berlin schien es keine Klinik zu geben, die Personal brauchte.

Um vor ihrer Vermieterin den Schein zu wahren, ging sie jeden Morgen aus dem Haus. Frau Hausmann war zuzutrauen, dass sie ihr das Zimmer kündigte, wenn sie von ihrem Rauswurf erfuhr.

Doch wie lange konnte sie noch durchhalten?

Ihr Blick schweifte zu dem kleinen Schreibtisch neben sich. Der Brief, den sie vor einigen Tagen erhalten hatte, lag noch immer dort. Sie hatte ihn einmal gelesen, dann aber nicht mehr angefasst. Er hatte ihr Problem noch verschlimmert, und sie wollte gar nicht daran denken, was geschah, wenn sie nicht bald eine Anstellung fand. Die Wohnung zu verlieren war eine Sache, doch es konnte noch weitaus übler für sie kommen.

Seufzend löste sie sich vom Fenster, zog ihren Mantel über und griff nach ihrer Tasche. In der steckten, für den Fall, dass jemand auf ihre

Anfrage positiv reagierte, alle Unterlagen, die sie für eine Bewerbung brauchte.

Auf dem Weg nach unten hörte sie es in der Küche klappern. Offenbar war Frau Hausmann beschäftigt. Gut so, dachte Lilly und strebte der Tür zu.

»Soll ich Ihnen vielleicht etwas vom Kolonialwarenladen mitbringen?«, tönte da eine Stimme im Hintergrund. Lilly stockte.

»Danke, Frau Hausmann, nicht nötig«, antwortete sie schnell. »Einen schönen Tag!«

Ohne eine Erwiderung abzuwarten, zog Lilly die Haustür auf und trat auf den Gehweg.

Wie jeden Morgen, seit sie die Charité verlassen hatte, steuerte sie als Erstes den Zeitungskiosk an. Dutzende Zeitungen und Zeitschriften stapelten sich dort in der Auslage.

Da der Verkäufer, ein untersetzter Mann mit schütterem Haar und Hosenträgern über dem Hemd, gerade ins Gespräch mit einer seiner Kundinnen vertieft war, zog Lilly ein Exemplar der *Berliner Allgemeinen Zeitung* hervor.

Nach einem raschen Blick auf den Verkäufer schlug sie das Blatt auf und suchte nach den Anzeigen. Zwanzig Pfennig für eine Zeitung auszugeben, an der sie nur wenige Seiten interessierten, war in ihren Augen eine Verschwendung, besonders jetzt, wo sie jeden Groschen zweimal umdrehen musste.

Nach einer Weile fand sie das Gesuchte und ging die Kästchen mit den Inseraten durch. Es wurden Sekretärinnen gebraucht und Dienstmädchen, hier und da eine Pflegerin für eine alte Dame.

Eine Zeile weiter sprang ihr ins Auge: »Freundliche und qualifizierte Krankenschwester gesucht«. Lillys Herz begann zu pochen. War das möglich?

»He, Kleene, entweder koofste oder ziehst Leine!«, schnauzte der Kioskbesitzer.

Ertappt blickte Lilly auf. Vor Konzentration auf das Inserat hatte sie nicht mitbekommen, dass die Kundin gegangen war.

Der Mann stemmte die Hände in die Seiten und funkelte sie böse an.

»Entschuldigung«, murmelte Lilly und kramte ihre Geldbörse aus der Tasche. Dann schaute sie erneut auf das Inserat und dachte: Das ist meine Rettung!

***

Aufgewühlt ging Hanna im Sprechzimmer auf und ab. Der Brief vom Oberprovinzial-Schulkollegium, der verkündet hatte, dass sie sich zu einer erneuten Prüfung ihrer Röntgenkenntnisse einfinden sollte, brannte regelrecht in ihrer Schürzentasche. Was sollte das? Warum wollte man ihren Abschluss nicht mehr anerkennen? Sie erinnerte sich noch gut an den Röntgenkurs am Virchow-Krankenhaus. Und jetzt tat man so, als hätte es ihre Ausbildung nicht gegeben?

Ein noch größeres Problem war der Termin. Der 31. Mai, an dem die Prüfung stattfinden sollte, war ein Samstag! Aber wenn sie ihre Berechtigung, als Röntgenschwester zu arbeiten, behalten wollte, musste sie diese Prüfung bestreiten …

Hanna seufzte schwer. Am liebsten wäre sie gleich zu Dr. Conradi gelaufen, doch der machte gerade seinen Visiterundgang auf der I. Frauenstation. Im Sprechzimmer konnte sie allerdings auch nicht bleiben. Ihre Hände brauchten etwas zu tun, damit sie nicht vor Sorge und Aufgebrachtheit platzte!

Mit langen Schritten eilte sie den Gang entlang, vorbei am OP, in dem ihre Kolleginnen gerade einen Eingriff vorbereiteten. Dort würde sie nicht helfen können, wohl aber konnte sie nach dem Röntgenzimmer sehen und die Entwicklerflüssigkeiten austauschen.

»Entschuldigen Sie bitte«, ertönte eine Stimme von der Seite.

Hanna wandte sich um. Die schlanke junge Frau, die neben der Wartenische zum Röntgen stand, hätte sie vor lauter Nachdenken beinahe übersehen.

»Was kann ich für Sie tun?«, fragte sie und versuchte, ihren Ärger ein wenig zurückzudrängen.

»Ich …« Die Frau schluckte und umklammerte den Griff ihrer Tasche fester.

»Wollen Sie zu einem Patienten? Oder haben Sie einen Termin bei Dr. Conradi?«

»Ich … ich wollte mich vorstellen. Auf die Annonce in der Zeitung.«

Hanna zog überrascht die Augenbrauen hoch. »Sie sind Krankenschwester?«

»Ja. Ich bin an der Charité ausgebildet worden, aber jetzt suche ich nach einer neuen Anstellung.«

Hanna musterte sie. Sie mochte vielleicht zwanzig sein, viel jünger als sie zu dem Zeitpunkt, als sie ins Waldfriede gekommen war.

»Wie ist denn Ihr Name?«, fragte Hanna. Die Sorge um den Brief trat jetzt endgültig in den Hintergrund.

»Lilly. Lilly Wegner«, antwortete die Frau.

»Na dann kommen Sie mal mit! Der Doktor müsste bald von der Visite zurück sein.«

***

Lilly schlug das Herz bis zum Hals. Es war ihr peinlich, dass sie auf die Ansprache der Schwester so unsicher reagiert hatte. Wenn sie vor einer Schwester schon ins Stocken geriet, wie sollte sie den Klinikleiter von sich überzeugen?

Sie strich über ihre Tasche und wollte gerade ihre Unterlagen hervorholen, als sich die Tür des Sprechzimmers öffnete.

Der Mann im Arztkittel war recht groß, hatte braunes Haar, das an den Seiten schon etwas schütter wurde. Unter der langen, geraden Nase trug er einen Schnurrbart, die blaue Krawatte passte hervorragend zu seinen Augen.

»Fräulein Wegner?«, fragte er und reichte ihr die Hand. »Ich bin Dr. Conradi.«

»Freut mich, Sie kennenzulernen.« Lilly erhob sich und erwiderte seinen Händedruck.

»Schwester Hanna sagte mir, dass Sie wegen unseres Gesuchs in der Zeitung gekommen sind.«

»Ja, das bin ich«, gab Lilly zurück.

»Ich nehme an, Sie haben Ihre Ausbildung bereits abgeschlossen?« Conradis Blick wanderte über ihre Gestalt, bevor er sich auf seinen Stuhl niederließ.

»Natürlich.« Lilly ärgerte sich ein wenig, dass er sie für eine Schülerin hielt. Sie wusste, dass sie jünger aussah als viele andere Frauen ihres Alters. Meist glaubten die Leute, dass sie mit ihr umspringen konnten, als wäre sie noch ein Kind.

»Wo haben Sie bisher gearbeitet?«, fragte Conradi.

»In der Charité, Chirurgische Klinik«, antwortete sie.

»Bei Professor Sauerbruch?« Conradi hob interessiert die Augenbrauen.

»Ja, aber ich habe nicht mit ihm im OP gestanden.«

»Man hört gute Dinge über ihn.«

Wenn Sie wüssten, dachte Lilly, die froh darüber war, dass Dr. Conradi, im Gegensatz zu Sauerbruch, nicht die Angewohnheit zu haben schien, jeden zu duzen. »Er ist ein sehr angesehener Mann.«

»Warum wollen Sie die Anstellung in der Charité denn aufgeben?«, fragte Conradi weiter.

»Ich … ich habe sie nicht aufgegeben. Man hat mich nach der Ausbildung aus wirtschaftlichen Gründen nicht übernommen.«

Conradi schwieg einen kurzen Moment. »Dann haben Sie nur wenig Berufserfahrung.«

»Ich habe vor meiner Ausbildung zwei Jahre als Hausmädchen und Hilfswärterin gearbeitet. Und während meiner Lehrzeit hat man uns nicht geschont …« Lilly zögerte. In der Annonce hatte nichts von Berufserfahrung gestanden.

»Ich habe meine Unterlagen mit«, sagte sie schnell und holte die Mappen mit ihren Zeugnissen aus der Tasche. »Ich kann mich in alles einarbeiten. Geben Sie mir nur eine Chance, ich werde Sie nicht enttäuschen.«

Conradi nahm die Unterlagen entgegen und blätterte sie durch.

Lilly knetete ihre Hände. Das Zeugnis war nicht allzu enthusiastisch verfasst, aber es trug immerhin die Unterschrift von Dr. Sauerbuch.

Nach einer Weile klappte Dr. Conradi die Mappe wieder zu. »Ich werde mich mit dem Hausausschuss beraten«, sagte er, ohne erkennen zu lassen, wie ihre Chancen standen. »Ich melde mich bei Ihnen.«

Lilly sank der Mut. Hatte sie ihre Chance vertan? Wenn er interessiert gewesen wäre, hätte er sie doch sicher gleich angenommen.

»Sie können mich auch per Telefon erreichen«, sagte sie schnell. »Wenn ich einen Stift und Papier haben dürfte?«

Gutmütig reichte der Doktor ihr das Gewünschte. Mit zitternder Hand notierte sie die Nummer ihrer Hauswirtin.

»Haben Sie vielen Dank für Ihre Zeit«, sagte sie und schob Dr. Conradi den Zettel zu. Bitte lass ihn mich nehmen, dachte sie. Wenn ich mir nur eins auf der Welt wünschen dürfte, dann das.

4. Kapitel

Zehlendorf, 8. Mai 1930

Beklommen saß Hanna im Vorzimmer des Vorsitzenden der Prüfungskommission. In ihrer Tasche steckte der Brief, den sie vor ein paar Tagen erhalten hatte.

Nachdem man sie telefonisch abgewiesen hatte, wurde sie nun persönlich vorstellig, um eine Verschiebung des Termins zu erbitten. Sie hoffte, dass Professor Leder mit sich reden ließ.

Mit jeder Minute, die verging, wurde sie unruhiger. Wie würde er auf ihre Bitte reagieren? Nur ungern wollte sie ihren Posten aufgeben.

Sie erinnerte sich noch gut daran, wie Dr. Conradi ins Sanatorium Friedensau in der Nähe von Magdeburg gekommen war, um sie als Röntgenschwester ins Waldfriede zu berufen. Anstelle eines Röntgenkurses hatte sie aber erst einen »Scheuerkurs« machen müssen, denn das Haus befand sich damals in einem desolaten Zustand. Nach langer harter Arbeit konnte das Waldfriede im April 1920 eröffnen.

Sie selbst hatte wenig später eine Ausbildung an der Röntgenschule am Virchow-Klinikum absolviert und begonnen, als Röntgenschwester im Haus zu arbeiten. Unglaublich, wie schnell die Zeit vergangen war!

»Fräulein Richter?«, fragte die Sekretärin, die sie angemeldet hatte.

Hanna erhob sich. »Ja?«

»Professor Leder lässt bitten.«

Forsch und mit erhobenem Kopf schritt Hanna zur Tür. Dem Vorsitzenden gegenüber durfte sie keine Angst zeigen.

Der Mann war etwa fünfzig, hatte ergrautes Haar und trug einen eleganten dunkelblauen Anzug. Seine Krawatte war rot-weiß gestreift. An seinem Revers blitzte eine edelsteinverzierte Nadel auf, als er sich erhob, um sie zu begrüßen.

»Fräulein Richter.« Er reichte ihr die Hand und deutete auf die Stühle vor seinem Schreibtisch. »Bitte.«

Hanna setzte sich.

»Was ist denn Ihr Anliegen?«, fragte Leder, der ebenfalls wieder Platz genommen hatte.

»Mir wurde dieser Brief zugeschickt, in dem man mich zu einer Nachprüfung auffordert.« Hanna holte das Schreiben hervor. Ihre Finger zitterten leicht.

»Ja, das ist leider notwendig«, sagte Professor Leder. »Es wurde eine neue Verordnung zur Qualitätssicherung bei Röntgenaufnahmen erlassen. Alle Schwestern, die ihren Abschluss vor 1927 gemacht haben, müssen sich einer erneuten Prüfung unterziehen.«

Hanna betrachtete den Mann nachdenklich. Konnte sie ihm sagen, dass sie Adventistin war? Manche Amtspersonen hatten von vornherein Ressentiments und wollten gar nicht erst zuhören.

»Ich hinterfrage auch nicht den Sinn der Prüfung«, sagte Hanna vorsichtig. »Ich ersuche Sie nur, mir einen neuen Termin zu geben.«

Leder hob die Augenbrauen. »Sind Sie an diesem Tag verhindert? Es wird bestimmt kein Problem sein, einen anderen Samstag …«

»Der Samstag ist das Problem«, platzte es aus Hanna heraus. »Ich … ich kann es nicht mit meinem Glauben vereinbaren, an diesem Tag anzutreten.«

»Verstehe.« Professor Leder musterte sie lange. Hanna versuchte, seinem Blick standzuhalten, doch nach einer Weile schaute sie auf ihre Hände, die in ihrem Schoß lagen.

»Nun, das habe ich nicht allein zu entscheiden«, sagte er. »Warten Sie einen Moment, ich werde mich mit meinen Kollegen beraten.«

Leder erhob sich und ging aus der Tür. Hanna atmete tief durch und richtete den Blick auf die hohen Bücherregale. Einige Bände waren so dick, dass sie die Aufschriften auf den Rücken mühelos lesen konnte: *Atlas der Biologie* oder *Handbuch der Medizin*.

Sie wandte den Blick ab und schaute aus dem Fenster. Unruhe wühlte in ihrem Magen. Die Minuten dehnten sich, und Hanna spürte, wie die Spannung zunahm. Wenn die Kollegen nicht zustimmten, was dann?

Als sich die Tür öffnete, zuckte sie zusammen.

Leder kam mit raschen Schritten zum Schreibtisch. »Meine Kollegen sind einverstanden. Sie können die Prüfung am sechsten Juni um fünfzehn Uhr ablegen, das ist ein Freitag.«

Die Worte fielen wie ein Sonnenstrahl auf Hannas Gemüt. »Wirklich?«

Professor Leder nickte. »Aber ich rate Ihnen dringend, diesen Termin einzuhalten. Diesmal konnte ich die Mitglieder der Kommission überzeugen, aber noch einmal wird mir das wohl nicht gelingen.«

»Ich werde da sein«, sagte Hanna erleichtert. »Vielen Dank, dass Sie sich für mich eingesetzt haben!«

Ein mildes Lächeln erschien auf Leders Gesicht. »Na dann, bis zum sechsten Juni!«

***

Wieder ging ein Tag zu Ende, und Lilly war mittlerweile sicher, dass Dr. Conradi jemand anderes für die Stelle gefunden hatte.

Seufzend schloss sie die Haustüre auf. Ihre Füße brannten, und ihr Körper fühlte sich steif und kalt an. Sie durchquerte den Flur, allerdings nicht schnell genug, um ihrer Vermieterin zu entgehen.

»Da kam heute ein Anruf aus dem Krankenhaus Waldfriede«, rief Frau Hausmann aufgeregt. »Ein Dr. Conradi wollte Sie sprechen. Mit Ihrer Familie ist doch hoffentlich alles in Ordnung?«

»Ja, ja, keine Sorge«, erwiderte Lilly. »Was hat er gesagt?«

»Nur, dass Sie so bald wie möglich zurückrufen sollen.«

Lilly schaute auf die Uhr und verfluchte sich. Wäre sie doch bloß zu Hause geblieben!

»Haben Sie etwas dagegen, wenn ich Ihr Telefon benutze, Frau Hausmann?«, fragte sie, während sie versuchte, ihre Aufregung niederzuringen. Möglicherweise hatte Dr. Conradi nur angerufen, um ihr abzusagen.

»Nein, natürlich nicht«, gab die Vermieterin zurück. »Gehen Sie ruhig, Sie wissen ja, wo es ist.«

»Danke«, sagte Lilly, dann lief sie in die Küche.

Mit zitternden Händen hob sie den Hörer von der Gabel und ließ sich mit dem Krankenhaus Waldfriede verbinden. Nach einer Weile meldete sich eine Schwester Hedwig.

»Mein Name ist Lilly Wegner. Ich würde gern Dr. Conradi sprechen.« In Lillys Magengrube begann es zu zwicken.

»Dr. Conradi hat keine Sprechstunde mehr«, antwortete die Stimme. »Wenn Sie akute Beschwerden haben, kommen Sie bitte zu mir an die Pforte.«

»Ich bin nicht krank«, sagte Lilly. »Ich habe mich um eine Stelle bei Ihnen beworben. Dr. Conradi hatte angerufen, aber ich war leider nicht da.« Sie machte eine Pause, denn sie spürte die Ablehnung der Schwester. »Bitte, nur ganz kurz. Ich möchte nur wissen, woran ich bin.«

Der flehende Ton in ihrer Stimme schien ihre Gesprächspartnerin zu erweichen.

»Ich werde sehen, ob ich ihn finden kann, bleiben Sie bitte dran.« Ein Knacken ertönte in der Leitung, dann wurde es still.

Lilly schaute sich um. Frau Hausmann würde nicht offensichtlich lauschen, aber sicher entging ihr kein Wort.

Nach einer Weile raschelte es im Hörer.

»Conradi«, meldete sich die Männerstimme am anderen Ende.

»Wegner«, platzte Lilly heraus. »Lilly Wegner. Sie hatten versucht, mich zu erreichen.«

»Schwester Lilly!«, entgegnete er mit einem Lächeln in der Stimme. »Danke, dass Sie zurückrufen.«

»Es tut mir leid, dass es so spät geworden ist. Ich war …« Sie stockte. Frau Hausmann würde sich sicher wundern, wenn sie etwas anderes sagte, als dass sie auf Arbeit war. »… unterwegs.«

»Schon gut«, sagte Dr. Conradi. »Ich wollte Ihnen nur mitteilen, dass wir uns dafür entschieden haben, Sie einzustellen. Wann können Sie anfangen?«

Lilly stieß einen kurzen Freudenschrei aus, hielt sich dann schnell den Mund zu. »Verzeihen Sie bitte, ich … freue mich nur so. Wenn Sie wollen, kann ich schon morgen da sein.«

Conradi lachte. »Der kommende Montag wäre in Ordnung. Möchten Sie in der Schwesternunterkunft wohnen?«

»Ähm, ich …«

»Oder haben Sie eine andere Möglichkeit, in Zehlendorf unterzukommen?«

»Nein, ich …« Das Angebot überforderte sie ein wenig. Sie war erst einmal froh, dass er sie überhaupt haben wollte.

»Na, Sie können es sich ja noch überlegen. Wir freuen uns jedenfalls auf Sie.«

»Danke, Herr Doktor. Bis Montag dann.«

»Bis Montag.« Dr. Conradi wünschte ihr einen schönen Abend und legte auf.

Lilly unterdrückte einen Jubelschrei.

Sie hatte es geschafft! Sie atmete tief durch, eine Welle der Erleichterung wogte durch ihren Körper.

»Ist alles in Ordnung?«, fragte Frau Hausmann von draußen.

»Ja, alles bestens«, antwortete Lilly mit breitem Lächeln und erlaubte sich, ein wenig Hoffnung zu empfinden.

5. Kapitel

Zehlendorf, 12. Mai 1930

Aufgeregt wartete Lilly am Morgen an der Pforte des Waldfriede. Sie war gut eine halbe Stunde zu früh, doch ihr stand nicht der Sinn danach, noch eine Runde durch den Park zu drehen, mochte er im Morgenlicht auch noch so schön aussehen.

Die Wege waren gesäumt von schmalen Blumenrabatten, hier und da erhoben sich Bäume, an denen das erste Frühlingsgrün erschienen war. In den hohen Taxuskegeln, die den Weg zu dem hellen Fachwerkbau säumten, glitzerte der Tau. Im Hintergrund war ein mächtiges Waldstück zu sehen, von dem das Krankenhaus wohl seinen Namen hatte.

Das Gebäude selbst wirkte eher wie eine riesige Villa als wie ein Krankenhaus. Grob behauene Feldsteine säumten den Sockel, darüber waren die Wände fein geputzt. Einige Fenster wurden von filigranen Balkongittern gesäumt. Hier und da sah man eine weiße Gestalt vorbeihuschen.

Zu ihnen werde ich bald gehören, dachte Lilly und spürte ein freudiges Kribbeln.

Sie blickte an sich hinab. Sie hatte das hübscheste Kleid angezogen, das sie besaß. Es war rot und grün geblümt und stammte noch aus ihrem alten Leben. Dank der vielen Wege, die sie in der Arbeit zurücklegte, passte es ihr noch immer.

»Ah, Sie sind ja schon da!«, sagte eine Stimme hinter ihr. Lilly wirbelte herum.

Dr. Conradi war um die Ecke gebogen, der Schäferhund neben ihm beäugte sie misstrauisch und begann zu knurren.

»Ist gut, Rex.« Conradi klopfte ihm auf den Rücken, worauf sich das Tier zurückzog.

»Guten Morgen, Herr Doktor.« Lilly machte einen kleinen Knicks.

»Guten Morgen, Schwester Lilly, Sie konnten es wohl nicht mehr abwarten, wie?«, bemerkte Conradi scherzhaft.

Lilly errötete. »Ich wollte pünktlich sein.«

»Pünktlichkeit ist hier gern gesehen«, fügte er hinzu. »Na dann kommen Sie mal mit.«

Er führte Lilly durch die Pforte, an der diensthabenden Schwester vorbei in einen langen Gang. Stimmen tönten ihr entgegen, gefolgt von Schritten und einem lauten Klappern. Wenig später erschienen zwei Schwestern mit kleinen Wagen, auf denen Nierenschalen und Tablettenbecher standen.

Das Sprechzimmer von Dr. Conradi war groß und lichtdurchflutet. An einem der Schränke hinter dem Untersuchungsstuhl stand eine zierliche Frau mit blondem Lockenhaar und Schwesterntracht. Als sie sich ihnen zuwandte, erkannte Lilly die Schwester, die ihr den Weg zu Dr. Conradi gewiesen hatte.

»Schwester Hanna, schauen Sie, was ich auf dem Weg durch den Park gefunden habe. – Schwester Lilly, unsere Röntgenschwester kennen Sie ja bereits.«

»Guten Morgen«, grüßte Lilly und lächelte nervös.

»Schwester Lilly!«, sagte Hanna. »Wie geht es Ihnen?«

»Gut«, gab sie zurück, obwohl sie das Gefühl hatte, zu zerspringen. »Ich bin nur ein wenig aufgeregt.«

»Dazu haben Sie keinen Grund. Wir sind hier alle eine große Familie.«

In den folgenden Minuten erklärte Dr. Conradi, was von ihr erwartet wurde. »Ich habe vor, Sie der Inneren Abteilung zuzuweisen, insbesondere den Patienten von Professor Kirsch. Gehe ich recht in der Annahme, dass Sie keine Adventistin sind?«

»Ich bin evangelisch getauft«, entgegnete Lilly. Der Themenwechsel überraschte sie.

Conradi nickte. »Dann wird es Ihnen gewiss nichts ausmachen, für Samstagsdienste eingeteilt zu werden, nicht wahr?«

Was für eine seltsame Frage! In der Charité hatte sie auch am Samstag arbeiten müssen. »Ist das … bei anderen Schwestern ein Problem?«

»Wir sind ein adventistisches Krankenhaus, und die Adventisten des Siebenten Tages haben den Samstag als vorgegebenen Ruhetag, den Sabbat«, erklärte Conradi. »Wir können ihn natürlich nicht immer einhalten, denn Krankheiten und Unfälle fragen nicht nach Ruhezeiten oder Religion. Doch wir versuchen unseren adventistischen Mitarbeitern den Sabbat meist zu ermöglichen. So wie wir den Anhängern anderer Konfessionen ebenfalls ihren Ruhetag einräumen.«

Lilly sah ihn verwundert an. Von Adventisten hatte sie noch nie etwas gehört. Sie wusste nur, dass Juden den Samstag als Ruhetag heiligten. Verunsichert nickte sie. »Ich bin es gewohnt, am Samstag zu arbeiten, Herr Doktor.«

Conradi lächelte. »Sehr gut. Dann sollten wir nur noch über Ihre Bezahlung und die Unterkunft reden. Anschließend werde ich Sie Schwester Hanna übergeben, damit sie Ihnen das Haus und Ihre Abteilung zeigt.«

Schwester Hanna führte sie zunächst durch das Erdgeschoss, wo sich die Sprechzimmer der Ärzte, das Röntgen- und Diathermiezimmer, das Labor und der Operationssaal befanden. Das Wäsche- und Nähzimmer schloss sich ebenso wie die Sterilisationsräume in einem eigenen Gebäudetrakt an. In der Badeabteilung wurde sie Zeuge, wie einer der Patienten vollkommen mit Schlamm bedeckt wurde. Bademeister Carl Rohleder, der der Abteilung vorstand, wirkte sehr freundlich.

Auf der Treppe kamen ihnen einige Schwestern mit Tüchern und Bettpfannen entgegen. Alle grüßten Schwester Hanna respektvoll.

Auch auf den Stationen herrschte rege Geschäftigkeit. Von den Türen der Krankenzimmer, die sie passierten, standen einige offen, sodass Lilly einen Blick auf die Schwestern werfen konnte, die gerade Patienten umlagerten oder Verbände anlegten.

Auffällig waren der grüne Anstrich der Wände und die cremefarbenen Vorhänge, die für ein mildes Licht sorgten. Die Betten unterschieden sich nicht von denen in der Charité.

Nach einer Stippvisite bei den chirurgischen Stationen besuchten sie die Geburtsstation.

»Dort werden Sie wahrscheinlich nicht zu tun haben«, sagte Schwester Hanna, »dafür haben wir eigens ausgebildete Schwestern. Aber es kann sein, dass Sie notfalls auch mal hier einspringen müssen.«

Lilly war erleichtert. Auch in der Chirurgischen Klinik der Charité hatten sie Schwangere nur dann zu Gesicht bekommen, wenn ein anderer Eingriff, etwa an Gliedmaßen oder dem Oberkörper vorgenommen werden musste.

»Wir trennen unsere Stationen streng nach Männern und Frauen«, erklärte Hanna, während sie eine weitere Treppe erklommen. »Mittlerweile verfügen wir über zwei Männerstationen und drei Frauenstationen. Sie werden auf der zweiten Frauenstation eingesetzt, die Oberin Elisabeth untersteht.«

Im zweiten Stock angekommen, schritten sie an weiteren offenen Krankenzimmertüren vorbei und machten schließlich vor dem Schwesternzimmer halt. Hanna klopfte und zog den Türflügel auf.

»Oberin Elisabeth, hast du kurz Zeit? Die neue Schwester für Professor Kirsch ist da.«

»Sie soll reinkommen«, antwortete eine dunkle Frauenstimme.

Hanna nickte Lilly zu, die daraufhin eintrat. Oberschwester Elisabeth trug ein dunkelblaues Kleid mit weißem Kragen und Schürze, war schlank und hatte ein hübsches Gesicht, das von dunklen Haaren eingerahmt wurde. Die Kanten ihrer Haube wirkten wie mit dem Messer geschnitten. Mit Lillys Vorgesetzter in der Charité hatte sie kaum etwas gemeinsam.

Hanna trat beiseite und lächelte Lilly aufmunternd zu.

»Guten Tag, Oberin«, grüßte sie mit einem verhaltenen Lächeln.

Elisabeth erwiderte ihren Gruß, dann fragte sie: »Wie ist Ihr Name?«

»Lilly Wegner.«

Hanna berührte Lilly leicht am Arm und zog sich zurück.

Schwester Elisabeth wartete, bis sie die Tür hinter sich geschlossen hatte. »Dr. Conradi hat sicher schon erwähnt, dass wir ein christliches Haus sind.«

»Ja, Oberin.«

»Wir sind freundlich und dem Patienten zugewandt, egal welchen Hintergrund die Menschen haben. Gleichzeitig haben wir Respekt voreinander und helfen uns, wo wir können.«

Lilly nickte. So war es auch schon in der Charité gewesen.

»Wenn es Probleme gleich welcher Art gibt, melden Sie sich bei mir oder bei den zuständigen Stationsschwestern«, fuhr die Oberin fort. »Niemals erheben Sie gegenüber einem Patienten oder in seiner Gegenwart die Stimme, haben Sie verstanden?«

Lilly nickte und bemerkte, dass Elisabeth sie nun mit einem eindringlichen Blick bedachte.

»Sie sind eine junge Frau, und möglicherweise wollen Sie irgendwann eine Beziehung zu einem Mann eingehen. Sie sollen wissen, dass unsere Schwestern allesamt unverheiratet sind, damit sie sich ausschließlich um ihre Patienten sorgen können.«

»Das heißt, ich darf nicht heiraten?«, fragte Lilly beklommen. Auch wenn ihr der Gedanke, schwanger zu werden, Furcht bereitete, hatte sie den Wunsch, eines Tages einen Mann zu finden, der sie liebte, nicht aufgegeben.

»Selbstverständlich dürfen Sie heiraten. Allerdings müssen Sie dann ausscheiden. Nur in seltensten Fällen arbeiten verheiratete Kräfte hier, und diese sind meist männlich.«

Lilly schluckte. So streng hatte man es in der Charité nicht genommen. Dort waren auch Schwestern beschäftigt, die Mann und Kinder hatten.

»Natürlich, Oberin. Wann werde ich Professor Kirsch kennenlernen?«, fragte Lilly in der Hoffnung, Elisabeth auf ein anderes Thema zu bringen.

»Er ist gerade auf Visite in den Kinderzimmern. Ich stelle Sie erst mal den anderen vor, dann können Sie sich nützlich machen.«

»Kinderzimmer?«, fragte Lilly erstaunt.

»Hat Dr. Conradi Ihnen nicht gesagt, dass Sie mit Professor Kirsch arbeiten werden?«

»Doch, das hat er. Aber … er sagte nicht, dass Professor Kirsch ein Kinderarzt ist.«

Elisabeth zog verwundert die Augenbrauen hoch. »Das ist er auch nicht. Er ist Experte für Knochentuberkulose, im Waldfriede behandelt er allerdings ausschließlich Kinder.«

6. Kapitel

Da Hanna unterwegs war und die Sprechstunde erst in einer halben Stunde begann, gönnte sich Louis noch einen kurzen Augenblick der Ruhe. Er lehnte sich hinter seinem Schreibtisch zurück, schloss die Augen und versuchte die Geräusche vor dem Sprechzimmer auszublenden.

Er hatte in der vergangenen Nacht schlecht geschlafen, und die kurze Erfrischung des morgendlichen Spaziergangs war schon wieder verschwunden.

Seit einigen Monaten plagten ihn hier und da Zipperlein, die einen fünfundvierzigjährigen Mann eigentlich noch nicht heimsuchen sollten. Vor allem aber überfiel ihn immer öfter eine bleierne Müdigkeit, die durch Schlaf nicht beseitigt werden konnte, egal wie lange er im Bett lag.

Als Arzt wusste er natürlich, dass er sich mehr Ruhe gönnen sollte, doch als Klinikleiter fehlte ihm schlichtweg die Zeit dazu.

Seit der letzte Buchhalter seine Kündigung eingereicht hatte, um zurück nach Dänemark zu gehen, hatte er das Rechnungswesen selbst übernommen und zusehen müssen, wie die Einnahmen schwanden. Auch betuchtere Patienten konnten sich aufgrund der Wirtschaftskrise keinen langen Aufenthalt im Krankenhaus leisten. Dazu kamen die schwierigen Verhandlungen mit den Krankenkassen. Die Pflegesätze wurden nicht so erhöht, wie er es sich vorgestellt hatte, doch die Kosten für Personal und Medikamente stiegen. Wohin sollte das alles noch führen?

Ein Klopfen riss ihn aus seinen Gedanken, und wenig später erschien seine Frau Catherine mit einem Tablett. Sie trug ihr blondes Haar zu einem Zopf geflochten. In dem dunkelblauen Kleid mit Blumenmuster wirkte sie beinahe mädchenhaft. Ihre sechsundvierzig Jahre sah man ihr wirklich nicht an.

»Ich habe dich beim Frühstück vermisst«, sagte sie mit sanfter Stimme und stellte das Tablett vor ihm ab. Eine Tasse Kaffee stand darauf, ein Schälchen Haferbrei mit Zimt und Zucker sowie einige Apfelschnitze.

»Ich habe schlecht geschlafen und dachte, der Spaziergang würde meine Kopfschmerzen vertreiben«, antwortete er.

»Und, hat er das?« Catherine blickte ihn besorgt an.

»Nur kurz.«

»Du musst etwas essen. Ich habe extra viel Zimt über den Brei gestreut. Es kann nicht sein, dass du ohne etwas im Magen in die Sprechstunde gehst. Du hast heute zwei wichtige Operationen.«

Ein Lächeln huschte über Louis' Gesicht, als er nach Catherines Hand griff und sie küsste. »Du sorgst so gut für mich.«

»Nicht gut genug anscheinend.« Eine Falte erschien zwischen ihren Augenbrauen. »Du siehst selbst, dass du abgenommen hast. All die Arbeit …« Sie hielt inne. »Du solltest endlich einen neuen Buchhalter einstellen. Du kannst nicht alles allein machen.«

»Ich weiß, und ich habe die Gemeinschaftsleitung auch schon angefragt. Bisher hatten sie keinen geeigneten Kandidaten für uns. Bis auf Gruber, aber den wollen wir auf keinen Fall mehr hier haben, nicht wahr?«

Ein Ausdruck des Erinnerns trat auf Catherines Gesicht. Ebenso wie Louis hatte sie den Verrat des Buchhalters nicht vergessen.

»Dann tu mir wenigstens den Gefallen und iss etwas«, beharrte sie. »Und komm zu den Mahlzeiten. Seit wir getrennt von unseren Mitarbeitern essen, habe ich das Gefühl, dass du lieber im Arbeitszimmer sitzt als in unserer Küche.«

Louis nickte. Catherine hatte recht, er neigte dazu, das Essen zu vergessen. Er nahm den Löffel in die Hand und schaufelte sich eine

Portion Brei in den Mund. Der süße Zimtgeschmack explodierte förmlich auf seiner Zunge, und das Pochen in seinen Schläfen legte sich ein wenig. Vielleicht mangelte es ihm wirklich nur an Nahrung?

»Ich hole das Tablett kurz vor dem Mittag wieder ab«, sagte Catherine und strich ihm sanft über die Wange. »Mach mir die Freude und iss auf, ja? Ich möchte nicht, dass du während der Sprechstunde zusammenbrichst.«

***

Professor Kirsch saß an seinem Schreibtisch, und obwohl er sie hereingebeten hatte, nahm er zunächst keine Notiz von ihr. Versunken starrte er auf einen Stapel Papier vor sich und bat mit erhobenem Finger um einen Moment Geduld.

Lilly schaute sich unsicher um. Das Sprechzimmer war cremefarben gestrichen und wurde von einem großen Schreibtisch beherrscht. In einer Ecke neben dem Fenster erblickte sie ein Skelett, das den Hereinkommenden breit angrinste. Einer der beiden Arzneischränke hatte verglaste Türen, sodass sie einen Blick auf braune Apothekenflaschen und kleine Metallbehälter werfen konnte.

Dass sie auf einer Kinderstation arbeiten sollte, war ein kleiner Schock für sie. Sie hätte mit allem gerechnet, aber nicht damit. Wie sollte sie mit Kindern umgehen? Sie kamen ihr so zerbrechlich vor, sicher würden sie weinen, sobald sie sie anfasste …

»Verzeihen Sie bitte, ich wollte nur nicht mitten im Satz aufhören.«

Lilly schrak auf. Ihr gesamter Körper spannte sich an, während sie die Hände faltete, um sich nicht ansehen zu lassen, dass sie vor Nervosität zitterten.

Der Professor schob die Blätter beiseite und richtete seine Aufmerksamkeit nun auf sie. »Sie sind also meine neue Schwester.«

»Ja«, gab Lilly zurück, unsicher, ob sie ihm die Hand reichen sollte. »Lilly Wegner.«

Seine Jugend überraschte sie. Ein Professor war für sie eigentlich ein älterer Herr mit grauen Schläfen und Brille auf der Nase, doch Rudolph Kirsch mochte bestenfalls Mitte dreißig sein. Er hatte einen olivfarbenen Teint, der ihn wie einen Südländer wirken ließ, schwarzes Lockenhaar und trug einen schwarzen Schnurr- und Kinnbart. Seine goldbraunen Augen musterten sie wachsam, strahlten aber auch Wärme aus.

Er war einer der attraktivsten Ärzte, die ihr je begegnet waren.

»Haben Sie Erfahrungen mit Kindern?«, fragte er.

»Nein«, erwiderte Lilly. »Ich war vorher in der Chirurgie beschäftigt.«

Kirsch wirkte skeptisch.

»Aber ich lerne schnell und werde mich einfinden!«, setzte sie etwas unsicher hinzu. »Ein Kind ist ja auch nur ein Mensch, nicht wahr?«

Offenbar hatte sie etwas Falsches gesagt. Seine Miene verschloss sich, während er sich in seinem Stuhl zurücklehnte und sie betrachtete. »Zu glauben, dass Kinder mit erwachsenen Patienten gleichzusetzen sind, ist ein Trugschluss. Kinder haben ihre ganz eigene Physiologie und ihre eigenen Bedürfnisse. Außerdem können sie oft ihre Befindlichkeiten nicht so deutlich äußern, wie Erwachsene es tun.«

»Wie ich schon sagte, Herr Professor«, gab sie beklommen zurück. »Ich bin bereit, zu lernen.«

»Gut. Dann kommen Sie, ich zeige Ihnen meine Patienten.« Er erhob sich und ging zur Tür.

»Dr. Conradi gewährt mir mittlerweile sechs Belegbetten«, erklärte Kirsch, während er mit wehendem Kittel voranging. »Außerdem habe ich einen Lehrstuhl an der Friedrich-Wilhelms-Universität. Wenn ich nicht im Haus bin, muss ich mich auf mein Personal verlassen können. Ich wünsche Verschwiegenheit und Hingabe an die Patienten. Nur wenn sie anständig versorgt werden, können sie genesen.«

»Das gilt doch für andere Krankheiten auch«, brachte Lilly hervor, während sie versuchte, mit ihm Schritt zu halten.

»Das stimmt«, erwiderte Kirsch. »Haben Sie schon einmal mit Knochentuberkulose zu tun gehabt? Wissen Sie, was das ist?«

»Ein Befall der Knochen mit Tuberkelbakterien«, antwortete sie. »Wir haben während der Ausbildung davon gehört. Gearbeitet habe ich aber nur kurz auf der Inneren, die meiste Zeit wurde ich in der Chirurgischen Klinik eingesetzt.«

»Dort war man eher damit beschäftigt, den armen Kranken die Knochen zu amputieren, habe ich recht?« Die Stimme des Professors nahm einen spöttischen Unterton an.

»Nicht nur. Wir haben alles Mögliche operiert. Professor Sauerbruch …«

»Haben Sie ihn je getroffen?«, fuhr Kirsch ihr ins Wort.

»Er war unser Chefarzt.«

Ein Lächeln huschte über das Gesicht des Professors.

»Sind Sie ihm denn bereits begegnet?«, fragte Lilly ein wenig verwirrt über seine Heiterkeit. Man konnte viel über Professor Sauerbruch sagen, jedoch nicht, dass er ein Grund zum Schmunzeln war.

»Nein, leider nicht. Aber sein Ruf eilt ihm voraus. Er soll ein grandioser Chirurg sein.«

Grandios und cholerisch, ging es Lilly durch den Sinn, doch den lästerlichen Gedanken verbannte sie gleich wieder.

»Da wären wir!«, sagte Kirsch und deutete auf die Tür, die mit der Aufschrift »Kinderzimmer« versehen war. Dahinter hörte man laute Stimmen und hin und wieder ein Quietschen. »Die Kinder sind nicht alle von meiner Station, wir versammeln hier sämtliche jungen Patienten, die im Waldfriede behandelt werden.«

Er klopfte kurz und trat ein. Die Wände waren mit Malereien versehen, wie Lilly sie noch nie zuvor in einem Krankenraum gesehen hatte: Wolken und Sonne, Flugzeuge, Tiere und Blumen in strahlenden Farben.

Die Zahl der Kinder in dem Raum überraschte sie. Alle acht Betten waren belegt. Die jungen Patienten, die zuvor noch lebhaft geplappert hatten, schauten die Hereinkommenden mit großen Augen an. Einigen von ihnen war anzusehen, dass sie in ihrem bisherigen Leben nicht genug zu essen bekommen hatten. Andere wirkten gut genährt, was sie allerdings auch nicht vor einer Krankheit bewahrt hatte.

Lilly wurde von dem Anblick der Kleinen derart in den Bann geschlagen, dass sie die Schwester, die sich gerade von ihrem Platz am Fenster erhob, nicht bemerkte.

»Das ist Schwester Martha«, stellte Professor Kirsch vor. »Die gute Seele des Kinderzimmers.«

Hanna wandte den Blick zur Seite. Martha war eine schlanke Frau mit langem, schmalem Gesicht und deutlich hervorstehenden Zähnen. Sie trug ihr blondes Haar streng im Nacken zusammengebunden und versuchte auffällig, die Lippen über ihre Zähne zu schürzen. Lilly schätzte sie auf Ende zwanzig.

»Martha, das ist Schwester Lilly. Sie wird ab heute mit Ihnen zusammenarbeiten.«

Martha nickte, und nach kurzem Zögern reichte sie Lilly die Hand. »Freut mich«, sagte sie knapp und wandte sich dann wieder ihren Unterlagen zu.

Der Professor trat an zwei nebeneinanderstehende Betten, in denen ein Junge und ein Mädchen saßen. Der Junge, der etwa sechs Jahre alt war, trug ebenso wie das gut zwei Jahre ältere Mädchen metallene Beinschienen. So etwas hatte sie noch nie gesehen.

»Na, ihr beiden, wie geht es euch?«, fragte er.

»Gut«, antwortete das Mädchen, das gerade mit einer Anziehpuppe spielte, während der Junge verlegen ein Blechmotorrad an seine Wange drückte.

»Das sind Inge und Peter«, stellte Professor Kirsch vor. Auf einmal wirkte seine Miene ganz anders. Er lächelte, und seine Augen strahlten die Kinder an. »Das hier ist Schwester Lilly. Sie wird zusammen mit Schwester Martha auf euch achtgeben.«

»Hallo.« Lilly stimmte ein wenig beklommen in das Lächeln ein.

Professor Kirsch bemerkte ihren Blick und erklärte: »Mit diesen Schienen sorgen wir dafür, dass die Knochen gestreckt bleiben und unter Belastung nicht brechen. Mit ihrer Hilfe lernen Peter und Inge wieder das Laufen.«

Lilly schluckte. Die Schienen kamen ihr barbarisch vor. Einige Teile wirkten, als würden sie in die zarten Kinderwaden schneiden.

»Schmerzt das nicht?«, fragte sie.

Kirsch wandte sich Inge zu. »Möchtest du Schwester Lilly erzählen, wie es mit den Stützen ist?«

»Gut«, antwortete sie. »Manchmal stören sie ein bisschen, aber das geht schon. Immerhin kann ich damit wieder laufen.«

»Sollen wir Schwester Lilly das mal zeigen?«, fragte Kirsch.

Inge nickte und schob ihre Beine langsam über die Bettkante. Professor Kirsch ging zu ihr, reichte ihr die Hand.

»Sehen Sie!«, rief Inge aus und erhob sich.

»Das machst du sehr gut«, lobte Lilly, spürte aber den Kloß in ihrer Kehle. Wie sollte sie es nur schaffen, täglich das Leid dieser Kinder anzusehen? Sie hatte doch überhaupt keine Ahnung, wie man mit Kindern umging! Wie man sie tröstete, wie man mit ihnen redete …

Inge lächelte sie an, dann blickte sie zu dem Professor.

»Und jetzt schauen wir mal, wie das Gehen klappt.« An seiner Hand schaffte es Inge bis zum Fenster und wieder zurück. Sie bewegte sich ein wenig steif, und Lilly konnte kaum etwas anderes sehen als die Schienen, doch das Mädchen wirkte glücklich.

Als sie sich wieder setzte, half der Professor Inge, die Beine zurück auf das Bett zu bekommen.

»Ich will auch!«, meldete sich jetzt Peter zu Wort.

»Ich auch!«, rief ein vorwitzig aussehender Blonder und reckte den Arm nach oben, als wäre er in der Schule.

»Nachher, ihr beiden, ich zeige Schwester Lilly erst einmal die anderen Zimmer, ja?« Lächelnd strich er dem Jungen über das Haar.

»Tragen sie diese Schienen ständig?«, wollte Lilly wissen.

»Nein, in der Nacht nicht. Aber Inge und Peter dürfen sich unter Aufsicht von Schwester Martha bewegen, wann sie wollen. Deshalb sind sie jetzt angelegt.«

Lilly blickte wieder zu Martha. Diese war aufgestanden und beugte sich gerade über eines der kleineren Kinder.

»Kommen Sie, ich zeige Ihnen die Einzelzimmer«, sagte Professor Kirsch und eilte an ihr vorbei zur Tür.

Das Zimmer gegenüber war wesentlich kleiner, nur ein Bett stand darin. Der Junge, der darin lag und sie aus müden Augen anblickte, war etwa fünf oder sechs Jahre alt und an den Beinen mit Gurten fixiert. An seinen Füßen waren kleine Sandsäckchen befestigt worden, die als Gewichte dienten. Das Ganze erinnerte eher an eine mittelalterliche Folter als an eine Therapiemethode.

Lilly schnappte nach Luft und schlug die Hand vor den Mund. Als sie den Blick des Professors sah, wurde sie rot und nahm sie beschämt herunter.

Kirsch lächelte den Jungen an, dann zog er sie wieder mit nach draußen.

»Machen Sie das nie wieder!«, fuhr er sie an.

»Was? Ich …«, stammelte Lilly.

»Zeigen Sie gegenüber den Kindern kein Erschrecken, so neu Ihnen eine Situation auch ist!«

»Entschuldigen Sie bitte, ich … ich war nur so erstaunt.«

»Die Kinder sollen uns vertrauen, das können sie aber nicht, wenn sie Furcht oder Abscheu in unseren Augen sehen. Haben Sie das verstanden?«

Lilly nickte. Und wieder fragte sie sich, wie sie das alles schaffen sollte.

»Dieser Junge, Alfred Novak, ist der Sohn eines Schokoladenfabrikanten aus Prag«, fuhr Kirsch fort. »Er leidet an Kniegelenkstuberkulose. Gelenktuberkulose, egal ob an Beinen, Armen oder der Hüfte, ist eine recht seltene Krankheit, die lange Zeit unerkannt bleibt und deshalb eine sehr langwierige Behandlung benötigt. Die Knochen müssen dabei unbedingt ruhig gehalten werden, damit der Körper Zeit hat, die Infektion zu bekämpfen und das Gewebe zu regenerieren.

Die Fixierung und die Gewichte stellen dies sicher und unterstützen den Heilprozess. Für einen Außenstehenden mag das erschreckend sein, aber es hat seinen Sinn, also beherrschen Sie sich!«

Mit diesen Worten öffnete er erneut die Tür. »Guten Morgen, Alfred, wie geht es dir heute?«

»Nicht gut«, antwortete der schmächtige Junge, dem eine dunkle Haarsträhne in die Stirn hing. Seine Wangen waren gerötet, Schweißperlen rannen über seine Schläfen. Lilly war erstaunt, dass er, obwohl er aus Prag kam, beinahe akzentfrei Deutsch sprach. »Mir ist so heiß.«

»Du bekommst nachher ein paar Eiswürfel, ja?« Er wandte sich Lilly zu. »Das ist Schwester Lilly. Sie wird ab heute für dich da sein.«

»Hallo Alfred«, sagte sie und bemühte sich um ein Lächeln.

Der Junge hob zaghaft die Hand zum Gruß. »Wann darf ich wieder laufen?«, fragte er den Professor.

»Das wird leider noch eine Weile dauern«, gab Kirsch mitfühlend zurück. »Ich habe es dir ja schon erklärt, in deinen Knochen sind Bakterien, die Entzündungen verursachen. Nur wenn du ganz still liegst, werden sie wieder heil.«

»Und wann ist es wieder so weit?«

»In ein paar Wochen.«

Alfreds Mundwinkel sanken herab. »Ich vermisse meine Eltern und meine Freunde.«

»Das verstehe ich, mir würde es genauso gehen. Aber wenn du brav bist, wirst du sie schon bald wiedersehen.« Er schaute zu Lilly, die mit ihrer Fassung rang. Das Mitleid mit dem Jungen trieb ihr Tränen in die Augen, doch da sie sich nicht noch einmal von Kirsch anfahren lassen wollte, krallte sie die Hände in die Schürze. »Schwester Lilly wird für dich da sein, ja? Sag ihr nur frei heraus, was du möchtest, wir werden versuchen, es dir zu beschaffen.«

Alfred nickte und zog die Nase hoch. Auch ihm schien zum Weinen zumute zu sein. Und Lilly fand, dazu hatte er noch mehr Grund als sie.

»Gibt es denn keine Medikamente, mit denen man die Tuberkulose heilen kann?«, fragte Lilly, als sie das Zimmer wieder verließen.

»Es gibt seit 1921 eine Impfung, die die französischen Ärzte Calmette und Guérin entwickelt haben, doch was nützt uns die Vorsorge noch, wenn sie, wie hier, zu spät kommt?« Er machte eine Pause, dann fügte er hinzu: »Außerdem hat es gerade erst im vergangenen Monat in Lübeck ein unschönes Ereignis mit dieser Impfung gegeben. Kinder, denen das Mittel oral verabreicht wurde, entwickelten eine Darmtuberkulose und starben. Ich glaube kaum, dass sich in den kommenden Jahren irgendwer für diese Art der Immunisierung erwärmen kann. Also müssen wir weiterhin mit Diät, Sonne und guter Luft arbeiten, um die Kinder vor einem Leben im Rollstuhl zu bewahren.«

Professor Kirsch ging den Gang entlang. »Da wir vorhin von Professor Sauerbruch gesprochen haben: Einige Zeit, bevor er nach Berlin kam, hat er auf einer von ihm errichteten Lupusstation in München eine mineralhaltige, aber kochsalzarme Diät eingeführt, die auf den Erkenntnissen von Dr. Gerson aus Bielefeld basiert. Diese verwende ich auch für meine Patienten. Operative Verfahren kommen erst zur Anwendung, wenn das betreffende Gelenk zerstört ist, was durchaus geschehen kann. Glücklicherweise ist unser Alfred davon verschont geblieben.«

Kirsch blieb stehen. »Bisher hatte ich immer nur reine Kinderschwestern zur Hilfe, doch ich brauche eine qualifizierte Kraft, die meine Behandlungsmethoden versteht. Eine, die mir auch bei meinen wissenschaftlichen Arbeiten helfen kann.« Er blickte sie prüfend an. »Wenn Sie sich das zutrauen, gewähre ich Ihnen gern Zugriff auf meine Bibliothek und meine eigenen Publikationen.«

»Ich …« Lilly hatte plötzlich einen Kloß im Hals. Er wollte ihr seine Arbeiten geben? Aber sie war doch nur eine Schwester! Außerdem schwirrte ihr bereits jetzt der Kopf.

»Sie brauchen mir noch nicht zu antworten. Arbeiten Sie sich ein und schauen Sie, ob dieses Fach etwas für Sie ist. Wir führen einen langwierigen Kampf gegen diese Krankheit und benötigen sehr viel

Geduld, bis Fortschritte erkennbar sind. Und damit meine ich nicht einzelne Patienten, sondern die Gesamtheit der Kranken.«

Lilly nickte. Ihre Brust fühlte sich eng an, und eine leichte Panik stieg in ihr auf. Sie war sich überhaupt nicht sicher, ob sie es ertragen würde, tagtäglich gefesselte Kinder zu sehen. Oder diese furchtbar anmutenden Beinschienen. Doch sie hatte das Geld dringend nötig, um ihre Schuld abzutragen. Um weiterhin ihr Gesicht wahren zu können. Sie betrachtete den Professor und sah in seinen Augen noch immer die Wärme, die er den Kindern entgegengebracht hatte.

»Ich werde versuchen, Ihnen eine wertvolle Stütze zu sein, Herr Professor.«

7. Kapitel

Seufzend zog sich Lilly die Haube vom Kopf. Die Klammern drückten, und der Knoten in ihrem Nacken fühlte sich verschwitzt an.

Neben ihr standen noch drei weitere Schwestern im Umkleideraum. Die meisten von ihnen unterhielten sich fröhlich und beachteten sie nicht. Lilly überlegte kurz, ob sie sich ihnen vorstellen sollte, doch dann sah sie davon ab.

Beinahe den ganzen Nachmittag war sie damit beschäftigt gewesen, die Kinderbetten auf die Sonnenterrasse zu rollen und darauf zu achten, dass die Kleinen weder auskühlten noch einen Sonnenbrand bekamen. Anschließend hatte sie die Kinder wieder in die Zimmer gebracht.

Als sie den Umkleideraum verließ, traf sie auf Schwester Hanna.

»Schwester Lilly!«, sprach sie sie an. »Wie war Ihr Tag?«

»Gut«, antwortete Lilly und setzte mit einem unsicheren Lächeln hinzu: »Anstrengend.«

»Sie haben ein neues Haus kennengelernt. Ungewohnte Wege, neue Menschen …«

Lilly nickte.

»Wie kommen Sie mit Professor Kirsch zurecht? Und mit Oberin Elisabeth?«

»Elisabeth ist streng, aber das muss sie als Oberin wohl sein«, sagte Lilly und sah Hanna nicken. »Und der Herr Professor hängt sehr an seiner Arbeit, nicht wahr?«

Hanna lachte. »O ja, das tut er! Sie dürfen nicht von ihm erwarten, dass er im Haus über etwas anderes redet. Er geht voll und ganz in seiner Aufgabe auf. Dafür schätzen ihn seine Patienten sehr.«

»Das glaube ich.«

»Haben Sie es sich schon mit dem Zimmer überlegt?«, fuhr Hanna fort. »Ich bin sicher, dass Schwester Martha gut zu ihnen passen würde.«

Lilly hatte in der Tat darüber nachgedacht und war zu dem Schluss gekommen, dass sie viel Geld sparen konnte, wenn sie das Angebot des Krankenhauses annahm. Die Miete, die Frau Hausmann verlangte, war zwar nicht besonders hoch, aber momentan brauchte sie jeden Heller.

»Nun, ich bin mir noch nicht sicher, aber …«

»Sie könnten heute schon mal probewohnen. Sie sehen mir recht müde aus, und vor Ihnen liegt ein langer Weg.«

Lilly zögerte. Nach diesem Tag war ihr nicht danach, bei einer fremden Person zu übernachten. Außerdem musste sie ihrer Hauswirtin noch Bescheid geben, dass sie auszog.

»Wäre es in Ordnung, wenn wir das morgen machen? Ich … ich habe keine Waschtasche dabei und würde gern noch ein paar andere Dinge zusammenpacken.«

»Natürlich.« Hanna strich ihr sanft über den Arm und lächelte sie an. »Einen guten Heimweg und bis morgen, Schwester Lilly.«

***

Während die Sonne langsam hinter dem Waldfriede unterging, drehte Louis seine abendliche Runde über das Gelände. Neben ihm lief Rex, der Schäferhund, der mittlerweile auch schon sieben Jahre auf dem Buckel hatte. Ab und zu dachte er noch an die Umstände seiner Anschaffung. Hanna hatte ihm das Tier von einem Ausflug mit ihrem Verehrer mitgebracht. Für eine Weile hatte es so ausgesehen, als würde er sie an den Mann verlieren. Doch dann hatte sich das Blatt gewendet.

Auch wenn möglich war, dass sie eines Tages jemanden fand, der sie liebte, war er froh, dass es nicht der Assistenzarzt Kirchfeld geworden war. Es war ein egoistischer Wunsch, wenn man bedachte, dass er selbst seit über zwanzig Jahren verheiratet war. Hin und wieder ertappte er sich bei dem Gedanken, wie es wäre, wenn er Hanna an seiner Seite hätte. Gleichzeitig wusste er, dass dies nie geschehen würde.

Catherine war eine gute Ehefrau, auch wenn er spürte, dass seine Gefühle für sie mehr und mehr verblassten. Sie sprachen nie darüber, doch er fragte sich, ob es ihr nicht genauso erging. Sie sorgte für ihn, weil es ihre Pflicht war, aber gab es vielleicht auch in ihr die Sehnsucht nach jemand anderem? Ihrem Freund Harrow vielleicht, der in England lebte?

Kurz hielt er inne und ließ seinen Blick über das Krankenhaus schweifen, dessen Fassade vom letzten Sonnenlicht mit einem rötlichen Schleier überzogen wurde. Die Weinranken an den Wänden begrünten sich mittlerweile. Der Gärtner würde sie beschneiden müssen, damit sie nicht durch die Fenster drangen. Auf zwei der spitzen Dachgauben, hinter denen sich die Zimmer der Schwestern verbargen, saßen Tauben und gurrten laut vor sich hin.

Er schritt weiter, rüber zur Garage, die sich neben der kleinen Leichenhalle befand. Bruder Fritz Kowalski war gerade dabei, den schwarzen Wagen zu putzen. Louis überlegte, ob er zu ihm gehen und sich mit ihm unterhalten sollte, als er eine weiß gekleidete Gestalt zusammengesunken auf einer der Parkbänke entdeckte. Ob es ein Arzt oder eine Schwester war, vermochte er aus der Entfernung nicht zu sagen.

»Komm mit!«, befahl er dem Hund, der ihm hechelnd folgte, während er mit raschem Schritt über den Kieselweg eilte, der an den Bädern vorbeiführte.

Auf den ersten Blick wirkte es so, als säße die Gestalt reglos, doch dann bemerkte er, dass sie ein wenig zuckte. Hatte sie einen Krampfanfall?

Er lief jetzt, und Rex, der wohl auch spürte, dass etwas nicht stimmte, preschte voraus. Das Tier hatte gerade die Bank erreicht, als sich die Gestalt aufrichtete.

»Dr. Rosenbaum?«, fragte Louis. Der Haarschopf des neuen Assistenzarztes stand zu allen Seiten ab, als hätte er sich die Haare gerauft.

»Dr. Conradi.« Peter Rosenbaum versuchte sichtlich, sich zu fassen. Sein Körper straffte sich.

»Ist alles in Ordnung mit Ihnen? Geht es Ihnen gut?«

»Ja, natürlich«, erwiderte er.

»Ich habe Sie von Weitem gesehen und dachte …« Louis spürte, wie das Herz in seiner Brust hämmerte. Der erste Schreck wich langsam zurück.

»Es ist alles in Ordnung, Dr. Conradi, ich musste nur mal ein wenig raus …«

Doch sein Aussehen wirkte nicht so, als sei alles in Ordnung. Sein Blick war umwölkt, seine Mundwinkel hingen nach unten. Er machte einen äußerst betrübten Eindruck.

»Was ist geschehen? Es ist doch wohl keine unserer Patientinnen gestorben?« Louis hatte schon bemerkt, wie feinfühlig sein Kollege war, der ihm in der Gynäkologie zur Hand ging. Wenn eine Patientin starb, nahm es ihn mehr mit als alle anderen.

»Nein, in dem Fall hätten wir Sie gerufen. Es ist nur …«

Louis, der nun davon ausging, dass es etwas Privates sein musste, sagte: »Wenn Sie nicht darüber reden wollen …«

Rosenbaum schüttelte den Kopf und fasste sich sichtlich wieder. »Es ist nur so, dass ich mir Sorgen um die Zukunft mache. Seit einiger Zeit beobachte ich die Vorgänge in unserem Land, und ich kann nicht umhin, mir Gedanken zu machen, was wird, wenn …« Er stockte.

Louis schaute ihn verwundert an. »Sprechen Sie es ruhig aus.«

»War es für Sie je ein Problem, dass ich Jude bin?«, fragte er dann.

»Nein, wieso fragen Sie das?«

Rosenbaum rang mit sich. »Während des Studiums gab es gewisse Burschenschaften, deren Mitgliedern ich nicht über den Weg laufen konnte, ohne mir irgendwelche Beleidigungen einzufangen. Ich habe versucht, sie abzuschütteln, dachte, wenn ich erst einmal mein Examen bestanden hätte, könnte ich sie hinter mir lassen …«

Louis nickte verständnisvoll. Auch ihm waren Beschimpfungen und Beleidigungen in der Schulzeit nicht fremd. Dass er samstags nicht in der Schule war – der Rektor hatte ihn nach einem Gespräch mit seinem Vater davon befreit –, erregte das Missfallen der anderen Jungen. Bald schon fanden sie eine Erklärung: Er musste ein Jude sein, wenn er samstags nicht erschien. Das warfen ihm einige an den Kopf, und wenn er versuchte, es aufzuklären, wurde es noch schlimmer. Und seit dieser Adolf Hitler mit seiner neuen Partei mehr und mehr in Erscheinung trat, hatte sich die Stimmung gegenüber den Juden im Lande spürbar verschlechtert. Doch was hatten die Jugendgeschichten damit zu tun, dass Dr. Rosenbaum so melancholisch auf der Parkbank saß?

»Tut mir leid, ich kann nicht ganz folgen«, sagte Louis. »Hat jemand im Haus Sie beleidigt? Eine Schwester oder ein Pfleger vielleicht?«

Rosenbaum blickte ihn traurig an, dann verneinte er. »Der Mann von Frau Harmon hat mich als Behandler für seine Frau abgelehnt, weil ich Jude bin.«

8. Kapitel

Zehlendorf, 16. Mai 1930

»Das Wartezimmer ist leer, Herr Doktor«, berichtete Hanna, nachdem sie zur Tür hinausgeschaut hatte. »Ich glaube, Sie können sich auf den Weg machen.«

Louis nickte und erhob sich. Seit Wochen freute er sich auf diesen Abend. Die Aufnahme in die Berliner Medizinische Gesellschaft war ein Adelsschlag und seit Jahren eines seiner Ziele. Heute würde er endlich Zutritt zu den heiligen Hallen bekommen!

»Danke, Hanna«, sagte er und erhob sich. »Wenn etwas sein sollte …«

»… melde ich mich bei Dr. Rosenbaum«, vervollständigte sie seine Worte. »Er hat heute Dienst.«

»Immer informiert, liebe Hanna!« Louis verbarg das Unwohlsein, das ihn überkam, als er an die Unterhaltung mit Rosenbaum im Park zurückdachte. Er hatte ihm natürlich seine Unterstützung zugesichert, doch als er auf Station mit Herrn Harmon gesprochen hatte, war deutlich geworden, dass er ihn nicht mehr an seine Frau heranlassen durfte. Dass in der Bevölkerung so tiefe Ressentiments gegen Juden herrschten, dass sie bereits bis ins Waldfriede reichten, hätte er nicht erwartet.

Aber vielleicht war es alles nur ein dummer Zufall gewesen, ein Einzelfall …

»Das sollte ich auch sein als Ihre Sprechstundenhilfe.« Hannas helle

Stimme holte ihn zurück. Sie warf ihm ein Lächeln zu und öffnete die Tür.

Louis eilte in Richtung Pforte. Eine frische Abendbrise wehte ihm entgegen, als er das Waldfriede verließ. Der Wagen stand schon auf der Rotunde vor dem Haupteingang bereit, und auf dem Balkon des Ärztewohnhauses erblickte er die helle Gestalt seiner Frau, die ihm zuwinkte. Louis beschleunigte seinen Schritt.

Das Ärztewohnhaus wirkte mit seinen zahlreichen Erkern, Dachgauben und dem wie ein Pavillon gestalteten Balkon eher wie eine Villa. Im Parterre lebte Pastor Alfred Behrens mit seiner Familie, Louis bewohnte mit Catherine das erste Stockwerk.

Ursprünglich hatte auch sein Freund und Kollege Dr. Meyer hier einziehen sollen, doch er hatte das günstige Angebot einer Wohnung in der Stadt erhalten.

Als Louis das Haus betrat, tönte ihm Kindergesang entgegen. Die Behrens waren mit zwei Jungen und drei Mädchen gesegnet, und besonders in der ersten Zeit hatte Louis befürchtet, dass dies seiner Frau zusetzen könnte. Ihr selbst war es versagt geblieben, ein weiteres Kind zu bekommen, nachdem ihre Tochter im Jahr 1918 tot geboren worden war. Sie hatten es versucht, doch ihre Bemühungen waren ins Leere gelaufen. Einen Grund dafür hatte er zunächst weder bei ihr noch bei sich gefunden. Mittlerweile vermutete er, dass eine Infektion ihren Eierstöcken geschadet hatte. Doch wie dem auch war, jetzt war es ohnehin zu spät für Nachwuchs.

»Wo bleibst du denn?«, tadelte ihn seine Frau, die ein fliederfarbenes Kleid mit hoch angesetzter Taille trug. »Wir müssen in einer Stunde beim Langenbeck-Virchow-Haus sein. Bis zur Luisenstraße ist es ein weiter Weg!«

»Unser guter Kowalski wird uns schon rechtzeitig dort hinbringen.«

Louis schälte sich aus seinem Jackett und verschwand im Badezimmer. Nachdem er sich gewaschen hatte, prüfte er seinen Bart, griff zum Rasiermesser und schabte sich in aller Eile noch ein paar Stoppeln vom Kinn.

Als er fertig war, schlüpfte er in den Anzug, den Catherine ihm herausgelegt hatte. Er hatte ihn erst vor ein paar Wochen vom Schneider bekommen, dennoch saß er an den Armen und am Bauch recht locker.

Catherine hat wohl recht, ich muss mehr essen, ging es ihm durch den Sinn, während er das Jackett schloss.

***

Hohe Fenster und hell gestrichene Wände verliehen dem Speisesaal eine freundliche Note. Die Abendsonne schien durch die Baumkronen und malte Lichtflecke auf die zarten Gardinen. Zu Lillys Überraschung waren beinahe alle Tische besetzt. Um diese Uhrzeit bereiteten sich jene, die den Nachtdienst übernahmen, vor, während andere nach Feierabend einen Happen aßen.

Hierarchien schienen hier nicht so wichtig zu sein – jedenfalls nicht beim Essen. Ärzte saßen mit Schwestern und Pflegern zusammen und unterhielten sich lebhaft miteinander.

Lilly entdeckte ihre Kollegin Martha, mit der sie heute Dienst gehabt hatte, an einem der Tische in der Nähe der Fenster. »Entschuldigen Sie, darf ich mich neben Sie setzen?«

Martha blickte etwas überrascht auf. »Oh, natürlich. Setz dich.«

Lilly ließ sich auf den Stuhl nieder. »Schwester Hanna sagte mir, dass Sie …«

»Sag ruhig du zu mir, das tun sie alle«, gab Martha zurück.

»In Ordnung … Martha. Vielen Dank, dass ich bei dir wohnen darf.«

»Wir teilen alle unsere Räume«, erwiderte ihre Zimmergenossin. »Jungschwester Erna ist ausgezogen, weil sie sich verheiratet hat. Sie geht mit ihrem Mann nach Afrika.«

»Das klingt interessant«, sagte Lilly und schaute auf ihr Abendessen. Kartoffeln mit einer Kräutersoße und Möhren, dazu ein Gebilde, das die Köchin als Bratling bezeichnet hatte. Der Duft war so köstlich, dass ihr das Wasser im Mund zusammenlief.

»So ist das bei uns.« Martha zuckte mit den Schultern. »Wenn du heiratest, folgst du deinem Mann.«

Nicht zwangsläufig, dachte Lilly, doch sie dachte wieder an das, was Oberin Elisabeth ihr gesagt hatte, und wandte sich ihrem Essen zu.

Der Bratling bestand vollkommen aus Gemüse, die Soße war sämig und wunderbar gewürzt und die Kartoffeln etwas weich, doch sie schmeckten nicht nach Keller, wie es die Erdäpfel um diese Jahreszeit so an sich hatten.

Als sie fertig war und sah, dass auch Martha ihre Mahlzeit beendet hatte, unternahm Lilly einen neuen Versuch, mit ihr ins Gespräch zu kommen.

»Arbeitest du schon lange mit Professor Kirsch?«

»Seit er hier ist«, antwortete Martha knapp. Lilly fiel auf, dass die anderen am Tisch sich lebhaft unterhielten, aber niemandem schien es einzufallen, Martha miteinzubeziehen.

»Wann war das?« Lilly unterdrückte ein Seufzen. Es war nicht einfach für sie, Menschen Informationen aus der Nase zu ziehen.

»1928, denke ich.«

»Und … warst du immer schon Kinderschwester?«

»Ich habe auf der Inneren Station angefangen.« Martha erhob sich abrupt. »Ich muss noch mal los. Iss in Ruhe auf, in einer halben Stunde treffen wir uns an der Treppe.«

»Ist gut«, sagte Lilly und fragte sich, ob Martha sie vielleicht unsympathisch fand. Dann fiel ihr wieder ein, wie es ihr ergangen war, wenn ihre Hauswirtin neugierige Fragen gestellt hatte.

Möglicherweise war Martha schüchtern, und sie sollte ihr Zeit geben.

***

Das Klopfen unzähliger Knöchel auf Tischplatten hallte durch den Hörsaal des Langenbeck-Virchow-Hauses.

Die Aufnahmezeremonie war vorüber, und nun brannte Louis

darauf, mit all den Kollegen ins Gespräch zu kommen, von denen er bislang nur gehört hatte. Paul Lazarus zum Beispiel, dessen Werke über Strahlentherapie er sehr schätzte, oder Arthur Waldemar Meyer, eine Koryphäe auf dem Gebiet der Hirntumore und der plastischen Chirurgie. Den Gynäkologen Robert Meyer hatte er schon einmal bei einem medizinischen Vortrag zur Frauenheilkunde erlebt.

Suchend ließ er seinen Blick durch den braungetäfelten Saal schweifen, über die Sitzreihen und die Ziertafeln mit den antiken Szenen bis hin zur Tür. Dabei vergaß er beinahe, dass seine Frau neben ihm saß.

»Das war eine schöne Rede, die der Vorsitzende gehalten hat, findest du nicht?«, rief sie sich ihm wieder ins Gedächtnis.

»Eine sehr schöne Rede«, pflichtete er ihr bei.

Catherine musterte ihn, dann sagte sie: »Du würdest am liebsten loslaufen und jedem die Hand schütteln, habe ich recht?«

»Ich kann dich doch nicht einfach so sitzen lassen.«

»Warum nicht? Wie du siehst, hat die Medizinische Gesellschaft jetzt auch weibliche Mitglieder.« Sie deutete auf die Kinderärztin Lucie Adelsberger, die sich am Ausgang mit einem ihrer Kollegen unterhielt. »Und ich glaube kaum, dass ich von einem der Herren belästigt werde.«

»Trotzdem wäre es unhöflich. Außerdem sollte gleich das Buffet eröffnet werden.« Er erhob sich und bot Catherine seinen Arm an. »Nachher werde ich noch genügend Zeit für Gespräche haben.«

Sie verließen den Hörsaal und schritten durchs Foyer. Vor einem Wandgemälde, das bedeutende Ärzte der Vergangenheit zeigte, blieben sie kurz stehen. Louis erkannte den alten Rudolf Virchow darauf, außerdem Stabsarzt von Behring.

»Du bist also der mit dem kleinen Krankenhaus am Grunewald«, sprach ihn jemand an. Als Louis sich umwandte, erblickte er einen glatzköpfigen Mann mit Schnurrbart und runder Brille. Seine Augen musterten Louis wachsam, leichter Schalk spielte in seinen Augenwinkeln. Schon bevor er sich vorstellte, wusste er, welchen großen Chirurgen er vor sich hatte. Erst kürzlich hatte er ihn in einem Fachblatt für Chirurgie gesehen.

»Dr. Louis Conradi«, stellte Louis sich vor.

»Freut mich, Conradi«, sagte sein Gegenüber und reichte ihm die Hand. »Sauerbruch. Ferdinand Sauerbruch.«

»Angenehm«, brachte er hervor. Dass der Leiter der Chirurgischen Klinik der Charité so … freimütig war, hätte er nicht erwartet. Dennoch fühlte er sich geehrt, dass er ihn überhaupt angesprochen hatte.

»Und ich nehme an, das ist deine Frau?« Er richtete den Blick auf Catherine.

»Ja, das ist sie.«

»Catherine Conradi«, sagte sie und reichte ihm die Hand. Sauerbruch verneigte sich überraschend galant und gab ihr einen Handkuss.

»Hättet ihr etwas dagegen, wenn ich mich zu euch geselle?«

Louis blickte zu Catherine. Er spürte ihre Verwunderung, doch es wäre unhöflich gewesen, den Professor abzuweisen. Außerdem: Es war Ferdinand Sauerbruch!

»Dein Haus ist wirklich hübsch. Klein, aber fein«, bemerkte Sauerbruch. »Waldfriede ist der Name, nicht? Passend!«

So, wie es in den vergangenen Monaten gewachsen war, hätte Louis das Waldfriede nicht mehr als klein bezeichnet. Gegenüber der Charité war es natürlich ein Winzling. Doch welches Krankenhaus in Berlin war das nicht, wenn man diesen Maßstab anlegte?

»Manchmal reite ich um die Krumme Lanke und den Schlachtensee, da werfe ich hin und wieder einen Blick drauf«, erklärte Sauerbruch. »In der Gegend hätte ich gern ein Haus, aber wahrscheinlich werde ich mich erst mal mit Wannsee begnügen müssen.«

Also ob Wannsee so unerträglich wäre, dachte Louis ein wenig spöttisch. Wenn er am Samstag dort war und mit Catherine am See entlangspazierte, bewunderte er stets die wunderschönen Villen und fragte sich, ob er eines Tages dort auch ein Grundstück besitzen würde.

»Bei wem hast du gelernt, Conradi?«, fragte Sauerbruch unverblümt weiter.

»Professor Grisson in Hamburg«, gab Louis zurück. »Und bei einigen Chirurgen in der Schweiz.«

»Grisson ist ein guter Mann! Ich habe ihn ein paarmal getroffen. Scheint sich nicht aus seiner Klinik in Hamburg lösen zu wollen.«

Louis hatte schon seit einer Weile keinen Kontakt mehr zu seinem alten Chefarzt. »Hamburg ist eine sehr nette Stadt«, sagte er. »Sehr offen.«

»Ja, das ist sie!«, polterte Sauerbruch, dann sah er ihm erneut ins Gesicht. »Aber wenn ich ehrlich bin, gefällt mir Berlin besser. So viele Möglichkeiten! Vielleicht kannst du mit deiner Frau ja mal bei mir vorbeikommen. In Wannsee natürlich, nicht an der Charité. Wenn ich bis zum Hals in Arbeit stecke, bin ich wenig gesellig.«

Für Louis' Geschmack war Professor Sauerbruch beinahe etwas zu gesellig. Doch er nickte und antwortete: »Das würde uns sehr freuen. Und vielleicht haben Sie ja Lust, unser bescheidenes Haus mit Ihrem Besuch zu beehren.«

»Oh, das werde ich bestimmt.« Sauerbruch klopfte ihm gutmütig auf die Schulter, machte eine kurze Verneigung vor Catherine und zog weiter.

Louis schaute ihm verdattert nach.

»Was war das denn?«, flüsterte Catherine empört. »Wie kommt er dazu, uns zu duzen wie alte Schulkameraden?«

»Das ist der Chefarzt der Chirurgischen Klinik der Charité. Der große Sauerbruch!«

»Und ein ungehobelter Flegel, wie es scheint, Handkuss hin oder her.«

Louis wollte gerade etwas dazu sagen, doch dann sah er Carl von Eicken, seinen größten Fürsprecher, was die Aufnahme in die Gesellschaft anging.

»Ah, Dr. Conradi, hier sind Sie!«

Louis schüttelte seine Verwunderung über Sauerbruch ab.

»Wie ich sehe, haben Sie unseren Professor Sauerbruch auch schon kennengelernt.« Von Eicken deutete mit dem Kinn über Louis' Schulter. Sauerbruch hatte schon das nächste Opfer gefunden, dem er die Schulter tätschelte.

»Und ob wir das haben«, gab Catherine zurück, dann biss sie sich auf die Lippe.

»Ja, er ist schon ein Original, unser Sauerbruch. Ich hoffe, es hat Sie nicht allzu sehr erschreckt, dass er alle und jeden duzt. Das ist so eine Angewohnheit von ihm, und angesichts seines Renommees wird auch niemand versuchen, sie ihm auszutreiben. Aber seine Vorträge sind glanzvoll, die müssen Sie gehört haben!« Er warf Louis einen aufmunternden Blick zu. »Warum besprechen wir das nicht bei einem guten Happen? Das Buffet wird gleich eröffnet.«

Louis warf noch einen Blick zu Sauerbruch, der sich angeregt mit anderen Gästen unterhielt, dann folgten sie seinem Kollegen in den Speisesaal.

***

Nachdem sie sich an der Treppe zusammengefunden hatten, zeigte Martha Lilly das Geschoss unter dem Dach. Schon von außen hatte Lilly die spitzen Dachgauben gesehen, hinter denen sich die Zimmer befanden. Ihre Kollegin hatte eines in der Mitte des Ganges.

Als sie eintrat, bemerkte sie als Erstes, wie spartanisch der Raum eingerichtet war. Martha schien nicht viel von Dekoration zu halten. Auf den ersten Blick erkannte Lilly nicht einmal, welches Bett ihres sein sollte. Immerhin hatte man vom Fenster einen wunderbaren Blick über den Park und die Nachbarschaft.

»Das Bett auf der linken Seite ist deines«, sagte Martha und ging zum Schrank. »Bettzeug bekommst du normalerweise in der Wäschekammer, aber ich habe noch welches hier.«

Sie öffnete den Schrank, in dem neben einem dunkelblauen Kleid lediglich ein braunes und ein cremefarbenes mit kleinem Kragen hing.

»Danke«, sagte Lilly, als sie ihr den Stapel Bettbezüge reichte.

Die Metallgestelle der Betten waren in einem hellen Cremeton gestrichen, die Matratze darauf wirkte ein wenig durchgelegen, war aber sauber. Lilly verstaute ihre Sachen auf ihrer Seite des Schranks und machte sich daran, die Decke und das Kopfkissen zu beziehen.

Wie schon im Speisesaal war Martha nicht sonderlich gesprächig. Sie verrichtete ihre Abendtoilette und nahm dann ihre Bibel zur Hand.

Als Lilly fertig war, schlüpfte sie hinter den Paravent und tauschte ihr Schwesternkleid gegen ein Nachthemd. Anschließend begab sie sich unter die Decke.

Martha sah sie verwundert und fast ein bisschen strafend an. »Betest du nicht?«

Ein heißer Schauer rann über Lillys Nacken. Sie hatte ganz vergessen, dass sie in einem christlichen Haus arbeitete.

»Doch, natürlich«, sagte Lilly, ging vor dem Bett auf die Knie und faltete die Hände.

Als sie noch ein Kind war, hatte ihre Mutter darauf geachtet, dass sie ein Nachtgebet sprach. Doch dieser Brauch war mit ihrem Heranwachsen verloren gegangen.

Ein Gebet sprach sie auch jetzt nicht. Stattdessen versuchte sie, die Ereignisse des Tages zu rekapitulieren. Professor Kirsch hatte sie wieder Betten schieben lassen, anschließend musste sie ihm bei dem kleinen Alfred zur Hand gehen. Die Sandsäcke kamen ihr immer noch barbarisch vor, doch wie der Professor bemerkte, schienen sie zu helfen.

Als sie schließlich wieder unter die Decke schlüpfte, hörte sie Marthas Stimme von der anderen Seite des Zimmers. »Tut mir leid, ich bin es nicht gewohnt, viel zu reden.«

»Schon in Ordnung«, sagte Lilly. »Stille kann auch nett sein.«

Sie konnte Marthas Gestalt nur im Halbdunkel erahnen. Lächelte sie?

»Ich komme aus Friedensau«, sagte sie dann. »Das liegt in der Nähe von Magdeburg und wurde 1899 von unserer Gemeinschaft gegründet. Sie betreibt dort eine große Lehranstalt und ein Sanatorium. Beinahe alle Schwestern, die hier arbeiten, gehören der Friedensauer Schwesternschaft an.«

»Dort war ich noch nie.« Lilly war ein bisschen überrascht, dass Martha nun doch das Gespräch suchte. »Aber ich weiß, wo es liegt.« Sie zögerte einen Moment, als sie realisierte, dass sie nun an der Reihe war.

»Ich stamme aus Potsdam«, sagte sie schließlich.

»Dort waren wir mal zu einem Ausflug«, gab Martha zurück. »Das Schloss Sanssouci ist wunderschön.«

»Das ist es. Wir waren oftmals im Park, meine Familie und ich. Mein Vater behauptet, er hätte den Kaiser dort noch über die Wege flanieren sehen.«

Lilly stockte. Die Erwähnung ihres Vaters ließ ihren Magen zusammenkrampfen.

»Mein Vater findet es gottlos mit allem Prunk«, erwiderte Martha. »Aber ich höre nicht auf ihn.« Lilly spürte förmlich das Lächeln, das sie aufsetzte. »Jedenfalls können wir froh sein, dass der Kaiser fort ist. Er hat mit dem Krieg nur Leid über uns gebracht.«

War Martha eine Sozialistin? Lilly musste grinsen. Das hätte ihrem Vater überhaupt nicht gefallen.

»Darf ich fragen, wie alt du bist?«, fragte Lilly.

»Achtundzwanzig«, erwiderte Martha.

»Ich bin zwanzig«, sagte sie. »Im Sommer werde ich einundzwanzig.«

»Und da haben deine Eltern dir erlaubt, die Stelle zu wechseln?«

Es ist ihnen egal, was ich mache, wäre es beinahe aus ihr herausgeplatzt. »Ja, das haben sie«, schwindelte Lilly, froh darüber, dass Martha sie in der Dunkelheit nicht sehen konnte.

Und plötzlich wurde ihr klar, warum Martha auf einmal so gesprächig war. Sie fühlte sich sicherer, wenn man sie nicht ansehen konnte.

Lilly erinnerte sich daran, dass ihr als Erstes die Zähne aufgefallen waren. Befreit von dem Druck, sie verbergen zu müssen, traute sich Martha wohl eher, den Mund zu öffnen.

Lilly wünschte ihr eine gute Nacht und beschloss, sie zu mögen.

9. Kapitel

Berlin, 6. Juni 1930

Der Freitagnachmittag war gewittrig. Graue Wolken zogen über den Himmel und verdüsterten den rotgetäfelten Wartebereich vor dem Prüfungsraum. Der Geruch von Holz, Bohnerwachs und Papier stieg in Hannas Nase.

In diesem Augenblick kam sie sich nicht wie eine Schwester vor, die schon mehr als fünfzehn Jahre ihres Lebens Dienst im Krankenhaus tat. Sie fühlte sich wie damals in Friedensau, als sie ihre Abschlussprüfung ablegen musste. Nur dass es diesmal nicht Dr. Meyer war, der in der Prüfungskommission saß.

Wovor habe ich eigentlich Angst?, fragte sich Hanna. Ich arbeite jeden Tag mit dem Röntgengerät. Hin und wieder musste sie es sogar reparieren. Trotzdem blieb die Unruhe. Wenn sie nun wegen dieser unsinnigen Prüfung ihren Posten verlor?

Sie erinnerte sich noch gut daran, wie Dr. Conradi ins Sanatorium Friedensau gekommen war, um sie als Röntgenschwester ins Waldfriede zu berufen. Er war ihre Rettung gewesen, nachdem ihr Verlobter seinen Kriegsverletzungen erlegen war und es ihr aufgrund des erlittenen Traumas beinahe unmöglich wurde, als Schwester weiterzuarbeiten.

»Fräulein Richter?«, rief eine Männerstimme.

Hanna erhob sich, strich über den Rock ihres Schwesternkleides, richtete die Brosche an ihrem Kragen. Dann ging sie zu dem Mann an der Tür. Er trug dem Anlass angemessen einen dunklen Anzug und trat höflich beiseite, um sie einzulassen.

Das Prüfungskomitee bestand aus drei Personen. Professor Leder saß in der Mitte, flankiert von zwei anderen Herren.

»Guten Tag, Fräulein Richter«, begann Leder und stellte seine beiden Beisitzer vor. Dr. Heinrich, ein blonder, schlanker Mann mit Nickelbrille auf der Nase, kam vom Röntgeninstitut am Virchow-Krankenhaus. Lothar Hohenfeld vom Oberprovinzial-Schulkollegium hatte einen ergrauten Spitzbart und hohe Geheimratsecken. Sein Mund wirkte etwas verkniffen.

»Sie sind Hanna Richter, geboren am 10. Juli 1895 in Magdeburg«, begann Professor Leder.

»Ja, die bin ich.«

»Und Sie arbeiten am Krankenhaus Waldfriede.«

»Ganz recht, als Röntgenschwester und Sprechstundenhilfe unseres Klinikleiters Dr. Conradi. Außerdem unterrichte ich das Röntgenfach an unserer Krankenpflegeschule.«

»Ah, eine Kollegin! Das haben Sie bisher gar nicht erwähnt!«

Hanna lächelte und dachte: Sie haben ja auch nicht gefragt.

»Welcher Konfession gehören Sie an?«, fragte Hohenstein plötzlich. »Ich habe Sie aufgrund der Terminverschiebung für eine orthodoxe Jüdin gehalten, aber das sind Sie augenscheinlich nicht.«

Hanna hätte ihn am liebsten gefragt, woran er das zu erkennen meinte und was ihr Glauben bei dieser Prüfung zur Sache tat. Doch sie rang ihre Empörung nieder und antwortete so ruhig wie möglich: »Ich bin Adventistin vom Siebenten Tage.«

Hohenstein sah sie an, als würde er sie nicht richtig verstehen. Doch Professor Leder nickte verständnisvoll.

»Das Waldfriede ist in adventistischer Hand, nicht wahr?«, fragte er, worauf Hanna nickte.

»Ja, das sind wir.«

»Und Ihren Glauben kann man wie verstehen?«, fragte Hohenstein. »Ist er eine Splittergruppe des Judentums?«

»Nein, wir sind Christen.« Hanna spürte, wie sich ihr Magen zusammenzog. Sie war doch nicht hier, um über ihren Glauben zu berichten, sondern ihr Wissen in Sachen Röntgentechnik zu beweisen. Wollte er sie mit diesen Fragen verwirren, sich vielleicht für die Verschiebung des Prüfungstermins rächen? »Wir rechnen uns zu den evangelischen Konfessionen. Wir feiern den Sabbat, glauben aber an die Heilige Schrift. Wir kennen keine Hölle, dafür glauben wir an die Erweckung der Gerechten durch Jesus Christus.«

»Ihre Kirche wurde in Amerika gegründet, nicht wahr?« Leder bedachte seinen Sitznachbarn mit einem strafenden Blick. »Ich habe gehört, dass bei Ihnen sehr viele Gläubige ins Missionsfeld nach Afrika streben.«

»Ganz richtig, Herr Vorsitzender«, gab Hanna zurück und fügte hinzu: »Ich bin eine Friedensauer Schwester, in meinem früheren Schulort gibt es jetzt eine Missionsschule.«

Ein kurzer Blick zu Hohenfeld sagte ihr, dass es gut gewesen war, dies zu erwähnen. Seine Miene lockerte sich ein wenig.

»Nun, ich denke, wir sollten Schwester Hanna jetzt die Fragen stellen, für die sie eigentlich gekommen ist«, warf Leder ein.

Danke, Professor, dachte Hanna, hob den Kopf und sagte: »Nur zu, ich bin bereit!«

***

»Schwester Lilly, ich habe eine Bitte an Sie«, eröffnete Professor Kirsch ihr kurz vor Feierabend, als er seinen üblichen Rundgang durch das Kinderzimmer machte.

»Ja, Herr Professor?«, erwiderte sie und straffte sich.

»Morgen Nachmittag wird eine neue Patientin hier eintreffen, ein vierjähriges Mädchen. Wegen des Sabbats werde ich erst am Abend dazukommen können, würden Sie also die Kleine in Empfang nehmen und es ihr und ihren Eltern so bequem wie möglich machen?«

Lilly sah ihren Chef verwundert an. Das bedurfte doch keiner expliziten Bitte! »Natürlich, Herr Professor.«

Kirsch fuhr fort: »Wäre es Ihnen möglich, auch am Sonntag an meiner Seite zu arbeiten? Wir müssen den Körper der Kleinen fixieren, da benötige ich jemanden, der sich um das Mädchen wie auch um die Mutter kümmert. Sie selbst waren schon als Krankenschwester erschrocken von meiner Methode, also können Sie sich vielleicht vorstellen, wie es der Mutter ergehen wird, wenn sie sieht, dass wir ihre Tochter der Freiheit berauben wollen.«

»Selbstverständlich«, sagte Lilly. »Das ist kein Problem.«

Kirsch lächelte, das erste Mal, seit sie angefangen hatte, mit ihm zu arbeiten. »Danke. Ich werde dafür sorgen, dass Sie einen anderen freien Tag als Ausgleich erhalten.«

Lilly nickte und zog sich zurück. Es machte ihr nichts aus, am Sonntag zu arbeiten, zumal sie nichts vorhatte. Doch es gab eine Sache, die sie zuvor noch erledigen musste.

***

Noch im Laufen schälte sich Hanna aus ihrem Mantel und legte ihn sich über den Arm. Einerseits hatte sie es eilig, weil sie es nicht abwarten konnte, Dr. Conradi vom Verlauf der Prüfung zu erzählen, andererseits hatte sie ein schlechtes Gewissen, weil die Fahrt länger als erwartet gedauert hatte.

Jetzt war es schon fast Abend, und Dr. Conradi fragte sich sicher, wo sie blieb.

Der Anblick der leeren Wartenische beruhigte sie ein wenig. Immerhin herrschte kein großer Andrang mehr. Als sie eintrat, sah sie den Chefarzt hinter dem Schreibtisch.

»Schwester Hanna, wie gut, dass Sie wieder hier sind!«, rief er aus. »Wie ist es Ihnen in der Prüfung ergangen?«

»Bestens!« Stolz zeigte Hanna das Zeugnis, das man ihr zusammen mit anderen Bescheinigungen ausgehändigt hatte.

»Etwas anderes hätte ich auch gar nicht erwartet«, sagte Dr. Conradi zurück. »Eigentlich war die Prüfung unsinnig.«

»Nun, wenn man es genau nimmt, war es auch ein bisschen lustig«, gab Hanna zurück. »Einer der Beisitzer der Kommission interessierte sich brennend für meinen Glauben, und der andere, Dr. Heinrich vom Röntgeninstitut, wollte mich schon abwerben. Ich habe ihm gesagt, dass Sie und Dr. Meyer wohl nicht begeistert wären.« Hanna lachte kurz auf in Erinnerung der Szene.

»Das will ich wohl meinen«, entgegnete Conradi. »Doch was hatte der andere mit Ihrem Glauben?«

Hanna verdrehte die Augen. »Er hielt mich für eine Jüdin, und ich musste ihm erklären, dass wir Christen sind.«

»Und war er damit zufrieden?«

Hanna schaute ihn verwundert an. »Warum sollte er es nicht sein?«

Conradis Miene verfinsterte sich. »Es sind jetzt zehn Jahre vergangen, seit dieser Wiedemann uns das Haus streitig machen wollte.«

»Ich weiß«, sagte Hanna. »Und bisher hat er es nicht wieder versucht.«

»Auch er hat mich damals gefragt, ob es sich bei unserer Glaubensgemeinschaft um eine Abspaltung des Judentums handelt. Wie Sie wissen, hat sich die Lage in unserem Land verändert. Mittlerweile bemerkte ich mehr oder weniger offen geäußerten Judenhass, auch bei unseren Patienten.«

Hanna zog erstaunt die Augenbrauen hoch. »Bei unseren Patienten? Wen …«

»Dr. Rosenbaum. Der Mann einer Patientin sagte, dass er nicht will, dass ein Jude Hand an seine Frau legt.«

»Aber … das ist doch absurd! Dr. Rosenbaum ist ein guter Mediziner. Wie kommt er nur darauf?« Hanna schüttelte den Kopf.

Dr. Conradi sah sie direkt an. »Niemand weiß, welche Blüten diese verrückte Zeit noch treibt. Und wann der nächste Angriff auf uns erfolgt.« Er machte eine kurze Pause. »Bitte berichten Sie mir, wenn irgendjemand Sie wieder nach Ihrem Glauben fragt. Das gilt für

Patienten ebenso wie für Amtsleute. Ich werde dann mit ihnen reden und versuchen, ihnen ihre falschen Ansichten zu nehmen.«

Ein Klopfen folgte seinen Worten, und bevor er antworten konnte, wurde die Tür aufgerissen.

»Dr. Conradi, kommen Sie schnell in die Notaufnahme«, keuchte Schwester Grete. »Man hat uns eine Frau und ein kleines Mädchen gebracht. Ein Unfall mit einem Automobil!«

***

Die Straße war ebenso wie die Gehwege in Zehlendorfs Innenstadt voller Menschen, die ihre letzten Erledigungen vor dem allgemeinen Ladenschluss tätigen wollten. Auch vor den Schaltern des Postamts war noch eine lange Schlange.

Glücklicherweise brauchte sie sich dort nicht einzureihen. Kurz nach ihrer Ankunft im Waldfriede hatte sie sich ein Postfach eingerichtet, nach dem sie einmal in der Woche sah. Natürlich durfte man sich private Post ins Haus schicken lassen, doch Lilly hatte gute Gründe, ihre Sendungen hier zu sammeln. Es gab nur eine Person, die ihr schreiben würde.

Eigentlich rechnete sie nicht damit, doch wie sie schon erlebt hatte, kam manch unangenehmer Brief unverhofft. Es war besser, wenn sie nachschaute, ehe eine kompromittierende Situation entstand.

Nachdem sie das Postfach aufgeschlossen hatte, zuckte sie kurz zusammen. Eine Postkarte lag darin. Auf der Vorderseite war eine elegante Häuserfront in Bäderarchitektur abgebildet. Lilly überlief es heiß und kalt. Eine Weile betrachtete sie das Bild. Ihr Magen krampfte sich zusammen, dann schob sie, ohne auf den Text auf der Rückseite zu achten, die Karte in die Tasche. Sie würde sich später damit befassen.

Als sie sich zum Gehen wandte, stieß sie mit jemandem zusammen.

»Entschuldigen Sie, ich …« Sie stockte, als sie den Professor erkannte. Kirsch trug einen dunklen Mantel und einen Hut auf dem Kopf, in seiner Hand hielt er ein in braunes Papier verpacktes Päckchen.

»Schwester Lilly«, sagte er verwirrt. »Was machen Sie denn hier?«

»Ich …« Lilly spürte, dass sie rot wurde. »Ich hatte nur etwas zu erledigen.«

Kirsch nickte und schien nicht so recht zu wissen, was er sagen sollte. »Na, dann werde ich mal …«

»Einen schönen Abend, Herr Professor.«

Sie sah noch, dass er sich in der Schlange einreihte, und strebte dann dem Ausgang zu.

***

Während Louis sich die Hände einseifte und dabei auf die Uhr im Waschraum schaute, deren Zeiger sich auf Viertel nach sechs schoben, rekapitulierte er kurz, was er in der Notaufnahme erfahren hatte.

Rosalind Treskow, dreiunddreißig Jahre alt, und ihre Tochter Rieke, vier Jahre alt. Laut dem Polizisten, der die beiden Verletzten begleitete, war die Frau mit einem Fahrrad aus der Alsenstraße kommend auf die Potsdamer Chaussee eingebogen und dabei von einem Kraftwagen erfasst worden.

Während die Mutter auf den Gehweg geschleudert wurde, geriet das Kind, das auf dem Gepäckträger saß, unter das Fahrzeug und wurde von diesem auf Hüfthöhe überrollt. Wie durch ein Wunder hatte es schwer verletzt überlebt. Die Mutter hatte einen offenen Bruch am rechten Bein erlitten. Obwohl ihr Zustand weit weniger gravierend war als der ihrer Tochter, entschied Louis sich zur Operation.

In ihrem Operationssaal konnten mittlerweile zwei Chirurgen gleichzeitig arbeiten, und Louis war besonders bei solchen Notfällen sehr froh darüber. In Dr. Lexow hatte er einen hervorragenden jungen Chirurgen gewonnen, dem er die Mutter anvertrauen konnte. Er selbst würde versuchen, das Kind zu retten.

Als er mit der Wäsche fertig war, ließ er sich von Schwester Hanna in den Kittel helfen. Sie würde Schwester Maria beim Instrumentieren helfen, während Schwester Grete ihm gemeinsam mit Dr. Schmid assistieren würde.

Als er den Operationssaal betrat, herrschte angespannte Geschäftigkeit. »Hanna, ich brauche das Röntgenbild«, rief Louis.

»Schon auf dem Schirm«, sagte diese, nachdem sie die Aufnahme vor einem beleuchteten Feld befestigt hatte.

Louis betrachtete das Bild. Das Mädchen hatte mehrere Frakturen des Beckens. In der Nähe des Darms und der Blase entdeckte er einige Knochensplitter verschiedenster Größe. Diese mussten sofort entfernt werden! Außerdem schienen einige Gefäße gerissen zu sein, wie die Blutansammlungen zeigten.

Als Louis sich umwandte, sah er, dass Dr. Lexow bereits an seinem Operationstisch stand und seinem Assistenten Anweisungen gab.

Möglicherweise sollte ich ihm mehr Verantwortung übertragen, dachte Louis. Er könnte vielleicht auch etwas von meinem OP-Programm übernehmen.

In stummer Übereinkunft trat auch Louis vor seine Patientin und ließ sich das Skalpell reichen.

10. Kapitel

»Mach Platz, Judenschwein!«

Lilly war noch nicht weit gekommen, als der Ruf der Männerstimme sie innehalten ließ. Erschrocken und auch ein wenig neugierig wandte sie sich dem halb offenen Fenster des Postamts zu. Im nächsten Augenblick sah sie, wie ein junger Mann Professor Kirsch zur Seite zerrte und aus der Warteschlange stieß. Ebenso wie seine beiden Begleiter trug der Bursche ein braunes Hemd und schwarze Reiterhosen.

»Na hören Sie mal, was erlauben Sie sich!«, fuhr Kirsch die Burschen an. »Ich habe mich rechtmäßig angestellt!«

»Pass mal auf, schon bald wird für euch gar nichts mehr rechtmäßig sein, du Verräter!«, blaffte der Mann.

Angst überfiel Lilly. Die Szene wirkte so bedrohlich auf sie, dass sie gar nicht wagte, weiterzugehen. Diese Braunhemden, Mitglieder der sogenannten »Sturmabteilung« der NSDAP, gehörten schon eine Weile zum Stadtbild. Auch in der Nähe der Charité hatte Lilly sie gesehen. Ihre Kolleginnen hatten sie schnell auf die gegenüberliegende Straßenseite gezogen, wenn sie ihnen bei einer Besorgung begegneten.

Es hieß, dass sie hin und wieder Leute schikanierten, sich sogar mit ihnen schlugen, wenn sie auf Gegenwehr trafen.

Der Gedanke schoss Lilly siedend heiß durch den Sinn. Was, wenn sie dem Professor etwas antaten? Sie warf einen Blick zu den anderen Kunden, doch niemand machte Anstalten, dem Arzt zu Hilfe zu kommen.

Die drei Burschen beschimpften und beleidigten Kirsch weiterhin, bis sich einer der Schalterbeamten zu Wort meldete.

»He ihr drei, nun spielt euch mal nicht so auf! Geht in die Reihe und lasst den Herrn in Ruhe. Wenn ihr euch nicht benehmen könnt, werde ich den Wachmann rufen!«

Jetzt, da jemand etwas gesagt hatte, kam Unruhe in die Reihe. Einige der Leute wirkten immer noch betont unbeteiligt, andere brummten etwas, das Lilly nicht verstand.

»Ach halt doch die Klappe da vorn, Judenfreund!«, blaffte einer der Braunhemden, worauf ein Mann ihm einen Knuff versetzte.

»Das ist ein deutscher Postbeamter, weißt du nicht, was sich gehört, Junge?«

Nun prasselten auch auf ihn Schimpfworte ein, und die Stimmen wurden immer lauter. Kirsch wehrte sich, verlangte, in Ruhe gelassen zu werden. Griffen sie ihn jetzt noch einmal an? Anstatt weiter zuzuschauen, ging ein Ruck durch Lillys Körper. Sie löste sich vom Fenster und lief zur Tür. Ihr Herz raste, und sie konnte nur daran denken, dass Professor Kirsch auf keinen Fall verletzt werden durfte. Was sollte dann aus seiner Patientin werden, die morgen kam? Vielleicht gelang es ihr, ihn fortzuziehen, bevor die Braunhemden ihn noch verprügelten.

Sie hatte die Tür gerade erreicht, da stürmte ihr der Arzt schon entgegen. Hastig richtete er seinen Mantel, das Päckchen hatte er noch unter dem Arm.

»Ja, da rennt er, der feige Jude!«, tönte es hinter ihm her.

Lilly hob die Hand, um seinen Arm zu ergreifen, aber er zog an ihr vorbei, ohne sie zu bemerken.

Ängstlich schaute Lilly zur Tür, doch die Braunhemden ließen sich nicht blickten.

»Herr Professor«, rief sie und lief hinter ihm her. »Ist alles in Ordnung mit Ihnen?«

Kirsch erstarrte in seiner Bewegung und wirbelte herum. Als sein Blick sie traf, wich Lilly zurück. Solch einen Zorn hatte sie schon lange nicht mehr auf dem Gesicht eines Mannes gesehen. Einen Moment später schien er sie zu erkennen.

»Was machen Sie denn noch hier?«, fragte er.

Lilly rang hilflos die Hände. »Nichts, ich … ich habe gesehen, wie diese Männer …«

Kirschs Augen wirkten auf einmal so dunkel wie Teer. »Gehen Sie zum Krankenhaus zurück, Schwester! Das hier ist nicht Ihre Sache.«

»Aber … Sie wollten doch ein Päckchen abgeben … Soll ich …?«

»Gehen Sie!«, fuhr Kirsch sie an, worauf Lilly erschrocken zurückwich. Mit einer unwirschen Bewegung wandte er sich um und entfernte sich mit langen Schritten vom Postamt.

***

Konzentriert schaute Louis auf das OP-Feld. Die Welt ringsherum rückte von ihm ab, es existierte nur das Klappern der Instrumente, das Licht, die Bewegungen seiner Hände. Hin und wieder gab er eine Anweisung oder stellte eine Frage, ansonsten war alles still.

Wie er es vor einigen Jahren bei seiner Hospitation in Amerika gesehen hatte, ließ er auch in seinem OP die Vitalwerte der Patienten regelmäßig überprüfen. Schwester Christa achtete auf Puls und Atmung und nannte ihm die Daten, sobald eine Veränderung eintrat.

Vorsichtig tastete er sich durch das zerstörte Gewebe, entfernte Knochensplitter und klammerte hin und wieder Gefäße ab.

»Tupfen«, wies er OP-Schwester Grete an, während Dr. Schmid neben ihm die Wundhaken nachjustierte. Eine der Jungschwestern, die ebenfalls anwesend war, wischte ihm den Schweiß von der Stirn.

Schwester Grete tat wie geheißen, dann war das OP-Feld wieder frei. Die inneren Verletzungen hielten sich, soweit er sehen konnte, in Grenzen. Doch die Knochensplitter, die sich aus den Frakturen gelöst hatten, waren tief ins Gewebe gedrückt worden. Er musste sie alle finden, wenn sie nicht Gefahr laufen wollten, dass es zu einer Sepsis kam.

Vorsichtig überprüfte er die Darmschlingen und den Uterus, klammerte dann erneut Gefäße ab. Da sah er den nächsten Splitter. Er hatte die Blase knapp verfehlt.

»Zange«, sagte er und streckte die Hand aus. Schwester Maria reichte ihm das Gewünschte. Nachdem Grete erneut getupft hatte, ergriff er den Splitter vorsichtig mit der Zange. Wenn er es auf der Röntgenaufnahme richtig gesehen hatte, war dies der vorletzte. Einer musste noch etwas tiefer sitzen, zur Leiste hin. Es war wohl besser, wenn er sich vergewisserte.

»Dr. Schmid, klammern Sie bitte. Ich muss mir das Röntgenbild noch einmal ansehen.«

Während er sich zu dem Lichtschirm umwandte, vor den die Aufnahme gespannt worden war, warf er einen Blick hinüber auf die andere Seite des Raumes, wo Dr. Lexow gerade dabei war, den rechten Unterschenkelknochen der Mutter mit Nägeln und einer Platte zu fixieren. Die Frau hatte einen komplizierten Bruch erlitten und würde einige Zeit in Gips verbringen müssen. Gleich morgen würde er Lexow weitere Eingriffe übertragen.

»Herr Doktor!«, rief Schwester Christa, die die Vitalwerte prüfte, plötzlich erschrocken aus. »Der Blutdruck fällt!«

Louis unterdrückte einen Fluch. Er schaute nach der Bauchschlagader, doch diese hielt unter der Klammer. Was konnte der Grund sein?

Er wies seinen Assistenten Dr. Schmid an, dem Mädchen ein stabilisierendes Mittel zu geben. Sein Herz, das normalerweise bei Operationen ganz ruhig schlug, weil er sich dessen, was er tat, sicher war, begann zu rasen.

Das Medikament zeigte keinen Effekt. »Sie entgleitet uns!«, hörte er Dr. Schmid rufen.

Nur einen Augenblick später versagte das Herz der Kleinen.

Rasch klammerte Louis offen liegende Gefäße ab, dann trat er hinter das Kind. Während er, ganz wie es die Wiederbelebung nach Silvester vorschrieb, die Arme verschränkt auf die Brust drückte und anschließend nach hinten zog, fragte er immer wieder nach der Pulsfrequenz und dem Atem.

Christa schüttelte beklommen den Kopf, doch er setzte seine Bemühungen fort. Nach einer Weile spürte er es. Das Mädchen starb, und es gab nichts, was er dagegen tun konnte.

Zehn Minuten später musste er seine Bemühungen einstellen. Stille herrschte um den Tisch herum, sein Assistent senkte bedrückt den Kopf. Schwester Gretes Augen füllten sich mit Tränen.

Louis blickte zur Uhr, die über der Tür des OP-Saals hing.

»Todeszeitpunkt zwanzig Uhr achtunddreißig«, sagte er dann mit monotoner Stimme.

Eine Stunde später erinnerte nichts mehr an das tragische Geschehen im OP-Saal. Die Schwestern hatten das Blut aufgewischt, die Instrumente fortgeschafft, die OP-Tische gereinigt. Louis trat neben sie und berührte sacht das kalte Metall.

Die Mutter hatte ihren Eingriff überlebt. Dank Dr. Lexow würde sie vielleicht schon in den nächsten Tagen wieder erste Gehversuche machen können.

Wie sie die Nachricht vom Tod ihres Kindes aufnehmen würde, konnte sich Louis vorstellen. Er wusste noch gut, wie es ihm ergangen war, als er seine kleine tot geborene Tochter vor sich gesehen hatte.

Er ließ den Blick über die grünen Kacheln schweifen, das glänzende Metall der Tische, Lampen und Trays, die auf OP-Wagen standen.

So viele Male verliefen die Eingriffe ohne Komplikation, so viele Male war es ihm schon gelungen, Leben zu retten. Doch wenn es wie dieses Mal schiefging, haftete die Schuld länger an ihm als die Freude über das Gelingen. Je älter er wurde, desto länger blieben die Bilder bei ihm, die Gesichter, die nie wieder lachen würden. Die für ihre Angehörigen für immer verloren waren.

Er kannte Kollegen, die diesen Schmerz mit Alkohol bekämpften. Manche nahmen Opium. Er selbst versagte sich diese Art von Betäubung, weil es ihm sein Glaube verbot. Doch in Momenten wie diesen fragte er sich, ob er nicht allmählich zu alt wurde für diese Arbeit. Die Erschöpfung steckte schon seit einer Weile in seinen Knochen und schien mit jedem Tag mehr zu werden.

Schritte rissen ihn aus seinen Gedanken. »Dr. Conradi?«

Dr. Lexow blieb in der Tür stehen. »Der Körper des Mädchens ist im Sezierraum«, teilte er ihm mit. »Möchten Sie, dass ich die Obduktion vornehme?«

Louis nickte. »Ich werde Ihnen assistieren«, sagte er und fügte nach einer kleinen Pause hinzu: »Ich muss wissen, woran es gelegen hat.«

11. Kapitel

Zehlendorf, 7. Juni 1930

Das Mädchen hatte blonde Löckchen und leuchtend blaue Augen. Ihr Gesicht war blass, und mit kraus gezogener Stirn drückte sie ihren Stoffbären an die Wange. Lilly fiel auf, dass sie schwach wirkte und offenbar nicht imstande war, allein zu laufen.

»Meine Ilse wird das erste Mal allein von zu Hause weg sein«, bemerkte die Mutter und strich ihrer Tochter, die auf ihrem Schoß saß, zärtlich über das Lockenhaar.

»Machen Sie sich keine Sorgen, Professor Kirsch ist ein Spezialist auf diesem Gebiet«, versuchte Lilly sie zu beruhigen. »Ihre Tochter wird bei uns in den besten Händen sein.«

»Wo ist der Professor eigentlich?«, fragte die Mutter, Renate Gebhard, weiter. Soweit Lilly wusste, kam sie aus Oldenburg und war die Ehefrau eines Wirts, der einen kleinen Gasthof in der Stadt führte.

»Er ist momentan verhindert und hat mich deshalb gebeten, Sie in Empfang zu nehmen«, sagte Lilly schnell. Sie wollte der Frau nicht sagen, dass Kirsch wegen des Sabbats nicht im Haus war.

Der Vorfall im Postamt ließ ihr noch immer keine Ruhe. Er hatte sie die ganze Nacht wach gehalten, sodass sie begonnen hatte, sich im Bett hin und her zu wälzen. Das Metallgestell und die Bettfedern hatten protestierend gequietscht und schließlich auch Martha geweckt.

»Was machst du denn da?«, hatte sie verärgert gemurmelt. »Lieg still!«

Lilly hatte versucht, ihrer Aufforderung nachzukommen, aber ihre Gedanken waren Karussell gefahren.

»Als Privatpatienten sollten wir doch eigentlich vom Herrn Professor selbst begrüßt werden«, fuhr die Frau nervös fort.

»Mama, bin müde«, sagte die Kleine und schmiegte sich an ihre Mutter.

»Wie wäre es, wenn ich Ihnen das Zimmer zeige, in dem Ilse wohnen wird?«, sagte Lilly, ohne auf die Anmerkung der Frau einzugehen.

»Bekommt sie ein Einzelzimmer?«, fragte die Mutter. »Mein Mann hat Bescheid gesagt, dass sie ein Einzelzimmer haben soll.«

»Natürlich, Frau Gebhard«, entgegnete Lilly und bedeutete der Frau, ihr zu folgen. Mit der kleinen Ilse auf dem Arm ging Frau Gebhard ihr hinterher.

Die Gänge des Krankenhauses wirkten am Samstagnachmittag beinahe verlassen. Auf dem Weg zur Pforte war Lilly kurz Dr. Conradi und seiner Gattin begegnet. Lilly hatte gegrüßt und war mit gesenktem Blick vorbeigehuscht. Noch immer kam es ihr etwas seltsam vor, auch die Ehefrauen einiger Ärzte im Haus zu sehen. Das war in der Charité nur dann vorgekommen, wenn die Gattinnen eine Behandlung brauchten.

In der II. Frauenstation führte Lilly Mutter und Tochter zu den Kinderzimmern. Im Vorbeigehen warf sie einen kurzen Blick durch die Tür des Gemeinschaftsraums. Die Kinder, die gerade Mittagsschlaf halten sollten, rührten sich nicht.

»Meine Ilse kommt doch wohl hoffentlich nicht mit diesen kranken Kindern in Berührung?«, fragte die Mutter neben ihr besorgt. Offenbar schien sie vergessen zu haben, dass ihre Tochter ebenfalls krank war.

Lilly wandte sich ihr zu. »Ihre Tochter wird zunächst isoliert, damit sie sich gut erholen kann. Später, wenn es ihr besser geht, wird sie auch anderen Kindern begegnen, aber keinen, die akut infektiös sind, darauf achten wir.«

Frau Gebhard zog Ilse noch fester an sich heran.

Lilly öffnete die Tür gegenüber. Der kleine Alfred, der zuvor in diesem Raum gelegen hatte, konnte mittlerweile vorsichtige erste Schritte wagen. Lilly verstand inzwischen, warum sich die Kleinen nicht über die Schienen beschwerten, die sie im Anschluss an die lange Liegezeit mit den Sandsäckchen angelegt bekamen. Die Schienen bedeuteten Freiheit. Doch bis Ilse diese tragen konnte, würde noch ein wenig Zeit vergehen.

Das Zimmer war vergleichsweise klein, außer einem Bett gab es nur einen schmalen Spind für die Habseligkeiten der Patienten. Aber es hatte ein Fenster, durch das man die Baumkronen und den Himmel betrachten konnte.

»Täglich bringen wir die Kinder, deren Gesundheit es zulässt, auf unsere Sonnenterrasse«, erklärte Lilly, während sie das Kissen auf dem Bett noch einmal aufschüttelte. Die Apparaturen, die die Sandsäcke hielten, waren noch nicht montiert worden, um der Patientin und ihrer Mutter keine Angst einzujagen. »Außerdem werden wir die Mahlzeiten Ihrer Tochter so anpassen, dass ihr Körper sich gut gegen die Bakterien zur Wehr setzen kann. Sie haben vielleicht beim Vorbeigehen einen kurzen Blick auf unsere Gewächshäuser geworfen?«

Frau Gebhard nickte und schaute sich in dem Raum um. Er war in einem zarten Lindgrün gestrichen. Über dem Bett hing eine Klingelschnur mit einer großen bunten Perle am unteren Ende.

Als Lilly den Blick der Mutter bemerkte, erklärte sie: »Damit kann uns Ihre Tochter rufen, wann immer sie etwas braucht.«

»Wird denn keine Schwester bei ihr sitzen?«

»Meine Kolleginnen und ich werden ständig nach ihr schauen.«

Lilly spürte den leichten Widerwillen der Frau, ihnen ihre Tochter zu überlassen.

»Sie … sie wird mehr als ein halbes Jahr fort sein«, bemerkte Frau Gebhard. Tränen stiegen in ihre Augen.

»Wir werden gut für sie sorgen«, versprach Lilly. »Und Sie dürfen Ihre Kleine jederzeit besuchen, wenn es Ihnen möglich ist.«

Ein Stein schien sich auf ihre Brust zu legen. Sie hatte sich auf der

Station schon an einiges gewöhnt, doch zu sehen, wie eine Mutter sich davor fürchtete, von ihrem Kind getrennt zu sein, würde sie wahrscheinlich niemals kaltlassen.

***

Schweigend schritt Louis neben seiner Frau den Waldweg entlang. Eigentlich liebte er den See Krumme Lanke, besonders jetzt im beginnenden Sommer, wo die Libellen über das Wasser huschten und Vögel ihren vielstimmigen Gesang in den Baumkronen probten.

In den zurückliegenden Jahren hatte er hin und wieder Patienten verloren. Doch der Fall des kleinen Mädchens setzte ihm härter zu als die vorherigen. Hatte er wirklich alles getan? Alles beachtet? Oder schwand sein Können allmählich dahin?

»Du bist so still«, bemerkte Catherine nach einer Weile. »Bedrückt dich etwas?«

Louis antwortete nicht. In seinem Gedanken ging er immer wieder die Handgriffe der Operation durch.

Nein, er hatte keinen Fehler gemacht. Das hatte ihm auch Dr. Lexow beschieden, der die Obduktion des Kindes vorgenommen hatte. Louis hatte dabeigestanden und zugesehen, wie sein Kollege den Brustkorb eröffnete und ihm nach einer Weile den Blutklumpen zeigte, der eine Lungenvene verstopft hatte.

»Lungenembolie«, schrieb er auf den Totenschein.

»Sie haben sich nichts vorzuwerfen, Dr. Conradi. Die Embolie war dem Unfall geschuldet.«

Nur, warum ging es ihm nicht aus dem Sinn, dass er mehr hätte tun müssen, um das Kind zu retten?

»Louis?«

Erst als seine Frau seinen Arm berührte, kehrte er in die Wirklichkeit zurück. »Ja?«

»Sag, was ist los?«, fragte Catherine. »Vielleicht fühlst du dich besser, wenn du dein Herz erleichterst.«

Normalerweise sprach er nicht mit seiner Frau über die Fälle, die er behandelte. Auch als sie noch im Haus gearbeitet hatte, hatte er ihr nichts von den Patienten erzählt. Das gebot allein schon seine Schweigepflicht. Doch jetzt wog sein Herz so schwer.

»Ich müsste es doch eigentlich gewohnt sein, dass Patienten sterben, nicht wahr? Immerhin ist es in meinem Dienstleben schon so viele Male passiert.«

»Kein Arzt sollte sich daran gewöhnen, dass Menschen sterben. So bist du nicht, Louis, das weißt du.«

Er nickte. »Vielleicht hast du recht. Aber dieses Kind … Es will mir einfach nicht aus dem Kopf.«

Catherine schwieg auf seine Worte. Als er sie ansah, bemerkte er, dass sich ihre blauen Augen verfinstert hatten. Obwohl es warm war, zog sie die cremefarbene Strickjacke über ihrem geblümten Kleid enger.

Er konnte sich denken, wohin ihre Gedanken wanderten.

An jenem regnerischen Nachmittag, als sie frühzeitig in die Wehen gekommen war, hatte sie ihn aus der Klinik rufen lassen. Er hatte sie von anderen Frauen aus der Gemeinde umringt gefunden und versucht, sie dazu zu bewegen, in die Klinik zu kommen. Doch das wollte sie nicht. Sie hatte das Gefühl gehabt, dass etwas nicht stimmen würde – und sie sollte recht behalten. Nicht mal eine Stunde später wurde ihre Tochter geboren, blau im Gesicht und ohne Atem. Seine Versuche, dem Kind Leben einzuhauchen, schlugen fehl. Es hatte wahrscheinlich schon im Mutterleib nicht mehr gelebt.

Er erinnerte sich noch gut daran, wie fassungslos er vor dem kleinen Wesen gestanden hatte. Sein Kind, gestorben, bevor er es kennenlernen konnte. Das Bild hatte sich in sein Gedächtnis eingebrannt und ihn nie verlassen. Genauso erging es seiner Frau, das wusste er.

»Ein Kind zu verlieren ist immer schwer«, sagte Catherine traurig. »Besonders für die Eltern.«

»So ist es. Und ich habe keine Ahnung, wie die Mutter reagieren wird. Es war ein Unfall. Sie hat überlebt, das Mädchen nicht.«

»Ich werde für sie beide beten«, erwiderte Catherine und senkte den Kopf.

Louis seufzte. Besser fühlte er sich immer noch nicht. Die Last, die er trug, schien sogar noch schwerer geworden zu sein.

Dann fiel ihm wieder ein, was er zu Hanna gesagt hatte, als vor fast zehn Jahren eine Patientin mit einer Eklampsie verstorben war: *Wir trauern und wir machen weiter, denn es ist unsere Bestimmung …*

Ja, darum ging es. Sie mussten weitermachen und sich darauf verlassen, dass die Schatten irgendwann verblassten.

***

Als es dunkelte, erwachte das Waldfriede aus seiner samstäglichen Ruhe. Die adventistischen Schwestern kehrten auf ihre Stationen zurück, während ihre Kolleginnen in den Feierabend gingen. Auf den Gängen wurde es nun wieder voller. Das Essen wurde ausgetragen und die abendlichen Medikamente verabreicht.

Lilly hatte Frau Gebhard im Patientenzimmer bleiben lassen, um sich dort mit ihrem Kind zu beschäftigen. Sie selbst konnte nicht mehr tun, als dafür zu sorgen, dass die beiden Getränke und eine Mahlzeit erhielten.

Sie blickte unruhig auf ihre Schwesternuhr. Professor Kirsch hatte zugesagt, dass er am Abend wieder da sein würde. Mittlerweile war es sieben und von ihm noch keine Spur zu sehen.

Die Szene auf dem Postamt fiel ihr wieder ein. Die Rufe, die Beleidigungen … Wie mochte er es verkraftet haben?

Sie hatte nicht geahnt, dass er Jude war. Woran sollte man einen Juden schon erkennen? Woher hatten es diese Braunhemden gewusst? Kannten sie ihn?

Sie war empört, dass er so etwas Furchtbares erleben musste. Auch wenn er hin und wieder etwas brummig war, schien er ein gutes Herz zu haben. Das sah man besonders bei seinem Umgang mit den Kindern. Und obwohl er ihr gegenüber hin und wieder streng war, mochte sie ihn. Seine Wesensart und Gelehrtheit faszinierten sie, die Art, wie er mit den Leuten sprach und wie er ihr etwas erklärte. Den Kindern gegenüber war er sehr freundlich und offen, und auch im Dienst strahlten seine Worte und seine Blicke immer wieder eine Wärme aus, die ihr Herz ein wenig schneller schlagen ließ.

Als Martha erschien, um sie im Kinderzimmer abzulösen, fragte Lilly: »Hast du Professor Kirsch gesehen? Er wollte längst schon wieder hier sein.«

Ihre Mitbewohnerin zuckte mit den Schultern. »Keine Ahnung, wo er ist. Möglicherweise hat Dr. Conradi etwas mit ihm zu besprechen.«

Unruhe wallte in Lilly auf. Was, wenn diese Braunhemden ihm gefolgt waren? Ihm vor seiner Wohnung aufgelauert hatten?

»Ich werde mal nachsehen«, sagte sie. »Frau Gebhard und ihre Tochter sind nebenan, könntest du bitte mal fragen, ob sie etwas brauchen?«

Martha blickte sie verwundert an, nickte aber.

Draußen auf dem Flur reckte Lilly den Hals. Außer Schwestern, die die Bettpfannen einsammelten, sah sie niemanden. Hatte er vielleicht verschlafen? Gab es eine Möglichkeit, ihn anzurufen?

Sie lief zur Stationstür, in der Hoffnung, dass Kirsch wirklich nur von einem Kollegen aufgehalten worden war. Als sie ihn auch dort nicht fand, wollte sie unten nachschauen. An der Pforte konnte man ihr sicher sagen, ob der Professor schon eingetroffen war.

An der Treppe angekommen, atmete sie erleichtert auf, als sie Kirschs dunklen Haarschopf sah. Er trug bereits seinen Kittel, hatte die Hände in die Taschen vergraben.

»Professor Kirsch!«

Auf ihren Ruf hin hob er den Kopf. »Schwester Lilly! Es ist etwas später geworden, ich bin aufgehalten worden. Ist die kleine Ilse wohlbehalten eingetroffen?«

»Ja, das ist sie. Ich habe sie in ihr Zimmer gebracht und dafür gesorgt, dass sie und ihre Mutter versorgt werden.«

»Das haben Sie gut gemacht.« Kirsch lächelte sie an.

Lilly spürte, dass ihre Wangen zu glühen begannen. Sollte sie ihn noch einmal auf das gestrige Vorkommnis ansprechen?

Ihr Mund nahm ihrem Verstand die Entscheidung ab.

»Herr Professor, ich wollte Ihnen nur sagen …« Lilly stockte, als Kirsch sie ansah.

»Was denn, Schwester Lilly?«

»Die Sache im Postamt gestern … Es tut mir leid, dass diese Männer Sie belästigt haben.«

Kirsch schnaufte. »Solche Dinge können jedem von uns passieren.«

»Vielleicht, aber sie haben Sie …« Sie brachte es nicht über sich, das Wort zu wiederholen.

»Was?«, fragte er unwirsch. »Mich *Judenschwein* genannt?« In seinen Augen begann es zu blitzen.

»Ich … ich dachte, Sie wären Adventist«, erwiderte sie kleinlaut.

»Lilly, hören Sie«, sagte Kirsch, sichtlich um Beherrschung ringend. »In diesem Haus haben Sie sich nur Sorgen um eines zu machen: unsere Patienten. Was ich bin und was mir geschieht, hat Sie nicht zu interessieren, habe ich mich klar ausgedrückt?«

Die Worte ließen Lilly erschrocken zurückweichen. Sie hatte es doch nur gut gemeint! Tränen stiegen in ihr auf. Nicht heulen!, befahl sie sich. Er hat doch recht. Du willst doch auch nicht, dass er seine Nase in deine Angelegenheiten steckt.

Lilly schluckte gegen den Kloß in ihrem Hals an. »Ja, Herr Professor.«

12. Kapitel

Zehlendorf, 8. Juni 1930

Der Sonntag unterschied sich im Waldfriede kaum von anderen Wochentagen, nur das Läuten der Zehlendorfer Kirchen zeigte an, dass es für die meisten Bewohner der Stadt ein Ruhetag war.

Lilly lauschte dem vielstimmigen Klang, während sie den Gang zum Speisesaal entlangschritt. Ein wenig fürchtete sie sich davor, den Professor anzutreffen. Ärzte, die Nachtdienst hatten, frühstückten oft mit dem im Haus wohnenden Personal. Wie sollte sie ihm nach dem gestrigen Zusammenstoß begegnen?

Beim Eintreten ließ sie ihren Blick über die Tischreihen schweifen. Dr. Rosenbaum und Dr. Lexow unterhielten sich miteinander. Auch einige der Medizinalpraktikanten waren da. Aber kein Professor Kirsch. Gut, dachte sie.

»Was ist denn mit dir?«, fragte Martha, als sie sich mit ihrem Tablett neben sie setzte. Trotz des Nachtdienstes wirkte sie frischer, als Lilly sich im Moment fühlte. »Du siehst aus, als hättest du kein Auge zugetan.«

»Nichts ist«, sagte Lilly. »Ich habe nur schlecht geschlafen.«

Das schien Martha nicht zufriedenzustellen.

»Bist du gestern mit dem Professor aneinandergeraten?«, bohrte sie nach. »Irgendwie habt ihr beide komisch gewirkt, als ihr ins Kinderzimmer gekommen seid.«

Lilly fragte sich, ob sie ihr Gespräch belauscht hatte. Weder wollte sie es bestätigen noch lügen, also schwieg sie und schob sich einen Löffel Haferbrei in den Mund. Die Köchin hatte Kirschkompott darübergetan, was sehr köstlich schmeckte.

»Mach dir nichts draus«, fuhr Martha fort, die ihr Schweigen offenbar für Zustimmung hielt. »Er ist manchmal ein Knurrhahn. Ich habe von ihm auch schon öfter eins drübergekriegt. An manchen Tagen ist es besser, ihn in Ruhe zu lassen. Du solltest es nicht persönlich nehmen.«

Lilly nahm es nicht persönlich, aber aus irgendeinem Grund traf es sie. Sie rang mit sich, ob sie Martha von dem Vorfall erzählen sollte. Sicher würde sie ihr recht geben, dass das Verhalten der jungen Männer falsch gewesen war.

Dann wurde ihr klar, dass diese Geschichte dem Professor unangenehm sein könnte, also behielt sie sie für sich.

»Danke für deinen Zuspruch, Martha«, sagte sie. »Aber es ist wirklich alles gut. Ich bin nur müde, und dann war da noch Frau Gebhard. Es ist mir nahegegangen, dass sie ihre Tochter so lange allein bei uns lassen muss.«

»Ja, das ist wirklich schlimm«, sagte Martha, und Lilly spürte, dass das Ablenkungsmanöver gelungen war. »Die arme Kleine. Jetzt kann sie sich nicht mal rühren. Warum Gott gerade die Jüngsten mit solchen Krankheiten schlägt …«

»Na na, Schwester Martha, zweifeln Sie etwa an Gottes Güte?«, fragte eine Männerstimme hinter ihr.

Als Lilly herumwirbelte, sah sie Dr. Conradi. Dieser war ein eher seltener Gast im Speisesaal. Wie sie den Gesprächen der anderen Schwestern entnommen hatte, hatte er früher immer mit den anderen zusammen gegessen, doch das war vorbei, seit er ins Ärztewohnhaus gezogen war.

»Natürlich nicht, Herr Doktor«, gab Martha mit hochrotem Kopf zurück.

»Wir kennen seine Wege und Absichten vielleicht nicht, aber wir können sicher sein, dass er den Menschen beisteht. Besonders den Jüngsten.«

Lilly presste die Lippen zusammen. Auch sie hatte manchmal Zweifel an der Gerechtigkeit der Welt. Wie konnte er es zum Beispiel zulassen, dass ein Arzt in der Öffentlichkeit beschimpft wurde?

»Schwester Lilly, ich hoffe, Sie haben sich gut eingelebt?«, wandte Conradi sich ihr zu.

»Das habe ich, Herr Doktor, vielen Dank«, sagte Lilly.

»Und kommen Sie gut mit Professor Kirsch zurecht?«

Lilly warf einen Seitenblick auf Martha, die plötzlich sehr mit ihrem Frühstück beschäftigt war.

»Ja, Herr Doktor. Er ist ein sehr fähiger Arzt.«

Conradi nickte zufrieden. »Gut zu hören. Einen schönen Tag, Schwester Lilly und Schwester Martha.«

»Ihnen auch, Dr. Conradi«, antworteten sie im Chor.

Eine halbe Stunde später erklomm Lilly die Treppe zur Frauenstation. Oben atmete sie tief durch und trat durch die Tür. Wenig später schoss Professor Kirsch förmlich aus dem Ärztezimmer.

»Schwester Lilly, begleiten Sie mich zu unserer Patientin.«

Es war keine Frage oder Bitte, es klang wie ein Befehl.

Lilly gehorchte. Eigentlich hätte sie ihm einen guten Morgen wünschen wollen, doch die Worte blieben ihr im Hals stecken.

Da die Mutter bis gestern Abend geblieben war, hatte man der kleinen Ilse noch nicht die Gurte angelegt. Frau Gebhard musste sich irgendwann in der Nacht verabschiedet haben – wahrscheinlich hatte Martha einen Vermerk dazu in die Patientenakte gemacht.

Schweigend eilte Lilly dem Professor hinterher. Seine Stimme hatte kühl geklungen, aber er hatte ihre Mitwirkung angefordert. Das war immerhin etwas!

»Guten Morgen, Ilse«, begrüßte er das Mädchen, das ihn ein wenig verschreckt aus dem Bett heraus ansah. Seine Stimme nahm nun einen warmen Ton an. »Hast du gut geschlafen?«

Ilse schwieg und blickte unsicher zwischen ihnen hin und her.

Kirsch setzte sich neben sie auf die Bettkante und begann mit der Untersuchung. Dabei redete er weiterhin freundlich auf sie ein. »Tut es hier weh? Und hier?«

Das Mädchen nickte oder schüttelte den Kopf, sagte aber weiterhin kein Wort.

Der Arzt bewegte vorsichtig ihre Beine, tastete das Hüftgelenk ab. Lilly beobachtete ihn fasziniert. Er ging mit dem Mädchen so zart um, als wäre es ein rohes Ei.

»Schwester, bringen Sie Ilse runter zu Schwester Hanna zum Röntgen«, sagte er schließlich, ohne sie anzusehen. »Wenn wir die Bilder haben, werden wir mit dem Fixieren beginnen.«

»Ja, Herr Professor«, sagte Lilly, doch da huschte Kirsch schon zur Tür hinaus. Lilly seufzte und wandte sich dem Mädchen zu. »Dann werden wir dich mal bereit machen, was?«

Ebenso vorsichtig wie der Professor hob Lilly das kleine Mädchen aus dem Bett.

»Wie heißt du?«, fragte Ilse plötzlich.

Lilly schaute sie überrascht an. Sie konnte also doch sprechen. »Lilly.«

»Lili«, wiederholte das Mädchen und kicherte.

Lilly erstarrte. Für einen Moment versank sie in einer Erinnerung, bevor es ihr gelang, sie abzuschütteln.

»Ich bringe dich jetzt zu einem großen Fotoapparat, Ilse«, erklärte sie schnell, während sie sie vorsichtig in einen Kinderrollstuhl setzte. »Weißt du, was ein Fotoapparat ist?«

Ilse nickte, erklärte allerdings nicht, woher sie das wusste. Aber es war ein Anfang, und sie schien sich nicht zu fürchten.

Lilly schob sie behutsam aus dem Raum. Zur Gartenseite des Hauses hin gab es einen modernen Aufzug, der wohl erst vor wenigen Monaten eingeweiht worden war. Martha hatte ihr erzählt, wie sie früher alles über die Treppen hatten tragen müssen – sogar die Patienten für die Bäder. Dann hatte sich Dr. Conradi dazu entschieden, den

Fahrstuhl einbauen zu lassen. Betrieben wurde er durch eine große Maschine im Untergeschoss, ein dickes Stahlseil hob die Kabine durch die Stockwerke. Vor jedem Stockwerk gab es eine Gittertür, die der Fahrstuhlführer schloss, bevor die Fahrt weiterging.

Vor dem Aufzug erwartete sie nicht nur der Fahrstuhlführer, diesmal herrschte ein regelrechtes Gedränge. Einige Schwestern fuhren Badepatienten in Rollstühlen, andere, die zwar auf den Beinen, aber nicht in der Lage waren, Treppen zu steigen, warteten auf Sitzbänken.

Besonders die älteren Patienten warfen dem Mädchen im Rollstuhl mitleidige Blicke zu.

»Dann kommense ma mit der Kleenen zuerst, Schwester«, sagte der Fahrstuhlführer und blickte in die Runde. »Wenn det für alle annern in Ordnung is …«

Keiner der Anwesenden protestierte. Stumm reihten sie sich hinter Lilly und Ilse ein.

Im Fahrstuhl klammerte sich Ilse fest an Lillys Hand, während sie mit großen Augen auf das Gitter schaute. »Das kribbelt«, sagte sie und umschloss Lillys Hand noch fester.

Unten angekommen, schob Lilly das Mädchen zur Röntgenabteilung. Der Wartebereich davor war leer und Schwester Hanna nicht zu sehen. Lilly ging zur Tür und klopfte, doch niemand meldete sich. Als sie die Klinke herunterdrückte, merkte sie, dass abgeschlossen war.

Also musste sie wohl zu Dr. Conradis Sprechzimmer.

»Ilse, hör zu«, sagte sie zu dem Kind. »Ich gehe nur rasch Schwester Hanna holen. Sei brav und warte hier, ja?«

Das Mädchen nickte eifrig. Was sollte sie auch anderes tun? Ihre schmerzenden Hüftgelenke ließen jeden Schritt zu einer Tortur werden.

»Ich bin gleich wieder da«, versprach Lilly, dann lief sie los.

Lilly erwischte Schwester Hanna in dem Moment, als sie den nächsten Patienten in Dr. Conradis Sprechstunde rief.

»Schwester Hanna! Dürfte ich Sie vielleicht einen Moment stören?«

»Worum geht es?«

»Professor Kirsch benötigt ein Röntgenbild von einer jungen Patientin. Hätten Sie Zeit dafür?«

Hanna schaute sich um. »Einen Moment, ich bin gleich bei Ihnen.« Damit verschwand sie hinter der Tür.

Lilly schaute in die Wartenische. Offenbar war es kein guter Zeitpunkt, denn außer dem Mann, den Hanna gerade hereingebeten hatte, saßen noch zwei andere Männer und drei Frauen auf den Wartestühlen.

Die Sekunden dehnten sich. Lilly hoffte, dass Ilse keinen Unsinn machen würde. Gerade, als sie schon aufgeben und zu ihr laufen wollte, erschien Hanna in der Tür.

»Na dann los«, sagte sie, und gemeinsam eilten sie zum Röntgenzimmer. Lilly schilderte kurz, wer die Patientin war und was für eine Aufnahme der Professor gewünscht hatte.

»Arme Kleine«, sagte Hanna. »Tuberkulose in den Knochen ist noch schlechter zu behandeln als die in der Lunge.«

Endlich erreichten sie das Röntgenzimmer.

»Das da ist …« Lilly stockte, und ein heißer Schreck durchfuhr sie. Der Rollstuhl war leer. »O mein Gott!« Lilly schlug die Hand vor den Mund. Panik überfiel sie. »Sie ist weg! Das Mädchen … Ilse …«

Hanna blickte sie verständnislos an, doch dann realisierte sie, was passiert war. Sofort setzten sich die beiden Schwestern in Bewegung. »Wo kann sie hingelaufen sein?«

»Sie kann eigentlich gar nicht laufen«, erwiderte Lilly und rief: »Ilse? Ilse, wo bist du?«

Eine Antwort bekamen sie nicht. Sie schauten unter die Sitzbänke, rannten den Gang entlang.

»Habt ihr ein kleines blondes Mädchen gesehen?«, fragte Lilly zwei entgegenkommende Schwestern, doch sie schüttelten den Kopf.

»Vielleicht sollten wir uns trennen«, schlug Hanna vor. »Sie könnte in jede Richtung verschwunden sein.«

Tränen stiegen in Lilly auf. Wo war das Mädchen nur hin?

Da bog Dr. Rosenbaum um die Ecke. »Guten Morgen …« Er stockte, als er die beiden Frauen näher betrachtete. »Was ist passiert?«

»Ein Mädchen ist verschwunden«, rief Hanna.

»Ilse Gebhard«, präzisierte Lilly. »Ich habe sie nur einen kurzen Moment aus den Augen gelassen, um Schwester Hanna zum Röntgen zu holen. Als wir zurückkamen, war sie weg.«

Der junge Assistenzarzt schloss sich ihnen an. Sie rannten die Flure entlang, schauten in die Zimmer, doch nirgendwo war die Kleine zu finden.

»Der Garten!«, sagte Lilly. Es war unwahrscheinlich, dass Ilses Füße sie dorthin hätten tragen können, aber vielleicht war sie gekrabbelt.

Gefolgt von Dr. Rosenbaum und Hanna lief sie am Empfang vorbei und stürmte durch die Tür. Sie blickte von einer Seite zur anderen. Wo bist du nur?, dachte sie panisch.

Ein schrilles Weinen brachte Lilly dazu, sich umzuwenden.

»Da!«, rief sie und deutete auf eine humpelnde Gestalt mit Gipsbein, die sich den Taxusbüschen näherte. Der beerenfarbene Bademantel schlackerte um ihren Körper, und auf dem Arm trug sie ein blondes Kind.

13. Kapitel

Obwohl ihr Brust und Kehle schmerzten, beschleunigte Lilly ihren Schritt. Dr. Rosenbaum schaffte es, mitzuhalten.

»Frau Treskow!«, rief er, worauf die Frau stehen blieb. Als sie sich umwandte, wirkten ihre Augen leicht wahnsinnig.

Lilly schnappte erschrocken nach Luft. Das Mädchen auf ihrem Arm war tatsächlich Ilse! Ilses Wangen und Augen waren vom Weinen gerötet. Als sie Lilly erkannte, streckte sie verzweifelt die Arme nach ihr aus. »Lili! Lili!«

Lilly wollte zu ihr gehen, sie Frau Treskow abnehmen, doch die drehte sich zur Seite. »Sie kriegen mein Kind nicht!«, fauchte sie.

Die Frau hatte den Verstand verloren! Lilly blickte hilfesuchend zu dem Arzt. »Das ist das Mädchen. Ilse Gebhard.«

Dr. Rosenbaum nickte, flüsterte Schwester Hanna, die ebenfalls eingetroffen war, etwas zu, dann näherte er sich vorsichtig der Patientin. »Frau Treskow, was machen Sie denn hier draußen?«, fragte er. »Ich habe Ihnen doch gesagt, dass Sie nicht spazieren gehen dürfen.«

Sie schaute ihn wild an. »Sie haben gesagt, dass meine Tochter tot ist! Aber das ist sie nicht. Hier ist sie doch!«

»Das ist nicht …« Lilly verstummte, als Dr. Rosenbaum nach ihrer Hand griff und ihr somit bedeutete, zu schweigen.

»Sie und das Mädchen müssen wieder zurück. Es geht Ihnen beiden nicht gut.«

»Sie werden sie umbringen. Und mich auch!«, spuckte sie ihm entgegen. »Ich will nach Hause!«

»Niemand will Sie umbringen«, sagte Dr. Rosenbaum. »Als Ihr behandelnder Arzt sage ich Ihnen, dass es besser ist, wenn Sie mitkommen.«

»Warum haben Sie gelogen?«, schrie sie und begann am ganzen Leib zu zittern. »Warum haben Sie gesagt, dass meine Tochter tot ist?«

»Weil wir Sie nicht anlügen können«, sagte eine Männerstimme von der Seite. Als Lilly sich umwandte, sah sie Dr. Conradi sich nähern. »Frau Treskow, das Mädchen, das Sie auf dem Arm tragen, ist nicht Ihre Tochter.«

»Lili!«, schrie Ilse und reckte erneut die Arme.

»Frau Treskow, seien Sie doch vernünftig«, redete Dr. Conradi weiter auf sie ein. Lilly bemerkte, dass er ihr den Weg abschneiden wollte. »Dieses Mädchen ist nicht Ihr Kind, und das wissen Sie. Ich verstehe Ihre Verzweiflung, aber schauen Sie sie doch an.«

Frau Treskow zuckte zusammen, dann betrachtete sie tatsächlich das Kind.

»Lili!«, brüllte Ilse heiser. Ihr Gesicht war feuerrot und von Tränen und Schnodder verschmiert.

Da löste sich der Griff der Frau plötzlich. Sie schien zu realisieren, dass Dr. Conradi recht hatte. Das Mädchen stürzte zu Boden.

Im selben Augenblick schoss Lilly nach vorn, warf sich vor die Füße der Frau und fing Ilse mit ihrem Körper ab. Als sie auf ihrer Brust aufprallte, wurde Lilly die Luft aus der Lunge gepresst. Sie schlang die Arme um sie und bewahrte sie so davor, ins Gras zu kullern.

Die beiden Männer ergriffen Frau Treskow und zerrten sie von ihr weg. Ilse schrie aus Leibeskräften.

»Ist schon gut, Ilselein«, redete sie auf die Kleine ein, während sie sich aufrichtete. Sorge überkam sie. Was, wenn das ohnehin schon angegriffene Hüftgelenk gebrochen war? »Ich bin bei dir. Alles wird gut.«

Im nächsten Augenblick war Hanna neben ihr. »Haben Sie sich wehgetan?«, fragte sie, während sie Lilly aufhalf.

»Nein, es ist alles in Ordnung«, schwindelte Lilly, deren Schulter vom Aufprall schmerzte. »Wir müssen sie schnell röntgen. Ihr Gelenk … sie hat Hüfttuberkulose, und es kann sein, dass sie von dem Aufprall eine Fraktur erlitten hat.«

Hanna nickte ernst. »Kommen Sie, das schauen wir uns gleich mal an.«

Während sie weiterhin beruhigend auf sie einredete, trug Lilly Ilse zurück ins Haus und dann zum Röntgenraum.

Angst überkam sie. Wenn Professor Kirsch sie nun für diesen Vorfall verantwortlich machte …

Sie schob den Gedanken beiseite. Jetzt ging es erst mal um das Mädchen.

Hanna schloss den Röntgenraum auf und stürmte voran. Mit routinierten Handbewegungen schaltete sie das Röntgengerät an und bereite die Liege vor. Lilly spürte, wie sich ihre Armhaare von der elektrischen Ladung aufrichteten.

»Legen Sie sie darauf«, sagte sie. Vorsichtig bettete Lilly das Mädchen auf die Liege.

»Es ist alles gut, das ist der große Fotoapparat! Du musst jetzt ganz still liegen.«

Noch immer wurde Ilse von kleinen Schluchzern geschüttelt. Als Lilly sie loslassen wollte, griff sie nach ihrer Hand. »Nicht weggehen!«

Lilly spürte, dass sie vor Angst zitterte. »Ich muss leider kurz aus dem Raum. Aber ich verspreche, dir passiert nichts.«

»Nein!«, krächzte Ilse. Lilly schaute hilfesuchend zu Hanna.

»Sie können nicht hier drinnen bleiben«, sagte diese. »Die Röntgenstrahlen könnten Ihnen schaden.«

»Aber sie wird mich nicht weglassen.«

Hanna wandte sich dem Mädchen zu. »Hör mal, Ilse, lässt du Schwester Lilly bitte kurz los? Auf dem Bild, das ich von dir machen möchte, soll sie doch nicht mit drauf sein, nicht wahr?«

»Warum nicht?«, fragte Ilse mit großen Augen.

»Weil der Herr Professor nur dich sehen möchte. Es geht auch ganz schnell, ja?«

Das Mädchen schaute zu Lilly, dann ließ es los.

Hanna zog Lilly mit nach draußen.

»Woher wissen Sie so gut, wie man mit Kindern umgeht?«, fragte Lilly, während Hanna den Auslöser drückte. »Sie haben doch keine eigenen Kinder?«

»Natürlich nicht, sonst wäre ich nicht hier«, erwiderte Hanna. »Aber ich habe in den vielen Jahren, die ich schon als Krankenschwester arbeite, immer mal wieder mit Kindern zu tun bekommen. Wenn Sie erst mal so alt sind wie ich, können Sie das auch.« Die Schwester betrachtete sie kurz, dann lächelte sie. »Oder Sie finden es schon vorher heraus, wenn Sie selbst Mutter werden.«

Hanna meinte es nicht böse, dennoch versetzten Lilly ihre Worte einen Stich. Ich werde nie eine gute Mutter sein, dachte sie bitter, schob die aufziehende Traurigkeit jedoch sofort beiseite.

***

Louis blickte durch den Türspalt in das Patientenzimmer.

Rosalind Treskow wirkte unter der Decke zusammengesunken, ihre Arme waren zur Sicherheit am Bettgestell fixiert. Teilnahmslos starrte sie ins Leere.

Nachdem es Louis zusammen mit Dr. Rosenbaum gelungen war, sie in ihr Zimmer zu bringen, hatten sie ihr ein Beruhigungsmittel verabreicht. Doch Louis wusste genau, dass es nicht allein das Medikament war, das sie in diesen Zustand versetzte. Zum einen war es die Erkenntnis, dass ihre Tochter tot war, zum anderen die Einsicht, dass sie gerade dabei gewesen war, ein Verbrechen zu begehen.

»Was sollen wir mit ihr tun?«, fragte Dr. Rosenbaum, als er neben ihn trat. Sein schmales Gesicht war von der Verfolgungsjagd noch immer ein wenig gerötet, eine Sorgenfalte grub sich zwischen seinen breiten Augenbrauen in die Stirn. »Eigentlich müssten wir den Fall der Polizei melden.«

Louis rang mit sich. Der Assistenzarzt hatte recht. Nicht auszudenken, wenn es der Frau gelungen wäre, das Klinikgelände mit dem Mädchen zu verlassen! Andererseits hatte dank Dr. Rosenbaum, Hanna und dieser neuen Schwester Lilly Schlimmeres verhindert werden können.

»Eigentlich müssten wir das. Aber was würde es nützen … Dem Mädchen scheint nichts passiert zu sein. Und Frau Treskow ist ohnehin schon geschlagen genug. Nicht nur, dass sie selbst bei dem Unfall verletzt wurde, sie hat auch ihr Kind verloren.«

»Darüber hinaus wohl noch den Verstand«, setzte Dr. Rosenbaum hinzu. »Einfach ein Kind zu rauben …«

»Ich bin kein Nervenarzt, aber ich fürchte, Frau Treskow bedarf eines solchen. Der Verlust eines Kindes liegt furchtbar auf der Seele.« Er verstummte, als er an den Tod seiner kleinen Tochter dachte. Ob sein junger Kollege ermessen konnte, welche Narben solch ein Schmerz hinterließ?

»Wir sollten sie weiterhin beobachten und so schnell wie möglich feststellen, ob sie nach ihrer körperlichen Genesung in eine psychiatrische Anstalt eingewiesen werden muss. Und was die Polizei angeht …« Louis stockte. Diese Sache betraf nicht nur ihn, sondern auch den Behandler und die Eltern des Kindes. »Ich werde mich mit Professor Kirsch besprechen. Immerhin ist das Mädchen seine Patientin.«

Dr. Rosenbaum nickte. Louis wandte sich ab und strebte der II. Frauenstation zu. Soweit er wusste, war das Mädchen geröntgt worden, doch der Befund stand noch aus.

Als er die Kinderzimmer erreichte, kam ihm Rudolph Kirsch bereits entgegen.

»Ah, Herr Professor, zu Ihnen wollte ich gerade«, sagte Louis. »Wie geht es Ihrer Patientin?«

»Wir haben sie zurück in ihr Zimmer gebracht. Der Schreck sitzt ihr natürlich noch in den Gliedern, aber bislang habe ich keine gravierenden Verletzungen festgestellt.«

»Also Glück im Unglück.« Louis atmete auf. Das Letzte, was sie jetzt brauchten, war eine Klage von Angehörigen.

»Könnte man sagen«, erwiderte Kirsch. »Dennoch sollten wir den Vorfall besprechen.«

Louis nickte. »Ich bin ganz Ihrer Meinung, Herr Professor.«

Schweigend schritten sie den Gang entlang, gingen die Treppe hinunter und erreichten nach einer Weile Louis' Sprechzimmer.

Schwester Hanna war gerade dabei, den Untersuchungsstuhl zu desinfizieren. »Soll ich Sie erst einmal allein lassen?«, fragte sie, als die beiden Männer eintraten.

»Nein, Schwester Hanna, bleiben Sie ruhig und erzählen Sie uns noch mal den Hergang des Vorfalls aus Ihrer Sicht.«

»Sollten wir nicht auch Schwester Lilly dazuholen?«, wandte sie ein.

»Das wird nicht nötig sein«, sagte Kirsch. »Wie ihre Beteiligung ausgesehen hat, ist klar.«

Hanna blickte den Professor ernst an. Louis erkannte, dass sie nicht seiner Meinung war.

»Wenn es notwendig wird, Schwester Lilly zu befragen, holen wir sie dazu«, sagte er. »Aber erst einmal möchten wir von Ihnen wissen, was geschehen ist.«

***

Erschöpft ließ sich Lilly auf den Stuhl im Schwesternzimmer sinken. Momentan war niemand da, der sie hätte aufscheuchen können, also gönnte sie sich einen kurzen Augenblick der Ruhe. Ihr Körper fühlte sich schwer und geschunden an. Ihre Schulter schmerzte noch immer, doch daran dachte sie nicht. Vielmehr fragte sie sich, was nun aus ihr werden würde.

Sie hatte das Kind aus den Augen gelassen. Ihre Anstellung stand auf dem Spiel, und auch die Reaktion der Eltern, wenn sie von der Entführung erfuhren, machte ihr Angst.

Ein Klopfen an den Türrahmen riss sie aus ihren Gedanken. Eine Jungschwester, deren Namen sie nicht kannte, fragte: »Sind Sie Schwester Lilly?«

»Ja, die bin ich«, antwortete sie, und in der Annahme, dass sie gebraucht wurde, erhob sie sich.

»Dr. Conradi lässt Sie in sein Sprechzimmer bitten. Jetzt gleich.«

Die Worte gaben ihr das Gefühl, als zöge sich ein Knoten in ihrem Bauch zusammen. Der Moment ihrer Bestrafung war da.

»Ich komme«, sagte Lilly, strich sich den Rock glatt und eilte den Gang entlang. Die Jungschwester folgte ihr.

Als Lilly das Sprechzimmer betrat, sah sie Professor Kirsch neben Dr. Conradi stehen. Vor dem Schreibtisch machte sie halt und senkte den Blick. In ihrem Innern wühlte die Angst. Was sollte werden, wenn sie sie entließen? Oder gar der Polizei meldeten?

Einige Sekunden verstrichen, ohne dass jemand etwas sagte.

»Schwester Lilly«, begann der Professor schließlich. Tiefe Enttäuschung lag in seinem Blick. »Zu Ihren Pflichten als Krankenschwester gehört es, auf die Patienten, die Ihnen anvertraut werden, achtzugeben.«

»Ich weiß, Herr Professor«, gab sie leise zurück.

»Ich muss Ihnen wohl nicht sagen, dass der Vorfall vorhin böse hätte enden können.«

»Es tut mir leid, Herr Professor«, sagte Lilly. »Es war niemand da, der Ilse hätte röntgen können. Ich musste Hanna holen, und ich dachte mir …«

»Das Mädchen saß in einem Rollstuhl«, erwiderte Kirsch. »Sie hätten es ohne Schwierigkeiten mitnehmen können.«

Lilly presste die Lippen zusammen. Eine Träne kullerte aus ihren Augen. Der Professor hatte recht, das hätte sie tun können. Aber in jenem Augenblick hatte sie nicht damit gerechnet, dass jemand kommen und die Kleine entführen könnte.

»Das hätte ich«, gab sie zu und unterdrückte ein Schluchzen. »Und ich verstehe, wenn Sie mich entlassen wollen. Ich hätte besser aufpassen müssen.«

Keiner der Ärzte sagte etwas darauf.

Nun macht schon, dachte Lilly nervös. Sagt mir schon, dass ich entlassen bin!

»Das Mädchen hätte bei dieser Entführung schwer zu Schaden kommen können«, schaltete sich jetzt Dr. Conradi ein. »Das Gelenk hätte frakturiert werden können, wenn die Kleine hart auf dem Boden aufgekommen wäre. Die Konsequenzen wären furchtbar gewesen.«

Lilly schluchzte nun doch auf und bekam dabei fast nicht mit, wie der Doktor hinzufügte: »Dank Ihnen ist dies verhindert worden.«

Durch den Tränenschleier blickte sie auf. »Schwester Hanna hat berichtet, mit welcher Umsichtigkeit Sie reagiert und sich vor die Frau geworfen haben, um das Kind aufzufangen.«

»Dann … hat sie keinen … Bruch?«, fragte sie und wischte sich übers Gesicht.

»Nein«, bestätigte Kirsch. »Das Mädchen ist noch mal mit dem Schrecken davongekommen.«

Lilly atmete erleichtert auf. Das mochte vielleicht nichts daran ändern, dass man sie entließ. Aber sie war froh, dass Ilse Schlimmeres erspart geblieben war.

»Wiegen wir das eine gegen das andere auf, so werden wir diesmal von Konsequenzen absehen«, sagte Dr. Kirsch.

»Zumal meine Abteilung eine gewisse Verantwortung für die Situation nicht von der Hand weisen kann«, fügte Dr. Conradi hinzu. »Wir hätten erkennen müssen, in welchem Seelenzustand sich die Entführerin befindet. Dennoch hätte niemand vorhersehen können, dass sie sich zu solch einer Tat hinreißen lassen würde.«

Lilly schaute die beiden Männer verwundert an, wischte sich hastig die Tränen aus den Augen. »Dann kündigen Sie mir also nicht?«

»Nein«, antwortete Conradi. »Aber ich denke, ich spreche für Sie mit, Herr Kollege, wenn ich Ihnen ans Herz lege, besser auf Ihre Patientinnen zu achten. Lassen Sie sie auf keinen Fall allein, sofern sie sich nicht selbst helfen können.«

»Ja, Dr. Conradi.« Lilly blickte zu Professor Kirsch. Enttäuschung lag auf seiner Miene, seine Augen blickten sie kühl an. Sicher würde ihr Dienst ab sofort ziemlich unangenehm sein.

»Sie können gehen, Schwester Lilly«, sagte Dr. Conradi.

»Danke.« Lilly wandte sich um. Vor der Tür blieb sie stehen und schaute Conradi über die Schulter hinweg an. »Darf ich Sie noch eines fragen?«

»Nur zu«, sagte Conradi.

»Was ist mit der armen Frau? Sie hat ihr Kind verloren …« Sie stockte, als der Professor sie mit einem strengen Blick bedachte.

Doch der Chefarzt schien sie auch so zu verstehen.

»Wir haben ihr ein Beruhigungsmittel gegeben und dafür gesorgt, dass sie ihr Zimmer erst mal nicht verlässt. Alles andere bleibt abzuwarten.«

Lilly nickte und verließ dann das Sprechzimmer. Draußen fiel die Anspannung ein wenig von ihr ab. Kirschs Worte kamen ihr wieder in den Sinn. *In diesem Haus haben Sie sich nur Sorgen um eines zu machen: unsere Patienten.*

Daran würde sie sich in Zukunft halten.

14. Kapitel

Zehlendorf, 12. Juni 1930

Lustlos stocherte Lilly in ihrem Essen herum. Es war kurz nach 17 Uhr, und die Ablösung auf den Stationen stand bevor. Es war die letzte Gelegenheit, sich vor dem Dienst zu stärken, aber Lilly bekam kaum einen Bissen herunter. Dabei gab es heute Gurkensalat zu den Schnittchen, die mit Käse und Quark belegt waren.

Als Strafe für ihre Nachlässigkeit hatte Professor Kirsch sie für den Rest der Woche zu Nachtdiensten verdonnert. »Sehen Sie zu, dass Ihnen diesmal niemand verloren geht«, hatte er streng dazu bemerkt. Der Nachtdienst war nichts Neues für Lilly, viel schwerer lastete der Gedanke auf ihr, dass sie den Professor enttäuscht hatte.

»Schwester Lilly?«

Sie blickte auf und sah Hanna neben sich.

»Haben Sie etwas dagegen, wenn ich mich zu Ihnen setze?«, fragte sie.

»Keineswegs«, antwortete Lilly, obwohl ihr eher der Sinn danach stand, allein vor sich hinzubrüten.

Hanna stellte ihr Tablett auf den Tisch und ließ sich auf den Stuhl nieder. Für einen Moment herrschte Stille zwischen ihnen, dann fragte sie: »Ist alles in Ordnung mit Ihnen?«

Lilly wollte schon reflexartig mit Ja antworten, doch der Teller vor ihr sprach nicht gerade für einen gesunden Appetit.

»Ich … ich habe derzeit viel im Kopf.«

Hanna betrachtete sie. »Ist es wegen der Sache mit dem kleinen Mädchen?«, fragte sie.

Lilly nickte und rang mit sich. Sollte sie der Kollegin ihre Gedanken offenbaren? Nicht einmal mit Martha hatte sie darüber gesprochen, doch da sie zu unterschiedlichen Tageszeiten eingesetzt wurden, war es leicht, ihr aus dem Weg zu gehen.

»Ich … ich wollte Ihnen danken, dass Sie mir beigestanden haben«, begann sie.

»Ich habe nur ehrlich wiedergegeben, was ich gesehen habe.«

»Ich weiß nicht, ob ich bei Professor Kirsch richtig bin«, sagte sie schließlich leise. »Mir fehlt die Erfahrung im Umgang mit Kindern.«

Hanna nahm sich einen Moment, bevor sie antwortete.

»Erfahrungen wachsen bei der Arbeit. Sie sind jetzt wie alt? Zwanzig?«

Lilly nickte.

»Als ich zwanzig war, hatte ich, wie Sie, meine Ausbildung gerade erst hinter mir. Ich tat, was die Oberin mir sagte, war einfach ein Zahnrad im Getriebe des Sanatoriums. Dann kam der Krieg und brachte einschneidende Veränderungen.« Sie hielt kurz inne, schließlich fuhr sie fort: »Mein Verlobter starb, und plötzlich stand meine Welt kopf.««

»Sie waren verlobt?«

Hanna nickte. »Und wäre er nicht gestorben, würde ich vielleicht gar nicht hier sein. Sicher wäre ich in Friedensau geblieben und hätte Kinder bekommen. Aber Gott führt die Menschen manchmal auf andere Wege.«

»Und wie sind Sie ins Waldfriede gelangt?«

»Dr. Conradi holte mich zu sich. Als Röntgenschwester. Zu dieser musste ich allerdings erst werden. Wie viele Schwestern hatte ich davon gehört, dass die Strahlen unfruchtbar machen, und gewiss hätte ich mich nicht darauf eingelassen, wenn mein Verlobter noch gelebt hätte. Aber zu dem Zeitpunkt hatte ich die Hoffnung, je Kinder zu bekommen, aufgegeben.«

Sie blickte auf ihre Hände. Lilly sah einen leichten Anflug von Schmerz in ihrem Gesicht. Dann wischte Hanna ihn mit einem Lächeln beiseite. »Ich habe mich darauf eingelassen, und jedes Mal, wenn eine Aufnahme dem Doktor nicht genügte, zweifelte ich an meinem Können. Ich tue es ab und an auch jetzt noch.«

»Aber Sie … Sie sind die Sprechstundenhilfe von Dr. Conradi. Ich habe das Gefühl, dass jeder hier Sie achtet.«

»Es ist nett, dass Sie das sagen«, gab Hanna zurück. »Dennoch werde ich vor Zweifeln nicht verschont. Mittlerweile frage ich mich sogar, ob die Maschinen, an denen ich arbeite, nicht zu seelenlos sind und ich mich nicht stärker auf die Menschen konzentrieren sollte. Doch ich mache weiter, bis Gott mir einen Wink gibt. Wenn er will, dass ich eine andere Stelle einnehme, wird er es mir zeigen.«

Und wer zeigt mir den Weg, wenn ich nicht an Gott glaube?, dachte Lilly bekümmert.

»Die Sache mit dem kleinen Mädchen war ärgerlich, doch ich glaube nicht, dass Professor Kirsch es Ihnen übel nimmt«, fuhr Hanna fort. »Er ist ein guter Arzt, für den die Patienten stets Vorrang haben. Aber das haben Sie sicher schon bemerkt.«

Lilly nickte. »Ich sehe es ja auch so. Aber ich fürchte, ich habe ihn verärgert.«

»Wären Sie das an seiner Stelle nicht? Er trägt die Verantwortung für seine Patienten. Wäre dem Kind etwas passiert, wäre er von den Eltern verklagt worden und hätte vielleicht seine Approbation verloren. Er muss sich darauf verlassen, dass wir keine Fehler machen. Wenn Sie also das Verhältnis zu ihm bessern möchten, so strengen Sie sich an. Sie sind immer noch hier und können Ihren Fehler wiedergutmachen. Nutzen Sie das, anstatt Angst zu haben.«

Wie soll ich diesen Fehler wiedergutmachen?, dachte Lilly. Geschehen ist geschehen. Dann aber begriff sie, was Hanna sagte. Kirsch mochte sie vielleicht nicht, doch das bedeutete nicht, dass sie keine gute Schwester sein konnte.

»Danke, Schwester Hanna.«

»Sagen Sie Hanna zu mir.« Mit einem Lächeln fügte sie hinzu: »Und wie wäre es, wenn wir Du sagen? Sie gehören doch jetzt zur Anstaltsfamilie, und unter Geschwistern duzt man sich doch, nicht wahr?«

Das Angebot überraschte Lilly. Für einen Moment konnte sie nichts darauf entgegnen. Nie wäre es ihr eingefallen, in der Charité eine übergeordnete Schwester zu duzen. Aber Hanna war nicht ihre Oberin, und sie hatte so freundlich mit ihr geredet, also sagte sie: »Es wäre mir eine Ehre.«

»Gut, Lilly«, sagte Hanna und prostete ihr mit der Teetasse zu. »Du kannst jederzeit zu mir kommen, wenn du etwas auf dem Herzen hast.«

Pünktlich um 18 Uhr stand Lilly im Schwesternzimmer, bereit für die Dienstübernahme. Am Nachmittag waren neue Jungschwestern aus dem A-Kurs der Krankenpflegeschule auf die Frauenstationen gekommen. Sie absolvierten das zweite Ausbildungsjahr und waren zuvor auf der Männerstation tätig gewesen.

Dem Kinderzimmer auf der II. Frauenstation hatte man Gerda Franke zugeteilt, eine hübsche Blonde mit strahlend blauen Augen und einem Grübchen am Kinn. Damit sie lernte, wie es bei Ablösung auf der Station zuging, ließ Martha sie berichten.

»Die kleine Ilse mag nicht essen«, sagte Gerda ein wenig beklommen. »Weder das Frühstück noch das Mittagessen wollte sie. Ich habe Professor Kirsch Bescheid gegeben und er hat sie untersucht, aber nichts gefunden. Er meinte, sie könnte Heimweh haben.«

Lilly nickte und dachte wieder an das, was Hanna ihr geraten hatte. »Vielleicht kann ich sie überreden. Und was ist mit den anderen?«

»Die Mutter von Minna hat für das Wochenende ihren Besuch angekündigt. Minna hat heute wieder Laufübungen absolviert und macht weiter Fortschritte. Alfred soll nach der Gewöhnungsphase mit den Beinschienen zu laufen beginnen.«

Lilly blickte zu Martha, die zustimmend nickte.

»Was ist mit Peter?«

»Oh, der wird morgen von seinen Eltern abgeholt.« Sie blickte zu Schwester Martha. Diese nickte zufrieden.

»Außerdem sollen wir morgen einen neuen Patienten bekommen, aber der Professor war sich noch nicht ganz sicher.«

»Wie das?«

»Der Junge ist mit vierzehn eigentlich schon zu alt für unser Kinderzimmer. Möglicherweise geht er auch an die Charité.«

Lilly nickte, dann übernahm sie die Krankenakten von Martha und wünschte ihr eine gute Nacht.

Als sie das Schwesternzimmer verließ, folgte Gerda ihr. »Schwester Lilly?«

»Ja?«

»Ich wollte nur sagen, dass ich mich freue, mit den Schwestern hier zusammenzuarbeiten.«

Lilly zog erstaunt die Augenbrauen hoch. »Es wird sicher nicht die einzige Station sein, in der Sie eingesetzt werden.«

»Aber ich würde gern Kinderschwester werden«, gab sie zurück und fügte hinzu: »Darf ich … Sie hin und wieder etwas fragen, falls mir etwas unklar ist?«

»Natürlich!«, erwiderte Lilly und betrachtete ihr Gegenüber näher. Gerda mochte gerade erst siebzehn oder achtzehn sein, und Lilly erinnerte sich noch gut, wie befangen sie sich gefühlt hatte, als sie das erste Mal auf Station gearbeitet hatte.

»Kommen Sie jederzeit zu mir.«

»Danke. Dann einen guten Dienst, Schwester Lilly.«

»Und Ihnen einen schönen Abend, Schwester Gerda.«

Als sie Ilses Krankenzimmer betrat, sah sie, dass das Mädchen mit der Perlenkordel spielte, die eigentlich dazu gedacht war, die Schwestern im Notfall zu rufen. Ilse schlug mit der Hand dagegen, bis sie an die Wand prallte, und ließ sie pendeln.

Auch als Lilly näher kam, unterbrach sie das Spiel nicht. Der Essensteller stand unberührt neben ihr.

»Hallo Ilse«, sprach sie die Kleine an, doch die würdigte sie keines Blickes.

Was war los? Hatte sie wieder Fieber? Lilly legte ihr vorsichtig die Hand auf die Stirn, doch diese fühlte sich nicht besonders warm an.

»Hast du denn keine Lust auf Abendessen?«, fragte Lilly weiter.

Ilse reagierte nicht. Nahm sie es ihr immer noch übel, dass sie sie dieser Verrückten überlassen hatte?

Insgeheim wünschte sich Lilly, dass Hanna hier wäre. Sie hatte keine Ahnung von Kindern, doch bisher waren spezielle Kenntnisse auch nicht gefragt gewesen. Die anderen Kinder wirkten zugänglich, sie antworteten, aßen und ließen sich von Geschichten unterhalten.

»Ilselein«, sagte sie sanft und berührte ihren Arm. »Ich mache mir Sorgen um dich. Ich … ich verspreche dir, ich werde dich nicht mehr allein lassen, wenn wir unterwegs sind, ja?«

»Ist gut«, sagte sie und ließ die Schnur wieder pendeln.

Lilly betrachtete sie eine Weile ratlos. »Gibt es etwas, das dir wehtut? Oder dich stört?«

»Meine Beine … Es ist blöd, dass ich sie nicht bewegen kann.«

Lilly nickte verständnisvoll. »Das glaube ich. Aber du hast gehört, was der Professor gesagt hat. Damit deine Knochen wieder gesund werden, müssen sie ganz still gehalten werden. Wenn du sie immer bewegst, können deine Hüften nie zur Ruhe kommen, und dann bleiben auch die Bakterien da.«

»Es ist trotzdem blöd«, sagte Ilse, ohne aufzusehen. »Ich will wieder laufen. Und zu meiner Mama.« Plötzlich ballte sie die Fäuste und fing an zu schreien. »Mama! Ich will zu Mama!«

Lilly wusste im ersten Moment nicht, was sie tun sollte. Nie hatte sie ein Kind so wütend gesehen.

»Das wirst du auch«, sagte sie hilflos und unterdrückte die Tränen, die in ihr aufstiegen. »Du bist bestimmt bald wieder bei deiner Mama.«

Aber die Worte schienen sie nicht zu erreichen. Ilse begann zu weinen. Lilly hockte sich neben sie, versuchte sie zu beruhigen. Das Mädchen tat ihr so unendlich leid. So jung noch und schon allein in der

Fremde, an ein Bett gefesselt und ohne den Beistand der Mutter. Ihr selbst wäre es wahrscheinlich nicht besser ergangen, wäre sie an Ilses Stelle gewesen.

Nach einer Weile wurde aus dem Weinen ersticktes Schluchzen. Lilly streichelte Ilses Haar und ihre Wangen, doch es dauerte, bis sie diese Berührungen wahrzunehmen schien.

»Ilse, bitte beruhige dich«, sagte sie leise. »Ich bin für dich da, bis du zu deiner Mama kannst. Und sie wird sich freuen, wie du dann wieder laufen kannst.«

Ilse schaute sie aus verweinten Augen an, ihr kleiner Körper bebte unter den Schluchzern. Doch endlich schien sie sich wieder zu fangen. Nach einer Weile fragte sie: »Versprichst du, dass ich wieder laufen kann?«

Lilly nickte und wischte dem Mädchen vorsichtig die letzten Tränen von den Wangen. »Ich verspreche es. Und ich vertraue Professor Kirsch. Er weiß, wie er dich wieder gesund machen kann.«

Ilse nickte und streckte ihr die Hand entgegen. Lilly ergriff die kleinen Finger und streichelte sie sanft. »Ich hab Durst«, sagte Ilse schließlich.

»Ich gebe dir etwas zu trinken«, sagte Lilly und reichte ihr die Schnabeltasse. Ilse nahm begierig einen Schluck. War jetzt der Moment gekommen, um sie zum Essen zu bewegen?

»Damit wir deine Beine bald wieder losbinden können, musst du auch etwas essen«, begann Lilly vorsichtig. »Wenn dir das Essen nicht schmeckt, versuche ich, dir etwas anderes zu besorgen.«

Ilse schaute sie an, dann leckte sie sich über ihre Lippen. »Radieschen«, sagte sie schließlich.

»Radieschen?«, fragte Lilly verwundert, worauf das Mädchen nickte.

Eine Woge der Erleichterung durchzog sie. Wenn es nur das war … »In der Küche werden sich sicher welche finden lassen. Ich gehe los und hole dir welche, aber du versprichst mir, dass du sie dann auch isst.«

»Versprochen«, sagte sie, worauf Lilly sich erhob. Sie wandte sich zur Tür und sah Professor Kirsch dort stehen. Wie lange mochte er sie schon beobachtet haben? Hatte er Ilses Wutanfall gehört? War er deshalb gekommen, um nachzusehen?

»Herr Professor, ich habe Sie gar nicht bemerkt.« Ihre Wangen begannen zu glühen.

Kirsch sagte nichts.

»Ich … Jungschwester Gerda hat mir bei der Übernahme erzählt, dass Ilse nicht essen will. Ich werde ihr jetzt Radieschen holen. Wenn Sie nichts dagegen haben.«

Noch eine Weile betrachtete Kirsch sie, dann fragte er: »Hätten Sie mich gefragt, wenn ich nicht hier gestanden hätte?«

Lilly hielt für einen Moment den Atem an. Nein, wenn sie ehrlich war, hätte sie dies nicht getan. »Radieschen stehen nicht auf der Liste der verbotenen Lebensmittel«, sagte sie.

»Für das Wohl unserer Patienten ist es wichtig, dass ich über jede Änderung der Diät unterrichtet werde. Eigenmächtiges Handeln könnte ihnen schaden.«

Lilly presste die Lippen zusammen. Was brachte es, wenn sie auf etwas herumritten, das keinen Schaden anrichten konnte! Beherrscht atmete sie durch, hob den Kopf und blickte ihm in die Augen.

»Herr Professor, haben Sie etwas dagegen, dass ich unserer Patientin ihr Wunschessen hole? Sie hat jetzt zwei Mahlzeiten verweigert, und da wir sie nicht zwingen sollten, schlage ich vor, dass wir diesen Kompromiss für heute ausnahmsweise eingehen.«

Kirsch zog die Augenbrauen hoch. Zum ersten Mal bemerkte Lilly die goldenen Sprenkel auf seiner Iris.

»Nein, ich habe nichts dagegen«, gab er schließlich zu.

»Danke.« Lilly straffte sich und verließ das Zimmer.

Als sie mit den Radieschen zurückkehrte, war der Professor verschwunden. Ilses Augen leuchteten auf, als sie die roten Knollen auf dem Teller sah. Lilly hatte sie in der Küche in mundgerechte Happen geschnitten und etwas klein gehackte Petersilie darübergestreut.

Mit einem zufriedenen Lächeln beobachtete Lilly, wie das Mädchen die Radieschen verschlang.

»Krieg ich morgen wieder welche?«, fragte sie, als sie fertig war.

»Wir müssen mal sehen, was der Herr Professor dazu sagt«, erklärte Lilly, als sie den Teller an sich nahm. »Aber ich versuche ihn zu überreden.« Sie strich dem Mädchen eine Haarsträhne aus dem Gesicht, dann fragte sie: »Möchtest du vielleicht etwas anderes zum Spielen als die Schnur? Es muss doch furchtbar langweilig damit sein.«

Ilse nickte seufzend.

Lilly erinnerte sich an ein Spielzeug, das sie als kleines Kind gehabt hatte.

»Ich glaube, ich habe da eine Idee.« Lilly lächelte geheimnisvoll, und Ilse sah sie mit großen Augen an. »Wenn du morgen brav dein Frühstück aufisst, bringe ich dir etwas, das dir Spaß macht.«

Obwohl sie hundemüde war und sich eigentlich schlafen legen sollte, begab sich Lilly nach ihrem Nachtdienst nicht auf ihr Zimmer, sondern holte ihre Strickjacke, um in die Stadt zu gehen.

Martha hatte ihr schon vor einigen Tagen den Weg zu einem Kurzwarengeschäft in der Hauptstraße beschrieben, in dem man günstig Zwirn und Wolle bekommen konnte.

Wenig später erreichte sie den Laden, der sich in der Nachbarschaft eines Spielzeuggeschäfts befand. Die Inhaberin, eine alte Frau, deren Markenzeichen es Martha zufolge war, im Sommer wie im Winter eine Häkelmütze zu tragen, öffnete gerade die Tür.

»Nanu, Schwester, warum rennen Sie denn so?«, fragte sie verwundert. Die Mütze, die sie an diesem Tag aufhatte, war aus zartem grünem Garn in Blattmuster gehäkelt.

»Ich … ich brauche …«

»Kommen Sie rein und beruhigen Sie sich erst mal«, sagte sie und ging voran. Lillys Blick streifte die Auslage des Spielzeuggeschäfts. Ein Haus aus roten, blauen und gelben Bauklötzen stand dort. Doch das war wohl nicht das Richtige für Ilse.

Im Laden blickte Lilly sich um. Im Wesentlichen bestand er aus einem schmalen Gang mit hohen braunen Regalen, die angefüllt waren mit bunten Schachteln. An einige von ihnen waren Knöpfe geheftet, an andere kleine Stücke Schnur, Garn oder Reißverschlüsse. Etwas weiter hinten fanden sich größere Schachteln mit Wolle und einige Stoffballen.

»Was kann ich denn für Sie tun?«, fragte die alte Frau gütig.

»Ich hätte gern eine Strickliesel«, sagte Lilly.

»Für Ihre Tochter?«

»Nein, für eine Patientin«, platzte es aus Lilly heraus. »Eine sehr junge Patientin.«

»Einen Moment«, sagte die Ladeninhaberin und zog einen Vorhang auf, hinter dem der hintere Teil des Ladens zum Vorschein kam. Stoffballen in allen möglichen Farben stapelten sich in den Regalen, Spitzenbänder, Perlenschnüre. Alles, was man für elegante Kleider brauchte.

Ihre Mutter hatte stets ein kleines Lager an Stoffen und Spitzen besessen, aus denen sie Kleider für sich und ihre Tochter genäht hatte. Als Gattin eines Steuerberaters hatte sie hin und wieder Klienten zum Abendessen in der Wohnung und musste dafür sorgen, dass alles standesgemäß war.

Der Gedanke ließ die alte Bitterkeit in Lilly aufsteigen.

»Hier habe ich zwei Modelle, die für Kinderhände geeignet wären«, riss die Ladenbesitzerin Lilly aus ihren Gedanken. Sie zeigte ihr zwei bunt lackierte Stricklieseln, die wie kleine Püppchen aussahen, eine eher in Rottönen gehalten, die andere in Blautönen mit kleinen Gänseblümchen auf dem Rock. »Welche Farbe mag das Mädchen denn lieber?«

Diese Frage wusste Lilly nicht zu beantworten. Es wäre leicht gewesen zu sagen, dass Ilse als Mädchen doch eher Rot mögen würde, doch dann erinnerte sich Lilly an die Kleider, die sie für sie in den Schrank gehängt hatte. Diese waren türkisblau und gelb, wie das Meer, über dem die Sonne strahlte.

»Ich nehme die blaue«, sagte Lilly.

Die Frau lächelte und nickte. »Und Wolle brauchen Sie sicher auch?«

»Ja, natürlich.«

Die Ladenbesitzerin ging zu einem der Wandregale und zog eine Schachtel hervor. »Ich habe hier eine Tüte mit Resten, die nicht so lang sind. Für den Anfang ist das besser, sonst verliert die Kleine die Lust.«

»Ich nehme sie«, sagte Lilly. »Was macht das?«

»Die Liesel kostet fünf Mark, die Wolle bekommen Sie so dazu. Ich weiß sowieso nicht, wohin damit.« Sie reichte Lilly eine prall gefüllte Papiertüte.

»Danke, das ist sehr freundlich von Ihnen«, entgegnete sie überrascht.

Die Frau winkte ab. »Ach, das ist es nicht. Ihre kleine Patientin hat Glück, dass sie so eine nette Krankenschwester hat. Ich hoffe, ich kann so ein bisschen zu ihrer Genesung beitragen.«

Bei ihrer Rückkehr ins Waldfriede waren die Ärzte noch immer auf ihrem Visiterundgang. Lilly zog ihre Strickjacke aus, warf sie sich über den Arm und huschte dann die Treppe hinauf zur Frauenstation. Wenn sie Glück hatte, war Professor Kirsch schon bei Ilse gewesen.

Sie betrat die Station, grüßte die Jungschwestern, die dabei waren, das Frühstück abzuräumen. Der Professor war nirgends zu sehen.

Was Ilse wohl dazu sagen wird?, dachte Lilly vorfreudig, während sie durch den Gang huschte. Weit kam sie nicht.

»Haben Sie nicht dienstfrei?«, fragte der Professor streng, als er ihr aus dem Kinderzimmer entgegentrat.

»Ja, das habe ich«, sagte Lilly. »Aber ich musste etwas besorgen.« Sie zeigte ihm die Strickliesel und die Tüte voller Wollreste.

»Wofür brauchen Sie das?«, fragte Kirsch.

»Für Ilse«, gab Lilly zurück.

»Ist sie nicht noch ein bisschen klein dafür?«

»Sie langweilt sich schrecklich«, antwortete Lilly. »Ihr einziges Spielzeug ist die Klingelschnur. Als ich gestern zu ihr ins Zimmer kam, ließ sie sie gegen die Wand schlagen, wieder und wieder. Sie wirkte beinahe katatonisch. Ich dachte mir, ich gebe ihren Fingern ein wenig zu tun, wo sie denn ihre Beine schon nicht bewegen kann. Ich möchte nicht, dass ihr Geist in dem leeren Zimmer gänzlich verarmt.«

Kirsch schwieg darauf, und Lilly fiel wieder ein, was er am Abend zuvor gesagt hatte.

»Wenn Sie etwas dagegen haben, Herr Professor, lassen Sie es mich bitte wissen. Ich möchte Ihren Therapieanweisungen nicht zuwiderhandeln. Aber als Schwester habe ich einen Blick auf die Patienten, der den Ärzten manchmal verborgen bleibt. Und ich bin sicher, dass Ilse schneller genesen wird, wenn man ihr ein wenig Beschäftigung gibt, solange sie von den anderen Kindern isoliert ist.«

Kirsch verschränkte die Hände auf dem Rücken und wippte einmal vor und zurück. »Geben Sie ihr die Strickliesel, aber nur, wenn Sie sie dabei beaufsichtigen können. Ich möchte nicht, dass sie sich verletzt.«

»Ich werde ihr zeigen, wie sie die Schnüre knüpfen kann, ohne eine Nadel zu benutzen. Das habe ich als Kind auch gemacht.«

Kirsch schaute sie an, als wollte er sich vorstellen, wie sie als kleines Mädchen gewesen war.

»Sie wird sich freuen«, sagte Lilly und wandte sich um. »Einen guten Dienst, Herr Professor.«

»Schwester Lilly?«, hielt Kirsch sie zurück.

»Ja, Herr Professor?«

»Ich habe für Ilse ein wenig Bewegungstherapie angeordnet. Deshalb werde ich Sie wieder für den Tagesdienst einteilen. Ilse braucht eine feste Bezugsperson, an die sie sich halten kann.«

»Danke.« Lilly lächelte und ging dann zu Ilses Zimmer.

Die Augen der Kleinen leuchteten auf, als sie durch die Tür trat. »Lili!«, rief sie und streckte die Hände nach ihr aus.

Auch wenn sie sich mittlerweile an die Gurte und Gewichte gewöhnt haben sollte, fühlte Lilly einen Knoten in ihrem Magen. Umso mehr freute sie sich, dass sie Ilse eine kleine Freude machen konnte.

»Hallo Ilse«, sagte sie. »Ich habe dir etwas mitgebracht. Wie versprochen.«

Das Mädchen klatschte in die Hände, als sie die Strickliesel sah. »Eine Puppe!«, rief sie aus.

»Eine Strickliesel«, verbesserte Lilly. »Damit kannst du Schnüre herstellen für Armbänder. Oder Schnürsenkel. Ich zeige dir, wie es geht.«

»Jetzt gleich?«

Lilly dachte daran, dass sie besser schlafen sollte, doch sie fühlte sich von dem Weg in die Stadt und Ilses Freude so aufgekratzt, dass sie sicher war, kein Auge zutun zu können.

»Bis der Herr Professor kommt, um dich zu behandeln.« Sie holte die Tüte mit der Wolle hervor. »Hier, schau mal«, sagte sie und erklärte Ilse dann, wie man eine Strickliesel benutzte. Und dabei hoffte sie, dass sie eines Tages vielleicht ihrem eigenen Kind beim Spielen zuschauen würde.

15. Kapitel

Zehlendorf, 14. Juli 1930

»Haben Sie schon eine Entscheidung getroffen wegen des Ausflugs?«, fragte Hanna, nachdem sie die Akten der für heute bestellten Patientinnen auf den Tisch gelegt hatte.

Es war seit einigen Jahren im Waldfriede Tradition, dass im Sommer mit der Belegschaft ein kleiner Ausflug gemacht wurde.

Dr. Conradi seufzte und schüttelte bekümmert den Kopf. »Ich fürchte, dazu haben wir nicht die Mittel.«

Er schob das Rechnungsbuch beiseite und drückte Daumen und Zeigefinger in seine Augenwinkel. Hanna kannte ihn gut genug, um zu wissen, dass ihn Kopfschmerzen plagten. Auch wirkte er in letzter Zeit müder als sonst. Wahrscheinlich hatte er die Nacht wieder mit Gedanken an ihre Bilanz verbracht.

»Dann wird es in diesem Jahr also keinen Ausflug geben?«, fragte Hanna enttäuscht. »Wir hatten uns alle bereits darauf gefreut.«

»Ich weiß«, sagte er. »Ich könnte allerdings meine Bekannten aus Werder fragen.«

»Die Hermanns?«

Der Doktor nickte. »Unser Freund Peter Hermann hat vor Kurzem ein Boot gekauft und es mit einem Motor ausgerüstet. Die Gegend und der See sind sehr reizvoll, und vielleicht könnten wir unseren Mitarbeitern dort eine kleine Verschnaufpause verschaffen.«

»Das wäre eine gute Idee! Aber kann das Boot so viele Leute tragen?«

»Wir würden natürlich wie immer gestaffelt fahren.« Die Bekümmerung kehrte auf das Gesicht des Doktors zurück. Hanna spürte, dass ihm noch etwas anderes auf der Seele lag.

»Gibt es etwas, das ich für Sie tun kann?«, fragte sie. »Sie wirken in letzter Zeit so bedrückt.«

»Nun, wenn Sie mir einen fähigen Buchhalter besorgen können …« Ein trauriges Lächeln erschien auf seinem Gesicht. Er schwieg eine Weile, dann fügte er hinzu: »Ich weiß auch nicht, was mit mir los ist. Schwierigkeiten hatten wir doch früher schon, nicht wahr? Und wir sind mit allem fertig geworden.«

Hanna nickte. »Das sind wir.«

»Warum fühle ich mich dann, als würde mir alles über den Kopf wachsen?«

»Weil es das vielleicht tut?« Sie legte ihm die Hand auf den Arm. »Sie brauchen Ihr Kreuz nicht allein zu tragen, das wissen Sie. Ich nehme Ihnen gern Aufgaben ab, wenn es in meiner Macht steht.«

»Sie haben beim Röntgen und in meiner Sprechstunde schon genug zu tun. Da kann ich Ihnen nicht noch mehr aufbürden.«

»Das können Sie«, gab Hanna zurück. »Dass ich im Winter krank geworden bin, war einer Infektion geschuldet, nicht der Arbeit. Einige der Schwestern, die ich selbst ausgebildet habe, stellen sich sehr geschickt an im Röntgen und könnten mich vertreten.«

Der Doktor sah sie an. »Ich danke Ihnen für Ihr Angebot, Hanna. Aber ich möchte wirklich nicht, dass Sie sich zu viel zumuten. Außerdem gibt es Pflichten, die kann ich wirklich nicht abgeben …« Er stockte, und nach einer Weile fügte er hinzu: »Aber die Organisation der Bootstour könnten Sie mir tatsächlich abnehmen. Ich werde mit Peter reden, und Sie geben den Stationsschwestern und Oberin Elisabeth Bescheid, ja?«

***

»So, Ilselein, dann wollen wir mal wieder in die Sonne.« Lilly lächelte dem Mädchen zu. Innerhalb des Monats, den sie nun schon bei ihnen war, hatte sie nicht nur an Größe, sondern auch an Gewicht zugenommen. Sie wirkte nicht mehr ganz so schwach, und dank der Strickliesel hatte sich ihre Fingerfertigkeit verbessert.

Die Tuberkulose hatte sie noch nicht überwunden, doch Professor Kirsch war der Ansicht, dass sie gute Fortschritte machte. Er prophezeite, dass sie vielleicht schon im Herbst beginnen könnte, wieder vorsichtig laufen zu lernen. Vorausgesetzt, es ging so gut voran wie bisher.

»Ich habe wunderbare Neuigkeiten«, sagte Lilly, während sie eine kleine Decke über die Beine des Kindes ausbreitete. »Deine Mama wird dich am Wochenende besuchen kommen.«

»Wirklich?« Ilse klatschte vor Vergnügen in die Hände.

Lilly nickte. »Dann können wir ihr mal zeigen, wie schön braun du geworden bist.«

»Wie eine Kartoffel!«, rief Ilse vergnügt aus.

Während der Stunden auf der Dachterrasse hatte das Mädchen die Möglichkeit, sich mit den anderen Kindern im Krankenhaus zu unterhalten. Lilly war selbst überrascht gewesen, wie viele von ihnen aus anderen Ländern kamen. Natürlich waren sie nicht alle Patienten von Professor Kirsch. Einige Kinder hatten eine Mandel- oder Blinddarmoperation hinter sich, andere litten unter Rachitis. Der Sohn eines russischen Botschaftsmitarbeiters hatte eine Hautkrankheit, die sehr viel Sonnenlicht benötigte, die Tochter eines Kaufhausleiters aus Frankreich litt, obwohl sie erst zehn war, schon an rheumatischen Beschwerden.

Dazu kamen noch ein englisches Zwillingspärchen und zwei dänische Kinder, die zur Erholung ins Waldfriede geschickt worden waren.

Ilse verstand sich besonders gut mit den ausländischen Kindern. Je nachdem welches Bett in der Nachbarschaft stand, zählte sie Lilly danach etwas auf Englisch, Russisch, Französisch oder Dänisch vor. Alle Schwestern waren felsenfest davon überzeugt, dass sie eines Tages Dolmetscherin werden würde.

Lilly löste die Bremse des Bettes und schob es auf die offen stehende Zimmertür zu. Das war nicht ganz einfach, denn eines der Räder blockierte immer mal wieder. Lilly war sicher, dass dieses Bett bereits im vorherigen Jahrhundert benutzt worden war, so wie es quietschte.

»Soll ich dir schieben helfen?« Jungschwester Gerda trat neben sie. In den zurückliegenden Wochen hatte Lilly sich ein wenig mit ihr angefreundet und beobachtet, wie das Mädchen immer selbstbewusster geworden war.

Als würde er merken, dass sie beide gut miteinander zurechtkamen, teilte Professor Kirsch sie sehr oft gemeinsam ein, was ihnen die Gelegenheit gab, auch private Dinge zu besprechen. Lilly war dabei allerdings eher zurückhaltend.

»Wenn du gerade nichts anderes zu tun hast«, antwortete Lilly dankbar.

Gerda packte mit an, und schon ging es etwas leichter.

»Eigentlich wäre es allmählich an der Zeit für den jährlichen Ausflug«, sagte Gerda, als sie mit dem Bett in Richtung Aufzug rollten. »Die Schülerinnen und Schüler sind auch immer mit dabei.«

Ein Lächeln huschte über Lillys Gesicht. Ein Ausflug wäre wunderbar, besonders jetzt, wo es oft sehr warm war und ihr Körper und Geist nach Erholung schrien.

»Du weißt ja noch nichts davon«, fuhr Gerda fort, »weil du letztes Jahr noch nicht hier warst. Wer Interesse hat, meldet sich bei Schwester Hanna. Der Doktor überlässt ihr die Organisation.«

»Dann sollten wir uns unbedingt melden«, sagte Lilly und spürte, wie ihr Herz zu pochen begann. »Und vielleicht kommt ja sogar der Professor mit.«

Lilly konnte nicht wirklich sagen, warum sie ihn so anziehend fand, doch seit einigen Tagen Zeit kreiste Professor Kirsch ständig durch ihre Gedanken. Welche Interessen hatte er wohl? Mochte er Musik? Was für Bücher las er außer der Fachliteratur? Sah er hin und wieder gern einen Film? Ihn im Haus danach zu fragen, wagte sie nicht, hier sprach er immer nur von der Arbeit. Aber vielleicht war er auf einem Ausflug gelöster …

Gerda schüttelte den Kopf. »Das kannst du vergessen, der war schon von Anfang an nicht bei den Ausflügen dabei. Er hat dann ›zufällig‹ an der Universität zu tun oder muss auf eine Fachreise.«

»Du meinst, das sind Ausreden?« Sie wusste, dass er zwischen dem Waldfriede und der Charité hin- und herpendelte und tatsächlich Vorlesungen hielt.

»Martha und die anderen waren jedenfalls nicht überzeugt.«

»Nun, vielleicht ändert sich das in diesem Jahr«, sagte Lilly entschlossen, während sie sich dem Fahrstuhl näherten.

Nachdem sie Ilse der »Sonnenschwester« Emma übergeben hatte, die für die Patienten auf der Dachterrasse verantwortlich war, kehrte Lilly auf Station zurück. Der Gedanke an den bevorstehenden Ausflug und das, was Gerda erzählt hatte, ließ sie nicht los. Würde der Professor wirklich so ablehnend reagieren, wie sie sagte?

Lilly begab sich zum Ärztezimmer. Sie wusste, dass Kirsch dort um diese Zeit seine Patientenakten durchging.

»Professor Kirsch?«, fragte sie, und auf seinen Ruf hin steckte sie den Kopf durch den Türspalt.

»Was gibt es, Schwester Lilly?«, fragte er, ohne von den Unterlagen vor sich aufzublicken.

»Ich habe gehört, dass es demnächst einen Ausflug geben soll. Der Termin steht wohl noch nicht fest, doch die Mitarbeiter, die daran Interesse haben, können sich bei Schwester Hanna melden.«

»Und?« Noch immer schaute er nicht auf.

Lilly hatte sich in den zurückliegenden Wochen schon daran gewöhnt, dass er manchmal abwesend wirkte und keine Lust zu haben schien, mit anderen zu reden.

»Ich könnte das für Sie übernehmen und Sie auch anmelden«, sagte sie.

»Sie wissen, dass ich viel zu tun habe. Aber danke, dass Sie an mich gedacht haben.«

Lilly stutzte. Das sollte es gewesen sein?

»Aber vielleicht können Sie sich für ein paar Stunden freimachen? Die Assistenzärzte würden sich um die Patienten kümmern, und ein wenig Sonne und frische Luft hat noch keinem geschadet.«

Jetzt blickte Kirsch doch auf. »Schwester Lilly, habe ich Ihnen nicht gesagt, dass mein Wohl nicht von Ihrem Interesse ist?«, fragte er streng.

»Das haben Sie«, gab Lilly in einem Anflug von Kühnheit zurück. »Aber wie können Sie Ihren Patienten Sonne und Luft verordnen, ohne sich selbst etwas zu gönnen? Bedenken Sie bitte, dass Sie nur dann für Ihre Patienten da sein können, wenn auch Sie gesund sind.«

Lilly wappnete sich gegen eine Standpauke, doch überraschenderweise schwieg der Professor und schaute sie nur an. »Ich habe an der Universität zu tun, in den kommenden Wochen habe ich Vorlesungen.«

Offenbar hatte Gerda recht, dachte Lilly. »Nun, wie ich sagte, wir wissen noch nicht, wann der Ausflug stattfinden wird«, sagte sie. »Möglicherweise liegt er so, dass Sie mitkommen könnten.« Sie setzte einen flehenden Blick auf. »Bitte, Herr Professor, tun Sie uns und sich den Gefallen. Es wird bestimmt …« Lilly stockte, als ihr einfiel, dass »lustig« kein Anreiz für den Professor sein würde. »… interessant!«

Kirsch schnaufte. Lilly fragte sich, ob es nicht doch besser wäre, sich zurückzuziehen.

»In Ordnung«, sagte Kirsch dann. »Ich schaue, ob ich es einrichten kann. Aber jetzt lassen Sie mich wieder arbeiten, ja?«

»Natürlich, Herr Professor«, sagte sie und lächelte innerlich.

***

»Catherine, könntest du bitte morgen die Hermanns anrufen und fragen, ob wir uns in drei Wochen das Boot ausleihen könnten?«

Schwungvoll hängte Louis sein Jackett an die Garderobe und schritt ins Wohnzimmer. Als er seine Frau leicht vorgebeugt vor dem Sekretär sitzen sah, stockte er.

»Catherine?«, fragte er sanft.

Catherine reagierte zunächst nicht. Ihre Schultern zuckten. Louis trat näher. Sorge stieg in ihm auf. Ging es ihr nicht gut?

Er trat neben sie und bemerkte den Briefstapel, den sie begonnen hatte abzuarbeiten. Einen der Briefe hielt sie in der Hand.

Nun blickte sie auf. »Ulla Morton ist gestorben«, sagte sie traurig. Ihre Wangen waren gerötet, Tränen standen in ihren Augen. »Ich … ich wusste gar nicht, dass sie krank war.«

Ulla war eine ehemalige Kollegin aus Skodsborg, einem kleinen Badeort nördlich von Kopenhagen, in dem sich ein adventistisch geführtes Sanatorium befand. Catherine war zusammen mit ihr aufgewachsen und seit Schulzeiten befreundet. Sie waren unzertrennlich gewesen. Von Ullas Hochzeitsfeier hatte seine Frau ihm ständig vorgeschwärmt.

»Das tut mir leid«, erwiderte Louis und legte seine Hand auf ihre Schulter.

»Ich hätte ihr schreiben sollen«, schluchzte Catherine, ohne auf seine Worte einzugehen. »Ich hätte fragen sollen, wie es ihr geht.«

Louis wusste nicht, was er darauf sagen sollte. Als sie in der Schweiz lebten, hatten Ulla und Catherine noch regelmäßigen Kontakt gehabt, doch seit sie hier in Berlin waren, hatte seine Frau kaum noch von ihr gesprochen.

»Hat Diana dir geschrieben?«

Catherine nickte und wischte sich über die Augen. Sie reichte Louis den Brief. Mit zart geschwungener Handschrift berichtete Ullas Tochter vom Ableben der Mutter. Ulla hatte an Brustkrebs gelitten, der laut den Ärzten in Skodsborg und Kopenhagen inoperabel gewesen war.

Warum hat sie sich nicht an uns gewandt?, fragte er sich. Dann sah er, dass die Trauerfeier am kommenden Freitag stattfinden würde.

»Willst du an ihrer Beerdigung teilnehmen?«, fragte er.

»Ja«, antwortete sie, und in ihren Augen erkannte er den Wunsch, dass er sie begleitete. Etwas zog sich in ihm zusammen. Ihn selbst verband kaum etwas mit Ulla, und er hatte einen Batzen Arbeit vor sich.

»Wenn du willst, werde ich Bruder Kowalski Bescheid sagen, dass er dich nach Skodsborg fahren soll.«

»Und was ist mit dir?«, fragte sie. »Möchtest du mich nicht begleiten?«

»Ich habe einen vollen Terminkalender«, gab er zurück. »Am Freitag stehen drei Operationen an, und um rechtzeitig dort zu sein, müssten wir spätestens am Donnerstag fahren.«

»Aber Hanna könnte doch deine Patienten zu einem anderen Tag bestellen. Und die Operationen …«

»Die Patienten, die ich operieren muss, verlassen sich auf mich. Was sollen sie sagen, wenn ich ihnen plötzlich Dr. Lexow vorsetze?«

Catherines Miene verschloss sich. Louis rang mit sich. War es wirklich so schlimm, wenn er nicht mitfuhr?

»Und was, wenn eine der Schwestern dich begleitet?«, startete er einen neuen Versuch. »Oder eine der Frauen aus der Küche? Mit denen hast du doch immer gut zusammengearbeitet.«

»Sie haben keinen Bezug zu Ulla, und ich kann ihnen nicht zumuten, an einer Trauerfeier teilzunehmen für einen Menschen, den sie nicht einmal kennen.«

Was den Bezug zu Ulla anging, so hatte Louis kaum mehr. Bei Besuchen in Skodsborg hatte er sie hin und wieder gesehen, aber auch die waren weniger geworden, seit sie das Waldfriede übernommen hatten.

»Gut, ich werde sehen, was sich machen lässt.« Er streichelte über Catherines Rücken, beugte sich vor und gab ihr einen Kuss.

»Danke«, sagte Catherine, und ein kleines Lächeln trat auf ihr Gesicht. »Was sagtest du vorhin über die Hermanns?«

»Ich würde sie gern fragen, ob wir uns für einen Betriebsausflug ihr Boot leihen könnten. Aber diesen Anruf kann ich selbst tätigen, ruh dich ein bisschen aus. Ich werde unseren Küchenleiter fragen, ob er uns das Abendessen bringen lassen kann.«

***

Stimmengewirr ließ die Luft im Speisesaal schwirren, dabei waren die Reihen an den Tischen nicht so dicht belegt wie sonst.

»Lilly«, sagte Hanna, als sie ihre Kollegin erblickte. »Hast du etwas dagegen, wenn ich bei dir Platz nehme?«

»Nein, natürlich nicht«, entgegnete sie kauend. »Setz dich!«

Hanna ließ sich auf den Stuhl ihr gegenüber nieder. Ihr fiel auf, wie rosig Lilly aussah. Auch strahlte sie viel mehr Ruhe aus als sonst. Lag es daran, dass sie sich jetzt besser mit Professor Kirsch verstand?

»Wie läuft es denn auf deiner Station?«, fragte sie. »Ich hatte schon lange keine Gelegenheit mehr, mit Professor Kirsch zu sprechen.«

»Sehr gut«, sagte Lilly. »Derzeit versuche ich den Professor dazu zu bewegen, zu unserem Ausflug mitzukommen.«

»Neuigkeiten verbreiten sich schnell«, erwiderte Hanna schmunzelnd. »Aber es gibt noch einige Vorkehrungen, die Dr. Conradi treffen muss.«

Hanna wollte sich gerade ihrem Kartoffelbrei zuwenden, als sie aus dem Augenwinkel eine Bewegung wahrnahm. Instinktiv blickte sie zur Seite und entdeckte den Chefarzt, der sich seinen Weg durch die Tischreihen bahnte. Hier und da stoppte er, um mit einem Kollegen zu sprechen, dann hielt er geradewegs auf sie zu.

»Vielleicht ist jetzt alles bereit«, bemerkte Lilly.

Hanna legte die Gabel beiseite.

»Guten Appetit«, wünschte Dr. Conradi lächelnd und wandte sich an Hanna. »Hätten Sie nachher einen Moment Zeit? Ich würde gern etwas mit Ihnen bereden.«

»Wenn Sie wollen, können wir das auch gleich tun«, sagte Hanna höflichkeitshalber, doch sie spürte, dass der Doktor ein Gespräch unter vier Augen wünschte.

»Ich möchte Sie nicht von Ihrem Abendessen wegreißen.«

Hanna erhob sich. »Der Kartoffelbrei ist ohnehin noch ein bisschen zu heiß. Lilly, würdest du bitte darauf aufpassen?«

Lilly nickte, und Hanna schloss sich dem Doktor an. Dieser führte sie hinaus auf den Gang.

»Hat es mit dem Boot geklappt?«, fragte Hanna.

Er schüttelte den Kopf. »Ich habe soeben erfahren, dass eine Freundin meiner Frau gestorben ist.«

Hannas erwartungsvolles Lächeln erstarb. »Oh, das tut mir leid.«

Der Doktor nickte. »Am Freitag soll die Trauerfeier stattfinden. Ich überlege, ob ich sie mit dem Wagen nach Skodsborg fahren lasse. Das wäre weniger beschwerlich als eine Zugreise.«

»Brauchen Sie den Wagen denn nicht hier?«, fragte Hanna, und im nächsten Augenblick fiel ihr auf, dass er nur von seiner Frau gesprochen hatte. Wollte er denn nicht mitfahren? »Soweit ich weiß, sollte doch eine große Wäschebestellung abgeholt werden.«

»Stimmt, Sie haben recht.«

Hanna spürte, dass ihn etwas bewegte. Er wirkte, als wüsste er nicht, wie er das, was ihm auf dem Herzen lag, ausdrücken sollte. »Soll ich denn für den Donnerstag und Freitag die Patienten umbestellen? Sie werden sicher eine Weile brauchen bis Skodsborg.«

Conradi blickte sie an. »Hanna, würden Sie meine Frau begleiten?«

Hanna zog überrascht die Augenbrauen hoch. Sie sollte fahren? Aber sie kannte die Freundin der Frau Doktor doch überhaupt nicht!

»Mir ist es unmöglich, sie zu begleiten«, fuhr er fort. »Aber ich möchte sie auch nicht allein reisen lassen. Ein wenig Zuspruch würde ihr sicher guttun.«

»Und was wird aus den Röntgenaufnahmen?«, fragte sie. »Außerdem haben wir eine volle Sprechstunde …«

»Während Ihrer Abwesenheit am Jahresanfang musste ich ja auch ohne Sie auskommen«, entgegnete er, beinahe etwas schroff. »Schwester Grete könnte für Sie einspringen. Am Sonntagabend wären Sie wieder hier.«

Hanna wusste nicht, wie sie reagieren sollte. Die Aussicht, mit Conradis Frau zu verreisen, behagte ihr nicht. Auch wenn sie sich kaum sahen und wenig Gelegenheit hatten, miteinander zu sprechen, herrschte zwischen ihnen immer noch eine gewisse Spannung.

»Und was ist mit Schwester Elisabeth?«, fragte sie. »Sie ist mit Ihrer Frau befreundet.«

»Ich kann sie leider nicht vom Stationsdienst entbinden.«

Aber ich bin wohl entbehrlich, dachte Hanna gekränkt.

»Bitte, Hanna«, sagte der Doktor und legte ihr die Hand auf den Arm. »Sie würden mir damit einen großen Gefallen tun. Sie sind ein Mitglied unserer Anstaltsfamilie seit Anfangstagen. Es gibt niemanden hier, dem ich mehr vertraue als Ihnen.«

Diese Worte machten ihr das Herz schwer. Ja, sie war seit den Anfangstagen des Waldfriede hier. Und sie hatte dem Doktor viel zu verdanken. Dennoch behagte es ihr nicht, mehrere Tage mit seiner Frau zu verbringen.

»Also gut«, sagte sie. »Ich begleite Ihre Frau. Vorausgesetzt, sie hat nichts dagegen. Haben Sie sie schon gefragt?«

»Nein, bisher nicht. Aber ich bin sicher, dass sie sich freuen wird, wenn Sie an ihrer Seite sind.«

Hanna war sich da nicht so sicher, doch dem Doktor zuliebe lächelte sie.

»Danke, Hanna«, sagte dieser und legte ihr kurz die Hände auf die Arme. »Ich werde Sie zwar schmerzlich vermissen, aber die Tage werden vergehen, und vielleicht machen Sie in Skodsborg ein paar interessante Entdeckungen.«

***

Louis war nicht sicher, was Catherine zu seinem Arrangement sagen würde. Um sie ein wenig zu besänftigen, hatte er das Abendessen, das er eigentlich bringen lassen wollte, selbst aus der Küche geholt. Die Küchenmädchen hatten ihn angesehen, als hätten sie eine Erscheinung.

Ich sollte mich wirklich wieder mehr im Speisesaal blicken lassen, ging es ihm durch den Kopf, während er das Tablett in den Händen balancierte, auf dem neben einem Salat und Kartoffelbrei auch noch etwas Pudding vom Mittagessen stand, mit dem er seine Frau aufzuheitern gedachte.

Als er durch die Wohnungstür trat, saß Catherine auf dem Sofa, auf dem Schoß das braune Fotoalbum, in dem sie Bilder aus ihrer Jugendzeit aufbewahrte. Eigentlich mochte sie es nicht, dass sie im Wohnzimmer aßen, aber in diesem Fall konnten sie mal eine Ausnahme machen. Louis stellte das Tablett auf dem Tisch vor dem Sofa ab.

»Schau mal, was ich in der Küche gefunden habe«, sagte er und ließ sich neben ihr nieder.

Catherine blickte ihn aus verquollenen Augen an. »Danke. Aber ich habe nicht viel Hunger.«

»Auch nicht auf Pudding?«, fragte er und hob ihr das Schälchen entgegen, dem ein süßer Vanilleduft entströmte.

Ein kleines Lächeln huschte über das Gesicht seiner Frau. »Du weißt schon, dass ich kein kleines Mädchen bin?«

»Natürlich weiß ich das. Aber das sind die meisten unserer Patienten auch nicht, und ich habe mir sagen lassen, dass denen der Pudding sehr gut schmeckt. Außerdem ist er Balsam für die Seele.«

Catherine nahm die Schüssel an und aß einen Löffel. »Danke«, sagte sie.

»Gern geschehen.« Louis beobachtete seine Frau einen Moment lang versonnen, dann sagte er: »Ich habe eine Lösung gefunden, was die Reise nach Skodsborg angeht.«

»Hanna wird es sicher nicht schwerfallen, deine Patienten zu verschieben«, erwiderte Catherine und aß einen weiteren Löffel Pudding.

»Hanna wird dich nach Skodsborg begleiten.«

Catherine stockte, dann legte sie den Löffel betont langsam auf das Tablett. Ihre Augen schienen Funken zu sprühen, als sie ihn ansah.

»Du hast wohl den Verstand verloren! Du solltest mich begleiten und nicht Hanna!«

»Aber sie hat zugestimmt, mitzukommen. Wie ich schon sagte, ich kann nicht!« Louis seufzte. Er hatte geglaubt, er würde ihr einen Gefallen tun.

»Du solltest aber können!«, fuhr Catherine ihn an. »Du bist mein Ehemann! Du solltest an meiner Seite sein, wenn ich meine Freundin zu ihrer letzten Ruhestätte geleite, und nicht deine Sprechstundenhilfe!«

Die Worte donnerten durch den Raum.

»Dein Ehemann ist auch Leiter einer Klinik und momentan unabkömmlich!«, gab Louis zurück, ebenfalls lauter, als er es eigentlich beabsichtigt hatte.

»Du bist in letzter Zeit ständig unabkömmlich«, zischte Catherine, und nachdem sie ihm noch einen zornigen Blick zugeworfen hatte, rauschte sie an ihm vorbei. Wenig später schlug eine Tür hinter ihm zu.

Louis schaute ihr nicht nach. Hatte sie recht? Natürlich musste er sich um das Haus kümmern, und er hatte ja noch andere Verpflichtungen, doch war es wirklich so, dass er darüber seine Ehefrau vergaß?

Nachdem zehn Minuten verstrichen waren, ging Louis ins Schlafzimmer.

»Catherine«, sagte er sanft. »Entschuldige bitte, dass ich dich angeschrien habe. Aber es ist mir wirklich unmöglich, dich zu begleiten.«

Seine Frau schwieg.

»Hanna wird eine angenehme Begleitung sein. Es gibt keine Angestellte im Haus, der ich so sehr vertraue wie ihr.«

Catherine funkelte ihn wütend an. »Glaub mir, das weiß ich nur zu gut!«

16. Kapitel

Zehlendorf, 17. Juli 1930

Der Morgen war frisch und sonnig, ein wenig Dunst hing noch über dem Wald hinter dem Krankenhaus. Doch Hanna zweifelte nicht daran, dass ein weiterer sonniger und warmer Tag vor ihnen lag. Sie blickte auf den Koffer zu ihren Füßen.

Für die Trauerfeier hatte sie ein schwarzes Kleid eingepackt, außerdem ein weißes Kattunkleid für die Freizeit. Während der Reise trug sie ihr dunkelblaues Ausgehkleid mit dem weißen Kragen und der Brosche der Friedensauer Schwesternschaft. Neben einer Tasche für Unterwäsche, Seife und einem Döschen Creme hatte sie nur ihre kleine Reisebibel dabei, die sie vor langer Zeit von Hebamme Else Rogel geschenkt bekommen hatte.

Die Frage, warum gerade sie und nicht Elisabeth die Arztgattin begleiten sollte, trieb sie noch immer um. Die Oberin konnte nicht vertreten werden, aber sie? Hanna wusste nicht, was sie davon halten sollte.

Sie blickte zu dem schwarzen Wagen, den Fritz Kowalski bereits vorgefahren und auf der Rotunde vor dem Haus abgestellt hatte. Der Chauffeur stand neben dem Fahrzeug und polierte die Spiegel.

»Schwester Hanna?« Catherine Conradi schritt den Weg hinauf. Leise knirschten die Kiesel unter ihren Schuhen. Sie trug ein elegantes dunkles Kostüm mit kleinem Hut, schwarze Strümpfe und schwarze

Schuhe. Ihr Haar war nach neuer Mode an den Seiten eingeschlagen. Gepäck hatte sie nicht dabei.

»Guten Morgen, Frau Doktor«, begrüßte Hanna die Ankommende. »Hatten Sie eine gute Nacht?«

»Danke, es ging so«, erwiderte Frau Conradi. »Hast du alles für die Reise?«

Hanna hob ihren Koffer an.

Catherine nickte. »Gut, dann lass uns fahren.«

Während der Chauffeur Catherines Gepäck ablud und einem Kofferkuli übergab, wartete Hanna neben dem Wagen. Auf den Straßen war sehr viel Verkehr gewesen, und auch in der Vorhalle des Lehrter Bahnhofs herrschte reges Treiben.

Sie hatte bereits damit gerechnet, dass es nicht angenehm werden würde, mit Frau Conradi zu reisen, doch die Kälte, die ihr entgegenschlug, war ungewohnt für sie. Catherine redete nur das Nötigste mit ihr, begnügte sich meist mit Gesten, so wie jetzt, als sie ihr bedeutete, mitzukommen.

Schweigend schloss sich Hanna ihr an.

Als sie das Gleis erreichten, schaute Hanna auf die Uhr. Fünf vor acht. Sehnsucht nach ihrem gewöhnlichen Tagesablauf überkam sie. Gleich würde der Doktor im Sprechzimmer erscheinen und Frau Walter hereinrufen, die wie immer schon ein wenig früher da sein würde. Wahrscheinlich würde sich Dr. Lexow bald darauf blicken lassen, weil er wieder einen Patienten zu röntgen hatte.

Die Durchsage, dass der Zug nach Hamburg in Kürze einfahren würde, riss sie aus ihren Gedanken. Hanna umklammerte den Griff ihres Koffers fester. Wenig später rollte die Lokomotive über das Gleis, und die Waggons kamen vor ihnen zum Stehen.

In ihrem Zugabteil waren sie die einzigen Fahrgäste. Wie schon zuvor im Auto zog Frau Conradi ihr Schreibheft hervor. Was sie notierte, wusste Hanna nicht, und schon bald wurde ihr das Schweigen unerträglich.

»Wie lange kannten Sie Ihre Freundin denn schon?«, begann sie, denn sie wollte Frau Conradi zeigen, dass sie Anteil an ihrer Trauer nahm.

Catherine blickte sie an, als wäre sie eine Fremde. »Wie bitte?«

»Ihre Freundin«, wiederholte Hanna. »Wie lange kannten Sie sie schon?«

»Eine Ewigkeit.« Frau Conradi wandte sich wieder ihrem Heft zu.

»Haben Sie sie bei der Arbeit kennengelernt?«, fragte Hanna weiter, während sich ein hilfloses Gefühl bei ihr breitmachte. Mit ihren Patienten hatte sie nie Probleme, ein Gespräch anzufangen.

Catherine atmete hörbar durch, dann klappte sie ihr Heft zu und sah sie an. »Hör mal, Hanna, du brauchst dich wirklich nicht um Konversation mit mir zu bemühen. Ich verstehe deine gute Absicht und weiß sie auch zu schätzen, aber glaube mir, es ist unnötig.«

Hanna presste die Lippen zusammen. Ihr war bewusst, dass Frau Conradi trauerte, aber in diesem Augenblick fühlte sie sich wieder wie vor zehn Jahren, als sie neu im Waldfriede war.

»Verzeihen Sie«, sagte sie so beherrscht wie sie konnte und richtete ihren Blick zum Fenster hinaus.

Der Bahnhof von Skodsborg war ein rotes Ziegelgebäude mit wunderschön verziertem Fachwerk, eingebettet in einen sattgrünen Wald. Frische, salzige Seeluft strömte Hanna entgegen, als sie aus dem Zug stieg. Aus der Ferne konnte sie das Rauschen der Ostsee hören. Diese Eindrücke vertrieben die trübe Stimmung, in die sie die Gesellschaft der Arztgattin versetzt hatte. Sie hatte keine Versuche mehr unternommen, ein Gespräch zu beginnen, und sich stattdessen darauf verlegt, wie ein Schatten zu sein, der Catherine Conradi folgte, wenn es nötig war, sich sonst aber im Hintergrund hielt.

Vor dem Bahnhof wartete ein schwarzer Wagen. Als der Chauffeur sie sah, stieg er aus und bedeutete ihnen mit einem Handzeichen, dass er gekommen war, um sie abzuholen.

Nach kurzer Fahrt durch den beschaulichen Badeort erreichten sie das Sanatorium. Hanna hatte schon viel davon gehört, aber der

Anblick der weißen Bauten raubte ihr für einen Moment den Atem. Schon früher mochten die Häuser, in denen das Sanatorium untergebracht war, prachtvolle Villen gewesen sein, doch nun wurden sie durch Säulengänge zu einem überwältigenden Ganzen verbunden.

Als Hannas Blick weiterschweifte, entdeckte sie ein hohes Gerüst, hinter dem ein weiteres weißes Gebäude entstand.

Inzwischen hatte Catherine dem Chauffeur mitgeteilt, wo die Koffer hinsollten. »Wir werden im Sanatorium wohnen«, erklärte sie. »Herr Andersen ist so freundlich, uns aufzunehmen.«

Hanna hoffte inständig, nicht in einem Zimmer mit ihr untergebracht zu werden. Wenn sie die Tage schon in Stille verbringen musste, dann wollte sie wenigstens allein sein.

Sie schritten über den gepflasterten Vorplatz, auf dem einige Automobile standen. Hanna wandte den Kopf zur Seite und ließ ihren Blick sehnsuchtsvoll zum Park schweifen. Wie gern würde sie jetzt auf einer der Bänke sitzen! Oder zum Strand hinuntergehen!

Sie hatten das Foyer des Sanatoriums gerade betreten, als ihnen ein Mann entgegenschritt, den Hanna von Besuchen und den im Waldfriede stattfindenden Schwesterntagungen gut kannte.

Gustav Andersen war hochgewachsen und schlank, hatte an den Schläfen ergrautes dunkelblondes Haar und trug einen Schnurrbart.

»Catherine!«, rief er aus und sagte dann etwas auf Dänisch, das Hanna nicht verstand. Wenn er im Waldfriede war, sprach Andersen meist englisch, doch hier befand er sich in seinem eigenen Haus.

Während Frau Conradi und er sich unterhielten, blickte Hanna sich im Foyer um. Das war also der Ort, an dem Catherine Conradi, die damals noch Möller hieß, aufgewachsen war.

Warum hatte sie sich entschieden, nach Hamburg zu gehen? Wie mochte sie Dr. Conradi kennengelernt haben?

Er hatte einmal durchblicken lassen, dass ihr Zusammentreffen hier in Skodsborg von den Eltern arrangiert worden war. Richtig zueinandergefunden hatten sie dann erst in Hamburg, wo sie beide im selben Krankenhaus arbeiteten.

»Ah, und da ist ja Schwester Hanna«, rief Andersen plötzlich auf Englisch aus und kam zu ihr. »Freut mich sehr, Sie zu sehen!«

»Die Freude ist ganz auf meiner Seite«, gab Hanna zurück.

»Sie sind das erste Mal hier in Skodsborg, nicht wahr?«

Hanna nickte.

»Waren Sie denn mit Ulla Morton befreundet?«

»Wer?«, fragte Hanna, dann fiel ihr ein, dass damit die Freundin von Frau Conradi gemeint war. »Oh, nein, ich kannte die Verstorbene nicht. Ich begleite Frau Conradi nur.«

»Als Anstandsdame?« Andersen lachte kurz auf. Er erwartete keine Antwort, sondern fügte hinzu: »Dann werde ich euch beiden mal die Zimmer zeigen.«

Herr Andersen führte sie in das von der Straßenseite aus gesehen linke Gebäude durch einen Flur, dessen Fenster zur Seeseite hinausgingen. Hanna fiel es schwer, sich nicht schon hier vom Anblick des Meeres gefangen nehmen zu lassen. Der Abend brach herein, und rosa verschleierte Wolken zogen über das Wasser hinweg. Das leise Kreischen von Möwen drang an ihr Ohr.

Wie hatte sie Ausblicke wie diese bei ihrer Kur auf Rügen geliebt!

Für einen Moment vergaß sie sogar, dass sie mit der missmutigen Arztgattin unterwegs war.

Die Zimmer am Ende des Flurs lagen sich gegenüber.

»Catherine, du kennst unsere Gästezimmer ja schon«, sagte Andersen. »Schwester Hanna, Sie hatten das Vergnügen noch nicht, daher habe ich Ihnen ein Zimmer zugewiesen, von dem aus Sie auch das Meer sehen können.« Damit öffnete er die Tür.

Das zarte Abendlicht fiel auf einen Teppich mit Rosenmuster. Auf dem Himmelbett lag eine cremefarbene Decke, den Nachttisch daneben schmückte eine Blumenvase mit einer einzelnen weißen Rosenblüte.

Noch nie zuvor hatte Hanna in solch einem schönen Zimmer übernachtet. Sogar ihre Unterkunft im Kurheim auf Rügen war dagegen spartanisch gewesen.

»Lassen Sie es mich wissen, wenn Sie etwas benötigen«, sagte Andersen. »Sie werden doch sicher an der Trauerfeier teilnehmen.«

Catherine räusperte sich. »Ich stelle es Schwester Hanna frei, ob sie an der Beerdigung teilnehmen möchte.«

Andersen blickte zu Hanna. Diese lächelte unsicher. Ihr stand eigentlich nicht der Sinn nach einer Trauerfeier, auf der sie niemanden kannte und für Frau Conradi nur eine Last zu sein schien.

»Ich überlege es mir noch«, antwortete sie ausweichend.

»Gut. Ich würde Sie beide gern zum Abendessen einladen. Meine Frau freut sich, endlich wieder ein paar Gesichter aus Deutschland zu sehen. Machen Sie sich frisch, dann treffen wir uns um zwanzig Uhr in unseren Privaträumen.«

Hanna bedankte sich, blickte zu Frau Conradi, die ihre Aufmerksamkeit wieder voll auf Andersen gerichtet hatte, und zog sich zurück.

Als die Tür hinter ihr ins Schloss gefallen war, atmete Hanna tief durch und trat ans Fenster. Die Aussicht war hier ebenso grandios wie schon zuvor im Durchgang. Das Meer rauschte sanft, und es waren keine hundert Meter bis zum Strand. Wie gern wäre sie jetzt hinausgelaufen! Doch die Andersens erwarteten sie zum Abendessen.

Vielleicht sollte ich morgen früh einen Spaziergang machen, dachte Hanna. Etwas Meer und Sonne im Herzen konnte nicht schaden.

17. Kapitel

Skodsborg, 18. Juli 1930

Am Freitagmorgen erhob sich Hanna schon in aller Frühe. Das Abendessen bei den Andersens war ohne große Höhepunkte verlaufen, und in der Nacht hatte sie das Rauschen der Wellen schnell ins Reich des Schlafes geführt.

Nachdem sie ihre Morgentoilette beendet hatte, öffnete sie die Tür zu der kleinen Terrasse vor ihrem Fenster und trat barfuß hinaus. Sie trug das weiße Freizeitkleid, und ihr Haar fiel offen über ihre Schultern. Sogleich fing sich der Morgenwind darin.

Hanna schloss die Augen und atmete tief durch. Ein Hauch von Algen und Seetang schwebte in der salzigen Luft. Das Rauschen der Wellen wirkte belebend auf ihren Körper, und ein vorfreudiges Kribbeln erwachte in ihrem Bauch.

Dann setzte sie sich in Bewegung. Der Sand war noch kühl und schmiegte sich weich an ihre Füße. Die Brandung warf ausladende Gischtschleier über den Strand. Verträumt blickte Hanna zum Horizont.

»Guten Morgen!«, grüßte eine Männerstimme. »Sie wollen doch wohl nicht so ins Wasser!«

Hanna blickte auf und sah einen hochgewachsenen, schlanken Mann in einem beigefarbenen Leinenanzug. Er trug einen Strohhut, unter dem blaue Augen hervorblitzten. Sie schätzte ihn auf etwa Mitte vierzig.

Im nächsten Augenblick schwappte eine Welle heran, und bevor sie zur Seite springen konnte, strömte das kalte Wasser über ihre Füße. Mit einem kleinen Aufschrei sprang sie zurück.

»Nein, das hatte ich eigentlich nicht vor«, antwortete sie ärgerlich, und erst im nächsten Augenblick wurde ihr klar, dass er sie in ihrer Muttersprache angesprochen hatte.

Der Fremde lachte. »Sie sprechen Deutsch! Was für eine Überraschung.«

»Hätten Sie das nicht erwartet?«

»Nein. Ich mache mir normalerweise einen Spaß daraus, Leute in fremden Sprachen anzusprechen. Die meisten schauen mich dann immer so verwundert an.«

»Kommen denn sonst keine Deutschen nach Skodsborg?« Hanna versuchte, den feuchten Sand vom Saum ihres Kleides abzuschütteln.

»Hin und wieder schon.« Er betrachtete sie mit einem feinen Lächeln. »Sind Sie Patientin im Sanatorium?«

»Nein, ich bin hier nur zu Besuch übers Wochenende«, antwortete Hanna, obwohl sie es ihm eigentlich nachtragen sollte, dass er sie auf den Arm nehmen wollte.

»Mein Name ist Eike Rasmussen«, stellte er sich vor.

Der Name klang dänisch. »Woher können Sie so gut Deutsch?« Hanna zog verwundert die Augenbrauen hoch.

»Irgendwann hat sich einer meiner Vorfahren aus Dänemark nach Ostfriesland verirrt und dort die große Liebe gefunden«, antwortete Rasmussen lächelnd.

»Und was hat Sie nach Dänemark verschlagen? Machen Sie eine Kur?«

»Nein, ich führe eine Anwaltskanzlei in Kopenhagen.«

»Und wozu brauchen Sie dann Deutsch?«

»Um fremde Menschen anzusprechen, die mich interessieren.« Schalk trat in seine Augenwinkel. »Aber falls es Ihnen lieber ist, sich auf Dänisch zu unterhalten …«

»Nein, lassen Sie nur, mein Dänisch ist praktisch nicht vorhanden.«

Hanna betrachtete ihn. Er verströmte das Selbstbewusstsein eines Mannes, der sich seiner Wirkung auf seine Mitmenschen nur allzu bewusst war.

»Wie ist denn Ihr Name?«, wollte er wissen.

»Hanna«, antwortete sie. »Hanna Richter.«

»Hanna Richter«, wiederholte er, als ob er sich den Namen einprägen wollte. »Darf ich fragen, was Sie den ganzen Tag so machen? Sofern Ihr Ehemann nichts dagegen hat, dass ich mit Ihnen spreche.«

»Ich habe keinen Ehemann«, antwortete Hanna. Der Anstand hätte es geboten, sich zurückzuziehen, doch das Gespräch mit diesem Fremden gefiel ihr. Der Mann war attraktiv, hatte eine angenehme Stimme und wirkte sehr gebildet. So würde sie an etwas Schönes zurückdenken können, wenn sie nachher an der Beerdigung teilnahm und auf der Rückreise wieder gegen eine Mauer des Schweigens prallte. »Ich bin Krankenschwester.«

»Also sind Sie doch nicht ganz zu Besuch hier?«

»Ich begleite die Gattin meines Chefarztes«, erklärte Hanna. »Eigentlich komme ich aus Berlin.«

»Eine schöne Stadt und eine gute Profession«, stellte Rasmussen fest, dann bot er ihr seinen Arm an. »Hätten Sie vielleicht Lust, mich ein wenig bei meinem Spaziergang zu begleiten?«

»Hat denn Ihre Frau nichts dagegen?«, fragte Hanna.

»Ich bin nicht verheiratet. Und es ist doch nichts Ehrenrühriges, einer Frau den Arm zu bieten, die gerade beinahe in die Fluten der Ostsee gerissen worden wäre.«

»Jetzt übertreiben Sie aber!« Hanna betrachtete ihn einen Moment lang, dann hakte sie sich bei ihm ein.

»Sie sind also Anwalt in Kopenhagen«, sagte sie, als sie den Strand entlangschlenderten.

»Wirtschaftsrecht. Eine ziemlich trockene Angelegenheit. Vielleicht zieht es mich deshalb morgens hinaus ans Meer.«

»Sie sind öfter hier?«

»Jeden Morgen. Meine Kanzlei öffnet um neun Uhr, bis dahin bin ich wieder dort. So habe ich etwas, wovon ich zehren kann, wenn ich mich mit den Belangen meiner Klienten herumschlagen muss.«

»Warum machen Sie denn nichts anderes?«, fragte Hanna.

»Oh, ich mag meinen Beruf. Aber davon allein kann ein Mensch doch nicht leben, oder? Hin und wieder brauchen wir auch Ruhe und etwas so überwältigend Schönes, wie es uns nur die Natur bieten kann.«

Da hatte er recht, und Hanna fragte sich plötzlich, wie es in dieser Hinsicht um sie stand. Seit zehn Jahren arbeitete sie im Waldfriede, und beinahe sechs Jahre war es her, dass sie sich von Alexander Kirchfeld getrennt hatte. Sie hatte ihn seitdem aus ihrem Leben gestrichen und jegliche Gedanken an ihn sofort im Keim erstickt.

»Was ist mit Ihnen?«, fragte Rasmussen, als könnte er ihre Gedanken lesen. »Lieben Sie Ihren Beruf?«

»Das tue ich«, sagte Hanna fest. »Er ist meine Bestimmung.«

»Und Sie denken nicht daran, ihn für einen Mann aufzugeben?«

»Würden Sie den Ihren denn für eine Frau aufgeben?«, fragte Hanna zurück.

»Oho, ich wittere sehr moderne Ansichten bei Ihnen! Sind Sie letztlich eine von diesen Frauenrechtlerinnen?«

»Nein, aber in unserem Haus gibt es strenge Regeln. Wenn wir heiraten, scheiden wir aus dem Dienst aus. Warum sollte ich mich allerdings nur um einen Menschen kümmern, wenn ich mich berufen fühle, allen Menschen zu dienen?«

Rasmussen sah sie einen Moment lang an. »Gehören Sie auch zu den Adventisten?«

»So ist es.« Hanna blieb stehen und zog die Augenbrauen hoch. »Ist das ein Problem für Sie?«

»Nein, keineswegs. Doch ich habe mitbekommen, dass die Leute gegenüber dem Sanatorium gewisse … Ressentiments haben.«

»Es scheint sich nicht über Zustrom beklagen zu können.«

»Nein, die Gäste mögen die Behandlungen hier und erzählen das auch weiter. Aber einigen von ihnen sind die Adventisten nicht geheuer.«

»Warum?«, fragte Hanna. »Weil wir den Sabbat feiern? Weil wir nicht an eine Hölle glauben wie die Katholiken? Weil wir uns vielleicht ein wenig strenger an die Bibel halten als andere Christen?«

Der Mann hob abwehrend die Hände. »Langsam, langsam, ich gehöre nicht zu denen, die ein Problem darin sehen. Im Gegenteil, ich habe einige Klienten und sogar Freunde unter Ihren Glaubensbrüdern und -schwestern.«

»Das hätten Sie auch schon früher sagen können«, gab Hanna zurück. »Ich kann es nicht leiden, wenn man uns Dinge unterstellt, die nicht zutreffen. Natürlich bilden wir eine enge Gemeinschaft, aber wir sind gegenüber jedem offen, der zu uns kommt. Und wir helfen den Menschen, wo wir können.«

»Ich weiß.« Ein gutmütiges Lächeln erschien auf Rasmussens Gesicht. »Vielleicht gefallen Sie mir deshalb.«

»Reden Sie keinen Unsinn!«, entgegnete Hanna, doch es fiel ihr schwer, dem Fremden böse zu sein. Warum sollte sie auch? Er behauptete von sich, ein Freund ihrer Gemeinschaft zu sein …

»Es ist mein voller Ernst, Schwester Hanna«, sagte er. »Sie haben etwas, das die Blicke der Menschen anzieht. Und ich glaube, diejenigen, die Sie näher kennen, können gar nicht anders, als Sie zu mögen.«

Hanna blickte den Mann an. Hatte er den Verstand verloren? Sollte sie besser umkehren?

»Ich muss zurück«, sagte sie schließlich.

»Bitte verzeihen Sie mir, wenn ich Sie beleidigt habe. Das war wirklich nicht meine Absicht.«

»Ich bin Ihnen nicht böse«, sagte Hanna, obwohl das nicht so ganz stimmte. Seine Aussage, dass die Leute hier Vorbehalte gegenüber Adventisten hatten, machte sie schon etwas wütend. Und sein großes Selbstbewusstsein verwirrte sie. Aber war es nicht müßig, sich mit ihm auseinanderzusetzen, wo sie ihn wahrscheinlich nie wiedersehen würde? »Meine Begleiterin wird sicher schon wach sein.«

»Dann bleibt mir wohl nichts anderes übrig, als Sie freizugeben.« Er lächelte und lupfte leicht den Hut. »Alles Gute für Sie, Schwester Hanna.«

»Danke, auch für Sie, Herr Anwalt!« Noch einmal sahen sie sich in die Augen, dann machte Hanna kehrt und lief mit langen Schritten durch den Sand.

***

»Guten Morgen, Ilse«, sagte Lilly beschwingt, während sie mit dem Tablett auf dem Arm durch die Tür trat. Darauf standen eine kleine Waschschüssel und eine Seifendose, außerdem lag ein Waschlappen dabei. »Hast du gut geschlafen?«

Das kleine Mädchen regte sich ein wenig. Viel Bewegungsspielraum hatte sie nicht, die Sandsäckchen zogen ihre Beine nach unten. Aber im nächsten Augenblick strahlte sie Lilly an.

»Ist Mama schon da?«, fragte sie.

»Noch nicht, aber es ist ja noch früh am Morgen.«

Lilly lächelte Ilse zu. Sie nahm einen kleinen Kamm aus ihrer Tasche und begann, vorsichtig die Locken des Kindes zu kämmen.

Nachdem sie die Morgentoilette beendet hatte, zeigte Ilse ihr eines der Bänder, die sie mit der Strickliesel gemacht hatte. Es bestand aus melierter blauer Wolle, die Lilly ihr nach ihrem letzten Einkauf mitgebracht hatte.

»Meinst du, das wird Mama gefallen?«

»Natürlich wird es das!«, sagte Lilly. »Wenn du möchtest, machen wir ein Armband daraus.«

Die Augen des Kindes leuchteten, als Lilly die beiden Enden sauber verknotete und es ihr wieder reichte.

»Ich hole jetzt dein Frühstück. Heute gibt es die ersten eingemachten Kirschen zum Grießbrei.«

Auf dem Gang traf sie auf Gerda.

»Was ist, kommst du heute Abend mit zum Tanzen?«, fragte diese gut gelaunt. »In Clärchens Ballhaus soll der Teufel los sein.«

»Das lass nicht die Oberin hören«, gab Lilly zurück, dann lachte sie.

»Sie ist ja nicht da. Also kommst du mit?«

»Ich weiß noch nicht.«

»Das sagst du jedes Mal.« Gerda zog ein schmollendes Gesicht. »Dabei würde es dir guttun, mal wieder unter die Menschen zu gehen.«

»Ich bin hier jeden Tag unter Menschen.«

»Aber unter keinen, die hübsche Kleider und Anzüge tragen. Willst du denn keinen Mann finden?«

Es war nicht das erste Mal, dass Gerda sie überreden wollte. Bisher hatte sie immer abgelehnt, denn der Freitagabend war für Besorgungen reserviert.

»Nun komm schon!«, drängte Gerda. »Du wirst immer mehr wie Professor Kirsch! Kein Wunder, dass du ihn nicht dazu bringen kannst, an unserem Ausflug teilzunehmen. Du gehst ja selbst nirgendwohin, das spürt er!«

Lilly seufzte. »Also gut. Ich bin dabei.«

»Wirklich?«, fragte Gerda überrascht.

»Wenn ich es doch sage.«

Gerda klatschte in die Hände. In dem Augenblick kam die Oberin um die Ecke.

»Gibt es einen Grund für deine Freude, Gerda?«, fragte sie streng.

Sogleich verbarg die Jungschwester ihre Hände hinter dem Rücken und antwortete mit ernster Miene: »Es ist ein schöner Tag, Oberin Elisabeth.«

Die Oberin betrachtete sie beide prüfend, dann ging sie weiter. Gerda konnte kaum ein Kichern unterdrücken.

»Also um acht Uhr, ja?«, fragte Gerda schließlich.

Lilly nickte und spürte, wie die Aufregung in ihr prickelte. Noch nie war sie bei einem derartigen Tanzvergnügen gewesen, und seit sie fünfzehn Jahre alt gewesen war, hatte sie sich auch nicht mehr unbeschwert gefühlt.

Vielleicht gelang es ihr heute Abend, ihre Sorgen für ein paar Stunden zu vergessen und sich jung und frei zu fühlen.

18. Kapitel

Den Vormittag verbrachte Hanna am Schreibtisch, um eine Karte an Rosa Schulze zu schreiben, ihre Freundin, die vor ihrer Heirat als Dienstmädchen im Waldfriede gearbeitet hatte. Schon eine Weile hatte sie nichts mehr von ihr gehört und sich auch selbst nicht gemeldet, sodass es an der Zeit war, ihr zumindest einen kleinen Gruß zu schicken.

Als sie kurz vor elf Uhr die Kapelle betrat, traute sie ihren Augen nicht. Unter den Trauergästen befand sich auch dieser Anwalt!

Hanna wurde heiß unter ihrem dunklen Kleid. Was hatte er hier zu suchen? Sie sah ihn bei einer Gruppe Männer stehen, die in ein gedämpftes Gespräch vertieft waren. Seine heitere Miene vom Morgen war verschwunden, jetzt schaute er ernst drein und klopfte schließlich dem trauernden Witwer mitfühlend auf die Schulter.

Nach einer Weile entdeckte sie Catherine Conradi, die bereits auf einer Bank Platz genommen hatte. Sie setzte sich schweigend neben sie, warf aber immer wieder einen verstohlenen Blick zu den Männern.

»Alle Freunde von Ullas Mann sind gekommen, und einige haben sogar ihre Ehefrauen dabei«, hörte sie Frau Conradi schließlich sagen, die ihre Blicke bemerkt hatte. Ein leichter Vorwurf schwang in ihrer Stimme mit.

Hanna gab vor, ihn zu überhören. »Es ist sicher schwer für ihn.«

»Er war mit Ulla beinahe fünfundzwanzig Jahre verheiratet. Es wird eine Weile dauern, bis er den Verlust verkraftet hat und eine neue Frau nehmen kann.«

Hanna schaute Catherine überrascht an. »Eine neue Frau? Ist das notwendig?«

»Ein Mann braucht eine Frau an seiner Seite«, gab Catherine mit fester Stimme zurück. »Ich bin sicher, dass er eine passende Gattin finden wird. Nicht nur Ehefrauen sterben, sondern auch Männer. Und wer weiß, vielleicht kann er noch eine weitere Familie gründen.«

Hanna presste die Lippen zusammen. Wenn sich Mitglieder ihrer Gemeinschaft das Jawort gaben, dann für immer. Oder zumindest so lange, bis der Tod einen von ihnen zum ewigen Schlaf bettete.

»Ich bin sicher, dass Ulla es so gewollt hätte«, setzte Catherine hinzu.

»Und seine Kinder?« Hanna stellte es sich schwierig vor, eine Stiefmutter zu akzeptieren.

»Sie sind größtenteils selbstständig. Diana, die Tochter, erwartet im Winter ihr erstes Kind. Es ist schade, dass Ulla es nicht mehr sehen kann. Aber ich bin sicher, dass den Kindern das Glück ihres Vaters am Herzen liegt. Und dazu gehört nun einmal eine neue Gattin.«

Der harte Klang in Frau Conradis Stimme irritierte sie ein wenig. Hanna dachte an Dr. Conradis Vater zurück. Der hatte sich nach dem Tod seiner Frau keine neue Gattin gewählt. Wäre seinem Sohn das Gegenteil lieber gewesen? Das konnte sie sich nicht vorstellen.

Da hob das Harmonium an, und die restlichen Gäste begaben sich auf ihre Plätze. Wenig später erschien der Prediger, und die Trauerfeier begann.

Auf dem Friedhof reihten sich die Verwandten, Freunde und Bekannten vor dem Grab auf und erwiesen der Verstorbenen einen letzten Gruß. Hanna hielt sich im Hintergrund. Sie wollte nicht, dass die Leute sich fragten, welche Verbindung sie zu Ulla Morton gehabt hatte.

Stattdessen hielt sie Ausschau nach Eike Rasmussen. Entdecken konnte sie ihn allerdings nicht. War er nur kurz da gewesen, um dem Ehemann sein Beileid auszusprechen? Hatte man ihn in die Kanzlei zurückgerufen?

Als der Trauerzug den Sarg passiert hatte, sammelten sich die Besucher am Friedhofstor. Frau Conradi stand mit zwei Männern und einer jungen Frau zusammen, die vielleicht Anfang zwanzig war und einen gut sichtbaren Babybauch hatte. Der junge Mann neben ihr musste ihr Bruder sein. Die Ähnlichkeit mit dem Vater war nicht zu übersehen. Alle drei waren blass und wirkten erschüttert.

Hanna dachte an ihre Eltern. Sie gingen mittlerweile auch auf die sechzig zu, doch ihr Vater weigerte sich, sich zur Ruhe zu setzen. Was würde sein, wenn einer von ihnen starb?

Jemand trat neben sie. Sie sah zunächst nur einen Schatten, dann hörte sie eine Stimme. »So sieht man sich wieder.«

Hanna blickte zur Seite und bemerkte ein kleines Lächeln auf Rasmussens Gesicht.

»Sie hätten gleich sagen können, dass Sie an der Trauerfeier teilnehmen werden.«

»Genauso wie Sie«, gab er zurück.

»Sie haben nicht gefragt.«

Als sie sich zu ihm umwandte, sagte er: »Was halten Sie davon, wenn wir uns Sonntagfrüh wieder zu einem Spaziergang treffen? Ich muss morgen zu meinen Eltern, aber Sonntag bin ich wieder da.«

»Leider werden wir Sonntagfrüh wieder abreisen«, erwiderte Hanna.

Rasmussen schob enttäuscht die Unterlippe vor. »Packen Sie doch schon morgen Abend. Dann haben wir noch eine Stunde oder zwei, bevor es losgeht.«

»Ich fürchte, das wird nicht möglich sein. Frau Conradi wird sicher darauf bestehen, dass ich mit ihr frühstücke.« Hanna überlegte eine Weile, dann fragte sie: »Warum wollen Sie mich eigentlich wiedersehen?«

»Weil ich glaube, dass Sie ein sehr interessanter Mensch sind. Und eine schöne Frau.«

Hannas Herz begann zu pochen. »Ich werde in Berlin sein und Sie hier …«

»Wir könnten uns schreiben. Und vielleicht verirren Sie sich wieder nach Skodsborg – oder ich mich nach Berlin.« Er zog eine Karte aus seiner Tasche und reichte sie ihr. Sein Name stand darauf, darunter die Adresse seiner Kanzlei und eine Telefonnummer.

»Schreiben Sie mir, Hanna. Ich würde mich freuen.«

Er lächelte sie an, dann schaute er zur Seite. »Oh, ich glaube, Ihre Begleiterin kehrt zurück. Also dann, noch einmal: Leben Sie wohl, Hanna.«

»Sie auch, Herr Rasmussen.«

Bevor Frau Conradi sie erreichte, machte er kehrt und schritt durch das Friedhofstor.

»Wer war das?«, sagte Catherine, während sie dem Anwalt nachblickte.

»Ein Bekannter der Familie«, antwortete Hanna, während sie die Karte rasch in ihrer Hand verbarg. »Jedenfalls glaube ich, dass er das ist. Er hat sich nach etwas erkundigt.«

In dem Blick der Arztgattin stand die Frage, was das gewesen sein könnte, doch sie stellte sie nicht.

»Du kannst zum Sanatorium zurückgehen, wenn du willst«, sagte sie stattdessen. »Es gibt noch eine Feier im kleinen Kreis.«

Hanna nickte. »In Ordnung.«

Frau Conradi griff nach ihrer Hand. Ein heißer Schreck durchzog Hanna, denn sie glaubte, dass sie die Karte gesehen hatte. Doch dann sagte Catherine: »Ich bin froh, dass du mich zum Gottesdienst begleitet hast.«

»Das … war selbstverständlich«, antwortete sie verwundert. Nach all der Kälte, die sie ihr entgegengebracht hatte, nun das?

Frau Conradi nickte ihr zu und wandte sich wieder den Mortons zu. Hanna blickte auf die Karte in ihrer Hand, die jetzt ein wenig zerknittert war, und fragte sich, ob sie den Mut haben würde, Rasmussen zu schreiben. Er war attraktiv und sehr angenehm, dazu klug und weltoffen. Doch würde er zu einer Frau wie ihr passen?

***

»Ist Ilses Mutter schon eingetroffen?«, fragte Professor Kirsch, als er Lilly auf der Nachmittagsrunde antraf. Sie hatte gerade die Teller eingesammelt und schob den kleinen Wagen in Richtung Fahrstuhl.

»Bisher nicht«, gab sie zurück, und wie immer, wenn sie ihn sah, spürte sie ein Kribbeln im Bauch und auf den Wangen. Ein Lächeln stieg in ihr auf, doch rasch wurde sie wieder ernst, denn Professor Kirsch hatte ihr eine dienstliche Frage gestellt. »Aber die Besuchszeit dauert ja noch eine Weile.« Während der Arbeit hatte sie nicht darauf geachtet, aber jetzt fiel es auch ihr auf.

»Wenn Sie sie sehen, schicken Sie sie gleich zu mir. Ich muss etwas mit ihr besprechen.«

Lilly bemerkte den sorgenvollen Klang in seiner Stimme. »Ist mit Ilse etwas nicht in Ordnung?«

Kirsch atmete tief durch. »Die Röntgenbilder sind nicht so, wie ich es erwartet hätte. Die Tuberkulose scheint auf dem Weg zu den Gelenken zu sein.«

Lillys Augen weiteten sich. »Aber … davon haben Sie heute bei der Visite noch gar nichts gesagt.« Bereits gestern hatte sie Ilse wieder zum Röntgen gebracht, und nachdem der Professor am Morgen nichts erwähnt hatte, hatte sie gedacht, dass es besser geworden sei.

»Ich hätte Sie noch eingeweiht«, sagte Kirsch. »Ich möchte mit der Mutter einen neuen Therapieansatz besprechen. Und eine mögliche Operation.«

Lilly wäre beinahe die Nierenschale aus der Hand gefallen. »Operation?«

»Noch ist nichts entschieden. Möglicherweise schaffen wir es, die Entzündung vorher zu stoppen. Doch wenn sie den Gelenkkopf aufweicht, werden wir keine andere Wahl haben.«

Angst schwappte wie eine Flutwelle in Lilly hoch. Soeben hatte sie Ilse noch gesehen, wie sie sich auf die Ankunft ihrer Mutter freute, und nun …

Der Professor schien ihr die Erschütterung anzumerken, denn er sagte: »Ich weiß, dass Ilse Ihnen ans Herz gewachsen ist. Und ich verspreche Ihnen, dass ich mein Möglichstes tun werde. Aber jetzt machen wir erst einmal weiter wie bisher, und Sie geben mir Bescheid, wenn Frau Gebhard hier ankommt, ja?«

19. Kapitel

Obwohl sie ganz offiziell Feierabend hatte, verließ Lilly das Waldfriede an Gerdas Arm mit einem schlechten Gewissen. Professor Kirsch war gegangen, ohne mit Frau Gebhard sprechen zu können. Ilses Mutter war einfach nicht erschienen. Das hatte auch Ilse sehr traurig gemacht.

Sie hatte geweint und an ihren Gurten gezerrt und Lilly schließlich vorgeworfen, nicht die Wahrheit gesagt zu haben. Nur unter großen Mühen hatte Lilly sie ein wenig beruhigen und auf später vertrösten können.

Für den Rest des Tages warf Lilly während der Arbeit immer mal wieder einen Blick aus dem Fenster, in der Hoffnung, dass die Frau noch auftauchen würde. Aber auch Schwester Hedwig an der Pforte hatte sie nicht gesehen. Und schließlich hatte ihr Dienst damit geendet, dass sie die schluchzende Ilse in den Arm genommen hatte.

»Deine Mama ist bestimmt aufgehalten worden«, hatte sie sanft auf das Kind eingeredet. »Möglicherweise ist der Zug nicht gekommen. Ich bin sicher, dass sie sich melden wird. Vielleicht steht sie ja morgen früh vor der Tür.«

Nur wenig getröstet und mit breitem Schmollmund hatte Ilse sie schließlich gehen lassen.

»He, was ist denn los?«, holte Gerda sie aus ihren Gedanken fort. »Willst du es dir doch noch überlegen, ob du mitkommst?«

»Nein«, gab Lilly zurück. »Es dauert nur eine Weile, bis ich den Tag abgeschüttelt habe.«

»Geht mir auch so. Dabei arbeiten wir noch nicht mal auf einer Station, auf der viele Leute sterben.« Gerda machte eine kurze Pause, dann fügte sie hinzu: »Aber wir sollten den Dienst jetzt loswerden. Die Tanzabende im Ballhaus sind immer etwas Besonderes.«

»Werden sie mich in diesem Aufzug überhaupt reinlassen?«, fragte Lilly, während sie an sich hinabschaute. Unter ihrem leichten Sommermantel trug sie das grüne Kleid mit den Puffärmeln, das eher für Besorgungen geeignet war als für eine rauschende Ballnacht. Seit sie ihr Elternhaus verlassen hatte, hatte sie nicht mehr viel Verwendung für Festgarderobe, und ihr Geld musste sie ohnehin für einen anderen Zweck ausgeben.

Gerda hingegen sah hinreißend aus in ihrem cremefarbenen Satinkleid. Lilly wusste, dass sie öfter zu Tanzvergnügen ging, doch in diesem Aufzug hatte sie sie noch nie gesehen. Und sie fragte sich, woher sie das Geld für solch ein Kleid hatte.

»Wäre es nicht ein Ding, wenn wir Dr. Conradi dort treffen würden?«, bemerkte Gerda, als sie die U-Bahn-Station Krumme Lanke betraten.

Lilly prustete los und schüttelte den Kopf. »Ich glaube kaum, dass er ins Ballhaus gehen würde.«

»Er ist im Moment Strohwitwer. Seine Frau ist unterwegs, wie ich gehört habe.«

»Ich kann mir nicht vorstellen, dass er sich fürs Tanzen interessiert. Außerdem hat der Sabbat schon begonnen. Da wird er sich eher auf den Gottesdienst vorbereiten.«

Gerda überlegte eine Weile, dann fragte sie: »Was Adventisten wohl machen, wenn sie sich vergnügen wollen?«

»Ich bin sicher, dass sie genauso gut feiern können wie alle anderen«, entgegnete Lilly. »Aber wenn du es genau wissen willst, solltest du vielleicht die Oberin fragen.«

»Um Gottes willen! Die sorgt noch dafür, dass ich von der Schule fliege.«

»Dann Schwester Hanna. Bei der hast du doch Unterricht.«

»Ja, aber das traue ich mich nicht. Sie ist die rechte Hand von Dr. Conradi.«

»Na, da musst du dir eben was anderes ausdenken.«

Gerda schwieg eine Weile. »Für einen Moment habe ich geglaubt, dass du auch eine von ihnen bist. Du bist so brav und still. Immer freundlich.«

»Sind das neuerdings nachteilige Eigenschaften?«

»Nein, aber du wirkst dadurch sehr … fromm.«

Lilly schaute ihre Begleiterin verdutzt an. Stimmte das?

»Ich möchte einfach nur meine Arbeit machen, das ist alles«, gab sie zurück.

»Aber du musst doch auch ein bisschen Spaß im Leben haben!« Gerda knuffte sie in die Seite.

»Deswegen bin ich ja jetzt mit dir unterwegs«, sagte sie und wünschte sich erneut, ebenso unbeschwert sein zu können wie ihre Freundin.

Das Ballhaus lag im Scheunenviertel, einer Gegend, in die man als junge Frau besser nicht unbegleitet gehen sollte. Jedenfalls war das die Meinung von Lillys Mutter gewesen. Seltsam, dass ihr das gerade jetzt einfiel. Sie dachte nicht häufig an ihre Eltern zurück. Nur an Feiertagen tauchte hin und wieder eine Erinnerung auf, die sie schnell verdrängte. Gelegentlich vermisste sie Mutter und Vater, vermisste die Geborgenheit ihres Zuhauses. Doch dann fiel ihr schnell wieder ein, was passiert war und warum sie den Schutz der elterlichen Wohnung aufgegeben hatte.

Aber all das gehörte nicht hierher. Sie war auf Musik und Tanz eingestellt und wollte sich diesen Abend nicht verderben lassen.

Um diese Uhrzeit waren noch sehr viele Passanten auf den Straßen unterwegs. Lilly bekam alle möglichen Arten von Abendkleidern zu Gesicht: kurze und lange, schulterfreie und hochgeschlossene, mit tiefen Ausschnitten vorn oder hinten. Angesichts der schimmernden Stoffe, der Perlen und der glitzernden Pailletten fühlte sie sich schrecklich ungenügend.

Die Männer trugen Nadelstreifenanzüge in Blau- oder Sandtönen, viele von ihnen hatten Ringe an den Fingern. Einige von ihnen wirkten derart einschüchternd, dass es Lilly gar nicht in den Sinn gekommen wäre, sie sich als Ehemann zu wünschen. Ihre Begleiterinnen, die sich an sie schmiegten, schien das allerdings nicht zu stören. Sie bedachten Lilly mit abschätzigen Blicken, wohl wissend, dass sie ihnen keine Konkurrenz machen konnte.

»Ich werd verrückt!«, rief Gerda plötzlich aus und ergriff sie so hart am Arm, dass es schmerzte.

»Was denn?«, fragte Lilly, während sie zu erkennen versuchte, was ihre Freundin so aufregte.

»Schau mal da!«, sagte sie und deutete mit dem Kinn auf ein elegant gekleidetes Paar. »Ist das nicht unser Professor?«

Lilly wollte schon fragen, ob sie Tomaten auf den Augen hätte, doch dann wandte der Mann den Kopf zur Seite. Sein Anblick traf Lilly wie ein Schlag. Das war tatsächlich Professor Kirsch! Er trug einen dunklen Anzug und einen Hut auf dem Kopf, während er langsam über den Gehsteig flanierte. An seinem Arm ging eine Frau, die vielleicht zwei oder drei Jahre jünger war. Ihr dunkles Haar war in modische Wellen gelegt, und ihr schlanker Körper steckte in einem eleganten schwarzen Kostüm. Trotz oder gerade weil sie auf jeglichen Glitzer verzichteten, strahlten die beiden regelrecht in der Menge.

»Na sieh mal einer an!«, raunte Gerda ihr feixend zu. »Wer wohl die Dame an seinem Arm ist?«

Lilly wollte es gar nicht wissen. In diesem Augenblick war es ihr, als würde sich der Boden unter ihr auftun. Der Professor in Begleitung einer Dame … Hier, im Vergnügungsviertel! Alles hätte sie erwartet, aber nicht das.

»Vielleicht ist es seine Frau«, gab Lilly tonlos zurück.

»Oder ein leichtes Mädchen!« Gerda kicherte, doch Lilly reagierte nicht. »Na, sei es ihm gegönnt, das geht uns nichts an«, sagte Gerda und zog sie mit sich.

Lilly war zu erschüttert, um sich dagegen zu wehren. Einen Moment noch klebte ihr Blick an Professor Kirsch und seiner Begleiterin, dann verschwanden sie aus ihrem Sichtfeld.

Vor der Tür des Ballhauses reihte sich eine lange Menschenschlange. Gerda seufzte frustriert. »Das kann ja noch Stunden dauern, bis wir drin sind.«

»Vielleicht sollten wir woanders hingehen«, schlug Lilly vor, auch weil sie den Professor nicht noch einmal zu Gesicht bekommen wollte. Wer wusste schon, wobei sie ihn dann beobachten würden. Wie er seine Begleiterin in einer dunklen Ecke küsste vielleicht … Lilly wurde flau bei diesem Gedanken, und sie drängte ihn rasch beiseite.

»Ich weiß was!«, sagte Gerda da auch schon und zog sie mit sich. Lilly stolperte und konnte sich gerade noch so fangen, bevor sie erkannte, dass Gerda sie zum Hintereingang schleifte. Dort saß ein bulliger Mann in einem zu engen und abgewetzten Anzug, der offenbar aufpassen sollte, dass sich niemand unbefugt hineinschlich.

»He Kalle«, sagte Gerda, die ihn offenbar kannte. »Lässt du uns rein?«

»Dich immer, Schätzchen!«, gab der Mann grinsend zurück, dann richtete sich sein Blick auf Lilly. »Aber die da … Wo haste die denn uffjegabelt?«

»Ist eine Kollegin aus dem Krankenhaus. Wir wollen feiern, dass die Woche vorbei ist.«

»Na, da muss sich die Kleene aber noch anstrengen, was die Jaderobe anjeht.«

»Ach komm, sei doch nicht so!«, sagte Gerda. »Nicht jeder hat 'nen Goldesel im Keller.«

»Na jut, dieses Mal will ick mal zwee Oogen zudrückn.«

Er trat beiseite und ließ sie durch.

Wenig später wurde Lilly von warmer, feuchter Luft umfangen, in der sich die Gerüche verschiedener Parfüms mit Küchendünsten mischten. Allein das Foyer war dicht gepackt mit Menschen, die ihre Überzieher und Capes an der Garderobe loswerden wollten. Im Ballsaal selbst verstreute sich die Menge ein wenig, dafür drangen andere Eindrücke auf sie ein.

Hohe Spiegel an den Wänden warfen den Anblick der Menschen, den Lampenschein und das Abendlicht in den Fenstern zurück. Eine Kapelle spielte schwungvolle Musik, zu der die Gäste beinahe ekstatisch tanzten. So etwas hatte sie nicht einmal zu guten Zeiten in Potsdam erlebt.

An keinem Ort hatte sich Lilly jemals so fehl am Platz gefühlt, dennoch wollte sie den Raum auf keinen Fall verlassen. Die Luft schwirrte, und die Musik elektrisierte sie.

»Na, wie findest du es?«, fragte Gerda.

»Umwerfend«, antwortete Lilly staunend.

»Es ist ein bisschen viel für den Anfang, aber daran gewöhnst du dich.« Gerda zwinkerte ihr zu. »Komm, wir gehen an die Bar und schauen, ob dich nicht jemand zum Tanzen auffordern will.«

Lilly dachte auf einmal daran, wie es wäre, mit dem Professor zu tanzen. All die Wochen, in denen sie schon mit ihm zusammenarbeitete, hatte sie hier und da fantasiert, wie ein Tanz oder auch nur eine private Unterhaltung mit ihm aussehen würde.

Doch das würde vorbei sein, jetzt, wo sie wusste, dass er vergeben war. Sie folgte Gerda an die Bar.

»Champagner!«, rief sie wie eine Dame von Welt und zwinkerte Lilly zu. »Du hast doch schon welchen getrunken?«, fragte sie, als der Barmann einschenkte.

»Nein«, sagte Lilly und fügte leiser hinzu: »Und bist du nicht noch zu jung für Alkohol?«

»Pssst, das muss niemand wissen!«, flüsterte Gerda, dann nahm sie mit einem Lächeln die Gläser in Empfang.

»Prost, das geht heute auf mich!«, sagte sie und stieß mit ihr an.

»Prost!«, erwiderte Lilly, und während der Geschmack des Champagners auf ihrer Zunge perlte, beschloss sie, den Gedanken an den Professor zu verdrängen und den Abend zu genießen.

20. Kapitel

Erschöpft, aber von einem seltenen Glücksgefühl erfüllt, kehrte Lilly gegen zwei Uhr morgens mit Gerda wieder ins Waldfriede zurück. Sie fragte sich, warum sie sich nicht schon früher ein wenig Vergnügen gegönnt hatte.

»Danke, dass du mich überredet hast«, sagte sie zu Gerda, während sie die Rotunde überquerten.

»Gern geschehen«, gab die Jungschwester zurück. »Du wirst sehen, morgen wird dir die Arbeit viel leichter von der Hand gehen!«

»Wenn ich überhaupt aus dem Bett komme.« Lilly kicherte. Der Champagner, den zu probieren Gerda sie überredet hatte, machte ihren Kopf leicht, aber ihre Beine schwer.

Sie hatten die Tür schon fast erreicht, als Gerda sagte: »Lass uns lieber den Hintereingang nehmen. Ich möchte nicht, dass die Oberin erfährt, dass wir uns rumgetrieben und was getrunken haben.«

»Sie sitzt doch sicher nicht an der Pforte!«

»Nein, aber ich traue es Hedwig zu, dass sie sich verplappert.« Gerda zog sie mit sich in Richtung Park. Wie im Haus war auch dort alles ruhig. Den Wachhund brauchten sie nicht zu fürchten. Wenn Rex überhaupt aus seiner Hütte kam, würde er rasch merken, dass sie hierhergehörten.

Sie waren nur wenige Schritte gegangen, als Lilly auf einer der Bänke eine zusammengesunkene Gestalt in einem braunen Wollmantel entdeckte.

»Moment mal«, sagte sie, löste sich von Gerdas Arm und lief zu der Person. »Hallo?«, fragte sie. »Ist alles in Ordnung mit Ihnen?«

Stöhnend richtete sie sich auf und blickte Lilly verschlafen an.

»Frau Gebhard!«, rief Lilly erschrocken aus. »Was machen Sie denn hier?«

Es dauerte eine Weile, bis die Frau wieder zu sich gekommen war. So froh Lilly auch war, Ilses Mutter zu sehen, so erschrocken war sie doch darüber, dass sie wohl schon einige Stunden hier draußen verbracht hatte.

»Schwester …«, sagte sie ein wenig benommen. Sie schien sich nicht mehr daran zu erinnern, dass Lilly sie und ihre Tochter in Empfang genommen hatte. »Ich wollte zu meiner Kleinen.«

Lilly hockte sich neben die Frau. »Wir haben Sie gestern Nachmittag erwartet. Was ist passiert?«

»Nichts, ich …« Die Frau blinzelte, rieb sich dann mit den Händen übers Gesicht. »Ich bin nur in den falschen Zug eingestiegen. Ich habe es erst nach einer Weile bemerkt, und ehe ich einen Zug nach Berlin bekommen habe, hat es gedauert. Es tut mir leid.«

»Das muss es nicht«, erwiderte Lilly. »Aber Sie hätten sich an der Pforte melden können. Wir haben uns um Sie gesorgt.«

»Ich dachte, das Krankenhaus wäre geschlossen … Ich wollte keine Umstände machen.«

»Das Waldfriede hat seine Tür stets offen. Niemand braucht im Park zu übernachten.« Lilly erhob sich und reichte der Frau die Hand. »Kommen Sie, ich bringe Sie ins Haus und sorge dafür, dass man Ihnen etwas Warmes gibt.«

Schwester Hedwig schaute sie schläfrig an, als sie durch die Tür traten, und straffte sich, als sie die Frau zwischen Lilly und Gerda sah.

»Soll ich den Bereitschaftsarzt rufen?«

»Nein, nicht nötig«, sagte Lilly. »Frau Gebhard wollte ihre Tochter besuchen, doch es gab ein Problem mit dem Zug.«

Lilly platzierte die Frau auf einer Wartebank, dann wandte sie sich an Gerda. »Wenn du vielleicht mal in der Küche schauen könntest, ob dort noch eine Thermoskanne mit Kaffee steht?«

»Natürlich«, antwortete sie und verschwand im Flur.

»Hedwig, wäre es möglich, dass Frau Gebhard über Nacht hierbleibt? Ich möchte sie nicht draußen lassen.«

»Wird schon gehen«, entgegnete die Wachschwester. »Aber bequem sind die Bänke hier nicht.«

»Das macht nichts«, sagte Frau Gebhard. »Bequem war auch die Parkbank nicht.« Sie schälte sich aus dem braunen Mantel und legte ihn sich über den Arm.

Im nächsten Augenblick kehrte Gerda mit einer Tasse Kaffee und einem Stück Möhrenkuchen zurück.

»Hab ich vom Tablett stibitzt«, erklärte sie und stellte beides auf der Bank ab. »Hier, trinken und essen Sie erst mal was.«

»Danke!« Die Augen von Frau Gebhard leuchteten.

»Geh ruhig schlafen, ich kümmere mich um sie«, sagte Lilly zu Gerda. Diese nickte und verschwand in Richtung Schwesternunterkunft.

Frau Gebhard biss herzhaft in den Kuchen. Sie schien nicht nur den falschen Zug erwischt zu haben, auch hatte sie wohl keinen einzigen Bissen gegessen, seit sie aufgebrochen war.

»Sollen wir Ihren Mann anrufen? Er macht sich doch sicher Sorgen.«

»Nein, nicht nötig. Er weiß, dass ich zwei Tage unterwegs sein werde.«

»Haben Sie denn hier eine Unterkunft?«

Wieder schüttelte die Frau den Kopf.

Wie kann sie nur zwei Tage für eine Reise einplanen, ohne sich ein Zimmer in einem Hotel oder einer Pension zu buchen?, dachte Lilly. Die ganze Sache kam ihr seltsam vor.

»Ich … ich hätte auf dem Bahnhof übernachtet«, sagte die Frau rasch, als sie Lillys verwunderte Miene bemerkte. »Wir … wir stecken viel Geld in Ilses Behandlung, da müssen wir uns auf anderen Gebieten einschränken. Und dann ist da ja noch die Wirtschaftskrise …«

Bedeutete dies, dass die Geschäfte in ihrem Gasthof nicht mehr liefen? Lilly hatte immer gedacht, dass die Gebhards besser dastanden als so manch andere. »Der Bahnhof ist aber kein guter Ort«, entgegnete sie, und ein Schauer überlief sie. Sie wusste sehr gut, wie verloren man sich dort fühlen konnte. »Da ist es doch besser, wenn Sie über Nacht hierbleiben. Ich werde schauen, ob ich in der Wäschekammer ein Kissen finde.«

Sie lächelte ihr zu, dann marschierte sie los.

Während sie in den Gang einbog, musste sie wieder daran denken, wie sie vor fünf Jahren im Bahnhof gesessen hatte, kurz nachdem sie ihr Elternhaus verlassen hatte. Der Schaffner hatte sofort erkannt, dass sie eine Ausreißerin war. Dafür, dass er sie zur Bahnhofsmission geschickt hatte, war sie ihm noch immer dankbar. Die Schwestern hatten sie wie viele andere Gestrandete aufgenommen, ihr etwas zu essen und warmen Tee gegeben. Fremde hatten ihr mehr Freundlichkeit gezeigt als ihre Eltern in der letzten Zeit.

Dennoch hatte sie gehofft, dass ihre Eltern trotz der Notiz, die sie hinterlassen hatte, nach ihr suchen würden. Dass sie versuchen würden, sie nach Hause zu holen, dass sie sie anflehen und versprechen würden, dass alles wieder gut werden konnte.

Aber sie waren nicht aufgetaucht.

Viel später, als sie schon in der Charité untergekommen war, hatte man ihnen mitten in der Nacht ein Mädchen gebracht, das überfallen worden war. Das hätte sie sein können! Erst da realisierte sie, welchen Gefahren sie ausgesetzt gewesen war.

Aber sie hatte Glück gehabt – genauso wie Frau Gebhard. Und es erfüllte sie mit Stolz, etwas von dem zurückgeben zu können, was sie erfahren hatte.

21. Kapitel

Zehlendorf, 19. Juli 1930

Lilly erwachte mit einem bleiernen Gefühl in den Knochen. Wie viel Schlaf mochte sie bekommen haben? Zwei Stunden? Drei? Ein Blick auf den Wecker neben ihr zeigte ihr, dass es zehn Minuten vor fünf war. Zweieinhalb Stunden also.

Sie schaute zum Bett von Martha. Sicher hatte sie ihr Fehlen bemerkt. Noch schlief sie, also sollte sie die Gelegenheit nutzen, sich fertig zu machen, um den bohrenden Fragen möglichst schnell entgehen zu können.

Lilly schlüpfte unter der Bettdecke hervor und ging auf Zehenspitzen zur Waschschüssel. Was war das für eine Nacht! Das Auftauchen von Ilses Mutter hatte sie noch eine Weile beschäftigt, doch eingeschlafen war sie mit dem Bild von Professor Kirsch und seiner schönen Begleiterin. War sie wirklich seine Frau? Sie wusste nicht, warum sie dieser Gedanke überraschte. Er war immerhin Inhaber eines Lehrstuhls und ein angesehener Arzt. Wie konnte sie nur auf den Gedanken kommen, dass er keine Frau an seiner Seite hatte?

Als Martha schließlich erwachte, steckte Lilly bereits in ihrer Schwesternuniform.

»Wo warst du denn gestern eigentlich?«, fragte sie verschlafen. »Ich wusste nicht, dass du Dienst hast.«

»Ich war in Clärchens Ballhaus«, antwortete Lilly ehrlich, auch wenn sie wusste, dass Martha dies ablehnte. Aber ihre Zimmergenossin wusste auch, dass sie selbst keine Adventistin war und deshalb die Regeln des Sabbats nicht für sie galten.

»Dieses Sündenbabel?« Martha runzelte die Stirn. »Hast du da etwa auch getrunken? Du weißt, dass Dr. Conradi so etwas nicht gutheißt!«

»Nein, natürlich nicht«, schwindelte Lilly. »Ich wusste doch, dass ich Dienst habe.«

Martha brummte etwas, das sie nicht verstand.

»Wäre ich nicht unterwegs gewesen, hätte ich nicht Frau Gebhard im Park gefunden.«

»Sie war im Park?« Martha riss erschrocken die Augen auf.

»Ihr Zug hatte Verspätung, und sie hatte sich auf eine Bank gelegt.«

»Hast du sie ins Haus geholt?«

»Natürlich. Und ich habe auch dafür gesorgt, dass sie etwas zu essen und Kaffee bekommt.«

»Gut! Ist sie denn noch hier?«

»Ja, ich habe Hedwig gebeten, auf sie zu achten. Ich werde gleich mal nach ihr schauen. Weißt du eigentlich, wie man Professor Kirsch privat erreichen kann?«

»Nein, natürlich nicht«, erwiderte Martha. »Warum willst du das überhaupt?«

»Weil er mit Frau Gebhard sprechen wollte wegen der Therapie für Ilse. Es war wohl dringend.«

»Wende dich an einen seiner Assistenten, Dr. Michel hat heute Dienst, soweit ich weiß.«

»Ja, das werde ich«, sagte Lilly, und nachdem sie den Sitz ihrer Haube überprüft hatte, verließ sie das Zimmer.

Als sie im Foyer ankam, war Ilses Mutter bereits wach. Der Mantel lag sauber gefaltet neben ihr, und in den Händen hielt sie ein schmales Buch, in dem sie las. Schwester Hedwig an der Pforte wirkte müder als zuvor, doch der Dienstschluss war nicht mehr weit und somit der wohlverdiente Schlaf.

»Guten Morgen«, grüßte Lilly. »Ich hoffe, Sie hatten trotz allem eine gute Nacht.«

»Es ging«, sagte Frau Gebhard und bemühte sich um ein Lächeln. »Besser, als wenn ich draußen gelegen hätte.«

Lilly nickte. »Wenn Sie möchten, können Sie sich in einer unserer Besuchertoiletten etwas frisch machen. Ich werde schauen, ob ich ein Frühstück für Sie organisieren kann.«

»Danke, Sie sind zu freundlich.«

»In einem Krankenhaus kann man gar nicht zu freundlich zu Menschen sein, die Hilfe benötigen.« Mit diesen Worten wandte sich Lilly um und ging in die Küche. Als sie mit einem Schälchen Frühstücksbrei und einer Tasse Milch zurückkehrte, war die Frau fort.

»Sie ist im Gästewaschraum«, erklärte Hedwig.

Lilly stellte Schüssel und Tasse auf die Bank, dann trat sie zu ihrer Kollegin an die Pforte. »Hedwig, weißt du, ob man Professor Kirsch vielleicht telefonisch erreichen kann?«

Die Nachtschwester schaute sie genauso verwundert an wie zuvor Martha. Doch dann nickte sie. »Ja, natürlich. Allerdings ist heute Sabbat, und da stören wir die Herren Doktoren nicht.«

»Und wenn es wichtig ist?«, fragte sie und schaute zu dem Platz, an dem Ilses Mutter gesessen hatte.

Hedwig schnaufte. »Da wird er aber nicht begeistert sein.«

»Was er mit der Information macht, ist seine Sache«, gab Lilly zurück. »Aber ich möchte mir nachher nicht sagen lassen, dass ich nicht Bescheid gegeben hätte.«

»Na gut.« Hedwig zog eine Schublade auf und holte ein kleines schwarzes Buch hervor. Nach kurzem Blättern schien sie fündig zu werden. »Hier«, sagte sie und zeigte ihr die Nummer hinter dem Namen des Professors. »Kannst du sie dir merken?«

»Ich denke schon.« Lilly sprach die Zahlenfolge leise nach.

»Wo das Telefon hängt, weißt du.«

»Ja. Danke.«

Lilly verschwand in dem kleinen Raum hinter der Pforte. Am Telefonapparat sank ihr der Mut. Sie wusste beinahe nichts von jüdischen Bräuchen, doch sie hatte schon erfahren, wie ernst zumindest die Adventisten die Samstagsruhe nahmen. Einen von ihnen zur Arbeit zu rufen war ein Frevel, den niemand hier ohne guten Grund begehen würde.

Natürlich erschien Dr. Conradi auch am Samstag im OP, wenn es sich um eine schwere Geburt handelte, mit der ein Assistenzarzt überfordert war. Aber für gewöhnlich blieben die Adventisten der Arbeit fern. Wahrscheinlich war es auch bei den Juden so.

Wieder musste sie an Kirsch und seine Begleiterin denken. Sie sah ihn vor sich, wie er diese Frau im Bett in seinen Armen hielt, wie sie sich an ihn schmiegte.

Lilly kniff die Augen zusammen, um das Bild zu vertreiben, dann nahm sie den Hörer ab. Sie teilte dem Fräulein vom Amt die Nummer mit, und es wurde still. Die Sekunden vergingen, und fast schon rechnete Lilly damit, erneut die Frauenstimme zu hören, mit der Entschuldigung, dass der Gesprächspartner nicht abnehmen würde.

»Kirsch«, meldete sich der Professor daraufhin.

Lilly versagte die Stimme.

»Hallo?«, fragte Kirsch ungeduldig.

Lilly räusperte sich. »Professor Kirsch, hier ist Schwester Lilly. Bitte entschuldigen Sie die Störung.«

Stille. Lilly atmete tief durch. »Frau Gebhard ist hier. Ich sollte Ihnen Bescheid geben, wenn sie da ist.«

Wieder sagte der Professor nichts. Hatte er inzwischen aufgelegt?

»Ich weiß, es verstößt gegen den Sabbat, und ich wollte Sie wirklich nicht stören, aber ich dachte mir …«

»Wann ist sie eingetroffen?«, unterbrach er sie.

»Gestern Nacht. Ich habe sie im Park gefunden, wo sie auf einer Bank geschlafen hat. Sie sagte, sie wäre in den falschen Zug eingestiegen. Anstatt nach Hause zurückzufahren, ist sie dann doch nach Berlin gekommen, aber …«

»Ich mache mich gleich auf den Weg, bitten Sie sie noch um ein wenig Geduld.«

Tatsächlich erschien Professor Kirsch knapp eine halbe Stunde später im Waldfriede. Lilly entschuldigte sich erneut für ihren Anruf, doch Kirsch überging ihre Worte und bat Frau Gebhard, ihm zu folgen.

Seufzend blickte Lilly ihm nach, dann begab sie sich zu Ilses Zimmer. Sie hatte ihr, als kleinen Trost dafür, dass ihre Mutter sich verspätet hatte, eine Tasse Saft versprochen. Als sie durch die Tür trat, schlief das Mädchen. Lilly stellte die Tasse auf dem Tisch neben dem Bett ab, trat zu ihr und strich ihr eine Locke aus der Stirn. So klein noch und schon so viel Leid. Sie spürte, dass ihr die Tränen kamen.

Sie hatte gerade das Fenster einen Spalt weit geöffnet, als der Professor mit Frau Gebhard durch die Tür trat.

»Schwester Lilly!«, flüsterte sie erfreut. »Haben Sie noch mal vielen Dank dafür, dass Sie sich um mich gekümmert haben!«

»Das war doch selbstverständlich.« Sie wollte sie schon allein lassen, doch der Professor hielt sie zurück.

»Bleiben Sie ruhig, Schwester Lilly, Sie sind ja hauptsächlich für die Pflege der Kleinen zuständig.«

Also muss sie operiert werden?, schoss es ihr bang durch den Sinn, und ihr Herz wurde schwer.

Als Ilse die Stimme des Arztes vernahm, regte sie sich und schlug die Augen auf. Einen Moment brauchte sie, um sich zu orientieren, dann erkannte sie ihre Mutter.

»Mama!«, rief sie freudig und streckte mit strahlenden Augen die Hände nach ihr aus.

»Hallo, mein Liebling«, sagte Frau Gebhard und setzte sich neben Ilse auf das Bett.

Im nächsten Augenblick begann die Kleine zu schluchzen. »Wo warst du denn? Ich dachte, du kommst nicht.«

Tränen fluteten Frau Gebhards Augen. »Es tut mir leid«, sagte sie, beugte sich über sie und zog sie in ihre Arme. »Es gab ein Problem mit dem Zug, aber beim nächsten Mal bin ich pünktlich, das verspreche ich dir.« Sie streichelte ihr über die Wangen, gab ihr dann einen Kuss.

Es dauerte eine Weile, bis sie sich wieder beruhigt hatte. Als Frau Gebhard sich dem Professor zuwenden wollte, griff Ilse nach ihrer Hand und ließ sie nicht mehr los.

Diese Geste berührte Lillys Herz auf nie gekannte Weise. Das Band zwischen der Kleinen und ihrer Mutter war unheimlich stark. Kein Wunder, dass Ilse so geweint hatte.

»Wir haben uns entschieden, noch keine Operation durchzuführen und stattdessen ein Medikament auszuprobieren, das sich auch in amerikanischen Kliniken bewährt hat«, erklärte Professor Kirsch. »Wenn dieses keine Wirkung zeigt, werden wir um einen Eingriff nicht herumkommen. Aber fürs Erste sollten wir hoffnungsvoll sein.«

Lilly stieß einen erleichterten Seufzer aus.

»Schwester Lilly, Sie werden dafür sorgen, dass das Mädchen die Medikamente wie vorgeschrieben einnimmt.«

»Ja, Herr Professor«, antwortete Lilly, und Kirsch wandte sich daraufhin wieder an die Mutter.

»Ihre Tochter ist bei uns in den besten Händen, das versichere ich Ihnen.«

In Frau Gebhards Augen standen Tränen. »Ich vertraue auf Sie alle.«

Kirsch nickte. »Dann lassen wir Sie mal allein. Sie können bis zum Ende der Besuchszeit bleiben, wenn Sie mögen.«

Damit bedeutete der Professor Lilly, das Zimmer zu verlassen.

Beklommen folgte Lilly ihm auf den Gang. »Herr Professor«, sagte sie, als sie sich ein Stück vom Zimmer entfernt hatten.

Kirsch drehte sich zu ihr um.

»Ich wollte nur sagen, dass ich weiß, wie wichtig Ihnen der Sabbat ist. Aber in diesem Fall … Die Frau ist extra hergekommen, und was Sie über Ilse gesagt hatten, klang dringend.«

»Sie haben absolut richtig gehandelt, Schwester Lilly«, gab er zurück. »Glauben Sie etwa, ich grolle Ihnen deswegen?«

»Ich könnte es Ihnen nicht verdenken.«

»Das Wohl unserer Patienten steht über allem. Auch über dem gottgegebenen Ruhetag. Natürlich hätte die Besprechung noch ein bisschen warten können, aber Frau Gebhard hat einen langen Weg hinter sich. Und wie es aussieht, belastet die Krankheit ihrer Tochter auch die Ehe zu ihrem Mann.«

»Hat sie das gesagt?«

»Sie hat so etwas angedeutet.« Kirsch schob die Hände in die Manteltaschen, dann seufzte er. »Ich wünschte, ich hätte für diese Krankheit ein universales Mittel, Tropfen vielleicht oder Tabletten, die man dem Patienten für ein oder zwei Wochen verschreibt. Aber die Tuberkulose ist hartnäckig. Und ich fürchte, wir werden sie nie richtig zu fassen bekommen.«

»Nun, vielleicht gelingt es Ihnen irgendwann doch. Möglicherweise wartet irgendwo da draußen ein Heilmittel. Wir müssen es nur finden.«

Ein kleines Lächeln erschien auf dem Gesicht des Professors. »Ich werde jetzt wieder nach Hause gehen. Haben Sie ein Auge auf Frau Gebhard, ja?«

Lilly nickte.

»Das haben Sie gut gemacht«, sagte er. »Wie Sie sich um Frau Gebhard gekümmert haben, das ist genau der Geist, den ich von meinen Schwestern erwarte.«

»Das war doch selbstverständlich.« Lilly errötete, doch sie wandte den Blick nicht ab. Der Professor betrachtete sie einen Moment lang, und bevor er aufbrach, sagte er: »Haben Sie einen schönen Tag, Schwester Lilly.«

***

Auf dem Bahnhof von Skodsborg waren sie an diesem Sonntagmorgen die einzigen Passagiere. Nach dem Frühstück bei den Andersens hatte ein Wagen sie hergebracht. Ihr Zug würde um neun Uhr eintreffen, bis dahin war es noch eine halbe Stunde.

Auch jetzt war Frau Conradi sehr schweigsam. Doch Hanna störte es nicht mehr, dass sie ihren Blick auf ihr Notizbüchlein gerichtet hatte. Sie dachte wieder an die Visitenkarte, die sie in der Tasche ihres Kleides bei sich trug.

Am Morgen wäre sie beinahe versucht gewesen, zum Strand zu gehen, in der Hoffnung, dass Eike Rasmussen dort auftauchte. Doch dann sah sie davon ab. Was brachte es, wenn sie ihr Herz an einen Mann verlor, den sie nie erreichen würde?

»Manchmal beneide ich dich, Hanna«, sagte Catherine plötzlich, während sie den Stift beiseitelegte und das Buch zuklappte.

»Inwiefern?«, fragte Hanna überrascht.

»Das Verhältnis, das du zu meinem Mann hast … Manchmal scheint es mir, dass er dir mehr erzählt als mir.«

Hanna wurde rot. Welches Verhältnis meinte sie? Sie arbeiteten doch nur miteinander! »Ich bin seine Sprechstundenhilfe. Ich versuche zu erkennen, wie es ihm geht, und sorge dafür, dass er optimal arbeiten kann.«

»Das ist mehr, als ich tun kann.« Frau Conradis Blick schweifte an ihr vorbei in die Ferne. Hanna sah einen leichten Anflug von Bitterkeit – und Einsamkeit.

»Das stimmt doch nicht«, sagte sie. »Sie sind seine Ehefrau. Sie sorgen dafür, dass er ein Gegengewicht zur Arbeit findet. Einen Ruhepol, an dem er sich erholen kann.«

Die Bitterkeit in ihren Zügen verstärkte sich. »Nur habe ich manchmal das Gefühl, dass er die Arbeit seinem *Ruhepol* vorzieht. Ich beobachte schon eine Weile, dass ihm das nicht gut bekommt. Er kümmert sich um seine Patienten, den OP, um die Buchhaltung … Manchmal verschwindet er sogar am Abend oder in der Nacht noch. Und es gibt nichts, das ich dem entgegensetzen kann.« Sie sah Hanna jetzt direkt in die Augen. »Ich fürchte um seine Gesundheit, wenn das so weitergeht.«

Diese Offenheit überraschte Hanna. Wann hatte sie Frau Conradi je so reden hören? Das waren Worte, die sie vielleicht eher an Oberin Elisabeth, ihre Freundin, richten würde, aber nicht an sie.

Plötzlich griff Frau Conradi nach ihrer Hand. »Versprich mir, dass du auf ihn achtgibst. Dass du dafür sorgst, dass er sich nicht überarbeitet.«

Aber wenn Sie ihn schon nicht zurückhalten können, wie sollte ich es tun?, ging es Hanna durch den Sinn. Doch sie nickte nur. »Ich versuche es. Aber ich werde ihm nicht ausreden können, für seine Patienten da zu sein.«

»Das musst du auch nicht. Hab nur ein Auge auf ihn.« Catherine sah sie eindringlich an, dann wandte sie sich wieder ihren Notizen zu.

Hanna betrachtete sie nachdenklich. Wie stand es wohl um ihre Ehe, wenn sie glaubte, eine Mitarbeiterin könnte mehr bei ihrem Mann erreichen als sie?

Natürlich war ihr Verhältnis zu Dr. Conradi ein besonderes, doch die jugendliche Schwärmerei für ihn war vergangen. Obwohl sie immer noch Gefühle für ihn hatte, hatte sie akzeptiert, dass nie mehr aus ihnen werden würde. Dennoch würde sie versuchen, Schaden von ihm abzuwenden. Aber es gab Dinge, die standen einfach nicht in ihrer Macht.

22. Kapitel

Zehlendorf, 7. August 1930

Selten befand sich an Gleis 1 des Bahnhofs Zehlendorf-West so viel medizinisches Personal wie in diesem Augenblick. Lilly ließ ihren Blick über die Menschenmenge schweifen. Gut die Hälfte der momentan neunzigköpfigen Belegschaft des Waldfriede verteilte sich über den gesamten Bahnsteig. Mediziner, Schwestern, Pfleger und Küchenmädchen standen in kleinen Grüppchen zusammen und plauderten.

Professor Kirsch konnte sie jedoch nirgendwo entdecken. Hatte er sich in letzter Sekunde umentschieden? Tagelang hatte sie versucht, ihn zum Mitkommen zu überreden und ihm schließlich ein »Vielleicht« abgerungen.

»Nach wem schaust du denn?«, fragte Gerda, die ihre Unruhe bemerkte.

»Professor Kirsch«, gab Lilly zu und strich sich den Rock glatt. Sie hatte ihn vor Kurzem in einem Modegeschäft erstanden, zusammen mit der weißen Bluse, die sie jetzt trug. »Er hatte es mir eigentlich versprochen.«

»Wahrscheinlich hat er das nur zu dir gesagt, weil er wollte, dass du Ruhe gibst. Ich sage dir, er wird nicht kommen.«

»Das wäre sehr schade.« Lilly reckte erneut den Hals, doch vom Professor war nichts zu sehen. Hatte Gerda vielleicht recht?

»Du magst ihn, oder?«, flüsterte ihre Freundin verschwörerisch.

»Ich?«, fragte Lilly und wurde rot. Sie mochte ihn sogar mehr, als einer Schwester zustand. Besonders nachdem sie herausgefunden hatte, dass er vergeben war. Sie bekam ihn einfach nicht aus dem Sinn. Doch solange dies ihr Geheimnis war … Sie hatte ja schon eine gewisse Übung darin, Dinge vor anderen zu verbergen. »Ich möchte nur, dass er sich auch mal ein wenig Ruhe gönnt«, fügte sie schnell hinzu.

Ein hintergründiges Lächeln erschien auf dem Gesicht ihrer Freundin.

»Außerdem hast du ja selbst seine Begleiterin gesehen«, wehrte Lilly ab. »Er ist unser Chef, nichts weiter.«

Gerda schaute über ihre Schulter hinweg. »Na, wie es scheint, hat sich unser Chef doch von dir überzeugen lassen.«

Lilly hob fragend die Augenbrauen, wandte sich um, und da sah sie ihn. Rudolph Kirsch trug einen sandfarbenen Anzug, als wollte er zu einer Safari aufbrechen. Darunter leuchtete ein blütenweißes Hemd, das seinen olivfarbenen Teint noch unterstrich.

In ihrer Magengrube kribbelte es freudig. Er war gekommen!

Als Kirsch Lillys Blick auffing, nickte er ihr kurz zu, dann ging er zu seinen Kollegen.

Gerda stieß sie an und grinste breit. »Vielleicht lässt er seine Frau für dich sausen.«

»Ach, was du redest!«, wehrte Lilly ab. »Pass nur auf, dass die Oberin dich nicht hört!«

***

Der Garten der Hermanns grenzte direkt an die Havel und verfügte über eine eigene Bootsanlegestelle. Bienen summten, die Äste der Apfelbäume bogen sich unter ihrer Last.

Nachdem die erste Fuhre Passagiere wieder an Land war, kam Peter Hermann zu Louis und Catherine, die es sich auf einer Decke im Gras bequem gemacht hatten.

Sie hatten Peter und Amalie Hermann bei einem Sommerfest kennengelernt, zu dem der neue Zehlendorfer Bürgermeister Geschäftsinhaber, Anwälte und Ärzte eingeladen hatte.

Die Hermanns waren vor fünf Jahren nach Brandenburg gekommen und hatten sich im nahe gelegenen Städtchen Werder an der Havel niedergelassen. Peter Hermann führte eine Buchhandlung auf der Zehlendorfer Hauptstraße, direkt neben einem Seifenladen. Auch wenn er kein Adventist war, hatte Louis ihn gleich sympathisch gefunden. Dasselbe schien bei Catherine und Amalie der Fall gewesen zu sein.

»Ihr habt es euch ja gemütlich gemacht«, sagte Peter lachend. »Wie wär's, wenn ihr beim nächsten Mal mitkommt? Wir haben bislang keinen Schiffbrüchigen zu vermelden.«

»Und damit das auch so bleibt, werde ich nicht einsteigen«, wiegelte Catherine ab. »Ich fühle mich auf einem schaukelnden Boot nicht wohl.«

»Aber du fährst doch auch mit dem Schiff«, gab Louis zurück.

»Ja, und du müsstest doch wohl am besten wissen, wie grün ich um die Nase werde, wenn es draußen stürmt«, entgegnete sie. »Außerdem ist ein Schiff viel größer und kann die Wellen wesentlich besser abfangen.«

»Da hörst du es!«, sagte Louis zu Peter. »Ich glaube nicht, dass wir Catherine überreden können.«

»Nun, wenn ihr es hier so schön findet, wie wäre es mit dem Haus da drüben?« Peter deutete auf einen spitzgiebligen Bau in der Nachbarschaft. »Es steht schon seit einer Weile leer und würde sich sicher über einen neuen Besitzer freuen.«

»Ich weiß nicht«, entgegnete Louis und schaute zu Catherine, in deren Blick ein verträumter Ausdruck getreten war. »Daran wäre eine Menge zu machen. Wer verkauft es denn?«

»Bisher noch niemand. Die Erben müssen sich erst einmal einig werden. Aber wenn es so weit ist …« Er machte eine bedeutungsvolle Pause. »Ich könnte mir dieses Haus sehr gut als Alterssitz für euch vorstellen.«

»Wir sind noch lange nicht in dem Alter, in dem man an den Ruhestand denkt«, erwiderte Louis lachend. »Schließlich habe ich mein Krankenhaus erst vor zehn Jahren eröffnet.«

»Nun, das bedeutet ja noch lange nicht, dass du dich auch zur Ruhe setzen solltest. Aber die Zeit verfliegt, und auch sonst ist es doch schön, einen derart angenehmen Ort zu haben, an den man sich zurückziehen kann.« Peter deutete zum Flusslauf hinüber. »Ein Grundstück wie dieses wird im Nu weg sein, sobald man es zum Verkauf ausschreibt.«

Damit hatte er recht. Nicht nur, dass das Haus in Flussnähe stand, es gab obendrein noch einen Garten mit verschiedenen Obstbäumen.

Louis rang mit sich. Catherine hatte des Öfteren von einem Wassergrundstück gesprochen, von einem Haus fernab vom Waldfriede. Und auch ihm war der Gedanke gekommen, an den Wannsee zu ziehen. Doch bislang hatte er nicht viel darauf gegeben. »Wir haben doch gerade erst unser Ärztehaus bezogen«, sagte er dann immer. Jetzt, wo er seine Frau so sah, spürte er jedoch, dass ihr der Gedanke, hier ein Wochenendhaus zu haben, wo nicht ständig die Arbeit ihren Schatten auf sie warf, sehr gefiel.

»Würdest du für uns die Augen offen halten?«, fragte sie mit einem sehnsüchtigen Klang in der Stimme. »Für den Fall, dass es ausgeschrieben wird?«

»Natürlich«, gab Peter zurück. »Amalie sagt immer, dass ich das Talent zu einem Immobilienmakler hätte.«

»Bist du sicher, Catherine?«, fragte Louis zweifelnd. »Immerhin haben wir im Waldfriede viel zu tun, und ich muss wegen der Dienste auch abends erreichbar sein.«

»Aber doch nicht ständig«, sagte Catherine. Ihr Blick verfinsterte sich leicht. »Du hast fähige Ärzte, die den Nachtdienst übernehmen können. Und so weit ist Werder von Zehlendorf nicht entfernt. Wir könnten hier ungestört sein …«

Sie warf einen hilfesuchenden Blick zu ihrem Bekannten.

»Catherine hat recht«, sprang dieser ihr bei. »Hier hättet ihr eure

Ruhe, und du könntest dich von der Arbeit erholen. Auch wenn es dir schwerfällt.« Er klopfte Louis freundschaftlich auf den Arm.

»Wir werden sehen«, sagte dieser, und Catherine zuliebe fügte er hinzu: »Und ja, ich würde mich sehr freuen, wenn du uns im Fall der Fälle Bescheid geben könntest. Das Grundstück ist wirklich schön.«

Peter nickte. »Mal schauen, was ich tun kann. Aber jetzt sollte ich wohl die zweite Fuhre über den Fluss bringen.« Er lächelte und eilte dann zu dem mittlerweile voll besetzten Boot.

Louis spürte Catherines Blick auf sich, dann hörte er sie sagen: »Denk bitte daran, dass du nicht mit dem Waldfriede verheiratet bist, sondern mit mir.«

***

Lilly war enttäuscht. Zu gern wäre sie zusammen in einem Boot mit dem Professor gefahren, doch dieser hatte sich angeregt mit Dr. Conradi unterhalten und die Abfahrt des ersten Bootes, in dem sie gesessen hatte, verpasst. Lilly hatte seine Gestalt am Ufer verschwinden sehen und es kaum erwarten können, wieder an Land zu kommen.

Inzwischen war Rudolph Kirsch zusammen mit Dr. Rosenbaum auf das zweite Boot gestiegen, und sie hatte sich von ihrer Freundin unter die tief hängenden Äste einiger Weiden ziehen lassen.

»Vielleicht sollten wir eine Runde schwimmen gehen«, sagte Gerda unternehmungslustig.

»Aber was ist mit den anderen?«, fragte Lilly und blickte hinüber zum Boot. Kirsch wandte sich gerade lachend Dr. Lexow zu. Wie gern wäre sie an der Stelle des Arztes gewesen, neben dem Professor! Aber sie konnte unmöglich zum Boot rennen und um eine zweite Fahrt bitten.

»Ach, die werden schon nichts dagegen haben«, gab Gerda zurück. »Nicht umsonst hat man uns gesagt, dass wir Badesachen mitnehmen sollen. Wenn die anderen keinen Gebrauch davon machen wollen …«

Lilly rang mit sich. Es war schon eine ganze Weile her, dass sie geschwommen war. Beim letzten Mal war ihre Welt noch in Ordnung gewesen. Doch sie wollte Gerda nicht enttäuschen, also stimmte sie zu. »Aber nur in der Nähe des Ufers. Wir können nicht wissen, was in der Mitte ist.«

Gerda juchzte auf und schlüpfte aus ihren Kleidern. Sie schien von vornherein vorgehabt zu haben, zu schwimmen, denn sie trug ihren orangefarbenen Badeanzug bereits. Er war sehr modern geschnitten, mit kurzen Beinen und tiefem Ausschnitt. Lillys war etwas braver, sie hatte ihn schon lange nicht mehr angehabt. Jetzt war es ihr fast schon ein wenig peinlich, sich damit zu zeigen.

Als Gerda ihre Scheu bemerkte, nahm sie sie bei der Hand. »Das sieht doch keiner, wenn du im Wasser bist. Und nach ein paar Runden sind wir wieder an Land, und niemand hat etwas mitbekommen.«

Vorsichtig tippelten sie zum Ufer. Lilly warf einen Blick zu den anderen, doch niemand blickte zu ihnen herüber.

»Komm jetzt, auf drei!«, rief Gerda. »Eins, zwei …« Bevor sie »drei« rief, nahm sie Anlauf, preschte durch das Schilf und sprang dann mit einem hohen Satz ins Wasser.

»He, warte!«, rief Lilly, doch sie dachte nicht daran, einfach hinterherzuspringen. Wer wusste schon, wie die Tiefe dort drüben war? Sie machte ein paar Schritte voran, bis es schließlich steil unter ihr hinabging. Das Gefühl des kalten Wassers an ihrer Brust nahm ihr kurz den Atem, dann bewegten sich ihre Arme und Beine wie von selbst. Sie schwamm! Wie lange hatte sie das schon nicht mehr getan!

Mit großen Zügen versuchte sie Gerda zu folgen. Diese bewegte sich im Wasser wie ein junger Seehund, tauchte hier und da unter, dann wieder auf und spuckte Wasser in die Luft.

Solche Kunststücke konnte Lilly nicht, sie hatte genug damit zu tun, die Strömung der Havel auszugleichen. Aber sie fühlte sich frei und leicht, als gäbe es in ihrem Leben keine Last, nichts, wofür sie büßen musste. Das Wasser trug sie voran, und schließlich schaffte sie es, sogar Gerda zu überholen. Ihre Freundin blieb hinter ihr zurück und rief etwas, das sie zwar hörte, aber nicht verstand. Und es war ihr egal. Sie wollte nur weitergetragen werden von den Wellen, auf denen sich die gleißende Sonne spiegelte.

Der Krampf kam plötzlich und schoss Lillys gesamtes Bein hinauf. Mit einem Mal realisierte sie, dass sie mitten auf dem Fluss war und immer weiter abgetrieben wurde. Mit dem Bein, das sich nur unter großen Schmerzen bewegen ließ, würde sie es unmöglich ans Ufer schaffen, geschweige denn gegen die Strömung angehen können.

»Gerda!«, rief sie, während sie verzweifelt mit den Armen ruderte. Doch ihre Freundin lag weit hinter ihr. Verzweifelt blickte sich Lilly um.

»Lilly!«, hörte sie Gerda hinter sich schreien.

»Hilfe!«, rief sie, doch sie hatte das Gefühl, dass ihre Stimme nicht weit kam. »Hilfe!«, schrie sie noch einmal mit aller Kraft. Dann hatte sie plötzlich das Gefühl, dass etwas an ihr riss, dem sie nichts mehr entgegenzusetzen hatte.

23. Kapitel

»Glaubst du wirklich, dass das Grundstück etwas für uns wäre?«, fragte Louis, während er dem Boot nachschaute, mit dem Peter Hermann den nächsten Schwung Angestellte auf den Fluss hinausfuhr.

»Es ist wunderschön gelegen«, sagte Catherine. »Wenn wir ein wenig Arbeit investieren, könnte es ein herrlicher Alterssitz für uns werden.«

»Nur bin ich im Krankenhaus eingespannt und werde nicht viel tun können«, gab Louis zu bedenken. »So ein Obstgarten will gepflegt sein. Und das Haus …«

»Unser Gärtner Bruder Lüdtke wird uns sicher behilflich sein. Er versorgt doch unseren Park auch sehr gut, und wenn wir ihn fragen, sagt er bestimmt zu. Und für das Haus brauchen wir ohnehin Handwerker, die es renovieren.«

Louis blieb dennoch skeptisch. Konnte er jetzt schon an einen Alterssitz denken? Immerhin war er noch nicht einmal fünfzig!

»Eines Tages wirst du deinen Arztkittel abgeben müssen, und dann wirst du einen Ort brauchen, an dem du leben kannst.« Catherine machte eine kurze Pause und fügte hinzu: »Wir beide brauchen diesen Ort. Und warum nicht hier am Wasser?«

»Ich werde es mir überlegen«, entgegnete Louis und spürte den inneren Widerwillen. Wie lange konnte er dem Waldfriede noch vorstehen? Zehn Jahre? Zwanzig? Es war eine lange Zeit, in der er eigentlich kein eigenes Haus benötigte.

Ein Schrei riss ihn aus seinen Gedanken.

»Was ist da los?«, fragte Catherine erschrocken.

Als Louis aufblickte, bemerkte er, wie sich einige der Bootspassagiere zusammendrängten und auf etwas zeigten, das er von ihrer Position aus nicht erkennen konnte.

»Ich gehe nachsehen«, sagte er, und bevor seine Frau etwas entgegnen konnte, setzte er sich in Bewegung.

***

Lilly war sicher, dass dies ihr Ende war. Vergeblich kämpften ihre Arme darum, den Kopf über der Wasseroberfläche zu halten. Sie schluckte Wasser, spie es wieder aus, doch im selben Augenblick lief es schon wieder in ihre Nase. Instinktiv hielt sie den Atem an. Wie lange würde es noch gehen? Die Schmerzen in ihrem Bein wurden immer schlimmer, und ihr Herz raste vor Panik.

Eine Erinnerung ergriff Lilly plötzlich. Sie hörte den Namen, den sie vor so vielen Jahren geflüstert hatte.

Benjamin …

Der Wind wölbte die Gardine vor dem Fenster, brachte aber keine Abkühlung in den kleinen Raum. Die Luft war von der Hitze der zurückliegenden Tage verbraucht und stickig, zudem geschwängert von einem metallisch süßlichen Geruch.

Lilly lag schweißgebadet auf ihrem Bett und fühlte eine unangenehme Feuchtigkeit zwischen ihren Beinen. Noch nie in ihrem Leben hatte sie solche Schmerzen verspürt.

Ihre Mutter hatte zwar sogleich den Arzt und die Hebamme gerufen, doch die brauchten gewiss noch eine Weile, bis sie hier ankamen. Auf den Potsdamer Straßen herrschte zum Nachmittag hin viel Verkehr.

Lilly krallte die Hände in das Laken, als eine weitere Wehe durch ihren Körper zog. Die Ungewissheit, die immer wieder einsetzenden Krämpfe und die Furcht vor der Geburt übertrafen sogar noch die

Empfindungen, die sie vor dem Geständnis ihrer Schwangerschaft heimgesucht hatten.

Ihr beizustehen, die Hand zu halten und beruhigend auf sie einzureden, schien weder ihrer Mutter noch ihrem Vater in den Sinn zu kommen. Ohnehin war sie in den zurückliegenden Monaten wie eine Aussätzige behandelt worden. Sie warfen sie nicht raus und gaben ihr weiterhin zu essen, doch die meiste Zeit verbrachte sie allein in ihrem Zimmer, geplagt von Sorgen und Ängsten.

Als die Wehe abebbte, hörte sie sie in der Küche reden.

»Wir sollten sie wegschicken«, schlug Lillys Mutter Herta vor. »Wenn die Nachbarn mitkriegen ...«

»Das haben sie doch längst!«, gab Otto Wegner zurück, noch frustrierter als sonst. »Denkst du, die haben was an den Augen?« Er stieß einen tiefen Seufzer aus.

»Aber hierlassen können wir sie nicht. Mit dem Kind ... Sie werden sich die Mäuler zerreißen! Und denk mal an deine Kanzlei ...«

»Na, vielleicht wird ja auch nix daraus«, sagte Otto. »Kann ja sein, dass es die Nabelschnur um den Hals hat, wie es damals bei Sylvia der Fall war.«

Lillys Herz krampfte sich zusammen. Wünschte sich ihr Vater den Tod des Kindes? Die Tochter seiner ältesten Nichte war damals bei der Geburt gestorben.

Noch schlimmer war jedoch, dass ihre Mutter nichts dazu sagte.

»Was ist eigentlich mit deiner Schwester Cäcilia?«, fragte Otto nach einer Weile. »Können wir sie nicht zu ihr schicken, bis Gras über die Sache gewachsen ist?«

Herta schnaubte. »Was soll sie da?«

»Nun, dort kennt sie keiner. Und wenn sie alt genug ist ...«

»Cäcilia wird sich bedanken.« Jetzt schien die Mutter zu überlegen. »Aber vielleicht gibt es einen anderen ...«

Ein Läuten unterbrach sie. Lilly hörte ihre Mutter zur Tür gehen.

Dann kam der Arzt in ihr Zimmer, gefolgt von einer Hebamme.

Die folgenden Stunden waren die furchtbarsten, die Lilly je erlebt hatte. Die Intensität der Wehen nahm zu, schon bald war ihre Kehle wund vom Schreien. Arzt und Hebamme griffen ihr wechselseitig zwischen die Beine, und das Schlimmste von allem war, dass das Kind nicht kommen wollte.

»Pressen, Mädel! Na mach schon!« Die unbarmherzige Stimme der Hebamme hallte über Lilly hinweg, doch sie fand kaum die Kraft, weiterzumachen. Ihr Körper war schweißgebadet, ihre Muskeln zitterten und ihr Herz raste.

»Herr Doktor, so wird das nichts«, hörte sie die Hebamme sagen. »Die Kleine stirbt uns, wenn wir keinen Schnitt machen. Sie muss ins Hospital.«

»Ich halte einen Kaiserschnitt für unangemessen«, urteilte der Arzt. »Ich werde versuchen, die Geburt auf andere Weise voranzutreiben.«

Ohne eine weitere Erklärung abzugeben, ging er um sie herum und warf sich seitlich mit seinem gesamten Gewicht auf Lillys Bauch.

Zeit zu protestieren hatte sie nicht. Der Schmerz löschte jeden Gedanken aus. Lilly schrie aus vollem Hals, bis ihre Stimme versagte. Dann spürte sie ein Reißen, so als hätte jemand ihren Unterleib vom Rest ihres Körpers getrennt.

Der schwere Männerkörper erhob sich wieder von ihr, und durch den Pulsschlag in ihren Ohren hörte Lilly die Hebamme sagen: »Na, da ist er ja endlich!«

Benjamin!, schrie es durch Lillys Verstand, während sie Wasser schluckte und ihre Kräfte mehr und mehr nachließen. Das Gesicht ihres kleinen Sohnes stand ihr so deutlich vor Augen, als wäre er hier. Die runden Wangen, die blauen Augen, die Stupsnase und der helle Haarschopf.

Es tut mir leid, dass ich dir keine Mutter sein konnte, dachte sie verzweifelt. Dass ich zugelassen habe, dass sie dich mir wegnehmen.

Tiefe Reue erfasste sie, aber auch Zorn. Sie hätten mir beistehen müssen, dachte sie. Meine Eltern hätten das Kind behalten können, ihr

Enkel und ihre Tochter hätten ihnen wichtiger sein müssen als ihr Ruf …

Da umfing sie plötzlich etwas und riss sie nach oben. Ihr Kopf, der schon unter die Wasseroberfläche geraten war, durchbrach die nasse Barriere wieder. Lilly schnappte panisch nach Luft. Jemand zerrte an ihr, war gekommen, um sie zu retten.

»Ich habe Sie«, hörte sie eine Stimme durch das Rauschen. »Keine Angst, ich bringe Sie an Land.« Während er versuchte, ihren Kopf über Wasser zu halten, schwamm er mit ihr im Arm zum Ufer. Dort zog er sie in den Sand und drehte sie herum. Ein Hustenanfall schüttelte sie, und ein Schwall Wasser brach aus ihrem Körper. Lilly übergab sich, hustete, übergab sich wieder. Erst nach einer Weile spürte sie die Hand, die über ihren Rücken rieb.

Schwer durchatmend stemmte sie sich auf die Arme. Speichel lief von ihren Lippen, aber sie hatte nun nicht mehr das Gefühl, dass ihr ganzer Körper mit Wasser vollgelaufen sei.

»Lassen Sie sich Zeit«, sagte die Stimme ihres Retters. Es war Professor Kirsch!

Sie ließ sich auf den Boden sinken und saß nun triefend im Sand, am ganzen Leib zitternd. Das Wasser tropfte aus ihren Haaren, und der Schreck saß ihr tief in den Knochen. Der Krampf hallte noch immer in ihrer Wade nach.

Professor Kirsch hockte sich neben sie. »Ist alles in Ordnung?«

Lilly registrierte, dass auch aus seinen Haaren und seinem Bart Wasser tropfte. Noch nie zuvor hatte sie diesen Ausdruck in seinen Augen gesehen. Ängstlich, besorgt und auch erleichtert schaute er sie an.

»Ja, es geht«, sagte Lilly und begann wieder zu husten. Doch diesmal kam kein Wasser mehr, es war nur eine Reaktion ihrer kratzigen Kehle. »Danke, dass Sie mich rausgezogen haben«, sagte sie dann.

»Nichts zu danken. Zum Glück war das Boot noch nicht besonders weit draußen.«

»Ich dachte, es wäre vorbei«, gab Lilly zu. Bei einer anderen Gelegenheit hätte ihr die Nähe zum Professor schwärmerisches Herzklopfen bereitet, doch jetzt war es ihr unendlich peinlich, so vor ihm zu sitzen, nass und in diesem altmodischen Badeanzug.

»Es kann passieren, dass man sich bei solch einem großen Gewässer verschätzt«, sagte Kirsch verständnisvoll.

»Ich habe mich nicht verschätzt«, erwiderte Lilly kleinlaut. »Ich bin nur lange nicht mehr geschwommen, und mein Bein …« Sie griff sich an die Wade, die immer noch verspannt war. »Ich hatte einen Krampf.«

Kirsch nickte, dann fragte er: »Darf ich es mir mal ansehen?«

Lilly betrachtete ihn und spürte, wie ihr das Blut in die Wangen schoss. Durch seine durchnässten Kleider konnte man seine Gestalt erahnen. In seinem Arztkittel war sein Körperbau kaum zu erkennen, doch jetzt bemerkte sie, dass er kräftige Arme und Beine hatte.

Bevor sie antworten konnte, kam Dr. Conradi angelaufen. »Was ist passiert?«, fragte er. »Ist sie über Bord gegangen?«

»Nein, sie war offenbar schwimmen«, sagte Kirsch. Lilly entging der verärgerte Ton nicht. Täuschte es sie, oder wäre er in diesem Augenblick gern allein mit ihr geblieben? »Zusammen mit Jungschwester Gerda, wie es scheint.«

Lilly blickte zur Seite und sah, dass Gerda wenige Schritte entfernt mit ihren Kleidern stand. Sie selbst hatte sich ihr Kleid schon wieder über den Badeanzug geworfen.

»Sie hätten jemandem Bescheid sagen müssen«, tadelte Conradi sie. »Nicht auszudenken, wenn Sie ertrunken wären!«

»Es tut mir leid«, sagte sie. »Ich habe einen Wadenkrampf bekommen. Bin wohl ein wenig aus der Übung.«

Conradi schnaufte, dann blickte er zum Professor. »Ich wusste gar nicht, dass Sie das Zeug zum Rettungsschwimmer haben.«

»Ich habe in meiner Studentenzeit ein bisschen Geld als Bademeister verdient«, erklärte Kirsch. »Da gehörte es dazu, dass man hier und da jemanden aus dem Wasser fischt.«

»Ein Glück für unsere Schwester Lilly«, entgegnete Conradi und blickte zu ihr. »Sie sagen einem von uns Bescheid, wenn Sie das nächste Mal ins Wasser gehen, haben Sie das verstanden?«

»Ja, Herr Doktor«, gab Lilly zurück.

»Und das gilt auch für Sie, Gerda!« Die Jungschwester zog schuldbewusst den Kopf ein.

Im nächsten Augenblick tauchte auch noch der Bekannte des Doktors auf, der das Boot gesteuert hatte. »Ist mit dem Mädchen alles in Ordnung?«

»Ja, Schwester Lilly geht es gut«, antwortete Kirsch und wandte sich wieder an sie: »Meinen Sie, dass Sie aufstehen können?«

»Ich kann es probieren.« Gestützt vom Professor, der sanft seinen Arm um sie gelegt hatte, versuchte Lilly, sich aufzurichten. Fast fürchtete sie schon, dass sich die Wade wieder verkrampfen würde, doch das tat sie nicht. Trotzdem fühlte sie sich wie gezerrt an.

»Ich bringe Sie hinter die Bäume«, sagte er. »Da sind Sie vor Blicken geschützt und können sich umziehen. – Schwester Gerda?«

Gerda, die die ganze Zeit wie eine Salzsäule dagestanden hatte, setzte sich in Bewegung. »Begleiten Sie uns doch und geben Sie Schwester Lilly ihre Sachen.«

Gerda nickte, dann gingen sie langsam los.

Unter der Weide angekommen, ließ Lilly sich vorsichtig in den Sand nieder.

»So, dann schaue ich mal nach Ihrem Bein«, sagte Kirsch.

Sie spürte, wie ihr Herz zu pochen begann, als Kirsch ihren möglicherweise gezerrten Muskel untersuchte. Als er eine schmerzhafte Stelle berührte, stöhnte sie auf.

»Tatsächlich nur ein Wadenkrampf«, stellte Kirsch fest.

»Sie sollten vielleicht wieder ein wenig trainieren.« Er ließ ihre Wade los. »Versuchen Sie, den Muskel vorsichtig zu dehnen. Am besten, indem Sie Ihren großen Zeh nach vorn ziehen.«

Lilly tat wie ihr geheißen. Es schmerzte noch immer ein wenig, doch mit zunehmender Dehnung ließ es nach.

»Halten Sie sich dem Wasser für heute fern, ja?«

Lilly nickte. Professor Kirsch klopfte ihr auf die Schulter, dann erhob er sich und ging davon.

Wenig später erschien Gerda mit ihren Kleidern und Taschen.

»Es tut mir wirklich leid«, sagte sie, als sie sich neben Lilly hockte. »Ich … ich wollte nicht, dass dir etwas passiert.«

»Schon gut«, sagte Lilly, während sie sich, abgeschirmt von den Blicken der anderen, wieder umzog. »Hätte ich den Krampf nicht bekommen, wäre gar nichts geschehen.«

Jetzt, wo die Panik von ihr abgefallen war, begann Lilly sich zu ärgern. Was sollte der Professor nur von ihr denken! Und dann hatte er sie im Badeanzug gesehen. Am liebsten wäre sie zum Bahnhof gelaufen und in den erstbesten Zug in Richtung Berlin gestiegen.

»Beim nächsten Mal musst du deine Beine vorher aufwärmen«, sagte Gerda.

»Das hättest du mir eher sagen sollen«, gab Lilly zurück und knöpfte ihr Kleid zu.

Gerda presste die Lippen zusammen.

Lilly seufzte und zog sie in ihre Arme. »Ist ja alles noch mal gut gegangen. Mach dir keinen Kopf!« Über Gerdas Schulter hinweg sah sie Rudolph Kirsch, der Peter Hermann gerade ins Haus folgte.

Die Erinnerung, die sie kurz vor dem Ertrinken gehabt hatte, kam ihr wieder in den Sinn. Ihr Körper war noch immer etwas zittrig, der Schreck saß ihr noch in den Knochen. Sie wollte jetzt keine Gesellschaft, sie wollte nur die Gelegenheit haben, ihre Gedanken zu ordnen.

»Lässt du mich bitte ein wenig allein?«, fragte sie. »Ich muss mich erst mal sammeln.«

»Natürlich«, gab Gerda zurück. »Sag mir Bescheid, wenn du etwas brauchst.«

Lilly nickte, dann setzte sie sich wieder in den Sand und zog die Knie an die Brust. Heute wäre ich beinahe gestorben, dachte sie, und ein Schauer rann durch ihren Körper. Heute, an Benjamins Geburtstag. War das ein Wink des Schicksals?

Auf einmal klärte sich ihr Verstand. Es gab kein Schicksal, es gab nur die Dinge, die sie taten. Und sie fasste einen Entschluss: Ab sofort würde sie für ihren Sohn da sein.

24. Kapitel

Hamburg, 10. August 1930

Auf dem Hamburger Hauptbahnhof herrschte dichtes Gedränge, als Lilly aus dem Zug stieg. Offenbar wollten viele Passagiere das schöne Wetter am Wochenende nutzen, um aufs Land hinauszufahren.

Sie schloss die Hand fester um ihre Tasche und strebte dem Ausgang zu. Ihre Tante wohnte nicht weit vom Bahnhof entfernt, also konnte sie sich das Geld für das Taxi sparen.

Lilly war nicht sicher, ob sich ihre Tante über diese Überraschung freuen würde. Nie zuvor hatte sie Cäcilia unangemeldet aufgesucht. Außerdem war sie sich bis zu diesem Morgen noch nicht sicher gewesen, ob sie wirklich fahren sollte. Doch dann war sie in den Zug gestiegen, und ihr Entschluss hatte sich während der Fahrt gefestigt.

Am Haus ihrer Tante angekommen, drückte Lilly den Klingelknopf. Und wenn sie unterwegs sind?, ging es ihr bang durch den Kopf. Immerhin war es Sommer, und es war möglich, dass sie am Sonntag einen Ausflug machten.

Doch da öffnete sich die Tür.

Lilly trat in den kühlen, nach Bohnerwachs und Bastmatten riechenden Flur. Cäcilia erwartete sie an der Treppe. Sie war hochgewachsen und schlank, trug ihre braunen Locken zu einem Bob geschnitten und hatte eine Schwäche für die Farbe Lavendel, wie man an ihrer Bluse sah. Sie hatte ihre Arme abweisend vor der Brust verschränkt.

»Bist du in Schwierigkeiten? Hast du schon wieder deine Arbeit verloren?«

»Nein, wie kommst du darauf?«, fragte Lilly empört. »Ich wollte nur …«

Bevor sie ihren Satz vollenden konnte, wurde eine Tür aufgestoßen. »Lilly!«, rief eine Kinderstimme.

Lilly schnappte unwillkürlich nach Luft. Da stand er! Und für einen Moment war es ihr, als würde sie den Boden unter den Füßen verlieren.

Seit ihrem letzten Besuch war er wieder ein ganzes Stück gewachsen, mittlerweile reichte er ihr schon fast bis zur Taille. Sein Gesicht war rosig, seine Augen leuchteten. Sein blonder Haarschopf war etwas kürzer als bei ihren vorherigen Besuchen.

»Hallo Benjamin«, sagte sie gerührt. Sie ging vor ihm in die Hocke, denn ihre Knie waren weich, und versuchte, die Tränen zurückzuhalten, die in ihr aufstiegen. »Ich wollte dir zu deinem fünften Geburtstag gratulieren. Der war doch vor drei Tagen, stimmt's?«

Der Junge nickte und kam zu ihr gelaufen. Lilly umarmte ihn fest, dann holte sie den Baukasten aus der Tasche, den sie in dem Spielzeuggeschäft neben dem Strickladen erstanden hatte. »Hier, der ist für dich.«

Benjamins kleine Hand schoss vor und griff nach dem Kasten. Mit einem fröhlichen Quieken drückte er ihn an seine Brust. Dann blickte er zu Cäcilia. »Schau mal, Mama, was Lilly mir geschenkt hat!«

Mama. Das Wort versetzte Lilly einen schmerzhaften Stich. Natürlich nannte er Cäcilia Mama, er kannte es nicht anders. Niemand hatte ihm bisher die Wahrheit gesagt.

»Ja, sehr schön«, sagte Cäcilia in einem milden Tonfall, den Lilly bei ihr nur dann hörte, wenn sie mit dem Jungen sprach. »Wie sagt man?«

»Danke, Lilly«, sagte Benjamin brav.

»Du kannst ein Haus damit bauen, aber auch ein Boot oder ein Auto«, erklärte Lilly unter Tränen und spürte, dass sich in ihr etwas verändert hatte. Einerseits wollte sie aus Cäcilias Wohnung flüchten, andererseits fürchtete sie den Moment, in dem sie Benjamin wieder zurücklassen musste. »Gehst du schon mal ins Wohnzimmer? Ich komme gleich nach, und dann bauen wir was Schönes zusammen, ja?«

»Na gut, aber beeil dich!« Den neuen Baukasten stolz in die Höhe haltend, verschwand Benjamin hinter der Wohnzimmertür.

»Wie geht es ihm denn?«, fragte Lilly, während ihre Augen überquollen vor Tränen. Das letzte Mal hatte sie ihn vor mehr als einem Jahr kurz vor ihrer Kündigung in der Charité besucht.

»Es geht ihm gut«, sagte Cäcilia über ihren Kopf hinweg. »Und wie du siehst, ist ihm die Kur wirklich gut bekommen. Du hast doch meine Karte erhalten?«

»Ja.« Lilly wischte sich die Tränen aus den Augen. »Danke, dass du mir geschrieben hast.«

»Schön, dass du dich so schnell um eine neue Arbeit bemüht hast. Du weißt, wie unsere Abmachung aussieht.«

Das wusste Lilly in der Tat. Sie bezahlte, ihre Tante versorgte ihren Sohn und schwieg gegenüber den Leuten.

»Und? Wann nimmst du ihn zu dir?«, riss Cäcilias Stimme sie aus ihren Gedanken.

Lilly wandte sich verwirrt um. »Du weißt doch genau, dass ich das nicht kann.«

»Du wirst in zwei Wochen einundzwanzig. Du kannst ihn mitnehmen, wenn du willst.«

Lilly spürte, dass dies eines von Cäcilias grausamen Spielchen war, die sie so gern mit ihr spielte. Auf einmal wurde ihr wieder klar, warum sie Benjamin so selten besuchte.

»Ich arbeite den ganzen Tag als Krankenschwester, und manchmal auch in der Nacht. Wer soll in der Zeit auf ihn achtgeben?«

»Nun, du könntest das Problem anders angehen und dir einen Mann suchen. Vielleicht reden deine Eltern dann wieder mit dir.«

Die Erwähnung ihrer Eltern ließ Lillys Mund austrocknen. Sie erinnerte sich noch gut daran, wie sich die beiden über das Kind beraten hatten, während sie in den Wehen lag und sich ein wenig Trost gewünscht hatte.

Lilly blickte durch die Wohnzimmertür. Benjamin saß neben dem Sofa und schüttete gerade juchzend die Bauklötze aus der Schachtel. Wie gern würde sie ihn mitnehmen! Doch sie konnte ihre Arbeit nicht aufs Spiel setzen. Wie sollte sie ihn ernähren? Wer sollte auf ihn aufpassen? Zu ihren Eltern konnte sie ihn nicht bringen.

»Nun, solange du zahlst …«, erlöste Cäcilia sie. »Man wird dich doch bei deiner neuen Stelle behalten?«

Lilly ging durch den Sinn, wie knapp sie vor einigen Monaten der Kündigung entgangen war. »Natürlich«, gab sie zurück.

»Du weißt, ich kümmere mich um ihn, weil ich deinen Eltern damit einen Gefallen tue«, fügte Cäcilia hinzu. »Aber wenn kein Geld mehr fließt, sehe ich keinen Grund mehr, auf ihn aufzupassen. Das Leben ist teuer.«

Und du lebst gut von meinen Zahlungen, dachte Lilly wütend. Doch sie beherrschte sich. »Ich habe nicht vor, daran etwas zu ändern«, sagte sie.

»Stock die Summe auf!«, forderte Cäcilia. »Der Junge ist kein Kleinkind mehr, er wird immer teurer. Da ist es doch angemessen, wenn du deinen Beitrag erhöhst.«

Lilly starrte sie an. »Wie bitte? Ich verdiene kaum mehr als früher.«

»Du wohnst doch im Krankenhaus, oder nicht? Und Kleider brauchst du auch nicht, denn du hast deine Tracht.« Ein kaltes Lächeln trat auf Cäcilias Gesicht. »Überleg es dir. Zwanzig Mark mehr im Monat halte ich für angemessen. Immerhin kann ich seinetwegen keine Arbeit annehmen. Von etwas muss ich ja leben, wenn ich schon deinen Fehler ausbügele.«

Lillys Nackenhaare stellten sich auf, und es war, als würde ein eisiger Schauer durch ihren Körper rinnen. Wenn etwas ein Fehler war, dachte sie, dann herzukommen und mich ihr wieder ins Gedächtnis zu rufen.

»Ich werde dir den Betrag zahlen«, sagte sie, bemüht, ihre Stimme fest klingen zu lassen. »Dafür möchte ich ihn häufiger besuchen.«

»Das steht dir doch frei! Sage mir nur Bescheid und fall nicht einfach so ins Haus.«

»Ich werde anrufen.« Lilly wollte auf die Wohnzimmertür zusteuern, um mit Benjamin zu spielen, da sagte Cäcilia: »Vielleicht hättest du es damals anders anstellen sollen.«

»Wie meinst du das?«

»Glaubst du denn wirklich, ich kann mir nicht denken, wer sein Vater ist? Ich mag vielleicht schon älter sein, aber ich habe Augen im Kopf.«

Lilly erstarrte. Wie kam sie darauf?

»Benjamin wartet auf mich«, sagte sie und huschte ins Wohnzimmer, wo der Junge gerade damit begann, einen Turm zu bauen. Dabei bemerkte sie Cäcilias zufriedenes Lächeln.

Sie hatte ihre Antwort erhalten.

Zweiter Teil

»1931 wurde ein schweres Jahr in unserer Anstaltsgeschichte …«

»Jetzt aber lastete auf allen, die mit dem Waldfriede verwachsen waren, die Sorge um den Chefarzt. Schien es bei Dr. Conradi zunächst nur eine allgemeine Erschöpfung zu sein, so verschlechterte sich jedoch sein Zustand laufend, sodass er sich gezwungen sah, seine geliebte Arbeit niederzulegen.«

(Chronik des Krankenhauses Waldfriede, 1931)

»In diesem Frühling prangte unser Park in neuem Schmuck, indem größere Flächen des Waldgeländes frischen Rasen erhalten hatten, aus dem überall leuchtende gelbe und blaue Krokusse, Schneeglöckchen und andre Frühlingsblumen grüßten und Hoffnung spendeten, wo sich menschlicher Verstand nicht mehr dazu aufschwingen konnte.«

(Chronik des Krankenhauses Waldfriede, 1932)

25. Kapitel

Zehlendorf, 12. Januar 1931

Der Winter ging Louis aufs Gemüt. Die Wolken hingen wie ein schweres graues Tuch am Himmel und ließen keinen einzigen Sonnenstrahl hindurch. Die Singvögel, die den Sommer mit ihren Gesängen begleitet hatten, waren schon lange fort, nur die Nebelkrähen erfüllten mit ihrem ungelenken Krächzen die Luft. Es gab viele von diesen Vögeln in der Nähe des Grunewalds, und manchmal ließen sie ihn an einen Friedhof denken.

Das Waldfriede war tatsächlich hin und wieder ein Ort des Todes, viel mehr aber einer des Lebens, denn hier wurde größtenteils geheilt oder entbunden.

Ein teurer Ort, wie die Krankenkassen meinten. Beunruhigende Nachrichten, dass sie die massiv steigenden Kosten nicht mehr abfangen konnten, machten die Runde. Aufgrund der schlechten Wirtschaftslage dachte der Berliner Senat sogar darüber nach, einige Krankenhäuser zu schließen.

Auch in den Bilanzbüchern schlug sich die Krise mehr und mehr nieder. Zahlungskräftige Patienten blieben aus. Die thermischen Behandlungen wurden ebenfalls nicht mehr in dem Maße gebucht, wie sie es von vorherigen Jahren gewohnt waren.

Dazu kam ein merkwürdiges Unwohlsein, das Louis schon seit einigen Wochen begleitete. Er redete sich ein, dass es nur Erschöpfung war, und vor seinen Angestellten versuchte er, seinen Zustand so gut es ging zu verbergen. Aber in Augenblicken wie diesem kam er nicht umhin, Angst vor der Zukunft zu empfinden.

»Dr. Conradi, Herr Kahl, der Bewerber für die Buchhalterstelle ist da«, meldete Schwester Hanna, die gerade aus dem Röntgenzimmer kam. »Ich habe ihn eben auf dem Flur stehen gesehen.«

Ein Lächeln huschte Louis übers Gesicht. Endlich! Ein vielversprechender Kandidat für den Posten und eine Entlastung für ihn. Catherine würde ebenso froh sein wie er, wenn er sich nicht mehr selbst um die Bücher kümmern musste.

»Danke, Schwester Hanna. Dann bitten Sie ihn doch herein.«

***

»Schau nur, Ilse, das sind deine neuen Beinschienen«, sagte Lilly, während sie die beiden Gestelle aus Metall und Kunststoff auf dem Bett positionierte. »Professor Kirsch wird sie dir gleich anlegen, und dann können wir versuchen, mal ein paar Schritte auf dem Flur zu gehen.«

Das Mädchen nickte eifrig. In den vergangenen Monaten hatten sich ihre Beschwerden dank des neuen Medikaments sehr gebessert, sodass der Professor entschieden hatte, dass sie es mit den Schienen versuchen konnten.

Noch immer erschien täglich der junge Masseur, der mit Ilse Übungen machte, um die Beine beweglich zu halten. Er war es auch gewesen, der behauptet hatte, dass die Sandsäckchen an Ilses Füßen dazu dienten, dass ihre Beine später schön lang würden. »Lang wie ein Storch«, hatte er hinzugefügt und über Ilses kleine Nase gestrichen.

Als Rudolph Kirsch eintrat, wurde Ilses Miene ernst. Er schien sie einzuschüchtern, obwohl er stets freundlich war und versuchte, ein paar Worte aus ihr herauszukitzeln.

»Es ist alles bereit, Herr Professor«, sagte Lilly und trat vom Bett zurück. Seit er sie vor dem Ertrinken bewahrt hatte, war ihr Verhältnis besser geworden. Natürlich gab es immer noch Dinge, die sie lieber nicht ansprach, doch Kirsch war allgemein nahbarer und freundlicher zu ihr und versuchte ihr möglichst viel beizubringen.

»Bestens«, sagte er und begann die Schienen anzulegen. Später sollten sie dauerhaft fixiert werden, doch fürs Erste sollte sich Ilse nur daran gewöhnen.

Als Kirsch fertig war, hob er Ilse auf seine Arme und ließ sie dann ganz vorsichtig herunter.

»Wenn es dir zu viel wird, sagst du Bescheid, ja?«

Ilse schaute verunsichert zu Lilly. Diese hockte sich vor sie und streckte ihr die Hände entgegen. »Ich halte dich fest«, versprach sie.

Ilse klammerte sich an ihre Finger, während der Professor sie behutsam auf die Füße stellte.

Lilly stockte der Atem, als die Füße den Boden berührten. Anzunehmen, dass sie gleich loslaufen würde, wäre vermessen gewesen. Doch immerhin knickten die Beine nicht sofort weg.

Professor Kirsch hielt Ilse noch eine Weile, dann ließ er sie vorsichtig los. Der Griff der kleinen Hände um Lillys Finger verstärkte sich. Einen Moment lang konnte sich das Kind halten, dann kippte es nach hinten. Professor Kirsch fing es nur Sekundenbruchteile später auf.

»Das machst du sehr gut!«, lobte er und blickte zu Lilly. Seine Augen strahlten, und auch Lilly musste lächeln.

»Ich glaube, wenn du so weitermachst, wirst du schon bald wieder durch die Wiesen tollen«, bemerkte Kirsch, als er Ilse auf seine Arme hob. »Aber bis dahin musst du fleißig üben. Versprichst du mir das?«

Das Mädchen nickte zaghaft.

»Gut, Schwester Lilly, dann zeige ich Ihnen jetzt, wie Sie die Schienen richtig abnehmen und wieder anlegen können. Der Masseur kommt gleich und wird einige Übungen mit Ilse machen, anschließend kann sie wieder ins Bett.«

»Ja, Herr Professor«, sagte Lilly.

Sie freute sich über Ilses Fortschritte beinahe so, als wäre sie ihr eigenes Kind. Und sie war dankbar, dass Benjamin solch eine Krankheit erspart geblieben war.

Diesen August würde er sechs Jahre alt werden. Im kommenden Jahr stand die Einschulung an. Er hatte den Keuchhusten im vergangenen Jahr überstanden und sich auf der Kur, die er mit Cäcilia gemacht hatte, gut erholt.

Sie drängte die Gedanken an ihren Sohn beiseite und richtete ihr Augenmerk auf die Ausführungen des Professors.

Nachdem Kirsch die Einweisung beendet hatte, erschien der Masseur und begann mit Ilses Bewegungsübungen.

Lilly nutzte den Augenblick, um in die Wäschekammer zu laufen. Ilse hatte heute etwas Milch auf ihre Bettdecke verschüttet. Vor der Visite war sie nicht mehr dazu gekommen, den Bezug auszutauschen.

Auf dem Flur kam Lilly Hanna entgegen. Sie wirkte ein wenig aufgelöst. »Schwester Hanna, was ist denn passiert?«, fragte sie.

»Sie haben das Hindenburg-Krankenhaus geschlossen«, antwortete Hanna, ohne ihr Schritttempo zu verringern. »Gerade ist ein Anruf gekommen, sie fragen, ob wir ihre Patienten übernehmen können.«

»Kann ich irgendwie helfen?«

»Danke, Lilly, aber du kannst erst mal nicht viel tun. Ich muss Dr. Conradi sprechen.« Mit gerafften Röcken rannte Hanna weiter.

Das Hindenburg-Krankenhaus geschlossen!

Während sie versuchte, eine Stelle zu finden, hatte Lilly auch mit dem Gedanken gespielt, dort anzufragen. Glücklicherweise hatte das Waldfriede sie eingestellt. Nicht auszudenken, wenn sie nun schon wieder auf die Suche hätte gehen müssen …

***

Louis seufzte schwer, nachdem Hanna ihm den Inhalt des Telefonats mit dem Hindenburg-Krankenhaus mitgeteilt hatte.

Nach dem wirklich angenehmen Gespräch mit dem neuen Buchhalter hatte er einen Hoffnungsschimmer gesehen. Und jetzt das. Die Schließung des Hindenburg-Krankenhauses zeigte, wie schlecht es dem Gesundheitswesen ging. Heute mochten sie noch die Patienten von dort aufnehmen, doch schon morgen konnten sie selbst von den Einsparungen betroffen sein.

»Dann haben sie es also wahrgemacht«, sagte er beklommen.

»Leider«, gab Hanna zurück. »Dabei ist das Hindenburg gerade etwas mehr als drei Jahre alt.«

Das ehemalige Erziehungsheim im Gimpelsteig war im Jahr 1927 zum Krankenhaus umgewidmet worden und hatte den Namen des Reichspräsidenten erhalten. Im Waldfriede hatte man die Eröffnung des neuen Hauses mit Sorge gesehen. Konkurrenz konnte etwas Gutes sein, das wusste Louis, doch in diesem Fall bedeutete es, dass dem Waldfriede Patienten verloren gingen. Aber das Schicksal schien es nicht gut mit dem Haus gemeint zu haben.

»Wenn es Not bei den Finanzen gibt, interessiert es nicht, wie alt ein Haus ist«, sagte er. »Dann schließen sie es, ganz einfach.«

»Meinen Sie, das könnte uns auch passieren?«, fragte Hanna besorgt.

»Jetzt, nachdem sie uns deren Patienten überstellen wollen?« Louis schüttelte den Kopf. »Ich glaube nicht. Aber wer weiß, welche Blüten die Finanzkrise noch so treibt.«

Ihm war nicht entgangen, dass in Zehlendorf ein weiteres Krankenhaus eingerichtet werden sollte. Das Kurhaus Hubertus sollte zu einer Klinik umgestaltet werden – eine Konkurrenz mehr für sie. Aber würden diese Pläne überhaupt noch umgesetzt werden?

»Auf jeden Fall werden wir jetzt mit der Einlieferung von mehr Unfallopfern rechnen müssen«, fuhr er fort. »Früher wurden die meisten Schwerverletzten ins Hindenburg gefahren …« Ein Gedanke trieb ihn vom Fenster weg. »Ich werde mich mal erkundigen, wie viele Patienten genau kommen. Das hat man Ihnen nicht gesagt, oder doch?«

Hanna schüttelte den Kopf, und Louis verließ das Sprechzimmer. Er hatte sich gerade ein wenig von der Tür entfernt, als ein Stich durch seine Brust zog. Stöhnend krümmte er sich zusammen. Hatte er sich zu hastig herumgedreht?

Für eine Weile blieb Louis gebeugt stehen. Schweiß trat ihm auf die

Stirn, und eine seltsame Beunruhigung überkam ihn. Waren seine Herzprobleme zurück?

Zitternd atmete er durch. Glücklicherweise konnten ihn die Patienten in der Wartenische von hier aus nicht sehen.

Nach einer Weile ließ das Stechen langsam nach. Louis richtete sich auf. Noch immer standen Schweißperlen auf seiner Stirn, doch er hatte das Gefühl, jetzt wieder besser Luft zu bekommen. Allmählich verschwand auch die Unruhe, und Wärme durchflutete ihn.

Louis schloss die Augen und spürte den Gefühlen in seinem Körper nach, doch da war nichts mehr. Auch sein Herzschlag beruhigte sich nun wieder. Offenbar hatte sich wohl doch nur eine Bandscheibe oder seine Rippen gemeldet.

Er setzte seinen Weg also fort und erreichte wenig später die Pforte, wo er sich mit dem Hindenburg-Krankenhaus verbinden ließ.

***

Zusammen mit Gerda und einigen anderen Schwestern und Pflegern stand Lilly am späten Nachmittag vor dem Eingang des Krankenhauses und beobachtete, wie die Kolonne der Krankenwagen durch das Tor fuhr und dann auf die Rotunde vor dem Haus einbog. Ein zartrosa Schleier legte sich über die grauen Wolken. Der Wind brachte den Geruch nach Schnee mit sich, und wenn die Wettervorhersage in der Zeitung stimmte, konnten sie sich schon bald auf Flockenwirbel einstellen.

Als die Fahrzeuge zum Stehen gekommen waren, stiegen Fahrer und einige Pfleger aus und begannen die Patienten herauszuholen.

Einige von ihnen, die ihre Alltagskleidung notdürftig übergezogen hatten, konnten selbst laufen, andere lagen auf Tragen. Oberin Elisabeth hatte Lilly und ihre Kolleginnen angewiesen, die weiblichen Neuzugänge in Empfang zu nehmen. Die meisten Patienten waren jedoch Männer, um die sich Schwester Maria und ihre Kolleginnen kümmerten.

Schließlich wurden die ersten Frauen gebracht. Während Lilly darauf wartete, eine Patientin zugewiesen zu bekommen, beobachtete sie, wie die, die sich auf ihren eigenen Beinen fortbewegen konnten, ins Haus geführt wurden. Dann kamen die Tragen.

Gerda eilte gerade mit der ihr zugewiesenen Patientin vorbei, als sie selbst an der Reihe war.

»Herta Wegner. Sie ist nicht ganz bei sich«, stellte der Pfleger, der die Trage am Fußende trug, die Patientin vor. Sie war dick verpackt in ihre mit Gurten gesicherte Bettdecke, nur das Gesicht schaute heraus. Das verschwitzte Haar klebte an ihrer Stirn, ihre Augen waren geschlossen.

Als Lilly der Frau ins Gesicht blickte, erschrak sie. Schnell schlug sie sich die Hand vor den Mund.

»Wohin sollen wir sie bringen?«, fragte der Pfleger.

Für einen Moment war Lilly zu verwirrt, um zu antworten.

»Na wat nu?«, drängelte der zweite Pfleger.

»Zweite Frauenstation«, antwortete Lilly. »Kommen Sie, ich zeige es Ihnen.«

Die Krankenakte gegen die Brust gedrückt, ging Lilly voran. Ihr Herz raste, und ihr Mund war auf einmal ganz trocken.

Wie war ihre Mutter nur ins Hindenburg-Krankenhaus gekommen?

Lillys Gedanken überschlugen sich, während sie die Pfleger dirigierte. Die beiden Männer trugen Herta Wegner zu einem der bereitstehenden Betten. Unter Lillys Aufsicht lagerten sie sie und überließen es ihr, sie zum Fahrstuhl zu fahren. Während sie wartete, schlug Lilly die Krankenakte auf. Wie es aussah, hatte ihre Mutter einen Blinddarmdurchbruch erlitten. Gerade mal vor zwei Tagen war sie operiert worden und hatte noch immer hohes Fieber. Ansprechbar war sie nur bedingt.

Lilly klappte die Mappe zu, dann blickte sie in das Gesicht ihrer Mutter. Auch wenn sie zuletzt nicht das beste Verhältnis zueinander hatten, so machte sich Sorge in ihr breit. Wenn sie nun starb? Sie wirkte so schmal, so verletzlich …

Im nächsten Augenblick öffnete sich die Fahrstuhltür.

Sie spannte die Muskeln an, gab dem Bett einen kräftigen Stoß und schob es in den Fahrstuhl.

Zwei ihrer Kolleginnen empfingen sie in dem Vierbettzimmer, dem ihre Mutter zugeteilt war. Helga und Friedel halfen ihr, das Bett zu platzieren, dann übernahmen sie die Akte.

»Wir kümmern uns um sie«, versprach Friedel und machte sich daran, ihre Mutter ein wenig umzulagern.

Lilly zog sich zurück, den Blick auf ihre Mutter gerichtet. Ein leiser Schmerz zog sich durch ihre Brust. Sie hatte wieder die Worte im Ohr, die sie gehört hatte, als sie in den Wehen gelegen hatte: *Wir sollten sie wegschicken. Wenn die Nachbarn mitkriegen …*

Als Tränen in Lillys Augen stiegen, wandte sie sich rasch um und verließ den Raum.

26. Kapitel

Hanna hätte nicht erwartet, dass sich die Verlegung der Patienten so anspruchsvoll gestalten würde.

Man hatte gegenüber Dr. Conradi nur von einigen wenigen gesprochen, doch es waren letztlich zwei Dutzend Menschen, die ihnen die Krankenwagen gebracht hatten.

Im Laufe der Jahre hatten sie die Bettenzahl immer weiter aufgestockt, vorsichtig, denn man konnte nicht wissen, wann die nächste Flaute drohte. Jetzt wären sie froh gewesen, wenn sie dabei etwas mutiger hätten sein können.

Die meisten Patienten waren auf die Männerstationen gekommen. Viele davon waren chirurgische Fälle. Schnell war klar geworden, dass die Betten dort nicht reichen würden. So hatte man die bereits genesenden Fälle auf andere Stationen verlegt.

Dr. Conradi war die ganze Zeit auf den Beinen gewesen, hatte mal hier, mal da nach dem Rechten gesehen. Manchmal hatte Hanna sogar das Gefühl gehabt, er wäre an verschiedenen Orten gleichzeitig, was natürlich nicht stimmen konnte.

Aber jetzt waren alle Patienten untergebracht, und das Personal der Nachtschicht sorgte für die Fortsetzung ihrer Behandlung.

Seufzend löste Hanna die Klammern ihrer Haube, zog ihre Schuhe aus, entledigte sich des Kleides und schlüpfte in ein Nachthemd.

Als sie einen Blick auf ihren Schreibtisch warf, stach ihr die kleine Visitenkarte ins Auge, die sie mit einer Reißzwecke an die Unterlage geheftet hatte. Die Begegnung mit Eike Rasmussen, dem Anwalt, lag mittlerweile etliche Monate zurück. Hin und wieder hatte sie mit dem Gedanken gespielt, ihm zu schreiben, ihn dann wieder verworfen und über der Hektik des Alltags schließlich vergessen. Wahrscheinlich dachte auch er nicht mehr an sie.

Nach dem Nachtgebet schlüpfte sie unter die Bettdecke. Kaum hatte ihr Gesicht das Kissen berührt, sank sie auch schon in einen tiefen Schlaf.

Als es an die Tür hämmerte, schreckte sie hoch in der Annahme, verschlafen zu haben. Benommen richtete sie sich auf und blickte sich um. Draußen war alles dunkel bis auf den Lichtschein, der unter der Tür hindurchfiel.

»Ja?«, fragte sie müde, dann wurde die Tür aufgerissen.

»Hanna, komm schnell!«, rief eine Stimme. Es war Schwester Hedwig von der Pforte. »Der Doktor ist zusammengebrochen.«

***

Es dauerte eine Weile, bis sich die Schleier, die ihn einzuhüllen schienen, verzogen. Soeben war er dabei gewesen, sich bettfertig zu machen. War es schon Morgen?

Das sorgenvolle Gesicht von Dr. Meyer tauchte über ihm auf. Was suchte er hier? Deutlicher als sonst fielen ihm die weißen Strähnen im Haar und dem Spitzbart seines Freundes auf. Auch die Linien um seine Augen waren tiefer geworden.

»Louis? Kannst du mich hören?«, fragte er. Seine Stimme klang etwas verwaschen, doch das mochte an dem Rauschen in seinen Ohren liegen.

»Erich«, antwortete er mit schwacher Stimme. »Was ist passiert?«

Dr. Meyer schaute zur Seite. Als er seinem Blick folgte, sah er die entsetzte Miene seiner Frau, die neben seinem Freund stand und kreidebleich im Gesicht war.

»Du hast einen Herzanfall erlitten«, erklärte Meyer ihm. »Wir müssen dich mitnehmen. Meinst du, du kannst aufstehen?«

Louis versuchte es, doch seine Arme fühlten sich einfach nur kraftlos an. »Es geht gleich«, sagte er und versuchte es erneut. Wo war nur all seine Energie geblieben?

»Bleib liegen«, sagte Erich. »Ich habe Schwester Hanna Bescheid sagen lassen, sie wird gleich mit ein paar Trägern hier sein.«

Louis ließ sich zurücksinken. Das konnte doch alles nicht wahr sein!

Der Schmerz, der ihn nur Stunden zuvor heimgesucht hatte, fiel ihm wieder ein. Hätte er doch lieber einen Arzt aufsuchen sollen? Dieser Gedanke erschien ihm absurd. Er selbst war Arzt! Warum hatte er die Anzeichen nicht ernst genommen?

Nur wenige Augenblicke später erschien Schwester Hanna, zwei Pfleger mit einer Trage im Schlepptau. Ihr Gesicht war kalkweiß. Es tut mir leid, hätte Louis ihr am liebsten gesagt, doch er hatte nicht viel Kraft zum Reden.

»Was ist passiert?«, fragte sie atemlos.

»Mein Mann ist im Schlafzimmer zusammengebrochen«, sagte Catherine. »Ich habe sofort Dr. Meyer geholt.«

Hanna warf Louis einen sorgenvollen Blick zu.

»Dr. Conradi muss ins Haus gebracht werden«, beschied Dr. Meyer. »Dort werde ich ihn gründlich untersuchen. Anschließend werden wir sehen, ob wir ihn auf Station aufnehmen können.«

»Wir haben kaum Betten für die Patienten aus dem Hindenburg-Krankenhaus«, murmelte Louis. »Da nehme ich doch niemandem das Bett weg.«

»Ich bin dein Arzt«, sagte Meyer nachdrücklich. »Und solange du nicht auf deinen eigenen Beinen stehen kannst, entscheide ich, was mit dir geschieht!«

Louis atmete zitternd durch. Er kannte diesen Tonfall in Erichs Stimme nur zu gut. Wenn es um das Leben eines Patienten ging, ließ er nicht mit sich reden.

»Auf die Bahre mit ihm!«, wies Dr. Meyer die Pfleger an. »Schwester Hanna, Sie kommen mit mir. Catherine, bleib du erst einmal hier. Ich gebe dir Bescheid, wenn sich etwas ergibt.«

Louis spürte, wie er angehoben wurde. Die Pfleger legten einen Gurt um seinen Körper, damit er während des Transports nicht herunterfiel.

Müdigkeit überkam ihn. Sein Herz stolperte kurz, das Gefühl jagte einen Schreck durch seinen Körper.

Herzanfall, hatte Erich gesagt. Und wenn ich sterbe? Was soll aus dem Waldfriede werden? Es gab doch noch so viel zu tun …

Durch die Dunkelheit trugen ihn die Pfleger hinüber zum Krankenhaus. Louis hörte, wie Dr. Meyer sich mit Hanna unterhielt. Als wäre er gar nicht da. Kam man sich so als Patient vor?

Ernsthaft krank gewesen war er zuletzt als Kind, als ihn die Masern heimgesucht hatten. Seine Mutter Lizzie war an seiner Seite gewesen, hatte sich Tag und Nacht um ihn gekümmert, während sein Vater in Bulgarien war und ihn nicht einmal besuchen konnte.

Das Waldfriede wirkte um diese Uhrzeit sehr still. Die Gänge waren leer bis auf das Nachtpersonal. Schwester Maria hatte Dienst auf der Männerstation und starrte ihn entsetzt an, als er durch die Tür in Dr. Meyers Untersuchungszimmer getragen wurde.

»Herr Doktor, was ist passiert?«

Erich Meyer schilderte es ihr kurz, worauf sie fragte: »Soll ich ein Bett vorbereiten?«

»Das wäre keine schlechte Idee«, gab Meyer zurück. »Jedenfalls für diese Nacht.«

»Hältst du es für klug, wenn mich die Patienten so sehen?«, fragte Louis mit schwacher Stimme.

»Niemand sieht dich hier«, sagte Erich. »Das Zimmer, in das du kommst, ist das letzte der ersten Klasse auf dieser Station. Du wirst vollkommen abgeschirmt sein.«

Lieber wäre es Louis gewesen, wenn er zu Hause hätte bleiben können, doch dem Willen seines Freundes konnte er nichts entgegensetzen.

Erich untersuchte ihn gründlich, klopfte Brust und Rücken ab, lauschte seinen Herztönen. Als er ihm das Fieberthermometer unter der Zunge hervorzog, runzelte er die Stirn.

»Was ist?«, fragte Louis.

»Du hast Fieber. Hast du das nicht bemerkt?«

»Ich hatte zu tun.«

»Ärzte«, schnaubte Erich. »Die schlechtesten Patienten, die ich kenne.«

»Jetzt übertreibst du aber.«

Erich stellte sich neben ihn und blickte ihn ernst an. »Ich werde dich für diese Nacht auf meiner Station behalten. Vielleicht auch zwei oder drei. Es ist ja nicht das erste Mal, dass du zusammenbrichst, im Herbst '29 war es auch schon mal so.«

Damals hatte sich herausgestellt, dass er tatsächlich nur etwas überarbeitet gewesen war. Louis wollte sich immer noch einreden, dass Erich sich irrte. Doch sein Freund und Kollege war schon länger im Dienst als er und hatte wesentlich mehr Erfahrung.

Louis blickte zu Hanna. Eine Sorgenfalte hatte sich zwischen ihren Augenbrauen eingegraben.

»Was meinen Sie, Schwester Hanna?«, fragte er.

»Sie sollten auf Dr. Meyer hören«, gab sie zurück. »Sie merken es ja selbst, Sie sind zu schwach, um aufzustehen. Was soll aus dem Waldfriede und uns allen werden, wenn Sie nicht mehr da sind?«

Louis erinnerte sich an die Unterhaltung, die sie auf der Überfahrt nach England geführt hatten. Damals hatte Hanna gefragt, ob er sich eine andere Wirkungsstätte suchen würde. Er hatte verneint. Doch wenn Gott ihn jetzt in die Ewigkeit rief?

»Na gut, dann lass mich eben in das Krankenzimmer bringen, Erich«, sagte er und spürte, wie die Müdigkeit kam und seinen Körper schwer machte. »Ich wollte schon immer mal wissen, wie sich unsere Patienten fühlen.«

***

»Wie lange geht es schon so mit ihm?«, wandte sich Dr. Meyer an Hanna, die vor der Stationstür stand und sorgenvoll ihre Finger knetete.

»Was meinen Sie?«

»Das leichte Fieber ist typisch für eine Myokarditis.«

Hanna riss erschrocken die Augen auf. »Eine Herzmuskelentzündung? Aber er war nicht krank, er …« Sie stockte. War ihr nicht die Schwäche aufgefallen? Die Müdigkeit, die ihm ins Gesicht geschrieben stand. Schon im vergangenen Jahr hatte sie bemerkt, dass er nicht ganz auf der Höhe war. Doch das hatte sie der Tatsache zugeschrieben, dass er sich neben der Arbeit an seinen Patienten auch um die Buchhaltung und Geschäftsführung kümmern musste.

»Er muss dazu nicht offensichtlich krank gewesen sein. Nur schwach, übermüdet, ausgelaugt … Hat er nie über Schmerzen in der Brust geklagt?«

»Nein, jedenfalls nicht mir gegenüber.« Hanna dachte wieder an das Gespräch mit Frau Conradi. Dass der Doktor ihr mehr erzählen würde als seiner eigenen Frau. Es freute und beunruhigte sie zugleich. Sie wusste genau, dass zwischen ihnen nicht mehr sein durfte. Doch hin und wieder flammte beim Gedanken an ihn eine Wärme in ihr auf, die einer bloßen Mitarbeiterin nicht zustand. »Aber natürlich war er blass und wirkte ein wenig überarbeitet …«

»Eine Erkrankung wie diese kann sich über mehrere Wochen oder Monate hinziehen. Wenn er sich jetzt nicht schont, kann sein Herz einen irreparablen Schaden erleiden.«

Angst ballte sich in Hannas Magengrube zusammen. Hin und wieder behandelten sie Patienten mit chronischen Herzleiden, einige von ihnen starben sehr früh.

»Können Sie denn nichts tun?«, fragte sie.

Meyer presste die Lippen zusammen. »Schonung und stärkende Mittel sind das Einzige, was hilft.« Er machte eine Pause, dann sagte er: »Schauen Sie doch bitte nach, wie sein Terminkalender in der nächsten Zeit aussieht. Dann werden wir sehen, welcher Arzt welchen Patienten übernehmen kann.«

»Vielleicht sollten wir auch eine Vertretung ansprechen. Geheimrat Borchard würde bestimmt einspringen.«

»Schlagen Sie Ihrem Chef das vor. Ich möchte da nicht eingreifen, er ist immer noch unser Klinikleiter.«

»In Ordnung. Brauchen Sie mich noch?«

»Nein, machen Sie Feierabend, Hanna. Morgen liegt genug Arbeit vor ihnen.«

Doch nach Zurückziehen war Hanna nicht zumute. Sie verließ das Krankenhaus und lief hinüber zum Ärztewohnhaus. Dort waren die Fenster hell erleuchtet, Catherine Conradi war gewiss noch auf.

Sie läutete, und wenig später wurde die Tür geöffnet. Frau Conradi trug inzwischen ein Kleid, die Haare hatte sie ein wenig nachlässig zusammengesteckt.

»Hanna«, sagte sie. »Wie geht es meinem Mann?«

»Dr. Meyer sagt, er habe wieder eine Herzmuskelentzündung. Diesmal aber eine schwerere. Er wird sicher noch selbst mit Ihnen sprechen, aber ich finde, Sie sollten es wissen, bevor Sie die Nacht in Ungewissheit verbringen.«

Catherine schlug die Hand vor den Mund, dann schüttelte sie ungläubig den Kopf. »Aber beim letzten Mal war doch alles ausgeheilt, und er fühlte sich gut! Und sonst hatte er nie etwas mit dem Herzen!«

»Eine Myokarditis kann aus heiterem Himmel kommen. Vielleicht hat er ja eine Erkältung verschleppt oder sich anderweitig verkühlt.«

Catherines Miene verfinsterte sich, ihre Augen wurden schmal. »Ich hatte dich doch gebeten, auf ihn achtzugeben!«

Hanna trat erschrocken zurück. »Das habe ich, aber …«

»Das hast du nicht!«, fauchte sie sie an. »Ich habe dir gesagt, dass er sich überarbeitet, aber du …« Ihre Augen blitzten.

Hanna konnte sich den Wutausbruch nicht erklären. »Wenn sich Ihr Mann schlecht gefühlt haben sollte, hat er es verborgen, weil er die Patienten nicht im Stich lassen wollte. Ich wusste es wirklich nicht.«

Stille folgte ihren Worten. Catherine Conradi rang sichtlich mit ihrer Fassung.

»Geh mir aus den Augen!«, sagte sie kalt. »Und sorge dafür, dass er eine Vertretung bekommt.«

Hanna zog sich zurück. Als sie die Tür hinter sich schloss, hörte sie Catherine laut weinen.

27. Kapitel

Zehlendorf, 13. Januar 1931

Im Traum kehrte Lilly zurück zu jenem Wochenende im November vor vielen Jahren, als sie zu ihrem Onkel und seiner neuen Frau fuhren, die er im vergangenen Sommer geheiratet hatte. Hubert Wegner besaß einen Bauernhof im Alten Land, auf dem Lilly, die gerade fünfzehn geworden war, hin und wieder die Ferien verbrachte.

Doch diesmal freute sie sich nicht nur auf den Hof mit den weitläufigen Apfelplantagen, sondern auch darauf, ihren angeheirateten Cousin wiederzusehen: Theodor, der bereits neunzehn war und so anziehend lächeln konnte. Er hatte blondes Haar, sinnliche Lippen und hellbraune Augen wie Milchkaffee. Jedes Mädchen in ihrer Schule hätte sich solch einen Verehrer erträumt.

Schon als sie sich auf der Hochzeitsfeier kennenlernten, hatte sie das Gefühl gehabt, etwas Besonderes für ihn zu sein. Auf dem Fest erzählte er ihr, dass sein Vater schon früh gestorben sei und seine Mutter sich schwergetan hatte, einen neuen Mann zu finden. Da er, Theodor, das Elternhaus bald verlassen würde, sei es gut, dass sie Lillys Onkel Hubert kennengelernt habe.

Nach der Hochzeit hatten sie sich geschrieben. Zunächst nur harmlose Dinge, doch dann hatte er begonnen, von ihren Augen zu schwärmen und ihrem hellbraunen Haar.

Ihr Herz pochte wie verrückt bei der Aussicht, ihn endlich

wiederzusehen und vielleicht einen Moment allein mit ihm zu verbringen.

Als sie am Haus ihrer Tante ankamen, trat er ihr mit strahlenden Augen entgegen. Sie hatte Mühe, ihre Gefühle für ihn zu verbergen. Voller innerer Ungeduld hoffte sie darauf, mit ihm allein sein zu können.

Und dieser Moment kam. Theodor, dem es ähnlich zu ergehen schien, schlug vor, einen Spaziergang durch die Obstgärten zu machen. Im Sonnenschein sollten diese trotz der kahlen Äste immer noch malerisch aussehen.

Und so spazierten sie durch den Garten. Für Lilly war es ein Traum, am Arm ihres neuen Cousins zu gehen. Stolz erfüllte sie, und der Gedanke, ob es möglich wäre, ihn zu heiraten, wenn sie erst einmal älter war, vernebelte ihren Verstand dermaßen, dass sie kaum etwas von dem Weg mitbekam.

Schließlich erreichten sie eine kleine Scheune. »Komm, ich zeige dir etwas«, sagte er, als er den Riegel beiseiteschob, mit dem die Tür verschlossen gehalten wurde.

Im Innern gab es mächtige Holzbalken und riesige Haufen Stroh und Heu. Etwas Besonderes konnte Lilly nicht entdecken. Doch als sie fragte, was er ihr zeigen wollte, veränderte sich Theodors Gesichtsausdruck plötzlich. Er trat auf sie zu, zog sie grob an sich und küsste sie.

Lilly, die insgeheim davon geträumt, aber nicht damit gerechnet hatte, dass es so passieren würde, wich erschrocken zurück. Er lachte auf.

»Was ist? Erst machst du mir schöne Augen, und dann spielst du die spröde Jungfer?«

Lilly starrte ihn an. »Ich … ich habe …«

»Ach komm schon«, unterbrach er sie. »Ich weiß, warum du mit mir spazieren gehen wolltest.«

Alles in Lilly schrie, dass sie wegrennen sollte, zurück zu ihren Eltern, doch sie konnte sich nicht von der Stelle rühren.

An die nächsten Augenblicke erinnerte sie sich nur noch wie durch dichten Nebel. Theodor hatte sie gepackt und auf den Boden gezwungen. Sie hatte geschrien, doch so weit vom Haus entfernt hörte sie natürlich niemand. Obwohl sie sich wehrte, drängte er sich zwischen ihre Beine.

»Stell dich nicht so an, es wird dir Spaß machen«, sagte er, dann spürte Lilly etwas Warmes an ihrem Schenkel. Der Schmerz, der folgte, war der Schlimmste, den sie bis dahin je erlebt hatte.

»Hör auf! Bitte hör auf!«, flehte sie, doch Theodor ließ sich nicht abbringen. Erst einige Minuten später sank er stöhnend auf ihr zusammen.

Lilly fühlte nichts anderes als den Schmerz zwischen ihren Beinen …

»Nein!«, keuchte Lilly und fuhr in die Höhe. Panisch schlugen ihre Hände um sich, trafen auf die Bettdecke, dann realisierte sie, dass sie im Waldfriede war. Es ist vorbei, Vergangenheit, dachte sie gegen die Furcht in ihrem Innern an, die ihr Herz rasen ließ wie nach einem Dauerlauf. Doch obwohl ihre Augen weit offen standen, tauchten die Bilder weiterhin vor ihr auf. Theodor, wie er sich aus ihr zurückzog. Wie er ihr drohte, dass sie nichts sagen sollte. Wie er ihr weismachen wollte, dass dies dazugehören würde, wenn man älter wurde. Wie sie, als sie schließlich feststellte, dass sie schwanger war, vor Angst beinahe umkam …

Erst als sie die Beine über die Bettkante schwang und die Nachttischlampe anschaltete, verschwand das Gesicht ihres Peinigers. Lilly atmete zitternd durch, spürte jetzt, dass ihr Nachthemd an ihrem Körper klebte. Das Auftauchen ihrer Mutter schien eine Tür zu ihren Erinnerungen geöffnet zu haben, die sie all die Jahre sorgsam verschlossen gehalten hatte. Nicht einmal ihre Besuche bei Benjamin hatten derartige Folgen gehabt.

Zähneklappernd zog sie die Bettdecke über sich, dann blickte sie hinüber zu Marthas Schlafstelle. Ihre Kollegin hatte Nachtdienst, sie würde sie erst am Morgen ablösen. Darüber war sie froh. Martha hätte sie gefragt, was denn sei, und welche Antwort hätte sie ihr da geben sollen?

Dennoch würde sie jetzt gern etwas Trost haben, den Trost, den nur eine Mutter spenden konnte. Ihre Mutter war hier, aber gleichzeitig so fern, als wäre sie noch in Potsdam. Sie konnte nicht zu ihr gehen, sich ihr anvertrauen. Sie hatte Lilly ebenso verraten wie ihr Vater.

Sie zog die Decke fester um ihren Körper. Würden die Albträume jetzt jede Nacht zurückkehren?

Was sollte sie nur tun? Ihrer Mutter aus dem Weg gehen oder sie damit konfrontieren, dass sie hier war?

Die Nachricht, dass Dr. Conradi krank war, verbreitete sich im Waldfriede wie ein Lauffeuer. Lilly erfuhr es von Martha, als sie ihr bei der Dienstübergabe am Morgen begegnete.

Die Traumbilder waren mittlerweile wieder verblasst, und die Arbeit half ihr, sich auf das Hier und Jetzt zu konzentrieren. Die Nacht steckte ihr noch in den Knochen, doch das würde vergehen.

»Was für eine Aufregung!«, schloss Martha ihren Bericht der abendlichen Geschehnisse. »Da dachte man, unser Chefarzt ist ein Fels in der Brandung, und dann das …«

»Dr. Conradi ist auch nur ein Mensch«, gab Lilly zurück, während sie die Kaffeetasse und den Teller auf dem Tablett balancierte. Sie hatte es sich zur Gewohnheit gemacht, Professor Kirsch ein Frühstück zu bringen, da er, wie sie festgestellt hatte, sonst den ganzen Tag nichts aß. Seit sich ihr Verhältnis zueinander verbessert hatte, freute sie sich auf diesen Moment, in dem sie kurz über den bevorstehenden Tag sprechen konnten.

Leider würde heute wohl der Zusammenbruch von Dr. Conradi ein Thema sein.

Sie verabschiedete Martha in ihren wohlverdienten Feierabend und ging zu Professor Kirschs Büro. Er schien heute etwas später gekommen zu sein, denn er steckte noch in seinem Mantel, als er sie hereinbat. Auf seinem Tisch lag der braune Aktenkoffer, den er nur dann bei sich trug, wenn er in der Universität zu tun hatte.

»Guten Morgen, Schwester Lilly«, sagte er geschäftig, während er den Mantel ablegte. »Gibt es etwas Neues?«

Das fragte er immer, wenn er sie morgens sah. Lilly stellte das Tablett auf dem Schreibtisch ab.

»Dr. Conradi ist krank. Gestern Nacht ist er wohl zusammengebrochen, wie Martha mir erzählt hat. Seitdem liegt er auf der Männerstation. Dr. Meyer hat ihn in seiner Obhut. Martha meint, dass er möglichst wenig Besuch bekommen soll.«

»Das ist ja schrecklich!« Kirsch ließ diese Information einen Moment sacken, schließlich nickte er. Eine Sorgenfalte erschien auf seiner Stirn. »Dann wollen wir nur hoffen, dass er sich bald erholt. Weiß man denn schon, was er hat?«

Lilly schüttelte den Kopf. Martha hatte nur den Zusammenbruch erwähnt.

»Nun, ich denke, hier erhält er die beste Versorgung, die man in Berlin bekommen kann. Dr. Meyer ist ein hervorragender Arzt.«

Lilly schien es, als wollte er mit diesen Worten nicht nur sie, sondern auch sich selbst beruhigen. Er schwieg eine Weile, hinter seiner Stirn arbeitete es. Dann sagte er: »Ich habe gehört, dass eine Herta Wegner aus dem Hindenburg-Krankenhaus bei uns eingeliefert wurde. Kennen Sie sie vielleicht?«

Lilly überlief es heiß und kalt. »Es gibt viele Leute, die so heißen«, wehrte sie ab, konnte aber nicht verhindern, dass ihr Kopf zu brennen begann.

»Das stimmt wohl«, sagte er. »Ich dachte nur … Weil sie auch aus Potsdam stammt wie Sie.«

Er hatte sich gemerkt, woher sie stammte? Lilly wusste nicht, ob sie sich darüber freuen sollte. Was, wenn er dahinterkam, dass es tatsächlich ihre Mutter war?

»Wie ich schon sagte.« Sie zwang sich zur Ruhe. »Es gibt viele mit diesem Namen, auch in Potsdam.«

Kirsch blickte sie einen Moment lang prüfend an, dann fragte er: »Hätten Sie vielleicht Lust, mich am kommenden Sonntag in die

Charité zu begleiten? Ich werde dort einen Vortrag halten und könnte ein wenig Assistenz gebrauchen.«

Überrascht von diesem Themenwechsel blickte Lilly auf. »Aber …«

»Sie sind die Schwester, mit der ich mittlerweile am engsten zusammenarbeite und die am besten zu verstehen scheint, worum es in meinem Fach geht. Ich werde die neu entwickelten Beinschienen vorstellen, die auch Ilse demnächst bekommen soll.«

Lilly erinnerte sich, dass er davon berichtet hatte. Er war seit einiger Zeit mittwochs immer ganztägig außer Haus, weil er mit einem Orthopädietechniker zusammenarbeitete.

»Ich weiß nicht …«, sagte sie zögerlich. »Darf ich das denn?« Lillys Wangen begannen zu glühen.

»Sie sind mir unterstellt«, erwiderte Kirsch. »Und soweit ich weiß, haben Sie am Sonntag frei. Wenn Sie sich über Ihre Arbeit hinaus engagieren und Interesse für die Forschung zeigen, kann es doch niemanden stören, nicht wahr?«

Lilly fürchtete schon, dass er das wilde Pochen ihres Herzens hören konnte. Sie sollte ihn begleiten! Ihm assistieren bei seinem Vortrag!

»Was müsste ich denn tun?«, fragte sie und sah, wie ein Lächeln auf dem sonst so strengen Gesicht des Professors erschien.

»Ich brauche Ihr fachliches Geschick beim Anlegen der Schienen. Trauen Sie sich das vor Publikum zu?«

Lilly war nicht sicher, ob sie sich traute, doch sie erkannte, dass sich solch eine Gelegenheit nicht noch einmal ergeben würde.

»Ja«, antwortete sie schnell. »Natürlich traue ich mir das zu. Und ich begleite Sie sehr gern!«

***

Am Freitagmorgen, drei Tage nach Louis' nächtlicher Einlieferung, erlaubte ihm Dr. Meyer, wieder in sein Haus zurückzukehren. Doch nicht ohne eine ernste Ermahnung. »Wenn du deiner Frau und der gesamten Anstaltsfamilie erhalten bleiben möchtest, bleibst du liegen,

Louis! Wir werden schon dafür sorgen, dass es fürs Erste weitergeht. Wichtig ist, dass dein Herz keinen weiteren Belastungen ausgesetzt wird.«

»Ich bin selbst Arzt, Erich«, entgegnete er, als er sich auf das Laken niederließ. Die Schwäche war in den vergangenen Tagen nicht besser geworden, auch das leichte Fieber hielt sich beständig.

»Dann muss ich dir ja nicht sagen, dass du, solltest du meinen Rat in den Wind schreiben, einen ernsthaften Schaden an deinen Herzklappen erleiden kannst, was nicht nur zu Arbeitsunfähigkeit, sondern auch zu frühem Tod führen kann.«

Louis nickte betreten. »Ich habe das Wohl unserer Anstalt im Blick«, sagte er.

»Dein körperliches Wohl solltest du auch im Blick haben!« Erich sah Catherine an. Deren Miene wirkte wie versteinert.

Als Erich fort war, machte Catherine Louis klar, dass auch sie nicht mit sich reden lassen würde.

»Was zu erledigen und zu besprechen ist, wirst du von hier aus tun«, sagte sie, während sie das Kissen auf seiner Bettseite aufschüttelte und ihn, als er sich niedergelegt hatte, zudeckte. »Hanna wird dir helfen.«

Erste Anweisungen hatte er seiner Sprechstundenhilfe bereits gegeben, als sie ihn im Krankenzimmer besucht hatte. Dass sie ihn so schwach zu sehen bekam, hatte ihm überhaupt nicht behagt. Als Oberhaupt ihrer Krankenhausfamilie durfte er nicht schwach sein. Wie sollte er für seine Leute einstehen?

»Ist es denn in Ordnung, dass sie in unsere private Unterkunft kommt?«, sagte er und lehnte sich gegen die Kissen. Er hatte mitbekommen, dass Catherine sich Hanna gegenüber etwas barsch und kühl verhielt, obwohl es dafür doch gar keinen Grund gab.

»Wie soll es denn sonst gehen?«, fragte sie, ohne ihn anzusehen. »Nachdem sie dich so vernachlässigt hat.«

Louis griff nach ihrer Hand. »Sie kann nichts für meinen Zustand«, sagte er sanft. »Das alles habe ich mir selbst zuzuschreiben.«

Catherine presste die Lippen zusammen. Ihre Augen glitzerten verräterisch. »Ich habe ihr gesagt, dass sie auf dich aufpassen soll.«

»Sie ist nicht mein Kindermädchen. Und hat selbst genug zu tun.« Er hielt kurz inne. »Wäre es in Ordnung, wenn du sie nachher rufen würdest? Ich möchte mit ihr über ein paar Patientinnen reden.«

Catherine zog die Nase hoch und nickte. Dann verließ sie den Raum. Louis lehnte sich in die Kissen zurück. Seine Brust schmerzte, und ein leichtes Stechen durchzog seinen Kopf. Die Aussicht, Hanna zu sehen, war immerhin etwas Erfreuliches an diesem Tag.

***

Eine halbe Stunde später eilte Hanna durch den Park, das Terminbuch des Doktors unter dem Arm. Dr. Rosenbaum, mit dem sie die Sprechstunde führte, war gerade auf Station bei der Visite, sodass sie sich für einen Moment loseisen konnte.

Es fühlte sich sehr ungewohnt an, dass Dr. Conradi nicht in seinem Sprechzimmer war. Es war, als hätte jemand an unpassender Stelle einen Baum gefällt, und nun prangte eine hässliche Lücke.

Am Ärztehaus klingelte sie, und Frau Conradi öffnete nur wenig später. Hanna presste das Terminbuch an die Brust. Seit ihrem Zusammenstoß hatten sie kaum miteinander gesprochen. Hanna verstand, dass Catherine besorgt um ihren Mann war, doch sie hatte sich nichts zuschulden kommen lassen.

»Guten Tag«, grüßte sie. »Wie geht es Ihrem Mann?«

»Am liebsten würde er aufspringen und zur Arbeit gehen«, antwortete Catherine grimmig. »Dabei ist er nicht im Geringsten dazu in der Lage.« Sie machte eine Pause, dann fügte sie warnend hinzu: »Sieh zu, dass du ihn nicht zu sehr anstrengst.«

»Natürlich, Frau Doktor«, sagte Hanna und folgte ihr die Treppe hinauf. Sie fragte sich, wie der Doktor die vielen Stufen bewältigt hatte. Hatte man ihn unter den Augen der Patienten aus dem Waldfriede getragen?

Dr. Conradi wirkte wie geschrumpft in seinem Bett, als Hanna durch die Tür trat. Seine Gesichtsfarbe war fahl und sein Blick vom Fieber eingetrübt.

»Guten Tag, Herr Doktor«, sagte sie und ließ sich dann auf dem Stuhl nieder, den seine Frau ihr anbot. Das Terminbuch legte sie auf ihren Schoß. »Wie fühlen Sie sich?«

»Nicht wesentlich besser«, erwiderte er. »Aber die Geschäfte müssen weitergehen.«

Hanna nickte. »Bevor wir uns den Patientinnen widmen, würde ich gern wissen, ob wir Geheimrat Borchard benachrichtigen sollen. Herr Dr. Rosenbaum hat fürs Erste Ihre Sprechstunde übernommen, aber er ist Gynäkologe und dazu noch Assistenzarzt. Die chirurgischen Fälle schafft Dr. Lexow nicht allein mit seinen Assistenten.«

»Sagen Sie Borchard Bescheid«, stimmte Conradi widerwillig zu. »Zwei oder drei Wochen wird er vielleicht aufwenden können …«

»Zwei oder drei Wochen?«, platzte es aus Catherine heraus, die hinter Hanna in den Türrahmen getreten war. »Erich hat von sechs, vielleicht acht Wochen gesprochen! Und du kannst dir sicher sein, dass ich dich nicht früher aus diesem Zimmer lasse.«

»Aber Catherine, ich …«

»Sechs bis acht Wochen!« Catherine schaute ihn energisch an.

»In Ordnung«, gab er seufzend zurück. »Sechs bis acht Wochen.«

Hanna blickte zwischen den Eheleuten hin und her. Zeugin einer ihrer Meinungsverschiedenheiten zu werden, war ihr unangenehm. »Ich rufe ihn gleich an«, sagte sie, »und wie ich ihn kenne, wird er so schnell wie möglich antreten.«

Der Doktor nickte und wartete, bis seine Frau den Raum verlassen hatte. Dann griff er nach Hannas Hand. »Es tut mir sehr leid, dass ich Ihnen und dem Haus Kummer mache.«

Hanna schüttelte den Kopf und versuchte die Tränen, die angesichts seines Zustands in ihr aufstiegen, zurückzudrängen. »Ich hätte besser auf Sie aufpassen müssen.«

»Das haben Sie doch!«, sagte er. »Aber ich war stur. Habe mich nicht geschont. Das ist Gottes Fingerzeig für mich, dass ich seinen Tempel nicht gepflegt habe.«

»Jeder kann einmal krank werden, das wissen wir doch am besten«, sagte sie und drückte ihm mutmachend die Hand. »Hören Sie bitte auf Dr. Meyer und schonen Sie sich.«

»Mir bleibt ja gar nichts anderes übrig«, entgegnete er resigniert und zog seine Hand wieder zurück. Schweißperlen erschienen auf seiner Stirn, als hätte ihn diese Berührung furchtbar angestrengt.

»Sie brauchen Geduld, Herr Doktor«, sagte Hanna. »Eine Erkrankung wie diese kann nicht innerhalb von zwei oder drei Tagen zurückgehen. Es ist schließlich kein Schnupfen.«

»Ja, leider … Aber ich denke daran, was aus dem Waldfriede werden soll … All die Menschen, die sich auf mich verlassen.«

»Wir werden alles tun, was in unserer Macht steht, damit es wie gewohnt weitergehen kann«, sagte Hanna. »Manchmal muss derjenige, der die Sorge trägt, sich auch umsorgen lassen.«

»Wenn Sie wüssten, wie schwer mir das fällt. Ich kann nur daran denken, was aus dem Haus wird. Das Hindenburg …«

»Wir sind nicht das Hindenburg-Krankenhaus!«, gab Hanna zurück. »Sie sagten doch, dass bei den Verhandlungen mit den Kassen …«

»Aber schnell könnte es uns auch so ergehen«, unterbrach der Doktor sie. »Wenn nun die Patientenzahlen zurückgehen …«

»Wir haben volle Krankenzimmer«, hielt Hanna dagegen. »Und wir haben mittlerweile einen guten Ruf. *Sie* haben einen guten Ruf, Herr Doktor!«

Conradi seufzte. »Aber was nützt das, wenn ich nicht da sein kann?«

Hanna bemerkte, dass Tränen in die Augen des Doktors stiegen.

»Das werden Sie bald wieder. Was sind schon sechs Wochen? Der Frühling kommt und dann der Sommer. Ich bin sicher, in einigen Wochen werden wir auf diese Prüfung zurückblicken und erkennen, dass es gut war, dass Sie sich geschont haben.«

Conradi wischte sich übers Gesicht und blickte zum Fenster. Hanna folgte seinem Blick. Noch waren die Äste kahl, aber man sah bereits die Knospen, die nur auf Sonnenschein und mildere Luft warteten.

»Also gut, Hanna«, sagte er schließlich. »Gehen wir unsere Patientinnen durch.«

28. Kapitel

Zehlendorf, 18. Januar 1931

Am Sonntagmorgen pochte Lillys Herz vor Aufregung, als sie den Bahnhof Zehlendorf-West betrat. Etwas mit Professor Kirsch zu unternehmen, hatte sie sich schon lange gewünscht, doch sie hätte es nie für möglich gehalten, dass dieser Traum Wirklichkeit werden würde.

In ihrer Tasche spürte sie das Gewicht seines Vortragsmanuskripts. Sie hatte es mehrfach gelesen und war beeindruckt von seiner Ausdrucksweise und dem großen Wissen über die Krankheit, mit der sie tagtäglich zu tun hatten. Sie hoffte nur, dass sie ihm auch gerecht werden konnte, wenn sie ihm zur Hand ging.

Auf dem Bahnsteig standen um diese frühe Zeit nur recht wenige Menschen. Dunst hing zwischen den Bäumen, vom großen Vordach tropfte es. Lilly zog den Mantel enger um ihren Körper. Darunter trug sie ihr dunkelblaues Ausgehkleid. Im Gegensatz zu den im Krankenhaus beschäftigten Friedensauer Schwestern hatte ihre Brosche, mit der sie den weißen Bubikragen zusammenhielt, nur ein rotes Kreuz, wie es auch schon in der Charité der Fall gewesen war.

Schließlich näherte sich der gelb-rote Zug der S-Bahn mit einem leisen elektrischen Summen. Seit dem vergangenen Jahr fuhren nur noch sehr wenige Dampfzüge auf diesem Abschnitt, was Lilly sehr gefiel, stank man doch sonst nach jeder Fahrt, als wäre man einem

Höllenschlund entstiegen. Sie nahm in der Nähe der Waggontür Platz, und als der Zug anruckte, sah sie die feinen Villen Zehlendorfs an sich vorbeifliegen.

Am Hamburger Bahnhof wurde sie bereits vom Professor erwartet.

Er trug einen beigefarbenen Mantel mit passendem Hut, darüber einen Flanellschal, dunkle Hosen und blank polierte Schuhe. So wirkte er eher wie ein Dandy als ein Arzt, doch Lilly gefiel es.

»Guten Morgen, Herr Professor«, sagte sie und reichte ihm die Hand.

Kirsch lächelte sie an. »Guten Morgen, Schwester Lilly. Ich hoffe, Sie hatten gestern keinen allzu hektischen Dienst.«

»Es war sehr ruhig. Und die meisten Kinder hatten Besuch, da brauchten sie uns fast gar nicht.«

»Freut mich zu hören. Wollen wir?« Er deutete zum Ausgang des Bahnhofs und eilte dann mit langen Schritten voran, sodass Lilly ein wenig Mühe hatte, ihm zu folgen.

Sie befanden sich in einer schmalen Straße, deren Namen Lilly im Vorbeigehen nicht beachtet hatte, als plötzlich Tumult laut wurde. Lilly schrak zusammen und blieb stehen.

Ein Mann schrie, und drei weitere brüllten auf ihn ein.

»Na, wie schmeckt dir das, Judas?«

Geräusche, die wie Schläge und Tritte klangen, brachten den Professor dazu, zu erstarren. Schlagartig wurde er blass.

»Kommen Sie, schnell«, sagte Kirsch, ergriff ihre Hand und zog sie mit sich.

»Aber sollten wir nicht nachschauen …«

»Das hat uns nicht zu kümmern.«

Bevor Lilly protestieren konnte, zog er sie in eine Seitenstraße. Erst als sie ein ganzes Stück zwischen sich und die Angreifer gebracht hatten, verlangsamte er seinen Schritt.

»Wir hätten die Polizei rufen sollen!«, sagte Lilly. »Dieser Mann …«

Kirsch schüttelte den Kopf. »Es ist besser, sich nicht einzumischen. Ich möchte Sie nicht in Gefahr bringen.« Seine Stimme klang nun schroff, gehetzt.

Lilly erinnerte sich, wie verwirrt er reagiert hatte, als sie ihn damals auf den Vorfall im Postamt angesprochen hatte.

Sie bogen in eine kleine Gasse ein und erreichten schließlich die Charité. Der rote Turm des Hauptgebäudes begrüßte sie wie ein alter Wächter, in den Fenstern spiegelten sich die über den Himmel ziehenden Wolken.

Sie grüßten den Pförtner und betraten dann das Gelände, das wie eine eigene kleine Stadt wirkte. Am Sonntag herrschte wenig Betrieb, nur vereinzelt sah man Schwestern oder eine Gestalt im wehenden weißen Kittel.

Vor dem Hörsaal nahm Kirsch Lilly beiseite. Er schien ihre Anspannung zu fühlen.

»Hören Sie, Schwester Lilly, ich kann verstehen, dass Sie helfen wollten. Aber in diesem Fall hätte eine Einmischung uns nur in Gefahr gebracht. Wenn Sie mit mir unterwegs sind, sind Sie keinesfalls sicher. Diese Männer … Sie hätten keinen Unterschied gemacht, ob Sie eine Jüdin gewesen wären oder nicht. Die hatten Sie vermutlich zusammengeschlagen. Genauso wie mich.«

»Aber was soll das?«, fragte Lilly aufgebracht. »Warum tun sie das? Die Polizei …«

Der traurige Blick, den Kirsch ihr zuwarf, brachte sie zum Schweigen.

Doch dann sagte er sanft: »Wir sollten im Anschluss an den Vortrag darüber sprechen. Hier in der Nähe gibt es ein Café, in dem wir ungestört sind. Was meinen Sie?«

»Ich … ich möchte nicht unverschämt sein …«

»Das sind Sie nicht. Aber ich nehme an, dass Sie die Welt mit anderen Augen sehen als ich. Damit Sie verstehen, warum ich über einige Dinge nicht sprechen möchte oder bei Ereignissen zurückhaltend bin, möchte ich mit Ihnen darüber reden. Bei einer Tasse Kaffee oder was auch immer Sie mögen.«

Lilly nickte, und der Professor lächelte nun wieder ein wenig.

»Gut. Dann begeben wir uns in eine Welt, in der wir beide ganz und gar sicher sind. Kommen Sie.«

In ihren kühnsten Träumen hätte sich Lilly nicht ausmalen können, was für ein Gefühl es war, in einem Hörsaal der Charité zu stehen und die Blicke der Zuschauer auf sich zu spüren. Ihr war heiß und kalt zugleich, und sie hatte Mühe, sich das Zittern ihrer Knie nicht anmerken zu lassen.

Professor Kirsch schien gegen diese Unruhe gefeit zu sein. Vor Professorenkollegen, Ärzten und einigen Studenten hielt er seinen Vortrag über die neuesten Erkenntnisse in der Behandlung der Knochentuberkulose, als würde er keine Unsicherheit kennen. Fragen beantwortete er ruhig, und er blieb auch gelassen, wenn jemand einer seiner Thesen widersprach oder sie ausführlich erklärt haben wollte.

Beim praktischen Teil war dann Lilly gefragt. Mit geschickten Handgriffen half sie, die Beinschienen bei einem achtjährigen Jungen und einem zwölfjährigen Mädchen anzulegen, bei zwei weiteren Patienten ließ der Professor sie allein agieren, um zu zeigen, dass auch Schwestern und Pfleger gut mit den Schienen zurechtkamen.

Als sich die Zuhörer mit lautem Klopfen auf den Bänken für den Vortrag bedankten, war sie euphorisiert. Fühlte es sich so an, wenn man Arzt und Forscher war? Sie hatte schon immer große Achtung für Professor Kirsch empfunden, doch jetzt gesellte sich der Stolz dazu, für ihn arbeiten zu dürfen.

Wie er es versprochen hatte, führte Rudolph Kirsch sie nach Ende der Veranstaltung in ein kleines Café in der Nähe des Hackeschen Marktes. Es lag ein wenig versteckt und wäre ihr wahrscheinlich kaum aufgefallen. Halbrunde Lampenschirme standen auf den Tischen, ein Grammofon spielte Jazzmelodien, und in der Vitrine neben der Theke stapelten sich die Köstlichkeiten. Zuckerduft hing in der Luft. Lilly lief das Wasser im Mund zusammen, als sie die Torten und kleinen Küchlein sah, die zartrosa, grün und gelb glasiert waren.

»Ah, der Herr Professor!«, rief der Mann hinter der Theke. Er war sicher schon sechzig, hatte schütteres Haar und einen langen Bart. »Lange nicht gesehen, ich habe Sie schon vermisst!«

»Ich hatte viel zu tun, Wilhelm«, entgegnete Kirsch und lotste Lilly an die Wand gegenüber, wo sie freie Auswahl bei den Sitznischen hatten.

Sehr stark frequentiert war der Ort nicht. Zwei grauhaarige Männer saßen an zwei Tischen am Fenster, etwas weiter hinten in den Räumlichkeiten entdeckte Lilly ein älteres Paar.

Sie nahmen Platz, und wenig später erschien Wilhelm und erkundigte sich nach ihren Wünschen. Lilly bestellte sich ein Stück Apfelkuchen und Kaffee, der Professor hielt sich zurück.

»Nur einen Kaffee bitte. Schwarz.«

»Wie Sie wünschen, Herr Professor.« Der Mann wandte sich um und verschwand wieder hinter der Theke.

»Sind Sie … öfter hier?«, fragte Lilly stockend. So allein mit dem Professor kam sie sich plötzlich etwas seltsam vor. Beinahe konnte man denken, sie hätten ein Rendezvous.

»Wenn ich in der Charité zu tun habe, ja«, antwortete er. »Ich schätze die Abgeschiedenheit und die Ruhe.« Er machte eine Pause, schien seine Worte sorgfältig zu ordnen, bevor er fortfuhr. »Die Orte, an denen man sich ungestört fühlen kann, werden seit einiger Zeit weniger.«

Lilly runzelte die Stirn, als sie zu erfassen versuchte, was er meinte.

Der Kellner Wilhelm erschien und brachte ihre Bestellung. Lilly schloss ihre kalten Hände um die Tasse mit dem dampfenden Kaffee.

Kirsch beobachtete sie eine Weile, dann sagte er: »Der Vorfall vorhin … Sie müssen mich für einen Feigling halten.«

Lilly öffnete den Mund, um zu sagen, dass dem nicht so sei, doch er gebot ihr mit einer Handbewegung Einhalt. »Sagen Sie nichts. Ich halte mich selbst für einen Feigling. Noch vor einigen Monaten wäre ich dem Mann zu Hilfe gekommen. Aber mittlerweile weiß ich, dass es das Beste ist, sich nicht einzumischen. Sie haben ja gesehen, wie sich die Leute verhalten haben, als ich im Postamt angegriffen wurde.«

Sofort hatte sie die Szene wieder vor sich. »Aber die Kunden haben doch etwas gesagt.«

»Erst nachdem die Braunhemden den Postbeamten beschimpft haben. Er war ja einer von ihnen. Ich war ihnen egal. Nur Sie haben sich wirklich gesorgt. Und ich habe Ihnen noch nicht einmal dafür gedankt.«

»Aber das war doch selbstverständlich.«

»Das ist es für viele Leute nicht. Wenn ich ehrlich bin, war ich sehr gerührt. Doch mein Zorn und meine Hilflosigkeit haben überwogen. Und ich wusste ja nicht, wer Sie sind. Danke, Lilly.«

Er betrachtete sie eine Weile, dann nahm er einen Schluck aus seiner Tasse. Lange hing Schweigen über ihrem Tisch. Lillys Wangen glühten. Sie hatte gedacht, dass sie etwas falsch gemacht hatte, doch das Gegenteil war der Fall.

»Es sind keine Einzelfälle, dass jüdische Bürger belästigt werden«, fuhr Kirsch schließlich fort, als würde er darüber ein Seminar halten. »Die Braunhemden scheinen immer zu wissen, wo wir zu finden sind, und legen es darauf an, mit uns aneinanderzugeraten. Meist bringt es nichts, die Polizei zu rufen, dann verschwinden sie schnell. Deshalb habe ich es auch vorgezogen, das Postamt zu verlassen, ehe sie auf die Idee kommen, mir nachzugehen und mir eine Abreibung zu verpassen.«

»Aber …« Lilly schüttelte verwirrt den Kopf. »Aber man sieht Ihnen doch nicht an, dass Sie Jude sind!«

Kirsch zog zweifelnd die Augenbrauen hoch. »Wirklich? Wie viele Männer mit meinem Aussehen kennen Sie?«

»Ich habe schon viele dunkelhaarige Männer getroffen, auch in meiner Zeit an der Charité.«

»Schauen Sie genauer hin!«

Natürlich hatte Kirsch etwas olivfarbene Haut, aber das hatten viele andere auch. Er war eben ein dunkler Typ! Gerade das war es ja, was sie so anziehend fand.

»Ich würde Sie für einen Italiener halten«, sagte sie dann ehrlich.

Kirsch lachte auf. »Ach Lilly, Sie gute Seele! Na gut, ich erkläre es Ihnen.«

Er begann ihr von dem Buch zu erzählen, das Adolf Hitler, der Vorsitzende der NSDAP, während seiner Festungshaft nach einem misslungenen Putsch geschrieben hatte. Es befasste sich unter anderem auch mit Fragen von Volk und Rasse.

»Wenn es nach ihm geht, sollte der ideale Deutsche aussehen wie Sie: blond bis brünett, groß gewachsen, blaue Augen …«

Lilly wurde rot, und sie schämte sich plötzlich.

»Sie verstehen, dass ich dabei rausfalle«, fügte er hinzu.

»Aber es gibt doch nicht nur blonde Menschen.«

»Nein, aber es gibt Menschen, denen jeder Vorwand recht ist, um uns Juden zu diskreditieren. Egal ob wir im letzten Krieg unser Blut für unser Vaterland gegeben haben oder nicht.« Er schnaubte spöttisch. »Er wirft uns sogar vor, mutwillig die Syphilis zu verbreiten, um dem deutschen Volk zu schaden.«

»Aber das glaubt doch niemand!«

»Es steht geschrieben. Und was geschrieben steht, verfängt sich irgendwann bei den Menschen.« Kirsch machte eine Pause und betrachtete nachdenklich den Rand seiner Kaffeetasse. »Diese Braunhemden sind Anhänger Hitlers. Noch sind es kleine Überfälle hier und da, Belästigungen, gegen die die Polizei nichts unternimmt. Es gibt immer wieder Menschen, die uns beschimpfen und angehen, das ist nichts Besonderes. Wir Juden kennen das schon seit vielen Jahrhunderten. Doch nun tragen einige dieser Leute eine Art Uniform und organisieren sich, und das beunruhigt mich. Wer weiß, was die kommenden Jahre bringen werden.«

»Und was können wir dagegen tun?«, fragte sie beklommen. »Ich meine, wir können uns das doch nicht bieten lassen!«

Ein kurzes Lächeln huschte über das Gesicht des Professors. »Es ehrt Sie, dass Sie ›wir‹ sagen.«

»Das meine ich auch so. Ich … ich würde …«

»Sie können nichts tun«, entgegnete Kirsch traurig. »Aber danke, dass Sie es so sehen. Ich schätze Sie sehr als Schwester, Lilly, und auch als Mensch.«

Lilly spürte, dass er versuchte, das Thema zu wechseln. Gleichzeitig ließ sie das Geständnis erröten.

»Und ich schätze Sie, Herr Professor«, sagte sie und griff mutig über den Tisch nach seiner Hand. »Und egal, was kommt, ich stehe Ihnen zur Seite.«

Auch wenn sich der Nachmittag wie die Fahrt in einem viel zu schnellen Karussell angefühlt hatte, war Lilly fast traurig, dass er schon vorüber war. Alle möglichen Gefühle wirbelten in ihr herum, von der Wut über die Braunhemden, die sich die Freiheit nahmen, anständige Bürger zu belästigen, über Angst, dass Kirsch mit seinen Vermutungen recht bekommen könnte, bis zur Freude, dass er sich ihr geöffnet hatte. Und da war auch die Berührung und das zarte Drücken ihrer Hand, die sie sich während der Rückfahrt wieder und wieder ins Gedächtnis gerufen hatte.

Sie wusste nicht, wie es in der nächsten Zeit werden würde, möglicherweise zog er sich erneut gänzlich zurück. Aber fürs Erste wollte sie sein Bild, wie er ihr im Café gegenübergesessen hatte, festhalten.

An ihrem Zimmer angekommen, fand sie einen Umschlag, der im Türrahmen steckte. Verwundert nahm sie ihn an sich. Eigentlich wurde am Sonntag doch keine Post zugestellt!

Lilly,
war gerade hier, um deine Mutter zu besuchen. Du weißt doch sicher, dass sie hier ist, nicht wahr?

Cäcilias Handschrift! Ein heißer Schreck durchzog sie und löschte alle angenehmen Empfindungen aus. Ihre Tante war hier gewesen! Wem mochte sie den Brief übergeben haben? Hatte sie vielleicht allen hier erzählt, dass sie ihre Tante war? Furcht biss in ihren Magen. Sie hatten vereinbart, keinem Außenstehenden von Benjamin zu erzählen!

Ich habe sie nicht darauf angesprochen, ob sie dich gesehen hat, ihr geht es noch zu schlecht, und ich wollte sie nicht aufregen. Ich hatte gehofft, dich zu sehen, aber auf Nachfrage sagte man mir, dass du freihättest und nicht da seist. Da man mich nicht in deine Unterkunft lassen wollte, habe ich also diesen Brief verfasst.

Lilly wurde übel. Sie hatte mit ihren Kolleginnen gesprochen! Dabei hatten sie doch abgemacht, dass sie sich an ihrer Arbeitsstelle nicht blicken lassen würde. Es war ein Fehler gewesen, ihr zu schreiben, dass das Postfach dem Wechsel ihrer Arbeitsstelle geschuldet war, dass sie im Waldfriede arbeitete.

Sie las weiter.

Es gibt eine Angelegenheit, wegen der ich mit dir sprechen muss. Wie du weißt, kommt Benjamin Ostern nächsten Jahres in die Schule. Ich würde ihn gern an ein Institut schicken, in dem es nicht vor Arbeiterflegeln und Juden wimmelt. Das wäre doch auch in deinem Sinne, nicht wahr? Außerdem gibt es jemanden, den ich dir vorstellen möchte. Also melde dich oder komm nach Hamburg, wenn du kannst. Persönlich lassen sich solche Dinge besser besprechen.
Cäcilia

Lilly ließ den Brief sinken. Ihre Knie fühlten sich weich an, und für einen Moment konnte sie nichts anderes tun, als den Gang hinunterzuschauen. Die Worte ihrer Tante hallten wie Donner in ihr nach. Die Frage der Schule, Juden und dann, dass sie ihr jemanden vorstellen wollte. Besaß sie nun auch die Dreistigkeit, einen Mann für sie zu suchen?

Allein schon die Tatsache, dass sie nach ihr gefragt hatte … Wie hatte sie es begründet? Dass sie ihre Tante war und Herta Wegner ihre Mutter?

Bisher war Cäcilia nicht indiskret gewesen, aber vielleicht hatte sie keine Lust mehr auf das Versteckspiel.

Der Umschlag in ihrer Hand fühlte sich plötzlich schwer an. Lilly betrachtete den Riss darin. In der Panik, die sie überkommen hatte,

hatte sie nicht registriert, ob er verschlossen gewesen war. Doch jetzt sah sie, dass Cäcilia ihn verklebt hatte.

Lilly lehnte sich an die Wand. Alle möglichen Schreckensbilder fanden sich in ihrem Kopf zusammen. Dass ihre Kolleginnen herausfinden könnten, dass Herta Wegner ihre Mutter war. Dass sie sich fragten, warum sie als ihre Tochter sie nicht besuchte. Dass sie erfahren könnten, dass sie einen unehelichen Sohn hatte, der bei einer Verwandten aufwuchs …

Da war etwas in den Worten ihrer Tante, das sie erschreckte. Lag es an dem Gespräch mit Professor Kirsch, dass ihr auffiel, in welchem Tonfall Cäcilia von den Juden sprach?

Beunruhigt schob sie den Brief in die Tasche. Martha hatte wieder Nachtdienst, in der kommenden Woche würde sich das ändern und sie war dann wieder nachts fort. Sie beide wurden mehr und mehr wie Wettermännchen, wenn eines draußen war, war das andere drinnen.

Doch beim Eintreten war Lilly froh darüber, dass niemand ihr ansehen konnte, was geschehen war.

Obwohl ihre Nacht unruhig war und wirre Träume sie verfolgt hatten, erschien Lilly wie immer am Morgen auf Station zur Dienstübernahme.

»Eine Frau hat gestern Nachmittag nach dir gefragt«, sagte Gerda, als sie ihr vor der Stationstür begegnete. »Ich sagte ihr, dass du nicht im Hause seist, da hat sie mich gebeten, dir einen Brief auszuhändigen.«

Erleichterung überkam Lilly.

»Hast du ihn gefunden?«, hakte ihre Freundin nach.

»Ja, das habe ich.« Sie versuchte, das Zittern in ihrer Stimme zu verbergen. »Hat sie sonst noch etwas gesagt?«

»Nein, sie fragte nur nach dir, das ist alles. Dann hat sie den Brief geschrieben. Ist etwas nicht in Ordnung?«

»Doch, es ist nur … Es war …« Lilly stockte. Wenn Gerda wusste, wen Cäcilia besucht hatte, würde sie vielleicht eins uns eins zusammenzählen. »Es war nur eine Bekannte«, schloss sie.

»Da hast du aber eine interessante Bekannte«, sagte Gerda. »Wie die aufgeputzt war! Sie trug sogar einen Fuchspelz um den Hals! So was habe ich bisher nur im Schaufenster gesehen. Ist ihre Familie reich?«

Wie Regen prasselten Gerdas Worte auf sie nieder. Fuchspelz? Soweit sie wusste, hatte ihre Tante nie einen besessen. Und aufgeputzt? Sicher, Cäcilia achtete darauf, dass sie stets korrekt gekleidet war, aber aufgeputzt konnte man es nicht nennen. Was war los mit ihr?

»So ist sie eben«, sagte Lilly mit einem unsicheren Lächeln. »Aber das meiste ist nur Schau, und was den Pelz angeht, glaubt sie vielleicht, das trägt man hier in Berlin so.« Sie stieß ein Lachen aus, und Gerda stimmte mit ein.

»So, wie du über sie redest, war es vielleicht ganz gut, dass du nicht da warst«, sagte sie und tätschelte ihr den Arm. »Na, wie dem auch sei, hab einen guten Dienst. Ich hau mich jetzt aufs Ohr!«

Lilly wünschte ihr eine gute Nacht und verschwand im Schwesternzimmer. Da dieses momentan leer war, atmete sie zitternd durch und lehnte sich dann an die Wand. Es war noch mal gut gegangen, doch sie wusste, dass sie nächsten Sonntag nach Hamburg fahren musste, wenn sie nicht riskieren wollte, dass Cäcilia noch einmal herkam.

29. Kapitel

Zehlendorf, 21. Januar 1931

Es ist ein Jammer, dass die Kapelle gerade renoviert wird, dachte Hanna, als sie, das Terminbuch unter den Arm geklemmt, über den Hof eilte. Natürlich waren die Bauarbeiten dringend notwendig. Aber in diesem Augenblick überkam sie das starke Bedürfnis, dort für die Gesundheit ihres Chefarztes zu beten.

Eine weitere Besprechung mit Dr. Conradi lag hinter ihr, und ihr Herz war schwer vor Sorge. Der Doktor versuchte tapfer zu sein, doch sie spürte deutlich, wie schlecht es ihm wirklich ging. Weder die Ruhe noch die Medikamente, die Dr. Meyer ihm verschrieben hatte, zeigten Wirkung.

Inzwischen hatte Geheimrat Dr. Borchard die chirurgische Sprechstunde übernommen, doch er handhabte die Dinge anders, als sie es gewohnt war. Vor einigen Jahren, als Dr. Conradi in Amerika weilte und sie selbst in England, hatte sie kaum etwas von seiner Vertretung mitbekommen. Nun blieb ihr nichts anderes übrig, als sich auf ihren neuen Chef einzustellen.

Glücklicherweise hatte Borchard viel auf Station und im OP-Saal zu tun. Die gynäkologische Sprechstunde führte Dr. Rosenbaum durch. Mit ihm verstand sie sich immerhin gut.

Noch bevor sie die Pforte erreicht hatte, kam Schwester Maria auf sie zu. »Hanna, ich muss dich sprechen!« Ihre Miene wirkte gehetzt.

»Was gibt es denn?«, fragte sie, da griff Maria sie schon am Ellenbogen und zog sie mit sich zur Seite.

»Uns wurde soeben ein Patient eingeliefert«, redete sie schnell auf sie ein. »Ich dachte, du solltest davon wissen.«

Hanna zog die Augenbrauen hoch. Seit wann waren die Patienten, die auf der Männerstation eingeliefert wurden, ihre Sache?

»Ich wüsste nicht, was mich das anginge, Schwester Maria«, gab sie zurück.

Marias Miene wurde ernst. »Es handelt sich um Dr. Kirchfeld. Erinnerst du dich?«

Hanna fühlte sich, als hätte ihr jemand gegen die Brust geschlagen. Plötzlich waren die Bilder wieder da. Der freche Bursche, der ihr für einen Einkauf im Delikatessenladen einen Kuss abgenötigt hatte. Der Mann, der ihre Sorgen zu verstehen schien und den sie so oft geküsst hatte …

»Was hat er denn?«, fragte sie wie betäubt.

Marias Miene wurde ernst. »Magenkrebs.«

Das Wort traf sie wie ein Ziegelstein. Ihr Verstand weigerte sich, sie zu erfassen.

»Seine Ehefrau ist bei ihm, aber wenn sie geht …«, fuhr Maria fort.

»Ich gehe sofort zu ihm«, sagte Hanna entschlossen und eilte an ihr vorbei.

Noch Jahre zuvor hätte sie sich rausgeredet und gesagt, dass sie ihn nicht sehen wolle. Aber jetzt wollte sie es. Sie wollte sehen, was aus ihm geworden war.

Mit raschen Schritten erklomm Hanna die Treppe, nahm hin und wieder sogar zwei Stufen auf einmal. Oben sammelte sie sich kurz, straffte sich und trat durch die Stationstür. Suchend blickte sie sich nach einer Schwester um, die ihr sagen konnte, in welchem Zimmer Alexander lag.

»Hanna, warte!«, keuchte Maria, die ihr nachgelaufen war. »Du darfst ihm keinen Ärger machen!«

»Keine Sorge!«, gab Hanna zurück. »Ich möchte nur einen ehemaligen Kollegen besuchen, das ist alles.«

Maria schaute sie zweifelnd an.

»In welchem Zimmer liegt er?«, fragte Hanna nachdrücklich, zwang sich dann zur Ruhe. »Bitte, Maria!«

»Sechsunddreißig. Erste Klasse.«

»Danke.« Hanna machte sich auf den Weg.

Sie wusste nicht, was sie erwarten sollte. Ihr Bild von Alexander Kirchfeld war mittlerweile verschwommen, auch wenn sie sich noch gut an einige Episoden ihrer Beziehung erinnerte. Nachdem sie ihn mit der anderen Frau gesehen hatte, hatte sie ihn aus ihrem Leben gestrichen. Doch jetzt war es eindeutig Sorge, die sie fühlte. Das überraschte und verwirrte sie zugleich.

An Zimmer 36 angekommen, klopfte sie. Eine Frauenstimme bat sie herein. Als sie eintrat, fiel ihr zunächst die sehr hübsche und sehr junge Frau neben dem Krankenbett auf. Sie war der Inbegriff einer Arztgattin, gut gekleidet, strahlend. Ihr blondes Haar war an den Seiten eingeschlagen und im Nacken zu einem Zopf zusammengebunden. Ihre schlanke Gestalt wurde von dem khakifarbenen Kostüm mit weißer Bluse wunderbar zur Geltung gebracht.

Dann sah sie ihn. Von einer leichten Blässe abgesehen wirkte Alexander auf den ersten Blick gesund. Doch in seinen Augen lag etwas, das sie an ihm nie wahrgenommen hatte, als sie noch zusammen waren: Angst. Er trug ein blau-weißes Nachthemd, in seinem Rücken steckte ein dickes Kissen. Er war schlanker, als sie ihn in Erinnerung hatte.

»Guten Tag, Dr. Kirchfeld«, sagte Hanna und setzte ein freundliches Lächeln auf.

Es dauerte einen Moment, bis er sie erkannte.

»Schwester Hanna!«, sagte er dann.

Der Blick der jungen Frau fiel auf sie.

»Das ist meine Frau, Natalie«, stellte Alexander seine Gefährtin vor. »Natalie, das ist Schwester Hanna. Ein Urgestein des Waldfriede, wenn ich das so sagen darf.«

»Ihr Mann und ich haben vor einigen Jahren miteinander gearbeitet«, erklärte Hanna, nachdem sie der Frau grüßend zugenickt hatte. »Wir haben uns seit einer Ewigkeit nicht mehr gesehen.«

»Eigentlich wollte er ins Hindenburg-Krankenhaus«, sagte Frau Kirchfeld. »Aber das ist ja geschlossen worden.«

»Ja, was für ein Jammer«, gab Hanna zurück. Natürlich war das Waldfriede nicht seine erste Wahl gewesen. Wer kehrte schon gern an den Ort zurück, von dem er fortgeschickt worden war? »Aber man wird sich hier sehr gut um Ihren Mann kümmern. Haben Sie schon Ihren Chirurgen kennengelernt?«

»Ich denke, Dr. Conradi wird mich operieren«, sagte Alexander. »Er arbeitet doch noch hier?«

»Ja, aber derzeit ist er außer Haus«, entgegnete Hanna. »Ich gehe davon aus, dass Dr. Lexow die Operation übernehmen wird.«

Im nächsten Augenblick erschien Dr. Meyer mit einem Bündel Akten unter dem Arm in der Tür. »Herr Kollege, ich habe …« Er stockte, als er Hanna sah.

»Dann lasse ich Sie mal wieder allein«, sagte sie.

Als sie wieder auf dem Gang war, löste sich die Anspannung in ihrer Brust und sie keuchte auf. Hanna nahm sich einen Moment, um sich wieder zu sammeln. Nie im Leben hätte sie erwartet, Alexander noch einmal zu begegnen. Doch da war er! Und dazu noch schwer krank.

Mehr als fünf Jahre waren vergangen, seit sie ihn das letzte Mal zu Gesicht bekommen hatte. Damals hatte sie festgestellt, dass die Liebe, die er ihr vorgespielt hatte, nur eine Lüge gewesen war.

Nach allem, was passiert war, sollte ihr sein Zustand egal sein, doch warum fühlte sie sich so mitgenommen?

***

Mit geschlossenen Augen saß Lilly auf der Parkbank und versuchte ihre schmerzenden Fußsohlen auszublenden. In den Kinderzimmern war es heute hoch hergegangen. Sie hatte etliche Beinschienen anlegen und wieder abnehmen müssen, außerdem waren neue kleine Patienten eingeliefert worden.

Nach der Krise vor einigen Monaten machte Ilse endlich gute Fortschritte. Professor Kirsch war sehr zufrieden.

»Wenn es so weitergeht, wirst du wohl im Sommer nach Hause können«, hatte er zu Ilse gesagt. Lilly freute sich darüber, doch gleichzeitig verspürte sie etwas Wehmut. Ilse war ihr ans Herz gewachsen, und sie fürchtete schon den Tag, an dem ihr Bettchen mit einem anderen Kind belegt wurde.

Wie so oft wurde das Bild des kleinen Mädchens in ihren Gedanken überlagert von dem ihres Sohnes. Sie dachte wieder an den Brief. Noch hatte sie sich bei ihrer Tante nicht gemeldet, doch das sollte sie wohl bald tun, wenn sie nicht riskieren wollte, dass Cäcilia noch einmal hier aufkreuzte.

Außerdem saß ihr das schlechte Gewissen im Nacken.

Seit sie hier eingeliefert worden war, hatte Lilly nicht mehr nach ihrer Mutter geschaut. Hin und wieder rang sie mit sich, ob sie sich ihr offenbaren und das Gespräch suchen sollte, doch bisher war ihr immer der Mut gesunken. Es ist nicht mein Arbeitsbereich, versuchte sie sich einzureden, aber sie wusste genau, dass sie niemanden zu fragen brauchte, um eine Patientin zu besuchen.

Nachdem sie eine Weile gegrübelt hatte, erhob sich Lilly.

Was schadete es schon, wenn sie sich wenigstens erkundigte, wie es ihr ging? Immerhin waren die Kinderzimmer und das ihrer Mutter auf demselben Gang, und sie hatte sie heraufgebracht …

Im Schwesternzimmer der Station traf sie niemanden an, die Kolleginnen waren über sämtliche Räume verstreut. Sie warf einen Blick auf die Fieberkurven, doch diese stapelten sich auf dem Schreibtisch in einer Weise, die sie nicht durcheinanderbringen wollte.

Also beschloss sie, zu Zimmer Nummer 42 zu gehen. Die Tür war geschlossen. Was, wenn ihre Mutter gar nicht da war? Mit dem Vorsatz, notfalls zu fragen, ob sie etwas für die anwesenden Patienten tun konnte, klopfte sie kurz und trat dann ein.

Lilly sah, dass das Bett neben ihrer Mutter herausgerollt worden war. Ihre Mutter selbst schlief. Darüber war sie erleichtert. Sie stellte sich neben sie und betrachtete sie. Ihre Wangen waren gerötet. Auch ohne sie zu berühren spürte Hanna die Wärme, die sie ausstrahlte. Sie war nun schon über eine Woche bei ihnen, doch es schien ihr nicht besser zu gehen. Was war los? Sie hatte doch nur eine Blinddarmoperation … Sie wünschte, sie könnte einen Blick in die Akte werfen.

In dem Moment rührte sich ihre Mutter. Sie atmete seufzend ein, wälzte sich herum. Ehe Lilly reagieren konnte, öffnete sie die Augen. Ihr Blick wirkte verhangen, was wahrscheinlich an den Schmerzmitteln lag.

»Schwester«, sagte sie plötzlich leise. »Sie sehen aus wie … meine Tochter.«

Lilly starrte sie erschrocken an. Ein Schluchzen stieg in ihr auf. Plötzlich war es ihr, als würde jemand ihre Kehle zuschnüren. Schnell verließ sie den Raum, lief den Gang entlang zur leeren Stationsküche. Dort stützte sie sich auf einem Schrank ab und versuchte gegen die Panik anzuatmen, die ihr Innerstes fest umklammert hielt. Ihre Mutter hatte sie wiedererkannt!

Der Zorn, der seit dem Verlassen ihres Elternhauses in ihr brodelte, wurde überlagert von der alten Liebe, die sie als Kind für ihre Mutter empfunden hatte. Ihre nahbare Mutter, die immer da war, während der Vater stets in seiner Kanzlei zu tun hatte.

Warum brachte sie es nicht über sich, sich ihr zu zeigen, mit ihr zu reden? Warum war sie nur so feige?

***

Um die Mittagszeit ging Hanna in den Speisesaal, um sich eine Stärkung zu holen. Mittlerweile hatte sie sich an den Gedanken, dass Alexander im Haus war, gewöhnt. Gleichzeitig trieb sie sein Zustand um. Sie hätte gern mehr erfahren, aber Dr. Meyer wollte sie nicht fragen.

Da entdeckte sie an einem der Tische Dr. Lexow, der gerade dabei war, einen großen Haufen Kartoffeln mit brauner Soße in sich hineinzuschlingen.

»Essen Sie langsam, Herr Doktor«, sagte sie lachend.

Lexow hielt inne und lächelte ein wenig verlegen. »Sie haben ja recht, Schwester Hanna«, sagte er. »Ich komme nur gerade aus dem OP, und da ist der Hunger mit mir durchgegangen. Wir hatten heute mehrere Unfallpatienten, und dann war da auch noch das normale Programm … Ich bin heute Morgen einfach nicht dazu gekommen, etwas zu essen.«

»Schon gut«, sagte Hanna. »Darf ich Ihnen ein wenig Gesellschaft leisten?«

»Aber sicher doch!«

Hanna stellte ihre Teetasse auf den Tisch und setzte sich. Die Frage nach Alexander brannte in ihr, doch konnte sie einfach mit der Tür ins Haus fallen?

»Ein Dr. Kirchfeld wurde heute eingeliefert. Wurde er Ihnen schon vorgestellt?«

Lexow, der gerade eine weitere viel zu volle Gabel in den Mund geschoben hatte, runzelte die Stirn. Natürlich war es ungewöhnlich, wenn eine Schwester ihn beim Essen auf seine Patienten ansprach.

»Dr. Kirchfeld ist ein alter Freund aus den Anfangstagen des Waldfriede«, erklärte sie

Lexow hob die Augenbrauen. »Wirklich?«

»Er war einer der ersten Assistenzärzte von Dr. Conradi. Ihm haben wir unseren Wachhund zu verdanken.« Ein wehmütiges Lächeln huschte über ihr Gesicht. Da waren sie wieder, die Bilder von dem Spaziergang im Sommer.

»Oh, na dann …«, sagte er, schluckte und fuhr fort: »Dr. Kirchfeld leidet unter einem Magentumor, der aller Voraussicht nach bösartig ist. Ich wünschte, Dr. Conradi könnte ihn selbst operieren. Ich habe eine Magenresektion erst wenige Male durchgeführt.«

Hanna sah ihn erschrocken an. Ein bösartiger Tumor!

»Sie sind ein guter Chirurg, Dr. Lexow«, gab sie zurück. »Sie werden das schaffen.«

»Ich hoffe es.« Lexow seufzte. »Er ist noch so jung, Anfang vierzig. Das ist kein Alter, um zu sterben.«

Hanna erschrak. »Aber wenn Sie den Tumor entfernen, hat er doch eine Chance?«

Lexow verzog das Gesicht. »Wenn er Glück hat … Es kann sein, dass er damit zwei Jahre gewinnt oder sogar fünf. Möglicherweise geschieht auch ein Wunder, und er wird steinalt damit. Aber Rezidive sind nicht ausgeschlossen.«

Hanna nickte. Nicht nur, dass sie sich Sorgen um Dr. Conradi machen musste, jetzt kam auch Alexander hinzu. Selbst wenn sie mit ihm keine romantischen Gefühle mehr verband.

Sie sah Dr. Lexow noch eine Weile beim Essen zu – er konnte es wahrlich gebrauchen, so dünn, wie er war –, dann erhob sie sich.

»Können Sie mir bitte mitteilen, wie die Operation verlaufen ist?«, fragte sie.

»Natürlich, Schwester Hanna.«

»Danke.« Obwohl Hanna nicht danach war, setzte sie ein Lächeln auf und nahm ihre Teetasse mit sich. Und ihre Gedanken fragten sich bang, was es für sie bedeuten würde, wenn Alexander starb.

30. Kapitel

Hamburg, 25. Januar 1931

Lilly schlang den dunkelroten Schal eng um ihren Hals, dann verließ sie das Bahnhofsgebäude. Die Hamburger Luft war schneidend, und eine Haube aus eisigem Dunst schien über der Stadt zu liegen.

Auf den Straßen wimmelte es dennoch vor Autos und Radfahrern, und sie musste aufpassen, dass sie nicht überfahren wurde.

Vor dem Haus ihrer Tante machte sie halt. Wie immer musste sie sich erst einmal sammeln, bevor sie klingeln konnte. Wenn sie nur daran dachte, wie der Besuch vermutlich wieder laufen würde! Vorwürfe und Vorhaltungen würden auf sie niederprasseln und …

Lilly zwang sich zur Ruhe. Sie wollte ihr jemanden vorstellen, hatte Cäcilia geschrieben. Da würde sie sich wohl zurückhalten.

Endlich drückte sie den Klingelknopf.

»Ich bin's, Lilly«, sagte sie in den Lautsprecher, als ihre Tante fragte. Kurz darauf ertönte der Summer, und sie stieß die Tür auf.

Sie war das tägliche Laufen gewohnt, doch als sie die Treppenstufen hinaufstieg, fühlten sich ihre Beine unendlich schwer an.

Oben wurde sie bereits erwartet.

»Pünktlich«, sagte ihre Tante knapp, die ein beigefarbenes Kleid trug, das sie zuvor noch nie an ihr gesehen hatte. Auch die Kunstperlenkette, die sie trug, war neu. Sie dachte wieder daran, dass Gerda sie als »aufgeputzt« beschrieben hatte.

Wie immer verschwendete Cäcilia keine unnötigen Worte und Höflichkeiten an sie. »Komm, er wartet schon auf dich.«

»Wer?«, fragte Lilly, doch ihre Tante schritt voran, als hätte sie sie nicht gehört.

Lilly schälte sich hastig aus Mantel und Schal, hängte beides an die Garderobe und lief ihr dann hinterher. Benjamin war nirgends zu sehen.

Dafür sah sie einen Mann, der sich in dem Augenblick vom Sofa erhob, als sie eintrat. Er trug einen Nadelstreifenanzug und hatte das Haar streng nach hinten pomadisiert. Der Geruch nach Kölnisch Wasser hing in der Luft.

»Lilly, das ist Reinhard Heller«, stellte Cäcilia vor. »Reinhard, das ist meine Nichte Lilly.«

»Freut mich sehr, Sie kennenzulernen«, sagte er jovial und drückte ihr die Hand.

»Mich auch«, gab Lilly zurück und blickte sich suchend um. Wo war ihr Sohn? Was sollte das?

»Wo ist Benjamin?«, fragte sie und versuchte sich ihre Panik nicht anmerken zu lassen.

»Er hält Mittagsschlaf«, gab Cäcilia zurück. »Außerdem sollten wir Erwachsenen uns erst einmal unterhalten.«

Lilly ließ sich auf dem Sofa nieder. Ihre Magengrube fühlte sich an, als läge ein schwerer Stein darin. Erwartungsvoll blickte sie zu ihrer Tante, die wiederum Blicke mit dem Mann wechselte.

»Nun, wo soll ich beginnen … Ich meine, du solltest es ja auch allein schon wegen Benjamin wissen.«

Lillys Magen krampfte sich zusammen. Benjamin? Was hatte das zu bedeuten? Wollte sie ihn ihr endgültig wegnehmen?

»Also Reinhard und ich … wir haben uns vor einigen Wochen kennengelernt und waren uns gleich sympathisch.«

Kennengelernt? Sympathisch? Lilly runzelte verwirrt die Stirn.

»Ja, es war sofort etwas zwischen uns, das wir nicht übersehen konnten«, fügte er hinzu und warf Cäcilia einen Blick zu, den man nur als verliebt bezeichnen konnte.

Da dämmerte es Lilly. Erleichterung überkam sie kurz, doch dann flammte neue Sorge in ihr auf.

»Wir haben gemerkt, dass es immer ernster zwischen uns wurde, und mittlerweile …«

Lilly klappte die Kinnlade herunter. Dieser Mann wollte ihre Tante heiraten?

»Deshalb möchte ich gern, dass auch wir uns kennenlernen«, fügte Reinhard Heller hinzu. »Immerhin werde ich ja über kurz oder lang auch mit Ihrem Sohn zu tun haben.«

Bei der Erwähnung von Benjamin begann Lilly der Kopf zu schwirren. Heller wusste, dass sie Benjamins Mutter war? Sie warf ihrer Tante einen wütenden Blick zu.

»Er ist wirklich ein aufgewecktes Kerlchen. Ein richtiger deutscher Junge!«, sagte Heller mit einem gewinnenden Lächeln, das Lilly allerdings nicht erwidern wollte.

»Ja, das ist er«, stimmte sie ihm trotzdem zu und spürte, wie sich etwas in ihr zusammenzog.

»Schade nur, dass er diesen Vornamen bekommen hat. Benjamin ist ein Judenname. Diesen sollte ein arisches Kind nicht tragen. Der Vater ist doch Arier?«

Lillys Augen weiteten sich erschrocken. Was redete er da?

»Ich kann dir versichern, dass es bestes deutsches Blut ist«, sprang Cäcilia ihr bei. »Es waren halt … ein wenig unglückliche Umstände.«

»Nun, vielleicht kann man ja irgendwann an einen anderen Namen denken. Hans oder Friedrich wären sicher schön und passend.«

»Mein Sohn braucht keinen anderen Namen!«, fuhr sie ihn an. »Wer sind Sie, dass Sie so etwas fordern für ein Kind, das nicht einmal mit Ihnen verwandt ist?«

Heller schaute sie überrascht an. »Es tut mir leid, ich … ich wollte Sie nicht beleidigen. Es war nur so ein Gedanke.«

Lilly blickte zwischen Heller und Cäcilia hin und her. Sie erinnerte sich wieder an das, was sie über die Schule geschrieben hatte. Eine Schule, in der es keine Juden gab …

Hatte Heller ihr das eingeredet? Plötzlich hatte sie das Gefühl, dass ihr etwas die Luft abdrückte. Der Wunsch, diesem unverschämten Kerl vor ihr ins Gesicht zu schlagen, wurde beinahe übermächtig.

Doch bevor sie die Fassung verlor, erhob Lilly sich und sagte so beherrscht wie möglich: »Tante Cäcilia, dürfte ich dich unter vier Augen sprechen?«

***

Alexander Kirchfelds Operation fand am Sonntagvormittag statt. Hanna stand vor dem OP-Saal und wartete, dass er heruntergebracht wurde. Dr. Lexow hatte sie bereits am Morgen wissen lassen, dass er zuvor ein aktuelles Röntgenbild benötigte. »Sein Hausarzt hat uns Aufnahmen geschickt, aber die sind nicht so gut wie Ihre.«

»Ach, da schmeicheln Sie mir aber!«, hatte Hanna versucht, ihr Unwohlsein zu übertünchen. Wie sollte sie ihm begegnen, wenn sie allein waren?

Ihr Blick fiel auf die offen stehende Tür. Die Schwestern legten gerade das OP-Besteck aus. Der Geruch von Desinfektionsmittel und Jod hing in der Luft. Später würde Äther hinzukommen. Da das Narkosegas leicht brennbar war und die Dämpfe auch das Personal beeinträchtigen konnten, musste während des Eingriffs immer gelüftet werden.

Ein schweres Klappern ertönte auf dem Gang. Hanna wandte sich um. Es war so weit. Sie atmete tief durch, straffte sich und ging den Schwestern, die das Bett schoben, entgegen.

Die Kolleginnen wussten Bescheid. Sie halfen Alexander hoch und führten ihn in den Raum, der vom leisen elektrischen Summen der Röntgenröhre erfüllt war.

»Dass wir uns auf diese Weise wiedersehen, hätte ich mir nicht träumen lassen«, sagte er mit einem Anflug von Verlegenheit, als die beiden anderen Schwestern den Raum verlassen hatten. »Sicher freut es dich, mich so zu sehen.«

Hanna schaute ihn nicht an, während sie antwortete. »Nein, das freut mich ganz und gar nicht. Wenn du so etwas von mir denkst, hast du vergessen, wie wir waren, als wir uns kennengelernt haben.«

»Entschuldige bitte.« Alexander senkte den Kopf. »Ich fürchte, meine Krankheit macht mich zynisch.«

Hanna sagte dazu nichts. Empörung wütete in ihr. Wie kam er dazu, ihre Professionalität infrage zu stellen?

»Leg dich bitte auf den Tisch«, sagte sie kühl, während sie die Röntgenröhre zurechtrückte. »Und zieh bitte das Hemd hoch.«

»Bist du sicher?«, fragte er.

»Ich kann deinen Magen nicht durch den Stoff röntgen, das weißt du.«

Alexander kam ihrer Aufforderung nach. So entblößt hatte Hanna ihn während ihrer Beziehung nie gesehen, denn es war nicht dazu gekommen, dass sie miteinander geschlafen hatten. Sie verbarg ihre Verlegenheit, indem sie die Röhre nun über seinem Bauch platzierte und dann eine neue Filmkassette holte.

»Ich konnte dir nie sagen, dass es mir leidtut, dass du es auf diese Weise erfahren hast«, sagte er.

»Was erfahren?«, fragte Hanna ungerührt. »Dass du krank bist? Das hatte mich nicht mehr zu interessieren.«

»Das meine ich nicht. Ich meine die Sache nach deiner Rückkehr …«

»Dass du mich mit deiner Sprechstundenhilfe betrogen hast?«, gab Hanna zurück und zwang sich zur Ruhe. Egal was einmal zwischen ihnen war, dieser Mann war ein Patient, und als solchen hatte sie ihn gut zu behandeln. »Bleib jetzt bitte ganz ruhig liegen und folge meinem Kommando.«

Sie trat vor die Tür. »Einatmen und halten, bis der Ton verklungen ist«, rief sie und drückte den Auslöser. Ein Summen ertönte, dann kehrte sie in den Raum zurück und nahm die Kassette aus ihrem Fach.

»Hanna«, sagte er und berührte leicht ihren Arm. »Ich möchte mich entschuldigen. Ich … ich hätte ehrlich mit dir sein sollen, aber ich wusste nicht, wie ich es dir sagen sollte.«

Hanna schüttelte den Kopf. »Es ist vergangen.«

»Ja, aber es war nicht richtig. Unsere Beziehung … Ich dachte, es könnte klappen, aber du … du bist aus einer anderen Welt.«

»Einer Welt, in der man Moral und Anstand zu schätzen weiß?«, schnappte Hanna. »Einer Welt, in der man sich darauf verlässt, dass der Mensch, der behauptet, einen zu lieben, treu ist?«

Sie hatte geglaubt, es hinter sich gelassen zu haben, doch jetzt wurde alles wieder aufgewühlt.

»Wenn du möchtest, dass ich dir vergebe, dann sei dir hiermit vergeben«, sagte sie steif. »Egal was geschehen ist, niemand hier wird dich deswegen schlechter behandeln.« Hanna hatte wieder im Ohr, wie er über das Haus und seine Moralvorstellungen gespottet hatte. »Wir dienen Gott, indem wir uns um Kranke kümmern und versuchen, sie zu heilen. Was sie getan haben, interessiert uns nicht.«

Schweigen folgte ihren Worten.

»Ich bringe die Kassette in die Dunkelkammer«, sagte Hanna und verschwand in dem kleinen Raum. Dort kniff sie die Augen zusammen. Lange würden sich die Tränen nicht mehr aufhalten lassen. Sie schüttelte den Kopf und marschierte entschlossen nach draußen.

Dort half sie Alexander auf. »Alles Gute für die Operation«, sagte sie. »Dr. Lexow ist ein ausgezeichneter Chirurg.«

»Danke«, sagte Alexander und schaute sie einen Moment lang an. Hanna merkte deutlich, dass er noch etwas auf dem Herzen hatte. Doch was immer es war, sie wollte es nicht hören.

Sie übergab ihn ihrer Kollegin, damit sie ihn in den Vorraum des OP-Saals brachte. Dann kehrte sie in die Dunkelkammer zurück, und während sie die Rotlichtlampe anschaltete, versuchte sie die Erinnerung an damals zurückzudrängen.

***

Lilly war, als würde der Zorn sie bersten lassen. Cäcilia folgte ihr mit einem Schlüsselbund in der Hand. Sie drückte die Tür ins Schloss und sagte: »Und, was willst du mir sagen, was Reinhard nicht hören soll?«

»Du hast es ihm erzählt?«, fuhr Lilly sie an, ohne auf ihre Frage einzugehen.

»Müssen wir das im Hausflur diskutieren?«, gab Cäcilia zurück.

»Wir können das wohl kaum vor ihm besprechen!« Lillys Augen glühten. Wie stand sie nun vor diesem Kerl da? Wahrscheinlich glaubte er, dass sie eine Dirne sei, die leichtfertig mit Männern umging.

»Ich weiß nicht, was du hast. Er weiß es – na und? Er sieht darin keinen Grund, sich von mir abzuwenden. Im Gegenteil, er wird für Benjamin sorgen wie für seinen eigenen Sohn.«

»Er mag ja nicht einmal seinen Namen!«, fuhr Lilly sie an. »Hans. Friedrich. Namen für einen deutschen Jungen!«

»Er meint es doch nur gut.«

»Was heißt das denn?« Lilly wusste gar nicht mehr wohin mit ihrer Empörung. »Bisher war der Name doch auch kein Problem für dich!«

»Ich wusste nicht, dass Benjamin etwas Jüdisches ist«, sagte Cäcilia.

»Na, wie gut, dass Reinhard aufgetaucht ist«, spottete Lilly und spürte, wie die Säure in ihrer Brust brannte.

»Es wird wirklich besser sein, wenn du dem Jungen einen anderen Namen gibst. Sonst wird er womöglich noch für einen Juden gehalten, wenn er zur Schule geht.«

»Und warum ist das für dich plötzlich ein Problem? Nur, weil es dieser Reinhard sagt?«

Cäcilia schwieg einen Moment. An der Art, wie sie die Lippen zusammenpresste, erkannte Lilly, dass sie mit sich rang, ob sie ihr etwas mitteilen sollte.

»Die Zeiten ändern sich«, sagte sie nach einer Weile. »Dann werden wir uns entscheiden müssen, auf welcher Seite wir stehen.«

Was meinte sie? Welche Seite sollten sie wählen?

»Mit Reinhard werde ich auf der sicheren Seite sein«, fuhr Cäcilia fort. »Und dein Sohn auch. Er wird uns beschützen. Was macht da eine kleine Namensänderung? Er ist noch jung, er wird es akzeptieren.«

Lilly wurde schwindelig. Reinhard sollte sie beschützen? Wovor?

»Willst du ihn etwa heiraten?«, fragte Lilly wie betäubt.

»Warum denn nicht? Er gefällt mir, hat Einfluss und Geld. Und er ist vernarrt in den Jungen.«

In Cäcilias Gesicht sah Lilly Entschlossenheit.

»Du wirst davon nur profitieren, glaub mir.«

Diese Worte trafen Lilly wie ein Stein. Wie sollte sie von einem Mann profitieren, der ihrem Sohn nicht einmal den eigenen Namen zugestand?

»Also freu dich, dass ich dabei bin, so einen guten Fang zu machen. Durch ihn wirst du möglicherweise bald frei sein von jeglicher Belastung und erhältst eine neue Chance.«

Die Worte, die in Lilly beinahe überquollen, drohten sie zu ersticken. Was hatte das zu bedeuten? Frei von jeglicher Belastung? Eine neue Chance? Welche neue Chance meinte sie?

»Und nun komm wieder rein«, fuhr Cäcilia fort. »Du wolltest Benjamin doch sehen, oder nicht? Mir ist es egal, ob du gehst oder bleibst, aber wenn du uns weiterhin besuchen willst, kommst du jetzt herein und bist nett zu Reinhard.«

Lilly entging die leise Drohung nicht. Und da war auch noch die Anspielung auf den Einfluss, den Heller angeblich hatte. Vielleicht war es doch besser, erst einmal herauszubekommen, wie dieser aussah.

»Also gut. Benjamin zuliebe«, sagte sie und blickte ihrer Tante fest in die Augen. »Aber du wirst mich in alles einbeziehen, was ihn betrifft!«

Cäcilia nickte selbstzufrieden und schloss die Tür wieder auf.

***

Hanna hob den Kopf zu den kahlen Ästen über sich. Ein paar aufgeplusterte Spatzen saßen darauf. Die feuchtkalte Luft drang unter ihren Wollmantel, doch sie dachte noch nicht daran, ins Haus zurückzukehren.

Alexanders Operation dauerte bereits mehr als eine Stunde. Im Sprechzimmer war momentan nichts los, Dr. Rosenbaum machte seine Runde durch die Frauenstationen, und sie nutzte die Gelegenheit, um ein wenig frische Luft zu schnappen.

Am liebsten hätte sie ihrer Schwester von der Begegnung mit Alexander erzählt. Doch Leni war an diesem Wochenende nicht in Berlin, sondern bei ihren Eltern in Magdeburg, um nach der kränkelnden Mutter zu sehen.

Alexander hatte sich nicht dafür entschuldigt, dass er sie betrogen hatte. Er hatte lediglich dafür um Verzeihung gebeten, dass sie es auf diese Weise erfahren hatte. Als ob es ein Geständnis besser gemacht hätte …

Ein Rascheln ließ sie zur Seite blicken.

Eine Gestalt in Mantel und Hut kam sehr langsam auf sie zu.

»Dr. Conradi, was machen Sie denn hier draußen?«, fragte Hanna erschrocken und sprang auf.

»Meine Frau … ist bei Bekannten … in der Stadt«, antwortete er kurzatmig. »Ich habe es … im Bett nicht mehr … ausgehalten.«

Keuchend ließ er sich auf die Bank neben ihr sinken. Hanna spürte deutlich, welche Mühe es ihm bereitete, sich zu bewegen. Es war leichtsinnig von ihm gewesen, die Treppe hinabzusteigen. Dennoch war Hanna froh, ihn zu sehen.

»Was ist denn los, Hanna?«

»Nichts«, antwortete sie. »Ich wollte nur ein wenig Luft schnappen.«

»Auf dieser Bank hier … sitzen Sie immer, wenn … es ein Problem gibt«, sagte er. »Und da ich nicht … annehme, dass Dr. Rosenbaum … Sie geärgert hat …«

»Dr. Kirchfeld wird operiert«, gab Hanna zu. Der Doktor kannte sie viel zu gut, als dass sie ihm etwas vormachen konnte.

»Davon habe ich gehört«, sagte Conradi. »Magenkarzinom … Der arme Kerl … ist gerade Anfang … vierzig.«

Und damit war er nur unwesentlich jünger als Conradi selbst. Wohin war nur ihre Jugend verschwunden?

Hanna schwieg zunächst, dann sagte sie: »Er hat mich um Verzeihung gebeten.«

»Es ist gut, reinen Tisch zu machen, wenn man vor einer großen Prüfung steht«, sagte er. Die frische Luft und das Sitzen schienen seine Luftknappheit etwas zu bessern, er sprach nun wieder flüssiger.

»Mag sein«, erwiderte Hanna. »Ich habe ihm vergeben, was damals geschehen ist.«

»Und trotzdem sind Sie nicht zufrieden.«

Hanna schüttelte den Kopf. »Nein. Und ehrlich gesagt wäre es mir lieber gewesen, wenn ich ihn nicht mehr zu Gesicht bekommen hätte.«

»Wir wissen nicht immer, welchen Sinn es hat, dass wir in bestimmte Situationen geraten.«

Hanna blickte den Doktor an. Seine Worte passten auch gut auf ihn selbst. Denn welchen Sinn sollte es ergeben, dass er jetzt nicht mehr arbeiten konnte?

»Krankheiten sind Warnungen für uns«, fügte er unvermittelt hinzu. »Wir sollen daraus lernen, wieder auf uns selbst zu achten. Und manchmal machen sie uns auch auf unerledigte Dinge aufmerksam.«

»Er wird den Magenkrebs nicht bekommen haben, weil er sich bisher noch nicht bei mir entschuldigt hatte.«

»Das stimmt. Aber all unsere Taten hinterlassen Spuren in unseren Seelen und Körpern.«

Eine Windböe ließ Hanna frösteln.

»Vergeben Sie ihm«, fuhr der Doktor fort. »Das ist das Beste, was Sie in dieser Situation tun können.«

»Das habe ich schon längst.«

»Dann sagen Sie es ihm. Vielleicht hilft es ihm, abzuschließen.«

Hanna presste die Lippen zusammen. Musste Alexander überhaupt damit abschließen? Er hatte keinerlei Anstalten gemacht, sie zurückzugewinnen oder etwas zu erklären. Wenn das Hindenburg-Krankenhaus noch geöffnet gewesen wäre, hätte sie ihn vielleicht nie wieder zu Gesicht bekommen.

»Ich werde schauen, ob es möglich ist«, sagte sie und erhob sich. »Soll ich Sie zurück ins Haus begleiten, Herr Doktor?«

»Nein, Hanna, lassen Sie mich ruhig noch ein Weilchen sitzen. Wenn Catherine mitbekommt, dass ich fort bin, wird sie ohnehin auftauchen.«

Er zwinkerte Hanna zu, und sie spürte seinen Blick zwischen ihren Schulterblättern, bis sie um die Ecke bog.

31. Kapitel

Mit langen Schritten eilte Lilly die Treppe der U-Bahn-Station Krumme Lanke hinauf. Einige Leute kamen ihr entgegen, doch sie beachtete sie nicht weiter. Noch immer war sie wütend auf ihre Tante und deren neuen Lebensgefährten. Sie passten hervorragend zusammen, o ja!

Nur, wie würde es Benjamin damit gehen?

Das weitere Gespräch mit Cäcilia und Heller war steif und seltsam gewesen. Immer wieder kam der Mann auf die Juden zu sprechen, welche Plage sie für die deutsche Gesellschaft seien und welche Gefahren vom Kommunismus ausgingen.

Lilly war froh gewesen, als ihr Sohn endlich wach wurde. Sie hatte mit ihm gespielt und hätte gern herausgefunden, was er von »Onkel Reinhard« hielt, doch sie hatte in dessen Gegenwart nicht fragen wollen.

Zum Abschied hatte Heller ihr dann noch ein kleines Geschenk überreicht. Cäcilia war hin und weg gewesen, doch Lilly hätte es am liebsten in den nächsten Mülleimer geworfen. Um gegenüber ihrer Tante gute Miene zu machen, hatte sie sich allerdings bedankt und es eingesteckt.

Später im Zug hatte sie es geöffnet und ein Buch unter dem Papier gefunden. Es handelte sich um *Mein Kampf* von Adolf Hitler. Sie erinnerte sich noch gut daran, wie Professor Kirsch darüber gesprochen hatte. Während ein eisiger Schauer sie überlief, hatte sie es zurück in die Tasche geschoben und sich vorgenommen, es bei der erstbesten Gelegenheit zu entsorgen.

Als sie den U-Bahnhof verließ und die Straße zum Waldfriede überquerte, war Lilly unter ihrem Mantel nassgeschwitzt, doch der Zorn hatte sich etwas gemildert.

Am Krankenhaustor machte sie halt und blickte zu dem hohen Gebäude auf. Hinter einem dieser Fenster lag ihre Mutter. Was sie wohl zu dem neuen Lebensgefährten ihrer Schwester sagte?

Cäcilia hatte nicht über Herta gesprochen, aber es lag nahe, dass sie ihr bei ihrem Besuch von Heller erzählt hatte.

Auf einmal überkam Lilly der Wunsch, mit ihrer Mutter zu reden. Sie fasste sich ein Herz und stapfte voran.

An der Pforte grüßte sie die diensthabende Schwester und lief nach oben. Einige Besucher begegneten ihr. Es war kurz vor Schluss der Besuchszeit, da würde sie nicht Gefahr laufen, aus Versehen auf andere Verwandte zu treffen.

Vor dem Zimmer ihrer Mutter sammelte Lilly sich, dann klopfte sie. Doch niemand antwortete.

Vorsichtig öffnete sie die Tür und schreckte im nächsten Augenblick zurück. Das Bett, in dem ihre Mutter gelegen hatte, war leer. Kissen und Bettdecke waren verschwunden, über der Matratze lag nur ein sauberes Laken.

Was war passiert? Angst überkam Lilly. Musste ihre Mutter noch einmal operiert werden? Oder war sie etwa verstorben?

»Schwester Lilly!«, hörte sie neben sich die Stimme von Oberin Elisabeth. »Was machen Sie denn hier?«

Lilly wandte sich um. Ihr Herz raste panisch, und ihr Bauch begann zu schmerzen.

»Frau Wegner … Ich wollte nach ihr sehen, aber …«

»Sie ist entlassen worden«, sagte Elisabeth sanft.

»Entlassen?« Lilly schüttelte den Kopf. In dem Zustand, in dem sie sie zuletzt erlebt hatte, war eine Verlegung alles andere als ratsam.

»Ihr Mann hat es so gewünscht«, antwortete Elisabeth. »Er sagte, dass er sie näher bei sich haben wolle.«

Ihr Vater war also hier gewesen! Lilly schluckte. »Und … wie ging es ihr, als sie abgeholt wurde?«

Elisabeth legte den Kopf schief. »Warum willst du das wissen? Kennst du Frau Wegner?«

»Ich … ich habe sie hochgebracht, als sie aus dem Hindenburg gekommen ist, und da dachte ich mir …« Scham brachte sie zum Schweigen.

»Sie hat eine Bauchfellvereiterung. Offenbar hat die Operation im Hindenburg nicht ausgereicht. Dr. Lexow hatte eine Revision vorgeschlagen, doch ihr Mann wollte sich nicht darauf einlassen. Er hat seine Frau gegen ärztlichen Rat abholen lassen.«

Gegen ärztlichen Rat, durchzuckte es Lilly. War ihr Vater von Sinnen?

Wenig später verließ Lilly noch immer aufgewühlt das Krankenhaus. Martha hatte Spätdienst und würde jetzt sicher in ihrem Zimmer sein. Lilly wollte sich nicht ihren Fragen aussetzen.

Eine Weile lief sie durch den Park, ohne recht zu wissen, wohin sie gehen sollte. Schließlich ließ sie sich auf eine Bank in der Nähe der Schutzhütten sinken. Die Worte der Oberin echoten durch ihren Kopf, und schließlich konnte sie die Tränen nicht mehr länger aufhalten.

Warum verlangte ihr das Leben immer wieder solche Prüfungen ab?

Durch das Rauschen ihres Pulses in ihren Ohren überhörte sie beinahe die knirschenden Schritte auf dem Weg.

»Schwester Lilly, was ist denn?«, fragte Professor Kirsch besorgt und hockte sich neben sie. »Ist Ihnen etwas zugestoßen?«

Lilly wischte sich hastig die Tränen aus dem Gesicht. »Es … es ist … nichts«, schluchzte sie.

»Und warum weinen Sie dann?« Kirsch griff in seine Hosentasche und hielt ihr ein sauberes gebügeltes Taschentuch hin. »Kein Mensch weint aus dem Nichts, es sei denn, er leidet unter Depressionen.«

Lilly nahm das Taschentuch und tupfte sich die Augen ab.

»Der Sonntag … war ein bisschen viel«, sagte sie. »Erst meine Tante und dann meine Mutter …«

»Sie waren unterwegs?«, fragte Kirsch.

Lilly nickte. »Ja. In Hamburg.«

»Haben Sie dort Verwandtschaft?«

»Ja, ich …« Sie stockte. Seit wann interessierte sich der Professor für ihre Familie? »Meine Tante lebt dort.« Sie blickte auf ihre Tasche. Nachdem sie festgestellt hatte, was für ein Buch sie von Heller erhalten hatte, hatte sie sie nicht mehr angerührt. »Sie hat einen neuen Mann kennengelernt.«

»Nun, das ist doch kein Grund zum Weinen.«

Lilly öffnete ihre Tasche und zeigte ihm das Geschenk, von dem sie die Verpackung nur halb heruntergerissen hatte.

Kirschs Augen weiteten sich, als würde sie ihm ein giftiges Insekt zeigen.

»Sehen Sie!«, sagte sie dann und ließ es wieder in ihrer Tasche verschwinden. »So ein Mann ist es!«

Kirschs Miene wurde ernst. »Nun, man kann niemandem vorschreiben, wen er sich als Gefährten aussucht.« Die Beklommenheit in seiner Stimme war nicht zu überhören.

»Aber doch nicht einen wie den!« Wieder kamen ihr die Tränen.

»Hat dieser Mann denn etwas gegen Sie gesagt? Hat er Sie beleidigt?«

Lilly schüttelte den Kopf. Sie wünschte sich, dass sie Kirsch von ihrem Sohn erzählen könnte. Davon, dass er an eine Schule geschickt werden sollte, an der es garantiert keine Juden gab. Doch was würde er dann von ihr denken?

»Nein, ich finde ihn nur sehr unangenehm.«

Kirsch nickte. »Ohne die näheren Umstände zu kennen würde ich sagen, dass Sie ein wenig Abstand zu Ihrer Tante halten sollten. Es ist ihr Leben, da wird sie leider nicht auf Ihren Rat hören wollen.«

Wenn es doch nur so einfach wäre, dachte Lilly, doch es tat ihr gut, dass sich jemand für sie interessierte. Das hatte sie schon so lange nicht mehr erlebt, von der Neugier ihrer ehemaligen Hauswirtin mal abgesehen.

»Ja, da haben Sie wohl recht.«

Schweigen trat zwischen sie, und eigentlich war dies der Augenblick, an dem Kirsch sich erheben und wieder ins Haus zurückkehren sollte. Doch er blieb.

»Mögen Sie mir erzählen, was mit Ihrer Mutter ist?«, fragte er sanft.

Normalerweise pflegte Lilly sich bei Fragen dieser Art hinter ihrer sorgsam errichteten Mauer zu verkriechen. Aber aus seiner Stimme sprach ehrliches Interesse und eine Wärme, die sie wünschen ließ, sich an ihn lehnen zu können.

Doch das durfte sie nicht, genauso wenig wie sie davon träumen durfte, dass er jemals mehr für sie sein würde als nur ihr Chef. Er würde sie ohnehin nicht wollen, wenn er von ihrem Kind erfuhr. Und er hatte eine Frau!

»Es tut mir leid, dass ich es verheimlicht habe. Die Patientin Wegner, die hier eingeliefert wurde, ist meine Mutter. Sie ist schwer krank«, sagte sie und versuchte, aufkeimende Verwirrung niederzuringen. »Mein Vater hat sie aus der Klinik geholt. Dabei war sie nicht mal in einem Zustand, um transportiert werden zu können.«

Kirsch atmete tief durch, als könnte er spüren, was sich wirklich hinter ihren wenigen Worten verbarg. Mitleid erschien in seinen Augen. »Haben Sie versucht, es ihm auszureden?«

»Ich habe ihn seit über fünf Jahren nicht mehr gesehen. Meine Familie und ich … wir sind nicht in Frieden voneinander geschieden.«

Lilly wappnete sich gegen die Frage nach dem Warum, doch Kirsch stellte sie nicht. Stattdessen sagte er: »Sie müssen damals noch sehr jung gewesen sein.«

»Das war ich. Und ich habe ihnen bewiesen, dass ich allein durchs Leben komme. Doch jetzt wünschte ich mir, ich könnte zu ihnen gehen und meinem Vater sagen, dass er einen Fehler gemacht hat.«

»Warum tun Sie es nicht?«

Wieder hatte Lilly die Worte ihrer Eltern im Ohr, während sie allein in ihrem Zimmer lag und auf die Geburt eines Kindes wartete, das sie niemals hatte haben wollen.

»Es geht nicht. Sie würden mich nicht sehen wollen.« Lilly starrte auf den schneeverkrusteten Wegrand und eine kleine Pfütze, deren Eisdecke unter dem Gewicht eines Spaziergängers gesplittert war.

»Und wenn Sie ihm schreiben?«, fuhr Kirsch fort. Es rührte Lilly, ihn so bemüht um sie zu sehen. »Oder anrufen? Egal was passiert ist, Sie scheinen sich immer noch um Ihre Eltern zu sorgen.«

»Das tue ich. Aber … es ist zu viel vorgefallen, als dass wir uns je wieder versöhnen könnten.«

»Versöhnung ist nie unmöglich. Man muss es nur wollen und versuchen.«

Lilly betrachtete den Professor eine Weile schweigend. Wusste er, wovon er sprach? Sie hatte keine Kenntnis über seine Familie, über die Frau an seiner Seite und erst recht nicht über seine Eltern. Er wirkte sehr gefestigt, aber niemand konnte ahnen, was hinter dieser Fassade vorging.

»Ich werde es versuchen«, versprach sie und erhob sich. »Danke, dass Sie mir zugehört haben.«

Kirsch nickte und lächelte, dann griff er sanft nach ihrer Hand. »Sie können jederzeit zu mir kommen, wenn Sie etwas bedrückt. Ich kann Ihnen nicht versprechen, dass ich eine Lösung parat habe, aber mein offenes Ohr haben Sie.«

32. Kapitel

Lillys Atem gefror vor ihrem Mund zu kleinen Wölkchen, während sie an der Jugendstilfassade des Hauses hinaufblickte. Das Fenster zum Büro ihres Vaters lag zur Straße hin, und genau dort brannte Licht, während alle anderen Räume dunkel waren.

Was mache ich bloß hier?, dachte sie. Schon als sie in den Zug nach Potsdam gestiegen war, hatte sie gewusst, dass es ein Fehler sein könnte, ihn aufzusuchen. Doch es ging um das Leben ihrer Mutter. Auch wenn sie ihr mit Bekanntwerden der Schwangerschaft nicht mehr viel Wärme entgegengebracht hatte, wollte sie nicht, dass sie starb.

Schließlich gab sie sich einen Ruck und klingelte. Lilly schloss die Augen, wartete auf die Stimme ihres Vaters, aber dann ertönte nur der Summer.

Der Geruch ihrer Kindheit umfing sie beim Eintreten, und für einen Moment wurde sie von einer Leichtigkeit erfasst, die sie seit Jahren nicht mehr kannte. Doch als sie die erste Treppe hinter sich gebracht hatte, kam es ihr plötzlich vor, als hätte sie einen riesigen Stein verschluckt.

Noch ist es Zeit, sagte sie sich, während es in ihrem Bauch zwickte und zog. Noch kannst du gehen, und niemand wird wissen, dass du jemals hier warst.

Dann dachte sie wieder an den Professor. Er hatte recht, und sie durfte jetzt nicht feige sein. Egal wie ihr Vater reagierte, sie musste ihm sagen, dass er einen Fehler gemacht hatte und Sorge tragen musste, dass es ihrer Mutter nicht schlechter erging als ohnehin schon.

Vor der Wohnungstür wurde sie bereits von ihrem Vater erwartet.

»Lilly!«, sagte er entgeistert. Doch die Verwunderung wich nur einen Moment später einem glimmenden Zorn in seinen Augen. »Was willst du hier? Brauchst du Geld?«

Lilly schüttelte den Kopf. »Ich habe erfahren, dass Mutter krank ist.«

»Und das interessiert dich neuerdings?«, schnappte Otto Wegner.

Lilly überging diese Bemerkung. »Wenn dir etwas an Mutter liegt, dann sorge dafür, dass sie noch einmal operiert wird.« Sie ballte ihre Hände zu Fäusten. »Sie wird mit der Bauchfellvereiterung sonst nicht überleben.«

Ihr Vater blickte sie an, als wären ihre Worte das Ungeheuerlichste, was er je gehört hatte. »Wie kommst du eigentlich dazu …?«

»Ich bin Krankenschwester, Vater!«, gab Lilly zurück, lauter als sie beabsichtigt hatte. Doch es war egal, ob der gesamte Aufgang hörte, was hier los war. »Ich kann ihren Zustand besser einschätzen als du!«

Das Gesicht ihres Vaters wurde hochrot und seine Augen blitzten.

»Und wo warst du die vergangenen fünf Jahre, als du dich einfach aus der Wohnung gestohlen hast, nachdem wir dafür gesorgt haben, dass niemand von deinem Zustand erfährt?«, zischte er. »Wo warst du an ihrem Krankenbett?«

Sie konnte nicht gleich antworten. Ihr Kleid, ihr Mantel, alles war ihr plötzlich viel zu eng. Dazu kam, dass sie sich schuldig fühlte. Ihr Vater hatte recht, sie hätte sich im Krankenhaus blicken lassen müssen.

»Ich bin jetzt hier«, sagte sie, jetzt ein wenig sanfter. »Sie ist doch noch hier in der Wohnung?«

Ihr Vater presste die Lippen zusammen, sein Kiefer mahlte.

»Otto?«, tönte es schwach aus dem Hintergrund. »Haben wir Besuch?«

»Bitte, Vater. Ein letztes Mal!«

Eine Weile rang er mit sich, schließlich trat er beiseite und ließ sie ein.

Der vertraute Anblick der Wohnung legte sich wie ein Stein auf Lillys Brust. Alles war noch so, wie sie es damals verlassen hatte.

Sie fand ihre Mutter im Schlafzimmer auf dem Bett. Ihr Gesicht war stark gerötet, ein paar Haarsträhnen klebten an ihrer verschwitzten Stirn. Ihre Augen blickten sie glasig an.

»Schwester«, sagte sie dann. »Habe ich Sie nicht schon einmal gesehen?«

Lilly trat an ihr Bett. »Ich bin's, Lilly. Wie geht es dir?«

Herta brauchte einen Moment, um ihre Gedanken zu ordnen. »Lilly, du bist da? Also habe ich es nicht geträumt …«

Im nächsten Augenblick trat ihr Vater durch die Schlafzimmertür. Seine Augen funkelten immer noch wütend.

»Nein, das hast du nicht.« Lilly hockte sich neben sie und griff nach einer Hand, die sich so heiß in ihren eigenen durchgefrorenen Fingern anfühlte. »Ich war da, im Waldfriede. Ich habe nach dir gesehen, aber ich hatte nicht den Mut, mit dir zu sprechen.«

Sie blickte zu ihrem Vater und erwartete fast, dass er sich einschaltete. Doch Otto Wegner schwieg.

»Es tut mir leid, dass ich damals einfach gegangen bin«, sagte sie und versuchte, ihre Tränen zurückzuhalten, was ihr allerdings nicht gelang. »Aber ich hatte keine andere Wahl. Ihr habt mein Kind zu Cäcilia gegeben. Sie hat mit mir die Vereinbarung getroffen, dass ich für meinen Sohn aufkommen muss. Ich musste gehen!«

Der Mund ihrer Mutter öffnete sich, als ob sie etwas sagen wollte, doch Lilly bezweifelte, dass sie die Worte in ihrem Zustand richtig erfasste. Dennoch fuhr sie fort.

»Aber ich habe etwas aus mir gemacht. Ich bin Krankenschwester geworden. Und als solche bitte ich dich, lass dich noch einmal ins Krankenhaus bringen. Es muss nicht das Waldfriede sein, aber irgendeine Klinik.«

Herta verzog den Mund zu einem unsicheren Lächeln. »Du bist Krankenschwester.«

»Ja, das bin ich.«

»Und was ist mit dem Jungen?«

Lilly unterdrückte ein Schluchzen, als ihr klar wurde, dass das Fieber ihre Mutter verwirrte. Würde sie sich an diese Begegnung erinnern, wenn sie fort war?

Sie blickte zu ihrem Vater auf. »Bitte«, flehte sie dann. »Hol einen Krankenwagen. Lass sie ins St. Josef bringen. Ich verstehe ohnehin nicht, warum du sie ins Hindenburg geschickt hast.«

»Die Ärzte dort sind besser.«

Lilly schüttelte den Kopf. »Aber das Hindenburg-Krankenhaus gibt es nicht mehr. Bitte, tu etwas! Irgendwas!«

»Otto«, schaltete sich ihre Mutter ein. »Ich habe solchen Durst.«

»Ich hole dir ein Glas Wasser«, sagte Lilly und erhob sich.

Ihr Herz pochte wild, als sie in der Küche vor dem Wasserhahn stand und eines der Gläser aus dem Küchenschrank füllte. Ihre Hände zitterten, nicht nur wegen der Auseinandersetzung mit dem Vater.

All die Gerüche waren ihr so vertraut, dass es ihr das Herz zusammendrückte. Es war, als hätte sie die Wohnung erst vor einigen Stunden verlassen. Doch ihr Spiegelbild im Fenster zeigte nicht mehr ein fünfzehnjähriges Mädchen, sondern eine erwachsene Frau.

Sie vernahm die Stimme des Vaters und hielt inne. Als sie durch die Tür trat, sah sie ihn am Telefonapparat im Flur stehen.

»Bitte schicken Sie einen Krankenwagen, meiner Frau geht es nicht gut. – Ja. – Danke.«

Er legte auf, und ihre Blicke trafen sich.

Lilly sah darin den Schatten aller Dinge, die zwischen ihnen vorgefallen waren. Aber er hatte auf sie gehört und angerufen.

»Danke«, sagte Lilly, worauf der Vater nickte.

Für einen Moment lang rührte sich keiner von ihnen. Jetzt oder nie, dachte Lilly. Du musst wenigstens ihm sagen, was du schon so lange auf dem Herzen hast.

»Ihr hättet ihn hierbehalten können, weißt du«, begann sie dann. »Er ist ein ganz wunderbarer Junge.«

»Du weißt, dass das nicht gegangen wäre.«

Lilly schüttelte den Kopf. »Es wäre gegangen. Wir hätten eine Lösung gefunden. Ich hätte denselben Weg einschlagen können, wie ich es getan habe. Ihr hättet nur zu mir stehen und mir helfen müssen.«

»Wir haben dir geholfen.«

»Ihr habt ihn mir weggenommen und einer Frau gegeben, die sich von mir für die Fürsorge bezahlen lässt. Hat Cäcilia das nie erwähnt? Sie tut es nicht aus Nächstenliebe, sie tut es, weil sie Geld bekommt.«

Otto schüttelte ungläubig den Kopf, doch er konnte nichts dagegen sagen.

»Habt ihr ihn jemals besucht?«

»Er hat Schande über unsere Familie gebracht.«

»Das hat er nicht! Er kann nichts dafür, dass er auf der Welt ist. Und er ist euer Enkel, ob ihr es wollt oder nicht.«

Wieder stieg Zorn in ihr auf. Es hatte sich nichts geändert. Sollte sie ihm erzählen, wie der Junge entstanden war? Wer in Wirklichkeit Schande über sie gebracht hatte?

Nach einer Weile entschied sie sich dagegen. Ihr Vater würde ihr wahrscheinlich nicht glauben.

»Aber das ist egal«, fuhr sie schließlich fort. »Ich gehe meinen Weg. Und eines Tages werde ich Benjamin zu mir holen. Es liegt dann an euch, ob ihr zu ihm stehen wollt.«

Damit wandte sie sich um, um sich von ihrer Mutter zu verabschieden. Wer wusste schon, ob sie sie noch einmal wiedersehen würde.

***

Eigentlich sollte Hanna Feierabend machen, doch eine seltsame Unruhe hielt sie davon ab, in ihre Unterkunft zu gehen. Stattdessen kehrte sie ins Sprechzimmer von Dr. Conradi zurück. Morgen, am Montag, würde der Betrieb wieder richtig losgehen, da blieb dann nicht mehr viel Zeit, den Medikamentenschrank aufzustocken und zu schauen, ob die Instrumentenkästen gut gefüllt waren.

Wie Alexanders Operation ausgegangen war, wusste sie noch nicht. Sie hatte darauf vertraut, dass Maria ihr Bescheid geben würde. Doch sie war bisher nicht bei ihr aufgetaucht.

»Schwester Hanna!«, vernahm sie eine Stimme. Eigentlich hätte um diese Zeit niemand in den Besuchernischen sitzen sollen. Hanna hob den Kopf und erblickte Natalie Kirchfeld.

»Frau Kirchfeld«, sagte sie überrascht. »Ich kann Ihnen leider nicht sagen, wie die OP verlaufen ist.«

»Ich habe eben mit Dr. Lexow gesprochen«, erwiderte die Frau.

Hanna erstarrte. Und?, schrie eine Stimme in ihrem Verstand.

»Es ist so weit alles in Ordnung, aber er hat einen Großteil seines Magens eingebüßt. Es muss sich in den kommenden Tagen zeigen, wie sich sein Zustand entwickelt.«

Hanna drückte ihr mitfühlend den Arm.

»Meinen Sie, dass er geheilt werden kann?«, fragte die Frau und zog ein Taschentuch hervor, um sich die Augen abzutupfen.

»Ich kann Ihnen leider nichts anderes sagen als Dr. Lexow«, sagte Hanna, die ebenfalls mit ihrer Fassung rang. »Vielleicht gewinnt er zwei Jahre, vielleicht fünf. Nutzen Sie diese Zeit, so gut Sie können. Seien Sie liebevoll zueinander.«

Natalie Kirchfeld starrte sie mit großen Augen an, dann verzerrte sich ihr Mund zu einem Lächeln. »Sie haben recht, das sollten wir tun.«

Hanna nickte ihr zu und wollte schon weitergehen, da hörte sie Alexanders Frau sagen: »Wenn es an der Zeit ist … ich meine, wenn er … stirbt …« Sie stockte, als Hanna sie ansah. »Möchten Sie, dass ich Ihnen Bescheid gebe? Damit Sie Abschied nehmen können?«

Hanna zögerte. Ging es sie überhaupt etwas an, was aus Alexander wurde?

»Ich … ich habe eine besondere Verbindung zwischen Ihnen gespürt«, erklärte Natalie. »Er hat nie von Ihnen gesprochen, aber als ich Sie beide gesehen habe … Sie müssen gute Freunde gewesen sein.«

Das hatte sie aus den wenigen Worten, die sie mit ihrem Mann gewechselt hatte, erkannt?

»Das waren wir«, gab sie zu. »Aber es ist lange her. Und was Ihre Frage angeht …« Wieder musterte sie die Frau. Wann mochte sie in sein Leben getreten sein? »Bitte informieren Sie mich, wenn seine Zeit gekommen ist.«

Natalie Kirchfeld nickte, ihre Augen waren nun von Tränen gefüllt. Doch sie schien gesagt zu haben, was sie sagen wollte. Noch einmal bedankte sie sich, dann wandte sie sich um. Hanna blickte ihr nach. Das könnte ich sein, dachte sie traurig. Wenn alles anders gekommen wäre, hätte ich ihn begleiten müssen – und zusehen, wie er langsam stirbt.

33. Kapitel

Zehlendorf, 14. Juli 1931

An diesem Morgen erwachte Lilly mit der Gewissheit, dass sie die kleine Ilse zum letzten Mal auf dieser Station sehen würde.

Stolz hatte Lilly die Fortschritte ihrer kleinen Patientin in den vergangenen Wochen beobachtet, doch jetzt schmerzte ihr ein wenig das Herz, weil sie sie gehen lassen musste. Ilse war für sie beinahe so etwas wie ein Patenkind geworden, für das sie sich verantwortlich fühlte.

Nach der Morgentoilette schlüpfte sie in ihr Schwesternkleid. Martha regte sich derweil im Nachbarbett.

»Warum bist du denn schon auf?«, fragte sie verschlafen. »Ich denke, du hast Nachtdienst.«

»Das habe ich«, gab Lilly zurück. »Aber heute wird Ilse entlassen, und ich möchte ihr Lebewohl sagen.«

»Na, meinetwegen«, sagte Martha, und nach einem Blick auf den Wecker drehte sie sich noch einmal um.

Lilly verließ das Zimmer und ging hinunter in den Speisesaal. Die Küchenmädchen klapperten mit Töpfen und Geschirr. Bleierne Schwere steckte Lilly in den Knochen, und die Stille trug nicht dazu bei, dass ihre Lider leichter wurden. Aber für Ilse wollte sie da sein, wenn sie das Waldfriede verließ.

»Na, Mädchen, du siehst aus, als könntest du was Starkes gebrauchen«, begrüßte Hilde, eine der Küchenfrauen, sie, als sie auf den Flur trat. »Der Nachtdienst ist bald rum, was?«

»Ich bin erst heute Abend wieder dran«, erwiderte Lilly. »Aber wenn Sie eine Tasse Kaffee für mich hätten …«

»Dr. Conradi sähe es lieber, wenn wir alle Tee trinken würden. Aber natürlich habe ich auch Kaffee für dich. Komm mit.«

In der Küche strömte ihr ein berauschender Duft entgegen. Der Frühstückbrei aus Haferflocken und Milch, gewürzt mit braunem Zucker und Zimt war der beste, den Lilly je gegessen hatte.

Hilde ging zu der großen Kaffeekanne und füllte einen Becher für sie ab. »Hier. Aber trink vorsichtig, er ist heiß.«

Lilly war schon versucht zu fragen, ob sie in der Küche essen dürfe, aber angesichts des geschäftigen Gewusels der Küchenmädchen sah sie davon ab und ging in den Speisesaal.

Sie hatte geglaubt, allein zu sein, doch dann entdeckte sie an einem der Tische Rudolph Kirsch.

Was suchte er denn hier?, fragte sich Lilly, doch es war zu spät, um umzukehren. Normalerweise brachte sie ihm immer das Frühstück, wenn sie Dienst hatte. Sie hatte angenommen, dass Martha dies übernahm, wenn sie frei hatte.

»Guten Morgen«, grüßte sie und machte Anstalten, sich an einen anderen Tisch zu setzen, denn sie wollte ihn nicht bei seiner Lektüre stören.

»Ich habe keine ansteckende Krankheit, kommen Sie ruhig her«, sagte er und beugte sich wieder über die Zeitschrift.

Lilly ging zu ihm und ließ sich auf dem Platz gegenüber nieder.

Kirsch nahm zunächst keine Notiz von ihr, dann jedoch schlug er die Zeitschrift zu und blickte sie an. »Guten Morgen, Schwester Lilly. Sie sehen nicht so aus, als hätten Sie eine geruhsame Nacht gehabt. Warum sind Sie überhaupt schon auf, ich denke, Sie haben Spätdienst?«

»Ich möchte mich von Ilse verabschieden«, antwortete sie. »Sie wird doch um elf abgeholt.«

»Bis dahin ist aber noch Zeit.« Kirsch betrachtete sie eine Weile, dann sagte er: »Das Mädchen ist Ihnen ans Herz gewachsen.«

»Wem nicht auf unserer Station?«, gab sie zurück.

»Aber Sie haben eine besondere Bindung zu ihr.«

Lilly widersprach nicht. Ilse war beinahe wie eine Tochter für sie. Sie zu versorgen war ihr aufgrund ihres Berufes erlaubt, während sie sich um ihren Sohn nicht kümmern konnte.

»Was macht eigentlich Ihre Mutter?«, fragte Kirsch weiter. »Ich habe Sie lange nicht mehr von ihr sprechen hören.«

»Es geht ihr gut«, sagte sie. »Sie hat ihre Krankheit überstanden.«

Nachdem ihre Mutter ins St.-Josefs-Krankenhaus in Potsdam eingeliefert und erneut operiert worden war, hatte sich ihr Zustand beständig gebessert. Lilly war dort gewesen, um sie zu besuchen, hatte aber gespürt, dass die Gräben zwischen ihnen immer noch tief waren. Kaum ging es ihrer Mutter wieder gut, zeigte sie nur wenig Interesse an ihr oder Benjamin. Und sie sah ebenso wie ihr Mann nicht ein, etwas falsch gemacht zu haben.

»Gibt es inzwischen die Möglichkeit, vernünftig mit Ihren Eltern zu reden?«, fragte Kirsch mitfühlend.

»Nicht in meinem Fall.« Lilly presste die Lippen zusammen. Sie spürte, dass sie kurz davor war, ihm die Wahrheit zu offenbaren. Doch von Benjamin brauchte er besser nicht zu wissen.

»Ich glaube, ich gehe lieber«, sagte sie, denn sie wollte sich nicht zu etwas hinreißen lassen, was sie später bereuen würde.

»Nein, bleiben Sie!«, sagte Kirsch in einem Tonfall, den sie zuvor noch nie an ihm gehört hatte. Er bedachte sie mit einem Blick, der Schmetterlinge in ihrem Bauch zu erwecken schien. »Ich werde Ihnen keine persönlichen Fragen stellen, wenn Ihnen das unangenehm ist. Bleiben Sie einfach nur da. Bitte.«

Lilly sah ihn erstaunt an, dann ließ sie sich wieder auf ihren Platz sinken.

»Entschuldigen Sie, ich … ich bin manchmal ein wenig ungeschickt im Umgang mit Menschen.«

»Das sind Sie nicht.«

»Doch, das bin ich. Und es tut mir leid.« Kirsch schaute sie an, und Lilly hatte das Gefühl, dass er ihr irgendetwas sagen wollte. Aber was es war, erfuhr sie nicht, denn im nächsten Moment kamen die Küchenmädchen herein, um die Tische zu decken.

***

»Guten Morgen, Herr Doktor, wie geht es Ihnen?«, fragte Hanna wie immer, als sie sich neben ihm auf dem Stuhl niederließ. Die Sonne stand schon hoch über dem Waldfriede, und bereits jetzt spürte man, dass es ein warmer Tag werden würde.

»Gut, Hanna, danke«, gab Conradi zurück, doch sie beide wussten, dass dies nicht der Wahrheit entsprach. Wenn es ihm wirklich gut ginge, hätten sie sich im Sprechzimmer getroffen und nicht in seinem Wohnzimmer, wo er auf dem Sofa lag.

Der Sommer war gekommen, doch Dr. Conradi blieb kurzatmig und schwach, und sobald es so aussah, als würde seine Genesung Fortschritte machen, erlitt er einen Rückfall, der ihn wieder ins Bett zwang.

Hanna erlebte Dr. Meyer so ratlos wie selten.

»Es sieht ganz so aus, als würde es chronisch werden«, sagte er nach ihrer Unterrichtsstunde. »Das Beste wäre, wenn er eine Kur machen würde.«

»Er kann es doch jetzt schon kaum aushalten, untätig zu sein.«

»Deshalb wäre eine Kur wichtig«, erwiderte Meyer. »Und zwar nicht hier, wo er die Arbeit ständig vor Augen hat und sich verpflichtet fühlt. Ich würde ihn gern nach Skodsborg schicken.« Hanna hatte sofort wieder die weißen Villen und den wunderbaren Strand vor sich gehabt. »Könnten Sie nicht mit ihm reden?«

»Ich bin nur seine Sprechstundenhilfe und Röntgenschwester«, gab Hanna bescheiden zurück.

»Sie sind seine rechte Hand«, widersprach Dr. Meyer. »Auf Sie wird er hören.«

Das hoffte Hanna inständig, doch sie zog es vor, noch nicht mit der Tür ins Haus zu fallen. Stattdessen richtete sie ihr Augenmerk wieder auf Dr. Conradi.

»Frau Behrens steht kurz vor der Entbindung, heute kommt sie noch einmal zur Untersuchung«, begann Hanna ihren Überblick über das Geschehen im Haus. »Dr. Rosenbaum ist sicher, dass alles zu unserer Zufriedenheit laufen wird.«

Der Doktor nahm die Information mit einem Nicken hin. »Und wie ist die Entbindung von Frau Henning gelaufen?«

»Sie hat Zwillinge bekommen, einen Jungen und ein Mädchen«, antwortete Hanna. »Beide sind wohlauf und richtige Wonneproppen.«

Conradi seufzte. »Ach, wenn ich doch nur selbst wieder im Kreißsaal stehen könnte!«

Hanna schwieg betreten. Noch vor einigen Wochen hätte sie ihm geantwortet: »Das werden Sie bald wieder.« Mittlerweile traute sie sich keine Prognose mehr zu.

»Vielleicht sollten Sie eine Kur machen«, schlug sie vor.

»Eine Kur? Wo es mir noch nicht wirklich besser geht?«

»Die Seeluft könnte Wunder wirken.« Hanna hielt kurz inne, dann fuhr sie fort: »Wenn ich zurückdenke an meine Kur … Es war wunderbar, jeden Tag Seeluft zu atmen. Das Sanatorium in Skodsborg würde sich bestimmt freuen, wenn Sie kämen.«

Dr. Conradi blickte sie zweifelnd an. »Hat Dr. Meyer Ihnen aufgetragen, mich zu überreden?«

Hanna wurde rot. »Er ist um Ihr Wohl besorgt.«

»Und offenbar mit seinem Latein am Ende. Aber das wäre selbst ich bei einem Patienten wie mir.«

»Vielleicht sollten Sie es wirklich versuchen«, beharrte Hanna. »Sie würden etwas anderes sehen und sich womöglich nicht mehr so … unter Druck fühlen.«

»Unter Druck?«

»Tag für Tag sehen Sie das Krankenhaus vom Fenster aus. Ich halte

Sie auf dem Laufenden, störe jeden Morgen Ihre Ruhe. Wenn Sie in Skodsborg wären …«

Catherine steckte den Kopf durch den Türspalt. »Dauert es noch lange, Hanna? Mein Mann sollte sich jetzt ein wenig ausruhen.«

»Hanna hat mir einen Vorschlag unterbreitet«, sagte Conradi beinahe fröhlich.

»Ich gebe nur weiter, was Dr. Meyer mir geraten hat«, entgegnete Hanna bescheiden, doch sie spürte augenblicklich die Ablehnung bei Catherine.

»Und was soll das sein?«

»Eine Kur in Skodsborg«, sagte er.

Frau Conradi wirkte besorgt. »Bis nach Skodsborg ist es eine weite Reise. Denk nur an die Züge und …«

»Bruder Kowalski könnte uns doch fahren«, gab Conradi zurück. Er schien zunehmend interessiert.

»Aber die Fahrt nach Dänemark wird einen ganzen Tag in Anspruch nehmen. Wenn nicht mehr.«

»Ich bewege mich ja nicht, das tut das Auto für mich.«

Catherine blickte zu Hanna. »Gibt es sonst noch etwas Wichtiges?«

Hanna wusste nicht, wie sie die Reaktion von Frau Conradi deuten sollte. War es tatsächlich Sorge wegen der Reise oder etwas anderes? »Nichts, was wir nicht auch später klären könnten«, antwortete sie und erhob sich. Sie schaute zum Doktor, und auch wenn die Argusaugen seiner Frau auf ihr lagen, lächelte sie ihm aufmunternd zu. »Dann bis morgen. Wenn im Haus etwas geschieht, das Ihre Aufmerksamkeit erfordert, melde ich mich.«

Er erwiderte ihr Lächeln. »Tun Sie das, Hanna.«

Als Hanna ins Sprechzimmer zurückkehrte, war Dr. Rosenbaum nicht anwesend. Dafür erblickte sie einen Fremden neben dem Schreibtisch. Er war groß, breitschultrig und straffte sich sichtlich bei ihrem Anblick.

»Schwester, ich dachte, Sie wären Dr. Conradi!«

»Dr. Conradi ist im Moment nicht abkömmlich«, antwortete Hanna ausweichend, wie sie es schon seit Monaten tat. »Kann ich ihm etwas ausrichten?«

»Mein Name ist Felix Mertens. Ich bin Frauenarzt in Zehlendorf und wollte fragen, ob es möglich wäre, in diesem Haus Betten zu belegen und den Operationssaal zu nutzen. Aber die Details sollte ich wohl dem Herrn Doktor persönlich schildern.«

Hanna biss sich auf die Lippe. Bislang hatten sie die Krankheit von Dr. Conradi nicht öffentlich gemacht. Natürlich erfuhren die Stammpatienten davon, aber die meisten gaben sich damit zufrieden, von Dr. Rosenbaum behandelt zu werden.

»Ich werde dem Doktor Bescheid geben. Lassen Sie doch vielleicht Ihre Karte hier, dann wird er sich bei Ihnen melden.«

»Nun, ich habe gehofft, dass ich zu einer schnellen Einigung mit ihm kommen kann«, entgegnete Mertens. »Ich warte auch, wenn er gerade bei einer Operation ist.«

Eine Operation, hallte es durch ihren Verstand. Natürlich.

»Nehmen Sie doch bitte einen Moment draußen Platz. Ich lasse ihm eine Nachricht zukommen.«

Damit verließ sie das Sprechzimmer und lief direkt Dr. Rosenbaum in die Arme.

»Schwester Hanna, ich habe Sie schon überall gesucht!«, sagte er. »Da ist jemand, der Dr. Conradi sehen will.«

»Haben Sie ihm gesagt, dass der Chef krank ist?«

»Nein, natürlich nicht! Ich habe gesagt, dass ich ihn suchen gehe, und wollte nach Ihnen schauen.«

»Ich übernehme das. Haben Sie noch Patienten? Auf dem Weg hierher habe ich gesehen, dass das Sprechzimmer von Dr. Lexow frei ist, er ist gerade im OP.«

»Nein, erst mal nicht, aber danke für den Hinweis. So muss ich mir keine Ausrede einfallen lassen.«

Hanna lächelte dem Assistenzarzt zu, dann machte sie sich auf den Weg.

***

»Es ist ein guter Vorschlag, Catherine«, sagte Louis zu seiner Frau. »Und Hanna hat recht: Wenn ich täglich auf das Waldfriede schaue, fühle ich mich verpflichtet, meine Arbeit zu tun.«

»Die Reise wäre eine zu große Belastung für dich«, gab Catherine zurück. »Wenn dir nun unterwegs etwas zustößt!«

»Mein Herz mag momentan schwach sein, aber es wird nicht besser, wenn ich hier herumliege.« Er seufzte. »Ich langweile mich schrecklich und kann nur daran denken, wie gern ich in meinem Sprechzimmer wäre. Meinst du, das ist meiner Gesundheit zuträglich?«

Seine Frau rang sichtlich mit sich.

Louis betrachtete sie eine Weile, dann wurde ihm klar, was der wahre Grund war.

»In Skodsborg müsstest du sie auch nicht jeden Tag sehen«, sagte er ernst.

»Wen?«, fragte Catherine.

»Hanna.«

Ertappt schwieg sie.

»Ich weiß, dass es dir nicht recht ist, dass sie täglich bei uns ein und aus geht. Wenn ich arbeite, ist das etwas anderes, da bekommst du sie nur am Sabbat während des Gottesdienstes zu Gesicht.«

»Ich habe nichts gegen Hanna«, sagte Catherine, doch der Klang ihrer Stimme sagte etwas anderes.

Bevor Louis darauf eingehen konnte, läutete es. Seine Frau erhob sich, und nur einen Moment später trat Hanna erneut in sein Zimmer.

»Dr. Conradi«, sagte sie sichtlich um Fassung bemüht. »Entschuldigen Sie bitte, aber da ist ein Dr. Mertens aus Zehlendorf im Haus. Er möchte Sie gern wegen Belegbetten sprechen. Was soll ich tun?«

»Kann das nicht warten?«, fragte Catherine Conradi.

Hanna schüttelte den Kopf. »Ich habe ihn in dem Glauben gelassen, dass Sie bei einer OP sind.«

»Das haben Sie gut gemacht, Hanna«, gab Louis zurück. »Wie wäre es, wenn Sie ihn um 14 Uhr in mein Sprechzimmer bestellten?«

»Aber wäre es nicht besser, er käme hierher?«, wandte Catherine ein.

»Ich kann diesen Dr. Mertens nicht liegend in Empfang nehmen«, sagte Louis und richtete sich auf.

Seine Frau seufzte frustriert, dann blickte sie zu Hanna.

»Es ist nur dieses Gespräch«, sagte Louis. »Ich fühle mich heute stark genug, es durchzustehen.«

»Aber Louis, du …«

»Dass sich dieser Dr. Mertens meldet, ist ein Gottesgeschenk«, unterbrach er sie. »Möglicherweise kann er Dr. Rosenbaum während meiner Abwesenheit unterstützen.« Er erhob sich. »Siehst du, Catherine. Ich bekomme das hin. Hanna wird mir helfen.«

»Ich kann einen Rollstuhl holen«, bot sie an, doch er schüttelte den Kopf. »Die paar Schritte schaffe ich schon.«

34. Kapitel

»Wird es wirklich gehen?«, fragte Hanna, nachdem sie das Ärztewohnhaus verlassen hatten. Dr. Conradi stützte sich auf ihren Arm, und sie spürte, dass ihn die Anstrengung leicht zittern ließ. »Es ist ein gutes Stück Weg.«

»Es ist herrlich, endlich mal wieder draußen zu sein und die Sommerluft zu riechen«, entgegnete der Doktor, während er seinen Blick schweifen ließ. »Ich hatte schon fast vergessen, wie schön unser Park ist.«

Er betrachtete den Trompetenbaum, der in den vergangenen Monaten gut an Höhe zugelegt und viele neue Blätter bekommen hatte.

»Wissen Sie, ich bin mir dessen bewusst, dass ich nie im Schatten dieses Baumes sitzen werde«, sagte er dann, was Hanna zugleich erstaunte und erschreckte. »Aber ich möchte diesen Baum wenigstens ein einziges Mal blühen sehen.«

»Das werden Sie, Herr Doktor«, erwiderte sie, doch im nächsten Augenblick kroch Unwohlsein ihr Rückgrat hinauf. Spürte der Doktor, dass er nicht mehr lange in dieser Welt weilen würde?

Stille folgte ihren Worten. Hanna merkte deutlich, wie sehr er sich auf seine Schritte und seine Atmung konzentrieren musste.

»Ich habe Dr. Rosenbaum in eines der anderen Sprechzimmer geschickt«, sagte sie nach einer Weile. »So haben Sie keine Patienten vor der Tür sitzen, die Sie bestürmen könnten.«

»Danke.« Conradi hielt einen Moment inne, dann sagte er: »Ich hoffe sehr, meine Frau vermittelt Ihnen nicht den Eindruck, dass Sie in unseren vier Wänden ungewollt wären.«

Hanna hob überrascht die Augenbrauen. »Wie kommen Sie nur darauf?«

Conradi schüttelte den Kopf. »Es war nur so ein Gedanke.«

Hanna senkte den Blick. Hatte seine Ehefrau etwas gesagt? Sie befürchtete, dass sie sich wahrscheinlich nie wirklich mit Catherine verstehen würde.

An der Tür des Sprechzimmers angekommen, atmete der Doktor zitternd durch. Mit einer Hand stützte er sich gegen den Türrahmen, und Hanna fürchtete schon, er würde einen Schwächeanfall erleiden, doch schließlich richtete er sich auf. Ein Energiestoß schien durch seinen Körper zu gehen, als er sich das Jackett glattzog.

»Dann wollen wir mal«, sagte er und öffnete mit unerwartetem Schwung die Tür.

»Es ist mir eine große Ehre, Sie kennenzulernen, Dr. Conradi«, sagte Dr. Mertens, während er sich auf dem angebotenen Platz niederließ. »Ich habe schon viel von Ihnen gehört.«

»Nun, das freut mich«, gab Dr. Conradi zurück. »Ich hoffe, es waren gute Dinge.«

»Die allerbesten! Die Geburtsabteilung des Waldfriede hat einen hervorragenden Ruf. Aus diesem Grund habe ich mich auch entschieden, bei Ihnen vorstellig zu werden.«

Hanna, die an der Seite hinter Mertens stand, betrachtete die beiden Männer. Die Krankheit war Dr. Conradi anzusehen, er war blass und schmal, doch ansonsten war keine Schwäche zu spüren. Im Gegenteil, der Aufenthalt in seinem Sprechzimmer schien wie eine Wunderkur zu wirken.

»Schwester Hanna sagte mir, dass Sie über Belegbetten sprechen wollten.«

»Ja, ich habe vor Kurzem die Befähigung erworben, gynäkologische Eingriffe vorzunehmen. Das ist mir allerdings in meiner niedergelassenen

Praxis nicht möglich. Außerdem fehlen mir Räumlichkeiten, in denen ich meine Patientinnen unterbringen kann.«

»Warum treten Sie nicht an die Charité heran?«, fragte Conradi prüfend. »Man würde Ihnen da sicher größere Kapazitäten bieten können als wir hier.«

»Das mag sein, aber die Wege wären zu weit für meine Patientinnen. Die meisten von ihnen kommen aus Zehlendorf. Ich möchte es ihnen und ihren Familien nicht zumuten, nach Berlin fahren zu müssen. Außerdem hätte ich so die Möglichkeit, mich autonom um meine Patientinnen kümmern zu können und keine Kapazitäten unter den Assistenzärzten belegen zu müssen.«

Das klingt beinahe zu schön, um wahr zu sein, dachte Hanna. Ein Arzt, der Patientinnen ins Haus bringt …

»An welche Eingriffe haben Sie denn gedacht?«, fragte Conradi interessiert weiter.

»Zystische Veränderungen der Eierstöcke, Tumore, hin und wieder auch eine Sectio … Es werden fürs Erste nicht sehr viele Eingriffe sein, da dieser Zweig meiner Praxis erst wachsen muss. Ich bin außerdem sehr gern bereit, Ihnen bei Eingriffen als Assistent zur Hand zu gehen. Bei einem Chirurgen wie Ihnen zu lernen …«

Der Doktor hob die Hand und brachte ihn so zum Schweigen. »Bitte, Sie brauchen mir nicht zu schmeicheln. Ich finde Ihr Angebot, im normalen OP mitzuarbeiten, sehr freundlich. Haben Sie denn Zeugnisse oder andere Unterlagen dabei, die ich einsehen kann?«

»Natürlich.« Mertens öffnete seine Mappe und zog einen Hefter hervor. »Hier sind meine Zeugnisse und meine Approbationsurkunde. Wenn Sie mögen, schicke ich Ihnen auch gern meine Doktorarbeit zu.«

»Danke, die Unterlagen reichen fürs Erste. Ich werde sie mir ansehen und dann wieder auf Sie zukommen. Einverstanden?«

»Wie Sie wollen«, antwortete Mertens verdutzt.

Hanna spürte, dass Dr. Conradi versuchte, das Gespräch abzukürzen.

»Ich melde mich spätestens morgen telefonisch bei Ihnen. Zuvor muss ich mich mit unserem Hausausschuss besprechen. Ich mag vielleicht der Leiter dieses Hauses sein, aber das Haus gehört unserer Gemeinschaft. Darüber sind Sie sicher informiert.«

»Natürlich. Ich kenne sogar einige Mitglieder Ihrer Gemeinde in der Stadt.«

Conradi hob die Augenbrauen. Offenbar hatte er damit nicht gerechnet.

»Nun gut, Herr Kollege, es war mir eine Freude.« Er erhob sich und reichte seinem Gegenüber die Hand. »Sie hören spätestens morgen von mir.«

Hanna spürte, dass er die Grenze seiner Kräfte erreicht hatte, und hoffte nur, dass Mertens jetzt auch wirklich gehen würde.

Glücklicherweise bedankte Mertens sich nun und schüttelte Conradi die Hand, dann wandte er sich zum Gehen. Kaum hatte sich die Tür hinter ihm geschlossen, beugte sich der Doktor um Atem ringend vor und stützte sich auf der Tischplatte ab.

Hanna stürzte zu ihm. »Was ist?«, fragte sie erschrocken. »Soll ich Dr. Meyer rufen?«

»Nein«, keuchte Conradi und streckte ihr eine Hand entgegen. »Halten Sie mich nur eine Weile. Mein Herz … Es geht gleich wieder.«

Panik ergriff Hanna. Es war offenbar doch ein großer Fehler gewesen, ihn hierherkommen zu lassen.

Die Hand des Doktors war kalt und zittrig, die Kraft, die ihn zuvor beseelt hatte, schien seinen Körper schlagartig verlassen zu haben. Was für eine große Beherrschung er aufgebracht haben musste!

Dr. Conradi atmete gegen die Luftnot an, und als Hanna schon loslaufen und um Hilfe rufen wollte, sank sein Körper ein wenig zusammen.

»Herr Doktor!«, rief Hanna erschrocken.

Da hob Conradi den Kopf und sah sie an. »Es geht wieder«, versicherte er ihr. »Es war nur … Ich habe meine ganze Kraft zusammengenommen für das Gespräch. Es ist nicht so, dass ich keine mehr habe, aber ich bin gezwungen, sie mir einzuteilen.«

Hanna sah ihn skeptisch an. »Sind Sie sicher, dass ich Dr. Meyer nicht holen soll?«

»Damit er mich zusammenstaucht, weil ich einen Fuß aus meinem Schlafzimmer gesetzt habe?« Dr. Conradi schüttelte den Kopf und deutete dann auf den Stuhl vor sich. »Ich habe mich übrigens entschlossen, die Kur zu machen. Es wird nicht schaden, wenn ich ein wenig Seeluft schnuppere.«

»Da wird sich Dr. Meyer aber freuen.«

»Und was ist mit Ihnen?«

»Ich freue mich auch – und gleichzeitig werde ich unsere morgendlichen Gespräche vermissen.«

***

Dieses Mal kam Frau Gebhard nicht mit dem Zug. In einem blau geblümten Sommerkleid, über dem sie eine passende Strickjacke trug, stieg sie aus dem Wagen, der auf der Rotunde halt gemacht hatte. Ein Mann begleitete sie, von dem Lilly annahm, dass es sich um ihren Ehemann handelte. Er trug Knickerbocker und ein weißes Hemd.

»Sie sind da!«, sagte Lilly und wandte sich vom Fenster ab. Da sie damit gerechnet hatte, dass Ilses Mutter etwa um diese Uhrzeit kommen würde, hatte sie sich in das Zimmer der Kleinen begeben, die schon ganz ungeduldig wartete.

»Endlich!« Ilse quietschte vergnügt und klatschte in die Hände. »Ist Papa auch da? Sind sie mit dem Auto gekommen?«

»Ja, das sind sie.«

»Wenn Papa schnell fährt, kribbelt das immer so schön im Bauch«, erklärte das Mädchen.

»Das kann ich mir vorstellen.« Lilly trat neben sie, richtete noch einmal den Bubikragen ihrer Bluse und strich ihr über die Locken. »Was hältst du davon, deiner Mama entgegenzugehen? Sie wäre sicher sehr stolz auf dich.«

»Au ja! Hilfst du mir?« Ilse streckte ihr die Arme entgegen, als

Zeichen, dass sie vom Bett heruntergehoben werden wollte. Ihre Beine steckten wieder in den Schienen, doch mittlerweile bewegte sie sich recht gut damit.

Lilly hob sie auf ihre Arme, ließ sie aber noch nicht herunter. Bis auf ihre Station brauchte man eine Weile, und möglicherweise wurden Herr und Frau Gebhard vorher noch von Professor Kirsch abgefangen.

»Ich werde dich vermissen, Ilse, weißt du das?«, sagte sie lächelnd zu der Kleinen.

»Ich dich auch!«, gab Ilse zurück. »Und die Täubchen.«

Lilly runzelte verwundert die Stirn, doch dann fiel ihr ein, dass sie damit nicht die Tauben in den Bäumen meinte, sondern die kleinen gebratenen Täubchen, die es hier hin und wieder am Sonntag gab und deren Fleisch der Professor für Ilse als Kost empfohlen hatte.

»Ich bin sicher, dass deine Eltern dir gebratene Täubchen vorsetzen, wenn du dir das wünschst«, sagte Lilly.

Nur ein paar Augenblicke später ertönten Schritte. Als sie vor der Tür halt machten und Lilly die Stimme von Rudolph Kirsch vernahm, setzte sie Ilse ab. »Na dann zeig deinen Eltern mal, was du kannst.«

Die Tür wurde geöffnet und Frau Gebhard trat ein, gefolgt von Kirsch und ihrem Begleiter.

»Mama, Papa, schaut mal!«, sagte Ilse und bewegte sich langsam auf sie zu. Mit den Schienen wirkte es noch ein wenig ungelenk, doch nach einer Weile gewann sie an Sicherheit.

»Ilse!«, rief die Mutter aus. Tränen stiegen in ihre Augen, als sie in die Hocke ging, um ihr Kind aufzufangen. Auch der Vater bekam einen hochroten Kopf, während er mit seiner Rührung kämpfte.

Lilly betrachtete die beiden, und Wehmut stieg in ihr auf. Wenn Benjamin unter anderen Umständen gezeugt worden wäre, hätte sie etwas Ähnliches haben können, eine richtige Familie. Doch würde sie je zu ihrem Sohn stehen können, wie sie es ihrem Vater gesagt hatte?

»Herr Professor, wenn wir uns irgendwann einmal erkenntlich zeigen können …«, begann der Mann schließlich.

Kirsch unterbrach ihn mit einem Kopfschütteln. »Das ist gar nicht nötig, Herr Gebhard. Dass Ihre Tochter gesund ist, ist die beste Belohnung, die ein Arzt bekommen kann.«

»Trotzdem, wenn es irgendwas gibt …« Er blickte zu seiner Frau, die ihm mit einem schwachen Kopfschütteln anzeigte, dass dies unnötig war.

Kirsch reichte beiden die Hand. »Wir sehen uns in einem halben Jahr, wenn wir uns offiziell von den Schienen verabschieden. Halten Sie sich bis dahin bitte an meine Ratschläge und achten Sie darauf, dass Ilse sich viel bewegt.«

»Ich glaube, das wird kein Problem sein«, sagte Herr Gebhard und blickte zu dem Mädchen auf seinem Arm. »Bevor sie krank wurde, war sie kaum zu bändigen.«

»Und bald schon wird es wieder so sein«, versicherte Kirsch.

Sie unterhielten sich noch ein wenig über die Nachsorgemaßnahmen, dann fragte der Vater: »Dürften wir Sie vielleicht mit unserer Kleinen fotografieren?«

»Aber natürlich«, sagte Kirsch gutmütig. »Was ist mit Ihnen, Lilly?«

Sie sah Ilse an und nickte. Sie fuhren hinauf zur Sonnenterrasse, wo Ilse sich neben Lilly stellte. Herr Gebhard hatte eine schöne Kamera, mit der er viele Bilder machte, nicht nur von Lilly und dem Mädchen, auch von Ilse und dem Professor.

»Könnte ich eventuell einen Abzug bekommen?«, fragte Lilly, als Herr Gebhard den Apparat wieder verstaute.

»Natürlich«, versprach er.

Als der Abschied schließlich kam, streckte Ilse die Arme nach Lilly aus. »Lili!«, rief sie vergnügt.

»Mach es gut, mein Schatz«, entgegnete sie, während sie sich in die Umarmung des Kindes begab. »Und pass gut auf dich auf.«

Ilse nickte ernsthaft, dann schlang sie wieder die Arme um die Schultern der Mutter.

Lilly und Kirsch begleiteten die Familie noch nach unten an die Tür. Dort verabschiedeten sie sich ein letztes Mal, und die Gebhards stiegen mitsamt Ilse in ihren Wagen.

Als sie dem Auto nachsah, wie es das Tor passierte, kamen Lilly die Tränen. Verstohlen wischte sie sie weg, doch Rudolph Kirsch bemerkte es dennoch.

»Na, na, Schwester Lilly, weinen Sie nicht«, sagte er. »Dem Mädchen geht es bestens. Und in einem halben Jahr sehen Sie sie wieder.«

»Ich weiß«, erwiderte sie und wischte sich unbeholfen übers Gesicht. »Aber ich werde sie trotzdem vermissen.«

»So ist es nun mal in unserem Beruf. Eigentlich sollten wir keine Bindung zu unseren Patienten entwickeln, manchmal passiert es aber doch. Dann sollten Sie sich sagen, dass dieser Mensch durch Ihre Arbeit und die Zuneigung, die Sie ihm entgegengebracht haben, ein gutes, gesundes Leben haben wird. Er ist wie ein Freund, der nur weit weg wohnt, aber ich bin sicher, dass Ilse Sie nie in ihrem Leben vergessen wird.«

»Das ist tröstlich«, sagte Lilly und rieb sich die Augen.

Eigentlich hätten sie nun ins Haus zurückkehren sollen, doch Kirsch blieb stehen und schaute gedankenvoll in den Garten. Als Lilly sich schon umwenden wollte, begann er: »Haben Sie jemals darüber nachgedacht, ob Sie eine Familie wollen, Schwester Lilly? Einen Mann, Kinder …«

Die Worte ließen sie für einen Moment versteinern.

»Nun ja, ich …« Sie stockte. Ein Kind hatte sie schon, aber würde sie je einen Mann finden? »Wenn ich ehrlich bin, kann ich im Moment nur daran denken, wie ich für meine Patienten da sein kann«, gab sie zurück. »Was ist mit Ihnen?«

»Ich lebe für meine Forschung«, sagte er. »Dafür, dass ich als Arzt Menschen helfe. Aber wenn ich dann Szenen wie diese eben sehe … Eine glücklich wiedervereinte Familie.« Er atmete tief durch. »Manchmal wünsche ich mir genau das.« Der Blick, mit dem er Lilly bedachte, ging ihr unter die Haut. »Mit der richtigen Frau an meiner Seite könnte ich mir das sogar sehr gut vorstellen.«

Lilly wusste nicht, was sie dazu sagen sollte. Ihr Herz begann zu klopfen und ihr Kopf begann zu schwirren. Sie dachte wieder an die Frau, die in der Ballnacht an seinem Arm gegangen war. War sie etwa nicht die Richtige?

35. Kapitel

Auf dem Weg nach Skodsborg, 7. August 1931

Das sonore Brummen des Motors machte Louis müde. Mittlerweile waren sie seit drei Stunden unterwegs, und nichts hätte dagegengesprochen, dass er die Augen geschlossen und sich dem Schlaf ergeben hätte. Doch er wollte die Reise bewusst wahrnehmen, wie auch jeden anderen Augenblick seines Lebens, denn er konnte nicht sagen, wie lang er noch auf Gottes schöner Erde wandeln würde. Eigentlich sollte er sich nicht fürchten, sein Glaube sagte ihm, dass eine bessere Welt auf ihn wartete, wenn er den ewigen Schlaf abstreifte. Dennoch hatte er Angst.

Als er Abschied von Hanna genommen hatte, war es ihm vorgekommen, als würde er sie nie wiedersehen. Er hatte sich tapfer gegeben, hatte versprochen, zurückzukehren. Aber würde er dieses Versprechen halten können?

Mitten in seinen Gedanken spürte er die Hand seiner Frau auf seinem Arm. »Hältst du es noch eine Weile aus, oder soll Bruder Kowalski eine Pause machen?«

»Ich halte es aus«, sagte er. »Was kann ich denn auch schon anderes tun als sitzen?«

Catherine schaute ihn besorgt an. »Es könnte trotzdem nicht schaden, wenn du dich einmal ausstreckst und etwas frische Luft atmest.«

Louis wandte den Blick zum Fenster hinaus. Sie hatten Brandenburg hinter sich gelassen und näherten sich nun allmählich Hamburg.

Sein Vater weilte derzeit wieder in Amerika, ein Besuch bei ihm war nicht möglich. Darüber war er eigentlich froh. Louis erinnerte sich noch gut an das letzte Telefonat mit ihm. Seine zunehmende Unzufriedenheit mit ihrer Gemeinschaft, seine Zweifel an ihrer Religionsstifterin Ellen White und die Auseinandersetzungen mit den Divisionsvorstehern waren Louis unangenehm. Durch seine Krankheit hatte er einem intensiveren Gespräch aus dem Weg gehen können. Doch wer weiß, vielleicht sah er auch seinen Vater nie mehr wieder …

»Herr Kowalski«, wandte sich Catherine an den Fahrer. »Suchen Sie doch bitte einen geeigneten Ort, an dem wir uns kurz die Beine vertreten können.«

»Sehr wohl, Frau Conradi«, erwiderte der Mann hinter dem Steuer. Wenig später kam das Fahrzeug in der Einfahrt einer Forststraße zum Stehen.

Catherine stieg aus, lief um den Wagen herum und öffnete Louis die Tür. »Komm, wir gehen ein kleines Stück.«

»Ist es hier nicht zu unwegsam?«

»Nur ein paar Schritte. Einverstanden?« Sie reichte ihm die Hand.

Louis fragte sich, ob es ein Fehler war, sie mitzunehmen. Dann strömte die frische, nach Kiefernnadeln riechende Waldluft auf ihn ein. Er schloss die Augen und atmete so tief ein, wie es ihm möglich war. Plötzlich hörte er das Vogelzwitschern und das Rauschen in den hohen Baumkronen. Auch im Waldfriede gab es Bäume und Vögel, doch wann hatte er das letzte Mal bewusst darauf geachtet?

Eine ganze Weile stand er so da, umgeben von den Eindrücken der Natur. Er spürte keine Pflicht, keinen Druck. Es war beinahe so wie damals, als er in die Schweiz gegangen war …

Seine Frau holte ihn in die Wirklichkeit zurück.

»Wir wollten doch ein paar Schritte laufen, nicht?«, sagte sie.

»Ja, das wollten wir.«

Catherine nahm ihn bei der Hand, und Schritt für Schritt entfernten sie sich vom Wagen.

»Möglicherweise soll es so sein, dass ich die Arbeit aufgebe«, sagte er leise, nachdem sie aus der Hörweite des Fahrers verschwunden waren. Es war Louis immer ein wenig unangenehm, in Kowalskis Gegenwart über private Dinge zu sprechen.

»Was willst du denn sonst machen?«, fragte Catherine ungläubig.

»Vielleicht sollte ich mich wie mein Vater um religiöse Belange kümmern.«

Sie schüttelte den Kopf. »Nein, als Prediger sehe ich dich ganz und gar nicht.« Sie blickte ihn an. »Du warst schon immer Arzt und wirst es auch bleiben.«

»Wer weiß, wie lange noch«, gab er traurig zurück. »Wenn ich daran denke, dass ich nie mehr …«

Catherine legte ihm einen Finger auf die Lippen. »Sag so etwas nicht.«

»Es liegt in Gottes Hand, wie lange ich es tun kann.« Louis betrachtete seine Frau. Die ganze Zeit schon sorgte sie sich rührend um ihn, eigentlich schon seit sie geheiratet hatten, und er gab ihr nur so wenig zurück. Nun tat es ihm leid, dass er so oft die Arbeit ihrer Zweisamkeit als Paar vorgezogen hatte. Er hätte mehr mit ihr spazieren gehen, sie mehr im Arm halten sollen, anstatt sich um alles im Krankenhaus zu kümmern, sogar um die Buchhaltung, für die der neu eingestellte Herr Kahl wesentlich besser geeignet war.

»Gott wird dich genesen lassen«, sagte sie. »Und dann kehrst du ins Waldfriede zurück. Hab ein wenig Vertrauen.«

Louis war nicht sicher, ob er dieses noch hatte. Sein Glaube sagte ihm, dass er nicht hadern sollte, und doch konnte er kaum anders, als düster in die Zukunft zu blicken.

»Wir sollten zum Wagen zurückkehren«, sagte Catherine schließlich.

»Ja«, sagte er und warf noch einen Blick zu den Bäumen. Über ihren Wipfeln kreiste ein Greifvogel. Was für eine Art es war, konnte er nicht erkennen, aber er hatte wieder die Verse des Liedes im Ohr, das vor so langer Zeit auf dem Geburtstag seiner Frau gesungen wurde: »Auf Adlers Flügeln getragen übers brausende Meer der Zeit …« Wie gern wünschte er sich in diesem Augenblick, ein Vogel zu sein, frei von den Sorgen der Menschen.

***

Sonnenlicht fiel durch das Zugfenster, von dem aus Lilly einen wunderbaren Blick auf die Felder hatte, über denen noch leichter Nebel waberte. Es war nicht schwer gewesen, Rudolph Kirsch davon zu überzeugen, dass sie mal einen freien Tag brauchte. Am nächsten Tag war Samstag, da hatte sie ohnehin Dienst, und bis dahin würde sie zurück sein.

Dieser 7. August war für sie ein Tag, an dem Freud und Leid zusammenfielen wie zu keiner anderen Zeit des Jahres. Einerseits erinnerte sie sich an die schreckliche Geburt, doch der Tag hatte ihr auch Benjamin gebracht, ihren kleinen Sonnenschein, für den sie mehr und mehr Liebe empfand.

In den ersten Jahren, als Benjamin noch sehr klein war, hatte sie sich zu seinem Geburtstag nicht blicken lassen. Auch im vergangenen Jahr war sie erst später gekommen – kurz nachdem sie beinahe ertrunken war. Doch schon vor ihrer Abreise damals hatte für Lilly festgestanden, dass sie in diesem Jahr, zu seinem sechsten Geburtstag, pünktlich sein würde.

Sie öffnete die Tasche, in der das in buntes Papier eingewickelte Geschenk für ihn steckte, ein kleiner Abakus, den er sicher brauchen konnte, wenn er nächstes Frühjahr in die Schule kam. Sie hatte zugestimmt, dass Cäcilia ihn in der Schule, die sie ausgesucht hatte, anmeldete. Das bedeutete auch, dass sie noch mehr für seinen Unterhalt zahlen musste, doch in dieser Frage fühlte Lilly sich zu schwach, um mit ihrer Tante zu streiten.

Eine Stunde später erreichte der Zug Hamburg. Auf dem Bahnsteig herrschte weniger Gedränge, als sie erwartet hätte.

Wie immer war ihr angesichts der Begegnung mit ihrer Tante ein wenig mulmig zumute, aber auf das Wiedersehen mit ihrem Sohn freute sie sich sehr. Mit einem kleinen Lächeln auf dem Gesicht stieg sie aus dem Waggon und schritt forsch den Bahnsteig entlang. Zunächst nahm sie nicht viel Notiz von den anderen Passagieren, doch ein Lachen brachte sie dazu, den Kopf nach links zu wenden. Sie kannte es von irgendwoher …

Im nächsten Augenblick sah sie, wie er ihr von dort entgegenkam.

Er trug einen braunen Nadelstreifenanzug und einen eleganten Hut auf dem Kopf. An seinem Arm ging eine zierliche blonde Frau in einem cremefarbenen Kleid.

Lilly schnappte unwillkürlich nach Luft. Das war Theodor!

Panik ergriff sie. Ihre Füße weigerten sich, auch nur einen Schritt zu tun. Ihr Herz begann zu rasen, und ihre Gliedmaßen wurden kalt. Was suchte er hier? Hatte er sie gesehen?

Sie sah, dass ein Lächeln auf seinem Gesicht aufflammte, als er den Kopf zu seiner Begleiterin neigte. Dasselbe charmante Lächeln, das sie auch auf dem Sommerfest gesehen hatte.

Und wer war die Frau? Eine Bekannte? Seine Ehefrau vielleicht? Sie hatte keinen Kontakt mehr zu ihren Verwandten. Cäcilia war die Einzige, und die hatte nicht erwähnt, dass Theodor geheiratet hätte …

Als er ihr den Kopf zuwandte, hätte sie beinahe aufgewimmert. Doch dann merkte sie, dass er an ihr vorbeischaute. Kein Erkennen auf seinem Gesicht, keine Regung. Sollte er sie wahrgenommen haben, ließ er es sich nicht anmerken.

Ein paar Minuten später stand Lilly noch immer keuchend vor der Bahnhofstür. Die Leute strömten an ihr vorbei, einige rempelten sie an, doch sie regte sich nicht. Sie konnte nicht einmal sagen, wie sie nach draußen gekommen war.

»Was stehen Sie denn hier im Weg?«, blaffte eine Männerstimme. Erst jetzt kam Lilly wieder zu sich. Sie murmelte eine Entschuldigung und eilte dann über den Bahnhofsvorplatz.

»Du bist so blass«, bemerkte Cäcilia, als sie ihr an der Tür entgegentrat. »Du siehst aus, als hättest du einen Geist gesehen.«

»Es geht mir gut«, wehrte Lilly ab. Während des Marsches hatte sie versucht, den aufsteigenden Zorn und die Verbitterung hinter sich zu lassen. So ganz schien es ihr nicht gelungen zu sein.

»Nun, dann komm rein.«

Lilly schälte sich aus ihrem Mantel. Wenig später kam Benjamin auf sie zugelaufen.

»Lilly!«, jubelte er.

Sein blondes Haar war auf der rechten Seite gescheitelt, was ihm aber sehr gut stand. Erneut hatte er nicht nur an Höhe zugelegt, auch wirkten seine Gesichtszüge etwas älter. Der Babyspeck war eindeutig auf dem Rückzug.

Offenbar hatte er schon ein Geschenk bekommen, denn in der Hand hielt er ein Holzschwert, das sie noch nie zuvor gesehen hatte. »Ich bin ein Ritter!«, rief er und bemühte sich, grimmig zu gucken.

»Das Schwert hat er von Reinhard«, bemerkte ihre Tante hinter ihrem Rücken.

Lillys Körper versteifte sich. Es war klar, dass Heller ihm eine Waffe geschenkt hatte. Sie traf bei ihren Besuchen nur selten auf ihn, aber wenn, dann machte er aus seinen Ansichten und seiner Bewunderung für Hitler nie einen Hehl. Einmal hatte er sie sogar gefragt, ob sie das Buch, das er ihr geschenkt hatte, gelesen hätte. Noch nicht, hatte Lilly ausweichend geantwortet und wieder vor Augen gehabt, wie sie das Machwerk im Mülleimer der Klinik hatte verschwinden lassen.

Immerhin war die Namensänderung vorerst vom Tisch, dafür schien er in letzter Zeit geradezu versessen darauf zu sein, aus ihrem Sohn einen Soldaten zu machen.

Doch als sie Benjamin in die Arme schloss, schob Lilly die Gedanken beiseite.

»Herzlichen Glückwunsch zum Geburtstag, mein Schatz.« Sie drückte ihm einen Kuss auf die Wange und merkte zum ersten Mal, dass sie ihn ansprach, wie es eine Mutter tun würde.

36. Kapitel

Zehlendorf, 18. August 1931

Die Tage verstrichen, und Hanna fragte sich, wie es Dr. Conradi wohl erging. Ein wenig hoffte sie darauf, dass er anrufen würde, doch das Telefon blieb stumm. Schließlich brachte das Hausmädchen einen Brief, der an sie adressiert war. Begierig riss Hanna ihn auf und las.

Liebe Hanna,

in der Hoffnung, dass es Ihnen gut geht, schreibe ich Ihnen in den frühen Morgenstunden des 12. August ein paar Zeilen. Es ist die Tageszeit, in der mein Körper noch einigermaßen verlässlich ist und weder meine Lunge noch mein Herz so große Schwäche zeigt, dass ich im Bett liegen muss. Vielleicht ist es der Seeluft zu verdanken oder der Veränderung, doch ich fühle mich tatsächlich etwas besser. Sie haben recht gehabt, etwas Abstand zum Waldfriede hilft tatsächlich, wenngleich ich ständig mit den Gedanken bei unserer Anstaltsfamilie bin. Geht alles seinen gewohnten Gang? Fügt sich Dr. Mertens gut ein? Diese und andere Fragen beschäftigen mich, und es gibt nicht viel, was ich dagegen tun kann.

Immerhin gestatten mir die jungen Kollegen, die mich behandeln, das Bett zu verlassen. Lange Spaziergänge am schönen Strand erlaubt mein schwaches Herz nicht, aber man hat mir jetzt eine Staffelei gebracht. Habe ich Ihnen schon einmal erzählt, dass ich in der Schweiz mit dem Malen begonnen hatte?

Wenn Sie mögen, werde ich Ihnen, wenn ich zurück bin, eines meiner Bilder zeigen.

Soweit ich es einschätzen kann, sind die Herren Mediziner sehr kompetent, dennoch ertappe ich mich dabei, wie ich alles, was sie mir angedeihen lassen, hinterfrage. Ärzte sind zuweilen die schlechtesten Patienten, an diesem Ausspruch ist tatsächlich etwas dran. Ich dachte, nur andere seien so, aber ich habe nun genügend Zeit, um mein eigenes Verhalten zu reflektieren. Wahrscheinlich bin ich einer der schlechtesten Patienten, den sie je hatten, denn welcher Mensch würde es wagen, ihre Therapien zu hinterfragen?

In diesen Tagen wird mir mehr denn je bewusst, dass ich nur ein Sterblicher bin, dessen Zeit auf Erden begrenzt ist. Wenn ich zwischen den Behandlungen und den Gesprächen mit meiner Frau Zeit habe, denke ich an unsere Anstaltsfamilie und frage mich, wie es mit dem Waldfriede weitergehen wird. Haben wir genug getan, um das Haus abzusichern? Sie wissen ja von den zahlreichen jungen Ärzten, die bei uns angefangen haben, dann aber fortgegangen sind. Wen sollte ich als Nachfolger bestimmen, wenn es so sein soll, dass ich meine Arbeit nicht mehr aufnehmen kann?

Aber genug der trüben Voraussichten. Ich hoffe wirklich, dass Sie und alle anderen das Waldfriede gut in Gang halten. Lassen Sie es auch an persönlicher Sorge für sich nicht fehlen, liebe Hanna. Sie sind mir im Haus die wichtigste Stütze, niemandem vertraue ich mehr als Ihnen.

Bleiben Sie gesund!

Mit besten Grüßen
Dr. Louis Conradi

Hanna faltete den Brief wieder zusammen. Bei dem Gedanken daran, wie der Doktor die jüngeren Ärzte in Diskussionen verwickelte, musste sie schmunzeln. Dennoch machte sie der Brief ein wenig schwermütig.

1920, als sie hier anfingen, war er voller Optimismus gewesen. Sogar als das Essen knapp, die Heizung kaputt und die Umstände widrig waren, hatte er nicht resigniert. Und jetzt dachte er darüber nach, die

Leitung des Hauses abzugeben. Das Herz wurde ihr schwer bei dem Gedanken, einen anderen Chef zu bekommen.

»Schwester Hanna?« Geheimrat Borchard trat an sie heran. Er wirkte ein wenig derangiert, weiße Flecken prangten auf seiner dunklen Hose, und auch auf dem Gesicht hatte er ein paar weiße Spuren. Hanna vermutete, dass er auf der Kapellen-Baustelle gewesen war.

»Einer der Arbeiter ist an mich herangetreten wegen der Farbe des Linoleums, das verlegt werden soll. Hat Dr. Conradi Ihnen irgendwelche Anweisungen in der Richtung hinterlassen?«

»Ja«, sagte sie. »Das hat er. Ich rede gleich mit den Herren.« Sie ging zum Schreibtisch und zog aus einer der Schubladen eine kleine Mappe hervor. Damit eilte sie in Richtung Hinterausgang.

Die Kapelle lag oberhalb der Wäscherei, und obwohl sie erst zehn Jahre auf dem Buckel hatte, war bereits eine Renovierung dringend notwendig geworden, denn die ständige Feuchtigkeit hatte der Bausubstanz stark geschadet. Außerdem zeigte sich, dass die Baumaterialien der Nachkriegszeit oft mangelhaft gewesen waren.

Beim Vorbeigehen grüßte sie die Frauen, die in der Wäscherei arbeiteten, und erklomm die Treppe.

Ohne die hölzernen Bänke, die ebenso wie die Kanzel vorübergehend eingelagert worden waren, wirkte der Raum größer, und jedes Geräusch hallte dreimal so stark.

Wie jedes Mal, wenn sie hier oben war, ergriff sie Ehrfurcht, als sie den Spruch auf dem Bogen über der hölzernen Kanzel sah: »Kommet her zu mir alle, die ihr mühselig und beladen seid.«

Sie dachte an den Doktor. Seit Beginn der Renovierung war er nicht mehr hier gewesen. Ob ihm der Trost des eigenen Hauses fehlte?

»Was gibt es, Schwester?«, fragte einer der Bauarbeiter.

»Ich komme wegen des Linoleums«, sagte sie und reichte ihm die Mappe des Doktors. »Hier drinnen finden Sie alles, was Sie brauchen, auch wegen des Wandanstrichs.« Hanna war sicher, dass dies die nächste Frage gewesen wäre.

»Was soll eigentlich mit diesem Spruch da oben passieren?«, fragte der Mann und deutete auf den Bogen. »Sollen wir ihn lassen oder überstreichen?«

»Lassen Sie ihn«, sagte Hanna. »Die Leute sollen wissen, dass es hier einen Ort für ihre Sorgen gibt.«

»Wir könnten ihn erneuern.«

»Lassen Sie ihn. Dr. Conradi hat mir keine anderslautenden Anweisungen gegeben.«

Der Mann nickte mit einem leisen Brummen. Hanna blickte erneut zu dem Geschriebenen. Wie lange schon wünschte sie sich, dass jemand ihr die Last von den Schultern nahm! Doch sie wusste, dass sie sie weiterhin tragen musste – und hoffte, dass Dr. Conradi bald wieder ins Waldfriede zurückkehrte.

***

Louis' Hand zitterte leicht, als er den Pinsel auf die Leinwand setzte. Der Geruch von Ölfarbe und Terpentin stach in seine Nase, und der Strich wurde nicht so gerade, wie er es sich gewünscht hätte. Doch er war froh, seine Hände wieder betätigen zu können.

Vor einem Dreivierteljahr hatte er noch im OP gestanden und mit diesen Händen Menschen von ihren Leiden befreit. Er hatte Kinder auf die Welt geholt, das Skalpell ohne das leiseste Beben geführt, Nähte gelegt, Beine geschient. Jetzt kam er sich wie ein alter Mann vor, der seinem Lebensende entgegensah, und es gab Tage, an denen er stark gegen die Verzweiflung ankämpfen musste, die in ihm aufstieg.

Als die Tür hinter ihm aufging, hielt er inne. War es eine Schwester, die ihm Medikamente brachte?

Er hörte, wie ein Tablett abgestellt wurde, doch es war niemand vom Personal. Als seine Frau neben ihn trat, roch er einen sanften Veilchenduft.

»Du malst die Berge?«, fragte Catherine überrascht.

»Ja«, antwortete er und fuhr mit der Arbeit fort. Bergspitzen, die allmählich aus Nebelschwaden auftauchten, davor ein paar Baumstämme, die sich einsam vor einem Abgrund in die Höhe reckten.

»Warum nicht das Meer?«, fragte sie weiter. »Das hast du doch vor der Nase.«

»Die Berge waren der Ort, an dem wir am glücklichsten schienen.« Er vollendete die Schneekuppe auf einem der Gipfel, dann wusch er den Pinsel in der Terpentinlösung aus und blickte seine Frau an. Die Seeluft tat auch ihr gut. Ihre Miene wirkte gelöster, wenngleich sie sich immer noch sichtlich Sorgen um ihn machte. Hin und wieder sah er in ihr die junge Frau, die er vor so vielen Jahren geheiratet hatte. »Ich denke seit unserer Ankunft hier ständig darüber nach, was werden soll.«

Catherine zog sich einen Stuhl heran und setzte sich zu ihm. »Du solltest vor allen Dingen erst einmal gesund werden.«

»Wer weiß, vielleicht werde ich das nie mehr. Und was dann?«

Ein trauriger Zug erschien auf ihrem Gesicht. »So solltest du nicht reden.«

»Vielleicht nicht. Aber ich trage noch immer die Verantwortung für das Waldfriede. Und wenn ich gehen muss, will ich es in guten Händen wissen.«

»Wer sollte denn dein Nachfolger werden?«

Louis überlegte. In den vergangenen Jahren hatten die Ärzte im Haus immer wieder gewechselt. Die Einzigen, die geblieben waren, waren Erich Meyer und er selbst. Junge Ärzte wie Dr. Steiner hatte es in die Welt gezogen. Einige waren gar nach Afrika und Asien in den Missionsdienst gegangen.

»Erich könnte das Haus übernehmen. Immerhin hat er schon das Sanatorium in Friedensau geleitet. Und Dr. Lexow wäre ein guter Leiter der chirurgischen Abteilung.«

»Und was machst du mit den Frauen?«

»Dr. Rosenbaum ist noch etwas jung, ja, aber ein versierter Frauenarzt. Wenn wir diesen Dr. Mertens dazu bringen könnten, seine Praxis aufzugeben und ins Waldfriede zu kommen …«

»Und wenn du die Frage deiner Nachfolge geklärt hast, was dann?«

Louis' Blick fiel auf das Bild. »Wir könnten dorthin gehen. In die Schweiz.«

Stille folgte seinen Worten. Von draußen ertönte nur das Rauschen des Meeres.

»Wenn ich ehrlich bin«, begann Catherine nach kurzer Pause, »war ich in der Schweiz nicht glücklich. Und wenn du ehrlich bist, warst du es auch nicht. Wenn es dir also nicht mehr vergönnt sein sollte, das Waldfriede zu leiten, dann könnten wir uns doch wenigstens einen Ort in der Nähe suchen. Einen Ort, von dem aus du hin und wieder ins Waldfriede fahren und nach dem Rechten sehen kannst. Denn ich bin sicher, dass du nicht davon ablassen wirst.«

Es stimmte, er würde nicht von seinem Lebenswerk ablassen können. Deshalb bereitete ihm der Gedanke, es in andere Hände zu geben, beinahe körperliche Schmerzen.

»Erinnerst du dich an das, was Peter Hermann uns erzählt hat? Das Wassergrundstück in Werder?«

Wie fern erschien ihm der Ausflug, bei dem er noch gesund gewesen war! Er bedauerte es fast, nicht mit auf den See hinausgefahren zu sein. Und er bedauerte auch, dass er bei Peter nicht mehr nachgefragt hatte.

»Möglicherweise ist das Grundstück schon verkauft.«

»Dann wärst du also einverstanden?« Catherine griff nach seiner Hand. »Ich meine, wenn das Grundstück noch keinen Käufer gefunden hat?«

»Ja«, sagte er, beugte sich vor und gab ihr einen Kuss auf die Schläfe. »Und wenn es weg sein sollte, dann werden wir schauen, ob wir ein anderes finden. Aber erst einmal muss ich gesund werden.«

»Das wirst du«, gab Catherine zurück und berührte seine Schulter.

Ein Klopfen unterbrach ihre Zweisamkeit. Catherine löste sich von ihm und wandte sich um. »Herein.«

Louis rechnete mit einem Arzt oder der Schwester, die ihm die Medikamente brachte.

»Guten Tag«, sagte eine tiefe Männerstimme, die er nur allzu gut kannte.

Langsam wandte er sich um. Sein Vater musste den Friseur aufgesucht haben, denn nicht nur sein mittlerweile schlohweißes Haar war kürzer, auch sein Bart war gestutzt. Er trug einen schon etwas älteren grauen Nadelstreifenanzug, der ein wenig um seine Gestalt flatterte. Offenbar hatte Richard es sich zu Herzen genommen, dass sein Arzt ihn auf Diät setzen wollte.

»Vater?«, fragte Louis verwirrt. »Was machst du denn hier?«

»Darf ich meinen Sohn nicht besuchen?«, gab der alte Conradi zurück, und nachdem er Catherine kurz in die Arme geschlossen hatte, trat er neben ihn. »Immerhin konnte ich mich nicht von dir verabschieden, bevor du aufgebrochen bist.«

Das stimmte, denn sein Vater war seit Anfang des Jahres ständig unterwegs gewesen, erst in Friedensau, dann zur Generalkonferenz in New York. Von dieser war er überraschend früh zurück.

»Natürlich. Ich freue mich, dich zu sehen.« Louis reichte ihm die Hand. Der Händedruck seines Vaters wirkte gegenüber seinem kräftig. Dabei war Richard Conradi schon 74 Jahre alt und er selbst erst 46. »Ich soll dir Grüße von den Wakehams ausrichten. Ich werde ihnen schreiben, dass du in Skodsborg bist. Gewiss werden sie für deine rasche Genesung beten.«

Louis erinnerte sich gut an die Familie seiner Mutter, die zahlreichen Cousins und Cousinen und den greisen Onkel, der im Gegensatz zu seiner Mutter immer bei bester Gesundheit gewesen war.

Richard Conradi ließ sich auf dem Stuhl nieder, auf dem Catherine zuvor gesessen hatte.

»Ich werde mal schauen, ob ich Kaffee und etwas zu essen für dich besorgen kann«, erklärte Catherine und verließ den Raum. Louis wusste, dass sie die Anwesenheit ihres Schwiegervaters immer noch verunsicherte, auch wenn das Thema Enkel längst vom Tisch war. Früher hatte er sie dafür verantwortlich gemacht, dass kein Nachwuchs kam. Doch für die Totgeburt ihrer Tochter konnte sie ebenso wenig wie für die gescheiterten Versuche, das wusste Louis als Frauenarzt nur zu gut.

»Wie ist es in Friedensau gelaufen?«, fragte Louis. Sein Vater hatte versucht, einige Reformen in Gang zu setzen.

»Schlecht«, sagte Richard. »So schlecht, dass wir eine große Aussprache führen mussten. Für einen Moment dachte man sogar daran, mir den Predigerschein abzunehmen.«

»Das können sie doch nicht machen! Ohne dich wäre die Gemeinschaft in Europa nicht das, was sie ist.«

Richard legte seinem Sohn die Hand auf den Arm. »Reg dich nicht auf, mein Junge. Es wird alles gut. Sie haben mir den Schein bis auf Weiteres gelassen. Und ich weiß nun, welchem Weg ich folgen muss.«

Louis runzelte die Stirn. Die Abgeklärtheit seines Vaters beunruhigte ihn. Es wirkte, als hätte er bereits alle Brücken hinter sich abgebrochen. Als wäre es nicht wert, weiter darüber nachzudenken.

»Du solltest jetzt erst einmal wieder gesund werden«, sagte Richard mit einer Güte, die Louis kaum von ihm kannte. Früher war er viel auf Reisen gewesen, als Heranwachsender hatte er kaum etwas von seinem Vater gehabt. Wenn seine Mutter kränkelte, war er derjenige, der für sie sorgte, nicht sein Vater.

»Ich wünschte, ich hätte deine Gesundheit«, sagte Louis. »Aber ich fürchte, mein Herz ist schwach wie das von Mutter.«

»Das Herz deiner Mutter war nicht schwach«, erwiderte Richard. »Ich habe ihr so viel zugemutet, und dennoch stand sie bis zum Schluss an meiner Seite. Ich vertraue darauf, dass sich diese Stärke auch in dir findet.«

37. Kapitel

Zehlendorf, 16. Dezember 1931

Der Winter kam ohne eine Nachricht, wann Dr. Conradi ins Waldfriede zurückkehren würde. Täglich hoffte Hanna auf einen Brief von ihm, doch nach anfänglich beinahe wöchentlicher Post hatte sie von Dr. Conradi nun schon eine ganze Weile nichts mehr gehört.

Hanna wusste nicht, wie sie das auffassen sollte. Hatte seine Frau bemerkt, dass er mit ihr in Kontakt stand? Missbilligte sie es? Oder ging es ihm schlechter?

Sie kam gut mit Dr. Mertens und Geheimrat Borchard aus, aber es war zu merken, dass der eigentliche Chef fehlte.

Das Wartezimmer war nicht so voll, wie sie es gewohnt war. Geheimrat Borchard schob es auf die anstehenden Festtage, aber Hanna fürchtete, dass die lange Abwesenheit von Dr. Conradi der Grund war.

Erst vor Kurzem hatte eine Patientin sie angesprochen: »Es heißt, Dr. Conradi arbeite gar nicht mehr im Waldfriede.«

»Doch, das tut er«, erwiderte Hanna. »Er weilt nur auf einer Erholungskur.«

Sie merkte selbst, dass es ihr immer schwerer fiel, Ausreden und Entschuldigungen zu finden. Sie wusste nicht, was in der Stadt geredet wurde, und der Geheimrat versuchte, ihre Befürchtungen zu zerstreuen, doch ein ungutes Gefühl blieb.

»Guten Morgen, Schwester Hanna«, sagte Dr. Mertens, der ihr im Flur begegnete. Hanna schüttelte die sorgenvollen Gedanken ab und zwang sich zu einem Lächeln.

»Guten Morgen, Dr. Mertens. Sie haben heute wieder OP-Tag?«

»So ist es. Einen Tumor am Eierstock, eine Verwachsung nach Sectio und möglicherweise heute noch eine Geburt, auch wenn es so scheint, dass sich das Kind bitten lässt.«

»Ist die Patientin schon auf Station?«

Mertens schüttelte den Kopf. »Heute wäre ihr Termin, aber bisher habe ich noch nichts von ihr gehört. Vielleicht wird es tatsächlich noch ein Christkind.«

»Dann hoffen wir mal das Beste«, gab Hanna zurück und wünschte ihm einen schönen Tag.

Bevor sie das Sprechzimmer erreichte, kam ihr eines der Küchenmädchen mit wehenden Röcken entgegen.

»Schwester Hanna!«, rief sie, zog einen Umschlag aus der Tasche und reichte ihn ihr. »Das hier ist eben für Sie gekommen.«

»Ein Telegramm?« Hanna strich über das Papier, auf das der Reichsadler gedruckt war.

»Ein Botenjunge war gerade hier. Er sagte, es käme aus Dänemark.«

Was hatte das zu bedeuten? Der Doktor schrieb ihr doch eigentlich Briefe und keine Telegramme!

»Danke«, brachte Hanna schließlich heraus, worauf das Mädchen sich umwandte und in die Küche zurückkehrte.

Hanna stand wie angewurzelt da.

Es musste etwas Dringendes sein, das keinen langen Postweg duldete. Ließ er ihr womöglich mitteilen, dass er schon bald nach Hause kam und sie alles vorbereiten sollte?

Ihr Herz begann erwartungsvoll zu pochen. Mit fahrigen Bewegungen riss sie den Umschlag auf, dann zog sie das kleine Papierstück hervor und las:

+++ Doktor C. in Lebensgefahr +++ Beten Sie für ihn. +++ C. C. +++

***

Vor keiner Zeit grauste es Lilly mehr als vor dem Weihnachtsfest. Wenn sie in die Stadt ging, sah sie überall festliche Dekoration in den Schaufenstern. Gerda lag ihr die ganze Zeit über damit in den Ohren, wie sehr sie sich auf den Entenbraten ihrer Mutter freute, auch die anderen Kolleginnen redeten beinahe ausschließlich von der bevorstehenden Feier.

Ihr Fest bestand seit Jahren daraus, dass sie an Heiligabend traurig auf ihrem Zimmer saß und ihren Erinnerungen nachhing und am zweiten Feiertag nach Hamburg fuhr, wo sie zwar eine geschmückte Stube vorfand, aber auch Cäcilias Kälte und spitzen Bemerkungen ausgesetzt war. In diesem Jahr würde zu allem Überfluss auch der schreckliche Lebensgefährte hinzukommen, was den Besuch sicher noch unangenehmer machte.

In ihrer Unterkunft war von Weihnachten wenigstens nichts zu merken. Martha hatte erzählt, dass das Christfest bei den Adventisten nicht groß begangen wurde, dafür gab es ein Jahresendfest, das ähnlich gefeiert wurde. Und auch sonst war ihre Zimmergenossin nicht besonders festlich eingestellt, was Lilly angenehm war.

»Schwester Lilly?«, riss eine Stimme sie aus ihren Gedanken. Erst jetzt wurde ihr wieder klar, dass sie sich inmitten einer Besprechung befand, an der auch Schwester Gerda und Schwester Martha teilnahmen.

Lilly errötete. »Ja, Herr Professor?«

»Ist alles in Ordnung mit Ihnen? Sie wirken so abwesend.«

»Ja, natürlich.« Sie räusperte sich verlegen. »Entschuldigen Sie.«

Kirsch schaute sie ein wenig skeptisch an, dann fuhr er fort: »Soweit ich es in Erfahrung gebracht habe, können über Weihnachten drei Kinder aus unserer Station nicht abgeholt werden: Richard, Willy und Marie. Dazu kommen noch die Akutfälle Lina und Sophie, die die Betten nicht verlassen dürfen.«

»Haben ihre Eltern denn gar keine Möglichkeit, die Kinder zu sich zu nehmen?«, fragte Gerda. »So allein im Krankenhaus, und das noch über die Weihnachtszeit …«

»Wir werden ihnen wie immer eine schöne Zeit bereiten«, sagte Martha. »Das haben wir all die Jahre getan.«

»Richtig«, stimmte Rudolph Kirsch ihr zu. »Allerdings bedeutet das auch, dass die Dienste entsprechend geplant werden müssen. Durch die Schließung der dritten Frauenstation und allgemeine Kündigungen haben wir einige Kräfte zu wenig, und die evangelischen und katholischen Schwestern werden das Weihnachtsfest begehen wollen.«

»Ich kann über die Feiertage da sein«, platzte Lilly heraus.

Alle Augen richteten sich auf sie.

»Sind Sie sicher?«, fragte Kirsch.

»Ja. Ich … ich habe niemanden, mit dem ich feiern kann. Da kann ich auch nach den Kindern schauen.« Benjamin würde sie vielleicht vermissen, aber ihn könnte sie sicher zwischen den Jahren besuchen und so womöglich auch Heller und seinen Ansichten entgehen.

Lilly bemerkte, dass Gerda und Martha sie mitleidig anschauten. Auch Kirsch wirkte betroffen.

»Also gut, wenn Sie meinen«, sagte er nach einer Weile und machte sich eine Notiz.

***

Das Telegramm fühlte sich den ganzen Tag über wie ein Stein in ihrer Tasche an. Eigentlich hätte sie die Belegschaft benachrichtigen sollen, aber das hatte Hanna bisher nicht übers Herz gebracht.

Wenn sie unbeobachtet war, zog sie das Telegramm hervor und las es wieder und wieder, doch der Inhalt änderte sich nicht. Und jedes Mal fühlte sie dieselbe Angst, dieselbe Ratlosigkeit.

Warum war der Doktor in Lebensgefahr? Was war geschehen?

Um mehr zu erfahren, müsste sie Frau Conradi anrufen, aber war das ratsam, nachdem diese ihr die Schuld für die Erkrankung ihres

Mannes gab? Hanna war immer noch enttäuscht über den Vorwurf, denn sie hatte nun wirklich nichts Ungewöhnliches bemerkt.

Nachdem sie eine Weile auf das Papier gestarrt hatte, kam ihr eine Idee. Sie lief in ihr Zimmer und holte die Visitenkarte, die Eike Rasmussen ihr gegeben hatte. Vielleicht konnte er etwas in Erfahrung bringen, ohne dass Conradis Ehefrau es bemerkte.

Als Dr. Rosenbaum auf Station ging, trat sie ans Telefon und legte die Visitenkarte davor ab. Wie würde er reagieren? Ihr Zusammentreffen war schon anderthalb Jahre her. Sie hatte ihm in all der Zeit nicht geschrieben, und nun rief sie plötzlich an …

Hanna schloss kurz die Augen, fasste Mut, dann hob sie den Hörer ab.

»Ein Ferngespräch nach Dänemark bitte«, sagte sie dem Fräulein vom Amt und nannte die Nummer des Rechtsanwalts.

»Ich verbinde«, versprach die junge Frauenstimme, und es wurde still. Lediglich ein leises elektrisches Knistern war zu vernehmen.

Es dauerte eine ganze Weile, bis sich etwas tat. Doch schließlich hörte sie eine Männerstimme. »Rasmussen.«

»Hallo, hier … ist Hanna. Hanna Richter. Ich weiß nicht, ob Sie sich an mich erinnern …«

»Die hübsche Krankenschwester aus Deutschland!«, sagte er überrascht. »Ich hätte nicht damit gerechnet, je wieder von Ihnen zu hören.«

»Es tut mir leid, ich … ich wollte Ihnen schreiben, aber die Arbeit …«

»Sie brauchen sich nicht zu entschuldigen«, erwiderte er lachend. »Ich habe Ihnen meine Karte nur gegeben, damit Sie mich nicht vergessen. Es war ein Angebot. Und siehe da, jetzt höre ich von Ihnen.«

»Ja«, sagte Hanna ein wenig unsicher. »Allerdings fürchte ich, dass ich nicht ganz uneigennützig anrufe.«

»Worum geht es denn?«, fragte Rasmussen.

»Dr. Conradi ist in Skodsborg eingeliefert worden.«

»Ihr Chef?«

»Ja. Chefarzt unserer Klinik. Ich … wir haben ein Telegramm bekommen, dass er in Lebensgefahr sei …«

»Das tut mir leid«, sagte Rasmussen.

Eine Pause entstand.

»Und was kann ich jetzt für Sie tun?«, erkundigte er sich.

»Ich wollten Sie fragen, ob Sie vielleicht ein bisschen mehr herausfinden können.«

»Warum wenden Sie sich dann nicht an die Klinik?«

»Weil ich glaube, dass wir mehr erfahren hätten, wenn seine Frau es gewollt hätte. Sie hat sicher ihre Gründe, aber dennoch wüsste ich gern …«

Sie hörte, wie der Anwalt tief durchatmete.

»Also gut«, sagte er schließlich. »Ich höre mich um.«

»Wirklich? Danke!«, stieß Hanna hervor.

»Wie kann ich Sie erreichen?«

»Am besten unter der Nummer des Sprechzimmers.« Hanna nannte ihm die Zahlenfolge und hörte, wie ein Stift über Papier kratzte.

»Gut, ich melde mich so bald wie möglich.«

Hanna bedankte sich und legte auf.

***

Nach dem Abendessen wollte Lilly eigentlich gleich auf ihr Zimmer gehen, doch sie wurde von Professor Kirsch abgefangen. Er hatte den Kittel gegen seinen grauen Wollmantel ausgetauscht, in der Hand trug er seinen Aktenkoffer.

»Schwester Lilly, haben Sie vielleicht einen Moment?«

»Natürlich, Herr Professor«, gab sie zurück. »Worum geht es?«

Kirsch blickte über ihre Schulter hinweg, dann sagte er: »Begleiten Sie mich nach draußen? Ich möchte etwas mit Ihnen besprechen, was nicht für aller Ohren bestimmt ist.«

Lilly runzelte kurz die Stirn. »Ich hole nur schnell meine Jacke«, sagte sie dann.

Während sie die Stufen erklomm, fragte sie sich, was Kirsch wollte. Dienstliches hätte er doch auch auf dem Gang besprechen können …

Ein ungutes Gefühl stieg in ihr auf. Und wenn er ihr nun sagen musste, dass auch sie nicht bleiben durfte? In den vergangenen Wochen waren die meisten Schwestern aus der III. Frauenstation entlassen oder beurlaubt worden. Ihre Station hielt sich noch ganz gut, aber was, wenn sich das geändert hatte? Oder wenn es andere schlimme Nachrichten gab?

Hastig warf sie ihre dicke Strickjacke über und lief dann nach unten. Kirsch wartete an der Pforte.

Kälte biss in ihre Wangen, als sie ihm nach draußen folgte. Es war bereits dunkel. Im Lichtschein, der aus den Fenstern fiel, gingen sie in Richtung Tor. Bei den großen Taxuskegeln blieben sie stehen. Dunst waberte an den Straßenlampen vorbei, die die langen Schatten des Zauns auf die leicht mit Reif bedeckten Grasflächen warfen.

Lilly schaute den Professor ängstlich an. »Worum geht es?«, fragte sie mit zitternder Stimme. »Gibt es schlechte Nachrichten?«

»Nein, wie kommen Sie denn darauf?«, fragte Kirsch. Er stockte, und ein etwas unsicherer Ausdruck trat auf sein Gesicht. »Vorhin, als wir über den Dienst an Weihnachten gesprochen haben, da sagten Sie, dass Sie niemanden hätten … Gehe ich recht in der Annahme, dass sich das Verhältnis zu Ihren Eltern nicht gebessert hat?«

Ein Frösteln durchzog Lilly. »Es hat sich nicht gebessert.« Plötzlich waren die Bilder vergangener Weihnachtsfeste wieder da, der große Weihnachtsbaum im Wohnzimmer, Geschenke, auch wenn die Geschäfte ihres Vaters mal nicht so liefen.

Tat sie ihren Eltern vielleicht unrecht? Sie hatten in ihrer Kindheit alles unternommen, was ihnen möglich war, um ihr ein schönes Leben zu bereiten. Bis zu dem Tag, an dem Theodor in ihr Leben getreten war und sie schwanger wurde.

»Nun, es ist sehr nobel von Ihnen«, fuhr Kirsch fort, »die Weihnachtsdienste zu übernehmen, aber noch wäre es mir möglich, Ihnen einen Tag freizugeben. Wo doch alle anderen ebenfalls ihren Urlaub bekommen …«

Lilly sah ihm in die Augen und erkannte in seinem Blick echte Sorge und Teilnahme. Doch sie schüttelte den Kopf.

»Nein, es ist schon gut so. Ich würde ohnehin nur auf meinem Zimmer sitzen, dann kann ich mich genauso gut auch nützlich machen.«

Kirsch nickte. »Gut, dann … wünsche ich Ihnen einen schönen Abend.«

»Danke, Ihnen auch, Herr Professor.« Lilly lächelte ihn an, zog sich die Strickjacke vor ihrer Brust enger zusammen und ging zurück ins Haus.

***

Rastlos marschierte Hanna von einer Ecke des Sprechzimmers in die andere. Niemand wusste, dass sie hier war, und um nicht gestört zu werden, hatte sie die Tür verschlossen.

Sie konnte nicht mit Gewissheit sagen, ob Herr Rasmussen noch an diesem Abend anrufen würde, doch es war ihr angenehmer, hier zu sein anstatt auf ihrem Zimmer. Hier konnte sie beinahe die Anwesenheit des Doktors spüren. Wie gern würde sie ihm beistehen …

Das Klingeln des Telefons ließ sie zusammenfahren. Ihr Herz stolperte kurz, dann griff sie nach dem Hörer und meldete sich.

Tatsächlich war es Rasmussen.

»Es steht nicht besonders gut um Ihren Chef«, sagte er unumwunden. Seine Stimme klang ernst. »Soweit ich in Erfahrung bringen konnte, leidet er unter einer entzündungsbedingten Herzschwäche. Er hat recht hohes Fieber, und die Ärzte wissen nicht so recht, wie sie es in den Griff bekommen sollen.«

Hanna schnappte erschrocken nach Luft. Angst peitschte durch ihren Körper.

»Hanna?«, fragte Rasmussen nach einigen Momenten des Schweigens. »Tut mir leid. Wenn Sie wollen, erkundige ich mich weiterhin.«

»Danke«, sagte sie beklommen. »Aber Sie haben selbst zu tun.«

»Es ist Vorweihnachtszeit, Schwester Hanna! Da sind die meisten

Menschen friedlich und behelligen einander nicht mit irgendwelchen Verfahren.« Er hielt kurz inne und fügte hinzu: »Ich gebe Ihnen wirklich gern Bescheid, wenn ich etwas Neues höre.«

»Das ist sehr freundlich von Ihnen.«

»Dann bis bald, Schwester Hanna. Und denken Sie daran, dass Sie mir auch gern schreiben dürfen.«

»Ich weiß.« Hanna verabschiedete sich und hängte den Hörer wieder auf die Gabel. Alle Kraft schien ihren Körper zu verlassen. Sie ließ sich auf einen Stuhl fallen und schluchzte auf.

38. Kapitel

Zehlendorf, 19. Dezember 1931

Sosehr sie auch gegen den Gedanken ankämpfte, schon bald auf die Beerdigung ihres Chefarztes gehen zu müssen, kam er doch wieder und wieder.

Gegen fünf Uhr morgens gab Hanna ihre Bemühungen, in den Schlaf zu finden, auf. Ihr Körper fühlte sich zerschlagen an, aber ihr Geist raste nach wie vor. Am Sabbat müsste sie eigentlich zum Gottesdienst erscheinen. Es wäre ein guter Zeitpunkt, um der Gemeinde mitzuteilen, wie es um den Doktor stand.

Doch Hanna brachte es nicht übers Herz. Eine ganze Weile starrte sie aus dem Fenster und beobachtete, wie die bleigrauen Wolkenschleier langsam eine goldene Färbung annahmen. Dann erhob sie sich.

Es gab außerhalb des Waldfriede nur einen Menschen, dem sie vertraute: ihre jüngere Schwester Leni. Schon damals, als ihr Verlobter Martin durch eine Kriegsverwundung gestorben war, hatte Leni ihr beigestanden. Und sie war auch für sie da gewesen, als Alexander Kirchfeld sie betrogen hatte. Wenn sie sich bei jemandem ausweinen konnte, dann bei ihr.

Nach der Morgentoilette schlüpfte sie in ein neues blaues Wollkleid, das sie sich vor Kurzem zugelegt hatte, zog ihre Winterstiefel an und warf sich einen silbergrauen Mantel über. Dann verließ sie ihr Zimmer.

Im Haus war noch alles ruhig. Nur aus der Küche drang das Klappern von Töpfen. Die Küchenmädchen waren bereits dabei, das Frühstück für die Patienten und die Belegschaft vorzubereiten.

Hanna nahm den Hinterausgang, denn sie wollte der Nachtschwester an der Pforte nicht erklären müssen, wohin sie ging. Eine halbe Stunde später bestieg sie die Stadtbahn in Richtung Innenstadt.

Ihre Schwester Leni brauchte erst morgen wieder im Gemeindebüro zu erscheinen, wo sie als Hauswirtschafterin arbeitete, es wurde nur erwartet, dass sie am Gottesdienst teilnahm. Den Rest der Zeit hatte sie für sich, und Hanna hoffte, dass sie nicht wieder nach Magdeburg zu ihren Eltern gefahren war.

In den vergangenen Jahren hatte sich ihr Verhältnis zwar ein wenig gelockert, doch sie hielten sich gegenseitig immer noch auf dem Laufenden und unterrichteten einander sofort über wichtige Ereignisse. Dazwischen vergingen Wochen und Monate, in denen sie nichts voneinander hörten, doch das tat ihrer Zuneigung keinen Abbruch.

In der Uhlandstraße verließ Hanna den U-Bahnhof und strebte dem Gemeindebüro zu, über dem Leni immer noch wohnte. Sie war zufrieden damit und trug sich nicht mit der Absicht, zu heiraten. Darin waren sie sich einig.

Hanna klingelte und atmete erleichtert auf, als sie die Stimme ihrer Schwester vernahm.

»Ich bin's, Hanna. Hast du kurz Zeit für mich?«

Als Antwort ertönte ein Summen.

Hanna erklomm die Treppe, begleitet von Erinnerungen an die Jahre zuvor.

Wie die Zeit vergangen war! Hanna hatte es vor sich, als wäre es gestern gewesen: wie Leni im Waldfriede aufgetaucht war, wie Dr. Conradi sie als Köchin angestellt hatte und wie sie dann dem Ruf ins Gemeindebüro gefolgt war. Sie hatte sich eine gute Reputation innerhalb der Gemeinschaft erworben, und aus dem Mädchen, das Angst gehabt hatte, mit einem Missionar verheiratet zu werden, war eine junge, tatkräftige Frau geworden, die auf eigenen Beinen stand.

Ob sie ihr vielleicht helfen konnte, eine neue Anstellung zu finden, für den Fall, dass sie aus dem Waldfriede entlassen wurde?

»Hanna!«, rief Leni, als sie ihr an der Wohnungstür entgegenstürmte. Sie trug bereits das grüne Kleid für den Kirchgang. Ihr blondes Haar war kürzer, als Hanna es in Erinnerung hatte, und in moderne Locken gelegt. Doch das Leuchten in ihren blauen Augen war dasselbe wie immer. Sie schlang ihre Arme um Hannas Schultern und drückte sie fest an sich. »Wie schön, dich zu sehen! Was führt dich her?«

Hanna spürte einen dicken Kloß im Hals, als sie antwortete: »Ich möchte mit dir sprechen.«

Leni zog die Augenbrauen hoch. »Ist etwas passiert? Hast du Nachricht von unseren Eltern bekommen?«

Hanna schüttelte den Kopf. Wenn etwas mit ihren Eltern war, wandten diese sich doch eher an Leni.

»Ich habe ein Telegramm von Frau Conradi erhalten«, sagte sie. »Der Doktor steht auf der Schwelle zum Tod.« Jetzt konnte sie ihre Tränen nicht mehr aufhalten. Weinend warf sie sich in die Arme ihrer Schwester.

Leni führte sie in ihr kleines Zimmer, das wie immer sehr ordentlich und aufgeräumt wirkte. Auf dem Tisch standen ein Schälchen und ein Kaffeegedeck. Eine leichte Apfelnote mischte sich in den Kaffeeduft.

Hanna bemühte sich um Fassung, aber die Tränen liefen und liefen. Leni bugsierte sie auf das schmale Sofa und legte einen Arm um sie. Eine Weile hielt sie sie, dann, als sie sich wieder etwas beruhigt hatte, strich Leni ihr das Haar aus dem Gesicht.

Geduldig wartete sie, bis Hanna bereit war zu sprechen.

»Er ist jetzt schon seit dem Sommer in Skodsborg«, sagte sie. »Wir alle haben gehofft, dass die Kur sein Leiden bessert. Aber es scheint nur immer schlechter zu werden.«

»Du hast mir gar nicht erzählt, dass er krank ist.«

»Ich hatte viel zu tun und dachte, dass es sich schon herumsprechen würde. Außerdem hast du deine eigenen Sorgen.«

»Aber ich habe auch immer ein offenes Ohr für dich. Vielleicht bin ich sogar die Einzige, die weiß, was Dr. Conradi dir bedeutet.«

Hannas Wangen begannen zu glühen. Die Erwiderung »Er ist eben mein Chef« lag ihr auf der Zunge, doch ihrer Schwester brauchte sie nichts vorzumachen. »Ich habe ihn gern.«

»Du hast ihn nicht nur gern«, sagte Leni. »Du liebst ihn. Auf welche Art auch immer. Ich wette, ihr seid immer noch eine Einheit im Sprechzimmer und er erzählt dir beinahe alles.«

Hanna nickte und wischte sich die Tränen vom Gesicht. »So ist es. Und er fehlt mir so sehr! Gleichzeitig fühle ich mich hilflos, alle Gebete scheinen nicht zu helfen.«

»Wunder brauchen manchmal ein wenig Zeit«, gab Leni zurück und zog sie an sich. Hanna ließ sich gegen ihre Schwester sinken. Ihre Wärme und die kräftigen Arme machten sie ein wenig ruhiger. Würde es ein Wunder für Dr. Conradi geben? Das konnte wohl nur die Zeit zeigen.

»Danke«, sagte sie schließlich und drückte ihrer Schwester einen Kuss auf die Wange.

»Ich bin immer da für dich, das weißt du doch.« Sie hielten sich noch eine Weile, schließlich fragte Leni: »Hast du schon etwas gegessen? Ich war gerade dabei, Eierkuchen mit Apfelkompott zu machen.«

Hanna lächelte. »Wenn du noch etwas für mich übrig hast …«

»Natürlich«, sagte Leni und zog sie mit sich in die kleine Küche.

Als der Zug in den Bahnhof Zehlendorf-Mitte einfuhr, fühlte Hanna sich schon etwas besser. Lenis Zuspruch hatte ihr gutgetan und gab ihr Kraft für das, was nun vor ihr lag.

Sie stieg aus dem Zug und machte sich auf den Weg zu Dr. Meyer, der das Obergeschoss eines Hauses im hinteren Teil Zehlendorfs bewohnte. Schon von Weitem konnte sie das Auto sehen, das vor dem Haus parkte. Dr. Meyer hatte es sich vor einem Jahr zugelegt, um bei Notfällen außerhalb seiner Dienstzeit schneller im Waldfriede zu sein.

Hanna trat an die Tür und klingelte. Wenig später erschien Dr. Meyer.

Sein Anblick in dunklen Anzughosen und hellblauem Hemd wirkte auf Hanna, die ihn meist nur im Kittel sah, ungewohnt.

»Du meine Güte, Hanna, wo waren Sie denn?«, fragte er erschrocken. »Wir haben Sie beim Gottesdienst vermisst und dachten, Sie wären krank.«

»Ich war bei meiner Schwester«, antwortete sie. »Ich muss Ihnen etwas sagen.«

Die Falte zwischen seinen Augen wurde tiefer. Dann öffnete er die Tür und bat sie herein. Sie erklommen die Treppe, und wenig später saß Hanna in Dr. Meyers Wohnstube. Seine Frau war bei einer Bekannten, auf dem Tisch stand eine Teekanne.

»Das ist gestern gekommen.« Hanna zog das Telegramm aus der Tasche und reichte es ihm. »Ich weiß, ich hätte es der Belegschaft eher mitteilen sollen, aber ich … konnte nicht.«

»Großer Gott«, brummte Meyer und schloss die Augen. »Wie konnte sich sein Zustand so schnell verschlechtern? Ich dachte wirklich, dass ihm die Kur guttun würde …«

Hanna berichtete, dass sie in Skodsborg angerufen hatte, verschwieg aber, dass es Rasmussen war. Dr. Meyer folgte ihrer Schilderung mit entsetzter Miene. Nach einer Weile glitzerte es auch in seinen Augen verräterisch.

»Und das gerade jetzt«, sagte er. »Wir mussten schon eine Station schließen, und die Unsicherheit bei den Angestellten ist groß.«

»Aber was können wir denn tun?«, schluchzte Hanna. »Ich bin es leid, hilflos dazusitzen!«

»Den Menschen hier einfach das Gefühl geben, dass wir mit dieser Krise fertig werden. Dr. Conradi würde genau das von Ihnen erwarten. Sie können ihm nicht helfen, und wenn es Gott gefallen sollte …« Er stockte und schluckte die Tränen herunter. »Wenn es so sein soll, dass wir ihn zum ewigen Schlaf betten müssen, können wir es nicht verhindern.«

Hanna schüttelte traurig den Kopf. Nein, das konnten sie nicht. Aber musste es denn so weit kommen?

39. Kapitel

Zehlendorf, 24. Dezember 1931

Heiligabend begann mit grauen Wolken und leichtem Nieselregen, der den Schnee, der die Tage zuvor gefallen war, schwer und matschig machte.

Lilly stand am Fenster der Kinderstation und schaute hinunter auf den Hof, wo einer der Assistenzärzte mit wehendem Kittel aus den Bädern kam. Er verschwand hinter der Hausecke, die sie von hier aus nicht einsehen konnte.

Die kleinen Patienten, die im Haus bleiben mussten, spielten »Ich sehe was, was du nicht siehst«. Nachher würde der Masseur kommen und mit ihnen die Übungen machen, sonst bot der Tag keine wesentlichen Höhepunkte.

Doch Lilly hatte sich etwas ausgedacht, damit ihr Fest nicht zu traurig wurde. Sie hoffte nur, dass es klappen würde.

»Guten Morgen!«, grüßte Dr. Wolf, einer der neuen Assistenzärzte, der über die Feiertage den Dienst auf ihrer Station übernahm. Er hatte kurzes brünettes Haar, ein Grübchen am Kinn und überragte Lilly um mehr als einen Kopf. Der Kittel wirkte stets ein wenig zu kurz an seinen langen Armen.

Professor Kirsch war, da er Urlaub hatte, nicht im Haus.

»Na, Schwester Lilly, wie geht es unseren Patienten heute?«

»Soweit ich einschätzen kann gut. Vielleicht fragen Sie sie selbst.«

Lilly lächelte und stellte sich dann hinter den Arzt. Als dieser mit seinen Untersuchungen fertig war, fragte sie: »Freuen Sie sich schon auf das Weihnachtsfest, Herr Doktor?«

»Wie man es nimmt«, antwortete er. »Es ist ja eigentlich jedes Jahr dasselbe. Als Kind fand ich diesen Tag großartig, aber nun … Ich werde bei meiner Mutter erwartet, die vorhat, mich mit Gans und Klößen bis zur Unförmigkeit zu mästen.«

»Das klingt doch eigentlich gar nicht schlecht. Ein wenig Mutterliebe schadet niemandem, nicht wahr?«

»Nein, da haben Sie recht«, entgegnete der Mediziner ein wenig betreten. Lilly wusste, dass die meisten Angestellten davon ausgingen, dass sie keine Eltern mehr hatte. »Ich werde dem Bademeister ein paar Anweisungen geben. Wenn etwas ist, ich bin auf der Inneren.«

»In Ordnung«, erwiderte Lilly.

Als Bademeister Carl Rohleder bei den Kindern eintraf, um mit einigen von ihnen die täglichen Gymnastikübungen zu machen, ging Lilly hinunter in die Küche. Schon ein paar Tage zuvor hatte sie bei Herrn Frank, dem Leiter, vorgesprochen und gefragt, ob es möglich sei, Lebkuchen für die Kinder zu bekommen.

»Ich werde sehen, was ich tun kann«, sagte er. »Die Zeiten sind alles andere als rosig, ich kann also nicht zu viel versprechen.«

In der Küche traf sie auf Erna und Waltraud, die gerade dabei waren, Möhren für das Mittagessen zu schälen.

»Herr Frank wollte etwas für mich zurücklegen«, erklärte sie und reckte den Hals, doch sie konnte den jungen Küchenchef, der dem im vergangenen Jahr verstorbenen Herrn Klein gefolgt war, nirgends entdecken.

Die Mädchen sahen sich verwundert an, dann schien bei Waltraud der Groschen zu fallen.

»Ach ja!«, sagte sie, wandte sich um und kehrte schließlich mit einem kleinen Beutel zurück, dem ein würziger Duft entströmte.

Lilly bedankte sich und verließ die Küche wieder.

Ihre nächste Station war das Gärtnerhäuschen in der Nähe der

Gewächshäuser. Diese standen momentan leer, die Scheiben waren mit dicken Eiskristallen bedeckt. Der rauchende Schornstein zeigte an, dass der Gärtner daheim war. Lilly klopfte, und wenig später stand sie Wilhelm Jasper gegenüber. Es war ein drahtig wirkender Mann mit runder Nickelbrille und zur Seite gekämmtem blonden Haar. Die Narbe auf seiner Wange stammte aus dem Großen Krieg, der ihn in französische Gefangenschaft geführt hatte. Dieser entronnen, hatte er vor fünf Jahren hier im Waldfriede begonnen und war nach dem Tod seines Vorgängers Lüdtke zum verantwortlichen Gärtner des Hauses ernannt worden.

Lilly hatte nur selten direkt mit ihm zu tun, aber bei den Mahlzeiten sah sie ihn häufig und lauschte hin und wieder auch einer der Geschichten, die er zum Besten gab.

»Herr Jasper, bitte verzeihen Sie, dass ich Sie am Sabbat behellige«, begann sie. »Ich habe gesehen, dass Sie Tannensetzlinge ziehen. Würden Sie mir einen davon ausleihen?«

Die buschigen Augenbrauen des Gärtners hoben sich verwundert. »Wozu brauchen Sie einen Tannensetzling?«

»Wir haben ein paar evangelische und katholische Kinder hier, deren Eltern sie zu Weihnachten nicht holen können. Ich möchte ihnen mit einem Bäumchen eine kleine Freude machen.«

Der Gärtner überlegte.

»Ich möchte ihn nicht beschädigen, er soll nur ein wenig Freude spenden. Nach dem Fest bekommen Sie ihn unversehrt zurück.«

»Gut, suchen Sie sich im mittleren Gewächshaus einen aus.«

Lilly bedankte sich und ging in das Gewächshaus, in dem Töpfe mit Setzlingen standen. Lilly wählte einen etwas größeren, der schon als Tanne erkennbar war, dann kehrte sie ins Haus zurück.

Als die Kinder die Tanne sahen, begannen ihre Augen zu leuchten.

»Bekommen wir einen Weihnachtsbaum?«, fragte Marie.

»Ja«, antwortete Lilly.

»Und Geschenke?«, wollte Willy wissen.

»Zumindest ein kleines«, gab Lilly zurück. »Und heute Nachmittag werden wir den Schmuck basteln.«

Im Garten hatte Lilly genug Strohhalme gefunden, die mit etwas Zwirn zu Sternen verarbeitet werden konnten. Den ganzen Nachmittag über bastelte sie mit den Kindern und vertrieb ihnen so die langweiligen Stunden. Zum Abend hin machte sie dann eine kleine Bescherung mit den Lebkuchen, die der Küchenchef mit Zuckerguss verziert hatte.

Als der Abend hereinbrach, fühlte sie sich erschöpft, aber glücklich. Martha würde bald den Nachtdienst übernehmen, und sie konnte hoffentlich ohne von Träumen verfolgt zu werden in den Schlaf sinken.

Ein Klopfen an die Tür des Kinderzimmers ließ sie hochschrecken. Ehe sie antworten konnte, erschien Rudolph Kirsch. Er trug Hut und Mantel, ein cognacfarbener Schal war leger um seinen Hals geschlungen.

»Herr Professor, was machen Sie denn hier?«, fragte Lilly verwundert. »Es ist doch Sabbat!«

»Es war Sabbat, aber die Sonne ist untergegangen, also hat die neue Woche begonnen«, antwortete er. »Sie haben doch jetzt Feierabend, oder nicht?«

»Ja, in ein paar Minuten.«

Kirsch stutzte. »Was ist das?«, fragte er und deutete auf den kleinen Tannenbaum auf dem Tisch, den einige Strohsterne zierten.

»Der Gärtner hat mir einen seiner Setzlinge ausgeliehen, und ich habe mit den Kleinen Schmuck dafür gebastelt.«

Kirsch lächelte. »Sie sind wirklich ein Segen für das Kinderzimmer«, sagte er. »Aber Sie sollten auch an sich denken. Immerhin ist die Heilige Nacht ein Fest für die Christen.«

»Und wie könnte man das besser feiern als mit Kindern«, gab Lilly melancholisch zurück.

»Da haben Sie durchaus recht. Trotzdem haben Sie eine Pause verdient.«

In diesem Augenblick trat Schwester Martha durch die Tür. Sie war ebenfalls erstaunt über Kirschs Anwesenheit.

»Ich wollte nur noch einmal nach meinen Patienten sehen.« Er wandte sich Lilly zu. »Würden Sie mich begleiten? Ich möchte noch etwas mit Ihnen besprechen.«

»Natürlich, Herr Professor.«

Lilly folgte Rudolph Kirsch den Flur entlang durch die Stationstür. Als sie die Treppe erreichten, sagte er: »Möchten Sie sich vielleicht einen Mantel holen? Draußen ist es ziemlich kalt.«

»Draußen?«

Kirsch verzog keine Miene. »Tun Sie mir den Gefallen, bitte!«

Verwirrt erklomm Lilly die Stufen. Was wollte Kirsch von ihr?

In ihrem Zimmer griff sie nach Mantel und Schal, schlüpfte in ihre Stiefel und ging dann wieder nach unten.

»Können Sie mir das, was Sie mir sagen wollen, nicht auch hier mitteilen?«, fragte sie, während sie sich den Mantel überwarf und den Schal um ihren Hals schlang.

»Nein, das geht nicht.« Ein hintergründiges Lächeln huschte kurz über sein Gesicht. »Sind Sie bereit?«

»Ja.« Lilly nickte und schloss sich Kirsch an.

»Was meinen Sie, wird Schwester Martha den Kindern heute etwas vorsingen?«, fragte er, als sie unten ankamen.

»Das … weiß ich nicht«, sagte Lilly verwirrt.

»Sie hat eigentlich eine ganz passable Stimme. Ich weiß nicht, ob Sie sie mal während der Freitagsrunden singen gehört haben.«

»Da bin ich meist schon außer Haus«, gab Lilly ein wenig verunsichert zurück.

»Ich auch, aber hin und wieder bin ich nicht schnell genug weg. Das Singen ist schon etwas Besonderes, das sollten Sie sich anhören. Man könnte fast meinen, mit dem adventistischen Glauben ginge auch musikalisches Talent einher. Beinahe jeder von ihnen spielt ein Instrument.«

Lilly blickte zur Seite. Was sollte das? Kirsch wollte sich doch wohl nicht wirklich über den Chor der Adventgemeinde mit ihr unterhalten?

Mittlerweile waren sie im Park angekommen, doch Kirsch schien nicht daran zu denken, halt zu machen.

»Wohin gehen wir?«, fragte Lilly.

»Nur noch ein Stück«, antwortete er frohgemut. »Kommen Sie, es ist nicht mehr weit.«

Lilly zog den Mantel enger um ihre Schultern. Die hohen Bäume, die das Gelände umstanden, rauschten unheilvoll. Als sie sich umwandte, lag das Krankenhaus schon ein gutes Stück entfernt, sodass das Licht, das aus den Fenstern fiel, sie hier nicht mehr erreichte. Nur ein paar Straßenlampen leuchteten durch die Baumstämme.

Da tauchte plötzlich ein kleines Gebäude vor ihnen auf. Es war aus Holz, und Lilly wusste auf einmal, was es war. Bei einem Spaziergang mit Gerda hatte diese sie auf die Schutzhütten aufmerksam gemacht.

»Hier schlafen wir ab und zu im Sommer«, erklärte sie. »Sie sind für die Schwestern gedacht, aber manchmal glaube ich eher, dass Dr. Conradi sie errichten ließ, um Obdachlosen eine Unterkunft zu geben.«

Ein Lichtschein drang aus dem Fenster. Ein Verdacht drängte sich Lilly auf. Hatte er hier eine Patientin versteckt? Jemanden, der wegen Geldmangels nicht wagte, das Haus zu betreten?

»Kommen Sie«, sagte er und öffnete die Tür.

Was Lilly in der Hütte erblickte, ließ ihre Augen leuchten.

40. Kapitel

Im milden Lichtschein zweier Petroleumlaternen sah Lilly keinen bedürftigen Menschen, sondern einen gedeckten Tisch. Die Tischdecke war weiß und rot kariert, es gab einen Korb mit Brötchen, eine Terrine, Teller, auf denen Obst und verschiedene Speisen angerichtet waren.

»Wir Juden feiern Weihnachten nicht«, erklärte er. »Aber was hält mich davon ab, heute mit Ihnen einen netten Abend zu verbringen?«

Für einen Moment konnte Lilly kein einziges Wort sagen. Wie festgefroren stand sie in der Tür, unschlüssig, ob das alles nicht nur ein Traum war.

»Aber … warum?«, fragte sie, während ihr ein fremdartiger süßer Geruch in die Nase stieg.

»Weil ich finde, dass Sie heute nicht allein oben auf Ihrem Zimmer sitzen sollten.«

Lilly wandte sich um. Tränen stiegen ihr in die Augen und verwischten das Bild des Professors. »Das haben Sie alles für mich gemacht?«

»Meine Schwester. Dies sind die Reste des Sabbatmahls, sie bereitet immer viel zu viel zu, und für gewöhnlich esse ich dann eine ganze Woche davon. Aber diesmal dachte ich mir, ich könnte Ihnen eine Freude bereiten. Sie haben doch nichts gegen koscheres Essen?«

Lillys Mund klappte auf, ohne dass sie einen Ton hervorbrachte. Noch immer konnte sie nicht glauben, das dies hier wirklich geschah.

»Nein, ich …«, presste sie schließlich hervor. »Was ist denn koscheres Essen?«

Kirsch schob sie hinein und schloss die Tür hinter ihnen. »Sie wollen doch sicher nicht, dass uns alles gefriert.«

Er nahm den Hut vom Kopf und lockerte ein wenig den Schal. Einen Ofen gab es nicht, weshalb sich die Temperatur hier drinnen kaum von der äußeren unterschied. Aber die Lampen spendeten wenigstens etwas Wärme.

»Setzen Sie sich«, sagte Kirsch. »Dann erkläre ich Ihnen, was das alles ist und was koscher bedeutet.«

Lilly ließ sich auf einem der Holzstühle nieder. Ihre Augen schweiften über die Speisen, von denen einige aussahen wie Aufläufe, andere wie Eintopf. Als Kirsch den Deckel der Terrine öffnete, entdeckte sie darin einen in Aspik eingelegten Fisch, der mit Ei und einer undefinierbaren Masse gefüllt war.

Kirsch deutete nacheinander auf die Speisen.

»Das sind Eier mit Zwiebeln, Tscholent und Challa.« Mit dem letzten Wort deutete er auf einen Brotlaib, der ein wenig wie ein Hefezopf aussah. »Außerdem noch etwas Kugel, das ist ein Auflauf, und Gefilte Fisch. Ein traditionelles Mahl am Sabbat.«

Lilly lief das Wasser im Mund zusammen, auch wenn sie nicht einmal die Hälfte verstanden hatte.

»Womit … fängt man an?«

»Challa und Kugel schmecken süß, das werden Sie sicher als Nachspeise essen wollen. Alles andere ist würzig. Vielleicht fangen Sie mit Tscholent an? Ich habe auch ein paar Gewürzgurken dabei.«

Lilly nickte, und der Professor füllte ihren Teller mit dem Eintopf, in dem sie Linsen und Kartoffeln erkannte. Er selbst tat sich auch auf, sprach einen kurzen Segen auf Hebräisch, dann wünschte er ihr einen guten Appetit.

Schon beim ersten Bissen füllte sich Lillys Mund mit Aromen, die sie noch nie zuvor geschmeckt hatte.

»Welches Fest feiern Sie denn anstelle von Weihnachten?«, fragte sie kauend. »Oder gibt es so etwas bei Ihnen nicht?«

»Wir feiern im November oder Dezember Chanukka«, antwortete er.

»Allerdings gibt es keinen festgelegten Tag dafür, traditionell haben Juden eine andere Zeitrechnung. Bei uns beginnt am 25. Tag des Monats Kislew, das war in diesem Jahr der 4. Dezember. Im nächsten wird unser Fest wahrscheinlich mit dem Ihren zusammenfallen.«

»Und was wird da gefeiert? Ich meine, Sie verehren doch auch Gott?«

»Natürlich, nur bei uns nennen wir ihn Jahweh. Schreiben würde man das JHWH, weil das Hebräische keine Vokale hat und man bei uns Gottes Namen nicht ausschreiben darf.« Er machte eine Pause, dann fuhr er fort: »Chanukka ist das Lichterfest. In früheren Zeiten schändeten die Griechen einen jüdischen Tempel. Als dieser zurückerobert wurde, sollte zur Wiedereinweihung die Menora, ein siebenarmiger Leuchter, entzündet werden, der niemals verlöschen durfte. Es war aber nur noch ein Kännchen Öl da, das bestenfalls einen Tag gereicht hätte. Doch durch den Willen Gottes brannte er ganze acht Tage lang. Deshalb gibt es an Chanukka einen besonderen achtarmigen Leuchter, den wir während der Zeit des Fests in die Fenster stellen.«

Lilly schwirrte der Kopf. Zwei Zeitrechnungen in einem Land, fremdartige Bräuche. Die Dinge, die sich die Leute von Juden erzählten, waren ganz andere. Und das, was Reinhard Heller sagte, war zu furchtbar, um es Kirsch gegenüber zu erwähnen.

»Das ist alles sehr faszinierend«, sagte sie. »Ich wünschte, man würde uns in den Schulen unterrichten, welche anderen Gebräuche es in diesem Land gibt.«

Ein trauriges Lächeln erschien auf Rudolph Kirschs Gesicht. »Ich glaube kaum, dass sich die Menschen, die hier die Schulen verantworten, für unsere Kultur interessieren. In jüdischen Schulen werden diese Dinge gelehrt.«

»Unterrichtet man in jüdischen Schulen auch … christliche Feiertage?«

»Natürlich! Wie alles, was mit dem täglichen Leben zu tun hat. Schließlich sind wir deutsche Staatsbürger.«

»Dann haben die gewöhnlichen Schüler einen Nachteil.«

»Das könnte man so sagen.«

Kirsch betrachtete sie auf eine Weise, die ihr warme Schauer über den Körper jagten.

Lilly spürte eine Frage in sich aufsteigen. Dass Kirsch hier war, war nicht selbstverständlich. Natürlich konnte er seiner Frau gesagt haben, dass er Dienst hatte. Doch wie erklärte er ihr, dass er so viel Essen mitgenommen hatte?

»Vermisst Ihre Frau Sie nicht?«, sprach sie ihren Gedanken laut aus.

Kirsch hielt inne. Sie sah, wie er schluckte, dann fragte er: »Wie kommen Sie darauf?«

»Ich … ich habe Sie vor einiger Zeit gesehen, als ich mit Gerda im Scheunenviertel war. Sie gingen dort mit einer Frau am Arm … Einer sehr schönen Frau.«

Kirsch runzelte die Stirn, dann schien es ihm einzufallen. »Ah, Sie meinen sicher meine Schwester.«

»Ihre Schwester.«

»Ja, Sarah. Mit jemand anderem bin ich freitags nicht unterwegs.« Er machte eine Pause, dann erklärte er: »Sie studiert Geschichte an der Friedrich-Wilhelms-Universität.«

»Das ist ein schönes Fach«, sagte Lilly und versuchte, sich ihre Erleichterung nicht anmerken zu lassen.

»Das wird sie freuen zu hören.« Kirsch lachte kurz auf. »Ich hole sie am Freitagabend immer ab, und wir gehen gemeinsam in die Synagoge. Damit versuche ich sie davor zu bewahren, dass sie von Männern belästigt wird.«

»In der Universität sind auch Männer.«

»Das stimmt. Und wie Sie richtig festgestellt haben, ist Sarah eine Schönheit. Es gibt so einige Männer, die ein Auge auf sie geworfen haben. Aber das Klientel, das sich am Freitagabend durch das Scheunenviertel bewegt, ist noch ein anderes. Da ist es schon besser, wenn ich sie begleite.«

Die Szene, wie Kirsch im Postamt von den Braunhemden belästigt wurde, kam ihr wieder in den Sinn. Wie mochte es einer Jüdin ergehen? Gingen die Kerle so weit, dass sie auch Frauen schlugen?

»Aber um die Frage zu beantworten, die Sie mir nicht stellen wollen: Ich bin nicht verheiratet. Sarah ist die ganze Familie, die ich noch habe, unsere Eltern sind an der Spanischen Grippe gestorben. Meine Arbeit und meine Forschungen haben mir bisher keine Zeit dazu gelassen, eine Beziehung zu einer Frau zu vertiefen. Man wird nicht mit vierunddreißig Jahren zum Professor ernannt, wenn man nicht Herausragendes leistet. Und das meine ich jetzt ganz ohne Eigenlob.«

Er zwinkerte ihr zu. »Sie wissen aber, dass junge Frauen sich nicht an so einem gefährlichen Ort wie dem Scheunenviertel herumtreiben sollten?«

Jetzt erlaubte sich Lilly ebenfalls ein Lächeln. »Oh, ich glaube, Sie sollten sich um Gerda keine Sorgen machen. Sie mag noch sehr jung sein, hat aber Haare auf den Zähnen und weiß sich ihrer Haut zu wehren.«

»Ich mache mir eher Sorgen um Sie, Lilly!«, gab er zurück, und der Blick, mit dem er sie nun bedachte, brachte ihre Magengrube zum Kribbeln.

Gegen Mitternacht verließen sie die Schutzhütte wieder. Alles war still, die meisten Lichter im Krankenhaus erloschen. Mond und Straßenlampen warfen ihr Licht durch die Bäume.

»Vielen Dank für das wunderbare Essen«, sagte Lilly, die wusste, dass diese Worte nicht im Geringsten ausdrücken konnten, wie groß ihre Freude über das war, was er für sie getan hatte.

»Es war mir ein Vergnügen«, erwiderte er. »Und wenn Sie möchten, können wir das gern wiederholen. Dann aber in einem warmen Raum. Bei mir zu Hause zum Beispiel.«

Lilly errötete. »Wissen Sie, ich … ich muss Ihnen etwas sagen, aber ich weiß nicht, wie ich beginnen soll.«

»Beginnen Sie einfach«, sagte Kirsch freundlich.

»Ich … ich kann nicht, aber ich muss.« Lilly legte den Kopf in den Nacken und schaute nach oben. Die Sterne funkelten hell über ihnen. Die Nacht war einfach perfekt. Auch wegen der Zeit, die sie mit Rudolph Kirsch verbracht hatte.

Doch im Hintergrund lauerte der Schatten ihrer Vergangenheit. Angst überkam sie. Wenn Kirsch sie nun deswegen zurückwies? Wenn er seine große Geste an sie bereute?

Sie wusste nicht, was es war, das sie spürte und worauf Kirsch hinauswollte. Doch konnte sie sich auf ihn einlassen mit einem Geheimnis im Nacken?

Einen Moment lang trat sie auf der Stelle, dann schaute sie ihn an. »Ich … ich habe einen Sohn.«

Lillys Herz schlug so laut, dass sie schon fast fürchtete, er könnte es hören. Hatte sie einen Fehler begangen?

Kirschs Augen weiteten sich erstaunt. »Aber Sie … Davon steht nichts in Ihrer Akte, und Sie wohnen doch auch im Haus.«

Lilly presste die Lippen zusammen. Verlor sie jetzt alles? Wenn ja, hatte sie es wohl verdient …

Tränen stiegen ihr in die Augen, als sie fortfuhr. »Er lebt bei meiner Tante. Als ich ihn bekam, war ich fünfzehn Jahre alt.«

Kirsch wirkte wie versteinert. Doch jetzt gab es kein Zurück mehr. Wenn er sie schon nicht mehr wollte, sollte er wenigstens wissen, was ihr Grund gewesen war, es für sich zu behalten.

»Ich war nicht leichtfertig, ich … ich habe mich nur in jemanden verguckt. Einen Cousin, der durch Heirat in die Familie gekommen war. Er … er hat meine Schwärmerei ausgenutzt und mich …« Sie schluckte. Noch nie zuvor hatte sie einem Fremden davon erzählt. Und der Mann vor ihr war ihr Chef! Auch wenn sie das Gefühl hatte, dass er mehr sein wollte als das. »Er hat mir Gewalt angetan.«

Bleierne Stille folgte. Auf einmal schien es ringsherum noch kühler zu werden. Lilly wagte nicht, sich zu bewegen. Es war, als würde der Boden unter ihr schwanken, doch sie fiel nicht um.

Rudolph Kirsch stand ebenfalls wie versteinert da. Die Sekunden dehnten sich. Lilly war in diesem Augenblick nicht imstande, etwas zu denken, geschweige denn darum zu bitten, dass er sie nicht verlassen würde.

Schließlich räusperte er sich. »Es ist mir ganz gleich, was früher war«, begann er. »Alles, was ich in diesem Augenblick empfinde, ist Zorn und Verachtung für den Mann, der Ihnen das angetan hat. Und ich empfinde … Zuneigung für Sie. Für dich, Lilly.«

Lilly schaute ihn an. Im nächsten Augenblick reagierte ihr Körper, noch bevor ihr Verstand richtig realisieren konnte, was er da sagte.

Sie machte einen Schritt auf ihn zu, schlang ihre Arme um ihn, dann küssten sie sich.

Wieder schien die Zeit stehen zu bleiben, doch nun wurden sie von Wärme umgeben. Von einem Licht, das aus ihrem Inneren zu strahlen schien. Sie spürte Rudolphs Wärme und hätte ihn am liebsten nicht mehr loslassen wollen.

Als sich ihre Lippen voneinander lösten, mischten sich ihre Atemwolken, und ihre Stirn lehnte sich gegen seine.

Wieder konnte keiner von ihnen etwas sagen. Minutenlang schauten sie sich nur an. Schließlich fasste er sich, trat ein Stück zurück und betrachtete sie.

»Ich … ich hoffe, meine Geschichte erschreckt dich nicht zu sehr«, sagte sie, als sie auf das Waldfriede zuschritten. Das gefrorene Gras und der Schnee knisterten leise unter ihren Schuhen.

»Sie ist erschreckend«, sagte er. »Doch alles, was ich sehe, ist eine faszinierende Frau. Und ich kann es kaum erwarten, deine ganze Geschichte zu erfahren.«

Lilly öffnete den Mund, doch Rudolph schüttelte den Kopf. »Nicht jetzt. Nicht hier. Wir nehmen uns Zeit und du bestimmst den Zeitpunkt. Ja?«

Sie nickte.

»Lilly«, sagte er und nahm ihre Hände sanft in seine. »Du hast morgen frei.«

»Aber …«

»Ich habe Liane und Berta aus der Frauenstation eingeteilt, um nach den Kindern zu sehen.« Er schaute sie an. »Besuche deinen Sohn, auch wenn der neue Mann deiner Tante dort ist. Feiere mit dem Kleinen. Ich werde ab dem 27. im Urlaub sein, aber wenn ich zurück bin, schauen wir, was aus uns wird. Wenn du es willst.«

»Ja«, sagte Lilly. »Ich will es.«

Wieder schloss er sie in die Arme und küsste sie erneut.

»Also dann, eine gute Nacht, Lilly.«

»Gute Nacht … Rudolph.«

41. Kapitel

Zehlendorf, 26. Dezember 1931

»Du hast ja doch Weihnachten gefeiert!«, bemerkte Martha, als sie vom Nachtdienst nach oben kam. Es war das erste Mal, dass sie sich seit dem Heiligen Abend sahen. »Professor Kirsch meinte, dass du es dir überlegt hättest.«

»Ja, es … war auch überraschend für mich.« Wenn sie an das Festessen und den Kuss zurückdachte, kribbelte es in ihrem Bauch. Sie dachte an seine kräftigen Arme, daran, wie er sie gehalten hatte, und sehnte sich danach, ihn wiederzusehen.

Das Glück, das in ihrem Innern loderte, schien sich auch auf andere Dinge zu übertragen. So war der Besuch bei Cäcilia angenehmer als sonst verlaufen. Heller war nicht da gewesen, weil er zu seiner eigenen ersten Familie musste. Und Benjamins Augen hatten gestrahlt, als sie ihm ein kleines Holzpferd schenkte. Anstatt auf Cäcilias Worte zu hören, hatte sie die ganze Zeit mit ihm gespielt und jeden Augenblick mit ihm genossen.

Jetzt sehnte sie sich nach Rudolphs Rückkehr und hatte in der Nacht über die Frage, wie es mit ihnen weitergehen würde, kaum ein Auge zugetan.

Martha betrachtete sie aus glasigen Augen. Doch sie war anscheinend nicht zu müde, um Fragen zu stellen. »Du erzählst nie etwas über deine Familie.«

»Es ist … nicht so einfach.« Lilly beschloss, zum Gegenangriff überzugehen. Es war ja nicht so, dass Martha ihr alles über ihre Familie erzählte. »Was ist mit dir? Besuchst du deine Eltern zum Jahresende nicht?«

»Meine Eltern leben in Süddeutschland«, sagte sie. »Und ich glaube, sie sind froh, dass ich im Waldfriede bin.«

»Warum? Weil du hier gut aufgehoben bist?«

Martha zupfte nervös am Ärmel ihres Schwesternkleids. »Schau mich doch an«, sagte sie dann. »Mich wird nie ein Mann heiraten.«

Lilly zog die Augenbrauen zusammen. Sicher, Martha hatte vorstehende Zähne, aber hübsche Augen. Sie war ein Mensch, der gut zuhören und auf den man sich verlassen konnte. Außerdem gab es doch für jeden Topf einen Deckel, oder etwa nicht?

»Haben sie dir das gesagt?«, fragte Lilly.

Martha antwortete nicht darauf.

»Ich finde nämlich, dass du sehr wohl einen Mann abbekommen würdest, wenn du es nur wolltest.«

»Das ist nett von dir, aber es stimmt nicht«, gab sie zurück. Eine leichte Spur Verbitterung trat in ihre Stimme.

Lilly seufzte. Sie wünschte, dass sie gar nicht erst mit dem Thema angefangen hätte.

»Tut mir leid, ich wollte dich nicht aufregen«, sagte sie begütigend.

»Schon gut, ich …« Martha überlegte eine Weile und setzte sich auf ihr Bett. »Es ist nur so, dass meine Eltern es versucht haben, einen Mann für mich zu finden. Sie hatten nicht viel Hoffnung, weil ich immer schon so war … Und dann hatten sie jemanden, doch als der mich sah, hat er erklärt, dass er mich nicht heiraten könne, weil meine Kinder wohl auch solche Zähne haben würden. Hier werde ich jedenfalls nicht bewertet und schief angeschaut.«

Die Hoffnungslosigkeit in Marthas Stimme machte Lilly traurig.

»Haben deine Eltern dich ins Waldfriede geschickt?«

»Nein, es war mein Entschluss. Ich wollte nützlich sein für die Gemeinschaft. Und wie könnte ich das besser, als den Menschen zu helfen und damit Gott zu dienen? Die andere Möglichkeit wäre, als Missionsschwester nach Afrika zu gehen, aber ich habe Angst davor.«

Lilly trat zu ihr und legte ihr eine Hand auf die Schulter. Etwas zu sagen fiel ihr schwer. Sie hörte Sehnsucht und Frustration aus Marthas Worten heraus.

»Du würdest jedenfalls kein Problem haben, einen Mann zu finden«, sagte Martha plötzlich. »So, wie du aussiehst.«

»Ach, was redest du!«, erwiderte Lilly und wurde rot.

»Na, ich sehe doch, wie dich die Männer hier anschauen. Besonders die Assistenzärzte.«

Wann wollte Martha das gesehen haben?

»Die interessieren mich aber nicht«, gab Lilly zurück. »Und jetzt solltest du dich ein bisschen hinlegen. Wenn man müde ist, kommt man auf komische Gedanken.«

»Du hast recht«, sagte Martha und begann, sich aus ihrem Kleid zu schälen. »Hab einen guten Dienst.«

»Und du eine gute Nacht.«

Während sie die Treppe hinunterstieg, fühlte Lilly eine leichte Beunruhigung. Sahen die Männer sie tatsächlich auf gewisse Weise an, oder war es nur Marthas Einbildung, weil sie sie um ihr Aussehen beneidete? Lilly hatte sich noch nie Gedanken darum gemacht. Aber sie wusste nun, dass sie sich in Acht nehmen musste vor Marthas Augen. Wer sagte ihr, dass sie nicht auch mitbekam, wie Rudolph Kirsch sie ansah?

***

Die Nachricht von Dr. Conradis schlechtem Zustand hatte in kürzester Zeit die Runde gemacht. Hanna spürte deutlich das Gewicht der Blicke all jener, die sich fragten, was aus dem Waldfriede werden würde, wenn der Chefarzt starb.

Beinahe jeden Tag ging sie nun in die Kapelle, um zu beten. Mittlerweile war das Linoleum ausgelegt und auch der Anstrich der Bänke erneuert worden. Die Kanzel stand wieder an ihrem Platz. Hanna schaute auf den Spruch darüber und fragte sich, was Gott tun wollte, um ihrer aller Last zu lindern.

Doch das Jahr schien ohne einen Hoffnungsschimmer zu enden. Eike Rasmussen meldete sich nicht, und Hanna wagte auch nicht, noch einmal nachzufragen. Er hatte schon weitaus mehr getan, als man erwarten konnte. Geheimrat Borchard und Dr. Meyer waren sich darüber einig, dass die Jahresendfeier, eines der wenigen Feste, die sie begingen, wenn man von den Geburtstagen absah, stiller als sonst ablaufen sollte. Dass man den Angestellten, besonders denen, die keine Adventisten waren, eine kleine Festlichkeit bieten sollte, war unbestritten, doch es sollte nicht gesungen werden, und man wies auch die Jungschwestern und -pfleger an, nicht zu laut zu reden und zu lachen.

Der Tag war nun herangekommen, und Hanna war froh, dass nach diesem schwierigen Jahr ein neues kommen würde.

Wie immer sorgten die Küchenmädchen für gutes Essen, und dass es an den Tischen ganz still zuging, konnte man nicht behaupten. Dennoch war Fröhlichkeit nicht zu spüren, und die Gespräche waren gedämpfter als sonst. Nur der Duft von Kakao und Zimt verströmte eine gewisse festliche Stimmung. Nachdem Herr Frank, der Küchenchef, eine Kakaolieferung von ihren Glaubensbrüdern aus der Schweiz erhalten hatte, hatte er es sich nicht nehmen lassen, jedem Angestellten eine Tasse zu servieren.

Hanna, die mit den anderen leitenden Schwestern zusammensaß, fühlte sich angespannt. Neben Elisabeth, Grete und Maria waren auch die Stationsschwestern anwesend. Einige von ihnen waren erst seit einem oder zwei Jahren da und verstanden vielleicht nicht die Sorge, die die Altschwestern hatten.

»Was der Doktor jetzt wohl macht?«, bemerkte Elisabeth seufzend, während sie die Hand um ihre Tasse legte.

»Hast du denn noch nichts von Frau Conradi gehört?«, fragte Hanna und nahm einen kleinen Schluck aus ihrer Tasse. Das Gebräu floss warm und süß ihre Kehle hinunter und ließ sie sich für einen kurzen Augenblick geborgen fühlen.

»Ja, ihr seid doch befreundet«, warf Schwester Maria ein. »Sollte sie dich nicht auf dem Laufenden halten?«

»Sie lässt schon seit einer Weile nichts mehr von sich hören.« Elisabeth blickte zu Hanna. »Es hat mich gewundert, dass sie das Telegramm an dich gerichtet hat.«

»Ja, mich auch.« Eigentlich war sie sonst nicht die erste Wahl, wenn Frau Conradi sich jemandem anvertrauen wollte. »Aber sie hat ja nicht viel geschrieben. Wahrscheinlich hat der Doktor es veranlasst.«

Wenn er es denn überhaupt noch konnte, fügte Hanna in ihren Gedanken hinzu und unterdrückte ein Seufzen.

»Ich habe jeden Abend für ihn gebetet«, sagte Maria, und Hanna bemerkte ihren Seitenblick. »Was meinst du, Hanna, wer könnte das Haus übernehmen, sollte er nicht mehr heimkehren?«

Hannas Magen ballte sich zusammen. »So solltest du nicht reden«, sagte sie. »Wir dürfen die Hoffnung nicht aufgeben.«

»Das sehe ich genauso«, pflichtete Grete ihr bei. »Über die Nachfolge kann sich die Gemeinschaft Gedanken machen, wenn es so weit ist.«

Ein Luftzug in ihrem Rücken brachte Hanna dazu, sich umzuwenden. Hinter ihr erschien Schwester Hedwig, die wie so oft Nachtdienst an der Pforte tat.

»Schwester Hanna, da ist ein Anruf für Sie«, sagte sie. »Aus Dänemark.«

Die Worte trafen Hanna wie ein Schlag. Die Augen der anderen Schwestern richteten sich auf sie.

»Ich komme«, entgegnete sie, tupfte sich mit der Serviette den Mund ab und erhob sich.

Während sie der Nachtschwester folgte, hatte sie plötzlich das Gefühl, sich übergeben zu müssen, doch es gelang ihr, die Übelkeit zurückzudrängen.

War es um Dr. Conradi geschehen? Am liebsten wäre sie vorausgerannt, aber sie zügelte sich und versuchte gleichzeitig, sich gegen die Nachricht, die sie möglicherweise erwartete, zu wappnen.

An der Pforte angekommen, verschwand Hanna im Hinterzimmer, wo das Telefon hing.

»Schwester Hanna«, meldete sie sich.

»Schwester Hanna, hier spricht Catherine.« Zu ihrer großen Überraschung war Catherine Conradi am anderen Ende der Leitung.

»Ich … ich freue mich, von Ihnen zu hören«, gab Hanna verwirrt zurück. »Wie geht es Ihnen und dem Doktor?«

Für einen Moment zogen sich alle Geräusche zurück. Während Hanna auf die Wand starrte, vernahm sie nur das Rasen ihres Herzens. Die Angst jagte wie Strom durch ihren Körper.

Catherine atmete tief durch. »Sein Zustand hat sich stabilisiert, und er befindet sich auf dem Weg der Besserung.«

Hanna schloss die Augen, während ein erleichtertes Seufzen über ihre Lippen kam. Tränen strömten unter ihren Lidern hervor. Dr. Conradi lebte!

»Gott sei Dank!« Ihre Stimme zitterte.

»Es ist nur eine leichte Besserung, aber er befindet sich nicht mehr in Lebensgefahr«, fuhr Frau Conradi fort. »Ich dachte mir, wo doch heute sicher alle bei der Jahresendfeier zusammensitzen, solltet ihr das wissen.«

Hannas Knie wurden weich. Sie zog sich einen Stuhl heran und ließ sich darauf nieder.

»Vielen Dank, Frau Doktor, das ist sehr freundlich von Ihnen«, sagte Hanna, obwohl sie tausend Fragen hatte. Was hatte den Umschwung gebracht? Wie gut ging es ihm jetzt? Konnte er aufstehen?

Frau Conradi zögerte einen Moment lang, dann sagte sie: »Ich danke dir für alles, was du während seiner Abwesenheit für meinen Mann tust. Ich kann mir vorstellen, dass es nicht leicht ist …«

»Das ist es tatsächlich nicht«, gab Hanna zu, ein wenig verwirrt über den versöhnlichen Ton, den Catherine anschlug. »Aber wir sind eine Familie und stehen zueinander. Und wir werden Ihrem Mann das

Waldfriede möglichst unbeschadet übergeben, wenn er wieder an die Arbeit gehen kann.«

»Ich fürchte«, sagte Catherine, »dem wird nicht bald so sein. Wenn überhaupt. Ich schaue nur einen Tag voraus, mehr wage ich nicht.«

»Schritt für Schritt voran«, pflichtete Hanna ihr bei. »Ich bin sicher, dass Sie beide es schaffen werden.«

»Danke. Dann kommt gut hinüber ins neue Jahr«, sagte Catherine.

»Sie auch, Frau Conradi. Und senden Sie dem Doktor unsere Genesungswünsche und Grüße!«

Nachdem sie aufgelegt hatte, blieb Hanna noch eine Weile auf dem Stuhl sitzen und schaute zu der Wanduhr über der Tür. Sie war eine von mehreren Uhren im Haus, die durch die elektrischen Impulse der Mutteruhr vor dem Röntgenraum gesteuert wurden. Überall im Haus dieselbe Zeit. Überall standen nun die Zeiger auf zehn Minuten vor zwölf.

Auch Dänemark hatte keine andere Zeit als diese. Auch für Dr. Conradi, auch für Frau Conradi war das neue Jahr nur noch zehn Minuten entfernt.

Schließlich erhob Hanna sich. Ihre Beine fühlten sich wieder fester an, dafür war der Knoten, den sie in der Brust spürte, lockerer. Dr. Conradi lebte. Etwas anderes zählte in diesem Augenblick nicht.

Zurück im Speisesaal richteten sich alle Augen auf sie. Es musste sich herumgesprochen haben, dass es einen Anruf aus Dänemark gab, denn augenblicklich verstummten die Gespräche. Hanna atmete tief durch.

»Meine Brüder und Schwestern, liebe Kolleginnen und Kollegen, ich darf euch mitteilen, dass Dr. Conradi die Krise überstanden hat. Er befindet sich auf dem Weg der Besserung.«

Erleichterte Seufzer hallten durch den Raum, einige Angestellte applaudierten. Und im nächsten Augenblick läuteten die Glocken der Zehlendorfer Pauluskirche, die man sogar bis hierher hören konnte, das Jahr 1932 ein.

42. Kapitel

Zehlendorf, 7. Januar 1932

Die Küsse hatten alles verändert. Wenn Lilly in ihrem Bett lag, dachte sie an die Momente ihrer Berührungen zurück und konnte nicht anders, als dabei zu lächeln. Gleichzeitig fragte sie sich, ob es richtig war, mit ihrem Chef anzubandeln.

Wie oft hatte sie sich besonders in den letzten Wochen gewünscht, diesem Mann näherzukommen! Er war ein Professor, ja, aber auch ein Mensch, vor allem ein Mensch. Und sie fühlte sich zu ihm hingezogen, schon weit vor dem Moment, als er sie aus der Havel gerettet hatte.

Am liebsten hätte sie irgendwem davon erzählt, aber nach Marthas Bemerkung über die Assistenzärzte, die angeblich ein Auge auf sie geworfen hätten, wagte sie nicht einmal, sich ihrer Freundin Gerda zu offenbaren.

Doch auch diese hatte wache Augen, wie Lilly eines Morgens feststellte. Als sie beide den Speisesaal zur Mittagszeit verließen, um sich ein wenig die Beine zu vertreten, fragte sie: »Sag mal, was ist los mit dir?«

»Was soll denn sein?«

»Du wirkst so anders.«

»Inwiefern?« Lilly war nicht sicher, ob ihr Gerda ihren unschuldigen Tonfall abnahm.

»Du lächelst ständig, wirkst manchmal in Gedanken versunken, aber nicht in sorgenvoller Weise. So als wärst du verliebt.«

»Vielleicht bin ich es«, gab sie zu, worauf Gerda große Augen machte.

»Nein!«, platzte sie heraus. »Wer ist der Glückliche?«

»Das kann ich dir nicht sagen«, entgegnete Lilly. »Und veranstalte bloß kein Theater. Wenn die Oberin das mitbekommt, setzt sie mich auf die Straße.«

Gerdas Mund klappte auf, und sie brachte einen merkwürdigen Laut hervor. Lilly legte die Hand an ihre Kinnlade und drückte sie hoch. »Mund zu, sonst kommen noch die Fliegen rein. Ich werde es dir schon noch erzählen, wenn ich sicher sein kann.«

Ein paar Tage später kehrte Rudolph Kirsch von seiner Urlaubsreise zurück. Die erste Begegnung mit ihm im Stationsflur fühlte sich für Lilly etwas seltsam an. Da war der Mann, der ihr die täglichen Anweisungen für die Arbeit gab, aber auch der, den sie geküsst hatte. Unsicher blickte sie ihn an. Bedeutete das, was er zu ihr gesagt hatte, noch etwas?

»Ein gesundes neues Jahr«, wünschte er, als er Lilly zu Gesicht bekam. »Ich hoffe, du hattest einen schönen Jahreswechsel.«

Lilly lächelte ein wenig scheu. »Ich habe … dich vermisst.«

Beinahe erwartete sie, dass sich unter ihr der Boden auftun würde, weil sie den Professor duzte. Hastig blickte sie sich um, doch ihre Kolleginnen waren nicht in der Nähe.

»Ich dich auch«, erwiderte er. »Ich habe sehr viel an dich gedacht.«

Lange blickten sie sich in die Augen. Lilly fragte sich, ob sie etwas tun oder sagen sollte. Es war alles so merkwürdig. Wenn sie mit Rudolph allein wäre, auf einer Wiese oder in der Schutzhütte, würde sie sich bestimmt nicht so beklommen fühlen.

»Dr. Conradi ist übrigens wieder auf dem Weg der Besserung«, platzte es aus ihr heraus, als sie Schritte nahen hörte. Sie wusste nicht, wer es war, doch sie wollte auf keinen Fall, dass diese Person mitbekam, was da zwischen ihr und Rudolph aufkeimte.

»Wirklich? Das freut mich«, erwiderte dieser erleichtert. »Ich wüsste nicht, was wir hier ohne ihn machen sollten in diesen wechselhaften Zeiten.«

Lilly wartete, bis die Schwester vorüber war, dann fragte sie: »Und wie … war dein Urlaub?«

»Schön, aber ein wenig einsam. Was hältst du davon, wenn du mich am übernächsten Wochenende zu einem Spaziergang begleitest und ich dir davon erzähle?«

»Übernächstes Wochenende? Warum nicht schon nächstes?«

»Weil ich da zu einem Kongress muss. Ich bin nach Dresden eingeladen worden.«

»Davon hast du mir noch gar nichts erzählt.«

»Ich weiß es auch erst seit gestern.« Er blickte sie an. »Und, was meinst du?«

»Übernächsten Sonntag wäre wunderbar. Aber hast du denn am Sonntag Zeit?«

»Ich nehme sie mir.«

Kirsch schaute ihr noch einmal tief in die Augen, dann sagte er: »Ich bin bis Mittag im Operationssaal, beim kleinen Willy.«

Lilly nickte betroffen. Die Tuberkulose hatte seine Hüftschaufeln dermaßen stark angegriffen, dass sich eine Nekrose gebildet hatte. Sie kamen nicht umhin, ein Stück Knochen zu entfernen.

»Viel Erfolg!«, rief Lilly und sah ihn durch die Stationstür verschwinden.

Versonnen lächelte sie in sich hinein. Ein Spaziergang mit ihm am Sonntag. Sie würden sich einen guten Ort suchen müssen, an dem sie von niemandem gesehen wurden. Lilly wollte nicht den Eindruck erwecken, dass sie sich ihrem Chef an den Hals warf. In der Charité hatte sie genug Getuschel miterlebt, als eine Kollegin mit einem Assistenzarzt zusammengekommen war. An und für sich war nichts Verwerfliches dabei, doch sie wusste nur zu gut, dass der Neid einige Frauen dazu brachte, ihre hässliche Seite zu zeigen.

Aber endlich würde sie wieder Zeit mit ihm allein verbringen!

Ein Klappern holte sie in die Wirklichkeit zurück. Gerda schob den Speisewagen über den Gang.

»Guten Morgen!«, rief sie ihrer Freundin fröhlich zu, als sie ihr entgegenging.

»Du grinst ja schon wieder so!«, antwortete Gerda kokett. »Hattest du einen unanständigen Gedanken?«

»Wir sind hier im Krankenhaus«, entgegnete sie. »Da haben wir solche Gedanken nicht zu haben.«

Gerda lachte kehlig, dann fragte sie: »Und, wie sieht es aus? Kommst du am Freitag wieder mit ins Ballhaus?«

»Nun, vielleicht, ich …«

»Ah, du willst abwarten, welche Pläne dein Schatz hat!«

Lilly stieß sie an der Schulter an. »Red keinen Unsinn. Ich weiß nur nicht, ob ich nicht zu müde bin.«

Das Lächeln auf Gerdas Gesicht gefror mit einem Mal und wich einem schmerzverzerrten Ausdruck. Sie stöhnte auf, presste sich einen Arm auf den Unterleib und ging in die Knie.

»Gerda, was ist mit dir?«, fragte Lilly, während sie versuchte, ihre Freundin zu stützen.

»Mein Bauch«, sagte sie. Ihre Stimme klang auf einmal schwach und verwaschen. »Mein Bauch schmerzt plötzlich so schlimm.«

Im nächsten Augenblick sank sie bewusstlos in ihren Armen zusammen.

»Hilfe!«, rief Lilly, so laut sie konnte, während sie versuchte, Gerda wieder wach zu bekommen. Ihre Lippen hatten einen bläulichen Ton, der ihr Angst machte. »Hilfe! Wir brauchen einen Arzt!«

Eine Tür öffnete sich. Wenig später kam Oberin Elisabeth angelaufen.

»Was ist passiert?«, fragte sie.

»Ich weiß nicht«, sagte Lilly, während sie Gerdas Wangen tätschelte. Dabei spürte sie, dass ihr Kopf förmlich glühte. »Gerda ist plötzlich schlecht geworden und dann umgekippt. Und Fieber hat sie wohl auch.«

»Wo ist Professor Kirsch?«

»Im OP-Saal bei einer Knochenresektion.«

»Dann hole ich Dr. Meyer.« Damit lief die Oberin los.

Lilly versuchte weiterhin, Gerda wach zu bekommen. »Jetzt mach doch keinen Unsinn, Mädel«, sprach sie leise auf sie ein. »Du kannst doch nicht so einfach umfallen.«

Wenig später tauchte Dr. Meyer auf. Im Schlepptau hatte er die Oberin und seine Sprechstundenhilfe, Schwester Sieglinde.

Gerda war immer noch ohnmächtig.

»Lassen Sie mich sehen«, sagte er und drängte Lilly sanft beiseite. Sie erhob sich und presste die Hand vor den Mund. Dr. Meyer fühlte nach ihrem Puls, dann öffnete er ihr die Augenlider und den Mund.

»Hat sie über irgendwelche Beschwerden geklagt?«

»Ja, sie sagte, dass ihr der Bauch sehr wehtun würde.«

Meyer nickte.

»Ist es der Blinddarm?«, fragte Lilly.

»Wir werden sehen. Bringen wir sie auf meine Station«, beschied er.

Sieglinde erhob sich und wandte sich an Lilly. »Habt ihr eine Trage?«

Wie betäubt nickte sie und führte die Kollegin in das Untersuchungszimmer. Mit der Trage kehrten sie zurück.

Mittlerweile hatte Gerda die Augen wieder aufgeschlagen. Dr. Meyer sprach ruhig mit ihr, fragte sie etwas, worauf sie beinahe unhörbar antwortete. Lilly hörte die Worte, nahm ihre Bedeutung aber nicht wirklich auf.

Als er die beiden Schwestern hinter sich spürte, sagte der Doktor: »Heben Sie sie vorsichtig an und bringen Sie sie dann nach unten.«

Lilly hockte sich hinter Gerdas Kopf. Als sie sie sah, lächelte ihre Freundin ein wenig.

»Hab ich dir wohl einen Schrecken eingejagt, wie?«

»Aber einen gewaltigen«, gab Lilly zurück, fasste sie behutsam unter den Armen, und als Sieglinde so weit war, legten sie sie vorsichtig auf die Trage.

»Darf ich bleiben?«, fragte Lilly, während sie Gerda in Dr. Meyers Sprechzimmer auf die Untersuchungsliege hievten. »Nur ein paar Minuten? Ich störe auch nicht.«

Dr. Meyer nickte. »Ich habe ohnehin einige Fragen an Sie.«

Lilly nickte. Sie war nur froh, dass sie Gerda die Hand halten konnte.

Der Doktor führte einige Untersuchungen durch, tastete Gerdas Bauch ab, dann die Lymphknoten an der Leiste. Schließlich sagte er zu Lilly: »Na dann machen Sie sich mal nützlich und nehmen Sie unserer Patientin Blut ab. Das können Sie auch gleich ins Labor bringen.«

Lilly tat wie geheißen, auch wenn sie ein wenig Scheu fühlte, Gerda eine Nadel in die Armvene zu stechen.

»Lass noch was übrig«, scherzte Gerda schwach.

»Klar doch!«, erwiderte Lilly.

Nachdem die Röhrchen gefüllt waren, reichte ihr Meyer einen Zettel. »Sagen Sie der Laborantin, dass sie diese Tests durchführen soll.«

»Ja, Herr Doktor«, antwortete Lilly, warf noch einen sorgenvollen Blick auf Gerda und verließ das Sprechzimmer.

Das Labor lag im Untergeschoss, und die meiste Zeit über herrschte dort konzentrierte Stille. Lilly wandte sich an eine der Laborantinnen, eine junge Frau mit dunkelbraunem Haar.

»Dr. Meyer schickt mich, Sie mögen das hier bitte untersuchen.«

Sie reichte ihr die Blutröhrchen und den Zettel. Die Laborantin runzelte kurz die Stirn, während sie las, dann fragte sie: »Ist das unsere Gerda?«

»Ja, Schwester Gerda von der zweiten Frauenstation.«

Die Laborantin nickte betroffen. »Es wird eine Weile dauern. Ich melde mich so schnell wie möglich.«

»Danke.«

Lilly fragte sich, warum die Laborantin so reagiert hatte. Sicher kannte sie Gerda, und durch ihr fröhliches Wesen musste man sie einfach mögen, wenn man mit ihr zu tun hatte. Jetzt wünschte sich Lilly, dass sie auf den Zettel geschaut hätte …

Bei ihrer Rückkehr wurde sie vom Doktor vor dem Sprechzimmer erwartet. Ein Blick durch die Tür zeigte ihr, dass Gerda nicht mehr da war. »Ist etwas passiert?«, fragte sie panisch.

»Nein, wir haben sie nur in ein freies Zimmer gebracht. Ich bezweifle, dass es eine Blinddarmentzündung ist. Hat Fräulein Franke in der letzten Zeit über Beschwerden geklagt? Blutungen, blaue Flecke, Probleme mit dem Zahnfleisch …«

Lilly schüttelte den Kopf. »Nein, sie sagte nur was von Bauchschmerzen, kurz bevor sie umfiel.«

Meyer nickte. »Gut, warten wir mal den Laborbefund ab. Der Operationssaal ist derzeit belegt, aber ich werde dafür sorgen, dass sie gleich als Nächste drankommt.«

Lilly nickte. »Danke, Herr Doktor.«

»Sie ist eine Freundin von Ihnen, nicht wahr?«

»Ja«, gab sie zurück.

»Dann schauen Sie mal nach ihr. Sie kann ein wenig Zuspruch gebrauchen.«

Lilly nickte und lief zu Gerdas Krankenzimmer.

***

So bleich wie in diesem Augenblick hatte Hanna Dr. Meyer noch nie gesehen.

»Oh, ich dachte, Geheimrat Borchard wäre hier«, sagte er, während er sich umschaute. Unter seinem Arm trug er eine Patientenmappe.

»Er ist gerade unterwegs«, antwortete Hanna. »Kann ich Ihnen helfen?«

Meyer schaute unschlüssig auf die Unterlagen in seiner Hand. Erst nach einer Weile sagte er: »Das ist die Patientenakte einer unserer Jungschwestern, Gerda Franke.«

»Aus unserem Abschlusskurs.« Hanna runzelte die Stirn. »Was ist mit ihr?«

»Sie ist heute Morgen mit akuten Bauchschmerzen zusammengebrochen. Mein erster Verdacht fiel auf eine Blinddarmentzündung, doch der McBurney-Punkt ist unauffällig.«

»Beim letzten Mal, als ich sie im Unterricht gesehen habe, wirkte sie noch kerngesund.«

»Sie hat eine Blutung im Bauch«, sagte Dr. Meyer. »Und die Laborwerte …« Er stockte, und Hanna erkannte, wie sehr er um Fassung ringen musste. »Die weißen Blutkörperchen sind um das Doppelte des Normalwerts erhöht.«

Hanna schlug erschüttert die Hand vor den Mund.

»Sie hat blaue Flecke an den Extremitäten, obwohl sie behauptet, nicht angestoßen zu sein. Und der Bauch …« Er blickte Hanna an. »Wir müssen das Blut entfernen.«

»Dann sollten Sie vielleicht mit Dr. Lexow sprechen. Die OP, die er gerade durchführt, sollte gleich vorüber sein, es ist nur eine Routinesache.«

Meyer nickte, dann sah er sie an. »So ratlos habe ich mich noch nie gefühlt, wissen Sie? Dieses Mädchen ist noch so jung. Eine Erkrankung wie diese trifft meist nur Ältere, die ihr Leben bereits gelebt haben …« Er atmete tief durch. »Ich weiß nicht, ob eine Operation anzuraten wäre. Das Problem ist, dass sie eine sehr starke Blutungsneigung hat. Das hat man schon bei der Blutabnahme gesehen. Die Schwester war äußerst vorsichtig, doch es bildete sich ein großer blauer Fleck.«

Hanna fühlte sich, als würde ihr der Boden unter den Füßen weggezogen. »Lieber Gott im Himmel«, murmelte sie dumpf.

»Auch Sie erkennen, was es ist, nicht wahr?«, sagte Meyer traurig.

Sie verstummten für eine Weile.

»Gibt es etwas, das ich tun kann?«, fragte Hanna hilflos.

»Nein, ich … ich muss mich mit einem Kollegen besprechen. Das Blut muss aus ihrem Körper, ehe es eine Entzündung verursacht. Vielleicht gelingt es Dr. Lexow, das Blutgerinnsel aus der Bauchhöhle zu holen. Wir könnten Mittel zur Blutstillung einsetzen.«

Er machte eine Pause, wischte sich über die Augen, in denen es verräterisch glitzerte. »Das Mädchen ist eine unserer besten Schülerinnen«, sagte er dann, und Hanna konnte sehen, dass er seine Fassung zunehmend verlor. »Ich wollte Dr. Conradi empfehlen, sie hierzubehalten.«

Hanna nickte, und auch ihr kamen nun die Tränen. Keiner der Patienten mit diesem Leiden überlebte länger als zwei oder drei Wochen.

***

»Na du, wie geht es dir?«, fragte Lilly, nachdem sie die Tür des Krankenzimmers hinter sich zugezogen hatte. Nach dem Gespräch mit Dr. Meyer hatte sie kurz nach ihren Patienten geschaut, und nun war sie zurück.

»Schlecht«, gab Gerda ehrlich zu. »Ich hoffe, sie nehmen mir diesen Blinddarm bald raus.«

»Sicher.« Lilly versuchte sich die Beklommenheit nicht anmerken zu lassen. Offenbar hatte Dr. Meyer Gerda in dem Glauben gelassen, dass es tatsächlich der Blinddarm sei.

Doch jetzt sah sie ihr an, dass das Problem ein anderes war. Sie war kreidebleich, und der Schweiß klebte ihr Haar an ihrer Stirn fest. An dem Arm, von dem Lilly ihr Blut abgenommen hatte, prangte ein großer blauer Fleck.

»So was kann ich gar nicht gebrauchen«, murrte Gerda. »Ich wollte doch am Wochenende tanzen gehen.«

»Das wirst du. Nach der OP«, sagte Lilly und strich ihr sanft über den Arm. »Das hier tut mir leid.«

»Ach, mach dir nichts draus. Meine Venen waren schon immer etwas komisch. Eine Schwester meinte, sie wären zu dünn, da könnte es schon passieren, das man sie durchsticht.«

Lilly blickte besorgt auf den Bluterguss.

»Ich fürchte, du wirst meine Schicht morgen mitmachen müssen«, sagte Gerda und richtete den Blick aufs Fenster.

»Das ist kein Problem. Ich springe so lange für dich ein, bis du wieder kannst. Nachher werde ich gleich mit Professor Kirsch sprechen.« Sie beugte sich vor und gab ihr einen Kuss auf die Stirn. »Es wird alles gut.«

Im nächsten Augenblick klopfte es, und die Tür wurde geöffnet. Dr. Meyer trat herein, zusammen mit einem Pfleger.

»Ah, Schwester Lilly, gut, dass Sie da sind«, sagte er, dann wandte er sich an Gerda. »Wir werden Sie jetzt in den OP bringen.«

»Kommt der Blinddarm endlich raus?«

Lilly konnte das Zittern in ihrer Stimme nicht überhören. Natürlich hatte sie Angst vor der Operation. Aber in dem Zustand, in dem sie war, konnte sie nicht bleiben.

»Dr. Lexow wird sich Ihren Bauch mal genau anschauen und entscheiden, was zu tun ist«, sagte Dr. Meyer und drückte ihr sanft den Arm. »Sie schaffen das schon, Gerda.«

Sie nickte tapfer, aber in ihren Augen erkannte Lilly die Angst.

»Ich besuche dich nachher«, sagte sie, während sie die Sicherungsgitter hochklappte. Dann fasste der Pfleger mit an und bugsierte das Bett durch die Tür.

Lilly wäre am liebsten mit in den OP gegangen, aber abgesehen davon, dass sie dort nur im Weg gestanden hätte, wurde sie wieder auf ihrer Station erwartet.

Die Tür von Rudolphs Sprechzimmer stand offen, doch Lilly sah, dass er noch nicht wieder da war.

Im Schwesternzimmer traf sie auf Oberin Elisabeth.

»Lilly!«, rief sie. »Weißt du schon etwas über Gerda?«

»Sie wurde gerade in den OP gebracht.«

»Also ist es doch der Blinddarm?«

»Dr. Meyer hat dazu nichts gesagt, aber ich nehme es an«, antwortete Lilly, und ein wenig hoffte sie, dass es wirklich nur das war und nicht etwas anderes.

»Dann lass uns beten, dass sie alles gut übersteht.«

»Ja, Oberin Elisabeth.«

Lilly schaute kurz auf die Patientenakten und ging ins Kinderzimmer. Dort blickte sie auf das leere Bett des kleinen Willy, der ebenfalls gerade operiert wurde. Elvira, ein elfjähriges Mädchen, das sich mit ihm angefreundet hatte, fragte, wann er wiederkommen würde.

»Bald«, antwortete Lilly und begann die kleine Bettdecke aufzuschütteln.

»Und wenn er stirbt?«

»Er wird nicht sterben, Elvira, keine Angst«, sagte Lilly, während ihr klar wurde, dass sie selbst von einer ähnlichen Furcht heimgesucht wurde. Was, wenn Gerda starb?

»Die Doktoren werden dafür sorgen, dass alles gut geht«, sagte sie mehr zu sich als zu dem Mädchen. »Es wird alles gut.«

Obwohl sie den ganzen Vormittag Ausschau nach ihm hielt, traf sie Rudolph erst auf seiner Nachmittagsrunde. Willy lag mittlerweile wieder in seinem Bett. Vom Eingriff war er noch sehr müde, das Schälchen mit dem Apfelmus hatte Lilly wieder zum Kalthalten in die Küche gebracht, denn an essen war bei ihm noch nicht zu denken.

Rudolph wurde begleitet von den beiden Ärzten, die ihm im OP assistiert hatten. Er fragte, wie es Willy ginge und ob er schon aufgewacht sei. Stockend berichtete Lilly, dass er kurz die Augen aufgeschlagen habe, aber insgesamt einen recht müden Eindruck mache.

Rudolph schien ihr anzumerken, dass etwas nicht in Ordnung war. Fragend blickte er Lilly an. Diese traute sich allerdings erst zum Ende der Visite, etwas zu sagen.

»Herr Professor, hätten Sie vielleicht einen Moment?«

Die beiden jungen Ärzte blickten sie an.

»Was gibt es, Schwester Lilly?«

»Ich weiß nicht, ob Sie es gehört haben, aber Schwester Gerda … wurde vorhin in den OP gebracht.«

Kirsch schüttelte betroffen den Kopf. »Nein, das habe ich nicht. Ich habe nur beiläufig mitbekommen, dass als Nächstes ein Notfall operiert werden sollte.«

»Ich werde jedenfalls ihre Dienste übernehmen, solange sie es nicht kann«, fuhr Lilly fort.

»Das ist sehr nett von Ihnen.« Rudolph wirkte, als wollte er mehr erfahren. Doch ein Blick auf seine Begleiter schien ihm zu sagen, dass dies nicht der richtige Zeitpunkt dafür war.

»Wir reden nachher noch einmal darüber.« Er nickte den jungen Ärzten zu. »Meine Herren, wenn Sie mir folgen würden …«

Als die Mittagspause herangekommen war und ihre kleinen Patienten versorgt waren, ging Lilly nach unten. Die Operation war sicher schon vorbei, und mit etwas Glück hatte man Gerda wieder ins Krankenzimmer gebracht.

Lilly trat durch die Tür und sah Gerda tatsächlich wieder in ihrem Bett liegen. Teilnahmslos blickte sie aus dem Fenster, was durchaus an den Nachwirkungen der Narkose liegen konnte.

»Gerda?«, fragte sie vorsichtig.

Ihre Freundin drehte den Kopf. In ihren Augen glitzerten Tränen.

»He, du!«, sagte sie mit kratziger Stimme.

Lilly trat neben ihr Bett und lächelte. »Wie geht es dir?«

»Nicht gut«, gab Gerda zu.

»Nach einer Blinddarmoperation ist das nicht verwunderlich.«

»Es war nicht der Blinddarm.«

Lilly runzelte die Stirn. Die Fragen, die ihr Dr. Meyer gestellt hatte, kamen ihr wieder in den Sinn.

»Sie sagen, ich hätte Blut in meinem Bauch. Viel Blut. Sie … sie konnten nichts tun.«

Lilly schüttelte verwirrt den Kopf. »Aber … das können sie doch nicht so lassen.«

»Dr. Lexow meinte, dass er sich mit einem Kollegen besprechen muss. Sie haben wohl versucht, etwas von dem Blut abzuleiten, aber es wird bestimmt nachlaufen.«

Erschüttert ließ sich Lilly auf die Bettkante nieder. Einen Moment lang sagte keine von ihnen etwas.

»Lilly, was ist nur mit mir?«, fragte Gerda schließlich. »Die Ärzte haben mir nichts gesagt, aber ich habe gesehen, dass sie es wissen.«

»Sie werden es dir noch sagen«, erwiderte Lilly, beugte sich vor und gab ihr einen Kuss auf die Stirn. »Und ich bin sicher, dass sie dich wieder hinbekommen.«

Der Tag zog sich hin, und während ihrer Arbeit konnte Lilly nur an Gerda denken. Als Martha erschien, um sie abzulösen, schilderte sie ihr, was passiert war.

Ihre Zimmergenossin war entsetzt. »Aber sie ist ja noch so jung!«

»Ja, das ist sie. Und ich kann mir wirklich nicht erklären, woher so was kommt.«

»Ich werde für sie beten«, versprach Martha. »Und du solltest das auch tun.«

»Ja«, antwortete Lilly, doch sie war nicht sicher, ob Gebete helfen würden.

Unten vor dem Speisesaal fing Rudolph sie ab.

»Lilly, ich muss mit dir reden.« Mit ernster Miene bedeutete er ihr, ihm zu seinem Sprechzimmer zu folgen. Dort schloss er die Tür hinter sich.

»Dr. Meyer hat eben mit mir über Gerda gesprochen.«

»Und, was sagt er?«

Rudolph senkte den Kopf, dann atmete er tief durch. »Sie hat akute Leukämie.«

Lilly sog erschrocken die Luft ein. »Aber … das … Sie war doch immer gesund …«

Rudolph zog zweifelnd die Stirn kraus. »Ihr hattet entgegengesetzte Dienste, da hast du es nicht bemerkt. Aber mir ist schon aufgefallen, dass sie hin und wieder sehr müde war. Sie behauptete, dass sie schlecht geschlafen habe, doch offenbar war meine Beobachtung richtig.«

Lilly starrte Rudolph einen Moment lang an, bevor sie von einem heftigen Schluchzen übermannt wurde.

Rudolph rang einen Moment mit sich, dann trat er zu ihr und zog sie in seine Arme. Lilly umklammerte seine Brust. »Aber das geht doch nicht«, brachte sie hervor. »Gerda ist so eine Liebe …« Sie begann, aus ganzem Herzen an seiner Brust zu weinen.

Rudolph hielt sie fest, barg sein Gesicht in ihrem Haar und sagte leise: »Ich weiß, es ist ungerecht. Und ich wünschte, uns wäre in manchen Fällen ein Heilmittel gegeben. Du musst jetzt stark sein, stark für Gerda, so wie ich stark für dich sein werde, wenn du mich brauchst.«

43. Kapitel

Zehlendorf, 20. Januar 1932

In den folgenden Tagen musste Lilly hilflos zuschauen, wie sich Gerdas Zustand immer weiter verschlechterte. Vergebens mühten sich Dr. Meyer und seine Assistenzärzte, die Blutungen in ihrem Körper zu stillen.

Hatte sie anfänglich jeden Tag neben ihr gewacht, so fürchtete Lilly sich schließlich so sehr vor den Besuchen, dass sie Magenschmerzen bekam. Dennoch erschien sie und versuchte ihr Unwohlsein zu verbergen, denn was war dieses schon gegen die Qual ihrer Freundin?

Auch andere Schwestern nahmen Anteil an Gerdas Schicksal. Sogar Schwester Hanna, die als eine der Schulschwestern in Gerdas Kurs unterrichtete, wachte hin und wieder an ihrem Bett. Lilly beobachtete an einem Nachmittag, wie sie, als sie aus dem Zimmer kam, in bittere Tränen ausbrach.

»Schwester Lilly«, sagte sie peinlich berührt, als sie sie bemerkte, und zog ein Taschentuch aus ihrer Schürze. »Wollen Sie nun übernehmen?«

»Ja«, antwortete Lilly beklommen.

»Es ist ein Jammer, dass Dr. Conradi nicht hier ist«, seufzte Hanna, um Fassung bemüht.

»Meinen Sie, er würde ihr helfen können?«

»Ich weiß nicht. Er hat manchmal Einfälle, auf die andere Ärzte nicht kommen. Seine Expertise wäre von unschätzbarem Wert.«

»Dann sollten Sie ihm vielleicht schreiben«, sagte Lilly, die allerdings genauso gut wie Hanna wusste, dass kein Arzt der Welt etwas gegen akute Leukämie tun konnte.

Hanna schüttelte den Kopf. »Er ist selbst gerade dem Tod entronnen. Ich möchte nicht, dass sich sein Zustand wieder verschlechtert. Außerdem kenne ich Dr. Meyer und weiß, dass er sein Bestes tut.«

Dr. Meyer war ebenfalls anzusehen, wie sehr ihn der aussichtslose Fall mitnahm. Er war blasser und auch stiller als sonst. Wenn sie ihn im Speisesaal traf, saß er meist von den anderen entfernt und grübelte.

Lilly musste zugeben, dass Hanna recht hatte. Dr. Conradi würde die Nachricht, dass hier eine ihrer Jungschwestern dahinsiechte, nicht bei der Genesung helfen.

Trost fand Lilly bei Rudolph, der, wann immer es möglich war und sie niemand beobachtete, ihren Rücken streichelte und mit ihr redete.

»Wie steht es eigentlich um unsere Verabredung am Sonntag?«, fragte er, als sie ihm die Patientenakten in sein Sprechzimmer brachte. »Bleibt es dabei?«

Lilly zögerte. Konnte sie ihre Freundin verlassen?

»Ich meine, ich könnte verstehen, wenn du es verschieben möchtest …«

»Es bleibt dabei«, sagte sie schnell. »Und ich freue mich darauf.«

Rudolph wirkte erleichtert. »Wir könnten ins Lichtspieltheater gehen. Oder in das kleine Café, in dem wir schon einmal waren.«

»Es wäre mir ehrlich gesagt lieber, nicht so viele Menschen um uns herum zu haben.« Lilly fragte sich, was Gerda dazu sagen würde, und die Antwort fiel ihr sofort ein: *Genieße die Zeit!*

»Gut, dann lasse ich mir etwas einfallen«, versprach er und strich ihr sanft über die Wange.

Am Sonntagmorgen saß Lilly vor ihrem Zimmerfenster und schaute hinaus auf die kahlen Baumkronen, die vor den Hausdächern an der Alsenstraße aufragten. Ihr Körper fühlte sich schwer an, dabei hatte sie sich eigentlich darauf gefreut, mit Rudolph spazieren zu gehen. Unter normalen Umständen hätte sie jetzt das Haus verlassen und an nichts anderes gedacht als an diesen wunderbaren Mann, der sie eingeladen hatte, Zeit mit ihm zu verbringen.

Aber nun konnte sie sich kaum vom Bett erheben. Was, wenn Gerda in ihrer Abwesenheit etwas Schlimmes geschah?

Dann aber fiel ihr ein, wie freundlich Rudolph zu ihr gewesen war. Wie er ihr durch Blicke oder kurze Berührungen seinen Beistand zugesichert hatte. Sie konnte ihn nicht versetzen!

Außerdem war heute ein sonniger, wenn auch eisiger Tag, den man nicht ungenutzt verstreichen lassen sollte.

Sie erhob sich also, schlüpfte in ihren Mantel, schulterte ihre Tasche und verließ das Zimmer. Um neugierige Fragen von der Schwester an der Pforte zu vermeiden, nahm sie den Weg durch die Hintertür.

Rudolph hatte sie gebeten, ihn in der Königstraße zu treffen. Der sich anschließende Königsweg bot seiner Meinung nach genug Intimität und obendrein einen malerischen Ausblick.

Nachdem Lilly die Alsenstraße und die Potsdamer Chaussee hinter sich gelassen hatte, erreichte sie ein kleines Wohngebiet mit schönen Häusern und gedrungenen Villen, die von brachliegenden Gärten umgeben wurden. Im Sommer musste es hier herrlich aussehen, doch auch die leicht schneebedeckten Flächen und mit Eiszapfen geschmückten Äste hatten ihren Reiz.

Rudolph erwartete sie an der Straßenecke, den Mantelkragen gegen die Kälte hochgeschlagen, die Hände in den Taschen. Der graue Schal war mehrfach um seinen Hals geschlungen, konnte ihn vor der Kälte aber nicht vollends schützen, wie seine gerötete Nase zeigte. Lillys Herz hüpfte bei seinem Anblick, und in ihrem Magen kribbelte es. Noch immer konnte sie nicht glauben, dass sie sich mit dem Professor, mit Rudolph traf, privat, ohne die Blicke der Kolleginnen.

»Schön, dass du da bist«, empfing er sie und nahm sie in die Arme. »Ich hatte schon ein wenig Angst, dass du nicht kommen würdest. Nach der Sache mit Gerda …«

»Sie ist in guten Händen«, antwortete Lilly. »Außerdem kann ich nur wenig tun, damit es ihr besser geht. Heute wollen sich ihre Schulkameradinnen um sie kümmern.«

Rudolph küsste sie und ergriff dann ihre Hände. »Es freut mich dennoch, dass du dich für mich entschieden hast.«

»Ich kann gar nicht anders.« Sie barg ihren Kopf an seiner Brust und verharrte einen Moment so, sog die Wärme, die von ihm ausging, in sich auf.

Hand in Hand schlenderten sie den Gehweg neben der Pflasterstraße entlang. Hier und da erzählte ihr Rudolph etwas über die Villen und andere Gebäude. »Das da«, er deutete auf ein hübsches kleines Haus mit rotem Schieferdach, »hat mal einem Maler gehört, der aber mittlerweile ans Bauhaus nach Weimar berufen wurde.«

»Wenn ich solch ein Heim hätte, würde ich nicht von hier wegziehen.« Lilly lächelte schwärmerisch.

»Würdest du denn in solch einer Gegend wohnen wollen?«

»Ja. Wenn ich das nötige Geld hätte.« Lilly blickte verträumt über die Gartenzäune hinweg. »Ich wollte schon immer einen eigenen Garten haben. Leider war das nicht einmal in meinem Elternhaus der Fall.«

»Vielleicht bekommst du diesen Garten eines Tages«, sagte Rudolph, dann nahm er ihre Hand und schob sie mit seiner in seine Manteltasche. »Damit du es warm hast«, erklärte er.

»Und was ist mit der anderen Hand?«, lachte Lilly.

»Die nehme ich, wenn die hier warm ist.«

Sie gingen weiter, ließen schließlich die Häuser hinter sich und tauchten in ein kleines Waldstück ein. Hier raunte der Wind durch die Bäume und bewegte die Wipfel der Tannen und Fichten. Raureif hatte sich auf das Laub am Boden gelegt. Das Sonnenlicht wirkte hier etwas gedämpfter.

»Wie geht es dir mit allem, was in den letzten Wochen geschehen ist?«, fragte Rudolph schließlich.

Gut, war Lilly versucht zu sagen, doch sie stockte. Es wäre gelogen gewesen.

»Es ist alles so verwirrend. Was dich betrifft, könnte ich den ganzen Tag lächeln. Aber jetzt ist Gerda krank geworden. Ich hatte nie das Gefühl, dass wir beste Freundinnen sind, aber wir mögen uns. Und ihr Schicksal rührt mich sehr an und macht mich traurig.« Sie stockte. »Warum ist die Welt so? Warum verspürt man einen Tag Glück und dann tiefe Trauer?«

»Weil das wohl unsere Bestimmung ist. Wo Licht ist, da ist leider auch Schatten. Doch wenn man im Schatten steht, strahlt das Licht umso heller. Und manchmal erwischt man Tage, an denen nur die Sonne scheint.«

Und an einigen regnet es nur, dachte Lilly. Solche Tage hatte sie schon oft gehabt in ihrem Leben. Aber mit Rudolph hatte sie das Gefühl, es sei endlich ein wenig Licht zu ihr gekommen.

Sie blickte ihn an. »Warum ich?«, fragte sie dann.

Rudolph erwiderte irritiert ihren Blick. »Wie meinst du das?«

»Warum hast du dir mich ausgesucht? Du arbeitest mit so vielen Schwestern zusammen und begegnest anderen Frauen …«

Rudolph ließ sich Zeit mit einer Antwort. »Ich habe untertags keine Zeit, mich nach Frauen umzusehen. Meine Bestimmung ist die Medizin. Das dachte ich bisher, und danach habe ich gelebt. Forschungen, Patienten, neue medizinische Erkenntnisse. Mein Privatleben ist bescheiden. Ich feiere mit meiner Familie den Sabbat und andere Feste. Wenn ich doch ein wenig frei habe, lese ich. Ich bin also ziemlich langweilig.«

»Das bist du nicht!«

»Für normale Leute ganz sicher. Doch du bist anders. Bei dir habe ich das Gefühl, dass du mich verstehst. Du bist gelehrig und würdest selbst eine gute Ärztin abgeben.«

»Dazu fehlt mir die Ausbildung«, erwiderte Lilly. »Ich hätte aufs Gymnasium gehen müssen. Wegen der Schwangerschaft konnte ich nur die Volksschule abschließen.«

Rudolph überlegte lange. »Ich weiß nicht, ob ich dich das fragen darf, aber …«

»Frage ruhig.«

»Wenn es nicht zu dem Vorfall gekommen wäre … Ich meine, die Sache mit deinem Sohn …«

»Sie ist aber passiert«, gab Lilly zurück. »Es ist müßig, darüber nachzudenken, welche Türen mir offen gestanden hätten.«

Rudolph schwieg betreten, doch der Griff seiner Hand blieb warm und fest. Eine ganze Weile schritten sie über den bereiften Gehweg, dann fragte Lilly: »Was wird deine Schwester zu mir sagen? Immerhin habe ich … eine Vergangenheit.«

»Sie wird sich freuen, dass ich endlich eine Frau ins Haus bringe. Sie fragt sich schon seit einer Weile, ob mit mir etwas nicht stimmt.« Er lachte auf.

»Und was ist mit meinem Sohn? Was wird sie dazu sagen?«

»Ich weiß es nicht«, antwortete er. »Solch einen Fall gab es bei uns noch nicht. Aber ist es nicht wichtiger, dass es für mich in Ordnung ist?«

Lilly ließ die Worte auf sich wirken, Worte, von denen sie nie geglaubt hatte, dass sie sie hören würde. All die Angst, für ihre Schwangerschaft verurteilt zu werden, fiel von ihr ab, und auf einmal erschien es ihr nicht mehr unrealistisch, jemals glücklich zu werden.

Er machte eine Pause, dann fragte er: »Darf ich ihn irgendwann kennenlernen?«

»Sicher«, entgegnete Lilly, doch plötzlich überkam sie ein unbehagliches Gefühl. Dass Rudolph Benjamins Existenz akzeptierte, erschien ihr beinahe zu gut, um wahr zu sein. Welchen Preis würde sie dafür bezahlen müssen?

»Und wirst du ihn irgendwann zu dir nehmen?« Seine Stimme holte sie zurück aus ihren Überlegungen.

»Ich … habe mir darüber noch keine Gedanken gemacht. Als alleinstehende Frau kommt man mit einem Kind nur schwer über die Runden. Ich muss arbeiten, und was soll dann aus ihm werden? Außerdem könnten die Leute glauben, dass ich leichtfertig sei. Wenn man nicht gerade eine Kriegswitwe ist, sind sie oft der Meinung, dass man sich die Not selbst zuzuschreiben hat.«

»Hast du …« Er stockte. Lilly merkte ihm die Unsicherheit an. »Hast du den Mann, der dir das angetan hat, je wiedergesehen? Weiß er von dem Jungen?«

Lilly dachte an die Begegnung im Bahnhof zurück, und ihre Kehle wurde eng. »Ich sah ihn vor ein paar Wochen zufällig auf dem Bahnsteig. Ich dachte, mir bleibt das Herz stehen.«

»Hat er dich erkannt?«

»Nein. Ich glaube auch nicht, dass er mich gesehen hat. Zum Glück.« Sie schaute auf ihre Schuhspitzen. Nie hätte sie für möglich gehalten, je mit einem Menschen darüber reden zu können. Ihren Eltern ihre Schwangerschaft zu gestehen, hatte in einem Desaster geendet. »Aber nein, er weiß nichts von meinem Sohn.«

Rudolph nickte. Eine Weile gingen sie schweigend nebeneinander.

Was, wenn all diese Geschichten zu viel sind?, fragte sich Lilly bang. Wenn er es sich doch noch einmal überlegt …

»Schätzt du deine Tante so ein, dass sie ihn benachrichtigt haben könnte?«

»Ich weiß nicht«, erwiderte Lilly. Plötzlich schien es rings um sie herum kälter zu werden. »Was Cäcilia tut, tut sie zu ihrem eigenen Vorteil. Ich sage nichts dazu, doch ich weiß, dass sie von dem Geld, das ich ihr schicke, gut lebt. Aber was hätte sie davon …« Lilly zögerte. Den Namen ihres Cousins brachte sie nicht über die Lippen. »… ihm von Benjamin zu erzählen? Nichts!«

»Er hätte eigentlich angezeigt werden müssen«, sagte Rudolph aufgebracht. »Schließlich hat er dir Gewalt angetan!«

»Welcher Polizist hätte mir denn geglaubt?« Sie schüttelte traurig den Kopf. »Sie hätten behauptet, ich hätte selbst Schuld daran. Dass ich ihn verführt hätte … Und dann war da auch noch die Familie. Es hätte einen riesigen Skandal gegeben. Wer hilft schon einem schwangeren Mädchen?«

Rudolph schnaufte. Lilly spürte deutlich seine Wut. Sein Kiefer mahlte und seine Hände zitterten leicht. »Wenn ich diesen Kerl zu fassen bekäme …«

Lilly legte ihm beschwichtigend die Hand auf den Arm. »Es würde nichts bringen. Das Einzige, was ich tun kann, ist ihn vergessen. Und dafür sorgen, dass er nie von Benjamin erfährt.«

Minutenlang sahen sie einander an. In Rudolphs Miene zeigten sich alle möglichen Emotionen, die sie nie zuvor an ihm gesehen hatte. Er schien seine Worte durchaus ernst zu meinen. Doch er war Arzt und konnte seinen Ruf nicht aufs Spiel setzen, indem er einen Mann zusammenschlug.

Schließlich beruhigte er sich wieder und fragte dann: »Benjamin heißt dein Sohn also?«

»Ja«, entgegnete Lilly. Die Erinnerung an die Diskussion mit Cäcilias neuem Freund ließ sie frösteln. »Ein Judenname, wie dieser Heller meint.«

»Er hat tatsächlich seine Wurzeln im Hebräischen.« Sie spürte seine Hand fester um ihre. »Benjamin bedeutet ›Sohn des Glücks‹.«

Lilly sah ihn an. Tränen stiegen in ihre Augen. »Das wusste ich nicht.«

»Man macht sich nur selten Gedanken über die Bedeutung oder Herkunft von Dingen.«

»Der Name hat mir einfach gefallen. Und er passt zu ihm. Auch wenn die Umstände für mich schwierig waren, hat er bisher kein Unglück gelitten. Cäcilia mag sein, wie sie ist, doch sie behandelt ihn anständig. Und wenn ich ihn besuchen komme, wirkt er glücklich.«

Rudolph zog sie in seine Arme, dann spürte sie seine Lippen auf ihrem Mund. Sie hielten und küssten sich eine Weile, schließlich streichelte er ihr zärtlich über die Wange.

»Das möchte ich auch für dich. Dass du glücklich bist. Ich möchte dich beschützen, auf dass dir von nun an nie wieder Leid widerfährt.«

Lilly schluchzte kurz auf, dann legte sie ihren Kopf an seine Brust.

Er streichelte ihr Haar und hielt sie weiterhin fest.

»Ich liebe dich, Lilly«, sagte er leise, aber mit fester Stimme.

Sie blickte zu ihm auf. »Ich dich auch.«

Sie wusste genau, dass er sie nicht vor jedem Unheil würde beschützen können. Aber das verlangte sie auch nicht. Sie hatte sich nur einen Menschen gewünscht, der ihr Halt gab. Und den schien sie in Rudolph endlich gefunden zu haben.

44. Kapitel

Zehlendorf, 29. Januar 1932

Die ganze nächste Zeit über versäumte es Rudolph nicht, Lilly in irgendeiner Weise Mut zu machen. Da war eine kleine getrocknete Veilchenblüte in einem Fachbuch, das er ihr reichte, begleitet von einem Zettel, der den Vorschlag machte, sich auf diesem Weg kleine Botschaften zukommen zu lassen.

»Ich liebe dich«, sagte einer der Zettel, die er ihr schrieb, und Lilly gab ihn in einem anderen Buch zurück mit der Entgegnung: »Ich dich auch«.

Wenn sie konnten und unbeobachtet waren, trafen sie sich in der Schutzhütte und lagen sich minutenlang in den Armen. Auf den Fluren nutzten sie jede heimliche Gelegenheit, sich zu berühren.

Ihre Kolleginnen schienen nichts mitzubekommen.

Martha fiel lediglich auf, dass ein neues Buch auf ihrem Nachttisch lag. Lilly hatte ihr erzählt, dass Professor Kirsch sie speziell für die Behandlung von Knochentuberkulose weiterbilden wollte. »Will er dich jetzt zur Ärztin machen?«, fragte sie.

»Wissen schadet doch nie«, antwortete Lilly und sorgte dafür, dass die Zettel aus den Büchern verschwanden, bevor sie das Zimmer verließ.

So verging die Woche mit Arbeit, Botschaften und Besuchen bei Gerda.

»Was willst du denn bei mir?«, fragte ihre Freundin, als sie am Freitagabend an ihr Bett trat. Auf ihren Armen waren neue Einblutungen aufgetaucht, die wie ein Ausschlag wirkten. »Du solltest tanzen gehen.«

»Ich gehe doch nicht ohne dich«, antwortete Lilly und zog sich einen Stuhl heran. Auf dem Nachttisch sah sie das Essenstablett. Nichts von den Speisen hatte Gerda angerührt, obwohl der Milchbrei mit Zimt und Zucker gewürzt und leicht zu schlucken war.

»Ich vermisse das Ballhaus«, sagte sie. »Und die Leute dort. Die fragen sich bestimmt schon, wo ich abbleibe.«

Sie machte eine Pause und sah Lilly an. »Du sagst denen doch Bescheid, nicht wahr? Ich will nicht, dass sie sich sorgen.«

Lilly fühlte sich, als hätte ihr jemand gegen die Brust geschlagen.

»Das kannst du schön selber erledigen, wenn du wieder auf den Beinen bist!«, sagte sie, worauf Gerda lächelte und dann den Kopf schüttelte.

»Ich weiß, dass ich das nicht mehr kann.« Sie griff nach ihrer Hand.

Lilly warf einen Blick auf die Pflaster, die allmählich wieder durchweichten, weil ihr Blut einfach nicht zum Stehen kommen wollte.

»Versprich mir, dass du zu ihnen gehst und ihnen Bescheid sagst, ja? Und wenn du schon mal da bist, leg ein Tänzchen aufs Parkett. Für mich. Ich vermach dir auch meine Kleider, werde sie ja ohnehin nicht mehr brauchen.«

»Das verspreche ich«, gab Lilly unter Tränen zurück.

Als die Schlafenszeit ausgerufen wurde, musste Lilly Gerdas Zimmer verlassen. Die Nachtschwester würde ab jetzt nach ihr schauen.

Gerdas Bitte ließ ihr keine Ruhe.

Sie erinnerte sich an den Türsteher, den Barmann, viele andere Leute, mit denen sich Gerda bei ihren Besuchen im Ballhaus unterhalten hatte. Mit allen schien sie stets gut auszukommen. Ganz sicher würden sie sie vermissen!

Als sie leise die Tür ihrer Unterkunft aufzog, stand ihr Entschluss fest. Martha schnarchte in ihrem Bett. Sie musste über der Bibellektüre eingeschlafen sein, denn das Buch lag noch auf ihrer Bettdecke.

Lilly schloss die Tür hinter sich und schlich zum Kleiderschrank. Dort griff sie nach ihrem grauen Winterkleid und verschwand damit hinter dem Paravent. Es war keine geeignete Garderobe für einen Tanzabend, aber es würde reichen, um Kalle, dem Türsteher, Bescheid zu geben.

Als sie mit dem Umziehen fertig war, warf sie ihren Mantel über und schlang ihren Schal um den Hals.

»Wo willst du denn noch hin um diese Zeit?«, fragte Hedwig an der Pforte, als Lilly zur Tür eilte.

»Ich muss etwas erledigen. Für Gerda.«

Hedwig nickte und schaute dann betreten auf ihre Zeitung.

Der kalte Nachtwind brachte Lilly zum Zittern, konnte ihre Entschlossenheit aber nicht vertreiben. Sie marschierte die Alsenstraße entlang zur nächsten Bushaltestelle, die sie finden konnte. Sie wusste, dass im Nachtbus manchmal seltsame Gestalten unterwegs waren, aber diesmal fürchtete sie sich nicht davor.

Ein wenig war es wie damals, als sie die Wohnung ihrer Eltern verließ, um sich auf eigene Beine zu stellen. Nur dass sie jetzt wusste, was ihr Ziel war.

Im Scheunenviertel nahm sie den Weg, den sie mit Gerda gegangen war. Diesmal achtete sie kaum auf die Passanten. Ein Mann sprach sie an, doch sie tat, als hätte sie ihn nicht gehört.

Ein klein wenig hoffte sie allerdings, Rudolph zu begegnen. Sicher begleitete er auch weiterhin seine jüngere Schwester zur Synagoge. Doch dann wurde ihr klar, dass es für einen Gottesdienst schon zu spät war.

Am Ballhaus angekommen, sah sie vor der Tür keine Schlange mehr. Lediglich ein paar Leute torkelten ihr angeheitert entgegen. Musik dröhnte hinter den Mauern, und die Schatten von nimmermüden Tanzenden huschten an den Fenstern vorbei.

Dennoch nahm Lilly den Weg zum Hintereingang. Der Aufpasser dort stand mit zwei weiteren Männern zusammen und rauchte.

»'n Abend, Kalle«, grüßte sie ihn, worauf er verdutzt innehielt.

Lilly hatte ihn noch nie so angesprochen, wohl aber hatte sie mitbekommen, dass Gerda ihn immer so genannt hatte.

»Wat willste?«, fragte er provozierend.

Als sie näher trat und ein Lichtschein auf ihr Gesicht fiel, schien es ihm zu dämmern. »Dich kenn ick irgendwoher …«

»Ich war mit Gerda hier«, sagte Lilly, während sie den anderen Männern einen kurzen Blick zuwarf. Sie waren zwei Köpfe größer als sie selbst, und es würde ihnen nicht schwerfallen, sie in eine dunkle Ecke zu zerren. Doch als sie den Namen hörten, wichen sie leicht zurück.

»Wat is'n mit der? Hab ick schon vermisst.«

»Sie … ist schwer krank«, antwortete Lilly, während sie die Tränen, die in ihr aufsteigen wollten, niederkämpfte. »Ich soll euch von ihr Lebewohl sagen.«

»Wat?« Kalles Gesicht verzerrte sich.

»Sie hat Leukämie, und die Ärzte geben ihr nur noch sehr wenig Zeit. Sie hat mich gebeten, dass ich euch Bescheid sagen soll. Ihren Freunden.«

Der Mann schaute sie noch immer verwirrt an und schüttelte den Kopf.

»Scheiße«, raunte einer der anderen.

»Also, darf ich kurz rein und mit dem Barmann reden? Mit dem war sie wohl auch dicke. Und den Kellnerinnen.«

»Also, wenn det een Trick is, um hier rinzukommen …«

Lilly öffnete ihren Mantel und ließ ihn das Schwesternkleid anschauen. »Sehe ich so aus, als wollte ich mich amüsieren?«

Ihre Blicke trafen sich kurz, dann trat der Mann beiseite und ließ sie ein.

Die Musik erschien ihr überlaut, und die Luft war blau und dunstig vom Zigarettenrauch. Auf der Tanzfläche machten die Menschen die wildesten Bewegungen. Eines der Mädchen ähnelte Gerda sogar ein wenig. Sie tanzte mit einem jungen Mann mit pomadisiertem Haar.

Lilly musste sich abwenden, denn hier konnte sie den Schmerz nicht gebrauchen. Sie trat an den Tresen und sprach mit dem Barmann, der sie wiederum an eine Gruppe Mädchen verwies. Auch ihnen erzählte Lilly von Gerda und richtete ihnen ihre Grüße aus. Als sie die Runde gemacht hatte, ging sie wieder zur Hintertür. Sie hatte gewusst, dass Gerda beliebt war, doch die Anteilnahme ihrer Bekannten überraschte Lilly dennoch. Sie war sicher, dass Gerda sich über die Grüße dieser Menschen freuen würde.

Als sie nach draußen trat, sah sie, dass der Türsteher wieder allein war. Er musterte sie kurz, und Lilly bemerkte, dass seine Augen seltsam gerötet waren.

»Wenn de wat brauchst, sachste Bescheid, ja?«, sagte Kalle unsicher. »Und jrüß die Maus von mir. Ick mochte sie immer.«

»Noch lebt sie«, sagte Lilly und wandte sich dann um. »Aber danke, ich richte es aus.«

»Ich soll dich von Kalle grüßen«, berichtete Lilly am Sonntagabend von ihrem Ausflug zum Ballhaus. »Und von Hannes und Frieder und den anderen. Sie vermissen dich.«

Ein Leuchten vertrieb die Mattheit aus Gerdas Blick. »Dann warst du also da?«

Lilly nickte.

»Was hat die Kapelle gespielt? Gab es wieder Täubchen?«

»Du weißt, dass ich mich nicht so mit Musik auskenne«, wiegelte sie ab, doch Gerda ließ nicht locker.

»Komm, erzähl mir, wie es war. Und mit wem du alles getanzt hast.«

Gerda musste wissen, dass sie gar nicht getanzt hatte. Aber an den Schweißperlen auf ihrer Stirn merkte Lilly, dass sie wieder Fieber hatte. Also begann sie zu erzählen: von einem Gigolo mit gezwirbeltem Schnurrbart, von einem fremdländisch aussehenden Tangotänzer und Frauen in schillernden Kleidern. Sie erzählte von Platten mit herrlichem Essen und einer Pyramide aus Champagnergläsern.

Gerda schloss die Lider und lächelte. Lillys Worte schienen Bilder vor ihr geistiges Auge zu zaubern. Nach einer Weile sagte sie: »Wenn man doch nur ein Grammofon hätte, auf dem man Musik spielen könnte.«

»Ja, das wäre schön«, antwortete Lilly, anstatt sie darauf aufmerksam zu machen, dass die Stationsschwester wahrscheinlich dafür sorgen würde, dass das Gerät schnell wieder verschwand.

Als sie das Krankenzimmer nach einer Stunde wieder verließ, traf sie auf Schwester Hanna. Diese zog ein bekümmertes Gesicht. Lilly wollte fragen, was los sei – immerhin stand sie im Kontakt mit Frau Conradi, und der Gesundheitszustand des Doktors schwankte noch immer stark –, da begann sie selbst: »Lilly, können wir reden?«

»Ja, Hanna, was gibt es denn?«

»Gehen wir doch nach unten und trinken einen Tee zusammen. Wenn du nicht gerade zu tun hast.«

»Auf unserer Station ist alles ruhig, und ich müsste ohnehin eine Pause machen.«

Sie folgte Hanna nach unten in den Speisesaal.

Dort holten sie sich aus der Küche zwei Tassen Tee und setzten sich an einen der leeren Tische. Für einen Moment war es so still, dass sie das Summen der Leuchtröhren über sich hören konnten.

»Hat Gerda mit dir jemals über ihre Eltern gesprochen oder andere Verwandte?«

»Nur einmal«, antwortete Lilly. »Mit ihrer Mutter hat sie wohl schon seit einer Weile keinen Kontakt mehr, und andere Verwandte hat sie nicht erwähnt.« Es schien, als hätte Gerda erst in dem Augenblick zu leben begonnen, als sie ins Waldfriede gekommen war.

Hanna blickte eine Weile in ihre Teetasse. »Die Ärzte geben ihr nicht mehr sehr lange. Ich hatte heute ein Gespräch mit Dr. Meyer. Er fragte, wen wir benachrichtigen sollen.«

Lilly schwieg. Natürlich wusste sie, dass es für Gerda keine Hoffnung gab, doch dass ihre Zeit nun ablief, ließ ihr Herz schwer werden.

»Da werde ich dir wohl nicht helfen können.«

Hanna seufzte. »Das dachte ich mir. Ich könnte versuchen, sie zu fragen, aber … ich fürchte, dabei wird nicht viel herauskommen.« Sie sah auf. »Könntest du vielleicht …«

»Ich weiß nicht, ob sie mir antworten würde«, entgegnete Lilly. Sie konnte ihr wohl kaum sagen, dass ihre Zeit bald abgelaufen war und sie dringend ihre Mutter erreichen mussten. »Gibt es denn keinen anderen Weg? Jemand vom Standesamt vielleicht, der eine Adresse hat …«

Sie erinnerte sich daran, dass sie eigentlich die Unterschrift ihrer Eltern gebraucht hätte, um die Lehre in der Charité zu beginnen. Nur weil sie angegeben hatte, Waise zu sein, hatte man davon abgesehen. »Haben ihre Eltern ihrer Ausbildung hier im Waldfriede zugestimmt? Sie ist ja noch nicht mündig …«

Hanna nickte. »Ich werde in den Unterlagen nachsehen. Dr. Conradi hält sie eigentlich unter Verschluss, aber wenn ich Dr. Meyer bitte …«

Lilly nickte. Das war ihr lieber, als Gerda in ihrem Zustand zu fragen und womöglich Dinge aufzuwühlen, die ihr Befinden noch verschlechterten.

»Wenn wir die Eltern nicht erreichen können«, begann Lilly und spürte plötzlich einen dicken Kloß im Hals. »Was wird dann mit ihrer …« Sie konnte das Wort nicht aussprechen. Doch Hanna schien sie auch so zu verstehen.

»Ihrer Beerdigung?«, fragte sie.

Lilly nickte.

»Nun, dann werden wir sie ausrichten. Aber es wäre wirklich besser, die Eltern wüssten Bescheid. Egal wie das Verhältnis ist.«

Hanna blickte eine Weile in ihre Teetasse. Lilly spürte, dass ihr noch etwas anderes auf der Seele lag.

»Du hast derzeit viel auf deinen Schultern, nicht wahr?«, fragte sie vorsichtig.

»Ach, wenn du wüsstest …«, seufzte sie und schüttelte den Kopf. »Aber das ist nichts, womit ich jemanden belasten würde.«

»Kann ich dir irgendwie helfen?«

Hanna blickte sie an, und ein Schatten legte sich über ihre Augen.

»Das ist lieb von dir, aber das ist nicht nötig. Du hast genug damit zu tun, für Gerda da zu sein.«

45. Kapitel

Zehlendorf, 30. Januar 1932

Lilly versuchte noch am folgenden Abend mit Gerda zu sprechen, doch diese war durch die Blutarmut so benommen, dass sie ihren Worten kaum folgen konnte. Nur einmal murmelte sie etwas davon, dass ihre Mutter sich ohnehin nicht für sie interessieren würde. Auf die Frage, ob sie noch andere Verwandte hatte, schwieg Gerda.

Ein paar Tage später mussten die Ärzte den Kampf um sie aufgeben. Dr. Meyer kam eines Nachmittags zu Lilly und sagte: »Ich werde mit Professor Kirsch sprechen, dass er Sie in den nächsten Tagen meiner Station überstellt. Gerda soll nicht allein sein, wenn …«

»Haben Sie ihre Mutter erreicht?«, fragte Lilly beklommen. Sie hatte seit dem Gespräch mit Schwester Hanna nicht mehr nachgefragt.

»Wir haben sie benachrichtigt und ihr freigestellt zu kommen. Aber bislang hat sie sich nicht blicken lassen, und ich fürchte, das wird auch so bleiben.«

Lilly wusste nur zu gut, was Streit in einer Familie anrichten konnte. Dass es bei Gerda ähnlich war wie bei ihr, hätte sie allerdings nie erwartet.

Tatsächlich wandte sich Rudolph wenige Stunden später an sie. »Dr. Meyer hat mit mir gesprochen. Du arbeitest für einen oder zwei Tage unten in der Inneren.«

»So lange, bis Gerda …« Lilly brach in Tränen aus. Rudolph stand hilflos daneben. Weil sie sich auf dem Flur der Station befanden und die Oberin in der Nähe war, konnte er sie nicht einfach in seine Arme ziehen.

Am Abend, nachdem sie Gerda kurz besucht und gesehen hatte, wie schlecht es ihr ging, saß sie lange auf der Bettkante. Etwas hielt sie davon ab, unter der Decke zu verschwinden. Beinahe wünschte sie sich, dass Martha da wäre, aber diese hatte Nachtdienst. Sie wünschte sich Rudolph herbei, doch es war ihm nicht möglich, ihr Quartier zu betreten, ohne einen Skandal auszulösen.

Also blieb ihr nichts anderes übrig, als frierend ihre Schultern zu umklammern und zu versuchen, an etwas anderes zu denken.

Das gelang ihr allerdings erst, als sie sich das Bild ihres Sohnes ins Gedächtnis rief. Gerda war ihre Freundin, doch auch ihr hatte sie nichts von Benjamin erzählt. Sollte sie es nachholen?

Sie dachte wieder an seine Einschulung im Frühjahr und dass er sich bei einem ihrer Besuche eine Schultüte mit wilden Tieren darauf gewünscht hatte. An einem ihrer nächsten freien Tage würde sie in den Papierladen oder ins Kaufhaus gehen und nachschauen, ob sie so etwas fand.

Schließlich wurden ihr die Lider schwer, und sie legte sich aufs Bett. Wie schön wäre es, dachte sie, wenn sie Benjamin jetzt bei sich haben und ihm eine Geschichte erzählen könnte. Eine Geschichte, die sie selbst von dem ablenken würde, was unweigerlich auf sie alle zukam.

Am folgenden Nachmittag meldete Lilly sich bei Dr. Meyer. Sie war für den Abenddienst eingeteilt worden, damit sie bei Gerda wachen konnte.

»Wie geht es ihr?«, fragte sie, als sie den Doktor im Schwesternzimmer traf.

»Ein wenig besser«, sagte er zu ihrer großen Überraschung. »Allerdings wird das nur eine Scheinblüte sein. Kurz vor dem Tod nimmt der Körper noch einmal alle Kraft zusammen, wahrscheinlich um der

Seele die Gelegenheit zu geben, sich zu verabschieden. Erwarten Sie also nicht allzu viel, wenn Sie nach ihr sehen.«

Als Lilly das Krankenzimmer betrat, fand sie Dr. Meyers Worte bestätigt. Gerda wirkte tatsächlich etwas wohler, auch wenn sie immer noch blass war. Ihre Freundin begrüßte sie im Bett sitzend, was Lilly schon seit Tagen nicht mehr gesehen hatte. Die meiste Zeit hatte sie vor sich hingedämmert, ohne auch nur aufzublicken. Doch nun brachte sie sogar ein Lächeln zustande.

»Lilly«, sagte sie schwach.

»Ich bin hier.« Vorsichtig griff sie nach ihrer Hand. Schon die kleinste etwas festere Berührung konnte zu einem Bluterguss führen.

»Es ist so schade, dass ich nicht mehr tanzen gehen kann«, sagte Gerda leise. »Ich wäre gern noch einmal im Ballhaus gewesen.«

Lilly fragte sich, ob sie ihr erneut eine Geschichte von einer ausgedachten Tanznacht erzählen sollte.

»Vielleicht gibt es im Himmel auch Tanzkapellen«, fuhr Gerda fort.

»Vielleicht«, echote Lilly und biss sich auf die Lippen. Tränen quollen ihr aus den Augen, doch sie wollte nicht, dass das Letzte, was Gerda hörte, ihr Weinen war. Sie hatte immer gelacht und war fröhlich gewesen.

Als Gerda das Gesicht verzog, sprang sie auf. »Hast du Schmerzen?«

»Ja.«

»Soll ich dir was holen?«

Gerda schüttelte den Kopf. »Nein, bleib, es geht gleich wieder.« Sie schaute Lilly flehend an. »Ich weiß nämlich nicht … ob ich … weg bin, wenn du wiederkommst, weißt du?«

Lilly wandte den Kopf ab, damit sie nicht sah, dass ihr die Tränen übers Gesicht liefen. Eine Weile blieb sie so, dann gelang es ihr, sich wieder ein wenig zu fassen. Sie beugte sich vor und gab Gerda einen Kuss auf die Stirn.

»Ich bleibe«, sagte sie, zog die Nase hoch und wischte sich übers Gesicht.

»Du wolltest mir noch von dem Mann erzählen«, sagte Gerda schwach. »Der, in den du dich verliebt hast.«

Lilly rang mit sich. Sollte sie es ihr sagen? Gerda war bestimmt die Letzte, die ihr das Glück nicht gönnte oder schlecht über sie dachte.

»Es ist Professor Kirsch«, gab sie zu.

Gerda betrachtete sie, und ein Lächeln schlich sich auf ihre Züge. »Wurde auch Zeit, dass er eine gute Frau findet. Wir dachten schon, er interessiert sich gar nicht für die Ehe.«

»Er hat mal von einer Familie gesprochen, aber es ist noch zu früh, um irgendwelche Pläne zu machen.«

Gerda zog die Augenbrauen zusammen. »Es wird doch was mit euch, oder nicht?«

»Es scheint so.«

»Ist er denn lieb zu dir? Macht er dir Geschenke?«

»Lieb ist er, ja. Und Geschenke … Er hat mir ein wunderschönes Weihnachten beschert. Wenn ich bei ihm bin, fühle ich mich wie ein anderer Mensch. Ein besserer Mensch.«

»Besser als so geht es doch kaum.« Gerda rang sich ein Lächeln ab. »Weißt du, das wird mir fehlen, wenn ich auf meiner Wolke im Himmel sitze.«

»Dass wir miteinander reden?«

»Das auch. Aber ich meine die Liebe. Ich war noch nie verliebt.«

»Was? Die Männer stehen bei dir doch Schlange!« Lilly erinnerte sich an den Tanzabend und wie Gerda nie Probleme gehabt hatte, einen Partner zu finden.

»Aber von denen will ich keinen …« Gerda hob eine Hand über die Bettdecke. Große blaue Flecke prangten auf den Fingern.

Lilly erkannte, was sie vorhatte, und reichte ihr ihre Hand. Schwach umklammerte Gerda ihre Finger.

»Ich möchte ein bisschen schlafen. Bleibst du hier?«

»Ich bleibe, so lange du magst.«

Gerda nickte, dann fielen ihr die Augen zu.

Lilly strich ihr sanft eine Haarlocke aus dem Gesicht. Das Fieber schien ein wenig gesunken zu sein, die Stirn wirkte kühler als zuvor. Gab es vielleicht doch noch Hoffnung?

Nein, sagte sie sich. Dr. Meyer war eindeutig gewesen. Sie konnten nur warten.

Die Stille des Raumes senkte sich schwer auf sie. Draußen wurde es allmählich dunkel, sodass Lilly die Nachttischlampe anschaltete. Gerdas Atem ging rasselnd und keuchend, aber ihre Brust hob und senkte sich. Wie viel Zeit würde ihr bleiben? Ein Tag? Zwei?

Schließlich konnte Lilly sich selbst nicht mehr gegen die Müdigkeit wehren. Da niemand sonst ins Zimmer kam, der sie hätte hochschrecken lassen können, fiel sie in tiefen Schlaf.

Nicht lange, da sah sie im Traum Benjamin mit seinem Spielzeugpferdchen vor sich. Er spielte wie damals, als sie ihn besucht hatte. Als er sie bemerkte, blickte er auf.

»Tante Lilly!«, rief er und sprang auf. »Ich muss dir etwas zeigen!« Er fasste sie bei der Hand und zog sie mit sich.

Erst jetzt erkannte Lilly, dass sie sich in einem Haus befanden, das sie noch nie zuvor gesehen hatte. Sie liefen durch verschiedene Gänge und weitläufige leere Zimmer zu einer Tür, die zu einem Hinterhof führte. In dessen Mitte stand ein riesiger Baum und davor Gerda in einem grünen Kleid.

»Ich wollte dich noch einmal sehen«, sagte sie und streckte die Hand aus. Als Lilly sie berührte, zerstob ihr Körper zu einem Schwarm grüner Vögel …

»Gerda …«, sagte Lilly verwirrt, als sie erwachte, und blickte zur Seite. Mittlerweile war es ganz dunkel, nur die Nachttischlampe spendete Licht. Gerdas Augen waren geschlossen, die Wangen wirkten eingefallen. Doch der Eindruck von Schmerz auf ihrem Gesicht war fort. Und ihre Finger waren so kalt …

Schlagartig fiel die Müdigkeit von ihr ab. Es war damit zu rechnen gewesen, dennoch traf es Lilly überraschend. Während Tränen in ihrer Kehle aufstiegen, legte sie vorsichtig Gerdas Hand auf die Bettdecke und lief aus dem Zimmer, um einen Arzt zu holen, damit er bestätigte, was sie in diesem Augenblick längst wusste.

46. Kapitel

Zehlendorf, 2. Februar 1932

Gerdas Beerdigung fand drei Tage später statt. Noch immer war es klar und sonnig, doch das Licht reichte nicht aus, um die Kälte zu vertreiben.

Auf dem Friedhof nahe der Spandauer Straße, nicht weit vom Krankenhaus entfernt, versammelten sich neben den Schülerinnen und Schülern der Krankenpflegeschule auch Ärzte und Krankenschwestern, die mit ihr zu tun gehabt hatten.

Schwermütig blickte Lilly zu den Trauergästen hinüber. Gerda hätte es gefallen zu sehen, wie viele Menschen sie mochten. Doch es wäre ihr lieber gewesen, wenn sie mit ihr wieder durch den Park hätte gehen können.

»Schwester Lilly«, hörte sie Rudolphs Stimme, und wenig später trat er neben sie. Er trug einen schwarzen Mantel und einen schwarzen Hut, vom Marsch durch das Gras perlten ein paar Wassertropfen von seinen schwarzen Schuhspitzen.

Lilly trug das dunkelblaue Ausgehkleid, das ihr vom Krankenhaus gestellt worden war. Daneben war der braune Mantel das dunkelste Kleidungsstück, das sie besaß. Als sie ihre Sachen durchging, war ihr aufgefallen, dass sie für einen Trauerfall gar nicht gerüstet war.

»Herr Professor«, antwortete sie, denn sie wusste, dass die anderen sie hören konnten. »Danke, dass Sie gekommen sind.«

Lilly blickte ihn an, und auch wenn ihr Herz schwer war, schlich sich ein Lächeln auf ihre Lippen. Rudolph erwiderte es ganz leicht, dann schaute er voran.

»Wie geht es Ihnen?«, fragte er, obwohl er es eigentlich wissen musste. Der Austausch kleiner Nachrichten über die Bücher fand noch immer statt. Aber sie spürte, dass er wenigstens über etwas reden wollte, etwas Unverfängliches, also antwortete sie: »Ich bin traurig.«

»Verständlich«, gab er zurück. Lilly konnte ihm ansehen, dass er sie gern in den Arm genommen hätte. Und sie hätte sich gern an ihn gelehnt und von wärmeren Tagen geträumt, vom Ende des Schmerzes, den sie in ihrer Brust fühlte.

»Wir sollten in die Kapelle gehen, denke ich«, sagte er dann und deutete auf den Strom der Trauergäste, der sich jetzt in Bewegung setzte.

Vorn auf den Bänken saß Gerdas Verwandtschaft, keine sonderlich große Gruppe. Lilly entdeckte eine Frau, die ihre Mutter sein könnte. Sie sah Gerda etwas ähnlich, wirkte aber durch die Zeit gebeugt. Vielleicht war es auch Trauer. Aber warum war sie dann nicht ins Waldfriede gekommen und hatte nach ihrer Tochter gesehen? Wenn sie so wenig für Gerda übriggehabt hatte, warum war sie dann überhaupt hier?

Lilly unterdrückte ihren Zorn, es war nicht der passende Ort für Vorwürfe. Außerdem kannte sie den Grund für das Zerwürfnis nicht. Rudolph und sie nahmen auf einer der hinteren Bänke Platz.

Wie immer tat er alles, um nicht sonderlich aufzufallen. Das war ihr nun aber ganz recht, als sie seine Berührung spürte. Hier hinten, fern von den Blicken, konnten sie es wagen. Rudolph drückte ihre Hand, hielt sie, streichelte mit dem Daumen über ihren Handrücken. Ein warmes Gefühl durchzog sie. Wie nie zuvor fühlte sie sich gehalten, und der Schmerz in ihrer Brust wurde weniger.

Als der Pastor vor die Gemeinschaft trat, wurde es ruhig. Er begann mit einer kurzen Ansprache und einem Gebet, dann fing er an, von Gerda zu erzählen.

Erst jetzt wurde Lilly klar, dass sie ihre Freundin, mit der sie tanzen war und gelacht hatte, gar nicht richtig kannte. Geboren im Jahr 1912, war sie das dritte von vier Geschwistern. Der Vater war im Krieg gefallen, die Mutter hatte daraufhin die Kinder allein durchbringen müssen. Sobald sie dazu fähig war, verdingte Gerda sich mit kleinen Arbeiten wie Nähen und Waschen, um ihre Familie zu unterstützen. Als sie 1929 ins Waldfriede kam, begann sie als Küchenmädchen, wurde dann aber in die Krankenpflegeschule aufgenommen.

Wovon der Pastor nicht sprach, war die Lebenslust dieses Mädchens, die Sorge um die Patienten, ihre Freude, wenn sie Freitagabend tanzen gehen konnte. Die Träume von einer Liebe, die sich jetzt nie mehr erfüllen würden.

Als die Ansprache beendet war, sangen die Anwesenden noch ein Lied, dann wurde der Sarg aus der Kapelle getragen.

Lilly und Rudolph schlossen sich den anderen Gästen an. Am Grab versuchte sie, tapfer zu sein, auch wenn es ihr furchtbar schwerfiel. Sie rief sich ins Gedächtnis, wie Gerda im Ballhaus getanzt und wie sie bei ihren gemeinsamen Schichten gelacht hatte. Und sie hatte wieder ihre erste Begegnung vor sich, die scheue Frage, ob sie sie um Hilfe bitten durfte.

Als der Sarg in die Grube hinabgelassen worden war, ging die Schar der Gäste schweigend daran vorbei, warf eine Rose hinein oder drei Hände voll Sand.

Lilly warf nichts auf den Sarg, blieb dennoch stehen und senkte den Kopf. In ihrer Brust war ein großes Loch, eine Leere, die in diesem Augenblick niemand hätte füllen können. Doch ihre Gedanken waren klar.

Ich werde leben, versprach sie Gerda im Stillen. Für uns beide. Ich werde das Beste aus meiner Zeit machen, so wie du es getan hast, auch wenn dir so wenig davon vergönnt war. Und eines Tages werde ich auch wieder tanzen.

***

Äußerlich wie innerlich durchgefroren kehrte Hanna ins Sprechzimmer zurück. Eigentlich hätte sie sich am liebsten verkriechen wollen, aber die Nachmittagssprechstunde stand an, und es gab auch sonst noch viel zu tun. Dennoch ließ sie sich für einen Moment auf einem Stuhl nieder und schaute aus dem Fenster.

Der Tod war im Waldfriede wie in jedem anderen Krankenhaus ein beständig wiederkehrender Gast, aber bislang hatte es noch niemanden vom Pflegepersonal getroffen. Angestellte kamen und gingen, doch meist, weil es sie in die Welt hinauszog, sie heirateten oder ihnen die Einsicht kam, dass sie einer anderen Bestimmung folgen mussten. Der Tod von Jungschwester Gerda erschütterte das gesamte Haus, weil er so verfrüht erschien, so ungerecht …

Was ist der Mensch?, dachte Hanna, die sich darüber im Klaren war, dass sie von nun an auch solche Ereignisse in der Chronik, an der sie nun schon seit Jahren schrieb, festhalten musste. Die sorglosen Tage waren endgültig vorüber.

Nachdem sie noch eine Weile den weißen Federwolken am Himmel zugesehen hatte, erhob sie sich seufzend und machte sich an die Arbeit. Der Stapel mit der Post fiel ihr ins Auge, den eines der Hausmädchen hereingebracht haben musste.

Als sie begann, die Briefe zu ordnen, fiel ihr eine Ansichtskarte entgegen, die einen wunderbaren Ausblick aufs Meer zeigte. »Skodsborg« stand am unteren Rand.

Mit dem Gefühl, als würde Feuer durch ihre Adern schießen, drehte sie sie um und las:

Liebe Hanna,

heute schreibe ich Ihnen nur kurz, denn noch immer fehlt es mir an Kraft, lange den Stift zu halten. Ich hoffe, Sie sind wohlauf und freuen sich über die Nachricht, dass ich plane, innerhalb der nächsten drei Wochen wieder nach Hause zu kommen. Natürlich wird es noch einige Zeit brauchen, bis vollständige Genesung eintritt, aber ich habe Heimweh und bin sicher, dass das

Waldfriede mir endgültige Gesundung schenken wird. Ich würde Sie bitten, einmal nach meiner Wohnung zu sehen – der Staub muss sich in die Höhe türmen –, und vor allem bitte ich Sie, gesund zu bleiben.

Bis bald und mit besten Grüßen
Dr. Conradi

47. Kapitel

Zehlendorf, 24. Februar 1932

»Willkommen zurück!«, sagte Schwester Hanna lächelnd, als sie den Conradis an der Tür des Ärztewohnhauses entgegentrat. Der Doktor wirkte immer noch ein wenig mager und blass, er schien um einige Jahre gealtert zu sein. Dasselbe galt für Catherine, die neben ihm ging. Die grauen Strähnen in ihrem Haar waren mehr geworden.

Aber er schritt auf seinen eigenen Beinen. Das war nach allem, was hinter ihm lag, sehr viel.

»Ich freue mich, Sie wiederzusehen, Schwester Hanna«, entgegnete der Doktor. »Ich habe gehofft, gleich wieder an die Arbeit gehen zu können, aber ich werde mich wohl noch ein wenig ausruhen müssen.«

»Hauptsache, Sie sind wieder da«, sagte Hanna und hielt die Tür zum Wohnhaus auf. Sie registrierte, dass er nicht mehr so atemlos klang, ein weiterer Fortschritt, über den sie sich freuen konnten.

»Würdest du bitte noch einen Moment warten, Hanna?«, fragte Catherine. »Ich möchte mit dir sprechen, nachdem ich meinen Mann nach oben gebracht habe.«

»Ich finde schon allein nach oben«, sagte Dr. Conradi. »Du hast gehört, was die Ärzte über das Treppensteigen gesagt haben.«

»Gleichzeitig haben sie auch gesagt, dass du es erst einmal langsam angehen lassen sollst.«

Catherine sah ihm kurz nach, dann sagte sie zu Hanna: »Danke, dass du dafür gesorgt hast, dass es keinen großen Bahnhof gibt. Meinem Mann mag es besser gehen, aber er braucht auch weiterhin noch Ruhe.«

»Das ist doch selbstverständlich«, erwiderte Hanna. »Ich habe mir erlaubt, die Hausmädchen hochzuschicken und alles herrichten zu lassen.« Sie machte eine Pause, dann fragte sie: »Was meinen Sie, wann wird er wieder antreten können?«

»Das ist schwer zu sagen. Er soll neue Medikamente bekommen, aber eine genaue Prognose kann wohl nur Dr. Meyer abgeben.« Catherine betrachtete sie und fügte hinzu: »Es tut mir leid, dass ich dich damals so angegangen bin. Du kannst nichts für den Zustand meines Mannes. Es war nur …«

Die Entschuldigung überraschte Hanna. »Schon gut, ich habe es bereits wieder vergessen.« Sie lächelte kurz. »Ich freue mich wirklich, dass der Doktor zurück ist. Das Haus ist nicht dasselbe ohne ihn, das haben wir alle bemerkt.«

»Hat sich seine Abwesenheit sehr auf die Finanzen ausgewirkt?«

»Das kann Ihnen nur unser Buchhalter Herr Kahl beantworten. Aber die Patienten vermissen Ihren Mann. Manche sind ausgeblieben, nachdem sie gehört haben, dass er abwesend ist.«

Catherine seufzte. »Es wird wohl eine Weile dauern, bis alles wieder seinen Gang geht.«

»Solange halten wir durch und tun unser Bestes.« Hanna war klar, dass Catherines Entschuldigung sie nicht zu Verbündeten machte, aber sie hatte dennoch das Gefühl, dass sie an einem Strang zogen.

Die beiden Frauen sahen einander an, schließlich erschien ein kleines Lächeln auf Catherines Gesicht. »Dann sehen wir uns wohl wieder zu den täglichen Besprechungen, ja?«

Hanna nickte. »Sagen Sie mir ruhig, wenn Sie etwas brauchen. Ich kann es mitbringen. Und auch sonst bin ich da, wenn Sie Hilfe benötigen.«

***

Der Frühling kam, leise, aber rasch. Der Garten begrünte sich in den folgenden Wochen, und schon bald begannen die Forsythien zu blühen. Das zwölfte Jubiläum des Hauses im April näherte sich mit großen Schritten.

Louis' Befinden besserte sich mit der Einnahme der neuen Medikamente täglich, dennoch erschien es ihm noch zu langsam. Seine Ungeduld wuchs. Er war doch nicht vor dem Tod bewahrt worden, um untätig herumzusitzen! Doch Erich war mit seinen Anweisungen strikt, und auch Catherine ließ nicht mit sich reden.

In den vergangenen Wochen hatten sie Gelegenheit gehabt, als Paar wieder zueinanderzufinden. In Skodsborg hatte er Catherines Mühen kaum entgelten können, weil er zu allem zu schwach gewesen war. Doch nun fiel es ihm wieder leichter, einen liebevollen Blick und ein Lächeln zu erwidern oder sie zu küssen, wie damals, als sie noch jung waren. Er spürte, dass sie seine Berührungen genoss, und sie wirkte wesentlich ruhiger und milder. Würden sie die Wärme, die sie einander entgegenbrachten, auch aufrechterhalten können, wenn er wieder im Krankenhaus arbeitete?

Louis machte es sich zur Gewohnheit, am Morgen, wenn die Sonne schon etwas höher stand, im Pavillon in der ersten Etage des Hauses zu sitzen. Dieser Aufbau war ihm bei der Planung ein wenig dekadent erschienen, ohnehin ähnelte das Haus eher einer Villa, doch jetzt war er froh darüber, dass er ihn hatte.

Der Anblick wärmte sein Herz: Rasenflächen, bunte Krokusse, die immergrünen Taxusbüsche, die mal wieder einen guten Schnitt vertragen konnten, und natürlich das Krankenhaus selbst mit seinem regen Treiben auf der Rotunde und hinter den Fenstern.

Natürlich regte sich dabei auch die Ungeduld in ihm. Er konnte es kaum abwarten, sein Sprechzimmer zu betreten, in den OP-Saal zu gehen. Er wollte wieder mit anderen Menschen reden, seinen Patientinnen und Patienten, Visiten abhalten …

Immerhin erschien Hanna täglich und berichtete von den Vorgängen im Haus.

»Wir sollten uns überlegen, was wir anlässlich des Jubiläums unserer Pflegeschule machen wollen«, hatte sie an diesem Morgen gesagt. »Sie wird in diesem Jahr auch schon zehn Jahre alt.«

»Obliegt die Vorbereitung nicht eher denen, die auch mit der Schule zu tun haben?«, fragte Catherine, die bei dieser Besprechung anwesend war.

»Ich habe mit der Schule zu tun«, wandte er ein. »Schließlich gebe ich dort Unterricht.«

»Aber Erich leitet die Schule. Und Hanna ist eine der Unterrichtenden.«

»Das stimmt, dennoch möchte niemand etwas ohne Ihre Billigung tun«, erwiderte Hanna. »Ich bin mir sicher, dass wir mit unseren Schülerinnen und Schülern ein schönes Programm aufstellen werden.«

Ein Klappern vertrieb die Erinnerung. Hinter ihm erschien Catherine mit einem kleinen Tablett. Die Ärzte hatten ihm geraten, zusätzlich zu den Medikamenten am Vormittag einen belebenden Tee zu trinken, um das Herz anzuregen.

»Ich habe einen Entschluss gefasst, Catherine«, sagte er und griff nach der Hand seiner Frau, nachdem diese das Tablett auf dem Tisch neben ihm abgestellt hatte.

»Den, dich zur Ruhe zu setzen?«

Louis zögerte. »Dafür wäre es zu früh, nicht?« Er erinnerte sich noch gut daran, wie sie in Skodsborg darüber gesprochen hatten. Doch nun endlich hatte er das Gefühl, dass es wieder aufwärts ging. »Nein, ich werde Peter kontaktieren wegen des Hauses. Du weißt schon, das Wassergrundstück in Werder.«

Catherines Augen weiteten sich erstaunt. Nachdem es ihm so schlecht ergangen war, hatten sie nicht mehr darüber gesprochen.

»Bist du dir sicher?«

»Ja. Ich hatte in der vergangenen Zeit genug Gelegenheit, nachzudenken, und wie man es dreht und wendet – ich werde nicht ewig für das Krankenhaus da sein können. Auch wenn ich vielleicht wieder arbeiten kann, so werden wir beide nicht jünger. In zehn, vielleicht fünfzehn Jahren werde ich mich zur Ruhe setzen müssen, und dann brauchen wir einen Ort, an dem wir bleiben können. Einen Ort, der mich nicht in Versuchung bringt, ständig an das Waldfriede zu denken und mich in die Angelegenheiten des neuen Chefarztes einzumischen.«

Catherine ließ sich auf den Stuhl neben ihm sinken. Sie wirkte überrascht, aber nicht auf eine Weise, die Louis erwartet hatte.

»Ist alles in Ordnung, Liebes?«, fragte er.

»Ja«, antwortete sie. »Aber … ich kann es kaum fassen. Dass du eines Tages einsehen würdest, dass es ein Leben jenseits des Waldfriede geben wird.« Sie lachte auf, und ihre Augen leuchteten vor Glück, als sie ihre Arme um seine Schultern legte.

48. Kapitel

Zehlendorf, 19. März 1932

Unruhig trat Lilly an diesem Samstagabend von einem Bein aufs andere und blickte immer wieder über die Schulter. Rudolph hatte sie gebeten, nach Dienstende in der Nähe des S-Bahnhofs zu warten, denn er wollte noch etwas erledigen, bevor sie in die Stadt fuhren.

An diesem Abend wollte er sie seiner Schwester vorstellen.

»Ist das nicht etwas zu früh?«, hatte Lilly gefragt, denn außer Spaziergängen und vielen Umarmungen und Küssen war zwischen ihnen noch nicht viel geschehen. Sie war noch nicht einmal in seiner Wohnung gewesen.

Dennoch bestand er darauf, dass sie Sarah kennenlernen sollte.

»Sie ist wirklich ein lieber Mensch, und vor allem ist sie neugierig geworden, nachdem ich dich erwähnt habe.«

»Du hast ihr von mir erzählt?«

»Nur ein bisschen. Aber genug, dass sie dich kennenlernen möchte. Und vergiss nicht, sie ist meine Familie!«

Lilly hatte in sich hineingelächelt. Es gefiel ihr, wie sicher Rudolph klang. Und sie konnte sich auch keinen anderen Mann vorstellen als ihn.

Nach einer Weile bog er im Laufschritt um die Ecke des Bahnhofsgebäudes. »Da bist du ja!«, sagte er außer Atem, nahm ihr Gesicht in die Hände und gab ihr einen schmatzenden Kuss auf den Mund.

»Ist alles in Ordnung?«, fragte Lilly besorgt. Sie erinnerte sich noch gut daran, wie Rudolph von den Braunhemden belästigt worden war. Die Gefolgsleute der NSDAP sah man mittlerweile häufiger im Stadtbild, die Partei hatte sogar in Zehlendorf ein Büro eröffnet.

Auch wenn sie mit ihrem Aussehen kaum etwas von ihnen zu befürchten hatte, machte Lilly einen großen Bogen um diese Männer. Sie benahmen sich rüpelhaft, schrien Parolen, und wenn ihnen jemand über den Weg lief, der für sie jüdisch aussah, wurde es richtig unangenehm.

Aber Rudolph lächelte sie breit an. »Ja, alles ist in Ordnung. Wie ich gesagt habe, ich musste nur noch eine Kleinigkeit erledigen. Wollen wir?«

Sie stiegen in den nächsten Zug, der sie ins Herz der Berliner Innenstadt brachte. Beim Durchqueren des Scheunenviertels musste Lilly wieder an Gerda denken. Mittlerweile war sie seit vier Wochen tot. Ob man sich im Ballhaus noch an sie erinnerte?

Vor einem Wohnhaus ein Stück von den Kneipen entfernt machten sie halt. Am gegenüberliegenden Gebäude sah Lilly eine Fahne mit einem Hakenkreuz wehen. Es war dasselbe Zeichen, wie es die Braunhemden auf ihren Armen trugen, das Zeichen der NSDAP. Ein eisiger Schauer lief ihr über den Rücken, und sie verstand nun, warum Rudolph seine Schwester begleitete – auch wenn er im Falle eines Angriffs nur wenig tun konnte.

Ohne zu der Fahne zu sehen, drückte Rudolph einen Knopf an der Klingeltafel.

Eine Antwort blieb zunächst aus, dafür bemerkte Lilly, dass vor einem Fenster der ersten Etage ein Vorhang zurückgeschoben wurde. Wenig später ertönten Schritte. Als sich die Tür öffnete, erblickte Lilly die Frau, die sie vor so vielen Monaten an Rudolphs Arm gesehen hatte. Sie trug ein schmales schwarzes Kleid, die Haare waren zu einer Innenrolle onduliert.

»Hallo Bruderherz«, sagte sie und nickte Lilly kurz zu. »Kommt doch rein.«

Sie folgten ihr durch den kühlen Flur und die Treppe hinauf in die erste Etage. Sarah öffnete die Tür und ließ sie ein, verschloss die Tür wieder und schob auch noch einen Riegel vor.

Anschließend fiel sie ihrem Bruder in die Arme.

»Seid ihr gut hergekommen?«, fragte sie.

»Ja, ohne Probleme«, antwortete Rudolph, dann deutete er auf Lilly. »Darf ich vorstellen: Lilly Wegner – Lilly, meine Schwester Sarah.«

»Freut mich, dich kennenzulernen.« Sarah reichte ihr die Hand. »Du musst schon etwas Besonderes sein, wenn mein Bruder vergisst, dass er ein einsiedlerischer Bücherwurm ist.«

»Ich … ich bin eigentlich nichts Besonderes«, gab Lilly zurück und wurde rot.

»Oh doch, das bist du. Du brauchst dein Licht nicht unter den Scheffel zu stellen«, erwiderte Rudolph.

Sarah bedeutete ihnen beiden, ins Wohnzimmer zu gehen. Dafür, dass sie noch studierte, war die Wohnung groß und gut eingerichtet. Unterstützte ihr Bruder sie? Waren ihre Eltern wohlhabend gewesen? Bislang hatte Rudolph nur wenig von seiner Familie gesprochen.

»Nehmt doch Platz!«, sagte sie und deutete auf das dunkelblaue Sofa, das aussah, als hätte es schon zahlreiche Abenteuer erlebt. Die Polsterung war überraschend weich, sodass Lilly das Gefühl hatte, davon verschluckt zu werden. »Leider kann ich euch keinen besseren Ausblick bieten«, sagte sie und deutete auf das Fenster. Im Licht der Straßenlampen konnte man auch hier die Hakenkreuzfahne sehen. »Sie haben seit einigen Monaten eine Zweigestelle hier. Seitdem traue ich mich nicht mehr, meine Menora ins Fenster zu stellen.«

»Davon würde ich dir auch weiterhin abraten, Tradition hin oder her«, erwiderte Rudolph.

»Erst gestern sind sie die Straße entlanggegangen und haben auf die Klingelschilder geguckt«, fuhr Sarah fort. »Wahrscheinlich wollten sie herausfinden, wo Juden leben. Einer von ihnen hat sich Notizen gemacht.«

»Haben sie bei dir geklingelt?«

»Nein. Aber wenn, hätte ich mich totgestellt.« Sie blickte zu Lilly. »Du kannst dir gar nicht vorstellen, was momentan in den Straßen geschieht. Und auch in der Universität. Einige meiner Kommilitonen sind in die SA eingetreten, kann man das glauben? Ich habe wenig Kontakt zu ihnen, aber ich fürchte, die wissen, dass ich Jüdin bin.«

Lilly blickte betreten zu Boden. »Wir im Krankenhaus sind da noch sehr behütet«, sagte sie. »Aber auch wir haben gelegentlich Probleme mit Patienten.«

Sarah zog die Augenbrauen hoch. »Inwiefern?« Jetzt fiel ihr Blick auf ihren Bruder, und Lilly spürte, dass er ihr wahrscheinlich nicht viel von seinem täglichen Leben erzählte.

»Hin und wieder kommt es vor«, erklärte sie, »dass uns Patienten fragen, ob wir Juden sind. Eine Schwester hat mir davon erzählt, wie unser Dr. Rosenbaum von Patientinnen – oder besser gesagt ihren Männern – abgelehnt wird.«

Rudolphs Blick brannte auf ihrer Wange.

»Ah ja?« Sarahs Blick wurde besorgt. »Ist dir das auch passiert, Bruderherz?«

»Bis jetzt noch nicht«, antwortete er. »Jedenfalls nicht im Waldfriede.«

»Und in der Charité?«

Lilly spürte, dass sich etwas in der Atmosphäre des Raumes veränderte. Dass Sarah kein Blatt vor den Mund nahm, hatte sie schon bemerkt. Aber nun wirkte es so, als wäre sie die ältere Schwester und nicht die jüngere. Rudolph zögerte, dann sagte er: »Ich habe schon seit einer Weile keine Vorträge mehr dort gehalten. Der Dekan sagte, dass ich mich auf meine Forschungsarbeit konzentrieren soll.«

Das hörte Lilly zum ersten Mal.

»Hat er dir davon erzählt?«, fragte Sarah aufgebracht.

Lilly schüttelte den Kopf.

Sarah schnaubte daraufhin frustriert. »Du weißt, dass ein guter Ehemann seiner Frau alles sagen sollte?«

»Natürlich, aber …«

»Kein Aber. Du musst sie einweihen. Besonders in Zeiten wie diesen.«

Nervös zupfte sie am Tischtuch, dann erhob sie sich. »Ich werde mal nach dem Essen sehen.«

Damit verließ sie den Raum. Stille folgte ihren Schritten. Lilly schaute betreten zu Rudolph. Sie hätte nicht damit gerechnet, dass der Abend diese Wendung nehmen würde.

»Ich wollte es dir noch sagen«, gab er zu. »Alles war so hektisch in letzter Zeit.«

Sie griff nach seiner Hand. »Du kannst mir alles erzählen, egal wie unangenehm es ist.«

»Das weiß ich.« Er blickte zu ihr, sein Daumen streichelte ihren Handrücken. »Aber ich bin mir sicher, dass der Dekan keine bösen Hintergedanken hat. Möglicherweise ist das Thema nicht so gefragt. Derzeit scheint es an jeder Ecke neue Erkenntnisse zu geben, und die anderen Kollegen wollen auch zum Zug kommen.«

Lilly war nicht sicher, ob das stimmte. Aber sie wollte auch den Abend nicht verderben, also beugte sie sich vor und küsste ihn.

Wenig später kehrte Sarah mit einer Auflaufform zurück. Mit hastigen Bewegungen stellte sie sie auf den Tisch. Bei dem Duft, der ihr in die Nase stieg, lief Lilly das Wasser im Mund zusammen.

»Darf ich dir helfen?«, fragte sie.

»Gern, wenn du möchtest«, antwortete Sarah und ging voran.

In der Küche sah Lilly, dass Sarah eine große Auswahl von Speisen bereitgestellt hatte.

»Das werden wir kaum alles schaffen«, bemerkte sie.

Sarah winkte ab. »Ist auch nicht nötig. Unser Sabbat fällt immer verhältnismäßig üppig aus. Rudolph und ich brauchen die Reste in der Woche auf.«

Sie drückte ihr eine Schüssel mit Salat in die Hand und nahm selbst das Hefegebäck.

»Ich hatte die Hoffnung bereits aufgegeben, dass Rudolph sich mal für etwas anderes als die Arbeit interessieren würde«, sagte sie dann. »Ich kann es gar nicht abwarten, dich näher kennenzulernen.«

»Nun, die meiste Zeit arbeite ich«, gab Lilly ein wenig unsicher zurück.

Sarah lachte kurz auf. »Bist du also auch so wie mein Bruder?«

»Ich arbeite mit ihm zusammen.«

»Gleich und gleich gesellt sich gern, wie?« Sarah zwinkerte ihr zu und bedeutete ihr dann, dass sie die Schüssel ins Wohnzimmer bringen sollte.

Der Abend mit Sarah verlief besser, als Lilly es sich vorgestellt hatte. Rudolphs Schwester war sehr klug, hatte Charme und Esprit, und hin und wieder kam es vor, dass Lilly betreten schwieg, weil sie sich in Gegenwart der Studierten ein wenig ungebildet vorkam. Dennoch gab Sarah nicht mit ihrem Wissen an, und Lilly gewann immer mehr an Selbstvertrauen. Als sie sich schließlich verabschiedeten, hatte sie das Gefühl, dass sie gut mit Sarah auskommen würde.

Arm in Arm, im Schutz der Dunkelheit, verließen sie eine Stunde später den Bahnhof Zehlendorf-Mitte. Die Glocke der Paulskirche schlug einmal, es war nur noch eine halbe Stunde bis Mitternacht.

Die Straßen waren leer, nur hier und da huschte eine Katze um die Ecke. Ein paar Fenster waren noch erleuchtet. Da Wochenende war, blieben einige Leute länger auf, gelegentlich vernahm sie Musik, die schmelzende Stimme eines Sängers oder flotte Klarinettenrhythmen. So, wie es damals in Potsdam auch war, als sie vor dem Schlafengehen noch auf dem Hinterhof ihres Hauses spielte.

Lilly fragte sich, wie es nach diesem Abend weitergehen würde.

»Meinst du, ich habe vor deiner Schwester bestanden?«, fragte sie, als sie an den Ladenzeilen der Hauptstraße vorübergingen.

»Ich denke schon«, sagte Rudolph. »Immerhin hat sie es bis vorhin mit uns ausgehalten.«

»Du bist ihr Bruder. Sie wird dich wohl kaum hinauskomplimentieren.«

»Sarah ist ein sehr ehrlicher Mensch. Leuten, die sie nicht mag, zeigt sie ihre Abneigung deutlich.«

»Sie erschien mir sehr höflich und freundlich.«

»Und deshalb denke ich auch, dass sie dich mag.«

Ein Geräusch unterbrach ihn. Lilly spürte, dass er zusammenzuckte. Im nächsten Augenblick erstarrte er.

»Was war das?«, fragte sie. »Es klang wie Glas …«

Rudolph presste die Lippen zusammen. Seine Miene spannte sich an. »Vertraust du mir genug, um mit in meine Wohnung zu kommen? Jedenfalls für diese Nacht?«

Lilly zog die Augenbrauen hoch. Hin und wieder hatte sie sich vorgestellt, wie es sein würde, mit ihm in seiner Wohnung zu sein.

»Martha wird sich fragen, wo ich abbleibe«, sagte sie.

Wieder klirrte es. Das Geräusch bereitete ihr eine Gänsehaut, und ihr Innerstes fühlte sich an, als hätten sich Stachel unter ihre Haut geschoben.

»Es ist doch eigentlich deine Privatsache, wo du die Nacht verbringst, nicht wahr?«

Das war es, aber auch wiederum war es das nicht.

Johlen wurde laut. In diesem Augenblick wurde Lilly klar, wer da Krach machte.

Rudolph umklammerte ihre Hand. »Ich weiß nicht, ob ich für deine Sicherheit garantieren kann.« Er blickte sie an. »Komm bitte mit. Ich werde dich am frühen Morgen zurückbringen und dafür sorgen, dass uns niemand sieht. Und ich werde ein perfekter Gentleman sein.«

Das Johlen kam näher.

Lilly nickte. »In Ordnung.«

Sie näherten sich der Kreuzung zur Berliner Straße, dabei konnten sie einen Blick auf die Gruppe werfen. Sieben oder acht Braunhemden machten sich gerade an einem Gebäude zu schaffen. Offenbar hatten sie ein Fenster eingeworfen und pöbelten nun den Hausbesitzer an, der von der Aktion aus dem Bett gerissen worden war. Polizei ließ sich nicht blicken. War überhaupt ein Wachmann in der Nähe?

Rudolph beschleunigte seinen Schritt, zog Lilly schließlich in die Boltzmannstraße.

»Eigentlich habe ich mir das anders vorgestellt«, sagte er. »Ich wollte dir meine Wohnung nicht zeigen, weil wir vor diesen Leuten flüchten müssen.«

Lilly brachte trotz der Angst, die ihr immer noch in den Knochen saß, ein Lächeln zustande. »Es hat keine Bedeutung. Wichtig ist nur, dass ich bei dir sein kann.«

Vor dem Haus zog Rudolph die Schlüssel hervor. Wenig später schlichen sie die Treppe hinauf. Rudolphs Wohnung lag im ersten Stockwerk. Der Flur roch nach Grüner Seife und Bohnerwachs, hinter den Türen war alles ruhig.

Die braun gestrichene Tür hatte ein Reliefglasfenster, durch das ein diffuser gelber Lichtstrahl drang. So leise wie möglich schloss Rudolph auf, und wenig später schlüpften sie in den Flur.

Das Licht, stellte Lilly einen Augenblick später fest, fiel durch das Fenster eines Raumes, dessen Tür offen war. Das Zimmer war offenbar so etwas wie ein Gästezimmer. Der Flur war nur spärlich möbliert, lediglich ein kleiner Schuhschrank stand an der Seite. An der Wand hing ein Telefonapparat.

»Hier kannst du schlafen«, sagte er und deutete in das Gästezimmer. »Ich bekomme nicht viel Besuch, habe aber auch keine andere Verwendung für den Raum.«

»Es sieht sehr schön aus«, sagte Lilly nach einem Rundblick.

Sie lächelten sich an, beinahe ein wenig scheu, so als würden sie das erste Mal aufeinandertreffen.

»Das Schlafzimmer ist dort drüben, und da vorn ist das Wohnzimmer«, fuhr Rudolph fort, schälte sich aus seinem Mantel und ging voran. Auch Lilly entledigte sich ihres Mantels und folgte ihm dann.

Das Wohnzimmer wurde von einem großen samtbezogenen Sofa dominiert. Auf dem Glastisch davor lagen Bücher, es gab eine verglaste Anrichte, eine Blumenbank mit Pflanzen und ein Bücherregal dessen Bretter sich schwer unter den vielen Bänden bogen. Soweit sie es erkennen konnte, war das meiste Fachliteratur, aber hin und wieder entdeckte sie einen Roman.

Rudolph ergriff ihre Hand, zog sie mit sich auf das Sofa. Lilly lehnte sich an seine Schulter.

»Es tut mir leid, dass der Abend solch ein Ende nimmt.«

Lilly legte ihm einen Finger auf die Lippen, dann beugte sie sich vor, um ihn zu küssen. Begehren flammte in ihr auf, wie schon häufiger, wenn sie seine Lippen spürte. Es war ganz anders als damals mit Theodor – und Rudolph war ein Mann, dem sie vertraute.

»Es war die richtige Entscheidung«, erwiderte sie. »Wir hätten uns mit diesen Männern nicht anlegen können.«

»Diese Bande marodiert schon seit einer Weile durch den Ort. Es gibt hier einige jüdische Ärzte und Rechtsanwälte. Meist johlen sie unter ihren Fenstern, versuchen sie um den Schlaf zu bringen. Dass bei ihren nächtlichen Rundgängen etwas zu Bruch geht, ist neu.«

Lilly schmiegte sich an seine Brust. Sein Arm legte sich um sie, und auch wenn seine Worte besorgniserregend klangen, ließen seine Wärme und sein Herzschlag die Unruhe ein wenig von ihr abfallen. Es war, als passte ihr Körper genau an seinen, als seien sie nur dafür geschaffen worden, ein Ganzes zu bilden.

»Eine schöne Wohnung hast du«, versuchte sie, das Gespräch auf etwas anderes zu lenken.

»Könntest du dir vorstellen, eines Tages zu mir zu ziehen?«, fragte Rudolph plötzlich.

Lilly blickte zu ihm auf. »Meinst du das im Ernst?«

»Wenn ich es sage.« Er gab ihr einen Kuss auf die Stirn.

»Was werden die Leute im Waldfriede davon halten?«

Rudolph runzelte die Stirn. »Was geht es sie an?«

»Die Oberin meinte, dass Schwestern das Krankenhaus im Falle einer Heirat verlassen müssen.«

»Ich weiß, aber noch sind wir nicht verheiratet. Und ich glaube kaum, dass man mir vorschreiben kann, dich zu entlassen. Immerhin bist du eine meiner besten Schwestern.« Er zog sie fester an sich heran. »Darüber solltest du dir keine Gedanken machen. Eher, ob du es möchtest. Und wie es dir damit auch hinsichtlich deines Sohnes geht.«

Lilly schwieg einen Moment lang. Sie wusste, dass Rudolph es ernst meinte. Bislang hatte sie sich kaum Gedanken darüber gemacht, doch auf einmal fragte sie sich, wie es sein würde, wenn Benjamin hier wäre. Wenn sie als Familie zusammenlebten. Dieser Traum war so schön, dass sie kaum wagte, ihn zu träumen, aus Angst, dass er zerstört werden könnte.

»Ich denke schon«, sagte sie. »Aber lass es uns weiterhin langsam angehen. Schließlich möchte ich nicht, dass du meiner überdrüssig wirst.«

»Niemals«, gab er zurück und zog sie in seine Arme. Wieder küssten sie sich, und diesmal ließ Lilly ihre Hand über seine Brust streichen. Ihre Küsse wurden fordernder, und schließlich spürte Rudolph, was sie vorhatte.

»Ich … ich würde nicht erwarten …« Sein Gesicht begann zu glühen.

»Ich bin sicher«, sagte sie.

»Wir … wir sollten auf jeden Fall dafür sorgen, dass du nicht wieder schwanger wirst.«

Kurz durchzuckte es Lilly, dass es ihr bei ihm egal wäre. Doch natürlich hatte er recht. Schwanger werden wollte sie nicht.

»Es gibt doch Mittel und Wege, das zu vermeiden, nicht wahr?«, fragte sie und erhob sich. Langsam knöpfte sie ihr Kleid auf. Rudolph glitt vom Sofa, kniete sich vor sie und barg seinen Kopf an ihrer Brust. Ganz vorsichtig, als könnte sie unter seinen Berührungen zerbrechen, strich er ihr die Träger des Unterhemdes herunter und begann ihre Brüste zu liebkosen. Lilly legte den Kopf in den Nacken und stöhnte auf. Ihr Schoß pulsierte, und ein wohliger Schauer glitt durch ihren Körper.

Schließlich hob Rudolph sie auf seine Arme und trug sie in sein Schlafzimmer. Dort halfen sie sich gegenseitig aus den Kleidern. Lilly war von sich selbst überrascht. Hatte vor Jahren noch der Gedanke einer Berührung durch einen Mann ausgereicht, um sie tiefes Grauen fühlen zu lassen, war es jetzt, als wäre sie eine ganz andere Frau. Sie genoss seine Berührungen, sein Streicheln und seine Küsse genauso wie den Anblick seines erhitzten Gesichts. Als er schließlich auf sie glitt, hielt er kurz inne.

»Bist du wirklich sicher?«, fragte er, doch Lilly schlang die Arme um seinen Rücken und zog ihn zu sich.

Dritter Teil

»Auch dieses Jahr, das so viel Bangen, Sorgen und doch wieder Freude und Erhörung gebracht hatte, näherte sich seinem Ende. Wohl hatten wir infolge des starken Patientenrückgangs namentlich in den Wintermonaten und im Frühjahr mit der Durchschnittsbelegungszahl für 1932 einen Tiefstand erreicht, der uns ungefähr bis in das Jahr 1926 zurückwarf; aber jetzt gegen Ende des Jahres zeigte sich doch wieder hier und da ein gesundes Ansteigen.«

(Chronik des Krankenhauses Waldfriede, 1932)

»War das Anstaltsleben die ganzen Jahre von 1920 an, abgesehen von geringfügigen und schnell vorübergehenden Trübungen, durch Einmütigkeit, gegenseitiges Vertrauen und enge Zusammenarbeit aller Angestellten gekennzeichnet gewesen, so machten sich leider im Frühjahr 1933 auf Grund der veränderten Staatsform unter Hitler verschiedene Strömungen bemerkbar, die zu einer Reihe unerquicklicher Schwierigkeiten und Auseinandersetzungen führten.«

(Chronik des Krankenhauses Waldfriede, 1933)

49. Kapitel

Zehlendorf, 22. September 1932

Es tat gut, wieder im Sprechzimmer zu sein. Seit einer Woche war Louis von seiner Kur zurück, hatte allerdings kaum Gelegenheit gehabt, für seine Patienten da zu sein. Stattdessen verbrachte er den größten Teil seiner Zeit damit, sich um die Papiere ihres neu erworbenen Hauses in Werder zu kümmern und einen Architekten für den Umbau anzuheuern.

Nie zuvor hatte er Catherine glücklicher erlebt. Endlich hatte sie wieder ein Ziel, konnte auf etwas hinarbeiten. Diese Aussicht ließ sie förmlich aufblühen.

Dafür bereitete ihm sein Vater zunehmend Sorge. Nicht sein Gesundheitszustand, sondern sein Verhältnis zu ihrer Gemeinschaft. Schon immer hatte er es kaum vertragen, wenn jemand ihm in Glaubensdingen widersprach. Auf der Generalkonferenz im vergangenen Jahr schien es zum Eklat gekommen zu sein. Louis hatte aufgrund seiner Krankheit nicht viel davon mitbekommen, doch nach und nach hatten ihn Pastor Heinrich Schubert, der für den Ostdeutschen Verband ihrer Gemeinde in Berlin zuständig war, und sein Vater eingeweiht.

Richard Conradi war die Zulassung als Prediger entzogen worden, daraufhin kündigte er seinen Austritt aus der Gemeinschaft an. Ob er Ernst machen würde, wusste Louis nicht, denn Richard weilte derzeit in Amerika. Doch er kannte seinen willensstarken Vater und wusste, dass er keine Drohung aussprach ohne die Absicht, sie auch in die Tat umzusetzen.

Louis schob den Gedanken beiseite, als sich die Tür öffnete und Hanna eintrat. »Welchen Herausforderungen stehen wir denn heute gegenüber?«, fragte er.

Hanna gab ihm einen Überblick über die Patientinnen, die erwartet wurden. Außerdem würde er seine erste OP seit seiner Genesung durchführen.

»Wenn Sie mich im Frühjahr gefragt hätten, ob ich im Herbst wieder am OP-Tisch stehen würde, hätte ich Ihnen keine Antwort geben können«, bemerkte er nachdenklich.

»Aber jetzt sind Sie so weit.«

»Dank der Medikamente, die Dr. Meyer mir verschrieben hat. Auch wenn ich jetzt schon so lange Arzt bin, staune ich immer wieder, zu welchen Fortschritten Wissenschaft und Medizin fähig sind.«

Nachdem seine Genesung im Frühjahr noch schleppend vorangegangen war, hatte sich sein Zustand seit Juni drastisch verbessert. Ein neues Herzmedikament hatte eine sehr gute Wirkung gezeigt, doch er war sicher, dass auch sein verbesserter Seelenzustand dazu beigetragen hatte. Die Schwermut des vergangenen Jahres war der Hoffnung gewichen, das Waldfriede noch viele Jahre führen zu dürfen.

»Ich bin mir sicher, dass wir in den kommenden Jahren noch viele andere Krankheiten heilen werden«, sagte Hanna, dann schien ihr etwas einzufallen. »Ehe ich es vergesse, heute Abend findet wieder eine Versammlung der Medizinischen Gesellschaft statt. Dr. Lazarus wird einen Vortrag über neue Röntgenverfahren halten. Nachdem Sie so lange ausgefallen sind, wird man sich sicher freuen, Sie zu sehen.«

»Oh, das hätte ich beinahe vergessen«, erwiderte er. »Danke, dass Sie mich erinnern.«

Während seiner Zeit in Skodsborg hatte sich der eine oder andere Kollege nach seinem Befinden erkundigt und ihm Grüße ins Sanatorium gesendet. Er freute sich darauf, sie alle wiederzusehen – und sich selbst zu zeigen, damit man am Ende nicht dachte, dass er seinen Arztkittel an den Nagel gehängt hätte.

***

Wie an jedem Morgen, wenn sie Frühdienst hatte, machte Lilly zunächst eine Runde durch die Kinderzimmer, um nach dem Rechten zu sehen. Der kleine Willy war mittlerweile fast so weit, dass er entlassen werden konnte, Klara, eine frisch eingelieferte Patientin, kämpfte mit Heimweh.

Unter den Kindern waren auch wieder zwei Sprösslinge aus Botschaftshaushalten, ein französischer Junge namens Jean und ein japanisches Mädchen namens Aiko. Beide sprachen für ihr Alter sehr gutes Deutsch, sodass sie keinen Dolmetscher benötigten.

Das japanische Mädchen faszinierte Lilly. Nicht nur wegen des exotischen Aussehens, sondern auch wegen ihrer Fingerfertigkeit, mit der sie aus viereckigen Papierstücken kleine Figuren faltete. So standen neben ihr auf dem Nachttisch etliche Kraniche, Blüten und sogar ein kleiner Schulranzen.

Aikos Vater hatte sie noch nie zu Gesicht bekommen, dafür erschien die Mutter sehr häufig. Sie war eine schmale, elegant gekleidete Frau, die sich mit ihrer Tochter in einer Mischung aus Deutsch und Japanisch unterhielt. Bei ihren Besuchen trug sie schöne Kostüme in Pflaumentönen, doch auf dem Foto, das auf dem Nachttisch ihrer Tochter stand, steckte sie in einem seltsam gewickelten Mantel aus Seide, wie Lilly ihn hier noch nie gesehen hatte. Aiko hatte ihr erklärt, dass dies ein Kimono sei.

Auch jetzt war sie wieder in eine Faltarbeit versunken.

»Magst du mir zeigen, wie du das machst?«, fragte Lilly, während sie ihr über die Schulter blickte. Das Mädchen hielt inne und sah zu ihr auf, dann nickte es. Doch bevor sie zur Tat schreiten konnte, erschien Rudolph Kirsch mit seinen Assistenten.

»Guten Morgen!«, grüßte er beinahe fröhlich. »Wie geht es unseren Patienten heute?«

Lilly berichtete über das, was sie heute Morgen von Martha erfahren hatte. Rudolph nickte dazu und warf ihr ein Lächeln zu, bevor er das Krankenzimmer wieder verließ.

Später, als sie auf einem Wagen die Krankenakten sortierte, trat Rudolph neben sie.

»Hast du vielleicht Zeit, einem armen Mediziner am Wochenende Gesellschaft zu leisten?«, flüsterte er, ohne den Blick von den Mappen zu nehmen. Es konnte sein, dass die Oberin oder eine andere Schwester auftauchte, also war es besser, wenn sie ihre professionelle Maske aufbehielten.

»Kommt ganz darauf an«, erwiderte Lilly, ebenso scheinbar unbeteiligt, aber mit pochendem Herzen.

»Ich dachte mir, dass wir mal wieder einen Ausflug machen könnten. Nach Glienicke in den Schlosspark. Oder nach Potsdam.«

Lilly zögerte. In Potsdam bestand die Gefahr, dass sie zufällig ihren Eltern über den Weg lief. Das Letzte, was sie wollte, waren erstaunte Blicke und neugierige Fragen.

»Wie wäre es, wenn wir mit der S-Bahn zum Wannsee fahren?«, schlug sie stattdessen vor. »Wir könnten uns die noblen Villen anschauen und dann in dem Lokal daneben einkehren.«

»Bei dem schönen Wetter wäre doch ein noch größerer Ausflug angebracht, nicht? Sanssouci ist im Herbst wunderschön und nicht mehr so voll.«

Lilly rang mit sich. Natürlich war der Schlosspark in Potsdam im Herbst wunderschön, und es gab zahlreiche Ecken, an denen man ungestört sein konnte.

»Also gut«, sagte sie. »Dann fahren wir raus nach Sanssouci.«

Rudolph strahlte. »Du wirst es nicht bereuen. Aber was sage ich, du stammst ja von dort!«

Lilly nickte und verkniff es sich zu erwähnen, dass sie schon als kleines Kind über die Wege der großen Parkanlage gerannt war.

»Es wird sicher ein herrlicher Ausflug werden«, entgegnete sie, und als sie sicher war, dass niemand sie beobachtete, gab sie ihm einen schnellen Kuss auf die Wange.

***

Während sich der Abend langsam über das Waldfriede senkte, eilte Louis mit schnellem Schritt zum Ärztewohnhaus. Die Sprechstunde hatte ihn länger in Anspruch genommen als erwartet.

An der Tür wurde er von Catherine erwartet. »Du kommst spät«, sagte sie tadelnd und hielt ihm sein Jackett entgegen. »Zu mehr reicht es nicht, wir müssen los.«

»Lass mich wenigstens noch Hände und Gesicht waschen«, gab Louis zurück und eilte ins Badezimmer. Von draußen hörte er die Stimme seiner Frau: »Ich habe heute mit Herrn Dressler gesprochen, er möchte sich das Haus am Freitagnachmittag anschauen.«

»Gut, gut!«, rief Louis. »Ich muss ja nicht zugegen sein, oder doch?«

»Traust du mir denn zu, die Umbauten mit ihm zu besprechen?«

»Natürlich traue ich es dir zu!« Louis dachte an sein volles Terminbuch. Er konnte es Hanna unmöglich zumuten, alle Patienten umzubestellen. »Außerdem haben wir unsere Wünsche ja lang und breit besprochen.«

»In Ordnung. Ach, und da ist ein Brief angekommen. Von Professor Sauerbruch.«

Louis spritzte sich einen Schwall Wasser ins Gesicht und rieb die Tropfen von seinen Wangen. »Sauerbruch?«, fragte er. »Was will er?«

»Ich habe den Brief noch nicht geöffnet.«

Louis trocknete sich Hände und Gesicht ab und erschien wenig später im Wohnzimmer. »Wo ist er?«, fragte er.

»Auf deinem Schreibtisch. Aber du solltest wirklich los. Es wird voll sein auf den Straßen, und Kowalski kann das Auto nicht dazu bringen, zu fliegen.«

Louis ging zum Schreibtisch und schob den Umschlag in die Tasche. Er würde ihn im Auto lesen.

Zum Abschied gab er seiner Frau einen Kuss, dann eilte er nach unten, wo Fritz Kowalski schon auf ihn wartete.

50. Kapitel

Zehlendorf, 25. September 1932

Der Sonntag versprach bereits am Morgen schön zu werden. Keine einzige Wolke war am Himmel zu sehen, und die Sonne brachte das erste Herbstlaub zum Strahlen.

Nachdem sie noch einen prüfenden Blick in den kleinen Spiegel geworfen hatte, verließ Lilly ihr Zimmer. Unter ihrem braunen Mantel trug sie das Kleid, das sie vorige Woche in der Stadt gekauft hatte. Es hatte eine Weile gedauert, bis sie die Summe dafür zusammengehabt hatte, dafür trug sie es jetzt mit umso mehr Stolz. Und natürlich war sie gespannt, was Rudolph dazu sagen würde.

Nachdem sie die Krankenhauspforte passiert hatte, überquerte sie die Grunewaldallee und lief die Alsenstraße entlang in Richtung Zentrum. Rudolph wollte bei dem kleinen Stadtwäldchen warten.

Ein Hupen ließ sie erschrocken zusammenfahren, gleich darauf hielt ein schwarzer Wagen neben ihr. Lilly wich zurück, dann sah sie, wie die Scheibe heruntergekurbelt wurde.

»Brauchen Sie eine Mitfahrgelegenheit, junge Frau?«, fragte eine Männerstimme. Lilly wollte schon empört ablehnen, da tauchte Rudolphs Gesicht im Fenster auf.

»Hast du mich erschreckt!«, rief sie aus. »Und warum verstellst du deine Stimme?«

Rudolph lachte. »Ich wollte schauen, ob du zu fremden Männern ins Auto steigen würdest.«

»Wenn du das von mir denkst, kennst du mich aber schlecht.«

»Ich weiß.« Er öffnete die Tür, und als sie einstieg, beugte er sich ihr entgegen, und ihre Lippen trafen sich zu einem Kuss.

»Du hast einen eigenen Wagen?«, wunderte sich Lilly, während sie sich auf die weichen Polster des Beifahrersitzes sinken ließ.

»Seit letzter Woche«, sagte Rudolph, während er auf die Potsdamer Chaussee einbog.

»Und davon hast du mir nichts erzählt?«

»Es sollte eine Überraschung sein.« Er strahlte sie an. »Deshalb wollte ich mit dir auch nicht zum Wannsee. So eine Tour sollte sich doch lohnen, nicht wahr?«

Ein Lächeln huschte über ihr Gesicht. Das liebte sie so an ihm: Man wusste nie, auf welche Ideen er kam.

Sie fuhren in Richtung Süden, vorbei an dichten Wäldern, bis schließlich die breite blaue Fläche des Wannsees neben ihnen auftauchte. Lilly entdeckte einige Segel- und Ruderboote, Flaneure in hellen Anzügen führten ebenso hell gekleidete Damen über die Promenade. Für einen Moment konnte man meinen, der Sommer sei zurückgekehrt.

An den Ort Wannsee schloss sich wieder ein Waldstück an, dann erschien der Schlosspark Glienicke vor ihnen. Nachdem sie die große Brücke überquert hatten, passierten sie die Stadtgrenze von Potsdam.

Widersprüchliche Gefühle regten sich in Lillys Brust. Der Anblick der hellen Jugendstilhäuser war ihr von Kindheit an vertraut, doch sie musste wieder daran denken, wie ihre Eltern mit ihr am Sonntag spazieren gegangen waren. Möglicherweise würden sie auch nachher ihre Sonntagskleider anziehen und sich auf den Weg machen. Ohne sie.

Am liebsten hätte sie sich an Rudolphs Schulter geschmiegt, doch jetzt musste sie ihn das Fahrzeug lenken lassen. Später würde sie sicher Gelegenheit dazu bekommen.

Sie stellten den Wagen in einer Seitenstraße nahe dem Park ab und nahmen den westlichen Eingang. An einem großen gelben Wirtschaftsgebäude vorbei strebten sie einem kleinen Wasserarm zu, dann überquerten sie die Holzbrücke. Zwischen den Wasserpflanzen tollten Blesshühner und Enten umher, hier und da raschelte Schilfrohr. Wasserblasen stiegen unter der Wasseroberfläche auf.

Lilly hakte sich bei Rudolph ein. Der frische Herbstwind trug den Geruch von späten Rosen zu ihnen. Blätter rieselten von den Bäumen wie goldener Regen. Überall rauschte und raschelte es.

Außer ihnen waren noch einige andere Spaziergänger unterwegs, doch man konnte nicht sagen, dass der Park überfüllt war. In der Ferne läuteten Kirchenglocken. Viele Menschen waren es nicht, die meisten Frauen standen jetzt in der Küche und bereiteten das Mittagessen vor.

Sie schlenderten über die Wege, bogen mal links und mal rechts ab, bis schließlich das Neue Palais vor ihnen auftauchte.

»Unvorstellbar, wie viel Platz ein König brauchte«, sagte Rudolph. »Und dann all der Prunk … Ich frage mich, ob er glücklich gewesen ist mit all den Schlössern und Statuen.«

»Sanssouci und das Neue Palais waren Lustschlösser«, erwiderte Lilly. So hatte ihr Vater es ihr erklärt. »Also Schlösser, in denen der König nicht regierte, sondern sich entspannte und Feste gab. Außerdem waren hier zu Zeiten des Alten Fritz keine Frauen erlaubt. Jedenfalls keine aus Fleisch und Blut. Aus Stein findest du massenweise davon.«

»Gut, dass sich das geändert hat«, sagte Rudolph und küsste sie.

Kinderlachen brachte sie dazu, sich umzuwenden. Ein paar kleine Bengel bewarfen sich mit trockenem Laub und fingen an, sich gegenseitig zu jagen.

»Wie macht sich dein Sohn in der Schule?«, fragte er, nachdem er ihnen für eine Weile zugesehen hatte. »Du hast schon lange nicht mehr von ihm erzählt.«

Das letzte Mal war Lilly vor zwei Wochen in Hamburg gewesen. Wie immer war auch Reinhard Heller in der Wohnung und hatte versucht, sie mit seinen Parolen zu überzeugen. Lilly hatte die Ohren auf Durchzug gestellt, während sie sich mit Benjamin befasste, und sich gefragt, was Heller wohl dazu sagen würde, dass sie einen Juden liebte und mit ihm zusammen war.

»Er stellt sich recht gut an. Die Lehrer sind sehr zufrieden mit ihm.«

»Ist deine Tante immer noch mit diesem Mann zusammen?«

Lilly schnaufte. »Leider. Aber immerhin scheint er es akzeptiert zu haben, dass ich keine Namensänderung will. Warum auch?«

»Findet man es in der Schule in Ordnung? Du sagtest doch, dass Cäcilia darauf achten wollte, dass keine Juden dort unterrichtet werden.«

»Er ist auf die Volksschule gekommen, da gibt es einige jüdische Kinder«, sagte Lilly. »Zum Glück hatte sich die andere Schule doch als zu teuer herausgestellt. Und ich bleibe dabei, mein Sohn braucht keinen anderen Namen!«

Rudolph lächelte. »Ich wünschte, ich könnte ihn kennenlernen.«

»Das wirst du auch«, gab Lilly etwas zögerlich zurück. »Irgendwann …«

Sie ließen das Neue Palais hinter sich, bogen dann auf einen einsamen Weg ein, der laut Wegweiser zum Schloss Charlottenhof führen sollte.

Als ein Rascheln hinter ihnen ertönte, gaben Lilly und Rudolph nichts darauf. Doch nur wenig später traten drei Männer aus dem Gebüsch und bauten sich vor ihnen auf. Die braunen Uniformen erkannte Lilly sofort. Hatten die SA-Leute etwa auf der Lauer gelegen, oder waren sie ihnen gefolgt?

»Was sucht denn ein Jude in einem deutschen Park?«, begann einer von ihnen. »Hast du überhaupt eine Ahnung, was deutsche Könige getan haben?«

Lilly spürte, wie sich seine Hand fester um ihre schloss.

»Komm, wir gehen woanders hin«, sagte er ruhig und wandte sich um. Doch da standen zwei weitere Braunhemden und versperrten den Weg.

»Seht mal, der Jude ist feige!«, blaffte das Braunhemd und erntete das Gelächter seiner Kumpane.

Rudolph ging nicht darauf ein, aber Lilly spürte, wie seine Hand kalt wurde und zu zittern begann.

»Wir gehen ja schon«, sagte Lilly mit bebender Stimme. Doch die Männer blieben stehen und musterten sie feixend.

»Was sagst du, Judenliebchen?«, fragte ein anderer.

»Wir gehen ja schon«, wiederholte sie, aber die beiden Braunhemden kamen näher.

»Willst du unser Erbgut beschmutzen?«

»Lassen Sie sie aus dem Spiel!«, fuhr Rudolph den Mann jetzt an.

Genau darauf schienen die Kerle nur gewartet zu haben. Einer von ihnen holte aus, und eine Faust traf Rudolph an der Schläfe.

51. Kapitel

»Rudolph!« Lillys Stimme überschlug sich, während sie sich aufrappelte und zu ihrem am Boden liegenden Freund stürzte. Während die Panik ihr die Kehle zuschnürte und ihr Herz raste, hockte sie sich neben ihn.

»Rudolph!«, rief sie und strich ihm über das blutüberströmte Gesicht. »Kannst du mich hören?«

Er antwortete nicht. Panisch schaute Lilly sich um. Angst umklammerte ihr Herz und raubte ihr den Atem. Für einen Moment spürte sie ihren Körper nicht.

Einige Passanten schritten über einen Weg in der Nähe. Sie war sicher, dass sie mitbekommen hatten, was passiert war, doch niemand machte Anstalten, zu helfen.

Lilly bettete seinen Kopf auf ihre Knie, versuchte ihm mit ihrem Taschentuch das Blut vom Gesicht zu wischen.

Allmählich kam er wieder zu sich. Er stöhnte, schlug die Augen auf.

Seine Lippen zuckten, zunächst ohne einen Ton von sich zu geben. Dann endlich fragte er mit kratziger Stimme: »Was ist passiert?«

»Psst«, sagte sie. »Beweg dich jetzt besser nicht.«

Dass er nicht mehr wusste, was passiert war, war vielleicht ein Segen.

»Brauchen Sie Hilfe?«, fragte eine Stimme neben ihr. Der Mann war noch sehr jung und trug Gärtnermontur. Sofort ging er neben ihnen in die Hocke. »Was ist denn geschehen?«

»Wir sind angegriffen worden. Von Braunhemden«, sagte Lilly.

»Diese Schweine«, sagte der junge Mann und half ihr, Rudolph aufzusetzen. »Die treiben sich schon seit einer Weile im Park rum und belästigen Leute. Wenn man nach dem Wachmann ruft, rennen sie. Ich bin leider eben erst des Wegs gekommen …«

»Sie hätten nichts tun können. Sie waren zu fünft.« Lilly wischte sich übers Gesicht und versuchte, sich zu fassen. »Er muss ins Waldfriede nach Zehlendorf«, sagte sie dann. »So schnell wie möglich.«

»Aber wie?«, fragte Rudolph stöhnend. »Du kannst nicht Auto fahren.«

»Das St. Josef ist ganz in der Nähe«, erklärte der Gärtner.

»Mir wäre es lieber, wenn er ins Waldfriede nach Berlin kommt«, gab Lilly zurück. »Dort kennen ihn die Ärzte. Aber ich kann nicht fahren.«

»Lilly«, stöhnte Rudolph, doch sie signalisierte ihm mit einem Händedruck, dass er schweigen sollte.

»Nachher kannst du mir alles sagen, aber jetzt bleib lieber ruhig, bis wir dich im Waldfriede haben.« Innerlich bebend gab sie ihm einen Kuss auf die Stirn.

»Ich fahre Sie«, bot der Gärtner an. »Haben Sie einen eigenen Wagen, oder soll ich den Werkswagen holen?«

»Wir haben einen eigenen«, entgegnete Lilly, dann half sie dem Gärtner, Rudolph zu stützen. »Danke für Ihre Hilfe.«

***

Louis setzte das Rasiermesser ab und betrachtete sein Gesicht im Spiegel. Seit Jahren trug er nun schon seinen Schnurrbart auf diese Weise. War es nicht Zeit für etwas Neues? Gut, er war Ende vierzig und hatte es eigentlich nicht nötig, sich einen modischen Anstrich zu geben. Aber wenn er an all die glatt rasierten Gesichter seiner Kollegen dachte …

»Was meinst du, soll ich lieber das cremefarbene oder das blaue Kostüm tragen?«, fragte Catherine aus dem Hintergrund.

»Wie wäre es mit einem Kleid?«, antwortete er, während er nach einem Tuch griff und sich die letzten Spuren der Rasiercreme von den Wangen rieb. »Das Wetter ist so schön, fast noch Sommer.«

»Ich weiß nicht«, sagte sie. »Ein Kostüm wäre doch etwas angemessener.«

»Sauerbruch soll einen wunderschönen Garten haben. Wir werden sicher dort sitzen. Ein Kostüm wirkt so streng …«

Als er den Kopf zur Seite wandte und aus dem Fenster schaute, bemerkte er zwei Gestalten, die einem Wagen auf der Rotunde entstiegen.

»Moment mal«, sagte Louis zu sich selbst. »Das sind doch Professor Kirsch und Schwester Lilly!«

Lilly stützte den Professor, als er die kleine Treppe zum Eingang erklomm. Als Louis das Blut auf seinem Mantel sah, stürmte er los.

»Was ist los?«, fragte Catherine erstaunt.

»Ich werde gebraucht«, gab Louis knapp zurück und war im nächsten Augenblick zur Tür hinaus.

Er lief quer über den Rasen und holte Kirsch und Lilly an der Treppe ein. Erst jetzt sah er die große Platzwunde an der Stirn seines Kollegen. »Was ist passiert?«

»Wir sind im Park Sanssouci von Braunhemden angegriffen worden«, antwortete Lilly ein wenig aufgelöst. »Sie … sie hatten etwas dagegen, dass der Professor Jude ist.«

Louis schüttelte verwirrt den Kopf, dann sagte er: »Kommen Sie mit, ich mache das.«

Er führte sie zu seinem Sprechzimmer, wo Hanna gerade damit beschäftigt war, die Blumen am Fenster zu gießen.

»Hanna, ich muss nähen!«, rief er ihr zu, während er den Professor auf die Untersuchungsliege bugsierte. »Und wir brauchen ein Röntgenbild von seinem Körper.«

»Du lieber Himmel, was ist passiert?«, fragte Hanna erschrocken, während sie zum Schrank eilte, in dem sie die Instrumente und das Nähzeug aufbewahrten.

Lilly presste die Lippen zusammen, ihre Wangen glühten plötzlich dunkelrot.

»Wir … wir waren einfach nur im Park spazieren, und da tauchte plötzlich eine Meute von SA-Leuten auf. Sie haben den Professor als Juden identifiziert, uns beschimpft und dann angefangen, auf ihn einzuschlagen.«

Louis sah sie verwundert an, beschloss jedoch, für den Moment nicht nachzufragen und sich auf Dr. Kirsch zu konzentrieren. Vorsichtig begann er den Verletzten zu untersuchen. Seine persönliche Erschütterung wich seiner Professionalität. Er war Arzt und würde helfen. Nichts anderes zählte in diesem Moment.

Die Platzwunde war nicht tief, doch sie wirkte furchterregend durch all das Blut. Er nähte sie mit geschickten Handgriffen und befestigte einen kleinen Verband. Anschließend tastete er das Genick seines Kollegen ab, vorsichtig auch das Gesicht. Einen Bruch konnte er nicht feststellen. Dann leuchtete er in Kirschs Augen. Die linke Pupille war weiter als die rechte, was auf eine Gehirnerschütterung hindeutete.

»Wir sollten auch den Kopf röntgen, Schwester Hanna«, sagte er. »Zur Sicherheit.«

»In Ordnung, Herr Doktor.«

»Herr Kollege, ich kann durch Tasten keinen Bruch feststellen, aber wir brauchen eine Aufnahme. Fühlen Sie sich imstande zu gehen?«

Kirsch blickte zu Lilly, dann zu ihm. »Ich bin mir nicht sicher. Meine Knochen schmerzen.«

»Ich hole einen Rollstuhl«, sagte Lilly und riss sich den Mantel von den Schultern. Nun sah Louis die Blutflecke auf ihrem Kleid, so als hätte sie Kirschs Kopf auf ihren Schoß gebettet.

Im nächsten Augenblick war sie zur Tür hinaus.

***

Wenig später brachte Lilly Rudolph gemeinsam mit Hanna in den Röntgenraum. Einige Schwestern, die ihnen entgegenkamen, blickten sie entsetzt an. Lilly war es egal, ob sie das Blut an ihrem Kleid sahen.

Sie wollte nur Gewissheit, dass Rudolph nichts Schlimmeres geschehen war.

Es war das erste Mal, dass sie den Röntgenraum mit einem geliebten Menschen betrat. Alles wirkte auf einmal viel bedrohlicher: die große Röhre, der Tisch, die anderen Apparate ...

Lilly musste sich zwingen, professionell zu sein.

Sie half Hanna, Rudolph auf die Liege zu betten, und beobachtete fasziniert, wie ihre Kollegin zu Werke ging. Nach einer Weile musste sie den Raum verlassen. Hanna machte die Aufnahme, dann wurde Rudolph wieder in den Rollstuhl gesetzt. Die ganze Zeit über sagte er kein Wort. Während Hanna in der Dunkelkammer verschwand, schob sie ihn zurück zum Sprechzimmer.

»Hast du große Schmerzen?«, fragte sie ihn und strich ihm über die Wange.

»Nein«, antwortete er. »Es ist eher dumpf … Und du bist bei mir.« Er hob die Hand und griff nach ihrer. »Es tut mir leid, dass der Tag so enden musste.«

»Es ist nicht deine Schuld«, gab sie zurück und spürte, wie Zorn in ihr aufwallte. »Das waren diese Mistkerle.«

Sie versuchte, sie zu verdrängen, doch die Bilder blitzten wieder vor ihrem geistigen Auge auf. Nach dem Fausthieb des SA-Mannes war Rudolph nach hinten getaumelt, hatte das Gleichgewicht verloren und war gestürzt. Daraufhin hatten die anderen Braunhemden begonnen, auf ihn einzutreten. Verzweifelt hatte er versucht, seinen Kopf zu schützen, aber die Stiefel hatten ihn auch dort getroffen.

»Wir hätten nicht nach Sanssouci fahren sollen«, holte Rudolphs Stimme sie aus ihrer Erinnerung.

»Das hätte dir überall passieren können«, erwiderte Lilly und streichelte seine Hand. »Komm, ich bringe dich zurück zu Dr. Conradi. Bald wissen wir mehr.«

Vor dem Sprechzimmer trat ihnen Dr. Conradi entgegen. Er half Lilly, Rudolph wieder auf der Liege zu platzieren.

»Es tut mir außerordentlich leid, dass Ihnen das zugestoßen ist«, sagte er mitfühlend. »Diese Zeiten, in denen wir leben … Manchmal erkenne ich die Welt nicht wieder. Die Menschen wenden sich immer mehr von Gott ab.«

Rudolph schloss die Augen, als hätte er erneut Schmerzen.

»Ich glaube nicht, dass es daran liegt, dass sich die Menschen von Gott abwenden«, sagte er dann traurig. »Es ist wohl nur wieder an der Zeit, dass sie für ihre Unzufriedenheit einen Sündenbock suchen. So war es schon immer. Wenn es ihnen in den Kram passt, beschuldigen sie uns.«

Ehe Conradi etwas erwidern konnte, erschien Hanna mit der Röntgenaufnahme. Der Doktor hängte sie vor den Lichtkasten.

»Ich erkenne keine Frakturen oder Quetschungen«, sagte er schließlich. »Aber Sie haben eine ordentliche Gehirnerschütterung. Vorsichtshalber werde ich Ihnen einen Kragen für Ihr Genick anlegen.«

Lilly schnappte erschrocken nach Luft. Dr. Conradi wandte sich ihr zu.

»Schwester Lilly, vielleicht gehen Sie inzwischen nach oben und säubern sich? Nachher schaue ich mir Sie an.«

»Nicht nötig«, erwiderte sie. »Die Angreifer haben mich nur zur Seite gestoßen. Ich bin im Gras gelandet.«

Trotzdem verließ sie das Zimmer. Dass Rudolph eine Halskrause angelegt werden musste, trieb nachträglich Wellen der Angst durch ihren Körper. Was hätte alles passieren können, wenn die Braunhemden noch härter zugetreten hätten!

Draußen lehnte sie sich seufzend gegen die Wand. Der Schreck, der sie angetrieben hatte, sich zusammenzureißen und zu handeln, schwand allmählich. Ihre Knie fühlten sich weich an, und ihr Kopf glühte.

Wieder kehrten die Bilder zurück. Lilly hatte versucht, Rudolph zu Hilfe zu kommen, doch was konnte sie der Wut, dem Hass und der Körperkraft mehrerer Männer entgegensetzen? Wie eine lästige Fliege hatten sie sie beiseitegewischt und begonnen, sie zu beschimpfen.

»Judenbraut!«

»Such dir einen deutschen Mann, du Schlampe!«

»Drecksau!«

Ein eisiger Schauer rann durch ihren Körper. Sie umschlang ihre Schultern, doch nichts konnte ihr Gefühl lindern. Was hatten diese Leute nur mit den Juden? Warum tat niemand etwas?

Das war neben dem eigentlichen Angriff noch das Schlimmste – dass außer dem freundlichen Gärtner niemand da gewesen war, der etwas gesagt hatte. Niemand, der ihnen zu Hilfe gekommen wäre.

Als die Tür ging, straffte sie sich automatisch. Schwester Hanna trat auf sie zu.

»Ist alles in Ordnung?«, fragte sie. »Hast du auch etwas abbekommen?«

»Nein, mit mir ist alles in Ordnung«, schwindelte Lilly. Natürlich war es das nicht. Doch die Worte hatten nur Wunden in ihre Seele geschlagen. Dem konnte man nicht mit Jod, Nadel und Faden beikommen. »Wie geht es dem Professor?«

»Der Doktor wird ihn zur Beobachtung auf Station bringen lassen.« Hanna sah sie prüfend an. »Wollen wir nachher eine Runde durch den Park gehen?« Hanna legte die Hand an ihren Oberarm. In ihren Augen sah Lilly das Wissen um die Verbindung zwischen ihr und dem Professor.

»Ja, gern«, antwortete sie.

»Gut. Ich sage Schwester Maria von der Männerstation Bescheid, dann komme ich.«

Während sie im Gang verschwand, schaute Lilly ihr hinterher. Irgendwann wäre es ohnehin herausgekommen, sagte sie sich. Aber so hätte sie es sich nicht gewünscht.

Rudolph wurde wenig später von zwei Schwestern mit einem Bett abgeholt. Sie brachten ihn weg, ohne dass sie die Gelegenheit hatte, ihn zu berühren. Er wirkte schmal in dem Bett, sein Gesicht war schmerzvoll verzerrt. Die Medikamente würden noch etwas brauchen, bis sie ihre Wirkung entfalteten.

Eine Weile stand Lilly unschlüssig da, dann verließ sie das Krankenhaus. Der Gärtner hatte angekündigt, mit der Wannseebahn nach Potsdam zurückzufahren, und war inzwischen verschwunden. Nur das Auto stand noch immer da, wo es abgestellt worden war.

Lilly stolperte über die Schotterwege, die denen im Schlosspark so ähnlich sahen, und zuckte zusammen, als sie hinter sich Schritte vernahm. Doch es war nur Schwester Hanna.

»Er ist jetzt auf Station«, berichtete sie. »Man wird sich gut um ihn kümmern.«

»Danke«, sagte Lilly beklommen.

Hanna ließ ihr einen Moment Zeit, dann sagte sie: »Ich will nicht so tun, als müsste ich durch geschicktes Fragen herausfinden, was los ist. Wie lange geht das schon zwischen dir und dem Professor?«

Lillys Wangen begannen zu glühen. Sie schaute Hanna erschrocken an, wusste aber gleichzeitig, dass sie sich nicht herausreden konnte. »Seit Weihnachten. Wir haben uns bemüht, kein Aufsehen zu erregen.«

»Nun, es erregt schon Aufsehen, wenn eine Schwester mit einem Professor von einem Sonntagsausflug zurückkehrt, bei dem Letzterer verletzt wurde.« Nachdem Hanna ihr in die Augen gesehen hatte, richtete sie den Blick auf die Weite des Parks. »Aber ich bin nicht hier, um dir eine Moralpredigt zu halten. Du bist eine erwachsene Frau, und auch wenn es manch einer nicht hören mag, Krankenhäuser sind auch Heiratsfabriken. Es passiert immer mal wieder, dass eine Krankenschwester sich in einen Arzt verliebt.«

Lilly sagte nichts darauf. Ihr Privatleben ging niemanden etwas an, auch nicht Hanna.

»Es ist mir selbst passiert«, sagte sie dann.

Lilly horchte auf. »Was?«

»Eine Beziehung mit einem Arzt«, entgegnete Hanna. »Ich selbst habe mich in einen von ihnen verliebt. Es ist lange her.«

»Was ist passiert?«, fragte Lilly.

»Ich fand heraus, dass er eine andere hatte. Ich war ihm zu religiös, zu zurückhaltend.« Sie hielt kurz inne. »Im vergangenen Jahr habe ich ihn wiedergesehen, als Patient. Er ist mittlerweile verheiratet und schwer krank.«

»Das tut mir sehr leid.«

Hanna nickte. »Ich liebe meine Arbeit. Ich habe erkannt, dass sie mir genauso wichtig war wie dieser Mann. Als er mich nicht mehr wollte, als ich bemerkte, dass er mich betrog, habe ich mich der Arbeit zugewandt. Der Familie, die ich im Waldfriede habe.« Sie machte eine Pause, dann fügte sie hinzu: »Aber bei dir liegen die Dinge anders. Du wünschst dir eine richtige Familie, nicht wahr?«

Das tat sie. Und sie war froh darüber, dass Hanna nicht wusste, dass sie bereits so etwas wie eine Familie hatte. Auch wenn sie noch nicht zu ihrem Sohn stehen konnte.

»Ich kann dir nur einen Rat geben: Lasst euch weiterhin nichts anmerken«, fuhr Hanna fort.

»Du meinst, ich soll ihn nicht in seinem Krankenzimmer besuchen?«

»Natürlich kannst du das tun! Aber nimm dich in Acht. Wo Liebe ist, da ist auch Eifersucht, und ich meine nicht die Eifersucht zwischen den Partnern. Ich meine die Eifersucht jener, die nicht das Glück haben, verliebt zu sein. Wenn du dein Leben und das des Professors nicht unnötig schwer machen willst, beherzige bitte meinen Ratschlag.«

»Das werde ich«, sagte Lilly und blickte Hanna an. »Darf ich dich bitten, ebenfalls Stillschweigen zu bewahren?«

Hanna schaute sie an. »Das versteht sich von selbst. Damals war es hier noch anders. Viele Regeln wurden wesentlich strenger ausgelegt. Ich weiß sehr gut, wie es sich für dich anfühlt.« Sie seufzte, dann sagte sie: »Eines Tages wirst du vor der Wahl stehen, Schwester zu bleiben oder für deinen Mann da zu sein.«

»So weit sind wir noch nicht.«

»Aber es wäre denkbar, nicht?«

Lilly wusste es nicht, sie wollte ihn nicht drängen. »Vielleicht.«

Hanna legte ihre Hand auf Lillys Arm. »Ich wünsche dir so sehr, dass es dir vergönnt sein möge, die richtige Entscheidung zu treffen.«

52. Kapitel

»Kommen Sie doch herein«, sagte die Frau in dem eleganten lindgrünen Kleid, als sie Louis und Catherine an der Eingangstür in Empfang nahm.

Louis setzte seinen Hut ab und ließ den Blick durch den Eingangsbereich der Villa schweifen, die in der Koblanckstraße in Wannsee lag: ein Boden aus Marmor, rotes Holz, aus dem die Treppe gefertigt war, und Gemälde an der Wand. Ihre Schritte wurden von dicken Teppichen gedämpft.

»Ada Sauerbruch«, stellte sie sich vor.

»Freut mich, Sie kennenzulernen«, sagte Louis. »Das ist Catherine Conradi, meine Frau.«

Die beiden Frauen reichten sich die Hand.

»Bitte entschuldigen Sie, dass wir zu spät kommen. Es hat einen medizinischen Zwischenfall gegeben, bei dem ich zugegen sein musste.«

Catherine war außer sich gewesen, als sie von dem verletzten Professor Kirsch gehört hatte. Doch über den Überfall diskutieren konnten sie nicht, denn durch das Vorkommnis hatten sie Zeit verloren, und Louis hatte in Gegenwart von Kowalski nicht über diese Sache reden wollen.

»Das macht doch nichts«, erwiderte Ada Sauerbruch. »Ich freue mich, dass Sie hier sind. Mein Mann hat mir viel von Ihnen erzählt.«

Auf halbem Weg kam ihnen der Hausherr entgegen.

Ferdinand Sauerbruch, dessen Schnurrbart akkurat gestutzt war, trug ein weißes Hemd und beigefarbene Hosen mit braunen Hosenträgern. Auf ein Jackett hatte er verzichtet.

»Ah, sieh mal an!«, rief er. »Da ist er ja!« Mit ausgestreckter Hand ging er auf Louis zu. »Schön, dass du da bist. Und deine Frau hast du auch mitgebracht! Ich freue mich!«

Er schüttelte ihm die Hand und gab Catherine einen Handkuss.

»Es tut uns leid, dass wir zu spät sind«, wiederholte Louis. »Es hat einen Zwischenfall gegeben, der meine Anwesenheit erforderte.«

Sauerbruch zog die Augenbrauen hoch. Louis konnte ihm ansehen, dass er darauf brannte, zu erfahren, was geschehen war. Aber das Taktgefühl, das er doch zu haben schien, hielt ihn davon ab, nachzufragen. Stattdessen sagte er: »Na, dann kommt mal mit.«

Er führte sie in den Wintergarten, in dessen Mitte ein älterer Mann auf einer Korbgarnitur saß. Er hatte eine Glatze, und sein Schnurrbart erinnerte ein wenig an den des verflossenen Kaisers. Sein schmaler Körper steckte in einem grauen Anzug.

»Darf ich vorstellen, mein Freund Max Liebermann. Wir beide sind Nachbarn, und wie es der Zufall so wollte, hat er mir heute das Porträt vorbeigebracht, das er von mir gemalt hat.«

»Oh, das würde ich zu gern mal sehen«, sagte Louis und reichte Liebermann die Hand.

»Freut mich, Sie kennenzulernen, Dr. Conradi«, erwiderte dieser. »Sie sind der Leiter dieser kleinen Klinik an der Krummen Lanke, von der man immer wieder hört, nicht wahr?«

»Das stimmt, doch klein würde ich unser Waldfriede nicht mehr nennen. Mittlerweile haben wir einhundertfünfzig Betten, und die jährliche Patientenzahl hat die fünfzigtausend weit überschritten.«

»Nicht jedes Haus kann so ein riesiges Auffangbecken sein wie die Charité«, gab Sauerbruch gutmütig zu bedenken.

»Das war auch keineswegs geringschätzig gemeint«, entgegnete Liebermann. »Erst vor Kurzem waren wir bei Bekannten in Zehlendorf zu Besuch. Die Tochter des Hauses hatte gerade entbunden. Sie war voll des Lobes über die Ärzte und Hebammen.«

»Danke, das ist sehr freundlich. Wir haben einen steten Zustrom von werdenden Müttern und Gebärenden. Mein Vorhaben ist es, dass wir schon bald über die Stadtgrenzen von Berlin hinaus bekannt werden.«

»Ich habe keine Zweifel, dass dir das gelingen wird«, sagte Sauerbruch. »Dann kommt mal und schaut euch Max' Meisterwerk an. Offiziell enthüllt wird es erst nächste Woche, ihr seid in der glücklichen Lage, es noch ohne Menschengedränge zu sehen.«

Er führte sie in die Bibliothek des Hauses, wo das Bild von einem Tuch verdeckt auf einer Staffelei stand.

»Es bringt doch kein Unglück, wenn ich es jetzt schon zeige?«, wandte sich Sauerbruch schmunzelnd an Liebermann.

»Du weißt, dass ich nicht abergläubisch bin«, gab der Künstler zurück, dann zog er das Tuch von der Staffelei. Zum Vorschein kam das Bildnis des sitzenden Professor Sauerbruch im weißen Arztkittel, die Arme verschränkt, den Blick neugierig auf den Betrachter gerichtet. Louis roch Ölfarbe und Firnis und betrachtete erstaunt die kühnen, aber gleichzeitig präzisen Pinselstriche des Künstlers. Den Hintergrund hatte er bewusst schlicht gewählt, damit das Motiv besser zur Geltung kam.

»Ich nenne es ›Der Chirurg‹«, verkündete Max Liebermann.

»Du machst mich schöner, als ich bin«, sagte Sauerbruch schmunzelnd.

»Ich finde es sehr treffend«, meldete sich Catherine zu Wort. »Mein Mann malt übrigens auch.«

»Wirklich?«, fragte Sauerbruch.

»Ein wenig. Laienhaft. Nicht zu vergleichen mit einem Meisterwerk wie diesem.«

»Nun, dafür kann ich nicht operieren«, gab Liebermann schulterzuckend zurück. »Aber sehen würde ich die Bilder schon gern. Gerade bei Laienkünstlern kann man die Kunst in Urform erleben, unverstellt und frei von jeglichen finanziellen Interessen.«

Louis lächelte verlegen und antwortete: »Vielleicht lässt es sich einrichten«, obwohl er bereits wusste, dass das nicht der Fall sein würde.

»Wie seht ihr eigentlich das momentane Klima in unserem Land?«, fragte Sauerbruch, nachdem das Dienstmädchen den Kaffee gebracht hatte. Der Marmorkuchen und die Erdbeertorte auf dem Tisch im Wintergarten verströmten ein wundervolles Aroma. »Und ich meine damit nicht das Wetter.«

Louis blickte kurz zu Catherine, dann antwortete er: »Ich hatte in letzter Zeit wenig Gelegenheit, dem politischen Geschehen zu folgen. Ich habe lediglich das Misstrauensvotum gegen von Papen mitverfolgt. Und weiß natürlich um die bevorstehende Neuwahl.«

»Nun, da hast du es gut!«, gab Sauerbruch zurück. »Bei uns wird das Kräftemessen immer stärker. Viele Ärzte treten der NSDAP bei, einige Angestellte auch der SA. Es scheint, als könnten die Leute der Sogwirkung nicht widerstehen.«

Und wie ist es mit Ihnen?, fragte sich Louis, doch er schwieg.

»Ja, und da laufen sie dann marodierend durch die Straßen und drohen Juden Prügel an«, fügte Liebermann knurrig hinzu. »Diese jungen Burschen sind moralisch vollkommen verroht und eine Gefahr für die Menschheit. Aber ich glaube kaum, dass sie Ihren Teil von Zehlendorf heimsuchen.«

»Einer meiner Ärzte ist heute Vormittag von diesen Burschen in Sanssouci zusammengeschlagen worden«, platzte es aus Louis heraus. »Deshalb meine Verspätung. Ich habe ihn versorgt.«

Sauerbruch und Liebermann sahen ihn erschrocken an.

Louis versuchte, seine Aufgebrachtheit zu zügeln. »Wie ich heute erst erfahren habe, war es nicht das erste Mal, dass man ihn belästigt hat. Doch heute ist Blut geflossen.«

»Das tut mir leid«, sagte Liebermann. Stille folgte seinen Worten, doch Louis war sicher, dass er noch eine ganze Menge dazu zu sagen hätte.

Sauerbruch zog ein betretenes Gesicht, sagte jedoch nichts.

»Wer weiß, wie alles noch kommen wird«, fuhr Liebermann nach einer Weile fort. »Ich habe nicht mehr viel Vertrauen in unsere Behörden, und auf die Wahl schaue ich mit großer Sorge. Aber ich bin alt, und wer weiß, wie lange ich mir das irdische Elend noch ansehen muss. Die jungen Leute hingegen …« Er stockte und schien in Gedanken zu versinken.

Louis bemerkte Catherines beklommenen Blick. Sie beide unterhielten sich nicht häufig über Politik, waren sich aber einig, dass etwas in der Luft lag. Doch das war kein Thema für ein Gespräch mit einem Kollegen aus der Medizinischen Gesellschaft, erst recht nicht mit einem Professor, der in höchsten Kreisen verkehrte.

»Aber lassen wir die Politik doch beiseite und genießen wir den Kuchen«, brach es plötzlich aus Sauerbruch heraus. »Meine Frau hat sich selbst übertroffen.«

Eine Stunde später verabschiedete sich Max Liebermann. Auch Louis war zum Gehen zumute. Nach der Erwähnung des Vorfalls hatte sich das Gespräch steif und gezwungen angefühlt. Louis hatte nicht vor, seine politische Gesinnung preiszugeben, und das schien auch die anderen dazu zu bringen, ihre Gedanken für sich zu behalten.

Doch bevor er anmerken konnte, dass sie jetzt ebenfalls gehen sollten, sagte Sauerbruch plötzlich: »Komm mit, ich will dir mal meinen Garten und die Pferdeställe zeigen. Die Damen können sich ja derweil die Kunstsammlung anschauen.«

Sie verließen den Wintergarten und traten hinaus auf die hübsch gestaltete Grünfläche. Ein Hund lief ihnen entgegen und begrüßte sie schwanzwedelnd. Louis streichelte ihm über den Kopf.

»Du kannst mit Hunden, wie?«, fragte Sauerbruch, der die Hände in die Taschen geschoben hatte.

»Wir haben im Krankenhaus einen Wachhund, mit dem ich von Zeit zu Zeit meine Runden durch den Park drehe«, sagte Louis. »Mittlerweile ist er schon recht alt, und wir werden uns wohl bald einen neuen besorgen müssen.«

Louis dachte daran zurück, was für ein immenser Preis zu Inflationszeiten für das Tier gezahlt worden war.

»Ich kenne einige Hundezüchter, die immer ausgezeichnete Würfe haben. Ich kann gern fragen.«

»Noch ist unser Rex gut auf den Beinen«, wehrte Louis das Angebot ab. Warum redete Sauerbruch mit ihm wie ein alter Freund, wo er selbst doch das Gefühl hatte, dass der Nachmittag alles andere als optimal gelaufen war?

Eine Weile gingen sie schweigend nebeneinander, und Louis fragte sich schon, wann Sauerbruch damit beginnen wollte, ihm die Pflanzen und Bäume im Garten zu erklären.

Da fragte der Professor: »Wer ist eigentlich der Arzt, den die SA-Männer verprügelt haben?«

Louis rang mit sich. Sollte er es wirklich tun? Würde es seinem Kollegen nicht unangenehm sein, wenn es die Medizinische Gesellschaft wusste?

»Du kannst es mir sagen, es bleibt unter uns.«

Dessen war Louis nicht sicher. »Sie kennen ihn nicht«, antwortete er ausweichend. »Er arbeitet nicht in Ihrer Abteilung, er ist Spezialist für Knochentuberkulose und hat Belegbetten bei uns.«

Sauerbuch nickte, und Louis hatte plötzlich das Gefühl, dass er schon zu viel gesagt hatte. Mit ein wenig Herumfragen würde Sauerbruch sicher den Namen herausbekommen. Doch warum wollte er ihn überhaupt wissen?

»Wenn du irgendwas brauchst, wende dich an mich«, sagte er dann. »Niemand kann vorhersehen, wie die Dinge noch werden, da kann ich meinem Freund Liebermann nur zustimmen. Aber jetzt möchte ich dir unbedingt die Pferde zeigen. Reitest du auch?«

»Was für ein seltsamer Nachmittag«, bemerkte Louis, als sich der Wagen in Bewegung setzte.

»Das kannst du laut sagen.« Hörbar erleichtert atmete Catherine auf. »Dieser Sauerbruch ist sehr von sich überzeugt, nicht wahr?«

»Ja, aber nicht zu Unrecht. Er hat hervorragende Beziehungen in allen möglichen Bereichen: Kunst, Wirtschaft, Medizin. Und er ist eine

Koryphäe auf dem Gebiet der Chirurgie. Er macht Eingriffe, von denen ich nicht mal zu träumen wage.«

»Stell dein Licht nicht unter den Scheffel. Du bist auch ein guter Chirurg.«

»Gegen Sauerbruch bin ich ein kleines Licht.« Er griff nach Catherines Hand. »Aber das ist in Ordnung. Gott hat mir die Fähigkeiten verliehen, die er für mich vorgesehen hatte.«

Louis verfiel in Gedanken. Der Professor hatte ihm keineswegs nur die Pferde gezeigt. Kaum waren sie im Stall verschwunden gewesen, hatte er gesagt: »Möglicherweise ist es noch nicht bis zu deinem kleinen Haus vorgedrungen, doch sobald Hitler sein Ziel erreicht und mit seiner Partei an die Spitze der Reichsregierung rückt, wird es einige Veränderungen in der Ärzteschaft und in der Medizinischen Gesellschaft geben. Veränderungen, die auch dich betreffen könnten.«

Louis blickte ihn verwundert an. »Wie meinen Sie das?«

»Man spricht davon, dass man unsere jüdischen Kollegen in der Gesellschaft ihrer Posten entheben will. Du weißt schon, Lazarus, Hahn, von Gutfeld und viele andere. De Crinis liebäugelt mit dem Posten von Bonhoeffer, obwohl der kein Jude ist, und Conti könnte im Falle eines Wahlsiegs der NSDAP neuer Gesundheitsminister werden.«

»Woher wissen Sie das?«

»Ich habe gute Ohren, und in der Charité gibt es allerlei Klatsch und Tratsch.«

Louis wollte nicht glauben, dass allein der Tratsch auf den Krankenhausfluren zu solchen Informationen führte.

»Auch du musst dich vorsehen«, fuhr Sauerbruch fort. »Hintenrum munkelt man, dass du Jude seist.«

»Ich bin Adventist!«

»Das weiß ich. Aber wissen es jene, die sich nicht die Mühe geben, näher hinzuschauen?« Sauerbruch machte eine Pause, dann fügte er hinzu: »Wenn es hart auf hart kommt, musst du wissen, wohin du gehen kannst. Du hast doch Verbindungen nach Amerika, richtig?«

»Ja, aber ich würde das Waldfriede nie im Stich lassen.«

»Schlimmstenfalls hast du es nicht in der Hand, dass sie es dir wegnehmen.« Sauerbruch schnaufte, dann tätschelte er eines der Pferde, das mit dem Kopf gegen seine Schulter stupste.

»Wegnehmen?« Louis kam sich vor, als hätte ihn eines der Tiere in den Magen getreten. »Wissen Sie da etwa Genaueres?«

»Nein, aber ich halte meine Ohren offen und gebe dir Bescheid.«

Sauerbruch verstummte, und Louis hatte das ungute Gefühl, dass noch mehr dahintersteckte.

»Ich kann dir nur sagen, sei vorsichtig«, fügte sein Gastgeber hinzu. »Und erzähl niemandem davon, nicht mal deiner Frau. Das hier muss unter uns beiden bleiben.«

»Das wird es«, hatte Louis versichert und sich für den Hinweis bedankt, doch es war ihm schwergefallen, sich nichts anmerken zu lassen, als sie den Stall wieder verließen.

»Ada Sauerbruch erscheint mir recht unglücklich«, riss Catherine ihn aus seiner Erinnerung. »Sie sind schon seit 1908 verheiratet, eine lange Zeit.«

»Das muss doch kein Unglück bedeuten.«

»Wenn ein Ehemann untreu ist, schon.«

»Hat sie dir das erzählt?«

»Sie hat es angedeutet. Der Professor scheint sich von Künstlerinnen sehr angezogen zu fühlen.«

Louis lachte auf. »Sieh einer an, der Herr Professor ist ein Schlawiner.«

»Ein Ehebrecher«, gab Catherine ernst zurück. »Aber ich glaube, im Gegensatz zu ihm kann ich seine Frau gut leiden. Sie hat ihre erste Tochter an die Kinderlähmung verloren, als sie noch klein war. Danach hat sie drei Söhne und eine weitere Tochter geboren.«

»Das sie unglücklich ist, habe ich nicht bemerkt«, sagte Louis. »Solch ein Kindersegen …« Er stockte, als ihm klar wurde, welche Wirkung die kinderreiche Ada Sauerbruch auf seine Frau haben musste.

»Manchmal gibt Gott den Frauen untreuer Männer eine Entschädigung. Etwas, an dem sie festhalten können.«

Für eine Weile schwieg sie, dann sagte sie: »Wenn es nach mir geht, bräuchten wir eine weitere Einladung von ihm nicht anzunehmen. Oder siehst du das anders?«

»Ich werde nicht umhinkommen, ihn irgendwann einmal ins Waldfriede einzuladen«, sagte Louis und spürte wieder den Klumpen der Angst in seinem Bauch. Wie gern hätte er Catherine eingeweiht! Vielleicht würde er es irgendwann noch tun, später, wenn er mehr Informationen hatte. »Aber sonst reicht es wohl auch, wenn ich ihn bei den Abenden der Medizinischen Gesellschaft treffe, nicht wahr?«

53. Kapitel

Zehlendorf, 28. September 1932

Rudolph erholte sich rasch von den Verletzungen. Nach einigen Tagen der Beobachtung konnte er das Krankenzimmer wieder verlassen. Dr. Conradi verordnete ihm aber noch mindestens eine Woche Bettruhe zu Hause und eine weitere Woche Pause von der Arbeit.

»Da kann ich dann endlich mal die Lektüre meiner Fachzeitschriften nachholen«, witzelte er, als Lilly ihn zur Pforte brachte, wo seine Schwester bereits wartete. Sarah, die einen Führerschein hatte, kümmerte sich um den Wagen und bot sich als Chauffeurin an. Als Lilly ihr berichtete, was vorgefallen war, wurde sie wütend.

»Was soll das nur werden?«, fragte sie. »Dürfen sie demnächst auch Juden totschlagen, ohne dass das Gesetz irgendwas tut?«

Lilly hatte darauf keine Antwort. Albträume verfolgten sie. Hin und wieder tauchten Braunhemden darin auf, die sie durch die engen Gänge eines unbekannten Hauses jagten.

Ruhe und Geborgenheit fand sie nur bei Rudolph.

Jeden Tag nach Ende ihres Dienstes besuchte sie ihn kurz, um ihm die Post und Neuigkeiten aus dem Haus zu bringen. In der Klinik hatte es sich herumgesprochen, dass er verletzt worden war. Auch fragten einige Kolleginnen bei ihr nach, ob sie den Professor wirklich gefunden und ins Waldfriede gebracht hätte. Lilly bejahte dies, schützte dann aber Geschäftigkeit vor, damit sie keine weiteren

Erklärungen abgeben musste. Nach einer Weile ließen sie sie in Ruhe. Wenn sie hinter ihrem Rücken redeten, bekam Lilly es nicht mit.

Bei Rudolph tickten die Uhren jetzt anders. Sie schaute nach seiner Naht und versorgte sie, kochte ihm etwas zu essen und saß dann stundenlang bei ihm und versuchte ihn irgendwie abzulenken. Dabei sah sie, dass er keineswegs seinen Zeitschriftenstapel abbaute. Wahrscheinlich verbrachte er seine Zeit mit Grübeln.

Eines Abends, als sie ihn wieder besuchte, trat er ihr mit ernster Miene entgegen. Sie sah ihm an, dass etwas nicht in Ordnung war.

»Was ist?«, fragte sie ängstlich.

»Vielleicht wäre es besser, wenn wir uns trennen«, antwortete er.

Lilly riss die Augen auf. Was sagte er da? Ihr Verstand weigerte sich, die Worte aufzunehmen, die sie vollkommen aus heiterem Himmel trafen wie eine Faust, die ihr einen Stoß gegen die Brust versetzte.

»Das ist nicht dein Ernst!«, gab sie zurück. Ihre Stimme brach beinahe, während ihr Herz zu rasen begann. »Warum?«

Rudolph rang mit sich. In seinen Augen glitzerten plötzlich Tränen. »Ich liebe dich über alles, aber ich will dir dein Leben nicht unnötig schwer machen. Du bist, was sie ›arisch‹ nennen, sie werden dir nichts tun, wenn du nicht den Fehler begehst, einen Juden zu heiraten.«

Lilly schüttelte ungläubig den Kopf. »Wie kann es ein Fehler sein, einen Menschen zu lieben und ihn zu heiraten?« Sie blickte ihn an. »Du redest Unsinn, Rudolph! Ich lasse mir von diesen Leuten nicht vorschreiben, wem ich mein Herz gebe.«

Er erwiderte ihren Blick, seine Augen verschwammen unter Tränen. »Aber wenn sie dir etwas antun …«

»Das werden sie nicht«, erwiderte sie mit fester Stimme und umarmte ihn fest. »Wir werden einen Weg finden. Irgendwie.«

Zwei Wochen später kehrte Rudolph ins Waldfriede zurück. Die Fäden waren gezogen, die Prellungen und Blutergüsse abgeheilt. Äußerlich sah man nichts mehr, aber Lilly spürte, dass sich etwas in

Rudolphs Seele verändert hatte. Hin und wieder reagierte er schreckhaft, besonders wenn er schwere Schritte hörte.

Aus Angst vor weiteren Angriffen bewegte er sich fast nur noch zu Zeiten, in denen wenige Menschen unterwegs waren. Nach der Arbeit ging er nach Hause, Ausflüge wagten sie nur noch selten. Er schützte das graue Wetter vor, aber Lilly wusste, dass er sich davor fürchtete, gesehen zu werden.

Lediglich am Freitagabend fuhren sie zu seiner Schwester, um mit ihr den Sabbat zu feiern. Kehrten sie nach Hause zurück, ohne unterwegs belästigt worden zu sein, zog sie ihn erleichtert in ihre Arme und ins Bett. Am liebsten hätte sie ihn nie wieder fortgelassen.

Für den 29. Oktober hatte sich im Waldfriede die Familie Novak aus Prag angekündigt. Ihr Sohn Alfred war mittlerweile schon vor fast zwei Jahren entlassen worden, aber Professor Kirsch wollte sich dennoch über seinen Gesundheitszustand informieren.

Rudolph hatte Lilly gebeten, mit ihm das Empfangskomitee zu bilden. Als die Novaks um die Mittagszeit eintrafen, gingen sie ihnen am Eingang entgegen.

»Herr Professor!«, rief Herr Novak, ein rundlicher Mann Ende vierzig. Seine Frau war das Gegenteil von ihm, zart, klein, mit schokoladebraunem Haar. Zwischen ihnen stand der kleine Alfred, der sichtlich gewachsen war. »Ich freue mich sehr, Sie wiederzusehen!«

»Die Freude ist ganz meinerseits«, erwiderte Rudolph. »An Schwester Lilly erinnerst du dich sicher noch, Alfred, nicht wahr?«

Der Junge nickte. Lilly fiel wieder ein, wie groß ihr Mitleid mit ihm war, als sie ihn zum ersten Mal sah: ein schmales Kind, das durch die Sandsäcke an seinen Beinen zur Bewegungslosigkeit verurteilt war. Sie hatte Berührungsängste angesichts der Kinder gehabt und war erschrocken gewesen über die in ihren Augen grausame Behandlungsmethode. Mittlerweile verstand sie so viel mehr von der Therapie und ihren Notwendigkeiten.

»Sie haben unserem Jungen das Leben gerettet!«, sagte Novak mit leichtem Akzent und reichte ihm eine Tasche. »Hier, nur ein paar Kleinigkeiten als Dankeschön.«

Daran, wie sich Rudolphs Arm anspannte, erkannte Lilly, dass es offenbar ziemlich schwere Kleinigkeiten waren.

Rudolph führte seine Gäste in sein Sprechzimmer.

»Soll ich Ihnen etwas Kaffee bringen?«, fragte Lilly.

»Das wäre sehr freundlich«, sagte Rudolph mit einem Lächeln, dann wandte er sich seinen Gästen zu.

Auf dem Weg in Richtung Küche tönten Lilly laute Männerstimmen entgegen. Als sie die braunen Uniformen sah, hielt sie vor Schreck die Luft an. Was suchten diese Kerle hier? Begannen sie jetzt schon, jüdische Patienten des Hauses zu belästigen? In einem ersten Impuls wollte sie schon nach Hilfe schreien, da sprach einer der Männer sie an.

»Entschuldigen Sie, Schwester, wo finden wir die Männerstation?«

Lilly war wie gelähmt. Ihr Verstand sagte ihr, dass der SA-Mann nicht zu denen gehörte, die sie in Potsdam überfallen hatten, doch die Bilder waren schlagartig wieder da.

»Sie … Sie sind hier auf der Frauenstation«, sagte sie. Ihr Hals fühlte sich an, als würde ihn jemand langsam zudrücken.

»Und wo ist die Männerstation?«

»Hans, mach dem Fräulein doch keine Angst!«, rief einer seiner Kameraden, begleitet vom Gelächter der anderen.

Lilly konnte in diesem Augenblick nur daran denken, was geschehen würde, wenn Rudolph diesen Kerlen über den Weg lief.

Ihr gesamtes Inneres zitterte, doch Lilly zwang sich zur Ruhe.

»Wohin wollen Sie denn?«, fragte sie.

»Zu unserem Kameraden, Peter Friedrichs. Er soll hier eingeliefert worden sein.«

Lilly schaute zur Tür des Sprechzimmers. Noch schienen die Kerle nicht mitbekommen zu haben, wie die Aufschrift des Schildes lautete. Oder doch? War die Frage nach ihrem Kameraden nur ein Vorwand? Sie musste etwas unternehmen!

»Kommen Sie, ich bringe Sie runter auf die Männerstation«, sagte sie und schritt voran zur Tür.

Mit den SA-Leuten im Nacken fühlte sich Lilly, als würde sie über einem Abgrund balancieren. Sie war froh, dass sie sie von Rudolphs Tür weggelotst hatte, doch was, wenn dieser Peter Friedrichs kein Kamerad war, sondern jemand, den sie drangsalieren wollten?

Die Männer machten hinter ihr einige Bemerkungen darüber, wie es wäre, eine Krankenschwester zur Frau zu haben. Nie im Leben würde ich einen von euch heiraten, dachte Lilly, während sie ihre Schritte beschleunigte.

Vor der Tür der Männerstation sagte sie: »Ich werde die Stationsschwester fragen, wo Herr Friedrichs zu finden ist. Warten Sie hier, bitte.«

Sie verschwand hinter der Tür. Ein Schwindel erfasste sie. Ihr Herz schlug ihr bis zum Hals, und für einen Moment fürchtete sie schon, dass sie umfallen würde. Dennoch schaffte sie es bis zum Schwesternzimmer.

Stationsschwester Maria unterwies gerade ein paar Jungschwestern.

»Entschuldigen Sie bitte, wenn ich störe«, sagte Lilly atemlos. »Liegt hier ein Peter Friedrichs?«

»Wieso willst du das wissen?«, fragte Maria streng.

»Ein paar Herren von der SA wollen ihn besuchen. Sie sagen, dass er ihr Kamerad sei …«

Schwester Maria sah zu den Mädchen, die alle die Ohren spitzten.

»Ist er wirklich ein Kamerad von denen?«

»Ja«, bestätigte Schwester Maria. »Allerdings solltest du vorsichtig im Umgang mit ihnen sein. Vielleicht weißt du es nicht, aber man hat uns Adventisten mehr als einmal in die Nähe der Juden gerückt. Ich will hier auf meiner Station keinen Ärger.«

»Ich habe sie ganz freundlich behandelt«, erwiderte Lilly. »Sie hatten sich auf die Frauenstation verirrt.«

Maria nickte, dann sagte sie: »Ich kümmere mich um sie. Maßgaben nehmen sie wohl eher von einer verantwortlichen Schwester an.«

An anderer Stelle hätte Lilly protestiert, aber so war sie froh darüber, dass sie sich nicht mit diesen Leuten abgeben musste.

Während Schwester Maria zur Stationstür schritt, eilte sie durch den Flur zur Hintertreppe.

Schwer atmend erreichte sie die II. Frauenstation. Durch ihren Verstand echote der Gedanke, dass sie doch eigentlich Kaffee holen wollte, doch sie konnte nicht. Ihre Brust fühlte sich wie zugeschnürt an, und ihre Knie waren weich. Als die Tür hinter ihr ins Schloss gefallen war, sank sie auf die Knie und presste eine Hand auf den Mund. Ihr Herzschlag dröhnte in ihren Ohren, und ihr Kopf und ihr Hals schienen zu pulsieren.

In dem Augenblick ging eine Tür auf, kurz darauf kam jemand zur ihr gelaufen.

»Lilly, was ist?«, fragte Rudolph besorgt. »Fehlt dir etwas?«

Lilly schüttelte den Kopf. »SA-Männer sind im Haus. Sie … sie wollten zu einem ihrer Kameraden. Ich habe ihnen den Weg gezeigt.«

Am liebsten hätte sich Lilly in seine Arme geworfen. Aber sie konnte sich nicht rühren.

Die Erwähnung der Braunhemden ließ Rudolph erbleichen. Lilly schaute ihn an und legte eine Hand auf seinen Arm. »Geh besser nicht nach unten, wenn du das vorgehabt hast. Und sag vielleicht auch den Novaks Bescheid …«

Rudolph nickte, dann half er Lilly wieder auf die Beine. »Wird es gehen?«, fragte er.

»Ja.«

Lilly atmete tief durch. »Es ist das erste Mal, dass ich sie hier sehe.«

»Das liegt wahrscheinlich daran, dass wir hier oben arbeiten. Ich weiß von meinen Kollegen, dass sie es schon öfter mit denen zu tun hatten.«

»Schwester Maria sagte etwas davon, dass die Adventisten oft für Juden gehalten werden. Sie wissen es! Die Leute hier wissen, was da draußen vorgeht.«

Jetzt zog Rudolph sie in seine Arme. »Jeder weiß es. Doch solange sie in Ruhe gelassen werden, finden sie nichts dabei.«

»Und wenn sie nun …«

»Schsch«, machte Rudolph und strich ihr übers Haar. »Wir reden heute Abend darüber, ja? Schau am besten nach den Kindern, ich versuche die Novaks noch ein bisschen aufzuhalten.«

»Und der Kaffee?«

»Ich werde einer anderen Schwester Bescheid geben und den Novaks sagen, dass du von der Oberin abgefangen wurdest.«

»Pass auf dich auf, ja?«, bat Lilly.

»Natürlich.« Er gab ihr einen Kuss auf die Stirn, dann löste er sich von ihr.

Die Anwesenheit der SA-Leute war wie eine schwere Kette, die Lilly den ganzen Tag über anhing. Obwohl ihr Magen knurrte, verzichtete sie darauf, den Speisesaal aufzusuchen, aus Angst, den Männern über den Weg zu laufen. Auch wenn keiner von ihnen sie angefasst hatte, die Bemerkungen hatten ihr gereicht.

Erst nach Ende der Besuchszeit lief Lilly nach unten. Sie fühlte sich schwach und müde und brauchte unbedingt etwas zu essen. Innerlich verfluchte sie die Braunhemden und fragte sich, ob es notwendig war, einen der ihren hier zu behandeln.

Doch sie wusste, dass es nicht anders ging. Ärzte und Krankenschwestern mussten sich um Patienten kümmern, egal welcher Anschauung sie waren. Das verlangte ihr Ethos. Und so schlimm der Überfall auch war, sie wusste, dass Rudolph helfen würde, wenn einer von diesen Männern blutend vor ihm lag.

Obwohl das Abendessen noch nicht ganz fertig war, ergatterte Lilly ein Käsebrot und einen Apfel und schlang beides ausgehungert in sich hinein. Das Glas kalte Milch stürzte sie so rasch hinunter, dass sie davon einen leichten Anflug von Kopfschmerzen bekam.

Als sie für den Dienstwechsel ins Schwesternzimmer zurückkehrte, ging es ihr schon etwas besser.

Kurz nach ihr traf auch Martha ein. Die anderen Schwestern ließen noch auf sich warten, sie beide waren im Moment allein.

»Hattest du einen guten Tag?«, fragte Lilly, wie immer, wenn sie sie sah.

»Heute waren SA-Männer im Haus«, bemerkte Martha ganz aufgeregt. »Wirklich nette Burschen.«

»Nett?«, platzte es aus Lilly heraus. »Du kannst diese Kerle doch nicht nett finden!«

»Warum denn nicht?«, fragte Martha zurück. »Sie haben mich sehr freundlich angesprochen. Außerdem hat sich Adolf Hitler auf die Fahne geschrieben, dass es allen Deutschen besser gehen wird, wenn man ihn wählt. Und das können wir hier doch wirklich gebrauchen.«

Lilly presste die Lippen zusammen. Dass Martha sich für die NSDAP begeisterte, war ihr neu.

»Es ist ja demnächst Wahl«, redete Martha sich warm. »Wenn sie gewinnen, wird es bald wieder Arbeit geben. Dass es unserem Krankenhaus schlecht geht, liegt nur daran, dass die Leute kein Geld haben. Sie kurieren sich zu Hause, sterben vielleicht sogar und trauen sich nicht, einen Arzt aufzusuchen. Ins Krankenhaus kommen sie nur, wenn sie unbedingt müssen.«

Dem Waldfriede ging es schlecht? Nun, die III. Frauenstation war noch nicht wieder eröffnet worden, aber das lag daran, dass Dr. Conradi so lange fort gewesen war. Und hatten sie auf ihrer Station nicht immer gut zu tun?

»Wenn alle wieder Arbeit haben, wird auch die Badeabteilung wieder mehr zu tun bekommen. Wir alle werden davon profitieren!«

Lilly wusste nicht, was sie darauf sagen sollte. Hatte Martha noch nie erlebt, wie die Braunhemden mit Juden umgingen? Hatte sie nicht gesehen, wie Rudolph zugerichtet worden war?

Doch ehe sie Martha darauf hinweisen konnte, dass es SA-Leute gewesen waren, die den Professor angegriffen hatten, strömten die anderen Schwestern für die Ablösung durch die Tür.

***

Der Tag war ohne besondere Höhepunkte verlaufen, und Hanna fühlte noch genug Energie, um am Abend wieder an der Chronik zu arbeiten. Seit der Rückkehr des Doktors gab es endlich wieder positivere Dinge zu berichten, gleichzeitig spürte sie, dass sie im Gegensatz zu der Zeit seiner Abwesenheit weniger Muße hatte.

»Haben Sie eine Ahnung, wo das letzte Operationsbuch abgeblieben ist?«, fragte sie Dr. Conradi, während sich dieser aus seinem Kittel schälte. »Ich bräuchte es für die Statistik in der Chronik.«

»Ist es denn nicht an seinem Platz?«

»Nein, ich habe nachgeschaut. Es scheint zwischen den Chirurgen hin und her zu wandern.«

»Ich frage Dr. Lexow, möglicherweise hat er es mit in seine Privaträume genommen, um dort Eintragungen nachzuholen.«

»Vielen Dank, Herr Doktor«, sagte sie lächelnd und griff nach der Wanne mit den benutzten Instrumenten. Noch ein kleiner Abstecher in die Zentralsterilisation, und sie konnte sich an die Schreibmaschine setzen.

»Guten Abend, Schwester Hanna«, sagte da eine Männerstimme, kaum dass sie das Sprechzimmer hinter sich gelassen hatte.

Hanna zuckte zusammen, dann blickte sie auf.

»Herr Rasmussen!«

Ungläubig starrte sie den Anwalt an. Er trug Mantel und Hut, in der Hand hielt er eine Aktentasche. »Was machen Sie denn hier?«

»Ich bin auf Geschäftsreise«, antwortete er und trat näher. Ein breites Lächeln flammte auf seinem Gesicht auf. »Ein Klient braucht Unterstützung bei der Beteiligung an einer deutschen Firma. Ich dachte mir, wenn ich schon in Berlin bin, schaue ich mal nach Ihnen.«

»Das … ist sehr freundlich von Ihnen«, erwiderte Hanna. Im selben Augenblick fiel ihr ein, dass sie ihn seit dem Anruf wegen Dr. Conradi vor fast einem Jahr weder angerufen noch ihm geschrieben hatte. »Es tut mir leid, dass ich mich nicht mehr gemeldet habe …«

Rasmussen lachte. »Keine Sorge, ich nehme es Ihnen nicht übel. Ich hoffe nur, Ihrem Chef geht es jetzt wieder besser!«

»Es geht ihm gut. Vielen Dank noch mal, dass Sie sich damals für mich erkundigt haben.«

»Das war mir ein großes Vergnügen.« Er betrachtete sie eine Weile, drehte seinen Hut in den Händen, dann fragte er: »Hätten Sie Lust, mit mir auszugehen?«

»Heute Abend?«, fragte Hanna entgeistert.

»Sie haben hoffentlich keinen Spätdienst.«

»Nein, ich …«

»Dann spräche doch nichts dagegen, wenn wir beide uns in einem Restaurant unterhielten?«

In Hannas Bauch flatterte etwas. Seit sie Alexander Kirchfeld nähergekommen war, hatte sie dieses Gefühl nicht mehr gehabt.

Ich kann nicht, war sie versucht zu sagen. Doch die Worte wollten nicht über ihre Lippen.

»Nun kommen Sie schon, ziehen Sie die Schwesterntracht aus und schlüpfen Sie in ein ziviles Kleid. Was können Sie verlieren? Sie entgehen dem Krankenhausessen und hören etwas Neues.«

»Das Essen hier ist sehr gut«, entgegnete Hanna und spielte schon mit dem Gedanken, ihn in den Speisesaal mitzunehmen. Aber die Küchenmädchen würden dafür sorgen, dass es die Runde machte, und sie wollte sich nicht von Elisabeth, Grete oder gar Maria ausfragen lassen, wer der Mann an ihrer Seite war.

»In Ordnung«, sagte sie. »Ich ziehe mich um.«

54. Kapitel

Hanna war es nicht gewohnt, unter der Woche ein Lokal zu besuchen. Mit Leni traf sie sich manchmal in einem Café, hin und wieder sah sie auch Rosa, ihre Freundin aus früheren Zeiten, die geheiratet hatte und deren Tochter Nora mittlerweile schon acht Jahre alt war.

Mit einem Mann auszugehen, fühlte sich ganz und gar nicht richtig an. Aber absagen wollte sie Eike Rasmussen auch nicht. Immerhin hatte dieser sich in Skodsborg nach Dr. Conradis Befinden erkundigt. Dafür war sie ihm noch immer sehr dankbar.

»Das ist also das kulinarische Zentrum Berlins«, bemerkte Rasmussen scherzhaft, als sie sich in der kleinen Nische des Cafés niederließen.

»Es ist nur ein Café«, erwiderte Hanna. »Aber eines der besten, die wir hier haben.«

»Sind Sie öfter hier?« Er legte seinen Hut neben sich und strahlte sie an.

»Nein, aber die Patientinnen sind voll des Lobes.« Unsicher blickte Hanna sich um, fast erwartete sie, einige ihrer Patienten zu treffen. »Wir leben sehr abgeschieden und für uns. Man hat nicht viel Zeit für Vergnügungen, wenn man im Dienst der Gesundheit steht.«

»Das erlebe ich in Kopenhagen ganz anders«, sagte er. »Da trifft man Schwestern sogar in ihrer Tracht in den Lokalen an.«

»Ganz sicher keine Schwestern unserer Gemeinschaft«, entgegnete Hanna ein wenig befangen.

»Da haben Sie auch wieder recht.« Rasmussen schaute sie eine Weile an, dann fügte er hinzu: »Ich musste immer wieder an Sie denken. An unseren Spaziergang am Strand.«

Wenn Hanna ehrlich war, dachte auch sie gelegentlich an ihn. Aber meist versagte sie sich diese Gedanken, denn sie hatte nicht vor zu heiraten und Dr. Conradi im Stich zu lassen.

»Es tut mir wirklich leid, dass ich mich nicht gemeldet habe.«

»Das sagten Sie schon. Und ich wiederhole es noch mal: Ich bin Ihnen deswegen nicht böse. Ich habe mich einfach gefragt, was Sie so treiben, und deshalb bin ich hier.«

Hanna ließ einen flüchtigen Blick über seine Hand schweifen. Einen Ehering sah sie noch immer nicht.

»Ich bin hier und arbeite«, entgegnete Hanna. »Viel mehr gibt es nicht zu sagen. Zeit, um Urlaub zu machen, habe ich nicht.«

»Und wenn ich Sie nach Skodsborg einladen würde? Oder nach Kopenhagen? Da waren Sie sicher noch nicht, nicht wahr?«

Hanna schüttelte den Kopf. Im nächsten Augenblick erschien die Kellnerin und fragte nach ihren Wünschen. Hanna nahm eine heiße Schokolade, während sich Rasmussen ein Stück Apfelkuchen und eine Tasse Kaffee bestellte.

»Kein Kuchen?«, fragte er. »Ist das zu ungesund?«

»Kommt darauf an«, erwiderte Hanna. Die Wärme des Lokals durchdrang sie, und allmählich fühlte sie sich etwas sicherer, was bestimmt auch an der Art des Mannes vor ihr lag. »Aber ich habe gerade nicht viel Appetit.«

Die Kellnerin brachte ihre Bestellung in Windeseile. Während die Schokolade warm und süß ihre Kehle hinunterfloss, dachte Hanna wieder daran, wie vor zehn Jahren selbst Wasserkakao noch eine Besonderheit gewesen war.

»Wie läuft es in Ihrer Anwaltskanzlei?«, fragte sie Rasmussen, der seinen Kuchen sichtlich genoss und beinahe ausgehungert in sich hineinschaufelte.

»Recht gut. Wenngleich ich die politischen Entwicklungen in Deutschland ein wenig mit Sorge betrachte.«

»Inwiefern?«

»Keine Regierung scheint sich wirklich durchsetzen zu können. Bald findet schon wieder eine Wahl statt, wenn ich richtig gehört habe.«

»Das haben Sie.«

»Und die rechtsnationalen Kräfte erstarken immer mehr.«

»Auch das ist richtig.« Hanna hatte nicht viel Zeit, um auf politische Ereignisse zu achten, aber die Zeitung las sie nach wie vor.

»Auf welcher Seite stehen Sie?«, fragte er sie im nächsten Augenblick.

»Ich stehe auf keiner Seite. Nur an der Seite meiner Patienten und Ärzte.«

»Aber Sie müssen doch eine Meinung haben. Können Sie etwas mit Hitler anfangen oder nicht?«

Hanna schaute ihn verwundert an. Wieso wollte er sich jetzt über Politik unterhalten?

»Ich kann nur wenig bei Politik mitreden«, sagte sie. »Beeinflussen kann ich es ohnehin nicht. Wir normalen Menschen leben von einem Tag zum nächsten und hoffen, dass nichts Furchtbares passiert. Ich vertraue darauf, dass Gott uns durch alle Krisen helfen wird.«

Rasmussen wirkte ein wenig enttäuscht.

»Was ist mit Ihnen?«, fragte Hanna.

»Oh, ich bin der Meinung, dass wir diesen Hitler genau im Auge behalten sollten. Er verspricht den Aufschwung Ihres Landes, doch welchen Preis wird Deutschland zahlen müssen?«

»Das weiß ich nicht, aber was es auch ist, es wird Dänemark sicher nur wenig beeinflussen.« Hanna machte eine Pause, dann fügte sie hinzu: »Vielen Menschen hier geht es schlecht. Die Arbeitslosenzahlen steigen. Wir bekommen die Auswirkungen des Mangels täglich zu sehen: in ausgemergelten Körpern, in Form von Menschen, die sich vor dem Arzt scheuen, weil sie glauben, dass ihnen die Behandlungskosten über den Kopf wachsen. Es gibt auch in unserem Haus einige Leute, die sich eine starke Hand wünschen. Die wieder geordnete Verhältnisse haben wollen und nicht ständig scheiternde Regierungen.«

»Gehören Sie auch zu denen?«, fragte Rasmussen. Hanna spürte deutlich, dass sich sein Ton abgekühlt hatte.

»Ich gehöre zu jenen, die geordnete Verhältnisse wollen«, gab sie zurück. »Aber ich bin keine Unterstützerin Hitlers, wenn Sie darauf hinauswollen.«

Rasmussens Körper entspannte sich wieder. »Gut.«

Hanna runzelte die Stirn. War er nur hier, um mit ihr über Politik zu sprechen?

»Vielleicht sollten wir ein anderes Thema anschneiden«, schlug sie vor. »Ich bin für politische Unterhaltungen nicht die Richtige.«

Rasmussen nickte, dann sah er sie an und lächelte. »Nun, Schwester Hanna, ist es denn immer noch so, dass Sie nicht verheiratet sind?«

Hanna erwiderte sein Lächeln. »Natürlich. Ich wäre nicht mehr hier, wenn dem nicht so wäre.«

»Sie würden also nach wie vor alles für einen Mann aufgeben?«

»Ja«, erwiderte sie. »Aber ich liebe meinen Beruf und möchte ihn gegen kein anderes Leben tauschen.«

Rasmussen begleitete sie noch zurück zum Krankenhaus. Mittlerweile war es dunkel und auch ein wenig neblig. Der Lichtschein der Straßenlampen fiel wie lange Schleier auf den Bordstein.

Hanna war überrascht, dass ihr der Abend gefallen hatte, auch wenn sie über ernste Themen gesprochen hatten. Ein klein wenig wünschte sie sich, dass sie öfter mit ihm sprechen könnte.

»Denken Sie darüber nach, ob Sie mich in Kopenhagen besuchen wollen?«, fragte er, als sie am Krankenhaustor angekommen waren, so als hätte er ihren Gedanken lesen können.

»Das werde ich«, sagte Hanna mit einem Lächeln.

Er sah sie an, dann beugte er sich vor, und ehe sie zurückweichen konnte, gab er ihr einen Kuss auf die Wange.

»Bis bald, Schwester Hanna.« Er blickte ihr noch einmal tief in die Augen und wandte sich um.

Hanna blickte ihm mit klopfendem Herzen hinterher. Sie wusste nicht, warum, aber irgendwie gefiel ihr seine Art. In einem anderen Leben, in einem anderen Land hätte sie ihn schon seit ihrem Treffen in Skodsborg als Ehemann in Erwägung gezogen. Doch konnte sie ihr persönliches Glück über das Wohl des Krankenhauses stellen?

***

Müde und erschöpft machte Lilly sich auf den Weg zu Rudolphs Wohnung. Offiziell wohnte sie noch immer im Waldfriede, aber meist übernachtete sie bei Rudolph. Da sie morgens bei den Wachablösungen immer pünktlich zur Stelle war, fragte niemand nach. Genauso wenig wunderte sich Martha, dass ihre Ecke des Zimmers immer gleich aussah. Wahrscheinlich hatte sie so sehr mit sich selbst zu tun, dass sie nicht bemerkte, dass Lillys Bett im Waldfriede unberührt blieb.

Fröstelnd zog sich Lilly den Mantel vor der Brust enger, als sie in die Boltzmannstraße einbog. Die Erlebnisse des Tages saßen ihr in den Knochen, außerdem geisterten Marthas Worte durch ihren Verstand. Glaubte sie wirklich, dass das Wohl des Waldfriede an Adolf Hitler hing?

Lilly wurde klar, dass ihre unterschiedlichen Dienstzeiten dafür gesorgt hatten, dass sie ihre Zimmergenossin gar nicht richtig kannte. War sie eine glühende Anhängerin Hitlers? Besaß sie womöglich ein Parteibuch?

Vor Rudolphs Haustür stand Frau Berger, die Vermieterin, und unterhielt sich mit einer anderen Bewohnerin.

»Guten Abend!«, sagte Lilly, doch bevor auch sie in ein Gespräch verwickelt wurde, drückte sie kurz auf den Klingelknopf, damit Rudolph wusste, dass sie kam, schlüpfte durch den Türspalt und erklomm die Treppe.

Rudolph begrüßte sie diesmal nicht, stattdessen stand die Wohnungstür einen Spaltbreit offen. Musik ertönte aus dem Inneren. Wie immer hörte er Radio um diese Zeit, seine Art, auf Höhe des täglichen Geschehens zu bleiben.

Lilly trat ein, nahm ihre Tasche ab und hängte den Mantel an die Garderobe. Rudolph war irgendwo in der Wohnung zugange.

»Hallo?«, fragte sie.

»Lilly? Bist du das?«, tönte es aus der Küche.

»Nein, ein Einbrecher«, gab sie lachend zurück. Sie fand ihn vor dem Herd, wo er gerade dabei war, einen Topf kochendes Wasser herunterzuziehen. Der Duft von Kartoffeln hing in der Luft, vom Dampf waren die Fensterscheiben beschlagen.

»Oh, ein hübscher Einbrecher«, erwiderte er, dann küssten sie sich. »Entschuldige, dass ich dich nicht in Empfang genommen habe, die Kartoffeln drohten anzubrennen.«

»Nicht so schlimm, solange deine Tür offen steht.« Sie streichelte seine Wange, und er strich ihr eine Locke aus der Stirn.

»Hast du dich von dem Schrecken mittlerweile wieder erholt?«

»Es geht so«, sagte Lilly. »Auf jeden Fall werde ich dreimal schauen, ob diese Kerle im Haus sind, ehe ich mich unten blicken lasse.«

»Eigentlich hast du nichts zu befürchten. Du bist keine Jüdin, dazu noch blond und blauäugig …«

»Trotzdem fühle ich mich unwohl in ihrer Gegenwart. Und ich habe Angst um dich.« Sie schlang ihre Arme um seine Taille.

»Das brauchst du nicht. Ich passe auf mich auf.«

Lilly lehnte den Kopf an ihn. Sie wollte ihn nicht verärgern, indem sie ihn an seine Machtlosigkeit gegenüber der Schlägertruppe erinnerte.

»Die Novaks haben mich übrigens zu sich nach Prag eingeladen«, wechselte er das Thema. »Was meinst du, wollen wir Weihnachten dort verbringen?«

»Du weißt doch, dass ich an Weihnachten Benjamin besuche.«

»Dann zum Jahreswechsel. Die Stadt ist im Schnee sicher traumhaft schön.«

»Das klingt schon besser«, sagte sie. Sie waren bislang noch nie gemeinsam weiter weg gewesen. »Ich würde Prag sehr gern sehen.«

»Das wirst du. Und vielleicht machen wir im nächsten Sommer eine große Reise.«

»Wohin denn?«, fragte sie.

»Wohin du willst! Wir könnten nach Frankreich fahren. Nach Spanien, England oder Marokko.«

»Nach Afrika?«, fragte sie.

»Warum denn nicht? Die Leute im Waldfriede erzählen fantastische Geschichten über die Missionare, die dort tätig sind.«

»Ich wüsste mich gar nicht zu entscheiden.« Lilly füllte einen Topf mit Wasser und setzte ihn auf den Herd.

»Das brauchst du auch jetzt noch nicht.« Wieder küssten sie sich, dann sagte Rudolph: »Übrigens, wenn du dir anständig den Magen verderben möchtest, dann schau in die Tasche, die Herr Novak mir gegeben hat.«

»Hat er Schokolade mitgebracht?«

»Eine ganze Menge davon. Du solltest Benjamin etwas mitnehmen, wenn du ihn kommendes Wochenende besuchst.«

»Das wird ihn sehr freuen. Er liebt Schokolade!« Ein warmes Gefühl durchflutete Lilly, wenn sie sich Benjamins leuchtende Augen vorstellte. Die Angst, die sie noch am Nachmittag im Griff gehabt hatte, wich für einen Moment, und Lilly wünschte sich, dass es immer so bleiben würde.

Doch dann fiel ihr Martha wieder ein und ihre Schwärmerei für die NSDAP.

»Gehen wir am Wochenende gemeinsam zur Wahl?«, begann sie, während sie sich von ihm löste. Das Wasser begann allmählich zu kochen.

»Natürlich.«

»Und wenn sie dort auch sind?«

Eine Sorgenfalte erschien zwischen seinen Augenbrauen. Sie brauchte nicht zu erklären, wen sie meinte.

»Wir dürfen uns nicht unser Recht nehmen lassen, über die neue Regierung zu bestimmen, nicht wahr?«

Lilly senkte den Kopf. »Nein, aber was, wenn die Braunhemden uns nun angreifen?«

»Dann werden wir die Polizei rufen. Außerdem bezweifle ich, dass sie sich das wagen werden. Sie wollen doch die Stimmen der Leute.«

Lilly hoffte inständig, dass sich das bewahrheiten würde.

Einen Moment lang schwiegen sie, schließlich sagte Rudolph: »Eigentlich wollte ich an diesem Abend nicht über die Braunhemden reden, aber dennoch … Ich habe etwas für dich. Warte, ich hole es.«

Lilly zog fragend die Augenbrauen hoch. Rudolph wandte sich um, verschwand in der Küche und kehrte wenig später zurück. Mit einem geheimnisvollen Lächeln verbarg er beide Hände hinter dem Rücken und fragte verschmitzt: »Linke oder rechte Hand?«

Lilly überlegte kurz, dann sagte sie: »Rechte Hand.«

Rudolph nahm sie nach vorn und öffnete sie. Darin blitzte ein nagelneuer Schlüssel auf.

»Wofür ist der?«, fragte sie verwundert.

»Dafür, dass du in diese Wohnung kommen kannst, wann immer du möchtest«, entgegnete er. »Vielleicht freust du dich trotz der unheilvollen Begegnung darüber.«

»Und ob ich mich freue!«, rief Lilly aus, griff nach dem Schlüssel und presste ihn an ihr Herz. Das kühle Metall erwärmte sich schnell in ihrer Hand, es war, als würde er sogleich ein Teil von ihr werden.

Sie beugte sich vor und gab ihm einen Kuss. »Danke! Eine größere Freude hättest du mir heute nicht machen können.«

Rudolph zog die Augenbrauen hoch. »Wirklich nicht?«

Lilly sah ihn verwundert an. »Was meinst du?«

»Willst du denn gar nicht wissen, was in der anderen Hand ist?«

Erst jetzt bemerkte Lilly, dass er die andere Hand immer noch auf dem Rücken hielt.

»Ich dachte, ich sollte wählen.«

»Und hättest du links gewählt, hätte ich dir das zuerst gegeben.«

Er nahm die Hand hervor, in der er eine kleine blaue Schachtel hielt. Als er sie aufklappte, entdeckte Lilly einen schmalen goldenen Ring mit einem kleinen weißen Stein darin.

Der Anblick verschlug Lilly für einen Moment den Atem. Ein

Zittern rann durch ihren Körper, und ihr Herz begann zu klopfen. Eine Ahnung kam ihr.

»Da habe ich wohl eine schlechte Wahl getroffen«, begann sie mit einem kleinen Lächeln.

»Wer sagt denn, dass du nicht beides haben kannst?«

Rudolph lächelte, nahm den Ring aus dem Futter und sank vor ihr auf die Knie. »Ich habe nicht viel Ahnung davon.« Sein Gesicht glühte auf einmal rot wie eine Tomate. »Vielleicht bin ich auch nicht der romantischste Mann, aber … würdest du mich heiraten?«

Lilly konnte nichts anderes tun, als auf den Ring zu starren.

»Ja!«, platzte sie dann heraus, und Tränen stiegen in ihre Augen. »Natürlich will ich das!«

Sie beugte sich zu ihm hinunter und küsste ihn. Er erwiderte ihren Kuss, dann steckte er ihr den Ring an die linke Hand.

»Damit kann Frau Berger nicht behaupten, dass ich geschwindelt hätte, als ich dich als meine Verlobte vorgestellt habe«, sagte er lachend, zog sie in seine Arme und küsste sie.

55. Kapitel

Zehlendorf, 13. November 1932

Rudolphs Verlobte zu sein, gab Lilly ein neues, bisher nicht gekanntes Lebensgefühl. Sie meinte auf Wolken zu schweben und ertappte sich hin und wieder dabei, wie sie breit vor sich hinlächelte. Wünsche, die jetzt nicht mehr unerreichbar schienen, formten sich vor ihren Augen.

Dennoch überkamen sie ab und zu auch Zweifel. Hatte sie dieses Glück überhaupt verdient? Würde es sich durch irgendetwas doch noch in Luft auflösen?

Sie war sich mit Rudolph darüber einig, dass die Verkündung ihrer Verlobung im Haus in einem passenden Rahmen geschehen sollte. Früher oder später mussten es die Angestellten erfahren, wenn sie nicht schon längst etwas mutmaßten. Lilly sprach nur wenig mit Schwestern anderer Stationen, und auf Hannas Diskretion verließ sie sich. Aber irgendwann musste der Moment der Offenbarung kommen.

Wie würden es die anderen aufnehmen, dass sie mit dem Professor zusammen war und bald seine Frau werden würde?

Besonders Martha bereitete ihr in dieser Hinsicht Kopfzerbrechen. Hin und wieder äußerte sie sich während des Dienstes abfällig über Juden. Auch Lillys Einwände brachten sie nicht davon ab.

Und es gab auch noch einen anderen Grund, aus dem sie Martha nur ungern über den Weg lief oder mit ihr redete: Ihr war aufgefallen, dass Lilly besonders an Samstagen über Nacht wegblieb.

»Bist du da bei deinen Eltern?«, fragte sie einmal argwöhnisch. »Habt ihr euch wieder versöhnt?«

Lilly war nichts anderes eingefallen, als »Ja« zu sagen. Sollte sie denn Martha wirklich vor der Zeit auf die Nase binden, dass sie mit Professor Kirsch zusammen war? Abgesehen von der Tatsache, dass sie vielleicht der Neid packen würde, machte sie ihr jetzt, wo sie die Juden nicht mehr mochte, möglicherweise das Leben zur Hölle …

Nein, sie wollte gegenüber den anderen so wenig wie möglich preisgeben. Immerhin hatte sie Übung darin, ein Geheimnis zu bewahren.

Für den Sonntag nach den Reichstagswahlen meldete sich Dr. Rosenbaum bei Rudolph zu Besuch an. Lilly war darüber verwundert, denn im Waldfriede sprachen Rudolph und er nur selten miteinander und wenn, dann über Berufliches.

»Er hat mich gefragt, ob ich Zeit für ein Gespräch hätte. Da habe ich ihn eingeladen.«

»Und was will er?«

»Hat er mir noch nicht verraten, aber es hörte sich wichtig an.«

»Soll ich denn dabei sein?«, fragte Lilly, worauf Rudolph sie verwundert ansah.

»Warum denn nicht? Du bist meine Verlobte!«

»Dein Kollege weiß doch nichts von uns, nicht wahr?« Lilly legte den Kopf schräg. Außer ihnen, seiner Schwester und seiner Vermieterin hatten sie es noch niemandem gesagt. »Hoffentlich glaubt er nicht, dass ich mich an dich herangemacht hätte, weil du mein Chef bist.«

»Ach, hast du das nicht?«, fragte Rudolph lachend und zog sie auf seinen Schoß, dann küsste er sie. »Außerdem hat zumindest Schwester Hanna mitbekommen, wie wir zueinander stehen. Und ich denke, einige andere ahnen es ebenfalls. Wenn wir nächstes Jahr heiraten, ist es ohnehin offiziell.«

»Dann werde ich den Dienst quittieren müssen, aber bis dahin …« Widerstreitende Gefühle überkamen sie. Sie mochte ihre Arbeit im Waldfriede, war gern Schwester.

Wieder küsste er sie. »Mach dir keine Gedanken. Rosenbaum ist ein netter Mensch und ein guter Kollege. Ich bin gespannt, was er zu berichten hat.«

Als der Tag herangekommen war, begab sich Lilly schon früh in die Küche. Durch das geöffnete Fenster trug der Wind Glockenläuten in die Wohnung und wehte beinahe das kleine Heft vom Tisch, das Rudolph gestern dort hingelegt hatte.

Sarah hatte ihr darin einige Rezepte aufgeschrieben. Da Rosenbaum wie Rudolph Jude war, wollte sie ihm nichts auftischen, was gegen die Richtlinien seines Glaubens verstieß. Von Rudolph wusste sie mittlerweile, dass er manchmal fünfe gerade sein ließ. Er aß nie Schweinefleisch, worin ihm die Adventisten entgegenkamen. Aber in der Krankenhausküche konnte nicht darauf geachtet werden, dass die Mahlzeiten koscher waren.

Lilly machte sich an die Arbeit. Sie wusste mittlerweile, dass Juden zwischen Geschirr für Milchgerichte und Fleischgerichte unterschieden. Rudolph bildete da keine Ausnahme.

Sie achtete also darauf, dass sie für den Käsekuchen mit Kirschen die richtigen Töpfe und Backformen nahm. Das Rezept selbst sah überraschend vertraut aus. Sie hatte damit gerechnet, dass es auch hier eine leicht orientalische Note geben würde, aber das Käsekuchenrezept hätte so auch von ihrer Mutter stammen können.

Nach einer Weile betrat Rudolph die Küche. Er stellte sich hinter sie und legte seine Arme sanft um ihren Körper.

»Warum bist du eigentlich schon wach?«, fragte er und hauchte einen Kuss auf ihren Nacken. »Es ist Sonntag!«

Lilly schloss die Augen. Ein warmer Schauer durchzog ihren Körper.

»Ein Kuchen backt sich nicht von allein«, antwortete sie. »Besonders kein Käsekuchen.«

»Woher weißt du, dass das mein Lieblingskuchen ist?« Er begann, ihren Nacken zu liebkosen. Lilly war beinahe versucht, ihm nachzugeben und das Backen sein zu lassen. Aber sie wollte, dass er vor seinem Kollegen gut dastand.

»Ich habe geraten«, antwortete sie ehrlich. »Und ich glaube kaum, dass Sarah in einem Rezeptheft für mich Dinge aufgeschrieben hätte, die dir nicht schmecken. Schließlich kennt sie dich schon ihr Leben lang.«

»Das stimmt allerdings. Aber du hättest auch genauso gut Schokoladenkuchen machen können.«

»Bei den Kakaopreisen?«, gab Lilly zurück und lachte.

Eine Weile hielt er sie so, dann sagte er: »Weißt du, dass ich mich darauf freue, das hier schon bald jeden Tag zu haben?«

»Meinst du den Kuchen?«

»Nein, was ich gerade im Arm halte. Noch nie war mir ein Mensch so wichtig wie du.« Er küsste ihre Schläfe und wiegte sie sanft. Lilly schloss die Augen und erlaubte sich von Vormittagen wie diesen zu träumen, sorglos und mit Rudolph in der Nähe.

Ein betörend süßer Duft erfüllte wenig später die gesamte Wohnung. Lilly fühlte sich wie in einem Kokon aus Zuckerwatte, in dem nichts Schlimmes passieren konnte.

Am frühen Nachmittag schlüpften Rudolph und Lilly in Sonntagskleidung und warteten dann auf ihren Besucher.

»Und du weißt wirklich nicht, was er will?«, fragte Lilly, während sie sich nervös die Haare richtete.

»Nein«, erwiderte Rudolph. »Ich habe seit seiner Frage und meiner Einladung nicht mehr mit ihm gesprochen.«

Als es läutete, erhob sich Lilly und ging zur Tür.

»Oh, Schwester Lilly!«, sagte Rosenbaum überrascht.

Sie lächelte ein wenig unsicher. »Kommen Sie doch herein, Herr Doktor.«

Rosenbaum nickte und trat über die Schwelle. Ein verwunderter Blick traf sie. Bestimmt fragte er sich, was sie hier zu suchen hatte.

Lilly war sicher, dass Rudolph ihm die Erklärung gleich liefern würde. Sie nahm ihm Mantel und Hut ab und hängte beides an die Garderobe. Im nächsten Augenblick trat Rudolph aus dem Wohnzimmer.

»Seien Sie gegrüßt, Herr Kollege«, sagte er und reichte ihm die Hand. »Meine Verlobte kennen Sie ja aus dem Haus, nicht wahr?«

»Ja … natürlich«, gab Rosenbaum ein wenig verwirrt zurück. »Aber ich wusste nicht, dass Sie …« Er blickte Lilly an, als würde er sich fragen, wie diese Verbindung zustande gekommen war. »Masel tov! Meinen Glückwunsch.«

»Danke«, gab Rudolph zurück. »Treten Sie doch ein, Herr Kollege, und machen Sie es sich gemütlich.«

Mit etwas steifen Bewegungen folgte Rosenbaum dem Professor. Dabei ließ er seinen Blick über die Wände und die Einrichtung schweifen.

Lilly verschwand in der Küche. Den Tisch hatte sie bereits gedeckt, nur Kaffee musste sie noch kochen. Sie stellte den Kessel auf den Herd, tat Kaffeepulver in eine Kanne und wartete.

Die Männer im Wohnzimmer unterhielten sich über das Wetter und eine Knappheit von Schmerzmedikamenten, ausgelöst durch eine ausgebliebene Lieferung letzte Woche.

Als Lilly mit dem Kuchenteller hereinkam, verstummten sie, was ihr ein wenig merkwürdig erschien. Das Schweigen folgte ihr in die Küche, und sie redeten auch dann nicht, als sie mit der Kaffeekanne zurückkehrte.

»All die Mühe wäre doch nicht nötig gewesen«, sagte Rosenbaum verlegen.

»Wir können unseren Gast doch nicht unbewirtet lassen«, erwiderte Rudolph.

Rosenbaum nickte, doch er rührte den Kuchen immer noch nicht an.

»Die Sache ist die …«, begann er. »Ich habe Neuigkeiten. Beunruhigende Neuigkeiten.«

Rudolph runzelte die Stirn. »Ist etwas passiert?«

»Noch nicht. Aber es wäre bald möglich. Sie haben ja sicher mitbekommen, wie die Reichstagswahl verlaufen ist. Dass die NSDAP trotz großer Verluste stärkste Kraft im Land geblieben ist und dass weder SPD noch Zentrum eine Koalition mit dem bisherigen Reichskanzler Franz von Papen eingehen wollen.«

Rudolphs Miene verfinsterte sich. Sie sprachen kaum über Politik, Lilly wusste, dass ihm medizinische Erkenntnisse und Studien wichtiger waren. Doch an den Wahltag erinnerten sie sich noch gut. Belästigungen durch SA-Leute waren ausgeblieben, aber wohl nur, weil sie sehr früh am Morgen zum Wahllokal gegangen waren.

»Ich bin eher Mediziner als Politikexperte«, entgegnete er, was seinen Kollegen nur noch fahriger werden ließ.

»Es heißt, einige Industrielle und andere einflussreiche Männer haben eine Eingabe gemacht, in der sie sich für Hitler als Reichskanzler aussprechen. Nach dem Appell der Professoren im Sommer wurde dieser Wunsch nun schon zum zweiten Mal geäußert. Und wenn sich die anderen Parteien mit von Papen nicht einigen können, wird Hindenburg diesem Wunsch entsprechen.« Rosenbaum, der zu zittern begonnen hatte, hielt kurz inne. Mit einer fahrigen Handbewegung zog er ein Tuch aus der Tasche seines Jacketts und tupfte sich damit die Stirn ab. »Wissen Sie, was das für uns bedeuten kann?«

Rudolph schaute zu Lilly. Diese spürte, wie sich etwas in ihrem Magen zusammenballte. Wieder hatte sie den Angriff vor einigen Wochen vor sich. Die Braunhemden waren die Verkörperung der Wahlkampfversprechen, die Hitler gemacht hatte.

»Sie werden uns jagen wie die Karnickel!«, platzte Rosenbaum heraus, als Rudolph nicht antwortete. »Haben Sie dieses unsägliche Buch gelesen?«

»Das habe ich«, sagte Rudolph. »Aber sie werden es nicht wagen, gegen uns vorzugehen.«

»Und warum nicht?« Rosenbaums Stimme wurde schrill.

»Viele von uns haben im Großen Krieg gekämpft. Wir haben Blut für unser Vaterland vergossen.«

»Und dennoch haben diese Braunhemden Sie angegriffen, nicht wahr? Es bedurfte nur fünf Männer, die bereit waren, Ihnen den Schädel einzuschlagen!«

Rosenbaum zügelte sich. »Entschuldigen Sie, ich wollte nicht so harsch sein. Aber ich glaube, wenn Hitler an die Macht kommt, müssen wir sehen, dass wir uns und unsere Lieben in Sicherheit bringen.«

»Schon gut«, entgegnete Rudolph und blickte nachdenklich auf seinen Teller. Auch ihm schien der Appetit vergangen zu sein.

»Wenn es so kommen sollte«, begann Lilly zögerlich. »Was wollen Sie dann tun?«

Rosenbaum, der erst jetzt wahrzunehmen schien, dass sie mit am Tisch saß, zuckte mit den Schultern. »Ich weiß es nicht. Auswandern, nach Amerika vielleicht. Die meisten Leute in meiner Umgebung glauben nicht daran, dass es schlimm kommen wird. Sie haben noch keinen Plan. Und ich, ehrlich gesagt, auch nicht.«

»Haben Sie Familie?«, fragte Lilly.

»Ja«, antwortete er. »Meine Eltern und einen Bruder, der allerdings in Frankreich lebt.«

»Zu ihm könnten Sie doch gehen. Oder verstehen Sie sich nicht mit ihm?«

»Doch, wir verstehen uns gut. Und vielleicht ist es eine Möglichkeit.« Plötzlich schien alle Energie aus seinem Körper zu weichen. »Da ist noch eine andere Sache«, fuhr er zögerlich fort. »Ich … ich habe meine Wohnung verloren.«

»Was?«, fragte Rudolph entgeistert.

»Meine Hauswirtin hat mir zum Ende des Monats gekündigt.«

»Mit welcher Begründung? Sie sind Arzt und zahlen Ihre Miete doch sicher regelmäßig.«

Unter seinen Worten hörte Lilly allerdings eine Ahnung.

»Sie setzt mich wegen Eigenbedarfs auf die Straße«, antwortete Rosenbaum. »Angeblich möchte ihr Sohn mit seiner Frau ins Haus einziehen. Doch ich weiß, was der wahre Grund ist. Der Sohn ist in die

NSDAP eingetreten, und deshalb will sie keinen Juden mehr unter ihrem Dach beherbergen.«

Er schnaubte und fuhr dann bitter fort: »Und so wird es sich fortsetzen, wenn sie erst mal an der Macht sind.«

Lilly sah Rudolph die Erschütterung an. Sie erwartete fast, dass er sagen würde: »Das wird nicht passieren.« Doch er hätte es sicher auch nicht für möglich gehalten, bei einem Sonntagsspaziergang verprügelt zu werden.

»Wie kann ich Ihnen helfen?«, fragte Rudolph schließlich.

»Wenn ich bei Ihnen übernachten könnte … Fürs Erste nur …«

Rudolph blickte zu Lilly. Mit der abendlichen Zweisamkeit würde es dann vorbei sein.

»Könnten Sie nicht vorübergehend im Krankenhaus wohnen?«, fragte Lilly. »Soweit ich weiß, sind in einigen Schwesternzimmern Plätze frei. Natürlich würde man Sie nicht bei den Frauen einziehen lassen, aber …«

»Ich will niemandem die Unterkunft streitig machen. Außerdem …« Er stockte kurz. »Außerdem habe ich erfahren müssen, dass einige Mitarbeiter … nun ja, vorsichtig ausgedrückt, begeistert sind von den Ideen der NSDAP. Auch in unserem Haus.«

Lilly dachte an Marthas Bemerkung zurück. Darüber, wie »nett« die Braunhemden doch waren und wie sehr ihr das Programm der NSDAP gefiel, das versprach, den Leuten aus der Not zu helfen.

Würden einige aus der Waldfriede-Familie so weit gehen, Rosenbaum das Leben schwer zu machen? Das konnte sie sich kaum vorstellen bei dem eigentlich vorherrschenden Geist der Nächstenliebe …

Rudolph tippte sich nachdenklich mit dem Daumen gegen die Unterlippe. Nach einem kurzen Blick zu Lilly wandte er sich an Rosenbaum.

»Entschuldigen Sie uns einen Moment?« Er erhob sich und bedeutete Lilly mitzukommen.

Sie verschwanden im Schlafzimmer, wo Rudolph im Flüsterton sagte: »Ich hätte nicht damit gerechnet, dass seine Hauswirtin ihn rauswirft. Er ist doch Arzt!«

Lilly senkte den Kopf. »Willst du ihn hier wohnen lassen?«

Rudolph seufzte. »Ich werde wohl keine andere Wahl haben, wenn ich ihn nicht der Straße überlassen will.«

»Nun, ich habe ja mein Zimmer im Waldfriede, nicht wahr?«, sagte Lilly. »Und bis auf wenige Ausnahmen übernachte ich dort ja noch immer. Außerdem ist Dr. Rosenbaum ja nicht andauernd hier.«

Rudolph atmete erleichtert auf. »Gut, dann werde ich es ihm so sagen. Aber ich sage ihm auch, dass er sich um einen Ersatz bemühen soll.«

Lilly nickte. »Einverstanden.«

Er zog sie in seine Arme und küsste sie. Kurz darauf kehrten sie ins Wohnzimmer zurück. Dr. Rosenbaum hatte inzwischen sein Stück Kuchen verzehrt, ein paar Krümel klebten noch an seiner Lippe.

»Holen Sie Ihre Sachen ab und bringen Sie sie zu mir. Die Möbel werden Sie allerdings einlagern müssen.«

Rosenbaum sprang auf. »Wirklich?«

Rudolph nickte.

»Danke, das ist ausgesprochen freundlich von Ihnen!« Er stockte, dann fügte er hinzu: »Ich besitze keine eigenen Möbel, ich habe bisher immer möbliert gewohnt. Aber notfalls schlafe ich auf einer Matratze.«

»Nicht nötig, unser Gästezimmer ist bestens ausgestattet«, sagte Rudolph und blickte zu Lilly, die zustimmend nickte.

Als Rosenbaum fort war, blieb Rudolph nachdenklich vor dem Fenster stehen. Der graue Himmel bezog sich immer weiter, im Hintergrund schlug die Uhr vier. Seine Silhouette hob sich dunkel vom wenigen Licht ab, das durch die Gardinen fiel.

»Er hat recht, nicht wahr?«, fragte Lilly, als sie neben ihn trat. Rosenbaums Besuch hatte ihn sichtlich mitgenommen und ihm Furchen ins Gesicht gezeichnet.

»Ja«, antwortete er. »Auch wenn ich mir wünschen würde, dass dem nicht so wäre.«

»Und wenn sie Hitler zum Reichskanzler ernennen?«, fragte Lilly.

»Wir können nicht augenblicklich alles stehen und liegen lassen!«, gab Rudolph zurück. »Auch Dr. Rosenbaum kann das nicht. Wir werden abwarten müssen. Und hoffen.«

Hoffnung hätte uns gegen die Braunhemden nicht genützt, dachte Lilly bitter.

»Was, meinst du, wird geschehen?«, fragte sie leise.

»Das kann ich nicht sagen. Möglicherweise werden sie uns irgendwelche Beschränkungen auferlegen.« Jetzt wandte er sich um. »Ich weiß es wirklich nicht.«

Lilly ging zu ihm und schmiegte sich an ihn. Er roch noch immer ein wenig nach Kölnisch Wasser, sein Körper wirkte fest und stark. Als er seine Arme um sie schlang, fühlte sie sich geborgen. Gleichzeitig wusste sie, dass diese Arme nur wenig gegen Horden von prügelwütigen SA-Leuten ausrichten konnten. Dass sie irgendwann, wenn die Zeiten schlechter wurden, ausweichen mussten an einen Ort, wo die Braunhemden sie nicht erreichen konnten.

»Wenn wir von hier fortgehen müssen«, begann Rudolph nach einer Weile, »was wird dann aus deinem Sohn?«

Diese Frage überraschte Lilly so sehr, dass sie zunächst nicht darauf antworten konnte.

»Willst du ihn weiterhin bei deiner Tante lassen?«

»Ich weiß nicht«, sagte Lilly zögerlich. »Jedes Mal, wenn ich dort bin, wünschte ich mir, ich könnte ihn mitnehmen.«

»Deine Tante ist mit einem NSDAP-Mann liiert. Er wird es sicher nicht gern sehen, dass du einen Juden heiratest.«

»Nein, das wird er nicht«, gab Lilly zurück. »Aber es ist mir egal, was er sagt. Ich habe keine Verbindung zu ihm.«

»Durch deinen Sohn recht wohl.«

Lillys Magen krampfte sich zusammen, dann sprach Rudolph aus, was sie dachte.

»Wenn es so kommt, dass ich hier nicht mehr bleiben kann, was dann?«

Lilly wusste nicht, was sie antworten sollte. Ihre Gedanken rasten. Würde sie Benjamin bei Cäcilia zurücklassen können?

Sicher, sie sah ihn nicht oft, und sie hatte sich daran gewöhnt, dass ihre Tante für ihn sorgte. Aber sie erinnerte sich noch sehr gut, wie sie sich über die vorgeschlagene Namensänderung aufgeregt hatte. Wie ihr der Gedanke, Reinhard Heller über ihn bestimmen zu lassen, unerträglich erschienen war.

Was sollte sie tun, wenn die Situation sie zwingen würde, zwischen Rudolph und Benjamin wählen zu müssen?

Dr. Rosenbaum fand sich zwei Wochen später in Rudolphs Wohnung ein. Lilly hatte noch einmal geputzt und für Ordnung gesorgt, während Rudolph das Gästezimmer auf Vordermann brachte.

Es fiel ihr schwer, sich wieder daran zu gewöhnen, jeden Tag in der Klinik zu schlafen. Die Geräusche waren anders, und einige der Jungschwestern hielten die Nachtruhe nicht sonderlich sorgfältig ein. Außerdem kehrten die Erinnerungen an Gerda zu ihr zurück, manchmal sogar im Traum.

Wenn Lilly Rudolph besuchte, blieb Dr. Rosenbaum in seinem Zimmer, sofern er keinen Nachtdienst hatte. Dennoch fühlten sie sich befangen und hüteten sich vor Intimitäten.

»Was meinst du, wie lange wird er bleiben?«, fragte sie, als der Dezember begann. Sie saßen auf dem Sofa im Wohnzimmer, während Rosenbaum in seinem Zimmer hörbar rumorte.

»Ich weiß es nicht«, sagte Rudolph. »Er hat kaum Zeit für die Suche. Ich habe schon Bekannte gefragt, aber die schulden mir immer noch eine Antwort.«

Er zog sie in seine Arme. »Keine Sorge, sobald das neue Jahr kommt, wird er eine Bleibe finden. Er ist eigentlich kein unangenehmer Zimmergenosse. Er redet wenig. Aber er hat mir erzählt, dass er zwischen Weihnachten und Neujahr in den Urlaub fahren wird.«

»Wirklich?« In Lilly formte sich eine Idee. Sie dachte eigentlich schon eine Weile daran, doch nun schien die Zeit reif zu sein, Rudolph davon zu berichten. »Was hältst du davon, wenn ich Benjamin zwischen Weihnachten und Neujahr nach Berlin hole?«

Rudolph hob überrascht die Augenbrauen. »Dann möchtest du tatsächlich, dass ich ihn kennenlerne?«

»Unbedingt«, antwortete sie und schmiegte sich an ihn. »Schließlich muss ich doch wissen, ob ihr beide euch gut vertragt.«

56. Kapitel

Hamburg, 25. Dezember 1932

Mit ihrem Entschluss, Benjamin bis Neujahr zu sich zu holen, stieg Lilly am Morgen des ersten Weihnachtstages in den Zug nach Hamburg. Rudolph hatte dafür gesorgt, dass sie Urlaub bekam, und so konnten sie die Tage nutzen, um den Jungen schon ein wenig an Rudolph zu gewöhnen.

Sie hatte sich die Worte zurechtgelegt, mit denen sie ihrer Tante den Wunsch erklären wollte, und war sicher, dass auch ihr Sohn nichts gegen einen kleinen Ortswechsel haben würde.

Außer ihr saßen nur zwei Männer im Zugabteil. Einer schlief, und einer war in die Lektüre seiner Zeitung vertieft. Darin wurde in großen Lettern über neue Notverordnungen für das Jahr 1933 spekuliert, und ein Artikel warf die Frage auf, ob Adolf Hitler ein geeigneter Reichskanzler wäre.

Lilly wandte den Blick dem Fenster zu, an dem die letzten Häuser Berlins vorbeihuschten. Ein kühler Schauer überzog sie und brachte sie dazu, sich tiefer in ihren Mantel zu kuscheln. Wie gern wäre sie jetzt bei Rudolph!

Die Pläne einer Pragreise hatten sie aufgegeben, aber bis Silvester war Dr. Rosenbaum bei seinen Eltern in Niedersachsen. Das bedeutete, dass Lilly die Wohnung und Rudolph für sich hatte. Nun ja, vielleicht nicht ganz für sich, wenn sie Benjamin hinzurechnete. Sie war gespannt, wie Rudolph auf ihn wirken würde. Auch wenn er auf den ersten Blick ein wenig ernst schien, konnte er sehr gut mit Kindern umgehen. Und sie fragte sich, wie es sich anfühlte, eine Familie zu sein – jedenfalls für ein paar Tage.

Nach fast drei Stunden fuhr der Zug in den Hamburger Hauptbahnhof ein. Lillys Magen kribbelte vor Aufregung. Mit raschen Schritten näherte sie sich dem Haus ihrer Tante.

Der Duft von Weihnachtsbraten strömte ihr entgegen, als sie die Treppe zu Cäcilias Wohnung erklomm. Das Essen war bei ihr immer gut, und Lilly hoffte inständig, dass Heller die Festtage wieder bei seiner Familie verbringen würde.

Vor der Tür strich sie ihren Mantel glatt, straffte sich und klingelte.

Schritte ertönten, dann wurde geöffnet.

»Hallo Lilly«, sagte Reinhard Heller gut gelaunt.

Vor Überraschung brachte Lilly zunächst keine Erwiderung hervor. Ihr Vorhaben, Benjamin mitnehmen zu wollen, schwankte auf einmal bedrohlich wie ein Kartenhaus im Wind. Wenn Heller da war, verhielt Cäcilia sich anders, war noch abweisender als ohnehin schon.

»Du … bist hier?«, fragte sie schließlich.

»Ja. Überrascht dich das?«

»Ein wenig.«

»Nun, ich habe den Besuch bei meinen größeren Kindern um einen Tag verschoben. Deine Tante war mir wichtiger.«

Ein ungutes Gefühl beschlich Lilly. Am liebsten hätte sie auf dem Absatz kehrtgemacht, doch da spürte sie das Geschenk für Benjamin in ihrer Tasche. Ihn konnte sie nicht enttäuschen.

»Hallo Lilly!«, begrüßte Cäcilia sie ungewohnt fröhlich. Sie hatte sich eine Servierschürze vor ihr Kleid gebunden, ihre Haare trug sie im Nacken zu einem Dutt gesteckt. »Leg ab und geh schon mal in die Stube. Benjamin wartet auf dich.«

Tatsächlich sah sie ihren Sohn vor dem Tannenbaum sitzen.

»Lilly!«, rief er wie immer und kam auf sie zugestürmt. Er trug eine beigefarbene Hose und ein hellblau kariertes Hemd, seine Haare waren ordentlich gescheitelt und glatt gekämmt. Sie fing ihn auf und drückte ihn an sich. Wenn sie ihm doch nur sagen könnte, dass sie seine Mutter war!

»Du hast dich aber hübsch gemacht!«, sagte sie und zog das Geschenk aus der Tasche. »Hier, mein Schatz, ich habe etwas für dich.«

Der Junge riss das Geschenkpapier auf und schaute sie mit großen Augen an. Es war eine schmale Ausgabe von Grimms Hausmärchen. »Ich kann doch noch nicht alles lesen.«

»Aber bald kannst du es«, sagte sie. »Jeden Tag, den du zur Schule gehst, lernst du mehr Wörter. Und vielleicht mag dir …« Sie stockte. Sie brachte das Wort »Mutter« in Verbindung mit Cäcilia nicht über die Lippen. »… jemand daraus vorlesen«, sagte sie stattdessen.

»Du kannst mir doch vorlesen!«, sagte er mit leuchtenden Augen. »Bleibst du heute Abend hier?«

Lilly dachte an die ungewohnt fröhliche Stimmung ihrer Tante. Vielleicht würde sie sich freuen, wenn sie ihren neuen Verehrer mal ein wenig für sich hatte. Also beschloss sie, ihren Sohn kurzerhand zu fragen.

»Benjamin, hättest du Lust, für ein paar Tage mit mir nach Berlin zu kommen?«

Die Augen des Jungen weiteten sich überrascht, dann trat ein breites Lächeln auf sein Gesicht. »Wirklich?«

Lilly nickte. »Wir könnten in den Zoo gehen und uns die Stadt anschauen. Und ich könnte dir zeigen, wo ich wohne. Ich bin sicher, das wird dir Spaß machen.«

»Au ja!«, rief der Junge, dessen Wangen vor Aufregung zu glühen begannen, und klatschte in die Hände. »Darf ich Mama Bescheid sagen?«

»Ich würde vorschlagen, wir warten damit bis nach dem Essen. Ich werde mit ihr sprechen.« Liebevoll strich sie ihm eine Locke aus dem Gesicht und lächelte ihn breit an. Ein warmes Gefühl breitete sich in ihrer Brust aus. »Wenn sie nichts dagegen hat, nehme ich dich heute Abend schon mit!«

Wenig später trug Cäcilia das Mittagessen auf: Gans, Klöße, Rotkohl, so wie es früher auch bei ihnen zu Hause üblich war. Gut gelaunt bat sie Lilly, zuzugreifen. Die gesamte Mahlzeit verlief so harmonisch, wie es Lilly zuvor noch nie erlebt hatte. Doch ein Gefühl sagte ihr, dass dieser Friede trügerisch war.

Nach dem Essen setzte sich Lilly mit Benjamin auf das Bett in seinem Zimmer und las ihm das Märchen von Hänsel und Gretel vor, die im Haus der Knusperhexe gefangen waren. Es war vielleicht nicht ganz gerecht, dass sie sich ihre Tante Cäcilia in der Rolle der Knusperhexe vorstellte, aber es zauberte ihr ein Lächeln auf das Gesicht.

Als sie auf die Toilette gehen wollte, fing Cäcilia sie ab und bat sie ins Wohnzimmer. Heller und Cäcilia musterten sie auf eine Weise, die ihr das Gefühl gab, einen Stein anstelle einer Gänsekeule gegessen zu haben.

»Wir wollen dir ein Angebot machen«, begann Cäcilia, kaum dass sie sich gesetzt hatte.

»Und was für eines?«, fragte Lilly, während sie zwischen ihr und ihrem Freund hin- und herblickte.

»Wir möchten Benjamin adoptieren.«

57. Kapitel

Lilly starrte in den Toilettenspiegel. Sie war, ohne auf ihre Tante zu reagieren, an ihr vorbeigeeilt. Auf das Waschbecken gestützt, hatte sie ihre Worte auf sich wirken lassen.

Wie konnten sie nur? Cäcilia und Heller wollten ihren Sohn adoptieren?

Lilly spürte, wie sich ihr Herz zusammenkrampfte. Mit allem hätte sie gerechnet, aber nicht damit.

»Nein!«, flüsterte sie leise. »Nein, das dürft ihr nicht.«

Sie drehte den Wasserhahn auf, wusch sich die Hände. Dabei spürte sie, wie sich der Zorn in ihr zusammenballte. Sie war Cäcilia dankbar, dass sie Benjamin aufgenommen hatte, aber das ging zu weit.

Rasch trocknete sie sich die Hände ab. Auf dem Weg zum Wohnzimmer schaute sie in Benjamins Zimmer: »Ich würde gern etwas mit Tante Cäcilia besprechen, spielst du ein bisschen für dich, bis ich wiederkomme?«

Benjamin nickte und stürmte zum Fenster, unter dem die Spielzeugkiste stand. Lilly zwang sich zu einem Lächeln, schloss die Tür und richtete sich auf. Ihr Innerstes zitterte. Sie rieb sich die schweißfeuchten Hände an ihrem Rock ab, dann betrat sie das Wohnzimmer.

Heller und Cäcilia sahen sie erwartungsvoll an.

»Ah, da bist du ja«, sagte ihre Tante. »Für den Fall, dass du mich vorhin nicht verstanden hast …«

»Ich habe verstanden«, sagte sie und verschränkte die Arme vor der Brust. »Die Antwort ist nein.«

Cäcilias Augen verengten sich zu schmalen Schlitzen. Doch es war Heller, der das Wort ergriff. »Hör uns an, Lilly. Es wäre zu seinem Besten. Er ist hier aufgewachsen, kennt nichts anderes als uns. Wir können ihm ein Leben bieten, das er bei dir nicht hätte.«

»Und wer sagt euch das?« Lilly sprang auf. »Ich bin seine Mutter!« Am liebsten wäre sie aus dem Raum gelaufen, doch Cäcilia erhob sich ebenfalls, drohend wie ein Turm.

»Wo war sie denn die ganze Zeit, deine Mutterliebe?«, fragte sie höhnisch. »Du warst doch froh, dass du ihn losgeworden bist, deinen Bastard! Du hast ihm Geld geschickt, aber keine Anstalten gemacht, ihn zu dir zu nehmen.«

»Du weißt ganz genau, dass es die Entscheidung meiner Eltern war, ihn zu dir zu geben«, entgegnete Lilly vor Wut zitternd. »Außerdem, wie hätte ich Arbeit finden sollen?«

Cäcilia schnaufte spöttisch, doch bevor sie ihr an den Kopf schleudern konnte, was sie dachte, griff Heller nach ihrer Hand. Ihre Tante verstummte augenblicklich.

»Wir verstehen das, Lilly«, sagte er begütigend. »Und es ist jetzt nicht der richtige Moment, um über Vergangenes zu streiten. Es geht um die Zukunft des Kindes.«

Heftig atmend starrte Lilly ihre Tante an, deren Augen wütend blitzten.

»Wir möchten eine friedliche Lösung«, fuhr er fort. »Cäcilia? Lilly? Setzt euch doch wieder. Wir können die ganze Sache gütlich bereinigen.«

Bereinigen? Was gibt es hier zu bereinigen?, fragte sich Lilly aufgebracht. Erst nach einer Weile war sie imstande, sich in einen Sessel sinken zu lassen. Ihr Körper blieb dabei gespannt wie eine Feder.

»So ist es gut«, sagte Heller wie ein Zirkusdompteur, der nicht wollte, dass seine Raubkatzen aufeinander losgingen und ihm den Auftritt ruinierten.

»Lilly, dein Sohn ist wirklich ein Prachtbursche«, sagte er. »Er ist alles, was sich ein deutscher Vater wünschen kann! Ich verspreche dir, ich werde ihm eine Ausbildung ermöglichen, die kaum ein Junge seiner Herkunft geboten bekommen würde.«

Ein Junge seiner Herkunft? Lilly fühlte sich, als würde der Boden unter ihr schwanken. Vielleicht wäre jetzt der richtige Moment, um zu verschwinden. Sollten sich Heller und erst recht Cäcilia ihre Vorschläge an den Hut stecken!

Aber sie war zu schwach, zu zittrig, um erneut aufzuspringen.

»Du bist unverheiratet und arbeitest den ganzen Tag«, fuhr Heller fort.

»Ich bin Krankenschwester!«, fauchte Lilly. Sie konnte es nicht ertragen, dass er sie immer noch für ein Flittchen hielt und vielleicht dachte, sie würde anschaffen gehen, um den Unterhalt für ihr Kind zu zahlen.

»Und als solche bist du von großem Wert für das Reich, für alle Pläne, die Adolf Hitler mit Deutschland hat. Doch ein gutes Elternhaus kannst du ihm nicht bieten.«

»Kann ich nicht?«, fragte Lilly, und es lag ihr schon auf der Zunge, von ihrer Verlobung zu erzählen. Doch sie hielt es für besser, zu schweigen. Wenn Heller Benjamin schon einen anderen Namen geben wollte, was würde er dazu sagen, wenn sie mit einem jüdischen Professor zusammen war?

»Bedenke die Vorteile für dich«, meldete sich Cäcilia nun. Ihre Worte klangen nun wieder ruhiger. »Du wärst frei. Wenn du einen Mann kennenlernst, wird der nichts von deiner Schande erfahren. Du kannst eine neue Familie aufbauen, unbelastet von der Vergangenheit. Außerdem fallen dann die Zahlungen für dich weg. Für den Fall, dass du dich entscheidest, weiterhin arbeiten zu gehen.«

Die Worte prasselten auf sie herab wie kalter Regen. Alles in Lilly schrie danach, Benjamin aus seinem Zimmer zu holen und mit ihm zu verschwinden, doch ihre Gliedmaßen gehorchten nicht. Wie gelähmt blieb sie sitzen und fühlte sich gleichzeitig, als würde sie in einen tiefen Abgrund fallen.

»Überlege es dir«, hörte sie Heller wie durch Watte sagen. »Du hast noch Zeit bis zu unserer Hochzeit im Frühjahr. Es ist ein großer Schritt, das wissen wir, aber wie Cäcilia sagte, hast du nur Vorteile davon.«

Lilly hatte keine Ahnung, was sie tun sollte. Natürlich würde Heller ihm einen neuen Namen geben. Einen, der seinen Ansichten entsprach. Ihrer Tante würde es egal sein, wenn es ihr damit gelang, diesen Mann zu halten.

»Und wenn ich es nicht will?«, hörte sie sich fragen.

»Dann wirst du ihn zu dir nehmen und sehen, wie du zurechtkommst«, sagte Cäcilia kalt. »An meine Tür brauchst du dann nicht mehr zu klopfen.«

Der Wind pfiff kalt durch das offene Bahnhofstor. Schneeflocken tanzten im Schein der Straßenlampen. Die Dunkelheit lag wie ein dicker Mantel über der Stadt. Es herrschte lange nicht so viel Betrieb wie sonst, aber auch jetzt waren Leute unterwegs.

Eigentlich hätte sie längst im Zug nach Berlin sitzen sollen, doch Lilly hockte wie betäubt auf der Bank in der Wartehalle und versuchte zu begreifen, was geschehen war. Anstatt Benjamin wie geplant mitzunehmen, war sie wutentbrannt aus der Wohnung gestürmt.

Der Vorschlag ihrer Tante wühlte in ihrer Brust. Alles in ihr sträubte sich dagegen, ihren Sohn Cäcilia und Heller zu überlassen. Aber wie sollte sie es anstellen? Wo sollte sie ihn unterbringen?

Es wäre zu viel verlangt, Rudolph darum zu bitten, ihn schon jetzt dauerhaft aufzunehmen. Auf ihn aufpassen konnte er natürlich auch nicht, denn er musste zur Arbeit. Und ins Waldfriede konnte sie den Jungen nicht mitnehmen. Sie war sicher, dass man ihr auf der Stelle kündigen würde, wenn man erfuhr, dass sie ein Kind hatte.

Doch konnte sie ihn bei Cäcilia und Heller lassen?

Sie wusste, dass ihre Tante gut für den Jungen sorgte. Doch liebte sie ihn? Bei den letzten Besuchen hatte sie eher das Gefühl gehabt, dass er auch ein Mittel zum Zweck war, Reinhard Heller zu halten. Heller schien Benjamin bereits in einer SA-Uniform zu sehen. Allein der

Gedanke, dass sich ihr Sohn zu einem jungen Mann entwickeln könnte, der Juden verprügelte, schnürte ihr den Hals zu.

Die Worte ihrer Tante hallten durch ihren Verstand.

Dann wirst du ihn zu dir nehmen und sehen, wie du zurechtkommst. An meine Tür brauchst du dann nicht mehr zu klopfen.

War der Moment gekommen?

Das Schlimmste dabei war allerdings, dass sie Benjamin zurückgelassen hatte. Was würde der Junge jetzt von ihr denken? Hatte er den Streit bemerkt? Glaubte er, sie habe ihr Wort gebrochen?

Ich hätte ihn gleich mitnehmen sollen, dachte sie und spürte, dass Tränen in ihr aufstiegen. Hastig wischte sie diese vom Gesicht und blickte auf die Bahnhofsuhr. Zwanzig nach zehn. Sie könnte zurückgehen und ihn holen. Aber Heller war sicher noch da, und wer wusste schon, was dann geschah?

Und wenn sie zurückfuhr? Es gab noch einen Nachtzug, den würde sie auf jeden Fall erwischen. Rudolph machte sich bestimmt schon Sorgen, wo sie abblieb. Er wusste nur, dass sie mit Benjamin zurückkehren wollte. Ein Telefon hatte er, doch es war bisher nicht nötig gewesen, seine Nummer auswendig zu lernen.

Dennoch konnte sie sich nicht aufraffen, zum Bahnsteig zu gehen. Sie dachte wieder daran, dass Frau Gebhard eine Nacht auf einer Bank in Kauf genommen hatte, um in der Nähe ihrer Tochter zu sein. Auch sie hätte zurückfahren können, aber das hatte sie nicht getan. Und Lilly konnte es ebenso wenig.

Schwerfällig erhob sie sich und ging tiefer in das Bahnhofsgebäude hinein. Zum Glück hatte sie kaum Gepäck bei sich, doch das wenige, das sie besaß, schob sie unter ihre Jacke und legte sich dann auf eine der freien Bänke. Viel Schlaf würde sie nicht bekommen, aber ihr Körper benötigte dringend Ruhe. Sie musste eine Entscheidung treffen, das spürte sie, nur welche?

Ein wenig kam sie sich vor wie damals, als sie ihr Elternhaus verlassen hatte. Der Unterschied war nur, dass es Sommer gewesen war und die Nächte nicht im Entferntesten so kalt gewesen waren wie in diesem Augenblick. Dennoch gelang es ihr beinahe, wegzudösen, bis sie spürte, wie sich jemand an ihrem Mantel zu schaffen machte. Als sie hochschreckte, sah sie in das Gesicht einer zerlumpten alten Frau, die gerade die Hand in ihre Manteltasche geschoben hatte. Lilly fuhr mit einem Aufschrei hoch.

Die Alte wich hastig zurück, spuckte vor sie auf den Boden und ging vor sich hin murmelnd weiter.

Lilly rang nach Atem, versuchte, sich zu beruhigen. Was hatte sie erwartet? Dass sie unbehelligt wie im Garten des Waldfriede schlafen konnte? Schlagartig verging ihr die Müdigkeit, sie setzte sich auf und presste ihre Handtasche an sich. Einige Männer blickten zu ihr herüber, hohlwangige Gestalten mit tief in den Höhlen liegenden Augen. Angst überkam sie. Was würde diese Leute davon abhalten, sie auszurauben? Oder ihr Schlimmeres anzutun?

Vielleicht hätte ich doch besser in ein Lokal gehen sollen, dachte sie, doch dann fiel ihr ein, dass die meisten Kneipen um diese Zeit sicher schon geschlossen waren. Und wer sagte, dass es ihr dort besser erging?

In den restlichen Stunden lief sie umher, um der Kälte zu widerstehen, und machte Ruhepausen auf den wenigen freien Bänken. Der Mantel bot schon lange kaum noch Schutz, und ihre Füße fühlten sich in den Stiefeln wie Eisblöcke an. Sie bemerkte, dass auf den anderen Bänken ebenfalls Leute lagen, die versuchten, Schlaf zu bekommen.

»Wird Zeit, dass dieses Pack von der Straße geholt wird!«, hörte sie irgendwann im Halbschlaf eine harsche Männerstimme schimpfen, doch niemand erschien, der sie vertrieb.

Gegen Morgen belebte sich der Bahnhof wieder. Die Obdachlosen verschwanden, die ersten Züge trafen ein, und die große Halle füllte sich langsam mit Fahrgästen.

Müde und erschöpft schleppte Lilly sich um kurz nach sieben Uhr zu Cäcilias Haustür. Sie wusste, dass Heller heute bei seinen älteren Kindern sein würde – nur ihretwegen hatte er den Besuch verschoben.

»Wer ist da?«, fragte die Stimme ihrer Tante durch die Gegensprechanlage.

»Lilly«, antwortete sie.

Sie spürte das Zögern, dann schnappte das Türschloss auf. Ein leichter Schwindel erfasste Lilly, als sie die Treppen erklomm. Tat sie das Richtige? Oder ruinierte sie in diesem Augenblick ihr Leben?

Cäcilia empfing sie vor der Wohnungstür. »Hast du etwas vergessen?«

Lilly straffte sich. »Ich bin gekommen, um Benjamin abzuholen.«

»Abholen?«, fragte Cäcilia verwundert, als hätte es die gestrige Unterredung nicht gegeben.

»Ich habe mich dagegen entschieden, ihn zur Adoption freizugeben. Ich werde ihn nach Berlin mitnehmen. Jetzt gleich.«

Cäcilia neigte den Kopf zur Seite, schüttelte ihn dann und sagte: »Was redest du denn?«

»Ich bin seine Mutter. Du hast doch selbst gesagt, dass ich ihn, falls ich mich gegen die Adoption entscheide, mit zu mir nehmen soll.«

Cäcilias Blick wurde hart, dann lachte sie spöttisch auf. »Ach, jetzt bist du auf einmal seine Mutter?«

»Das bin ich, und ich werde es auch bleiben. Ich werde ihn euch nicht überlassen.«

Lilly stieß ihre Tante beiseite und stürmte in den Gang. »Benjamin!«, rief sie. »Wo bist du, mein Schatz?«

»Hier!«, tönte es aus dem Wohnzimmer.

Im nächsten Augenblick war Cäcilia bei ihr, ergriff ihren Arm und riss sie noch vor der Tür zurück. »Und wie willst du für ihn sorgen? Du hast keinen Mann!«

Lilly rang mit sich. Eigentlich wollte sie ihrer Tante nichts von dem freudigen Ereignis erzählen, doch jetzt spürte sie, dass Cäcilia sie nicht gehen lassen würde, bevor sie diesen Umstand nicht geklärt hatten.

»Ich bin seit einem Monat verlobt!«, sagte sie, zog sich den Handschuh von der Hand und zeigte ihr den Verlobungsring, den sie Stunden zuvor noch verborgen hatte. »Er ist Arzt und nimmt Benjamin mit Freuden bei sich auf.«

Cäcilias Griff lockerte sich, ihre Augen weiteten sich. »Warum hast du nichts davon erzählt?«

»Weil ihr mich mit eurem Vorschlag regelrecht überfallen habt! Ich wollte Benjamin eigentlich bis Neujahr mitnehmen. Und im Laufe des kommenden Jahres hätte ich ihn zu mir geholt, ganz wie du es immer haben wolltest!«

»Das ist also der Dank dafür, dass ich für ihn gesorgt habe«, sagte Cäcilia mit finsterer Miene.

»Ich bin dir dankbar! Aber letztlich hast du von meinem Geld mitgelebt!« Lilly riss sich los und stürmte voran. »Benjamin?«

Der Junge stand mit dem Schwert in der Hand vor ihr und starrte sie verwundert an. »Tante Lilly, wo warst du denn gestern?«, fragte er.

Lilly registrierte, dass er bereits in Hose und Pullover steckte.

»Es tut mir leid, mir ging es gestern nicht gut und ich musste schnell weg«, erklärte sie, während Cäcilia etwas im Hintergrund zeterte, das sie nicht verstand. »Aber heute können wir nach Berlin fahren. Magst du immer noch mitkommen?«

Lillys Herz raste und sie wusste, dass sie so schnell wie möglich hier rausmusste, bevor Cäcilia ihr den Jungen noch entriss.

»Ja, gern!«, rief Benjamin abenteuerlustig, dann stockte er. »Warum hat Mama denn geschimpft?«

»Das erkläre ich dir später, wenn wir fahren«, gab Lilly zurück. »Komm, lass uns packen.«

Glücklicherweise wusste sie, wo Benjamin seine Sachen aufbewahrte. Rasch warf sie das Nötigste in Benjamins Reisekoffer. Der Junge ahnte noch nicht, dass es ein Abschied für immer sein würde, und ein wenig fürchtete sich Lilly davor, ihm davon zu erzählen. Aber jetzt hatte sie erst einmal andere Sorgen.

»Ich werde Reinhard anrufen!«, drohte Cäcilia vor der Tür, dann ertönten Schritte. Wahrscheinlich lief sie jetzt in die Küche, wo der Apparat hing.

»Ruf ihn ruhig an. Ich bin ihm nichts schuldig«, murmelte Lilly leise vor sich hin, während sie Benjamin in die Jacke half. Sie wusste, dass jetzt die beste Gelegenheit war, um die Wohnung zu verlassen.

Als sie fertig war, nahm sie Benjamin bei der Hand und rang sich ein Lächeln ab. »Wollen wir?«

»Ich muss Mama noch Auf Wiedersehen sagen!«, rief der Junge, und Lilly spürte plötzlich leichten Widerwillen bei ihm. Den Abschied von Cäcilia durfte sie ihm nicht verwehren, doch sie mussten so schnell wie möglich von ihr weg.

»Wie wäre es, wenn du ihr ›Auf Wiedersehen‹ zurufst, wenn wir im Gang sind?«, schlug sie freundlich vor. »Sie telefoniert gerade, und der Zug fährt ganz bald, wir müssen uns sehr beeilen.«

Benjamin nickte, dann ging er mit ihr. Auf dem Gang hörte Lilly, dass Cäcilia aufgeregt in den Telefonhörer sprach.

»Auf Wiedersehen, Mama!«, rief Benjamin, dann zog Lilly ihn mit sich. Tränen würgten sie. Möglicherweise tat sie gerade etwas Unverzeihliches. Doch sie hatte keine andere Wahl. Sie konnte ihn nicht Heller und Cäcilia überlassen.

Mit raschen Schritten eilte sie die Treppe hinunter, und während sie Benjamins kleine Hand in ihrer spürte, betete sie im Stillen, dass tatsächlich schon bald ein Zug fuhr.

Auf dem Gehsteig versuchte Lilly ruhig zu wirken, doch das gelang ihr nicht. Ihre Finger waren eiskalt, ihre Hände zitterten. Als Benjamin sie fragte, was denn mit ihr sei, antwortete sie ausweichend. Immer wieder blickte sie über die Schulter, voller Angst, Cäcilia könnte auftauchen oder ihr die Polizei hinterherschicken.

Sie betraten gerade den Bahnhof, als sie hinter sich schnelle Schritte hörte. Panisch beschleunigte Lilly ihren Schritt. »Komm, der Zug fährt gleich!«, rief sie. Wie sonst sollte sie Benjamin erklären, dass es wichtig war, dass man sie nicht erwischte?

Sie rannte in Richtung Bahnsteig und hoffte, in der Menge unterzugehen, doch die Schritte, die sie verfolgten, kamen näher.

»Lilly!« Eine Hand legte sich auf ihre Schulter.

Mit einem kleinen Aufschrei wirbelte sie herum – und blickte in das Gesicht von Rudolph.

Panisch rang sie nach Luft, dann fiel sie ihm um den Hals. Tränen schossen in ihre Augen.

»Was suchst du denn hier?«, fragte sie, als sie ihn wieder losließ.

»Du bist gestern nicht nach Hause gekommen. Ich hatte schon befürchtet, euch sei etwas passiert.«

»Wer ist der Mann?«, fragte Benjamin neugierig.

Lilly wandte sich ihrem Sohn zu. »Er wird auf uns aufpassen, während wir nach Berlin fahren.«

Rudolph blickte auf den Jungen, dann hockte er sich vor ihn. »Bist du Benjamin?«

»Ja«, antwortete er. »Tante Lilly will mit mir nach Berlin fahren.«

Rudolph blickte Lilly fragend an. »Was ist passiert?«, fragte er, denn er schien zu spüren, dass sie aufgebracht war. »Wollte sie nicht, dass du ihn mitnimmst?«

Lilly stieß ein bitteres Lachen aus. »Ich erkläre dir alles während der Fahrt, ja?«

»Ich bin mit dem Auto hier«, sagte Rudolph ein wenig verwirrt, doch er begriff, dass sie so rasch wie möglich von hier wegwollte. »Kommt mit!«

Sie verließen den Bahnhof und bogen in eine Seitenstraße ein.

»Bist du schon mal Auto gefahren?«, redete Lilly auf Benjamin ein. Seine Hände waren kalt und feucht, er schien sich zu fürchten.

»Nein«, antwortete er beklommen.

»Das macht Spaß, pass auf!«, sagte Lilly, und nachdem sie einen Blick über die Schulter geworfen hatte, öffnete sie die Tür. »Spring schnell rein. Ich setze mich zu dir.«

Sie reichte Rudolph den Koffer, dann rutschte sie neben Benjamin auf die Sitzbank. Wenig später startete der Wagen.

Sie schwiegen, bis sie Hamburg hinter sich gelassen hatten. Lillys Herzschlag beruhigte sich. Fürs Erste waren sie sicher.

»Warum hast du nicht angerufen?«, fragte Rudolph. »Ich dachte, wirklich, euch wäre etwas zugestoßen. Dann sagte ich mir, dass vielleicht der Zug ausgefallen ist und ihr am Bahnhof festsitzt. Ich bin noch in der Nacht losgefahren.«

Lilly schaute zu Benjamin. Der Junge blinzelte müde, das Motorengeräusch schien ihn schläfrig zu machen.

»Ich wusste deine Nummer nicht«, gab Lilly zu. »Außerdem war ich gestern zu aufgewühlt.« Wieder blickte sie zu ihrem Sohn. Würde er verstehen, was sie Rudolph gleich berichten musste?

Als Benjamins Augen zufielen, sagte sie: »Cäcilia und Heller haben mir angeboten, ihn zu adoptieren.« Lilly seufzte. »Das wollte ich nicht zulassen. Cäcilia sagte, dass ich dann allein zurechtkommen müsse. Also habe ich ihn heute abgeholt.« Von den Drohungen würde sie ihm später erzählen.

Rudolph sagte zunächst nichts. Lilly wusste, dass sie mehr erklären musste. Gleichzeitig fürchtete sie, dass er wütend auf sie sein könnte. Sie hätte ihren Entschluss mit ihm absprechen müssen.

»Und was willst du nun tun?«, fragte er.

»Ich weiß es nicht. Ich weiß nur, dass ich ihn nicht mehr zu Cäcilia bringen kann. Ich will nicht, dass er so wird wie Heller. Wie die Männer, die uns angegriffen haben.«

Etwas Schweres senkte sich auf ihre Brust. Jemand würde sich um Benjamin kümmern müssen. Wie sollte das gehen?

»Du hättest erst mit mir darüber reden sollen«, gab er zurück. »Den Jungen zu dir zu holen, ist eine große Entscheidung, die wir gemeinsam hätten treffen sollen.«

»Aber wir haben doch darüber gesprochen.«

»Ja, für den Fall, dass sich die politischen Verhältnisse verschlechtern und wir fliehen müssen. Aber das ist nicht der Fall.« Er schnaufte frustriert. »Für so etwas müssen Vorbereitungen getroffen werden!«

»Ich werde das schon hinbekommen.«

»Nicht nur du musst es hinbekommen!«, fuhr Rudolph sie an. »Wir beide müssen es!«

Lilly presste die Lippen zusammen. Benjamin schlief inzwischen tief und fest, die Worte schienen ihn nicht zu erreichen.

»Wir hatten doch gesagt, dass er ein paar Tage bei uns sein kann«, brachte sie schließlich hervor.

»Ein paar Tage! Aber wie es jetzt aussieht, wird er bleiben. Das ist etwas ganz und gar anderes!«

Lilly senkte den Kopf. Ihre Brust fühlte sich auf einmal eng an. Hatte sie das Richtige getan? Oder setzte sie mit ihrer impulsiven Entscheidung Rudolphs Zuneigung aufs Spiel?

58. Kapitel

Als der Wagen zum Stehen kam, schreckte Lilly hoch. Für einen Moment wusste sie nicht mehr, wo sie war, dann realisierte sie, dass sie die Ereignisse der vergangenen Stunden nicht geträumt hatte.

Neben ihr saß Benjamin und sah sie mit großen Augen an.

»Sind wir da?«, fragte er.

Lilly schaute aus dem Fenster. Ja, sie waren da. Rudolph zog die Handbremse und stellte den Motor ab. Doch er stieg nicht gleich aus, sondern blieb noch für einige Momente hinter dem Steuer sitzen und schaute in die Ferne. Schließlich wandte er sich ihr zu.

Sein Gesicht wirkte abgespannt, seine Augen noch dunkler als zuvor. Ob der Ausdruck in ihnen Wut war oder Enttäuschung, konnte Lilly nicht so richtig einschätzen.

»Dann wollen wir mal«, sagte er und stieg aus.

Mit Benjamin an der Hand folgte Lilly ihm zum Haus. Alles war still, bis auf einmal hinter einer der Wohnungstüren Stimmen laut wurden. Offenbar war den Bewohnern dort auch kein ruhiges Fest vergönnt. Immerhin lief ihnen Frau Berger, die Vermieterin, nicht über den Weg.

Als die Tür hinter ihnen ins Schloss fiel, wäre Lilly am liebsten im Flur zusammengesunken und hätte auf dem Läufer geschlafen. Doch sie musste sich aufrecht halten. Für Benjamin. Und Rudolph.

Ein wenig ratlos blickte sie auf ihren Sohn, der neugierig den Flur betrachtete.

»Hier ist es so anders«, stellte er fest.

»Ja, das ist die Wohnung von Onkel Rudolph«, sagte sie. »Hier wohne ich jetzt. Möchtest du etwas essen?«

»Ja!«, antwortete Benjamin, worauf sie ihn an der Hand nahm und in die Küche führte.

Sie hatten noch ein wenig Kuchen übrig, außerdem liebte Benjamin Marmeladenbrote. So viel wusste Lilly immerhin. Sie bereitete ihm einen kleinen Teller und wärmte ein wenig Milch auf, in die sie einen Löffel Kakao gab, den sie noch aus dem Päckchen von Herrn Novak übrig hatten. Benjamin aß gierig, Rudolph ebenfalls, und obwohl auch Lilly großen Hunger hatte, brachte sie keinen einzigen Bissen herunter.

»Können wir etwas spielen?«, fragte Benjamin nach der Mahlzeit. »Und habe ich hier eigentlich ein Zimmer?«

Lilly blickte zu Rudolph, der still auf der kleinen Bank neben dem Fenster saß. Das Gästezimmer wurde immer noch von Dr. Rosenbaum okkupiert. Momentan würde Benjamin dort bleiben können, doch der Arzt kam nach Silvester aus dem Urlaub zurück.

»Ja, natürlich«, sagte Rudolph mit einem Lächeln. »Du kannst erst mal ins Gästezimmer. Immerhin bist du bei uns zu Besuch, nicht wahr?«

Benjamin nickte, und Lilly führte ihn in den Raum. Das Bett würde sie nachher neu beziehen. Lilly setzte ihren Sohn darauf, dann öffnete sie den Koffer. In der Eile hatte sie viel zu wenig mitgenommen, aber wenigstens das Märchenbuch war da, das kleine Holzschwert und auch der Kasten mit den Bauklötzen.

Auf einmal überfiel sie Panik. Hatte sie zu schnell gehandelt? Zu unüberlegt? Was wusste sie denn vom Leben mit Kindern? Sie pflegte sie auf der Station, aber das hier war etwas anderes.

»Spielen wir was?«, fragte Benjamin, dessen Augen vor Aufregung leuchteten.

»Sehr gern«, sagte Lilly, obwohl sie sich immer noch wie erschlagen von der beinahe sechsstündigen Reise fühlte. »Wollen wir etwas bauen?«

»Ja!«, rief er. »Und wann gehen wir in den Zoo?«

»Morgen vielleicht«, erwiderte Lilly, während ihr klar wurde, dass sie ihm das versprochen hatte.

In dem Augenblick kam Rudolph herein. In der Hand hielt er einen kleinen Stoffbären. Er war nicht mehr neu, aber man sah ihm an, dass er liebevoll gehegt und gepflegt worden war.

»Na, gefällt er dir?«, fragte er.

Benjamin nickte.

Rudolph hockte sich vor ihn hin und sagte: »Er hat die ganze Zeit in einer Kiste gewohnt und darauf gewartet, einen neuen Freund zu finden. Möchtest du sein Freund sein?«

»Ja!« Benjamin nickte.

»Dann musst du ihm auch einen Namen geben.«

»Fredi!«, kam es wie aus der Pistole geschossen. »Er kann mein Knappe sein und ich bin der Ritter!«

»Gut, dann gehört Knappe Fredi jetzt dir.« Mit einem breiten Lächeln reichte Rudolph ihm den Teddy. Benjamin drückte ihn überglücklich an die Brust.

Wie machst du das nur?, dachte Lilly, während sie Rudolph bewundernd betrachtete. Sie setzte sich neben ihren Sohn und öffnete die Schachtel mit den Bausteinen. »Wollen wir für Fredi ein Haus bauen?«

»Eine Burg!«, rief Benjamin begeistert.

Später am Abend, nachdem der Junge eingeschlafen war, ging Lilly zu Rudolph. Sie hatte sich ihr Beisammensein über die Feiertage anders vorgestellt. Die Stimmung war ruiniert, und dazu kam noch, dass sie erst jetzt realisierte, welche Herausforderungen Benjamins Anwesenheit mit sich brachten. Dass er an einer anderen Schule angemeldet werden musste, war eine Sache. Doch wie würde er es aufnehmen, von all seinen Freunden weggerissen worden zu sein? Und sicher würde er auch Cäcilia vermissen, die er nur als seine Mutter kannte …

Rudolph saß schweigend auf dem Sofa und schaute zum Fenster, an dem sich eine dicke Schneeschicht gebildet hatte. Lilly ließ sich neben ihm nieder. Auch sie schwieg, während ihre Gedanken Karussell fuhren.

»Bitte, Rudolph, sei nicht böse mit mir«, wandte sie sich schließlich an ihn. »Ich musste es tun. Auch wenn ich weiß, dass meine Tage am Waldfriede damit vorüber sind. Die ganzen Jahre über habe ich dieses schlechte Gewissen mit mir getragen. Der Junge konnte nichts dafür, dass er auf der Welt war.«

Sie stockte, als sie das Gefühl hatte, gegen eine Wand zu reden. Hörte er ihr überhaupt zu? Würde er sie am Ende etwa verlassen?

»Nachdem wir die kleine Ilse bei uns hatten«, fuhr Lilly fort, »und auch all die anderen Kinder … Nachdem ich gesehen habe, was Eltern für ihre Kinder tun … Ich habe so viel wiedergutzumachen. Als ich hörte, dass sie ihn mir ganz wegnehmen wollten, konnte ich nicht anders. Ich hoffe, du kannst es verstehen und mir verzeihen.«

Rudolph sagte noch immer nichts. Schwer lastete die Stille auf ihnen, und obwohl sie während der Fahrt geschlafen hatte, fühlte Lilly sich, als hätte sie Wochen der Ruhe verloren. Doch dann straffte sie sich.

»Wenn du mich nicht mehr willst, verstehe ich das. Aber ich möchte meinen Entschluss nicht mehr rückgängig machen. Auch wenn das bedeutet, dass ich noch mal von vorn anfangen muss.«

Rudolph wandte sich ihr zu. Seine Augen wirkten jetzt nicht mehr dunkel vor Wut, sie waren stumpf vor Erschöpfung. So sah er aus, wenn er einen langen und aufreibenden Arbeitstag hinter sich hatte.

Er griff nach ihrer Hand, berührte den Ring.

»Vor dir liegt viel Arbeit«, sagte er. »Benjamin muss die Wahrheit kennen und erfahren, dass du seine Mutter bist. Auch wenn er die Gründe, weshalb du ihn erst jetzt zu dir nimmst, vielleicht nicht verstehen wird. Dann muss er hier gemeldet werden. Außerdem braucht er eine Schule. Hast du Benjamins Papiere, seine Geburtsurkunde?«

Lilly nickte. Sie hatte für Cäcilia eine Kopie anfertigen lassen, das Original lag in ihren Unterlagen.

»Was die Schule angeht, kann ich vielleicht helfen«, sagte Rudolph. »Ist deine Tante zu seinem Vormund bestellt worden?«

»Nein, ich bin immer zu ihr gefahren, wenn es etwas zu unterschreiben gab.«

»Dann hat keine Behörde von eurer Abmachung erfahren?«

Lilly schüttelte den Kopf. »Heißt das, dass du mir verzeihst?«, fragte sie zaghaft.

Zum ersten Mal, seit sie aus Hamburg aufgebrochen waren, schenkte er ihr wieder ein Lächeln. »Ja, ich verzeihe dir. Und ich verstehe auch, dass du als Mutter so handeln musstest. An deiner Stelle hätte ich das auch getan.«

59. Kapitel

Am nächsten Morgen beschloss Lilly, ihren Sohn an die Wahrheit heranzuführen.

Nach dem Frühstück, das für Benjamin aus Kuchen und einem Glas Kakao bestand, nahm sie ihn mit sich ins Wohnzimmer. Er wirkte kein bisschen verstört von der plötzlichen Abreise, sondern aufgeweckt und interessiert und hatte schon wieder einen guten Appetit.

»Warum habt ihr keinen Weihnachtsbaum?«, fragte er verwundert.

Lilly blickte zu Rudolph, dann sagte sie: »Es gibt Häuser, in denen feiert man Weihnachten anders.«

»Also nicht mit Baum?«

»Wenn du magst, bekommst du beim nächsten Mal einen Baum«, sagte Lilly schnell. Sie wollte nicht, dass sie über die Diskussion, ob alle einen Baum aufstellen sollten oder nicht, den Mut verlor.

»Hör zu, Benjamin, ich muss dir etwas sagen«, begann Lilly vorsichtig. »Du bist ja ein großer Junge und hast es verdient, dass man dir die Wahrheit sagt, nicht wahr?«

Benjamin blickte sie verwundert an, und Lilly fragte sich, ob er ihr wirklich würde folgen können. Dann nickte er.

»Frau Hasenbruch sagt immer, dass man nicht lügen darf.«

»Genau«, sagte Lilly. »Und deshalb möchte ich dir auch die Wahrheit sagen.«

Benjamin runzelte die Stirn. »Worüber?«

»Du hast jetzt all die Jahre bei … bei der Frau gewohnt, die du als Mama kennst. Aber es ist so …«

Lilly spürte, wie ihre Hände kalt wurden. Sie war dabei, Benjamins Leben in seinen Grundfesten zu erschüttern. So wie ihres erschüttert worden war, als ihr klar wurde, dass sie mit ihm schwanger war.

»Cäcilia ist nicht deine Mama.«

Benjamin schwieg. Lilly gab ihm ein wenig Zeit, die Nachricht zu verarbeiten, wappnete sich schon mal dagegen, dass er sie ablehnte.

»Aber das heißt, Mama hat gelogen?«, fragte er verwirrt.

»Nein, nicht wirklich«, sagte Lilly. »Es ist … schwierig.« Sie rieb sich die Hände, dann fuhr sie fort: »In Wirklichkeit bin ich deine Mama.«

Benjamins Mund öffnete sich, doch ein Wort kam nicht heraus. Lilly strich ihm sanft über die Hand.

»Cäcilia hat gesagt, dass du jetzt bei mir wohnen sollst. Wie eine Mama und ihr Kind das eben so tun.«

»Hat sie mich denn nicht mehr lieb?«, fragte er.

»Doch das hat sie«, erwiderte Lilly, dann warf sie einen Blick auf Rudolph. »Aber sie will, dass du bei mir bist. Bei deiner richtigen Mama.«

Der Junge starrte sie aus großen blauen Augen an. Dann sprang er mit einem Mal auf, schleuderte sein Schwert durchs Zimmer und schrie: »Du lügst! Meine Mama ist meine Mama!«

»Nein, Benjamin, sie ist deine Großtante«, gab Lilly zurück und wollte nach seinem Arm greifen, doch der Junge riss sich los und rannte in den Flur.

Lilly sprang auf, stürmte ihm hinterher und sah, dass er in der Küche verschwand. Er stieß einen Stuhl beiseite, versteckte sich unter dem Tisch und trat gegen eines der Beine, sodass das Geschirr darauf erbebte. Es zerriss Lilly fast das Herz, als sie ihn schluchzen hörte. Sie hockte sich auf den Fußboden, machte aber keine Anstalten, ihm näher zu kommen.

»Ich weiß, dass es für dich sehr schwer ist«, sagte sie. »Und es tut mir leid, dass wir es dir nicht früher gesagt haben.«

Benjamin reagierte nicht darauf. Er umschlang mit den Armen seine Knie und wiegte sich leicht.

»Aber es ist die Wahrheit: Ich bin deine Mama.«

»Und warum war ich dann nicht bei dir?«

»Weil es nicht ging.« Lilly fragte sich, wie sie es ihm erklären sollte, dass er es verstand. Tränen schossen ihr in die Augen, und schließlich konnte sie ein Schluchzen nicht mehr zurückhalten. »Aber ich habe dich immer liebgehabt, Benjamin, das ist die Wahrheit. Ich habe dich sogar sehr lieb.«

Der Junge betrachtete einen Moment lang seine Hände. »Warst du krank?«, fragte er dann.

Lilly blickte auf. »Was?« Hastig wischte sie sich über das Gesicht.

»Ob du krank warst, wenn ich nicht bei dir bleiben durfte.«

»Nein, ich … ich war noch sehr jung, als ich dich bekommen habe. Ich hätte dich nicht behalten dürfen. Fremde Leute wären aufgetaucht und hätten dich mir weggenommen, also hat dich Tante Cäcilia abgeholt …«

Benjamin fasste diese Worte ohne eine Regung auf.

»Ich hab Bauchweh«, verkündete er plötzlich. »Kann ich eine Wärmflasche haben?«

»Natürlich, ich mache dir eine!«, entgegnete Lilly und rappelte sich auf. »Am besten legst du dich noch mal hin, und wenn du möchtest, lese ich dir auch etwas vor. Dein Märchenbuch haben wir ja auch mitgenommen.«

Benjamin betrachtete sie noch eine Weile, dann nickte er und kroch unter dem Tisch hervor.

Mit hängenden Schultern kehrte Lilly schließlich ins Wohnzimmer zurück. Sie fühlte sich wie zerschlagen, sehnte sich nach dem Vergessen des Schlafes. Doch es war Vormittag, und sie konnte sich nicht einfach hinlegen.

»Wie geht es ihm?«, fragte Rudolph.

»Er hat es nicht lange im Bett ausgehalten und sitzt nun mit Fredi vor seiner Burg und spielt«, sagte Lilly. »Er redet mit dem Bären, aber nicht mit mir. Was ich durchaus verstehen kann. Ich würde auch nicht mit mir reden wollen nach solch einer Offenbarung.«

»Du hat das Notwendige getan. Du kannst dein Leben mit ihm nicht mit einer Lüge beginnen.«

Lilly nickte, dann ließ sie sich auf den Sessel sinken. Mit einem Ohr lauschte sie zum Gästezimmer. Nicht dass Benjamin noch versuchte, aus der Wohnung zu fliehen. Sie hatten zwar den Riegel vorgeschoben, aber der Junge war findig.

»Es gibt eine Geschichte im Talmud«, sagte Rudolph leise. »Eines Tages traten zwei Frauen vor den Thron König Salomos, beide hatten im selben Haus Kinder geboren. Das Kind der einen starb, das Kind der anderen lebte. Nun vertauschte die Mutter des toten Kindes dieses mit dem lebenden und behauptete, es wäre ihres. Die richtige Mutter behauptete jedoch felsenfest, dass es ihr Kind wäre. Da sprach Salomo: ›Holt mir ein Schwert‹, und als ihm das Schwert gebracht wurde, wies er an, das lebendige Kind in zwei Hälften zu teilen. Die wahre Mutter sprach: ›Ach Herr, gebt ihr das lebende Kind und tötet es nicht.‹ Die falsche Mutter sprach: ›Es sei weder dein noch mein, teile es.‹ So erkannte Salomo die wirkliche Mutter und gab ihr das Kind.«

Lilly ließ die Worte auf sich wirken. Obwohl ihre Eltern mit ihr in die Kirche gegangen waren, kannte sie diese Geschichte nicht.

»Du meinst, dass ich die Frau sei, die das Kind teilen ließe? Weil ich es von allem weggerissen habe, was es kannte.«

»Nein«, antwortete er. »Du warst damals die Mutter, die erkannt hat, dass ihr Kind nicht überleben würde, wenn sie selbst dafür hätte sorgen müssen. Wir wissen alle, wie diese Welt ist und wie sie Frauen sieht, die in Not geraten. Du hast deinen Sohn davor bewahrt, getötet zu werden.«

60. Kapitel

Zehlendorf, 29. Dezember 1932

Zwischen den Feiertagen beruhigte sich die Stimmung ein wenig. Lilly war froh, dass sie nicht zur Arbeit musste, doch sie spürte, dass die Stunde der Wahrheit kurz bevorstand. Wenn ihr Urlaub vorbei war, würde sie den Leuten im Waldfriede reinen Wein einschenken müssen.

Benjamin reagierte noch immer verhalten auf sie, doch Lilly beschloss, erst einmal die Versprechungen einzulösen, die sie ihm gemacht hatte. So fuhren sie am nächsten Tag in den Zoo, wo sich trotz des kalten Wetters viele Familien tummelten. Benjamin war begeistert von den Tieren und vergaß für ein paar Momente seinen Groll gegen sie, wenn er ihr aufgeregt berichtete, was er gesehen hatte. Lilly hörte aufmerksam zu und versuchte, ihm noch mehr interessante Dinge zu zeigen.

Erleichtert stellte sie fest, dass er weiterhin gut mit Rudolph auskam, den er nach einer Weile »Rudi« zu nennen begann. Und sie stellte fest, wie sehr sie es genoss, dass der Junge bei ihr war und sie sich nun wirklich als seine Mutter fühlen konnte. Auch in den Tagen danach machten sie immer wieder kleine Ausflüge, und Lilly spielte so viel wie möglich mit ihm. Abends ließ sie ihn Geschichten aussuchen und las sie ihm vor, während Rudolph zu den Mahlzeiten versuchte, ihm so viele leckere Dinge wie möglich zu zaubern.

Hin und wieder fragte Benjamin nach Cäcilia und nannte sie dabei

»Mama«. Lilly zwang sich zur Ruhe und korrigierte ihn sanft, versuchte, ihm die Wahrheit so schonend wie möglich zu vermitteln, wieder und wieder.

Schließlich spürte Lilly, dass ihr Sohn sie allmählich zu akzeptieren begann. Sie wusste, dass es noch ein weiter Weg war, aber sie war gewillt, jede Mühe für ihn auf sich zu nehmen.

»Willst du dieses Jahr das Jahresendfest im Waldfriede besuchen?«, fragte Rudolph zwei Tage vor Silvester. »Immerhin hast du noch Urlaub …«

»Nein«, antwortete Lilly. »Ich bleibe hier. Aber wenn du gehen möchtest …«

Rudolph schüttelte den Kopf. »Du weißt, dass ich es nicht so mit Betriebsfeiern habe.«

»Ja, das weiß ich. Aber ich bin froh, dass du zu dem Sommerausflug damals mitgekommen bist. Sonst wäre ich wahrscheinlich ertrunken.« Sie schmiegte sich an ihn.

»Irgendwer hätte dich bestimmt gerettet«, erwiderte er, doch sie schüttelte den Kopf.

»Nur du bist ins Wasser gesprungen, niemand sonst.«

Sie küssten sich, dann fragte er: »Und was werden die Kollegen sagen, wenn du nicht auftauchst?«

»Ich glaube kaum, dass es auffallen wird. Martha habe ich erzählt, dass ich bei Verwandten bin. Niemand erwartet, dass ich auftauche, also warum sollte ich?«

Rudolph lächelte sie an. »Dann werde ich dafür sorgen, dass es ein wunderbarer Tag wird – für uns drei.«

Als das neue Jahr anbrach, stand sie mit Rudolph und Benjamin vor dem Fenster und schaute hinaus in die Nacht. Glockenschlag erklang, irgendwo in der Nachbarschaft zündete jemand ein kleines Feuerwerk.

»Frohes neues Jahr«, sagte Rudolph und legte den Arm um sie.

»Frohes neues Jahr«, erwiderte Lilly. Sie wusste mittlerweile, dass die

Juden ein anderes Neujahr feierten, bei dem sie Apfelscheiben in Honig tauchten und sich ein »süßes neues Jahr« wünschten.

In dieser Nacht wurde Lilly von einer Erschütterung aus dem Schlaf gerissen. Zunächst glaubte sie, dass das Bett wackelte, doch dann bemerkte sie, dass Benjamin ins Zimmer gekommen war und auf die Matratze stieg.

»Kannst du mir ein Märchen erzählen, Lilly?«, fragte er, während er sich an sie kuschelte. »Ich kann nicht schlafen.«

Lilly hätte es lieber gehabt, wenn er sie »Mama« nennen würde, aber dass er zu ihr kam, erfüllte sie mit einem nie gekannten Glücksgefühl. Sie ließ ihn unter die Decke krabbeln und zog ihn an sich. Dann begann sie:

»Es war einmal ein kleiner Prinz, der wurde in einem fremden Land geboren. Seine Mutter war eine noch sehr junge Prinzessin, die von grimmigen Drachen bewacht wurde. Damit die Drachen ihn nicht fraßen, wenn sie ihn entdeckten, beschloss sie, ihn zu einer Fee zu geben, die für sieben Jahre auf ihn aufpassen sollte.«

Lilly bebte innerlich. Es war kein Märchen aus dem Buch, die Worte kamen ihr einfach in den Sinn. Sie waren Erklärung und Entschuldigung zugleich.

»Der kleine Prinz wurde groß und dachte, dass die Fee seine Mama wäre. Die Fee hatte ihn so lieb, dass sie es nicht übers Herz brachte, ihm die Wahrheit zu sagen. Seine echte Mama aber vermisste ihn, und als sie den Drachen entkommen war, machte sie sich auf die Suche nach ihm.«

»Hat sie ihn gefunden?«, fragte Benjamin schläfrig.

»Ja, das hat sie. Sie musste lange umherziehen und sich als Magd in zwei Häusern verdingen. Eine Krone hatte sie nicht mehr, aber sie fand ihren Sohn. Allerdings wollte ihn die Fee nicht einfach so hergeben. Noch immer hatte sie den Jungen lieb, doch sie hatte einen Zauberer kennengelernt, der sie heiraten und den Jungen verhexen wollte. Das hatte die Prinzessin herausgefunden und da ist sie schnell mit ihm weggelaufen.«

Benjamin lächelte, doch Lilly spürte, dass er immer weiter abdriftete.

»Ins Königsschloss konnte sie nicht mehr zurück, doch sie suchten sich eine Hütte und lebten dort glücklich bis an ihr Lebensende.«

Stille folgte ihren Worten, unterbrochen nur von den gleichmäßigen Atemzügen des Jungen.

»Irgendwann, wenn du groß bist, werde ich dir erzählen, warum du wirklich bei deiner Tante gewohnt hast«, flüsterte sie und strich ihm übers Haar. »Es gibt Gründe dafür, und ich verspreche dir, dass ich die Wahrheit für dich aufhebe und sie dir später einmal schenke.«

Sie schloss die Arme um Benjamin, blickte dann zu Rudolph. Sie hatte nicht bemerkt, dass er sich ihr zugewandt hatte, doch nun sah sie es in seinen Augen verräterisch glitzern.

»Hat die Prinzessin keinen Prinzen gefunden?«, fragte er leise.

»Das hat sie«, gab Lilly zurück. »Aber das ist ein anderes Märchen, nicht wahr?«

Dr. Rosenbaum staunte nicht schlecht über den neuen kleinen Mitbewohner, als er am 1. Januar mit Sack und Pack aus dem Urlaub zurückkehrte und Lilly ihm Benjamin vorstellte.

»Sie haben ein Kind?«, fragte er entgeistert.

Lilly lächelte ihn an. »Ja, wie Sie sehen.«

»Weiß Dr. Conradi schon davon?« Rosenbaum stellte seine Tasche ab. Benjamin legte den Kopf in den Nacken und betrachtete ihn, was den Arzt sichtlich zu verwirren schien.

»Noch nicht, aber ich werde es ihm sagen, sobald ich wieder im Dienst bin.«

Lilly sagte das einfach so, doch in ihrem Innern wusste sie, dass es nicht nur um ein Geständnis ging. Irgendwer musste sich um Benjamin kümmern, für ihn da sein, wenn er aus der Schule kam. Da Rudolph zu wichtig für seine Patienten war, hatte Lilly sich entschlossen, in den sauren Apfel zu beißen und ihre Kündigung einzureichen.

»Ich habe gute Nachrichten für Sie«, fuhr Rosenbaum fort. »Ich habe im Urlaub einen ehemaligen Kommilitonen getroffen, der bereit ist, mich zur Untermiete bei sich wohnen zu lassen. Er hat ein Haus nahe dem Nikolassee.«

»Das ist ja gar nicht so weit entfernt vom Waldfriede«, sagte Rudolph.

»Das dachte ich auch. Außerdem werde ich ein Zimmer mit Wasserblick haben.«

»Wie kann ein Kommilitone von Ihnen eines dieser hochherrschaftlichen Häuser besitzen?«, wunderte sich Lilly. »Sie sind doch noch so jung!«

»Er hat geerbt, sein Vater ist vor drei Monaten gestorben. Außerdem bin ich dreißig, das ist nicht mehr jung.«

Lilly blickte zu Rudolph, nur schwerlich konnte sie ihre Erleichterung verbergen. War es ein gutes Zeichen, dass sich alles zu ihren Gunsten zu fügen schien?

61. Kapitel

Zehlendorf, 2. Januar 1933

In der Nacht lag Lilly lange wach. Benjamin hatte sich erneut in ihr Bett geschlichen und schlief nun zwischen Rudolph und ihr, doch nicht er war schuld daran, dass sie nicht zur Ruhe kommen konnte.

In Gedanken ging sie den nächsten Tag durch, das Gespräch mit Dr. Conradi. Natürlich kannte sie ihn nicht gut genug, um abschätzen zu können, wie er auf die Kündigung reagieren würde. Aber sie wollte gegen alles gewappnet sein.

Irgendwann schaffte sie es einzuschlafen, doch als sie wach wurde, war der Morgen noch weit, und sie konnte nicht anders, als sich zu erheben und das Bett, das ihr viel zu warm erschien, zu verlassen.

Sie blickte auf Rudolph und Benjamin. Als sie damals ins Waldfriede gekommen war, hätte sie sich nicht träumen lassen, dass es einmal so kommen würde. Nicht nur, dass sie einen Mann finden würde, der sie liebte, auch dass sie ihren Sohn bei sich haben würde.

Da der Weg zu Dr. Conradi über Schwester Hanna führte und sie wusste, dass ihre Kollegin am Montagmorgen zuerst nach der Dunkelkammer schaute, wartete sie vor dem Röntgenraum.

Zunächst erschienen nur die Röntgenassistentinnen, die sie verwundert musterten. Dann sah sie Dr. Conradis Sprechstundenhilfe über den Flur eilen.

»Hanna!«, rief sie und lief zu ihr. »Ein gutes neues Jahr.«

»Das wünsche ich dir auch«, erwiderte Hanna. Wir haben dich bei der Jahresendfeier vermisst.«

Lilly atmete tief durch und unterdrückte den Drang, an ihrer Schürze zu nesteln. »Ich würde gern Dr. Conradi sprechen, wenn es geht. Es ist dringend.«

»Er ist den ganzen Morgen über im Operationssaal«, antwortete Hanna. »Aber ich werde ihm Bescheid sagen.«

»Gut«, erwiderte Lilly. »Danke.«

Hanna beäugte sie alarmiert. »Gibt es irgendein Problem?«

Das gab es, doch es war nichts, das sie mit Schwester Hanna diskutieren wollte, bevor sie es nicht dem Chefarzt gesagt hatte.

»Das erzähle ich dir später. Erst einmal muss ich mit Dr. Conradi reden.«

Eine Sorgenfalte erschien auf Hannas Gesicht, dann nickte sie. »Komm gegen ein Uhr zum Sprechzimmer, da ist er meistens schon da.«

»Danke.« Lilly nickte Hanna zu und eilte zu ihrer Station.

In den folgenden Stunden fühlte sich Lilly, als würde sie auf glühenden Kohlen sitzen. Ihre Hände waren eiskalt und schweißnass, und immer wieder blickte sie zur Stationsuhr, sodass es sogar Oberschwester Elisabeth auffiel.

»Was ist nur mit dir, Lilly? Du bist heute ja so unruhig.«

»Es ist nichts, Oberin«, antwortete sie ausweichend. »Ich habe nur ein wenig schlecht geschlafen, und der Kaffee heute Morgen …«

»Du solltest ohnehin keinen Kaffee trinken, der geht auf die Nerven«, riet ihr die Oberin. »Nimm lieber Tee. Den trinke ich seit Jahren, und schau, ich bin die Ruhe in Person.«

Das stimmte, auch wenn Oberin Elisabeth hin und wieder laut wurde, wenn sie eine Nachlässigkeit bemerkte. Doch in ihrem Fall würde Tee auch nicht helfen.

Um kurz vor eins war es endlich so weit. Mit eiskalten Händen und dem Gefühl, einen Stein verschluckt zu haben, eilte Lilly zum Sprechzimmer. Da noch keine Patienten anwesend waren, ließ sie sich auf einer der Wartebänke nieder.

Wenig später erschien der Doktor mit einigen Patientenakten unter dem Arm.

»Schwester Lilly!«, sagte er. »Sie wollen mich sprechen?«

Lilly erhob sich und nickte beklommen.

»Na dann kommen Sie mal.« Er hielt ihr die Tür auf und folgte ihr in den Raum. »Nehmen Sie Platz.«

Nervös ließ Lilly sich auf den Stuhl sinken. Noch hatte sie die Wahl. Auch wenn es seltsam wirkte, könnte sie kehrtmachen und aus dem Raum laufen. Doch das würde ihrem Sohn nicht helfen. Sie konnte nicht weiterhin so tun, als würde es ihn nicht geben. Und sie konnte auch nicht mehr hierbleiben.

»Nun, was haben Sie auf dem Herzen?«, fragte der Doktor. »Schwester Hanna sagte, dass es dringend wäre.«

Lilly knetete ihre Knöchel. Sicher würde er sehr enttäuscht sein von ihr. Doch dann dachte sie an Benjamin, der allein mit Rudolph im Haus war und bald in die Schule musste.

»Nun ja, ich weiß gar nicht so recht, wie ich anfangen soll«, sagte sie.

Conradi setzte ein gütiges Lächeln auf. »Das geht so einigen meiner Patientinnen so. Nehmen Sie sich Zeit.«

Lilly zog die Augenbrauen hoch. Patientin? Was hatte Hanna ihm denn erzählt? Glaubte sie vielleicht, sie wollte Dr. Conradi aufsuchen, weil sie schwanger war?

»Ich bin nicht als Patientin hier, Herr Doktor«, erwiderte sie. »Es … gibt etwas, das ich Ihnen damals bei meinem Bewerbungsgespräch verschwiegen habe.«

Der Chefarzt beugte sich vor und verschränkte die Hände auf der Tischplatte. »Was ist es?«, fragte er dann, mit einer Miene, die Lilly nicht so recht deuten konnte.

»Ich habe einen Sohn.« Lilly ließ ihm einen Moment, um die Information zu verdauen, dann fügte sie hinzu: »Ich habe ihn geboren, als ich noch ein sehr junges Mädchen war. Die näheren Umstände würde ich gern für mich behalten, nur so viel: Meine Tante hat ihn in Obhut genommen, solange ich noch nicht volljährig war. Ich habe sie durch meine Arbeit unterstützt. Doch nun ist es so …«

Sollte sie sagen, dass ihre Tante ihn nicht mehr in ihrer Obhut behalten konnte? Das stimmte nicht.

»Es ist so, dass ich ihn nicht mehr bei ihr lassen kann«, fuhr sie fort. »Ich weiß, wie die Regeln in Ihrem Haus sind, und es tut mir leid, dass ich Ihnen gegenüber nicht offen sein konnte. Aber ich brauchte die Anstellung und das Geld und wollte es nicht riskieren, deshalb nicht angenommen zu werden.«

Lillys Gesicht und Ohren glühten vor Scham und Aufregung.

Dr. Conradi lehnte sich zurück und betrachtete sie lange, ohne ein Wort zu sagen.

»Es tut mir wirklich leid, dass ich Sie getäuscht habe. Ich … ich werde die Konsequenzen tragen und mit sofortiger Wirkung meinen Dienst quittieren.«

Wieder sagte er nichts. Lilly wurde unsicher. Würde er die Kündigung vielleicht nicht akzeptieren? Was sollte sie dann machen? Sie konnte es Rudolph nicht zumuten, dass er seine Dienste kürzte, um auf Benjamin aufzupassen.

»Das alles kommt sehr überraschend«, hob Dr. Conradi schließlich an. Seine Stimme klang auf einmal sehr müde. »Ich wünschte, Sie hätten mich eher eingeweiht.«

»Ich kannte die Bedingungen, unter denen die Schwestern hier arbeiten«, sagte Lilly. »Ich konnte es Ihnen nicht sagen und damit Benjamins Versorgung aufs Spiel setzen. Doch ich danke Ihnen sehr, dass ich die ganzen zweieinhalb Jahre hier sein durfte.«

Conradi schwieg erneut. Mit verschränkten Armen saß er vor ihr und blickte sie an, als wüsste er nicht, was er mit ihr tun sollte.

»Und was ist mit Professor Kirsch?«, fragte er schließlich. »Haben Sie ihn eingeweiht?« Unter seiner ruhig klingenden Stimme schwang etwas anderes mit. Zorn? Enttäuschung? Lilly konnte es nicht genau bestimmen.

»Er weiß es«, gab Lilly zurück und senkte den Kopf. Sie wollte Rudolph nicht in Schwierigkeiten bringen, indem sie dem Doktor von ihrer Beziehung erzählte.

Conradi erhob sich. »Nun, dann will ich Sie nicht aufhalten.« Jetzt klang er eindeutig enttäuscht. »Ich akzeptiere Ihre Kündigung. Räumen Sie Ihr Zimmer und gehen Sie. Ihr Zeugnis können Sie sich demnächst abholen.«

Lilly erhob sich ebenfalls. Ihre Brust fühlte sich eng an, doch es gab kein Zurück. »Vielen Dank, Herr Doktor.«

***

Hanna war bestürzt, als der Doktor ihr von Schwester Lillys Beichte und ihrem Kündigungsgesuch erzählte.

»Sie hat also ein Kind«, sagte sie kopfschüttelnd und zog sich einen Stuhl heran, auf dem sie sich niederlassen konnte.

Conradi schnaufte. »Sie hätte es uns sagen müssen.«

»Hätten Sie sie dann angestellt?«, fragte Hanna nachdenklich.

»Vermutlich nicht.«

»Sehen Sie! Sie hat mit ihrem Lohn die Tante unterstützt, die für das Kind gesorgt hat. Es zeugt von großer Verantwortung, dass sie jetzt, da das Kind bei ihr ist, sich dafür entscheidet, sich auch darum zu kümmern.«

»Nur wie will sie jetzt zurechtkommen? Ohne Mann …«

»Ich glaube, sie hat da jemanden.«

Conradi riss erstaunt die Augen auf. »Sie hat jemanden?«, echote er.

»Sie hat es mir im Vertrauen erzählt, also behalten Sie es bitte für sich.«

»Natürlich.«

»Sie ist mit Professor Kirsch zusammen. Wahrscheinlich schon eine ganze Weile.«

Dr. Conradi verschränkte die Arme vor der Brust. Hanna erlebte ihn selten sprachlos. Hier schien es der Fall zu sein.

»Wie ist das möglich?«

Hanna lächelte. »Nun ja, sie haben viel miteinander zu tun. Sie war für ihn, was ich für Sie bin.«

Schweigen folgte ihren Worten. Hanna wusste, dass ihre Worte doppeldeutig waren. Und dass Dr. Conradi seine Ehe niemals für die Liaison mit einer Schwester aufgeben würde. Hin und wieder fragte sich Hanna, wie es gekommen wäre, hätte der Doktor Catherine nicht geheiratet. Wahrscheinlich würde sie es nie erfahren. Doch bei Lilly und Professor Kirsch war es tatsächlich Liebe geworden. Darüber freute sie sich, und ein wenig beneidete sie Lilly auch dafür.

»Durch ihre eigene Kündigung nimmt sie Ihnen die Pflicht ab, sie zu entlassen«, fuhr Hanna nach einer Weile fort. »Sie sollten ihr ein gutes Zeugnis ausstellen, für den Fall, dass sie es irgendwann braucht.«

»Ich werde mich dazu mit Professor Kirsch besprechen«, gab der Doktor zurück.

Hanna nickte. »Sosehr ich ihr das private Glück gönne, es ist schade, dass wir eine gute Kraft verlieren.«

»Das sehe ich genauso«, sagte Conradi seufzend. »Das Schlimmste daran ist, dass wir schnell einen Ersatz brauchen. Wo wir ohnehin schon zu wenig Personal haben.«

»Wir werden eine Annonce schalten. Wenn Sie wollen, gehe ich heute Abend gleich zum Büro der Zeitung.«

»Nein, wir sollten jemanden aus unseren Reihen nehmen«, erwiderte er. »Eine Jungschwester, von der wir wissen, dass sie keine Vergangenheit hat.«

***

Martha staunte, als Lilly vor der Zeit in ihrem Quartier erschien. Schon lange waren sie nicht mehr zur selben Zeit im Zimmer gewesen, sodass Lilly nicht einmal sagen konnte, womit Martha sich ihre Zeit vertrieb. Jetzt sah sie, dass sie auf dem Bett lag und ihre Bibel auf dem Schoß liegen hatte. Offenbar machte sie sich Notizen zu einzelnen Passagen.

»Was ist denn mit dir?«, fragte sie. »Bist du krank?«

»Nein«, antwortete Lilly, die zugeben musste, dass sich die ganze Sache ungeheuer seltsam anfühlte. Als sie die Charité verlassen musste, war sie ebenfalls traurig gewesen, aber da hatte sich noch die Angst vor der Zukunft hinzugesellt. Das Waldfriede zu verlassen, fiel ihr schwerer, doch sie blickte mit Zuversicht nach vorn. Sie hatte ihren Sohn bei sich, sie hatte Rudolph. Alles fühlte sich so an, als würde das Glück wieder zu ihr kommen.

»Was suchst du denn dann hier oben?«

»Ich habe gekündigt«, gab Lilly zurück, während sie ihre wenigen Kleider von den Bügeln nahm und in ihrem Koffer verstaute. Die Uniform, die sie hier getragen hatte, gehörte ebenso wie das Ausgangskleid dem Krankenhaus. Nach der Reinigung würde eine andere Schwester sie tragen.

Martha erhob sich ruckartig. »Du hast was?«

»Gekündigt«, wiederholte Lilly, auch wenn sie wusste, dass Martha sie sehr gut verstanden hatte.

»Hast du eine andere Stelle gefunden?«

»Nein, ich …« Sie zögerte. Doch da es ohnehin bald Gesprächsthema im Haus sein würde, beschloss sie, es zuzugeben. »Ich habe ein Kind.«

»Du bist schwanger?« Martha schien aus allen Wolken zu fallen.

»Nein, mein Sohn ist sieben Jahre alt und geht schon zur Schule. Er lebt ab jetzt wieder bei mir.« Ein warmes Gefühl durchströmte sie bei diesen Worten. Endlich konnte sie zu Benjamin stehen.

»Und was machst du jetzt?«, fragte ihre Zimmergenossin, während sie den Koffer zuklappte.

Lilly setzte ein Lächeln auf. Sie hatte nicht vergessen, wie Martha über die Braunhemden gesprochen hatte.

»Ich werde schon zurechtkommen, mach dir keine Sorgen.«

Martha schaute sie erschüttert an. »Aber allein, mit einem Kind …«

»Da gibt es auch einen Mann«, fügte Lilly hinzu. »Er will mich heiraten.« Sie zeigte ihre Hand. Den Verlobungsring hatte sie im Dienst immer abgenommen, doch nun konnte sie ihn tragen und der ganzen Welt zeigen, dass sie zu Rudolph gehörte.

»Das ist … wunderbar.« Martha kam zu ihr und schloss sie in ihre Arme. Als sie sie wieder losließ, sah sie Tränen in ihren Augen glitzern. »Ich wünsche dir alles Glück der Welt.«

»Danke, das wünsche ich dir auch.«

Eine Weile sahen sie einander an, dann griff Lilly nach dem Koffer. »Auf Wiedersehen, Martha, und bleib gesund.«

Noch einmal umarmten sie sich, und Lilly verließ das Zimmer, das für mehr als zwei Jahre ihr Zuhause gewesen war.

Im Foyer begegnete sie Schwester Hanna, die den Eindruck machte, als hätte sie schon auf sie gewartet.

»Ich habe eben mit Dr. Conradi gesprochen«, sagte sie. »Ich hätte mir nicht träumen lassen …«

Lilly stellte ihren Koffer neben sich ab. »Ich habe keine andere Wahl. Ich muss mich jetzt um meinen Sohn kümmern. Ich habe es viel zu lange nicht getan.«

Hanna blickte zu Schwester Hedwig, dann bot sie Lilly ihren Arm an. »Wollen wir einen letzten Spaziergang machen?«

Lilly nickte, nahm ihren Koffer wieder auf, und nachdem sie noch einen Rundblick durch das Foyer geworfen hatte, hakte sie sich bei Hanna ein.

Sie schritten eine Weile schweigend über den Weg, bis sie schließlich den Park erreichten. Eiskristalle glitzerten auf den Grashalmen, ihr Atem gefror vor ihren Mündern zu kleinen Wölkchen.

»War der Doktor sehr enttäuscht von mir?«, fragte Lilly.

»Er war verärgert, aber das kann man ihm nicht verdenken«, gab Hanna ehrlich zurück. »Ein Krankenhaus ist wie eine gut geölte Maschine. Alle Zahnräder und sonstigen Teile greifen ineinander. Fehlt eines dieser Teile, läuft die Maschine schlechter. Manchmal droht sie ganz stehen zu bleiben, wie wir bei der Krankheit von Dr. Conradi gesehen haben.«

»Ich bin sicher, dass Professor Kirsch Ersatz für mich finden wird.«

»Bist du glücklich mit ihm?«, fragte Hanna.

»Ja, das bin ich«, sagte Lilly. »Er ist ein wunderbarer Mann. Und mein Sohn scheint ihn auch zu mögen. Es ist alles noch fremd für ihn, aber wir werden zusammenwachsen.«

»Da bin ich sicher.« Ein wehmütiger Ausdruck trat auf Hannas Gesicht, so als trauere sie einer verpassten Chance nach. »Ich hoffe, du wirst glücklich.« Tränen rollten über ihre Wangen.

Auch Lilly schluchzte, als sie Hanna umarmte.

Wenig später machten sie sich auf den Weg zum Ausgang. Die Sonne, die durch die Bäume fiel, hatte die Schneehülle auf den Taxusbüschen zum Schmelzen gebracht.

Am Tor angekommen, stellte sich Hanna mit ernster Miene vor sie. »Versprichst du mir, irgendwann zu schreiben, wie es dir und deiner kleinen Familie ergeht?«

Lilly nickte. Sie hatte Hanna nicht als Freundin wahrgenommen, doch sie war eine der Schwestern, die sie nicht so leicht vergessen würde.

»Wenn Rudolph und ich heiraten, würde ich mich freuen, wenn du zur Feier kämst.« Lilly überlegte, dann sagte sie: »Und vielleicht bringst du dann noch ein paar andere Schwestern mit. Oberin Elisabeth vielleicht und Schwester Martha.«

Der Abschied von den beiden war bei Weitem nicht so herzlich ausgefallen wie dieser hier mit Hanna, dennoch hing Lilly irgendwie an ihnen.

»Für die anderen kann ich es nicht entscheiden, aber ich werde kommen, versprochen.«

»Auch Dr. Conradi wird willkommen sein«, fügte Lilly hinzu. »Selbst wenn er mich jetzt vielleicht zum Kuckuck wünscht.«

»Das werde ich ihm ausrichten.« Hanna schmunzelte. »Er mag innerlich toben, aber das gibt sich wieder. Du bist nicht die erste Schwester, die das Waldfriede verlässt, weil sie heiraten will.«

»Aber die erste, die ein Kind hat.«

»Ja, das ist ein Novum hier«, sagte Hanna. »Doch vielleicht wird es eines Tages sogar normal sein, dass Schwestern mit ihren Familien hier leben.«

Mit jedem Meter, den sie sich vom Waldfriede entfernte, wuchs das seltsame Gefühl der Leichtigkeit in Lilly, auch wenn der schwere Koffer schmerzhaft in ihre Handfläche schnitt.

Ab sofort würde sie ihre Tante nicht mehr aufsuchen müssen, um Benjamin zu sehen. Eine leichte Zeit lag gewiss nicht vor ihr, doch sie wusste, dass Rudolph ihr beistehen würde. Auch wenn noch kein Ehering an ihrem Finger steckte, war sie sich seiner sicher.

Gestern, vor dem Zubettgehen, hatte er ihr versprochen, sie bei der Suche nach einer Halbtagsstelle in der Sprechstunde eines Kollegen zu unterstützen. Benjamin ging in die Schule, und je älter er wurde, desto mehr Zeit würde er im Klassenzimmer verbringen müssen.

Natürlich konnte es dauern, bis etwas gefunden war, möglicherweise musste sie auch einen anderen Weg gehen, um Rudolph die finanzielle Bürde nicht allein zu überlassen. Aber irgendwann, da war sie sicher, würde sie wieder als Schwester arbeiten.

Als sie in die Boltzmannstraße einbog, brach ein Sonnstrahl durch die Wolkendecke. Tauwasser tropfte von den Bäumen und den Dachfirsten, und aus den offen stehenden Fenstern hörte sie Geklapper.

Vor dem Haus schaute sie nach oben. Sie konnte sich gut vorstellen, dass es für die nächsten Jahre ihr Zuhause sein würde.

Sie zog den Schlüssel aus der Tasche und trat ein. Im Hausflur war alles ruhig, doch sie war sicher, dass Frau Berger ihr Kommen bemerkt hatte. In den folgenden Wochen würde sie sich wohl Fragen anhören müssen, warum sie nun ständig hier war,aber Rudolph war ihr Bollwerk und ihr Schutz. Schon lange hatte sie sich nicht mehr so geborgen gefühlt.

Rudolph trat ihr im Wohnungsflur entgegen. Sein Blick fiel auf den Koffer, und ein wissender Ausdruck trat auf sein Gesicht. Hinter ihm schaute Benjamin aus der Tür.

»Du bist wieder da!«, sagte er und stellte sich neben Rudolph.

»Ja«, sagte Lilly. »Und jetzt gehe ich auch nicht mehr weg.« Sie schloss die Tür hinter sich, ließ den Koffer sinken und trat zu ihren beiden Männern.

»Was hat Dr. Conradi gesagt?«, fragte Rudolph, als sie im Wohnzimmer Platz nahmen. Benjamin war wieder in seinem Zimmer verschwunden. Sie hatte ihm versprochen, dass sie gleich eine Runde »Fang den Hut« mit ihm spielen würde, ein neues Spiel, das sie vor Kurzem im Spielzeugladen erstanden hatte.

»Er war verärgert«, entgegnete sie. »Aber er hat meine Kündigung akzeptiert.« Sie senkte den Kopf. Ihr Herz fühlte sich schwer an. »Es tut mir leid, dass ich ihn so getäuscht habe. So enttäuscht.«

»Du hast getan, was für dein Kind das Beste war«, gab er zurück. »Du hattest keine andere Wahl. Und um enttäuscht zu sein, hätte er erst mal mit dir arbeiten müssen. Du bist eine gute Schwester, und ich werde dich auf Station sehr vermissen.«

»Dafür hast du mich ja nach Feierabend hier.«

Er lachte auf, dann nahm er sie in den Arm. »Ich werde immer für dich da sein und für dich sorgen, hörst du? Wenn du erst mal meine Frau bist, werde ich Benjamin adoptieren, und dann ziehen wir in ein Haus am See.«

Lilly schmiegte sich fest an ihn. Alles, was er sagte, hörte sich so unfassbar gut an. Beinahe zu gut, um wahr zu sein. Aber in diesem Augenblick wollte sie nichts anderes tun, als daran zu glauben.

62. Kapitel

Zehlendorf, 25. Januar 1933

Lilly fiel es schwer, sich daran zu gewöhnen, morgens nicht zum Dienst zu erscheinen. Ein wenig fühlte sie sich an die Zeit erinnert, als die Charité sie entlassen hatte, nur dass sie jetzt nicht mehr so zu tun brauchte, als ob sie noch arbeitete. Sie vermisste das Waldfriede, die gemeinsamen Mahlzeiten, die Gespräche und die kleinen Patienten.

Rudolph ging jeden Tag zur Arbeit aus dem Haus. Wenn er zurückkehrte, redete er wenig. Mit ihrem Ausscheiden war sie abgeschnitten worden von der Welt des Waldfriede, eine Fremde, die nichts über das Schicksal der Patienten erfahren durfte.

Ihre Kolleginnen ließen sie nur selten grüßen.

Dafür eröffnete sich ihr eine andere Welt. Benjamin bei sich zu haben, fühlte sich immer noch ein wenig seltsam an. Obwohl sie viel mit Kindern zu tun gehabt hatte, war die Welt ihres Sohnes für sie vollkommen neu. Hin und wieder fragte er nach Cäcilia und ob sie nach Hamburg zurückkehren würden. Wenn er seine Freunde und Schulkameraden vermisste, fühlte Lilly sich schuldig.

Rudolph war es glücklicherweise gelungen, Benjamin in einer Schule in Zehlendorf unterzubringen. Lilly begleitete ihn morgens dorthin und holte ihn mittags ab. Wenn er gefragt wurde, ob es ihm dort gefiel, antwortete Benjamin mit »Ja«, aber sie konnte ihm ansehen, wie sehr er sein altes Leben in Hamburg vermisste.

Immerhin schien er ein Talent dafür zu haben, Menschen für sich zu gewinnen. Als Lilly eines Tages etwas später am Schultor erschien, sah sie, wie er mit zwei anderen Jungen spielte. Später erklärte er ihr, dass Roland und Karl seine neuen Freunde seien.

Cäcilia meldete sich nicht bei ihnen, worüber Lilly hätte froh sein können. Aber die Stille gefiel ihr nicht. Dass Heller nicht auftauchte und ihr drohte, hieß noch nicht, dass sie die Sache auf sich beruhen ließen.

Doch ein Tag nach dem anderen verging, ohne dass sich etwas rührte. Lillys Anspannung legte sich dadurch nicht, aber sie wurde zur Routine. Das Einzige, was ihr nicht so recht gefiel, war das Gefühl des Alleinseins und der Langeweile. Auch das Kochen stellte sie vor so manche Herausforderung, denn sie war es nicht gewohnt, für drei Personen Mahlzeiten herzurichten. Immerhin hatte Benjamin keine besonders großen Ansprüche an das Essen, und Rudolph half ihr, wenn etwas mal nicht klappte. Die Erledigungen in der Geschäftsstraße boten immerhin eine kleine Abwechslung, aber eine kleine Sehnsucht nach ihren Kolleginnen und dem Waldfriede blieb.

Dann, an diesem Mittwochmorgen Ende Januar, kurz bevor sich Rudolph auf den Weg zum Waldfriede machte, klingelte es an der Tür.

»Wer könnte das sein?«, fragte Lilly erschrocken. Benjamin war bereits in der Schule.

Rudolph, der gerade an seinen Ärmelmanschetten nestelte, trat ans Fenster und schaute auf die Straße hinunter.

»Ein Mann und eine Frau«, sagte er. »Sie haben Aktentaschen dabei.«

Ein heißer Schauer überfiel Lilly. »Können wir nicht so tun, als wären wir nicht da?«, fragte sie beklommen.

Wieder klingelte es. Rudolph straffte sich. »Nein«, sagte er. »Wenn diese Leute von irgendeinem Amt kommen, müssen wir ihnen zeigen, dass Benjamin hier gut aufgehoben ist.«

Damit ging er zur Tür. Lilly folgte ihm auf Zehenspitzen.

Möglicherweise sind es auch nur Werber für irgendeine Partei, ging es ihr durch den Sinn.

Rudolph betätigte den Summer, öffnete die Tür und wartete.

Die beiden Besucher beeilten sich anscheinend, denn nur wenig später tauchten sie vor Rudolph, der wie ein Wächter in der Tür stand, auf.

Das Paar – ein Mann um die fünfzig mit schütterem grauen Haar und eine blonde Frau, die Mitte dreißig sein musste – stellte sich als Lotte Krüger und Kurt Brinkmann vor.

»Man hat uns gesagt, dass wir hier eine Frau Lilly Wegner finden können«, sagte sie und zog ein Schreiben aus der Tasche. »Es geht um ihren Sohn Benjamin Wegner.«

Panik überfiel Lilly, und sie hatte Mühe, gegen die Schwäche in ihren Knien anzugehen. Sie war sicher, dass Cäcilia und Heller dahintersteckten. Letzterer hatte eine direkte Konfrontation gescheut, aber wohl einige Hebel in Bewegung gesetzt.

Rudolph blieb souverän. »Ah, meine Verlobte!« Er blickte sich um. »Da ist sie ja schon!«

»Sie sind Lilly Wegner?«, fragte die Frau. Ihr Kostüm saß an einigen Stellen schlecht, und der Mann presste die Aktentasche an seine Brust, als wäre es ein Schutzschild.

Lilly nickte und reichte beiden die Hand. Sie fühlte sich nervös und schwach zugleich, aber in diesem Moment ging es um alles!

»Wo ist Ihr Sohn?«, fragte Frau Krüger.

»Dort, wo er hingehört – in der Schule«, antwortete Lilly mit einem unsicheren Lächeln. Sie fing Rudolphs Blick auf. Eigentlich sollte er sich jetzt auf den Weg machen, doch er signalisierte ihr mit einem beinahe unmerklichen Nicken, dass er bleiben würde.

»Lassen Sie uns doch im Wohnzimmer sprechen«, schlug er vor, und als er voranging, berührte er kurz ihre Hand.

Frau Krüger und Herr Brinkmann ließen ihre Blicke durch den Raum schweifen, als suchten sie nach Staubspuren. Schließlich nahmen sie auf dem Sofa Platz. Brinkmann öffnete seinen Aktenkoffer und holte ein paar Formulare hervor.

»Wir kommen von der Fürsorge, um die Lebensumstände Ihres Sohnes zu überprüfen. Cäcilia Wegner ist Ihre Tante?«

Lilly überlief es kalt. Wahrscheinlich hatte sie den Leuten erzählt, sie würde mit Benjamin in einem Drecksloch hausen und nicht die Möglichkeit haben, ihn zu versorgen, weil sie nicht mehr arbeiten konnte.

»Ja, das ist sie.«

»Und der anwesende Herr ist Ihr Verlobter?«

»Ja, das ist er.«

»Dürften wir Ihre Papiere sehen?«, wandte sich der Mann an Rudolph.

»Selbstverständlich«, sagte dieser und verschwand, um seine Brieftasche zu holen. Er hielt dem Beamten seinen Ausweis unter die Nase.

»Rudolph David Kirsch«, las der Mann laut vor, damit seine Kollegin notieren konnte. »Sie sind Jude, nicht wahr?«

»Ist das von Bedeutung?«, fragte Rudolph zurück. Die Frau und der Mann sahen einander an, und Lilly spürte, dass beide denselben Gedanken hatten. Ihre Anspannung wurde noch größer. Wollten sie ihr verbieten, einen Juden zu heiraten?

»Nein«, sagte die Frau schließlich. »Wir machen darüber lediglich eine Aktennotiz. Haben Sie vor, den Jungen zu adoptieren?«

Rudolph zwang sich sichtlich zur Ruhe. »Ja, das habe ich. Wir planen, in den kommenden Monaten zu heiraten.«

Die Frau schrieb etwas auf, während der Blick des Mannes weiterhin auf Lilly ruhte.

»Stimmt es, dass der Junge über sechs Jahre seines Lebens bei Ihrer Tante verbracht hat?«, fragte er schließlich.

»Ja«, antwortete Lilly. »Ich war minderjährig, als ich ihn geboren habe. Meine Eltern haben es so entschieden.«

»Sie sind jetzt dreiundzwanzig?«

»Ja.«

»Also seit zwei Jahren volljährig.«

Lilly nickte.

»Sie hätten Ihren Sohn also mit Erreichen der Volljährigkeit zu sich holen können.«

»Das konnte ich nicht«, gab Lilly zurück. »Ich musste arbeiten und hatte nicht die Möglichkeit, ihn tagsüber beaufsichtigen zu lassen.«

»Und wie sieht es jetzt aus?«

Lilly blickte zu Rudolph. »Ich habe meine Stelle im Krankenhaus Waldfriede gekündigt«, erklärte sie. »Mein Verlobter sorgt für uns.«

»Und wenn das in nächster Zeit nicht mehr der Fall wäre?«

»Wie meinen Sie das?«, fragte Rudolph.

»Sie könnten Ihre Stelle verlieren.«

»Ich bin Professor an der Charité, außerdem unterrichte ich an der Friedrich-Wilhelms-Universität. Und ich behandle Patienten im Krankenhaus Waldfriede. Glauben Sie nicht, dass jemand wie ich weniger entbehrlich ist als andere?«

Der Mann sah ihn leicht spöttisch an, dann fuhr er fort: »Wir werden nur noch ein paar Dinge notieren, dann behelligen wir Sie nicht länger.«

»Will meine Tante mir den Jungen wegnehmen?«, fragte Lilly aufgebracht.

»Wir sind lediglich hier, um die Lebensumstände des Kindes zu ermitteln«, sagte die Frau.

Damit wich sie Lilly aus, doch ihr wurde klar, dass weiteres Nachbohren ohnehin nichts bringen würde. Also beantwortete sie die Fragen der Beamten, bis diese ihren Katalog abgearbeitet hatten.

»Wann bekommen wir Bescheid?«, fragte sie, als sich die beiden schließlich erhoben.

»Wenn überhaupt ein Bescheid ergehen muss, dann in ein paar Wochen.«

Als die Beamten fort waren, sank Lilly auf dem Sofa zusammen. Sie fühlte sich, als wäre sie die gesamte Avus, die berühmte Berliner Autorennstrecke, entlanggerannt. Ihr Kleid klebte an ihrem Körper, und nach einer Weile begannen ihre Muskeln unkontrolliert zu zittern.

Rudolph setzte sich neben sie. Äußerlich wirkte er wie die Ruhe selbst, aber sie spürte deutlich, wie sehr ihn dieses Gespräch mitgenommen hatte.

»Eins muss man deiner Tante lassen«, sagte er. »Sie lässt nicht locker.«

»Das war Heller«, erwiderte Lilly und schlang die Arme um ihre Schultern. »Er wollte den Jungen unbedingt.«

»Und niemand hat weniger ein Anrecht auf ihn als er.« Er legte seinen Arm um ihre Schultern. »Du wirst sehen, sie werden dir nichts anhaben können. Meine Wohnung ist sauber und ordentlich, Benjamin geht zur Schule.«

»Und wenn sie nun in der Schule aufkreuzen?« Ein heißer Schreck durchzog sie. »Wenn sie ihn von dort mitnehmen?«

»Das dürfen sie nur, wenn dir das Sorgerecht entzogen wird. Aber danach sieht es nicht aus. Wenn deine Tante versucht hat, dich in Misskredit zu bringen, ist es ihr nicht gelungen. Und wenn du erst einmal Frau Professor bist …« Er küsste sie, und Lilly spürte, wie sich die Unruhe ein wenig legte. Das Zittern verschwand.

»Es tut mir leid, dass du zu spät kommst«, sagte sie leise.

»Meine Patienten werden es verkraften. Ich habe Martha für den Frühdienst eingeteilt, sie wird schon aufpassen, dass alles seinen Gang geht.«

»Trotzdem solltest du dich jetzt auf den Weg machen. Du darfst deine Anstellung nicht aufs Spiel setzen.«

Er küsste ihre Stirn. »Das Waldfriede wäre doch sehr dumm, wenn es mir die Betten aufkündigen würde, oder etwa nicht?«

Als Rudolph fort war, trat Lilly vom Fenster zurück. Er hatte ihre Bedenken zu zerstreuen versucht, doch mit jeder Minute, die verging, wuchsen sie wieder. Würden diese beiden grässlichen Leute wirklich nicht an der Schule auftauchen? Immerhin gehörte deren Adresse auch zu den Dingen, die sie erfragt hatten.

Schließlich wirbelte sie herum, lief ins Schlafzimmer und holte von dort ihre Handtasche. Im Flur schlüpfte sie in Schuhe und Mantel, dann griff sie nach den Wohnungsschlüsseln.

Als sie die Tür hinter sich zugezogen hatte, vernahm sie Stimmen im Flur. Frau Berger unterhielt sich wahrscheinlich mit dem Postmann, der um diese Uhrzeit immer kam. Lilly hoffte, dass sie abgelenkt war. Was die Neugierde anging, stand sie ihrer ehemaligen Vermieterin Frau Hausmann in nichts nach.

Fast glaubte sie schon, einfach zur Tür stürmen zu können, doch dann hörte sie hinter sich ihre Stimme: »Fräulein Wegner, warten Sie doch bitte.«

Lilly erstarrte. Es bedeutete nie etwas Gutes, wenn die Vermieterin mit ihr sprechen wollte.

»Guten Morgen, Frau Berger«, sagte sie und zwang sich zu einem Lächeln. »Ist etwas nicht in Ordnung?«

»Das frage ich Sie. Da waren zwei Beamte vor der Tür. Gibt es ein Problem bei Ihnen? Sie wissen, wir sind ein ruhiges Haus, und wenn Schwierigkeiten auftauchen, sollte ich es wissen.«

Lilly schüttelte den Kopf. Am liebsten hätte sie der Frau an den Kopf geworfen, dass ihre Probleme sie überhaupt nichts angingen, aber sie zwang sich zur Ruhe.

»Die beiden Beamten waren wegen der Adoption meines Sohnes hier. Professor Kirsch und ich wollen ja demnächst heiraten, wie Sie sicher wissen.«

Die Frau musterte sie von Kopf bis Fuß, und Lilly erkannte hinter ihrer Stirn deutlich die Frage, wie sie zu einem Kind gekommen war.

»Das hier ist ein ordentliches Haus, und Unmoral ist hier nicht gern gesehen.«

Lilly fühlte plötzlich einen Kloß im Hals. Wann würde es endlich aufhören, dass Frauen dafür verurteilt wurden, dass sie außerehelich schwanger wurden?

»Keine Sorge, bei uns wird es nicht unmoralisch zugehen. Und jetzt muss ich leider los, wenn Sie mich entschuldigen?«

Frau Berger sagte darauf nichts, und Lilly schlüpfte aus der Tür.

Auf dem Weg zur Schule wusste Lilly nicht, worüber sie aufgebrachter sein sollte: über ihre Tante, die ihr die Fürsorge auf den Hals geschickt hatte, die Leute von der Fürsorge selbst oder über die Hauswirtin, die glaubte, etwas Unmoralisches würde hinter Professor Kirschs Wohnungstür geschehen.

Schließlich wog Cäcilias Vergehen schwerer. Eigentlich hatte sie vorgehabt, ihr noch einmal zu schreiben und um Benjamins restliche Sachen zu bitten. Doch jetzt war sie entschlossen, keinen Mucks zu machen. Durch die Fürsorge würde Cäcilia vielleicht erfahren, wo sie und Benjamin lebten, und mit wem. Doch alles andere ging sie nichts an.

Sie erreichte die Schule, ohne die Beamten noch einmal zu Gesicht zu bekommen. Das brauchte aber nicht unbedingt ein gutes Zeichen zu sein. Sie hatten einiges an Vorsprung und konnten schon längst in Rektor Krajewskis Büro sitzen.

Langsam schritt sie vor dem Schulgebäude entlang und spähte durch die Fenster. Nachdem sie nur ältere Schüler gesehen hatte, schlüpfte sie durch das Tor des Schulhofs. Nach einer Weile entdeckte sie den Kopf ihres Sohnes, der konzentriert auf sein Heft schaute und etwas hineinschrieb oder -malte.

Was in den vergangenen Stunden passiert war, wusste sie nicht, doch zumindest äußerlich deutete nichts darauf hin, dass es einen Zwischenfall gegeben hatte. Genau würde sie es aber erst wissen, wenn seine letzte Stunde vorbei war und sie ihn fragen konnte.

Sie ließ sich also auf eine Bank in der Nähe der Schule nieder. Bis zum Ende des Unterrichts würden noch drei Stunden vergehen, aber das nahm sie in Kauf, wenn sie nur sicherstellen konnte, dass diese Leute nicht hier auftauchten.

Als die Schulglocke schließlich das Ende des Tages für die Erstklässler anzeigte, erhob sie sich und ging zum Tor. Sie fühlte sich durchgefroren und sehnte sich nach der warmen Wohnung und einer Tasse Tee.

Normalerweise erschien Benjamin recht pünktlich, nicht ganz vorn in der Kindermeute, die nach Hause drängte, aber stets im Mittelfeld.

Diesmal liefen die Kinder an ihr vorbei, ohne dass ihr Sohn auftauchte.

Unruhe kniff in ihren Magen. Was war los? Warteten die Beamten doch im Büro des Rektors auf Benjamin?

Da erschien er plötzlich, den Ranzen nachlässig über die Schulter geworfen. Seine Jacke hing schief über der anderen.

Als er sie erblickte, kam er zu ihr gerannt.

Lilly atmete erleichtert auf, dann lächelte sie. »Wie siehst du denn aus?«, fragte sie, während sie sich vor ihn hockte und ihm den Ranzen abnahm, damit er ordentlich in seine Jacke schlüpfen konnte.

»Lilly, wir haben heute Käfer angeschaut!«, berichtete er begeistert. »Und in Musik ein neues Lied gelernt!«

»Das klingt ja wunderbar«, sagte Lilly. »War denn sonst noch was los in der Schule?«

»Der Kurt hat zwei Schläge auf die Hände bekommen, weil er ein Tintenfass verschüttet hat. Aber sonst war alles wie immer.«

Lillys Nackenhaare sträubten sich. Auch sie hatte einmal in der Schule Schläge mit dem Lineal auf die Hände bekommen, als sie im Handarbeitsunterricht die Kreuzstiche falsch gemacht hatte. Sie wollte gar nicht daran denken, wie sie reagieren würde, wenn ihrem Sohn das passierte.

»Und es war niemand da, der mit dir sprechen wollte?«

Benjamin schaute sie fragend an. »Nein.«

Lilly nickte, dann erhob sie sich. »Du darfst mit niemandem mitgehen, hörst du?«, sagte sie. »Egal wie freundlich derjenige ist. Gehe nicht mit ihm mit.«

Benjamin nickte. »Ist gut.«

Lilly schloss ihn in die Arme. »Dann auf nach Hause. Ich bin noch nicht zum Kochen gekommen, aber du darfst dir etwas wünschen.«

»Kartoffelbrei!«, erklang es wie aus der Pistole geschossen.

In den folgenden Tagen wurde Lilly ihre Unruhe nicht mehr los. Wenn es an der Tür klingelte, zuckte sie erschrocken zusammen. Doch es war nur der Postbote, der etwas abgeben wollte, das nicht in den Briefkasten passte.

Rudolph bekam in letzter Zeit häufig neue Bücher, und sie hatte schon gescherzt, dass er Glück habe, dass sie zu Hause sei und ihm den Weg zum Postamt erspare.

Auf ihrem Gang zum Briefkasten begleitete sie jedes Mal heftiges Magendrücken, das sich sogleich in Erleichterung verwandelte, wenn sie feststellte, dass kein Brief von der Fürsorge oder vom Jugendamt dabei war.

Am 30. Januar hatte sie gerade Benjamin von der Schule geholt und ihm Bratkartoffeln mit Spiegelei serviert, als Rudolph in die Wohnung gestürzt kam. Schrecken stand ihm ins Gesicht geschrieben.

»Was ist passiert?«, fragte Lilly erschrocken.

»Hast du heute schon Radio gehört?«, fragte er nur, während er mit Mantel und Hut ins Wohnzimmer eilte.

»Nein, warum denn?«

Rudolph schaltete das Gerät an, richtete sich auf und betrachtete es wie ein Schlangenbeschwörer im Zirkus. »Es heißt, Hitler soll von Hindenburg zum Reichkanzler ernannt worden sein«, erklärte er, und wenig später bestätigte der Sprecher das Gerücht.

Mit heroisch eingefärbten Worten begrüßte er die Einsetzung des neuen Regierungsführers. Lilly schaute zu Rudolph. Zwischen seinen Augenbrauen war eine Sorgenfalte erschienen, die tiefer wurde, je länger der Sprecher redete.

Als der Bericht vorüber war, blickte er auf. »Sie haben es also geschafft«, sagte er. »Sie haben die Macht an sich gerissen, obwohl das Wahlergebnis etwas anderes sagte.«

»Und was bedeutet das für uns?«

»Ich weiß es nicht.« Rudolph schaltete das Radio wieder aus. Wie betäubt schüttelte er den Kopf. »Ich weiß nur, dass ich alles tun werde, um dich und Benjamin zu beschützen.«

63. Kapitel

Zehlendorf, 27. Februar 1933

In den folgenden Wochen war Rudolph sehr still. Oftmals fand Lilly ihn in seinem Arbeitszimmer, doch nicht etwa über einem wissenschaftlichen Buch brütend. Er starrte einfach ins Leere, mit einem Blick, den sie zuvor noch nie an ihm gesehen hatte.

Wenn sie ihn fragte, was los sei, wiegelte er meist ab und schob Erschöpfung vor. Doch Lilly kannte ihn mittlerweile gut genug, um zu erkennen, dass ihm nicht die Arbeit Sorgen bereitete, sondern die politischen Verhältnisse. Die NSDAP machte keinen Hehl daraus, dass sie Juden und Kommunisten verabscheute.

Sie war sicher, dass Rudolph ihr berichten würde, wenn er angegriffen worden wäre. Aber brauchte es einen großen Angriff, um ihm Angst einzujagen? Reichten nicht auch schon Sticheleien unter Kollegen und Bemerkungen von Patienten?

Auch an diesem Abend kehrte er mit verschlossener Miene heim. Wie immer erkundigte er sich nach ihrem und Benjamins Tag, doch dann verschwand er im Arbeitszimmer.

Lilly ging ihm nach. »Das Abendessen ist gleich fertig«, sagte sie sanft, trat zu ihm und begann ihm ein wenig den Nacken zu massieren. Er griff nach ihrer Hand, küsste sie und legte sie an seine Wange.

»Ich frage mich manchmal, womit ich das Glück mit dir verdient habe«, sagte er.

»Warum tust du das?«, fragte Lilly. »Jeder Mensch hat Glück verdient.«

»Und die wenigsten Menschen finden es.«

Sie ging um ihn herum und hockte sich auf seinen Schoß. Warm schlossen sich seine Arme um ihre Hüften.

»Was ist los?«, fragte sie. »Gibt es Ärger auf der Arbeit? Mit den Patienten? Ich weiß, du möchtest die Schweigepflicht nicht brechen, aber die gilt nicht für Allgemeines. Ich weiß doch, wie es im Waldfriede läuft …«

Rudolph zögerte, dann sah er sie an. »Die Stimmung im Haus verändert sich. Ähnlich, wie es vor einem Jahr in der Charité der Fall war.«

Lilly erinnerte sich, dass man ihm geraten hatte, sich auf die Forschung zu konzentrieren und nicht mehr öffentlich aufzutreten. »Ich spüre die Blicke einiger Kollegen und auch der Schwestern und Pfleger. Sogar auf unserer Station. Ich habe immer mehr das Gefühl, ein Außenseiter zu sein.«

»Vielleicht täuscht das nur«, gab Lilly zurück. »Möglicherweise sind sie so sehr mit sich selbst beschäftigt …«

Rudolph schüttelte den Kopf. »Nein, das glaube ich nicht. Ich glaube, sie warten auf etwas. Ich kann nicht sagen was, aber wenn sie mich anschauen … habe ich das Gefühl, dass sie sich fragen, wie lange ich wohl noch da sein werde.«

Im Bett lag Lilly noch eine Weile wach, starrte auf die Lichtflecken an der Decke und fragte sich beunruhigt, ob Rudolph nicht doch recht hatte. Sie hatte nie so etwas wie Ablehnung bei den Kolleginnen erfahren. Hin und wieder war es zu kleinen Unstimmigkeiten gekommen, doch die waren normal, wenn man viel Zeit miteinander verbrachte. Aber sie war ja auch keine Jüdin. Ob die anderen sie anders behandelt hätten, wenn sie gewusst hätten, dass sie mit ihm zusammen war?

Ein Klingeln an der Tür ließ sie hochschrecken. Lilly richtete sich auf und rüttelte Rudolph an der Schulter, der bereits wie ein Stein geschlafen hatte.

»Was ist los?«, fragte er schlaftrunken.

»Es hat geklingelt.« Lilly rappelte sich auf. In dem Augenblick läutete es erneut.

»Vielleicht ist es ein Betrunkener, der sich in der Hausnummer geirrt hatte.«

»Nein, das glaube ich nicht.«

Wieder schrillte die Klingel, diesmal dreimal hintereinander.

»Du meine Güte, das scheint ja dringend zu sein.« Rudolph erhob sich.

Ein beunruhigender Gedanke kam Lilly, den sie im nächsten Augenblick laut aussprach. »Wenn es meine Tante ist?«

Es war Cäcilia zuzutrauen, dass sie mitten in der Nacht hereinschneite, wenn sie etwas wollte.

»Dann werde ich ihr sagen, wohin sie sich um diese Uhrzeit scheren kann«, gab Rudolph halb müde, halb ärgerlich zurück, warf seinen Morgenmantel über und verschwand aus dem Schlafzimmer. Wenig später betätigte er die Sprechanlage und fragte: »Wer ist da?«

»Dr. Rosenbaum«, antwortete es kurz darauf. Der Arzt klang, als wäre er den Weg zu ihrem Haus gerannt. »Bitte entschuldigen Sie die Störung, aber … darf ich hochkommen?«

»Natürlich«, hörte Lilly Rudolph sagen. »Warten Sie bitte einen Augenblick vor der Tür, wir sind noch nicht ganz repräsentabel.«

Damit kehrte er ins Schlafzimmer zurück. Zunächst schien er zu überlegen, ob er in seine Kleider schlüpfen sollte, dann strich er lediglich über sein Haar.

»Was kann er wollen?«, fragte Lilly, während sie ebenfalls ihren Morgenmantel überwarf. Er war ein Geschenk von Rudolf zu Weihnachten gewesen, obwohl er selbst es nicht feierte. Die schwere Seide war mit wunderschönen rosa und bordeauxroten Magnolien bedruckt und schmiegte sich wie eine zärtliche Berührung an ihren Körper.

»Ich weiß es nicht. Vielleicht hat ihn sein Bekannter rausgeworfen.« Rudolph ging voran.

Vor der Tür trat Dr. Rosenbaum unruhig von einem Bein aufs

andere. Er machte einen ziemlich derangierten Eindruck. Schweißgeruch, gemischt mit Resten von Rasierwasser, stieg Lilly in die Nase.

»Was ist passiert?«, fragte Rudolph, während er ihn in die Wohnung bugsierte. »Sind Sie verfolgt worden?«

»Nein, es ist …« Rosenbaum keuchte immer noch so stark, dass er zunächst nicht weitersprechen konnte. »Der Reichstag«, brachte er schließlich hervor. »Der Reichstag brennt!«

»Was?«, fragte Rudolph ungläubig. Lilly schlug erschrocken die Hand vor den Mund.

»Es stimmt. Der Reichstag brennt. Ich war bei Bekannten in der Nähe des Potsdamer Platzes. Man sieht den Lichtschein bis weit in die Stadt hinein.« Rosenbaum ließ sich auf dem Sessel nieder. Sein Haar klebte am Kopf fest, in seinen Augen stand Verzweiflung.

»Wer könnte so etwas tun?«, fragte Lilly hilflos.

»Das wird die Polizei ermitteln müssen«, sagte Rudolph, der ebenfalls sichtlich erschüttert war.

Stille folgte seinen Worten.

»Ich bringe Ihnen ein Glas Wasser«, bot Lilly schließlich an und ging in die Küche. Dort blieb sie vor dem Schrank stehen, als hätte sie vergessen, was sie hier wollte.

Der Reichstag in Flammen! Das hörte sich so unglaublich an. Wie um alles in der Welt konnte ein Gebäude wie dieses in Brand geraten?

Nach einer Weile fasste sie sich wieder, holte ein Glas aus dem Küchenschrank und füllte es unter dem Wasserhahn. Dann kehrte sie in die Wohnstube zurück.

»Hier«, sagte sie und reichte Dr. Rosenbaum das Glas. Dieser stürzte das Wasser hastig hinunter.

»Wir müssen mit den anderen Ärzten sprechen«, sagte Rudolph. »Sie müssen wissen, was passiert.«

»Ich würde an Ihrer Stelle jetzt nicht zum Waldfriede gehen«, gab Rosenbaum zurück. »Überall wimmelt es von SA-Leuten. Auf den Straßen werden schon Beschuldigungen gegen Kommunisten und Juden laut. Ich kann mir allerdings nicht vorstellen, dass einer von uns …«

»Und wenn es einer von uns war?«, fragte Rudolph ärgerlich zurück. »Dann ist es die Tat eines kranken oder verzweifelten Menschen. Und nicht unsere.«

»Aber Sie wissen doch, wie es ist«, hielt Rosenbaum dagegen. »Wie es immer war. Wenn ein Jude vermeintlich oder nachgewiesen etwas tat, dann taten es wir alle. Ob sie uns vorgeworfen haben, Brunnen zu vergiften oder mit dem Teufel im Bunde zu stehen, immer heißt es ›die Juden‹. Wenn sich das bewahrheitet …« Seine Hände begannen zu zittern. »Es wäre ein perfekter Vorwand, um gegen uns vorzugehen, nicht?«

»Aber was haben Sie diesen Leuten denn getan?«, fragte Lilly.

Rosenbaum blickte sie an. »Nichts. Es reicht ihnen, dass wir da sind. Die wenigsten von uns interessieren sich noch für unsere Geschichte, doch mein Vater unterrichtete sie. Es hat immer schon Pogrome gegen uns gegeben, nie wollte man uns auf der Welt haben. Sie begründen es damit, dass Judas Jesus verraten hat. Sie werden sehen, Lilly: Ein Jude steht für alle, und alle werden für ihn bestraft.«

Während die Männer weiter über den Brand und die Folgen für die jüdische Bevölkerung spekulierten, ging Lilly zu Benjamins Zimmer. Sie wollte nachschauen, ob ihn das Sturmklingeln geweckt hatte.

Vorsichtig öffnete sie die Tür. Ihr Sohn lag, alle viere ausgestreckt, auf dem Rücken, die Decke nur halb über seinen Beinen. Doch er schien tief und fest zu schlafen.

Lilly schlich zu ihm und deckte ihn vorsichtig wieder zu.

Dr. Rosenbaums Worte brannten in ihr, und sie war sicher, dass der Brand des Reichstags am morgigen Schultag Thema im Unterricht sein würde. Möglicherweise rief der Rektor sogar alle Schüler zusammen.

Sie strich Benjamin eine Locke aus dem Gesicht, beugte sich vor und gab ihm einen Kuss. Dabei dachte sie an ihre eigene Kindheit zurück. Da war auch Gerede vom Krieg gewesen, doch dieser hatte ihre Umgebung kaum berührt. Ihre Eltern schlossen sie aus allen

Erwachsenenunterhaltungen aus, nur in der Schule wurde hier und da etwas erwähnt. Aber sie hatte nie ein Gefühl direkter Bedrohung verspürt.

Sie blickte wieder auf ihren Sohn, und ihr Herz wurde schwer. Was für Zeiten waren das, in denen er aufwachsen musste?

64. Kapitel

Zehlendorf, 28. Februar 1933

Gegen zwei Uhr nachts hatte sich Dr. Rosenbaum wieder etwas beruhigt. Das Angebot, bei ihnen zu übernachten, schlug er aus.

»Ich werde nach Hause gehen«, sagte er. »Morgen habe ich Spätdienst, da kann ich mich noch ein wenig ausschlafen.«

Sie wünschten ihm eine gute Nacht und verabschiedeten ihn. Während seine Schritte im Treppenhaus verklangen, legte Rudolph den Arm um Lilly. Für einen Moment konnte keiner von ihnen etwas sagen.

»Das ist es also«, begann Rudolph schließlich. »Damit beginnt es.«

Lilly seufzte schwer. »Wir können doch noch nicht wissen, wie es war. Und wer …«

Rudolphs Miene brachte sie zum Schweigen. »Ein Gebäude wie den Reichstag kann man nicht einfach durch eine Zigarette anzünden. Es muss Brandstiftung gewesen sein. Und Hitler, der neue Reichskanzler, wird das Feuer zu seinen Zwecken nutzen. Schließlich ist in ein paar Tagen wieder eine Reichstagswahl.«

Er atmete tief durch, dann zog er sie fest an sich. Lilly spürte, dass sein Herz raste. Sie klammerte sich an ihn, nicht nur, weil sie Halt suchte, sondern auch ihm Halt geben wollte.

»Wir sollten wieder ins Bett«, sagte sie. »Der Morgen wird klüger sein als der Abend. Verrückt machen können wir uns dann immer noch.«

Rudolph küsste sie, und sie verschwanden Arm in Arm wieder im Schlafzimmer.

Am nächsten Morgen, nachdem sie Benjamin zur Schule begleitet hatte, ging Lilly zum Kiosk, wo ungewöhnlich dichtes Gedränge herrschte. Alle Leute wollten erfahren, was es mit dem Reichstagsbrand auf sich hatte. Nach einer Weile schaffte sie es endlich, ein Exemplar der *Berliner Morgenpost* zu ergattern.

»Brandstiftung: Reichstags-Gebäude in Flammen«, titelte das Blatt in dicken Lettern. Darunter befand sich ein Foto des brennenden Hauses. »Kuppel und Saal ein Feuermeer. Brandstifter verhaftet und geständig: ein holländischer Kommunist.«

Eine seltsame Erleichterung überkam Lilly. Kein Jude.

Rasch faltete sie die Zeitung zusammen und kehrte zurück in die Boltzmannstraße. Der Wunsch, zu Rudolph ins Waldfriede zu gehen, überkam sie, dann jedoch wurde ihr klar, dass der Brand auch dort Thema sein würde und man dort ebenfalls die Zeitung las.

Im Hausflur traf sie auf Frau Berger, die sich mit der älteren Dame aus dem Untergeschoss unterhielt. Seit sie ihr nach dem Besuch der Beamten von der Fürsorge begegnet war, hatte Lilly nicht mehr mit ihr gesprochen.

»Fräulein Wegner!«, rief sie, als sie sie sah. »Haben Sie schon von den schrecklichen Vorkommnissen gehört?«

»Ja, das habe ich«, erwiderte Lilly, nachdem sie den beiden grüßend zugenickt hatte.

»Diese Kommunisten sollten mit aller Härte bestraft werden! Ist es nicht fürchterlich, in welch gefährlichen Zeiten wir leben?«

»Da haben Sie recht, Frau Berger«, sagte Lilly und erklomm dann die Stufen, froh darüber, dass die Hauswirtin eine andere Gesprächspartnerin hatte und nicht sehen konnte, wie sehr ihre Worte sie aufbrachten.

***

Hanna erfuhr vom Brand des Reichstags, als sie die Morgenzeitung auf Dr. Conradis Schreibtisch legte. Erschrocken faltete sie das Blatt auseinander und las: »Eine ruchlose Tat, deren Folgen noch nicht abzusehen sind, ist verübt worden …«

Im nächsten Augenblick stürmte Dr. Conradi durch die Tür. »Der Reichstag hat gebrannt!«, rief er.

»Das habe ich gerade gelesen.« Sie reichte ihm die Zeitung. »Die Flammen soll man überall in der Berliner Innenstadt gesehen haben.«

»Was für Barbaren!«, rief Conradi aus. »Das Symbol der deutschen Hauptstadt niederzubrennen.«

»Wie es aussieht, war es ein Kommunist«, sagte Hanna. »Die Zeitung mutmaßt, dass es jetzt zu einem Aufstand kommen wird.«

Dr. Conradi seufzte schwer. »Der Herr stehe uns bei! Und da dachte ich, dass die verrückten Zeiten ein für alle Mal vorbei seien.«

Hanna erinnerte sich noch gut, welche Aufregung der Kapp-Putsch im Jahr 1920 ihrem Haus beschert hatte. Damals hatten konterrevolutionäre Generäle und Politiker die rechtmäßig gewählte Regierung vertrieben. Ein großer Streik war die Folge gewesen, dem sich die Putschisten beugen mussten. Sie hatten schließlich die Flucht ergriffen. Was war, wenn jetzt wieder jemand gewaltsam versuchte, die Regierungsmacht an sich zu reißen?

»Wir sollten beten«, sagte Hanna. »Dafür, dass kein weiteres Unheil folgt.«

»Ja, da haben Sie wohl recht.«

Dr. Conradi schloss die Augen, atmete noch einmal tief durch, dann schien er seine Sorgen beiseitezudrängen. »Ich habe Frau Braun im Wartezimmer gesehen. Sie war doch nicht bestellt, oder doch?«

Hanna fiel es schwer, ihre Gedanken wieder auf das Tagesgeschehen zu lenken, aber das Wartezimmer war voll und sie hatten keine Zeit, über das unwirklich anmutende Geschehen nachzugrübeln.

Am Abend brachte ein Laufbursche eine Ausgabe der *Vossischen Zeitung* ins Haus. Darin wurde verkündet, dass neue Notverordnungen bevorstehen würden. Dr. Conradi ließ die Belegschaft im Speisesaal zusammenkommen und las dann laut vor:

»Schärfste Maßnahmen zum Schutz des deutschen Volkes vor der kommunistischen Gefahr angeordnet.

Das Reichskabinett versammelte sich heute um elf Uhr zu einer Sitzung, in der der Reichskommissar für das preußische Innenministerium, Reichsminister Göring, einen ausführlichen Bericht über die Brandstiftung im Reichstage abgab und ferner Mitteilung über das in den unterirdischen Gewölben des Karl-Liebknecht-Hauses gefundene Material erstattete.«

Ein Raunen ging durch die Belegschaft. Hanna hatte mitbekommen, dass zahlreiche Spekulationen die Runde gemacht hatten. Nun schien klar zu sein, dass die Kommunisten die Schuldigen waren, doch es wurden auch Stimmen laut, die eine Verantwortung der Juden nicht ausschlossen.

Ihr Blick wanderte zu Dr. Rosenbaum, der neben Professor Kirsch stand. Beide hielten sich etwas abseits des Personals. Kirsch hatte die Arme vor der Brust verschränkt, Rosenbaum, der gerade erst ins Haus gekommen sein musste, wirkte etwas kränklich.

Dr. Conradi fuhr fort:

»Das Reichskabinett wird aufgrund dieser Mitteilungen beim Reichspräsidenten noch heute den Erlass einer Notverordnung zum Schutze des deutschen Volkes vor der kommunistischen Gefahr vorschlagen. Diese Verordnung wird weitgehende Eingriffe in die persönliche Freiheit zulassen. Das Reichskabinett berät derzeit noch über diese Verordnung.«

Wieder raunte es, und diesmal wurden Stimmen laut. »Richtig so!«, rief Fritz Kowalski und erntete Zustimmung von einigen Handwerkern.

»Das können sie doch nicht machen!«, tönte es aus der Ecke der Schwestern, wobei Hanna nicht sagen konnte, wem die Frauenstimme gehörte.

»Von amtlicher Stelle wird hinzugefügt, es sei einwandfrei erwiesen, dass kommunistische Führer mit der Brandstiftung im Reichstage in direktem Zusammenhang stehen und ferner, dass Kommunisten Terrorakte vorbereitet haben, gegen die ein sofortiges Einschreiten sich als notwendig erwiesen habe.«

»Hängt diese Kommunistenschweine auf!«, tönte Kowalski mit rotem Gesicht, sichtlich bemüht, die Stimmung aufzuheizen.

»Beruhigen Sie sich, Bruder Kowalski«, wurde er von Dr. Conradi zurechtgewiesen. »Das gilt auch für alle anderen. Wir bleiben besonnen und warten ab, wie sich die Maßnahmen des Reichstags gestalten. Ich wollte nur, dass Sie informiert sind, damit sich hier im Haus nicht irgendwelche schädlichen Spekulationen ausbreiten. Soweit ich weiß, sind unter unserer Belegschaft keine Kommunisten, von daher brauchen wir keine Maßnahmen gegen unser Haus zu befürchten. Aber wir sollten uns bereithalten, sollte es doch zu einer Art Aufstand oder Streik kommen, bei dem es Verletzte geben könnte.«

Er ließ seinen Blick über die Runde schweifen. »Wir sind ein Haus, in dem der christliche Gedanke der Nächstenliebe an erster Stelle steht. Alle, die hier eingeliefert werden, werden von uns ohne Ansehen ihrer Person als das behandelt, was sie sind: Gottes Geschöpfe. Danke. Sie können jetzt wieder an Ihre Arbeit gehen.«

Er faltete die Zeitung zusammen und wandte sich um, während sich die Menge zerstreute.

Als Hanna den Speisesaal verließ, erblickte sie eine Gestalt im Gang. Unter dem viel zu weiten Herrenmantel schauten magere Beine hervor, das Gesicht wurde von einem Topfhut verdeckt.

»Kann ich Ihnen helfen?«, fragte Hanna, während sie sich der Person näherte. In dem Augenblick hob diese den Kopf und zog den Hut herunter. Ihre Wangen waren schmaler, als sie sie in Erinnerung hatte. Sorge stand in ihren blauen Augen, ihr blondes Haar steckte in einem eilig zusammengebundenen Zopf.

»Rosa!«, rief Hanna erschrocken. »Was machst du denn hier?«

Die junge Frau kam zu ihr gelaufen und fiel ihr um den Hals. »Hanna, du musst mir helfen! Bitte!«

»Was ist denn passiert?«, fragte Hanna. Sie hatte von ihrer Freundin schon eine Weile nichts gehört und war davon ausgegangen, dass alles in Ordnung sei.

»Paul ist verhaftet worden«, sagte sie verzweifelt. »SA-Männer sind auf die Baustelle gestürmt und haben alle mitgenommen, die bekanntermaßen in der KPD sind. Paul …« Sie krümmte sich zusammen und begann zu schluchzen.

»Komm erst mal mit«, sagte Hanna und zog Rosa mit sich in die leere Wartenische. Dann holte sie ein sauberes Taschentuch aus ihrer Schützentasche und reichte es ihr. Während Rosa bitterlich weinte, rieb sie ihr sanft über den Rücken. »Es wird schon alles gut werden«, sagte sie, doch die Worte klangen hohl und bedeutungslos. Es sah nicht so aus, als würde alles gut werden. Im Gegenteil, seit dem 30. Januar schien ein Unheil dem nächsten zu folgen.

»Wo ist Nora jetzt?«, fragte Hanna. »Du hast sie doch nicht allein zu Hause gelassen?«

Rosa schüttelte den Kopf. »Nein, die Nachbarin passt auf sie auf. Als ich von den Verhaftungen gehört habe, bin ich zur Baustelle, da haben sie mir gesagt, dass Paul auch mitgenommen wurde.« Wieder brach sie in Tränen aus. »Was soll ich nur machen, wenn sie ihn umbringen?«

»Das werden sie nicht«, gab Hanna zurück. »Dein Mann hatte doch nichts mit dem Brandstifter zu tun, hoffe ich?«

»Nein«, sagte Rosa klagend. »Er ist abends immer bei uns. Aber jetzt, wo sie alle Kommunisten jagen …«

Hanna nahm sie in den Arm. Der Zeitungsartikel klang immer noch in ihr nach, doch sie war davon überzeugt, dass nicht alle Kommunisten Terroristen waren. Paul war ein treusorgender Vater, und Rosa hatte nie über ihn geklagt.

»Vielleicht solltest du bei der Polizei anrufen und ihnen mitteilen, dass dein Mann nichts angestellt hat. Sie können doch nicht Sippenhaft über alle Kommunisten verhängen!«

»Und wenn sie das tun? Vielleicht haben sie ihn schon längst umgebracht!«

»Sicher haben sie das nicht.« Hanna wusste nicht so recht, was sie sagen sollte, um Rosa zu beruhigen. Sie hatte noch nie miterlebt, dass jemand verhaftet wurde. »Ich besorge dir jetzt erst mal etwas Warmes, und dann sehen wir weiter. Hast du eine Möglichkeit, deine Nachbarin zu erreichen?«

Rosa schüttelte den Kopf, dann ging ein Ruck durch ihren Körper. »Kannst du mitkommen?« Sie griff nach ihrer Hand und schaute sie flehend an. »Bitte, Hanna. Ich glaube, ich halte es nicht aus, mit der Ungewissheit allein zu sein.«

Hanna rang mit sich. Bei all der Unruhe, die in der Stadt herrschte, war es sicher gefährlich, sich dort herumzutreiben. Es wäre nicht das erste Mal, dass Rosa und sie beschossen wurden.

Doch dann blickte sie in das flehende Gesicht ihrer Freundin. Sorgen hatten ihren Wangen die Fülle genommen und tiefe Furchen in ihr Gesicht gegraben.

»Gut, ich hole meinen Mantel«, sagte sie. »Setz du dich in den Speisesaal, ich sage einem Küchenmädchen Bescheid, dass es dir etwas bringen soll.«

In ihrem Zimmer angekommen, warf sich Hanna ihren Mantel über und schlang einen Schal um ihren Hals. Es war sicher eine gute Idee, ein Schwesternkleid zu tragen. Wenn sie unterwegs aufgehalten wurden, konnte sie immer noch behaupten, dass sie zu einem Patienten wollte.

Im Speisesaal saß Rosa an einem leeren Tisch an der Seite, eine Tasse mit Brühe vor sich. Ihr Blick schweifte beinahe sehnsuchtsvoll über die Wände und die anderen Anwesenden.

»Es hat sich gar nicht so viel geändert, seit ich hier gearbeitet habe«, sagte sie ein wenig wehmütig, als Hanna neben sie trat. »Manchmal wünsche ich mich an diesen Ort zurück.«

Hanna legte ihr die Hand auf die Schulter. »Für uns alle gibt es nur einen Weg, den nach vorn.«

Rosa blickte sie an. »Ich hätte auf dich hören sollen. Wenn ich nicht schwanger geworden wäre …«

Hanna schüttelte den Kopf. »Du liebst deinen Mann doch, nicht wahr? Und deine Tochter?«

»Natürlich«, erwiderte sie. »Aber manchmal frage ich mich, ob mein Leben nicht leichter verlaufen wäre, wenn ich einfach nie geheiratet hätte, so wie du.«

»Auch das Leben einer unverheirateten Frau ist nicht leicht«, sagte Hanna. »Es scheint nur so. Aber die Stunden der Einsamkeit drücken auf die Seele. Und es gibt niemanden, mit dem man seine Last teilen kann.«

»Aber du hast doch die Anstaltsfamilie.«

»Manche Dinge kann man mit ihr nicht teilen.« Sie atmete tief durch, dann tätschelte sie Rosa die Schulter. »Trink deine Brühe, danach gehen wir. Vielleicht ist Paul schon wieder zu Hause, und alle Angst löst sich in Luft auf.«

***

Ruhelos wanderte Lilly im Wohnzimmer auf und ab. Mittlerweile war es kurz vor neunzehn Uhr, und Rudolph war noch immer nicht zurückgekehrt. Die Angst, dass ihm auf dem Rückweg etwas zugestoßen war, wütete in ihr. Möglicherweise war alles harmlos, und er hatte nur einen dringenden Patienten eingeliefert bekommen. Doch die Sorge blieb und ließ ihren Magen schmerzen.

Auch Benjamin hatte bereits nach ihm gefragt. Bald wurde es Zeit, dass sie ihn zu Bett brachte. Was sollte sie ihm sagen, wo Rudolph abgeblieben war?

Ihr Blick wanderte durch die Tür zum Telefon. Wenn etwas im Krankenhaus passiert war, würde er sich doch melden, oder nicht? Hatte man ihn auf dem Heimweg überfallen?

Was würde es schaden, wenn ich an der Pforte anrufe?, dachte Lilly und schaute zur Uhr. Mittlerweile war es Punkt acht.

»Ist Rudi immer noch nicht da?«, hörte sie die Stimme ihres Sohnes, der aus seinem Zimmer schaute.

»Nein«, antwortete Lilly. »Aber er kommt sicher bald.« Ihr Blick wanderte zum Telefon. Sollte sie vielleicht doch …

Bevor sie sich in Bewegung setzen konnte, wurde ein Schlüssel ins Türschloss geschoben, und Rudolph trat einen Moment später ein.

Lilly flog ihm entgegen und schlang die Arme um seinen Hals. »Rudolph! Ich bin so froh, dass du da bist!«

»Tut mir leid, dass ich so spät bin«, sagte er. »Dr. Conradi hat uns zu einer Versammlung zusammengerufen. Danach musste ich erst einmal Dr. Rosenbaum beruhigen.«

»Habt ihr über den Reichstagsbrand gesprochen?«, fragte Lilly. »Ich habe gelesen, dass der Brandstifter Kommunist sein soll.«

Rudolphs Miene verfinsterte sich. »Das stimmt, und dass dem so ist, wird gravierende Folgen für uns alle haben.«

Er löste sich von ihr, legte Mantel und Hut ab und ging dann ins Arbeitszimmer. Lilly folgte ihm.

»Was meinst du damit?«, fragte sie.

»Auf der Versammlung las Dr. Conradi einen Zeitungsartikel vor. Darin hieß es, dass eine neue Verordnung verabschiedet werden würde.« Rudolph stellte seine Tasche ab und befreite sich von der Krawatte. Mit einer fahrigen Handbewegung schleuderte er sie von sich. Lilly hatte ihren Verlobten selten so aufgebracht erlebt.

»Was für eine Verordnung wird das sein?«

»Irgendwas zum Schutz der Bevölkerung vor den Kommunisten«, gab Rudolph zurück und lehnte sich dann gegen den Schreibtisch. »Es heißt, dass dafür persönliche Freiheiten eingeschränkt werden müssten. Sie nennen es nicht so, aber es läuft eigentlich auf Kriegsrecht hinaus.«

»Wir haben doch keinen Krieg!«

»Nein, aber die Regierung tut so. Sie behauptet, dass die Kommunisten Terroranschläge geplant hätten. Ich möchte nicht in der Haut jener stecken, die der KPD angehören.«

Besser als wenn sie uns angreifen würden, ging es Lilly durch den Sinn, doch sie schwieg.

»Mit den Einschränkungen persönlicher Freiheit werden auch wir uns vorsehen müssen«, fuhr er fort. »Was sollte sie davon abhalten, auch gegen Juden vorzugehen? Einige von uns sind auch in der KPD! Es ist nur eine Frage der Zeit, bis jemand eine falsche Antwort gibt.«

Er atmete tief durch. »Wer weiß, wohin das alles noch mal führt. Dem Krieg so nahe habe ich mich schon seit Jahren nicht mehr gefühlt. Und ich dachte, wir hätten es hinter uns gelassen.«

Stille folgte seinen Worten, dann ertönten Schritte, und wenig später wurde die Tür aufgeschoben.

»Rudi!«, rief Benjamin und lief zu ihm. »Wo warst du so lange?«

Die Anspannung löste sich augenblicklich. Rudolph setzte ein Lächeln auf, während er dem Jungen durchs Haar wuschelte.

»Ich musste ein bisschen länger arbeiten.«

»Waren heute viele Patienten im Krankenhaus?«

»So viele wie immer. Aber manchmal dauern die Behandlungen etwas länger.«

Benjamin sah Lilly an. »Gibt's jetzt Essen?«

»Na klar«, sagte sie. »Magst du mir beim Tischdecken helfen?«

65. Kapitel

Zehlendorf, 1. März 1933

Der Brand des Reichstages brachte zwar noch keine Scharen von Patienten ins Waldfriede, dafür aber Unruhe in die Gänge. Wo Louis auch hinkam, diskutierte man darüber, was die Kommunisten hätten anstellen können und was sie noch anstellen würden, denn es war unmöglich, alle auf einmal zu fassen.

Als er an diesem Morgen das Ärztewohnhaus verließ, fiel sein Blick auf die Garage, in der das Auto untergebracht war. Kowalski hatte Wassereimer herangeholt, um es zu waschen. Im nächsten Augenblick tauchte er selbst auf, nicht wie gewohnt in Arbeitskleidung, sondern in einer braunen Uniform.

Louis stockte. Die Braunhemden hatten sich bislang selten im Haus sehen lassen, meist nur, um einen kranken Kameraden zu besuchen. Kowalski war bei der Besprechung vor zwei Tagen aufgefallen, weil er den Tod der Kommunisten gefordert hatte.

Louis ging über die Rasenfläche zur Garage.

»Guten Morgen, Herr Kowalski«, sagte er. »Das ist ja ein ganz neuer Aufzug von Ihnen.«

Der Chauffeur schaute an sich hinab, dann setzte er ein beinahe hochmütiges Lächeln auf. »Ich bin schon letzte Woche in die SA eingetreten. Nach den Ereignissen der vergangenen Tage sollte jeder Deutsche etwas tun, um die Sicherheit des Volkes zu gewährleisten. Also habe ich beschlossen, offen zu zeigen, dass ich auf der richtigen Seite stehe.«

Louis wusste nicht so recht, was er darauf sagen sollte. Sicher, auch er fand den Anschlag auf den Reichstag abscheulich. Doch ihm wäre nicht im Traum eingefallen, eine Uniform anzuziehen!

»Nun, an erster Stelle sollte für Sie der Glauben stehen. Sie sind doch noch Adventist, oder haben Sie sich von Ihrem Taufbekenntnis gelöst?«

»Natürlich nicht«, gab Kowalski zurück. »Aber Gott ist nicht die einzige Instanz, der wir gehorchen sollten. Das Land braucht uns. Und ich werde dafür sorgen, dass kein Kommunist diesem Haus zu nahe tritt.«

»Und wenn einer von ihnen eingeliefert wird?«, fragte Louis, während er spürte, wie sich der Ärger in seiner Brust zusammenballte. »Meinen Sie, ich sollte ihn verbluten lassen?«

Kowalski schaute ihn verwirrt an, doch schnell fing er sich wieder: »Diese feigen Schweinehunde haben es nicht anders verdient! Oder wollen Sie vielleicht behaupten, dass sie keine Strafe verdient haben?«

Solche Töne aus seinem Mund waren neu für Louis. Alarmglocken schrillten in seinem Innern. »Natürlich haben die Brandstifter Strafe verdient. Aber Sie können nicht Unschuldige sterben lassen, nur weil jemand aus einer Gruppe den falschen Weg eingeschlagen hat.«

»Jeder von denen wäre in der Lage, aufrechte Deutsche zu ermorden. Was, wenn einer von denen das Waldfriede anzünden würde?«

»Das Waldfriede ist ein Krankenhaus und kein Ort politischer Brisanz, Herr Kowalski. Wir tun unseren Dienst an Gott, indem wir den Menschen helfen.«

Kowalski blickte ihn mit harter Miene an. »Trotzdem wäre es manchmal besser, einen Feind sterben zu lassen, oder nicht?«

»Herr Doktor!«, empfing ihn Hanna aufgelöst im Sprechzimmer. »Ich muss mit Ihnen sprechen.«

»Was gibt es denn, Hanna?«, fragte Louis und wappnete sich gegen eine weitere schlechte Nachricht.

»Erinnern Sie sich an unser Küchenmädchen Rosa?«, fragte sie. »Rosa Pahlke?«

»Ist das nicht das Mädchen, das schwanger wurde und für das wir die Hochzeit ausgerichtet haben?«

»Ja, das ist sie«, sagte Hanna. »Sie war gestern Abend hier, vollkommen aufgelöst. Ihr Mann ist von der Baustelle weg verhaftet worden, sie hat seitdem nichts von ihm gehört. Ich bin mit zu ihr, aber bis nach Mitternacht kam keine Nachricht. Bei der Polizei wollte man uns keine Auskunft geben.«

Louis blickte sie erschrocken an. »Sie waren mitten in der Nacht unterwegs?«

»Ich habe bei Rosa übernachtet, bin vorhin mit der Bahn gekommen. Mir ist nichts passiert, aber Paul …« Sie stockte. »Was, wenn sie ihn umbringen? Oder in Haft nehmen?«

»Das ist nicht unsere Sache, Schwester Hanna. Ich weiß, Sie sind mit Rosa befreundet, und es tut mir sehr leid, was geschehen ist. Aber wir können nichts tun.«

»Und wenn er nun länger fortbleibt? Rosa hat ein Kind, sie ist auf Pauls Lohn angewiesen.«

Louis legte Hanna die Hände auf die Arme und blickte sie an. »Wäre es möglich, dass er sich etwas hat zuschulden kommen lassen?«

»Rosa sagt, er wäre zu Hause gewesen. Er ist ein einfacher Arbeiter, niemand, der etwas gegen den Staat plant.«

»Das können Sie nicht wissen!« Louis ließ sie wieder los und trat zurück. »Entschuldigen Sie«, sagte er. »Ich bin noch etwas durcheinander.«

»Was ist passiert?«, fragte Hanna verwundert.

»Haben Sie gewusst, dass Kowalski in die SA eingetreten ist?«

Hanna zog die Augenbrauen hoch. »Nein, das wusste ich nicht.«

»Er nimmt die Geschehnisse um den Reichstagsbrand zum Anlass, stolz seine Uniform zu zeigen. Als ich ihm sagte, dass er in erster Linie Adventist ist, meinte er, dass es wichtigere Dinge gäbe, zum Beispiel, das deutsche Volk vor den Kommunisten zu beschützen.«

Er schüttelte den Kopf, dann trat er hinter den Schreibtisch. »Und er legte mir tatsächlich nahe, dass ich einen ›Feind‹, wie er es nannte, sterben lassen sollte. Für das Wohl des Volkes.«

Hanna schüttelte ungläubig den Kopf. »Er muss den Verstand verloren haben! Wie kommt er nur dazu, so etwas zu sagen?«

»Das weiß ich nicht.« Louis ließ die Schultern hängen. »Offenbar kenne ich meine Brüder und Schwestern nicht wirklich. Und die Zeiten werden immer rauer.«

»Das gilt sicher nicht für alle«, sagte Hanna. »Viele haben ihren Glauben und ihr Mitgefühl behalten.« Sie hielt inne, dann fragte sie: »Sie haben ihm doch die Meinung gesagt?«

Louis schaute sie an. »Glauben Sie, man könnte einem Mann die Meinung sagen, der in der Uniform jener Kerle steckt, die nicht davor zurückscheuen, einen Arzt meines Hauses zusammenzuschlagen?« Er ließ sich schwer auf seinen Stuhl sinken. »Glauben Sie mir, es ist nicht so, dass ich kein Mitleid mit Rosa habe. Aber wir können nichts tun. Ich habe keine Verbindungen zu den Behörden, ich wüsste nicht einmal, wo ich fragen sollte. Das Einzige, was wir tun können, ist hoffen.«

66. Kapitel

Zehlendorf, 3. März 1933

Die Sorge um Paul trieb Hanna auch die nächsten beiden Tage um. Die neue Notverordnung war in Kraft getreten, allerdings konnte niemand so recht sagen, was sie bedeutete. Es hieß, dass Hausdurchsuchungen einfach so vorgenommen werden konnten, andere meinten, dass keine Zusammenkünfte stattfinden dürften. Überall in der Stadt sollte es weitere Verhaftungen geben.

»Dürfen wir denn unsere Gottesdienste abhalten?«, fragte Oberin Elisabeth bei einer Besprechung der leitenden Schwestern.

»Wir lassen uns von irgendwelchen Verordnungen doch nicht daran hindern, unserem Glauben nachzugehen!«, gab Dr. Conradi zurück. »Solange ich keine Aufforderung von Amts wegen erhalte, werden wir uns natürlich zum Sabbat zusammenfinden!«

An diesem Morgen verließ sie gerade den Unterrichtsraum, als Schwester Hedwig zu ihr gelaufen kam. »Da möchte Sie jemand sprechen, Schwester Hanna. Sie sagt, sie kennt Sie.«

Hanna presste ihre Schulunterlagen an die Brust und folgte ihr zur Pforte.

Rosa hatte die Hände tief in den Taschen ihres viel zu weiten Mantels vergraben. Ihre Augen waren rot und geschwollen.

»Rosa!«, rief Hanna aus. »Hast du Nachrichten von Paul?«

»Er ist am Leben. Sie haben ihn gestern freigelassen.«

»Das ist ja wunderbar!«, sagte Hanna, doch Rosas Miene verfinsterte sich weiter.

»Sie haben ihn gefoltert. Er braucht dringend einen Arzt.«

»Wie furchtbar! Habt ihr keinen Hausarzt?«, fragte Hanna erschüttert und presste die Hand vor den Mund.

»Wir sind eine einfache Arbeiterfamilie«, erwiderte Rosa. »Wir behelfen uns mit Hausmitteln. Außerdem läuft der Arzt, zu dem wir mal gegangen sind, neuerdings in Uniform herum.« Sie machte eine Pause, dann fügte sie hinzu: »Ich vertraue niemandem mehr – außer euch. Könnte Dr. Conradi nicht mal zu uns kommen? Oder einer der anderen Ärzte? Paul hat Angst, dass er unterwegs erneut ergriffen wird. Außerdem kann er nur schlecht laufen. Ihr habt doch ein Auto, nicht wahr? Ich habe eines neben dem Haus gesehen.«

»Das haben wir«, antwortete sie und fügte in Gedanken hinzu: und einen SA-Mann als Chauffeur. Kowalski würde es bestimmt seinen Leuten melden, wenn sie zu einem Kommunisten fuhren, um ihn zu behandeln.

»Bitte, Hanna!« Rosa umschloss ihre Hände mit ihren eiskalten Fingern.

Hanna nickte. »Ich werde sehen, was ich tun kann.«

Sie löste sich von Rosa und lief los.

Ihre Gedanken rasten im Einklang mit ihrem Herzschlag. Wen sollte sie fragen? Wer hatte Zeit? Wem konnte man diese Aufgabe anvertrauen?

Ihre erste Anlaufstelle war natürlich Dr. Conradi. Wenn sie das Auto des Hauses benutzen wollten, musste er eingeweiht sein. Sie wartete ab, bis er mit seiner Patientin fertig war, dann sprach sie ihn an.

»Rosa ist wieder hier. Ihr Mann ist nach Hause gekommen, aber verletzt. Sie sagte, er sei bei der Befragung gefoltert worden.«

Dr. Conradis Augen weiteten sich erschrocken. »Hat sie ihn hergebracht?«

»Nein, er traut sich nicht aus dem Haus. Aber dass sie uns aufsucht, zeigt, wie ernst es ist.«

Conradi presste die Lippen zusammen. »Ich kann wohl kaum mit Kowalski hinfahren und nach ihm sehen.«

»Was ist mit Dr. Meyer?«

»Er ist nicht abkömmlich. Sie wissen doch selbst, dass er heute den ganzen Tag unterrichtet.«

Hannas Gedanken wanderten weiter. »Und Professor Kirsch? Er kann fahren, er hat selbst einen Wagen.«

Der Doktor rang sichtlich mit sich, dann sagte er: »Für wann ist die OP von Herrn Grauer angesetzt?«

»Für dreizehn Uhr.«

Conradi blickte auf die Sprechzimmeruhr. Die Zeiger standen auf viertel vor zehn. »Das müsste klappen.«

»Soll ich mit Professor Kirsch sprechen?«

»Nein, das mache ich. Kümmern Sie sich um Rosa und sagen Sie ihr, dass wir gemeinsam fahren werden, sollte der Professor einverstanden sein.«

***

Eine halbe Stunde später verließ Louis mit Professor Kirsch das Haus in Richtung Garage. Kowalski war gerade im Heizkeller beschäftigt, wo es Kohle zu schaufeln gab, was ihnen sehr gelegen kam.

»Der Wagen ist noch ein älteres Modell«, erklärte Louis, als sie einstiegen.

»Ich werde damit zurechtkommen«, sagte der Professor und ließ den Motor an. Er fuhr vor auf die Rotunde, wo Rosa schnell durch die Tür des Fonds huschte.

»Ich weiß gar nicht, wie ich Ihnen danken soll, Dr. Conradi«, sagte sie, als Kirsch den Wagen durch das Tor lenkte.

»Danken Sie nicht mir, sondern Professor Kirsch, der sich bereit erklärt hat, uns zu fahren.«

Kirsch winkte ab. »Keine Ursache. Meine Morgenvisite ist vorbei, ich hätte jetzt ohnehin nur über irgendwelchen Unterlagen gesessen.«

»Danke«, sagte Rosa trotzdem und fragte im nächsten Atemzug: »Beim Eintreten habe ich einen Mann in SA-Uniform beim Auto gesehen. Ich hoffe, Sie bekommen keinen Ärger.«

»Das ist unser Heizer. Und bislang auch noch mein Chauffeur, wenngleich ich das wohl ändern werde.« Louis spielte mit dem Gedanken, einen Fahrschulkurs zu belegen, leider hatte er wegen der Arbeit noch keine Zeit gehabt, sich anzumelden.

»Wenn Sie möchten, bringe ich Ihnen das Fahren bei«, bemerkte Kirsch. »Es ist gar nicht so schwer.«

»Die Praxis vielleicht nicht, aber die Theorie …«

»Sie schaffen das!«, gab Kirsch zuversichtlich zurück. »Sie werden sehen, es macht großen Spaß. Und das Beste ist, dass man sich unbeobachtet bewegen kann.«

Wenig später befanden sie sich auf dem Weg in Richtung Innenstadt. Louis fiel auf, wie sehr sich die Straßen verändert hatten. Die letzte Sitzung der Medizinischen Gesellschaft lag schon eine Weile zurück. Damals hatte er vereinzelt Hakenkreuzfahnen gesehen, doch ihre Zahl hatte immens zugenommen. Offenbar wollte jeder dieser Tage seine Zugehörigkeit zeigen.

Das Haus, in dem Rosa lebte, befand sich in einer Seitenstraße. Die Fassade bröckelte, und an den Fensterrahmen klebte kaum noch Farbe. Einige Fenster waren mit Decken verhangen. Die Armut kroch aus allen Poren des Gebäudes.

Rosa führte sie in den dritten Stock. »Ich weiß gar nicht, wie er es überhaupt geschafft hat, hier hochzugelangen«, erklärte sie. »Sein rechtes Bein ist stark in Mitleidenschaft gezogen worden …«

Louis blickte sich um. Wieso musste jemand, der einer geregelten Arbeit nachging, nur unter solchen Bedingungen wohnen? Es war kein Wunder, dass Hitler mit seinen Wahlversprechen bei vielen Leuten Gehör fand.

Obwohl die Wohnung ärmlich eingerichtet war, wirkte sie doch sauber und gepflegt. Rosa führte die beiden Ärzte in das Wohnzimmer, wo ihr Mann auf einem abgewetzten Sofa lag. Eine Hose trug er nicht, eine Decke bedeckte seinen Unterkörper, nur das notdürftig verbundene Bein schaute heraus.

»Ah, Dr. Conradi«, sagte Paul verwundert. Schweißtropfen standen auf seiner Stirn. »Sie sind noch im Amt.« Er warf einen Blick auf Professor Kirsch. »Und wer ist das?«

»Rudolph Kirsch«, stellte er sich vor.

»Professor Kirsch hat sich bereit erklärt, als mein Chauffeur zu fungieren«, erklärte Louis und stellte seine Arzttasche neben dem Sofa ab.

»Ein Doktor und ein Professor – was für ein Glück ich habe!«

Rosa brachte eine Waschschüssel und Seife. »Hier können Sie sich die Hände waschen. Desinfektionsmittel habe ich leider nicht.«

»Seife wird reichen.«

Nachdem er sich die Hände abgetrocknet hatte, wandte sich Louis seinem Patienten zu.

»Ich erinnere mich noch gut daran, wie ich bei Ihnen um Rosas Hand angehalten habe«, sagte Paul, während Louis sein Bein abtastete. Einen Moment später verzog er schmerzerfüllt das Gesicht.

»Sind Sie geschlagen worden? Oder getreten?«

»Beides. Die Kerle haben keine halben Sachen gemacht. Als sie merkten, dass mein Bein nachgegeben hat, haben sie genau draufgehalten.«

»Es scheint frakturiert zu sein«, sagte Louis. »Sie haben doch Ahnung von Knochen, Herr Kollege. Würden Sie bitte schauen?«

Professor Kirsch wusch sich die Hände, trat näher und betastete dann die Wade. »Ja, es fühlt sich wie eine Fraktur an.« Er blickte Paul an. »Haben Sie noch an anderen Stellen Blessuren erhalten?«

»Sie haben mich windelweich geprügelt. Alles nur wegen dieses verdammten Feuers.« Tränen stiegen in seine Augen. Er blickte zu Rosa, die beklommen in der Tür stand.

Louis konnte sich denken, was in ihm vorging. Als Mann sah man sich in der Pflicht, die Seinen zu beschützten. Nur wie sollte er dies in seinem Zustand tun?

»Wir sollten Sie gründlich untersuchen, um nichts zu übersehen.«

»Ist gut«, antwortete Paul und wischte sich mit einer ungelenken Handbewegung übers Gesicht.

In den folgenden Minuten tasteten und klopften die beiden Ärzte den gesamten Körper des Mannes ab.

»Das hier fühlt sich nach einem Rippenbruch an«, sagte Louis, als er vorsichtig auf den Brustkorb drückte. Paul verzog das Gesicht und stöhnte auf. »Genau könnte ich es Ihnen sagen, wenn ich ein Röntgenbild hätte.«

»Und dazu müsste ich in Ihr Krankenhaus«, gab Paul um Fassung bemüht zurück.

Louis nickte.

»Vergessen Sie's, Herr Doktor. Ich gehe die nächsten Tage nirgendwohin. Wenn mich diese Mistkerle sehen, werden sie mir noch eine Abreibung verpassen, die sich gewaschen hat.«

»Möglicherweise haben Sie auch innere Verletzungen davongetragen«, wandte Professor Kirsch ein. »Wir müssen sicher sein, sonst könnte es passieren, dass Sie in eine schwerwiegende Krise geraten, aus der Ihnen Ihre Frau nicht heraushelfen kann.« Er blickte zu Rosa an der Tür. »Sie wollen doch auch weiterhin für Ihre Familie und Freunde da sein, richtig? Das werden Sie nicht können, wenn Sie sterben.«

»Aber was ist, wenn sie mich aus Ihrem Haus rausholen?«

Louis hätte gern gesagt, dass sie das nicht wagen würden, aber mittlerweile war er nicht mehr sicher, welche Werte in diesem Land überhaupt noch etwas galten.

»Wir geben Ihnen einen falschen Namen. Niemand wird erfahren, wer Sie sind.«

»Aber ich kann für die Behandlungskosten nicht aufkommen, wenn meine Kasse …«

»Das lassen Sie unsere Sorge sein.« Louis blickte zu Professor Kirsch. »Wir müssen ihn die Treppe hinunterbugsieren.«

»Das bekommen wir schon irgendwie hin.«

»Rosa, bleiben Sie hier und warten Sie auf Ihre Tochter. Sie ist in der Schule, nicht wahr?«

Sie nickte.

»Ab heute Nachmittag können Sie Ihren Mann besuchen. Jederzeit. Aber auch für Sie gilt: Erwähnen Sie nicht seinen richtigen Namen. Melden Sie sich bei Schwester Hanna.«

»Verstanden«, sagte sie und wischte sich die Tränen aus den Augenwinkeln.

67. Kapitel

Zehlendorf, 5. März 1933

Wie an jedem Morgen bereitete Lilly Benjamin auf den Schulgang vor. Mittlerweile hatte sich ihr Sohn etwas eingelebt und mochte den Unterricht sogar.

Lilly freute sich darüber, weniger gefiel ihr allerdings, was er von seinen Schulkameraden berichtete. Einige von ihnen sagten, dass Juden schlecht seien und vertrieben gehörten. Sie war nicht sicher, ob ihr Sohn vollends begriff, welcher Religion Rudolph angehörte.

Als sie ihn aufklären wollte, hielt Rudolph sie zurück. »Denk daran, wenn er mich vor diesen Kindern verteidigt, wird er vielleicht selbst Ärger bekommen.«

»Aber so geht es doch nicht!«, erwiderte Lilly, doch Rudolph hatte auf seine Meinung bestanden, und sie hatte es daraufhin sein lassen.

»Wollen wir?«, fragte sie, nachdem sie Benjamin in seine Jacke geholfen hatte.

Der Junge nickte und schulterte den Ranzen.

Wie immer herrschte der morgendliche Verkehr auf der Berliner Straße. Lilly nickte den Frauen zu, die ebenfalls ihre Kinder zur Schule begleiteten. Arbeiter und Männer mit Aktentaschen eilten an ihr vorbei. Nachdem sie die Hauptstraße hinter sich gelassen hatten, wurde es etwas ruhiger. Auf den Pflasterstraßen und den Gehwegen glänzten

Pfützen vom nächtlichen Regen, in den Gärten der umliegenden Häuser wagte sich erstes Frühlingsgrün hervor.

Das Schulgebäude wirkte trutzig wie eine Burg aus roten Steinen. Die schwere Schultür stand sperrangelweit offen, auf dem Pausenhof tobten sich die Schüler noch einmal aus, bevor sie für Stunden zum Stillsitzen gezwungen waren.

Lilly stockte, als sie die Fahnen sah, die soeben entrollt wurden. Schwarz, Weiß, Rot – die Farben des Deutschen Reichs. Daneben hing das Hakenkreuz, das jetzt an allen möglichen Orten auftauchte. Hier hatte sie es noch nicht gesehen. Unwohlsein überkam sie. Die höhnischen Stimmen der SA-Leute echoten durch ihren Verstand.

Natürlich war klar gewesen, dass der Umschwung auch vor den Schulen nicht halt machen würde. Aber sie hätte nicht erwartet, dass er so schnell so deutlich sichtbar sein würde.

»Frau Wegner!«, begrüßte Schulrektor Krajewski sie mit einem breiten Lächeln auf dem Schulhof. Offenbar hatte er das Ausflaggen beaufsichtigt. »Begleiten Sie Ihren Sohn noch immer?«

»Ich möchte sicherstellen, dass ihm auf dem Schulweg nichts passiert«, erklärte sie und blickte mit einem klammen Gefühl in der Brust zu den Fahnen auf.

»Sie sollten ihm ruhig etwas zutrauen«, sagte Krajewski mit einem jovialen Grinsen. »Immerhin ist er ein deutscher Junge. Mut und Tapferkeit gehören zum Erwachsenwerden dazu.«

Lilly presste die Lippen zusammen. Wie konnte dieser Mann es wagen, ihr Ratschläge zu geben, was die Erziehung ihres Sohnes betraf! Dann erinnerte sie sich wieder, dass sie zusammen mit Rudolph vor ihm gesessen und ihm dafür gedankt hatte, dass Benjamin so rasch in seine Schule aufgenommen werden konnte. Hatte er vielleicht vergessen, dass ihr Verlobter Jude war?

»Nun, Sie wissen ja, ein Mutterherz kann nur schwer loslassen«, gab sie mit einem gekünstelten Lachen zurück. Ähnliche Worte hatte sie in der Stadt aufgeschnappt, als sie Frauen belauscht hatte, die über ihre Kinder sprachen. Dem Rektor schienen diese Worte zu gefallen.

»Das verstehe ich«, sagte er. »Aber wenn Sie erst einmal mehr Kinder haben, werden Sie es zu schätzen wissen, dass der Große allein zurechtkommt.«

»Das wird er«, sagte Lilly und strich Benjamin durchs Haar. »Willst du zu deinen Freunden?«

»Ja!«, rief Benjamin, worauf sie ihm noch einen Kuss auf die Wange drückte und ihn dann laufen ließ.

Während ihr Sohn in der Schultür verschwand, sah sie noch einmal zu den Fahnen auf.

Krajewski bemerkte ihren Blick und sagte: »Angesichts der Geschehnisse der vergangenen Tage und der heute stattfindenden Reichstagswahl dachten wir, dass es an der Zeit ist, Flagge zu zeigen gegen den Bolschewismus.«

Lilly lag die Frage auf der Zunge, warum die Fahne der NSDAP gehisst wurde, nicht aber die Banner anderer Parteien. Doch etwas hielt sie zurück.

»Sie haben sicher mitbekommen«, fuhr Krajewski fort, »dass sich diese feigen Terroristen an einem deutschen Heiligtum vergangen haben.«

»Ja, ich habe von dem Brand im Reichstag gehört.«

»Glauben Sie mir, das haben wir alles dieser Unordnung zu verdanken, die in den vergangenen Jahren herrschte. Die Menschen brauchen wieder einen starken Anführer, jemanden, der ihnen Respekt beibringt. Sonst werden diese kriminellen Subjekte die Oberhand gewinnen, und dann werden wir auf den Straßen nicht mehr sicher sein. Mal ganz abgesehen von unseren pädagogischen Bemühungen, aus den Kindern gute deutsche Bürger zu machen.«

Und wer soll dieser Anführer sein?, ging es Lilly durch den Sinn. Etwa dieser Hitler, der seine Leute durch die Straßen ziehen und harmlose Leute belästigen lässt?

»Ich weiß Ihre Bemühungen sehr zu schätzen«, sagte sie und wünschte sich, ein wenig später gekommen zu sein. Das Gespräch mit dem Rektor war ihr zutiefst unangenehm, sie wollte einfach nur weg von hier.

»Sie können sich auf uns verlassen«, erwiderte Krajewski. Allerdings klang es in ihren Ohren mehr wie eine Drohung als ein Versprechen.

***

Louis wollte sich gerade auf den Weg zum OP-Saal machen, als Hanna ins Sprechzimmer stürmte.

»Uniformierte!«, rief sie, bleich wie ein Laken.

»Was wollen sie?«, fragte Louis erschrocken.

»Ich weiß es nicht. Einer von ihnen sagte, dass er mit Ihnen sprechen will.«

Louis atmete tief durch. Hatte Kowalski Verdacht geschöpft wegen der Fahrt? Hatte er gesehen, wie sie Paul Schulze durch den Hintereingang getragen hatten?

Die Folter hatte dem Mann stark zugesetzt. Nicht nur sein Bein hatte eine Querfraktur erlitten, auch mehrere Rippen waren angebrochen. Innere Verletzungen hatten sie dank der Röntgenaufnahmen ausschließen können, aber dennoch hatte er zahlreiche Prellungen und Zerrungen an den Armen. Louis schätzte, dass er für die nächsten zwei oder drei Wochen im Haus bleiben musste.

Um zu vermeiden, dass irgendwer Wind von der Sache bekam, hatten sie ihm den Namen Gerhard Weber gegeben und die Formulare entsprechend ausgestellt. Dennoch konnte Louis sich eines unguten Gefühls nicht erwehren.

»Bitten Sie sie herein«, sagte er schließlich, kehrte zum Schreibtisch zurück und versuchte seine Angst zu verdrängen. »Und bleiben Sie selbst draußen.«

Hanna nickte und ging hinaus.

Wenig später betraten drei Männer das Sprechzimmer. Sie trugen braune Hemden, Reiterhosen, Koppel mit Brustriemen und rote Armbinden mit Hakenkreuz. Der mittlere von ihnen hatte eine Aktentasche bei sich.

»Heil Hitler!«, grüßte der Mann, der an der Spitze ging.

Louis überlief es kalt. »Guten Morgen«, erwiderte er dennoch ruhig. »Was kann ich für Sie tun?«

»Obersturmführer Michaelis«, stellte sich der Anführer vor. »Wir haben die Anweisung erhalten, Ihnen ein paar Fragen über Ihr Haus zu stellen.«

Louis versteifte sich. »Dann hoffe ich, dass ich Ihnen zu Diensten sein kann.«

Er deutete auf den Stuhl vor seinem Schreibtisch, doch nur der Anführer setzte sich, während seine Begleiter in Türnähe stehen blieben wie Wächter, die darauf achten sollten, dass er nicht flüchtete.

Michaelis öffnete seine Aktentasche und zog einige Blätter hervor, auf deren Kopf das Hakenkreuz aufgedruckt war.

»Sie sind der Leiter dieses Krankenhauses?«

»Der bin ich.«

»Sie sind ein sogenannter ›Adventist‹, wenn meine Daten richtig sind.« Die Verachtung in seinen Worten war nicht zu überhören.

»Ich bin Adventist vom Siebenten Tage«, sagte Louis und straffte sich.

»Ist es wahr, dass es sich bei dieser … Gruppierung um Neujuden handelt?«

Die Worte des Ministerialbeamten Wiedemann bei ihrer ersten Begegnung im Jahr 1919 hallten durch seinen Verstand: *Handelt es sich um eine Abspaltung des Judentums?*

»Nein, wir sind Christen«, antwortete Louis.

»Aber Sie nehmen sich am Samstag frei, soweit wir gehört haben, feiern den Sabbat wie Juden.«

»Wir sind eine evangelische Freikirche. Wir leben streng nach der Bibel. Ich weiß nicht, wie bewandert Sie in der Heiligen Schrift sind, doch in dieser wird der Sonnabend als Tag der Ruhe beschrieben, nicht, wie es sich bei anderen Konfessionen eingebürgert hat, der Sonntag.«

Aber der Obersturmführer ließ nicht locker. »Auch die Juden erkennen die Bibel an.«

»Das Alte Testament«, gab Louis zurück. Sein Nacken kribbelte und sein Puls begann zu rasen. Er war sicher, dass Wiedemann dahintersteckte. Konnte er es nicht abwarten, ihm das Waldfriede doch noch aus der Hand zu nehmen? »Wir berufen uns auf die *gesamte* Heilige Schrift.«

Michaelis machte sich erneut Notizen. Louis spürte, wie ihm der Schweiß über den Rücken lief. Ein kühler Film legte sich auch auf seine Stirn.

»Der Führer erwartet von Ihnen, dass Sie den Staat und das Wohlergehen der Volksgemeinschaft über alles stellen. Auch über Religionsangelegenheiten.«

Louis wusste nicht, was er dazu sagen sollte. Arbeiteten sie nicht täglich dafür, das Wohl des Volkes zu erhalten?

»Ich unterliege den Weisungen meiner Division«, entgegnete Louis. »Möglicherweise bin ich, was Glaubensangelegenheiten angeht, nicht der richtige Ansprechpartner.«

Michaelis blickte ihn aus schmalen Augenschlitzen an. »Gibt es in Ihrem Haus Kommunisten?«

»Wie bitte?«, fragte Louis.

»Kommunisten. Sie haben doch sicher von dem feigen Anschlag auf den Reichstag gehört.«

»Das habe ich. Und ich verurteile diese Tat aufs Schärfste.«

»Dann werden Sie uns sicher gern dabei helfen, Feinde des deutschen Volkes ausfindig zu machen.«

»In meinem Haus gibt es keine Kommunisten.«

»Jedenfalls nicht, dass Sie wüssten, nehme ich an. Aber fragen Sie Ihre Angestellten nach ihrer Parteizugehörigkeit?«

»Die geht mich nichts an.«

»Oh, ich denke schon«, entgegnete Michaelis. »Wir haben einen Obmann für das Haus bestimmt. Fritz Kowalski, der hier als Heizer arbeitet. Ihm haben wir die Aufgabe übertragen, nach Kommunisten im Haus Ausschau zu halten. Sie werden ihn so gut es geht dabei unterstützen.«

»Wenn es darum geht, bestimmte Mitarbeiter zu erfassen, ist er ganz sicher nicht die richtige Person!«, widersprach Louis.

»Er ist ein treuer Gefolgsmann unserer Sache. Wohingegen Sie noch nicht einmal Mitglied unserer Partei sind.« Der SA-Mann zog einen weiteren Zettel hervor. »Wo wir schon dabei sind, ich würde Ihnen dringend raten, der Partei beizutreten.« Er legte das Formular vor ihn auf die Tischplatte. »Unsere Reihen brauchen Verstärkung.«

»Ist das alles?«, fragte Louis ein wenig steif.

Der Obersturmführer erhob sich lächelnd. »Für heute schon. Aber ich bin mir sicher, dass wir uns wiedersehen.«

Mit diesen Worten bedeutete er seinen Männern, ihm zu folgen.

Die Empörung würgte Louis. Am liebsten hätte er ihnen ans Herz gelegt, dass sie sich zum Kuckuck scheren sollten, doch da klappte schon die Sprechzimmertür zu. Wenig später stürmte Hanna herein.

»Herr Doktor?«, fragte sie besorgt. »Waren sie wegen Paul hier?«

Louis stand schwer atmend vor seinem Schreibtisch und starrte auf das Aufnahmeformular. Seine Augen brannten, und er war erst einmal nicht imstande zu antworten.

»Herr Doktor?«, wiederholte Hanna. »Ist alles in Ordnung?«

Ein Ruck ging durch seinen Körper. Er griff nach dem Papier, knüllte es zusammen und schleuderte es an Hanna vorbei gegen die Wand.

Hanna zuckte erschrocken zurück.

»Verzeihung«, sagte er im nächsten Augenblick. »Diese Männer … Sie haben nicht nach unserem Patienten gefragt, aber …«

Kurz und knapp schilderte er Hanna den Verlauf des Gesprächs. Angesichts der Neuigkeit, dass ihr Heizer zum Obmann dieses Hauses ernannt wurde und als solcher Kommunisten unter der Belegschaft herausfiltern sollte, wich ihr das Blut aus dem Gesicht.

»Kowalski? Er kann froh sein, dass Sie ihn noch beschäftigen, nachdem er seine Arbeit als Elektriker alles andere als gut versehen hat.«

»Er erscheint der SA vertrauenswürdig genug, um bei unseren Angestellten zu schnüffeln.« Er blickte Hanna an. »Sie sollten mit den leitenden Schwestern sprechen. Sollte es doch irgendwelche Sympathisanten der KPD geben, müssen diese sehen, dass sie so schnell wie möglich ihre Parteibücher loswerden.«

»So weit ist es also schon gekommen«, sagte Hanna traurig. »Wir müssen uns vor unseren eigenen Brüdern und Schwestern fürchten.«

»Wir müssen vorsichtig sein, das ist alles«, versuchte Louis, sie zu beruhigen. Doch er wurde das Gefühl nicht los, dass dies erst der Anfang war.

68. Kapitel

Der Anblick der Fahnen und die Aussage des Rektors begleiteten Lilly noch lange. *Ein deutscher Junge …* Die Worte ähnelten denen von Cäcilias Lebensgefährten so sehr, dass es sie kalt überlief. Wie würde er sich Benjamin gegenüber verhalten, wenn sie Rudolph heiratete?

Gegen Mittag holte sie ihren Sohn von der Schule ab. Die Fahnen wehten immer noch im Wind, doch sie versuchte, sie nicht zu beachten. Stattdessen fragte sie ihren Sohn, wie der Schultag gewesen war.

»Gut«, antwortete er mit der Wortkargheit von Kindern, deren Gedanken ganz woanders waren.

»Habt ihr wieder über den Reichstag gesprochen?«

Benjamin schüttelte den Kopf. »Nein, aber darüber, dass heute Wahlen sind.«

»Das ist ja interessant.«

»Warst du auch wählen?«, frage Benjamin.

»Ja«, antwortete Lilly.

»Und was hast du gewählt?«

Alarmglocken schrillten in Lilly auf. Hatte der Lehrer die Kinder beauftragt, die Eltern auszuhorchen?

»Jemanden, bei dem wir sicher sind«, sagte sie ausweichend. Wenn ihr Sohn diese Antwort wiedergab, konnte es alles Mögliche bedeuten.

Am Nachmittag brachte Lilly Benjamin zu Kurt, einem neuen Freund aus der Schule, der in der Nähe wohnte. Er war ganz aufgeregt gewesen, denn Kurt hatte ihm von seinem Rennauto erzählt, mit dem sie spielen wollten.

Die freien Stunden, die sie zu füllen versuchte, indem sie Benjamin einen neuen Pullover strickte, ließen Lilly viel Zeit zum Nachdenken.

Schließlich verschwand die Sonne hinter den gegenüberliegenden Hausdächern. Benjamin kehrte zurück und berichtete ihr begeistert von den Zinnsoldaten, mit denen die beiden Jungen gespielt hatten. Während sie ihm aus der Jacke half und ihn dann in die Küche schickte, um ein Glas Wasser zu trinken, wurde ihr klar, dass auch Rudolphs Feierabend heranrückte. Lilly brannte darauf, ihm zu erzählen, was sie beobachtet hatte.

Als er dann durch die Wohnungstür trat, musste sie sich zügeln, ihm nicht gleich entgegenzurennen und von der Sache zu erzählen. Schließlich hörte Benjamin alles mit.

»Hallo Schatz, ich …« Er stockte, als er ihren Blick sah. »Was ist los?«

Lilly erhob sich, nahm ihn bei der Hand und zog ihn mit sich ins Schlafzimmer.

»Wir müssen Benjamin im kommenden Jahr auf eine andere Schule schicken«, sagte sie leise, nachdem sie die Tür ins Schloss gedrückt hatte. »Wir können ihn nach den Osterferien nicht mehr dort hingehen lassen.«

Rudolphs Gesichtszüge spannten sich an. »Und warum?«

Lilly erzählte ihm von den Fahnen und dem Gespräch mit Rektor Krajewski.

»Ich habe ihn nie für einen glühenden Nationalsozialisten gehalten«, sagte Rudolph. »Ich dachte, er sei ein anständiger Mensch.«

Er versank für einen Moment in Gedanken. »Dann geht es also in der Schule auch schon los«, brummte er schließlich.

Lilly legte ihre Arme um seine Schultern. »Ich weiß nicht, ob Benjamin in solch einer Schule sicher wäre.«

»Er ist kein Jude.«

»Aber du bist es. Und wenn wir erst einmal verheiratet sind, wirst du sein Stiefvater sein.«

Ein Zittern rann durch seinen Körper. »Ich habe mir nie träumen lassen, dass es einmal so weit kommt. Dass wir Angst haben müssen, unser normales Leben zu führen.« Er löste sich von ihr, trat einen Schritt zurück und stemmte die Arme in die Seiten. »Heute waren SA-Leute im Waldfriede. Sie haben mit Dr. Conradi gesprochen. Wenig später lernten wir den neuen Obmann für das Haus kennen.«

»Obmann?«, fragte Lilly.

»Der Heizer. Kowalski. Du kennst ihn bestimmt.«

»Ist der nicht auch der Chauffeur von Dr. Conradi?«, fragte Lilly.

»Ja, das ist er. Man hat ihm den Auftrag gegeben, im Zuge der Ermittlungen über den Reichstagsbrand nach Kommunisten im Haus zu fahnden. Du hättest mal sehen sollen, mit welch hämischem Grinsen er vor mir stand und mich fragte, ob ich in der KPD wäre.«

»Aber das bist du doch nicht! Und du hattest doch auch noch nie etwas mit ihm zu tun.«

»Nein, aber gib jemandem, der mit Neid auf Höhergestellte blickt, Macht …« Er seufzte. »Außerdem, nach der Sache vor zwei Tagen …«

»Welche Sache?«

Rudolph rang sichtlich mit sich, wie immer, wenn sie ihn nach Krankenhausangelegenheiten fragte.

»Dr. Conradi und ich waren vorgestern bei einem Patienten in der Stadt. Eigentlich fiel er nicht in meine Zuständigkeit, doch ich kann Auto fahren, also habe ich für Dr. Conradi den Chauffeur gespielt.« Er schüttelte den Kopf. »Die SA hatte den Mann furchtbar zugerichtet. Dagegen waren die Prügel, die ich bezogen habe, harmlos. Wir haben ihn ins Haus gebracht, unter falschem Namen. Jetzt liegt er auf der Chirurgischen. Für einen Moment dachte ich schon, sie kämen seinetwegen.«

»Hatte er etwas mit dem Brand zu tun?«, fragte Lilly.

»Nein. Er ist in der falschen Partei. Sie haben willkürlich Kommunisten verhaftet – nur weil einer von ihnen den Brand verursacht haben soll.«

Lilly hätte gern gesagt, dass sich die Aufregung legen würde, sobald der Reichstagsbrand aufgeklärt war. Aber sie hatte zu deutlich vor Augen, was Rudolph in den vergangenen Monaten und Jahren widerfahren war.

»Angst macht sich im Haus breit, das spüre ich«, fuhr Rudolph fort. »Und wir müssen Patienten jetzt schon heimlich unterbringen. Wie soll das nur werden, wenn sie uns Juden ins Visier nehmen?«

»Will man bei euch etwas dagegen tun?«

Rudolph schnaufte frustriert. »Ich weiß nicht. Einige der Angestellten haben sich bereits als glühende Anhänger Adolf Hitlers entpuppt. Schwester Martha …« Er blickte sie an. »Sie hat vorhin darum gebeten, auf die Männerstation versetzt zu werden. Sie könne es nicht mehr mit ihrem Gewissen vereinbaren, mit einem Juden zusammenzuarbeiten.«

69. Kapitel

Zehlendorf, 1. April 1933

Mit sorgenvoller Miene blickte Louis vom Balkon seines Hauses auf das Krankenhaus. Die Morgensonne fiel auf das Dach und die Fassade, an der sich der Wilde Wein emporrankte. Noch waren dort keine Blätter zu sehen, doch wenn das Wetter weiterhin so gut blieb, würde sich das bald ändern.

Er wünschte sich, dass seine Gedanken ebenso strahlend wären, besonders jetzt, wo sich das dreizehnte Jubiläum des Waldfriede näherte. Doch das Gegenteil war der Fall.

Das Ermächtigungsgesetz, das am 24. März erlassen worden war, hatte alle Macht an Adolf Hitler übertragen. »Gebt mir vier Jahre Zeit, und ihr werdet Deutschland nicht wiedererkennen«, hatte er in einer Radioansprache versprochen.

An und für sich begrüßte Louis Veränderungen, aber diese hier verursachten ihm schlaflose Nächte. Wenn das Parlament einfach so entmachtet werden konnte, was würde folgen? Würden sie als Adventisten bestehen bleiben? Das Waldfriede behalten können? Welche Einschränkungen würden sie erwarten?

Er hatte seine Sorgen Heinrich Schubert mitgeteilt, aber der hatte ihm lediglich geraten, sich auf Gottes Hilfe zu verlassen: »Wenn Jesus zurückkehrt, wird er eine neue Welt erschaffen, in der Menschen wie diese keinen Platz haben.«

Louis hatte dazu nichts gesagt, aber wusste, dass man nicht mit dem Kopf im Himmel leben durfte, wenn man mit beiden Beinen noch auf der Erde stand. »Menschen wie diese« waren allerdings genauso Realität wie die Arbeit, die sie täglich verrichteten.

»Hast du heute Morgen keine Sprechstunde?«, fragte seine Frau hinter ihm.

Louis wandte sich um. Als Catherine seinen entrückten Blick bemerkte, fügte sie hinzu: »Es ist gleich acht Uhr.«

»Ich weiß«, antwortete er und versuchte die dunklen Gedanken abzuschütteln. »Ich gehe gleich.«

Auch Catherine reagierte entsetzt, als er ihr von den Geschehnissen im Haus berichtete.

»Kowalski soll jetzt unser Obmann sein? Dieser Mann hat doch überhaupt keine Eignung.«

»Aber ein Parteibuch, wie es aussieht.«

»Dieser Mann ist ein Adventist!«, gab Catherine erbost zurück. »Wie kann er nur diesem prügelnden Haufen beitreten?«

»Das weiß ich nicht«, sagte Louis. »Und ich habe ehrlich gesagt auch keine Lust, ihn nach seinen Beweggründen zu fragen.«

»Und was ist, wenn er unsere Unterhaltungen während der Fahrt direkt an seine Leute berichtet? Ich will gar nicht wissen, was er ihnen bereits erzählt hat.«

Die Erinnerung an das Gespräch mit den SA-Leuten ließ Louis' Magen schmerzen. Seine Frau hatte recht gehabt: Sie würden wahrscheinlich nie mehr frei sprechen können, selbst wenn sie nicht über die Zustände im Land redeten. Die einzige Lösung dafür war, so bald wie möglich selbst den Führerschein zu erwerben.

»Es ist übrigens ein Brief für uns beide angekommen«, riss Catherine ihn aus den Gedanken und reichte ihm den Umschlag. »Ich hatte gestern ganz vergessen, ihn dir zu geben.«

Louis betrachtete den Umschlag. Er war nicht besonders dick, trug aber den Stempel der neuen Regierung mit dem Hakenkreuz. Absender war das Preußische Reichsministerium, Abteilung Volksgesundheit.

Mit einem unguten Gefühl öffnete Louis den Brief.

Das Schreiben war nicht besonders lang und mit Schreibmaschine verfasst. Beim Anblick des Inhalts und der Unterschrift überkam Louis ein so starker Schwindel, dass er sich an der Wand abstützen musste.

Catherine stürzte zu ihm. »Was ist, Louis? Geht es dir nicht gut?«

Louis stöhnte auf, kniff die Augen zusammen. Die Welt schien aus den Fugen zu geraten. Die Geister, die ihn nach dem Kauf des Waldfriede verfolgt hatten, waren zurückgekehrt.

»Louis, nun rede doch mit mir!«

Catherines schrille Stimme brachte ihn wieder zu Bewusstsein. »Es geht schon wieder«, sagte er, während er sich von der Wand abstieß. »Es ist nur …« Er streckte ihr die Hand entgegen.

Catherine nahm den Brief und las laut vor.

»Sehr geehrter Dr. Conradi,

aufgrund der Verordnung des Reichspräsidenten zum Schutz von Volk und Staat fordern wir Sie hiermit auf, den Nachweis Ihrer Abstammung zu erbringen. Wir bitten Sie, entsprechende Unterlagen für Sie und Ihre Ehefrau Catherine, geb. Möller, bis zum 23. des Monats bei uns einzureichen.

Sollten Sie dieser Anfrage nicht nachkommen, sehen wir uns gezwungen, Sie von sämtlichen Ämtern und Pflichten zu entbinden und Ihnen ebenfalls die Kassenzulassung zu entziehen, bis Klarheit über Ihre Abstammung besteht.

Heil Hitler!
Gunter Wiedemann, Gesundheitsabteilung des Innenministeriums«.

»Wiedemann«, sagte Catherine wie betäubt. Louis wusste, dass auch sie sich noch gut an den Ministerialbeamten erinnerte, der vorgehabt hatte, das Waldfriede zu enteignen.

Wie es aussah, hatte er zwar das Ressort gewechselt, doch offenbar war es Wiedemann gelungen, sich mit den neuen Machthabern zu arrangieren. Oder hatte er sich schon viel früher der NSDAP angeschlossen?

»Ich erinnere mich noch gut an das erste Zusammentreffen mit ihm«, sagte Louis, dem der Schreck noch immer in den Gliedern saß. »Damals hielt er unsere Glaubensgemeinschaft für eine Abspaltung des Judentums.«

»Und das scheint immer noch der Fall zu sein, wenn er uns solch einen Brief schickt«, fügte Catherine hinzu. »Was meint er überhaupt mit dem Nachweis unserer Abstammung?«

»Wahrscheinlich möchte er wissen, ob wir Juden in der Familie haben. Mein kleiner Exkurs darüber, was Adventisten sind, scheint bei ihm nicht hängen geblieben zu sein.« Louis atmete schwer durch. Er spürte, dass Protest nicht helfen würde. »Du musst deinen Verwandten schreiben. Wir brauchen die Geburtsurkunden deiner Eltern. Ich werde nachschauen, was von meinen noch in meinen Unterlagen ist.«

»Und wenn es da nichts mehr gibt?«

»Wir müssen etwas finden, sonst werden sie mir die Kassenzulassung entziehen. Und uns vielleicht das Krankenhaus wegnehmen.«

Dass er seine Abstammung nachweisen sollte, verfolgte Louis durch den Arbeitstag und brachte ihn schließlich um den Schlaf. Als er am Morgen erwachte, fühlte er sich wie zerschlagen und hätte am liebsten die Sprechstunde für den Tag abgesagt. Seine Brust schmerzte wieder wie damals, als ihm die Herzmuskelentzündung zugesetzt hatte. Doch dieser Schmerz war seelischer Natur.

Er schob das Schreiben in die Tasche und ging rüber ins Krankenhaus. Die ersten Frühlingsboten reckten ihre Köpfe aus dem Gras. Bis die Bäume sich wieder begrünten, würde es noch eine Weile dauern, doch die Tage flogen dahin, und schon bald würde der Winter vergessen sein.

»Ich brauche die Stammbäume meiner Mutter und meines Vaters«, erklärte er, als er die Tür des Sprechzimmers hinter sich zugezogen hatte. Er reichte Hanna das Schreiben, die es rasch studierte.

»Wiedemann«, platzte es schließlich aus ihr heraus, während sie ihm das Schriftstück zurückgab.

»Ja, unser alter Freund«, erwiderte Louis zähneknirschend und legte es vor sich auf den Tisch. »Er ist wie eine Katze, fällt immer wieder auf die Füße. Und scheint unter dem neuen Regime sogar Karriere zu machen.«

»Nun, es wird doch hoffentlich kein Problem sein, die Papiere zu beschaffen?«, fragte Hanna.

»Was meinen Vater angeht nicht, aber meine Mutter war Amerikanerin, die Unterlagen ihrer Familie sind in Amerika. Bei meiner Frau ist es ähnlich, sie stammt aus Dänemark, und ihre Eltern leben nicht mehr.« Louis atmete tief durch und versuchte, die Panik, die in ihm aufkam, zurückzudrängen. »Schaffen wir das nicht, werden sie mir das Krankenhaus wegnehmen.«

Hanna schwieg eine Weile, dann sagte sie: »Sie haben nichts zu befürchten. Sie sind kein Jude.«

»Aber Wiedemann glaubt wahrscheinlich immer noch, dass es sich bei den Siebenten-Tags-Adventisten um Juden handelt. Wegen des Sabbats.«

»Dann beweisen Sie ihm das Gegenteil …« Hanna stockte, und Louis sah, dass sich hinter ihrer Stirn ein Gedanke formte. Plötzlich stieg Furcht in ihre Augen.

»Was, wenn sie von allen Mitarbeitern diesen Nachweis wollen?«, fragte sie. »Was wird dann aus Professor Kirsch und Dr. Rosenbaum?«

»Soweit ich es verstanden habe, gilt die entsprechende Verordnung nur für leitende Positionen und Beamte«, sagte Louis, doch die Worte verfingen sich in seinem Verstand. Was sollten sie tun, wenn es sie doch betraf? »Wir müssen einfach abwarten. Ein Krankenhaus ist wohl kaum öffentlicher Dienst.«

Er sah, dass Hanna weiterhin zweifelte.

Eine Weile rang er mit sich, dann fragte er: »Wie sieht es heute Nachmittag aus? Könnten Dr. Rosenbaum und Dr. Lexow den Dienst für mich übernehmen?«

»Was wollen Sie tun?«, fragte Hanna.

»Ich werde nach Hamburg fahren, zu meinem Vater. Womöglich hat er noch einige Unterlagen, die ich dann gleich mitnehmen kann.«

Hanna nickte. »Ich werde die Kollegen fragen. Haben Sie eine gute Reise.«

Kurz nach ein Uhr bestieg Louis die Stadtbahn in Richtung Lehrter Bahnhof. Er hoffte den Nachmittagszug nach Hamburg zu bekommen. Ob sein Vater zu Hause war, wusste er nicht, möglicherweise machte er den Weg vergebens. Doch der Wortlaut des Schreibens wütete in ihm, und er wusste genau, dass er sich nicht auf seinen Dienst hätte konzentrieren können.

In seiner Kindheit hatte er sich nie Gedanken über seine Abstammung gemacht. Seine Mutter hatte ihn liebevoll umsorgt, während sie mal deutsch, mal englisch mit ihm gesprochen hatte, damit er beide Sprachen gleichermaßen beherrschte. Sein Vater war selten im Haus gewesen, und wenn, hatte er stets Besuch. Dass es Menschen mit weißer, schwarzer und brauner Hautfarbe gab, lernte er früher als alle anderen Kinder, denn sein Vater reiste auch nach Ägypten und in andere Länder Afrikas, von wo er Bilder der Einheimischen mitbrachte. In den USA, die sie ebenfalls besucht hatten, gab es viele schwarze Adventisten. Wenn sie beieinandersaßen, wirkte ein jeder von ihnen gleich, geeint im Glauben an Gott. Dass es in Deutschland einmal wichtig werden würde, welchen Stammbaum man hatte, hätte er nicht erwartet.

Eigentlich hätte er als Adventist nichts zu befürchten, wenn da nicht dieses Gerücht gewesen wäre. Er war damals fünfzehn Jahre alt und durch seinen Vater öfter zu Gast in Friedensau. Die beiden Schwestern, die er belauscht hatte, waren schon lange nicht mehr am Leben, doch ihre Worte würde er nie vergessen.

»Es heißt, dass Conradis Mutter eine katholische Nonne jüdischer Abstammung sei«, sagte eine zur anderen.

»Bist du sicher? Er sieht doch überhaupt nicht jüdisch aus!«

»Es gibt so manchen Juden, der nicht danach aussieht. Wenn es so wäre, würde er es uns sicher nicht auf die Nase binden, was?«

Die Erinnerung ließ einen Schauer über seinen Rücken laufen. Stimmte es? Hatte er jüdische Vorfahren? Er wusste von seiner Großmutter nur, dass sie katholisch war. War sie konvertiert? Hatten die Schwestern vielleicht recht?

Das Haus in der Hoheluftchaussee wirkte unverändert. Der Zahn der Zeit hatte ein wenig an Putz und Farbe genagt, aber insgesamt machte es noch immer einen prachtvollen Eindruck.

Louis drückte den Klingelknopf. Nur wenige Augenblicke später meldete sich eine Frauenstimme. Das »Annchen«, wie sie in der Familie genannt wurde, war eine rundliche und freundliche Frau Mitte vierzig, die seit 1928 den Haushalt seines Vaters versah.

Wieder zu heiraten, war für Richard Conradi nicht infrage gekommen. Ohnehin war er viel unterwegs und schätzte das Angebundensein in der Wohnung nicht. Und er hatte auch nie wirklich einen Sinn für Familie gehabt. Dass er ihn in Skodsborg besucht hatte, war Louis wie ein kleines Wunder erschienen.

»Louis Conradi hier«, meldete er sich. »Ist mein Vater zu Hause?«

»Ja, das ist er. Kommen Sie nur herein!« Die Tür schnappte auf, und Louis erklomm die Stufen.

Schon im Flur hörte er ein Zwitschern. Hatte sich einer der Nachbarn einen Vogel angeschafft?

Die Haushälterin erwartete ihn an der Tür. »Herr Conradi, schön, Sie zu sehen!«

»Annchen, pass auf, der Vogel!«, hörte er aus dem Hintergrund seinen Vater rufen.

»Schnell!«, sagte die Haushälterin und winkte Louis herein. Dann ließ sie den Türflügel ins Schloss fallen.

Wenig später flatterte etwas Gelbes über ihre Köpfe hinweg. Instinktiv duckte sich Louis, dann sah er, wie der Kanarienvogel vor der Tür kehrtmachte und zurückflatterte.

Irritiert blickte er die Haushälterin an.

»Ihr Vater hat sich einen Kanarienvogel zugelegt«, sagte sie.

»Das sehe ich. Aber warum?«

»Fragen Sie ihn doch selbst.« Sie lächelte ihn an. »Ich bringe Ihnen Tee.«

»Danke«, gab Louis zurück. Er fand seinen Vater im Wohnzimmer, wo er wie immer in seinem breiten Sessel saß. Auch das Sofa, der Lieblingsplatz seiner Mutter, und die große Pendeluhr waren immer noch da, doch vor dem Fenster befand sich ein Tisch mit einem hohen Käfig, dessen Tür jetzt offen stand.

»Friedolin muss sich erst noch an die Grenzen seines Reiches gewöhnen«, begrüßte er seinen Sohn, während er zusah, wie der Kanarienvogel wilde Kreise unter der Zimmerdecke vollführte.

»Friedolin?«, fragte Louis, nahm den Hut ab und schlüpfte aus dem Mantel. Seit sein Vater vor einem Jahr nach einem weiteren Streit seine Predigerlizenz freiwillig abgegeben und ihre Gemeinschaft verlassen hatte, schien er immer wunderlicher zu werden.

»Mein Kanarienvogel. Ein Mitglied meiner neuen Gemeinde hat ihn mir geschenkt, damit ich nicht so allein bin.«

»Und wo lässt du ihn, wenn du nicht da bist?«

»Annchen passt auf ihn auf. Ich habe ihr gesagt, dass sie ihn zu sich nehmen kann, wenn ich auf Reisen bin.«

»Und was sagt sie dazu?«

»Sie freut sich.«

Louis war nicht sicher. Anne Harmsen war eine gute Seele, die sich liebevoll um seinen Vater kümmerte und lange Spaziergänge mit ihm machte. Doch er war auch der Meinung, dass er ihre Güte nicht ausnutzen durfte.

Als der Kanarienvogel auf der Anrichte gelandet war, blickte Richard seinen Sohn an. »Was führt dich zu mir, Louis? Gibt es irgendwelche Probleme?«

Sicher hat von ihm niemand einen Stammbaum gefordert, ging es Louis durch den Sinn. Warum sollten sie auch? Er gehörte mittlerweile den Siebenten-Tags-Baptisten an, die eine kleine Gemeinde in

Berlin hatten, und predigte für sie. Öffentlichen Dienst konnte man das nicht nennen, auch wenn sein Vater meinte, wichtige Arbeit für den Glauben zu verrichten.

»Ich weiß nicht, ob du es schon mitbekommen hast.« Er zog das Schreiben aus der Tasche und reichte es ihm. »Überall wird nach der Abstammung gefragt.«

Richard zog die Augenbrauen zusammen. »Was geht es sie an, welche Abstammung ein Mensch hat? Mensch ist Mensch und vor Gott gleich.«

»Vor Gott, aber anscheinend nicht vor den neuen Machthabern.« Louis blickte seinen Vater an. »Hast du noch Unterlagen von dir und Mutter, die ich einreichen könnte?«

»Meine Geburtsurkunde habe ich. Aber danach wird es schwer. Meine Mutter lebt nicht mehr, und wie du weißt, hatte ich mich von ihr losgesagt, als ich nach Amerika ging.«

Louis kannte die Geschichte. Richards Mutter hatte ihn allein aufgezogen, unterstützt von einem Eisenbahnbeamten, der so etwas wie eine Vaterfigur für ihn gewesen war. Doch als er mündig wurde, schickten sie ihn in die Lehre zu einem Fassbauer. Sein Lehrmeister war brutal und ahndete kleinste Fehler mit harten Strafen. Als er einmal ein Fass unabsichtlich zerstörte, bekam er es mit der Angst zu tun und flüchtete an die Küste. Ein Schiff brachte ihn nach Amerika, wo er zunächst bei einem Farmer arbeitete, sich dann aber durch die Lande schlug und sein Geld mit Gelegenheitsarbeiten verdiente, bis er schließlich von einer adventistischen Familie aufgenommen wurde.

Es hieß, Richards Mutter verbreitete später, dass er nach Amerika gegangen sei, um ihr und seinen Verwandten, die nichts von ihm wussten, Schande zu ersparen. Darüber hinaus war sie kein Thema in der Familie.

»Sie muss in einem Kirchenbuch eingetragen worden sein«, sagte Louis. »Sie war katholisch, nicht wahr?«

»Ja, das war sie. Ich werde sehen, was sich tun lässt.« Richard versank in Gedanken. Er wirke, als würde er durch ein Fenster auf den jungen

Mann zurückblicken, der er einst gewesen war. Nicht einmal das Zwitschern des Kanarienvogels schien er zu hören.

»Vater?«, begann Louis nach einer Weile.

»Ja?«, fragte Richard, ohne ihm den Blick zuzuwenden. Die Vergangenheit schien ihn festhalten zu wollen.

»Damals, in Friedensau … Ich habe gehört, wie sich zwei Schwestern über dich unterhielten. Eine von ihnen behauptete, dass deine Mutter eine konvertierte jüdische Nonne gewesen sei …«

Richard kehrte in die Wirklichkeit zurück. »Wer behauptet so etwas?«

»Ich weiß nicht mehr, wer es gesagt hat. Aber … könnte da etwas dran sein?«

»Nein!«, gab Richard zurück. »Meine Mutter war keine Nonne, so viel steht fest.«

»Bist du dir sicher?«

»Sie kannte sich gut mit dem Katechismus aus. Wie es alle Katholischen tun. Aber das macht sie noch nicht zu einer Nonne. Ich habe keine Ahnung, woher diese Frauen solch boshaftes Geschwätz haben.«

»Und könnte sie eine Jüdin gewesen sein?«

»Das weiß ich nicht, und vermutlich wird es niemand je erfahren.« Er verstummte und schaute eine Weile auf seine Hände. »Mehr Sorgen machen mir die Papiere deiner Mutter. Die Wakehams haben alles aufbewahrt und könnten auch in den Kirchenbüchern nachsehen. Doch das wird dauern. Ich weiß nicht, ob die Frist eingehalten werden kann und sie nicht schon vorher versuchen, dir das Krankenhaus wegzunehmen.«

»Das werden sie nicht wagen. Außerdem müssten sie diesen Entschluss rückgängig machen, sobald die Papiere da sind.«

»Da magst du recht haben. Aber in diesen Zeiten …« Der Kanarienvogel zwitscherte, dann flatterte er auf und landete auf dem Dach seines Käfigs. »Wäre ich jünger, würde ich vielleicht nach Amerika übersiedeln.«

»Das ist doch keine Frage des Alters«, erwiderte Louis.

»Doch, und das wirst du auch noch sehen, wenn du erst einmal so viele Jahre auf dem Buckel hast wie ich.« Richard lächelte seinen Sohn an, dann legte er ihm eine Hand auf den Arm. Eine Geste wie diese hatte er ihm in seinem Leben nur selten zukommen lassen. »Ich werde sehen, was ich für dich tun kann. Und ich werde dafür beten, dass Gott seine Hand schützend über dich hält.«

70. Kapitel

Zehlendorf, 18. April 1933

»Bringst du mir von Seifen-Losch noch Rasierseife mit?«, fragte Rudolph aus dem Badezimmer. »Meine geht allmählich zur Neige.«

»Das mache ich, aber nur, wenn du mir versprichst, deinen Bart nicht ganz abzurasieren«, entgegnete Lilly neckend, während sie sich eine Notiz auf ihrem Einkaufszettel machte.

Bevor sie heute etwas mit Benjamin unternahm, würde sie ihre Runde durch die Geschäfte auf der Hauptstraße drehen. Mittlerweile waren die SA-Männer, die neben den Läden jüdischer Händler gestanden hatten, verschwunden. Aber ihre Plakate und Schmierereien waren noch da. Überall waren Schilder mit dem Vermerk »Jude« versehen worden. Sogar vor Rechtsanwaltskanzleien und Arztpraxen hatten sie nicht halt gemacht.

Den meisten Passanten schien es allerdings egal zu sein, was an den Schaufensterscheiben stand. Sie gingen dennoch in die Geschäfte. Doch wahrscheinlich verspürten sie dabei die gleiche Furcht und Beklommenheit wie sie.

»Was hast du dagegen?«, fragte Rudolph. »Glatt rasiert ist der letzte Schrei! Wenn du dir die UFA-Schauspieler auf den Filmplakaten so anschaust …«

»Das sind glatte Schönlinge, nichts weiter.«

»Und du hast nichts für sie übrig?«

»Wenn dem so wäre, würde jetzt Hans Söhnker in meinem Badezimmer stehen und nicht du!«

Rudolph kam aus dem Bad und brachte den Duft von Rasierwasser mit. Sein Bart auf der Oberlippe und am Kinn war akkurat gestutzt. Lilly band ihm die Krawatte, gab ihm dann einen Kuss auf den Mund. »Hast du heute viel zu tun?«, fragte sie.

»Das Übliche«, sagte er. »Wir bekommen im Moment nur wenige Patienten eingeliefert. Die Zustände im Land scheinen die Botschaftsmitarbeiter vorsichtig zu machen.«

»Vielleicht ist es auch ein Zeichen dafür, dass die Tuberkulose rückläufig ist.«

»Das glaube ich nicht. Die Menschen stehen der Impfung immer noch skeptisch gegenüber. Nichts, was die Ärzte sagen oder tun, kann sie überzeugen. Sie vertrauen lieber auf den lieben Gott und ihre Hausmittelchen.« Er strich ihr lächelnd ein paar Haare aus dem Gesicht. »Aber ich gebe wie immer mein Bestes. Solange ich meine Hände bewegen kann, werde ich gegen diese Krankheit kämpfen.«

Wenig später verabschiedete er sich von ihnen. Benjamin war wegen der Osterferien zu Hause, worüber Lilly sehr froh war. So brauchte sie sich nicht über die Fahnen am Schulgebäude aufzuregen. Eine Lösung für das Schulproblem hatten sie noch nicht gefunden. Bis auf die jüdischen Schulen schienen alle erfreut zu sein über den Wandel, der sich vollzogen hatte. Aber noch hatten sie etwas Zeit, bis das neue Schuljahr begann.

»Worauf hast du heute Lust?«, fragte Lilly am Frühstückstisch, während Benjamin seinen Haferbrei in sich hineinlöffelte.

»Ich will in den Zoo!«, rief er. »Kurt hat erzählt, dass es dort jetzt ein Elefantenjunges gibt.«

Lilly hatte eigentlich nicht vorgehabt, sich weit von Zuhause zu entfernen. In der Innenstadt wimmelte es sicher vor Uniformierten.

»Wollen wir nicht lieber in den Schlosspark?«, fragte sie. »Oder an den Wannsee, Boote beobachten?«

»Ich will lieber in den Zoo«, beharrte Benjamin.

»Dahin können wir am Wochenende gehen. Rudi kann dir dann ganz viel zu den Tieren erzählen. Einverstanden?«

»Na gut«, sagte Benjamin, und Lilly strich ihm lächelnd übers Haar. »Dann an den Wannsee.«

Lilly nickte. Das Wetter war schön, und nichts sprach dagegen. »Beeil dich mit dem Frühstück, damit wir vorher noch Rudis Rasierseife holen können.«

***

Der Morgen war frisch und sonnig, Tau benetzte seine Schuhe, als er über die Rasenfläche zum Tor ging. Sein Blick fiel auf die Taxusbüsche, in denen einige Spinnweben wie diamantene Halsketten glitzerten. Der Gärtner würde die Büsche schon bald wieder in Form schneiden müssen.

Wie jeden Morgen hoffte Louis auch heute, dass der lang ersehnte Brief aus Amerika ankommen würde.

Sein Vater, der gerade mit dem Aufbau seiner kleinen Baptistengemeinde zu tun hatte, hatte ihm weitere Papiere zukommen lassen, die er von sich und seiner Mutter noch auftreiben konnte. Leider ging auch daraus nichts über seine Abstammung mütterlicherseits hervor. Die Unterlagen der Wakehams aus Wisconsin ließen auf sich warten.

Ähnlich erging es Catherine. Sie hatte in sämtlichen Ämtern in Kopenhagen angefragt, denn ihre Eltern waren verstorben, und Geschwister hatte sie keine. Doch auch der dänische Amtsschimmel schien nicht schneller zu galoppieren als der deutsche.

Am Tor angekommen, öffnete er den Briefkasten. Eine Flut an Briefen fiel ihm entgegen, zu viele, um sie auf der Stelle zu sichten. Er klemmte sich das Bündel unter den Arm und ging damit zur Krankenhauspforte.

Schwester Hedwig rief ihm ein verschlafenes »Guten Morgen« zu, das er erwiderte, dann schlug er den Weg zum Sprechzimmer ein.

Die Nische davor war noch leer. Da heute Morgen zwei Operationen eingeplant waren, waren die Sprechstundenpatienten erst zum Nachmittag bestellt.

Die Tür stand leicht offen, Hanna war dabei, Flaschen in den Medizinschrank einzuräumen.

»Guten Morgen, Herr Doktor!«, grüßte sie ihn mit einem freundlichen Lächeln. »Sie haben schon nach der Post gesehen?«

»Ja, ich dachte mir, vielleicht beschleunigt es die Dinge, wenn ich selbst nachschaue.«

Hanna machte einen langen Hals, als er begann, die Umschläge durchzusehen. »Und, ist etwas dabei?«

Louis stockte, als er den Brief mit dem Hakenkreuzstempel sah. Dieser kam allerdings nicht von Wiedemann, sondern vom Arbeitsministerium. Er riss den Umschlag auf, zog das Schreiben hervor und las. Zunächst wollten sich die Worte in seinem Kopf nicht so recht zusammenfügen. Als sie dann doch einen Sinn ergaben, blickte er Hanna an.

»Stimmt etwas nicht?«, fragte sie.

»Was ich befürchtet habe, ist eingetreten«, sagte Louis beklommen. »Schauen Sie.«

Hanna sog erschrocken die Luft ein, als ihre Augen den Text überflogen hatten. »Und was wollen Sie jetzt machen?«

Louis atmete tief durch. Er hatte schon von dem am 7. April erlassenen Gesetz zur Wiederherstellung des Berufsbeamtentums, das jüdische Bürger von der Arbeit in öffentlichen Ämtern ausschloss, gehört. Ein Krankenhaus war allerdings kein Amt, und er hatte gehofft, dass sich eine Entlassung seiner jüdischen Mitarbeiter vermeiden ließe.

»Ich habe wohl keine andere Wahl, als die Aufforderung umzusetzen, wenn ich nicht will, dass die SA wieder hier aufkreuzt. Es reicht schon, dass Kowalski ständig zu seinen neuen Freunden rennt und uns wegen Nichtigkeiten anschwärzt.«

Hanna schüttelte bekümmert den Kopf. »Aber … Dr. Rosenbaum

und Professor Kirsch waren immer loyal. Keiner hat sich je etwas zuschulden kommen lassen.«

»Ich weiß.«

Hanna presste die Lippen zusammen. Tränen stiegen ihr in die Augen. »Sie könnten sich wehren!«

»Wie?«, fragte Louis aufgebracht. »Sie haben gesehen, was die Braunhemden wegen der Kommunisten in der Stadt angestellt haben! Und Kowalski hat seine Ohren überall! Wahrscheinlich haben wir ihm sogar diese Anweisung zu verdanken.«

Paul Schulze war inzwischen wieder als genesen entlassen worden, aber jedes Mal, wenn er SA-Leute in der Nähe des Hauses sichtete, brach Louis der Angstschweiß aus. Er rechnete jeden Moment damit, dass man ihn wegen der fehlenden Papiere als Chefarzt absetzen würde. Dass der SA-Obmann seine Augen überall hatte, verschlimmerte die Situation nur noch.

»Ich habe keine andere Wahl«, sagte er schließlich. »Sie werden es verstehen.«

Hanna blickte ihn aus glasigen Augen an. »Das werden sie nicht. Sie werden sich fragen, warum sie all die Jahre loyal zu Ihnen gestanden haben.«

Louis kniff die Lippen zusammen, senkte den Kopf. Hanna hatte recht, aber es ging hier um so viel mehr als zwei Menschen. Wenn er mit zwei Entlassungen mehr als hundert davor bewahren konnte, ins Visier dieser Leute zu geraten, musste er sich so und nicht anders entscheiden.

»Holen Sie mir Professor Kirsch und Dr. Rosenbaum her.«

Hanna, die sichtlich mit ihren Emotionen rang, warf ihm einen enttäuschten Blick zu, dann verließ sie das Sprechzimmer.

***

Lilly schaute zufrieden auf das Blumenbouquet in der Vase. Es passierte selten, dass sie einen so großen Strauß im Haus hatten, aber als sie von ihrem kleinen Ausflug zurückkehrten, hatte ihr der Sinn danach gestanden, die leuchtend bunten Ranunkeln mitzunehmen. Sie waren die ersten in diesem Jahr, das untrügliche Zeichen, dass der Frühling den Winter besiegt hatte.

Ein Geräusch zog ihre Aufmerksamkeit auf sich. Hatte Benjamin etwas fallen gelassen? Bevor sie das Zimmer ihres Sohnes erreichte, öffnete sich die Wohnungstür. Was sie gehört hatte, war offenbar der Schlüssel, der ins Schloss geschoben wurde.

»Rudolph, was machst du denn hier?« Im nächsten Augenblick sah sie, dass er nicht allein war. Dr. Rosenbaum begleitete ihn. Beide Männer waren sehr blass.

»Lilly, ich muss mit dir reden«, sagte Rudolph. »Herr Rosenbaum, machen Sie es sich doch bitte im Wohnzimmer bequem.«

»Danke«, sagte Rosenbaum und öffnete seinen Mantel.

Rudolph zog sie ins Schlafzimmer und schloss die Tür hinter sich.

»Was ist passiert?«, fragte sie beklommen.

»Dr. Rosenbaum und ich haben heute unsere Kündigung erhalten.«

Lilly schaute ihn ungläubig an.

»Es gibt ein neues Gesetz, das Nichtarier von allen öffentlichen Arbeitsstellen ausschließt. Dr. Conradi hat versprochen, sich für uns einzusetzen, doch vorerst blieb ihm keine andere Wahl, als uns zu entlassen.«

Stille folgte seinen Worten. Lilly hatte das Gefühl, von etwas Schwerem getroffen worden zu sein. Wie betäubt ließ sie sich auf dem Bett nieder.

»Das können sie doch nicht machen«, sagte sie leise. »Du hast so viel für das Waldfriede getan, bist eine Koryphäe auf deinem Gebiet.«

»Für die neuen Machthaber bin ich vor allem Jude. Ihnen ist egal, was ich kann und was ich geleistet habe.«

Lilly blickte ihn an. Zorn regte sich in ihr, Enttäuschung über Dr. Conradi.

»Und niemand hat etwas gesagt? Niemand ist euch beigesprungen?«

»Was hätten sie denn tun sollen?«, fragte Rudolph und setzte sich neben sie. Als er ihre Hand ergriff, spürte sie, wie kalt seine Finger waren. »Außerdem bezweifle ich, dass es sich heute Morgen schon herumgesprochen hatte. Dr. Conradi wollte uns die Gelegenheit geben, ohne großes Aufsehen unseren Tag zu beenden und dann zu gehen, aber wir haben uns entschieden, alles stehen und liegen zu lassen.«

»Aber … deine Sachen … deine Bücher …«

»Die kann ich auch später noch abholen lassen.« Er legte seinen Arm um sie. »Ich werde mir schon etwas einfallen lassen.«

Lilly sprang auf. »Und wenn wir Protest einlegen?«

»Das wird nichts bringen. Rosenbaum und ich haben überlegt, einen Anwalt einzuschalten. Auch wenn dies nur wenig Aussicht hat …«

Er verstummte einen Moment, dann erhob auch er sich. »Willst du mitkommen und mit Dr. Rosenbaum sprechen?«

Lilly nickte wie betäubt. Sie realisierte noch immer nicht richtig, was geschehen war. Rudolph, der seine Arbeit so schr liebte, sollte sie nicht mehr ausüben können?

Sie folgte ihrem Verlobten ins Wohnzimmer.

Dr. Rosenbaum wischte sich rasch übers Gesicht, doch er konnte nicht verbergen, dass er geweint hatte.

»Es tut mir wirklich leid«, sagte Lilly traurig.

»Nun, das ist es, was sie tun«, gab Rosenbaum zurück. »Zuerst die Kommunisten. Jetzt wir. Und wer weiß, wen sie noch alles herausdrängen wollen.«

»Rudolph sagte, dass Sie einen Anwalt konsultieren wollen.«

Rosenbaum blickte zum Professor. »Wir werden es auf alle Fälle versuchen. Aber ich glaube kaum, dass es Erfolg haben wird. Über kurz oder lang wird uns nur eines bleiben: fortgehen aus Deutschland. Woanders anfangen.«

»Aber wohin fortgehen?«, fragte sie.

Rosenbaum sah ihr direkt in die Augen. »Nach Amerika. Wie es schon einige von uns getan haben. Ich weiß von Mitgliedern meiner Gemeinde, die die Koffer gepackt haben, sobald Hitler zum

Reichskanzler ernannt wurde. Sie waren davon überzeugt, dass nichts Gutes für uns dabei herauskommen würde. Und sie hatten recht.«

»Haben Sie denn Kontakte nach Übersee?«

»Einige Bekannte meines Vaters. Ich werde versuchen, auch ihn zur Ausreise zu bewegen.« Er lachte freudlos auf. »Ich weiß schon, was er dazu sagen wird: ›Ich habe für die Deutschen im Großen Krieg gekämpft und das Eiserne Kreuz erhalten. Sie werden mir nichts antun.‹ Und meine Mutter wird zu bedenken geben, wer übrig sein wird, um für uns zu sprechen, wenn alle das Land verlassen. Ich hoffe nur, dass ich sie trotzdem überzeugen kann.«

Lilly blickte zu Rudolph. Seine Miene wirkte verschlossen, und sie konnte sich denken, was ihm durch den Sinn ging: Würde seine Schwester Sarah sie begleiten, wenn er sie darum bat? Oder würde auch sie anbringen, dass sie hierbleiben müsse, um für ihre Glaubensgeschwister zu sprechen?

»Nun, ich möchte Sie nicht weiter aufhalten.« Rosenbaum erhob sich und reichte Rudolph die Hand. »Ich danke Ihnen für alles. Und ich hoffe, dass wir uns irgendwann einmal wiedersehen.«

»Das hoffe ich auch«, sagte Rudolph, dann umarmten sich die beiden Männer.

»Geben Sie mir Bescheid, wenn Sie ebenfalls nach Amerika übersiedeln wollen. Ich werde sehen, was ich für Sie tun kann.«

»Das ist sehr freundlich.«

Rosenbaum reichte Lilly die Hand. »Werden Sie glücklich, Schwester Lilly.«

»Sie auch, Dr. Rosenbaum.«

Der Arzt schaute sie beide an, dann wandte er sich zum Gehen. Lilly prägte sich seine Gestalt ein, denn etwas sagte ihr, dass sie ihn nie wiedersehen würde.

***

Der Abend war mild, doch genauso gut hätte tiefster Winter herrschen können. Fröstelnd zog Louis seinen Mantel vor der Brust zusammen. Die Kälte hatte ihn schon seit dem Vormittag nicht mehr verlassen, was allerdings nicht daran lag, dass er sich verkühlt hätte. Es war eher eine seelische Kälte, die von ihm Besitz ergriffen hatte.

Er erinnerte sich noch daran, wie er Dr. Rosenbaum aufgewühlt im Park angetroffen hatte, nachdem eine Patientin ihn als Behandler abgelehnt hatte. Jetzt würde er bestenfalls privat praktizieren können, aber nicht mehr in einem Krankenhaus arbeiten dürfen. Dasselbe galt für Professor Kirsch.

Er hatte versprochen, dass er sich erkundigen würde, ob es eine andere Möglichkeit gab. Noch am selben Tag hatte er mit Professor Sauerbruch telefoniert, doch gebracht hatte es nichts. »Dr. Conti vom Preußischen Innenministerium war bei unserem letzten Zusammentreffen sehr strikt«, erklärte er. »Beide Ministerien erwarten, dass allen Juden ohne Ausnahme gekündigt wird.«

»Und wie soll ich diese Ärzte ersetzen?«, hatte er gefragt.

»Das interessiert die Herren nicht. Und ich fürchte, wir haben keine Wahl.«

Louis hätte ihm gern gesagt, was er von diesen Herren hielt, aber da er Sauerbruch nicht bedingungslos vertraute, hatte er geschwiegen und aufgelegt.

Eine Weile lief er durch den Park, dann vernahm er Schritte. Von der Seite her erschien seine Frau, die sich eilig ihren Mantel übergeworfen hatte. »Hier bist du!«, sagte sie. »Ich habe dich schon gesucht.«

»Warum? Gibt es etwas Dringendes?«

»Nein, aber du hast nicht gesagt, wohin du gehst.« Obwohl sein Herz laut Untersuchung von Dr. Meyer wieder kräftig und stabil schlug, machte sie sich immer noch Sorgen, dass er im Park umfallen könnte.

»Ich brauchte ein wenig Zeit für meine Gedanken«, entgegnete er.

Catherine hakte sich bei ihm ein. Eine Weile gingen sie schweigend nebeneinander. Louis spürte ihre Wärme, doch sie erreichte sein Inneres nicht.

Catherine wusste, dass er Professor Kirsch und Dr. Rosenbaum entlassen musste. Sie hatte dazu nicht viel gesagt, nur dass es ihr leid täte für die beiden Männer. Aber was sollten sie denn auch sonst tun? So, wie die politische Lage war, konnten sie sich nicht wehren. Und er musste auch an alle anderen Mitarbeiter im Haus denken. Außer Kirsch und Rosenbaum gab es keine weiteren Juden im Waldfriede. Es würde ein vergleichsweise kleines Opfer dafür sein, dass man sie unbehelligt ließ.

Doch warum fühlte er sich so schlecht dabei? Warum sagte er sich, dass das alles nur Ausflüchte waren, um sein Gewissen zu beruhigen?

»Wir brauchen Ersatz für Dr. Rosenbaum«, sagte er schließlich. »Die gynäkologische Sprechstunde ist gut besucht, und ich allein kann es nicht schaffen.«

»Und was ist mit den Patienten von Professor Kirsch?«, fragte Catherine. »Er hatte doch sogar eine eigene Abteilung.«

»Die von ihm eingearbeiteten Assistenzärzte können sich fürs Erste um die noch im Haus befindlichen Patienten kümmern. Danach werden wir die Behandlung von Knochentuberkulose aufgeben.«

»Sie hat lange Zeit dafür gesorgt, dass die Einnahmen im Waldfriede stabil sind«, gab Catherine zu bedenken.

»Ja, das hat sie«, sagte Louis, dann stockte er.

Eine Gestalt trat ihnen entgegen. Sie trug ein grünes Kleid und einen beigefarbenen Mantel. Auf den ersten Blick hätte er sie wohl nicht erkannt, denn sie war ihm nur selten und wenn, dann in Schwesternkleidung über den Weg gelaufen.

»Schwester Lilly«, sagte Louis verwundert. »Kann ich Ihnen helfen?«

Die junge Frau rührte sich nicht. Sie sah ihn mit durchdringendem Blick an. »Entschuldigen Sie bitte, wenn ich störe«, sagte sie.

»Haben Sie Ihr Zeugnis erhalten?« Louis erinnerte sich, dass Hanna gesagt hatte, sie sei mit Professor Kirsch zusammen. Nein, wegen ihres Zeugnisses war sie ganz bestimmt nicht hier.

»Ich … ich wollte Sie bitten, mich wieder einzustellen«, sagte sie. »Ich weiß, dass ich Fehler gemacht habe, aber ich …« Sie stockte.

»Selbst, wenn ich es wollte«, sagte Louis und zwang sich zur Ruhe. »Die Abteilung von Professor Kirsch gibt es nicht mehr. Wenn die letzten Patienten entlassen sind, werden wir sie nicht mehr fortführen.«

»Durch Ihre Schuld!«, fuhr sie ihn plötzlich an. »Sie haben ihn rausgeworfen!«

»Ich hatte keine andere Wahl. Die neuen Gesetze …«

Die Augen der jungen Frau blitzten. Nie zuvor hatte er sie so wütend erlebt.

»Es sind Menschen, die Sie da entlassen haben. Gute Ärzte! Nur weil sie Juden sind, sollen sie nicht mehr arbeiten?«

»Schwester Lilly«, mischte sich Catherine ein. »Wir können uns gut vorstellen, wie es Ihnen geht. Aber mein Mann muss auch an das Wohl des Hauses denken. An das Wohl unserer Gemeinschaft.«

Ein verächtlicher Ausdruck trat auf Lillys Gesicht. »Dann hoffe ich, dass Ihre Gemeinschaft nie in die Situation kommt, in die Sie Professor Kirsch und Dr. Rosenbaum gebracht haben.«

Einen Moment starrte sie sie an, dann wirbelte sie herum und marschierte mit langen Schritten in Richtung Tor.

71. Kapitel

Zehlendorf, 22. April 1933

Die folgenden Tage verbrachten Lilly und Rudolph im Schwebezustand. Am Sabbat hätten sie eigentlich zu seiner Schwester gehen wollen, doch er sagte ab. Besorgt erschien Sarah noch am selben Abend. Sie war nicht überrascht, als sie von seiner Kündigung hörte.

»In der Universität ist es dasselbe«, berichtete sie. »Sämtliche jüdischen Professoren wurden entlassen! Ihre arischen Kollegen konnten es gar nicht erwarten, sie loszuwerden.« Sie richtete den Blick nachdenklich auf das Fenster. »Es war klar, dass sie das Pessachfest als Zeitpunkt für dieses Gesetz aussuchen. Ihr Hass auf uns ist so groß, dass sie uns nicht mal die Festlichkeiten gönnen.«

Eine Weile herrschte Stille zwischen ihnen.

»Rudolphs Kollege hat gesagt, dass er nach Übersee auswandern wird«, merkte Lilly schließlich an.

»Das ist wahrscheinlich das Beste, was er tun kann!«

»Und was sollen wir tun?«, fragte sie. »Wir alle …«

»Ich für meinen Teil werde bleiben und versuchen standzuhalten, so lange es geht. Aber ich bin Studentin und nicht von Kündigung bedroht. Immerhin noch nicht.«

»Sie werden auch die Studenten aus den Universitäten vertreiben.«

»Und wenn schon!« Sarah machte eine wegwerfende Handbewegung.

»Dann gehe ich eben nach Frankreich! An der Sorbonne sind sie sicher nicht so beschränkt wie hier.«

»Allein nach Frankreich?« Rudolph runzelte besorgt die Stirn.

»Ich weiß, dass du mich gern vor allem beschützen würdest, großer Bruder, aber eines Tages werde ich auf meinen eigenen Füßen stehen müssen. Und das kann ich, wie es aussieht, besser in Frankreich als hier.«

Sie griff nach Rudolphs Hand, mit Tränen in den Augen. »Wenn unsere Eltern das noch erleben müssten …«

»Es ist gut, dass das nicht der Fall ist«, sagte er, dann umarmte er sie.

Glücklicherweise waren noch immer Osterferien, sodass Benjamin nicht zur Schule musste und nicht mit der landesweiten Kündigung der Juden konfrontiert wurde. Soweit sie wusste, hatte es auch an seiner Schule einen jüdischen Lehrer gegeben, der allerdings in den höheren Klassen unterrichtete. Der von Hitler begeisterte Rektor Krajewski würde seine Kollegen aber sicher dazu anhalten, die neuen Gesetze in jeder Klasse zu besprechen.

Lilly und Rudolph igelten sich im Haus ein und versuchten, nicht daran zu denken, dass es da draußen eine neue Wirklichkeit gab, dass sich die Welt auf eine Weise veränderte, die sich ihrem Verständnis entzog.

Schließlich blieb Lilly aber nichts anderes übrig, als einkaufen zu gehen. Ihr Körper fühlte sich schwer an, Hoffnungslosigkeit drückte ihre Schultern nieder. Eine Weile würde ihr Erspartes noch reichen, aber wie sollten sie sich ein Leben aufbauen, wenn es Rudolph verwehrt wurde zu arbeiten? Eine Praxis zu eröffnen, kam wohl angesichts der Umstände nicht infrage. Ehe er es sich versah, hätte er die Schmierereien, die sie in der Stadt gesehen hatte, an seiner Tür.

Am Morgen des 26. April verließ sie das Haus, in Gedanken bei ihrem Einkaufszettel. Sie hielt das Papierstück fest in der Hand, wie einen Rettungsanker, eine Verbindung zu einer Normalität, die ihr mehr und mehr entglitt. Aber die Sonne schien hell, und Sorgen konnte sie sich dann wieder machen, wenn sie zurückkehrte.

»Wie geht es denn, Cousine?«, fragte eine Stimme, kaum dass die Tür hinter ihr zugefallen war. Lilly erstarrte.

In dem Augenblick trat er vor sie. Theodor! Sie prallte zurück, als hätte sie einen Schlag vor die Brust erhalten.

»Was machst du hier?«, fragte sie mit rauer Stimme.

Ihr Cousin löste sich von der Hauswand und trat auf sie zu. Noch immer sah er gut aus. Seit sie ihn im Hamburger Bahnhof gesehen hatte, hatte er sich kaum verändert. Er trug dunkle Hosen, einen braunen Mantel und einen kamelfarbenen Hut.

»Ich wollte mir nur ein bisschen die Stadt ansehen«, entgegnete er scheinheilig.

»Zum Zentrum geht es dort entlang!« Lilly deutete die Straße hinunter, und ihr Herz begann zu rasen. Ihm gegenüberzustehen, rief alle schlechten Empfindungen wach, die sie seit ihrer Vergewaltigung gequält hatten.

Theodor musterte sie eine Weile, dann sagte er: »Ich hatte ein nettes Gespräch mit Tante Cäcilia. Sie hatte mir ziemlich viel zu erzählen.«

Natürlich, Cäcilia. Eine Welle der Furcht stieg in ihr auf..

»Ich will nicht mit dir reden«, sagte sie und versuchte, an ihm vorbei zur Tür zu gehen, doch er hielt sie fest. Seine Augen waren kalt und dunkel, wie damals, als er über sie hergefallen war.

»Sie sagte, du hättest ein Kind bekommen. Vor sieben Jahren.«

»Ich weiß nicht, was dich das anginge!«, fauchte Lilly und versuchte, sich loszureißen, doch sein Griff wurde stärker.

»Weißt du denn nicht mehr, was wir beide hatten, hm?«, fragte er. »Ich erinnere mich noch gut. Wie du dich gewehrt hast, obwohl du es doch wolltest, nicht wahr?«

Übelkeit erfasste Lilly. Gewollt hatte sie es ganz und gar nicht, dass er sich an ihr verging. Und genauso ungewollt war die Schwangerschaft gewesen, die sie ihm zu verdanken hatte.

»Es ist nicht dein Kind«, sagte sie, während sie versuchte, ihre Angst möglichst nicht zu zeigen.

»Ist das so? Mit wem hast du es denn sonst noch getrieben?«

Wieder versuchte sie, von ihm loszukommen, doch sein Griff war wie eine Eisenklammer, aus der es kein Entrinnen gab.

Panisch schaute sich Lilly um. Würde ihr jemand zu Hilfe kommen, wenn sie schrie?

»Das geht dich überhaupt nichts an«, erwiderte sie. »Und jetzt lass mich los, oder ich rufe die Polizei.«

Theodor lachte. »Was sollen sie denn gegen mich tun? Vielleicht sollte ich ihnen erzählen, dass du jetzt einen Juden vögelst. Ich glaube kaum, dass ihnen das gefallen wird.«

Lilly wurde schwindelig. Also hatte Cäcilia vom Jugendamt Bescheid erhalten. Und offenbar schien sie mit ihrer Anzeige nicht durchgekommen zu sein. Warum sonst hätte sie ihr Theodor auf den Hals hetzen sollen?

Plötzlich veränderte sich etwas in Lilly. Die Angst und die Panik waren noch da, gleichzeitig verspürte sie aber den Drang, sich zu wehren. Sie war kein schwaches Kind mehr, das einem Mann nichts entgegensetzen konnte.

»Wenn das so ist, kann ich der Polizei gleich sagen, dass du mich vergewaltigt hast«, zischte sie. »Dass du ein Kinderschänder bist. Wie würde dir das gefallen?«

Theodor lachte erneut, doch sein Blick war seltsam starr. Angst würde er nicht zeigen, das wusste sie, doch vielleicht verfingen sich die Worte in ihm.

»Ich habe es allen möglichen Leuten erzählt, weißt du?«, fuhr sie fort. »Ich bin nicht diejenige, auf die sie mit Fingern zeigen, sondern du!«

Jetzt verging ihm das Grinsen, und er schaute sie durchdringend an. »Ich will ihn sehen!«, sagte er kalt.

»Warum?«, fragte Lilly und war selbst darüber erstaunt, dass sie ein spöttisches Lachen zustande brachte. »Er ist nicht dein Kind. Er war es nie. Das kannst du Cäcilia sagen, wenn du sie wiedersiehst.«

Jetzt gelang es ihr, sich von ihm loszureißen. Rasch wich sie ein paar Schritte zurück. Die Tür war nahe, sie brauchte nur aufzuschließen.

»Du wirst noch bei mir ankommen, wenn dein Jude dich erst mal verlassen hat«, sagte er. »Oder wenn sie endlich alle von denen erledigt haben.«

»Scher dich zum Teufel!«, fauchte Lilly, dann schob sie den Schlüssel ins Schloss und drehte ihn herum. Die Tür schnappte auf, doch im nächsten Augenblick war er bei ihr und zwang sie, ihn wieder anzusehen. Schmerzhaft bohrten sich seine Finger in ihr Gesicht.

»Ich könnte dir das Genick brechen, weißt du das?«, zischte er.

»Dann würdest du ins Zuchthaus wandern«, gab Lilly zurück, während sie gegen die Angst kämpfte. »Aber Cäcilia würde nie den Jungen kriegen, dafür habe ich gesorgt.«

Theodor sah sie drohend an, sein Atem strich über ihr Gesicht. Für einen Moment war es wie damals, als sie beinahe in der Havel ertrunken wäre. Was würde aus Benjamin werden, wenn er seine Drohung in die Tat umsetzte?

Dann ließ er sie los.

»Du kannst es dir überlegen«, sagte er, während er zurücktrat. Seine Augen blitzten noch immer vor Zorn. »Entweder, du lässt ihn mich sehen, oder ich sorge dafür, dass sich die SA deines Juden annimmt.«

72. Kapitel

Die Welt schien von ihr zurückzuweichen. Während ihr Unterkiefer schmerzhaft pochte, verschwammen alle Geräusche zu einem diffusen Rauschen. Theodor kehrte ihr den Rücken zu und verschwand zwischen anderen Gestalten, die die Straße bevölkerten, doch die Worte hallten immer noch in ihr nach.

Lilly klammerte sich an die Türklinke, kämpfte gegen die dunklen Schleier an, die ihr Sichtfeld zu verfinstern drohten.

Schließlich kehrte sie mit einem lauten Keuchen in die Wirklichkeit zurück. Ohne einen weiteren Gedanken fassen zu können, wirbelte sie herum und lief die Treppe hinauf. Ihre Knie waren weich und drohten jeden Moment einzuknicken, doch sie zwang sich, weiterzulaufen, denn sie wusste, dass es nur hinter ihrer Wohnungstür Sicherheit für sie gab.

Mit zitternden Händen versuchte sie den Schlüssel ins Schloss zu stecken. Erst nach drei Versuchen gelang es ihr. Die Tür sprang auf, und sie stürzte in den Flur. Augenblicklich gaben ihre Knie nach, und sie landete auf dem Fußabtreter.

Rudolph, der sie kommen gehört hatte, lief aus dem Wohnzimmer und war nur einen Moment später bei ihr.

»Was ist mit dir? Geht es dir nicht gut?«

»Theodor!« Es erschien ihr, als würde das eine Wort ihre Kehle zuschnüren. »Er war hier.«

Rudolph zog sie in seine Arme. Lilly begann am ganzen Leib zu zittern, dann zu schluchzen. Wieder spürte sie den Schmerz, den

Theodors Finger in ihrem Gesicht hinterlassen hatten. Ihr gesamter Körper pulsierte, das Blut rauschte in ihren Ohren und übertönte beinahe das Weinen, das wie Schreie der Verzweiflung klang. Fast schon verzweifelt klammerte sie sich an Rudolph, die Drohung Theodors immer noch in den Ohren.

Dann hörte sie ein anderes Geräusch. Fußtapsen, gefolgt von der Stimme ihres Sohnes. »Mama, was ist denn?«

Lilly zuckte zusammen und starrte ihn an, ohne antworten zu können.

Etwas zog durch ihren Verstand, das sie für einen Moment davon abbrachte, Angst oder Schmerzen zu fühlen. Benjamin hatte Mama zu ihr gesagt. Das erste Mal.

Rudolph schien das ebenfalls mitbekommen zu haben. Er ließ sie kurz los und wandte sich um.

»Deine Mama fühlt sich gerade nicht wohl. Geh besser in dein Zimmer, ja? Ich bin Arzt, ich kümmere mich um sie. Hab keine Angst, es geht ihr bald wieder gut.«

Benjamins Augen weiteten sich sorgenvoll. Wie gern hätte Lilly ihn vor diesem Kummer bewahrt, aber sie konnte nichts tun. Sie konnte nicht einmal ihren eigenen Körper unter Kontrolle bringen.

»Mach dir keine Sorgen, mein Schatz, Rudi kümmert sich um mich«, sagte Lilly und versuchte, so tapfer wie möglich zu klingen. »Wenn es mir besser geht, komme ich und spiele mit dir, ja?« Es gelang ihr sogar, ein Lächeln aufzusetzen.

»Ist gut.« Benjamin nickte und zog gehorsam die Zimmertür zu.

»Hast du das gehört?«, fragte Lilly, während Rudolph sie vorsichtig auf das Sofa legte. »Er hat Mama zu mir gesagt!«

»Ich habe es gehört. Er hat Angst um dich.«

»Er hat zuvor noch nie Mama zu mir gesagt.« Lilly brach in Tränen aus. Die Druckstellen, die Theodors Hände an ihrem Körper hinterlassen hatten, pochten, aber das war in diesem Augenblick egal. Ihr Sohn hatte sie als das anerkannt, was sie war: seine Mutter.

Ruoldph zog sie behutsam in seine Arme und streichelte über ihr Haar. Als das Schluchzen abebbte, kehrte sie langsam wieder in die Realität zurück. Rudolphs Hand lag auf ihrem Rücken und streichelte sie sanft.

»Was ist denn passiert?«, fragte er. »Hat er dich angegriffen?«

Es kostete Lilly Überwindung, zu sprechen. Ihr Kiefer schmerzte, als hätte ihn jemand zerquetschen wollen.

»Nein, er …«, brach es aus ihr hervor, »er hat mir vor der Tür aufgelauert.«

Mit der freien Hand berührte Rudolph ihr Gesicht. »Hat er dich geschlagen?« Sie hörte deutlich, wie sehr er sich beherrschen musste.

»Er hat mich nur gepackt. Er wollte Benjamin sehen. Cäcilia hat ihm offenbar alles erzählt.« Lilly umklammerte fröstelnd ihre Schultern. »Ich habe ihm gesagt, dass er nicht sein Sohn ist.« Lilly blickte zur Tür.

»Ich muss zu Benjamin«, sagte sie, doch Rudolph schüttelte den Kopf.

»Nein, bleib hier. Ich schaue gleich nach ihm. Komm erst mal wieder zu dir.«

Lilly atmete tief durch. »Ich hätte von meiner Tante alles erwartet, aber nicht, dass sie mir ihn auf den Hals hetzt.«

»Woher weiß sie eigentlich, dass er der Vater ist?«

Lilly senkte den Kopf. »Es ist eine komplizierte Geschichte«, sagte sie. »Sie muss damals bemerkt haben, dass ich gut mit ihm ausgekommen bin. Sie hat mir einmal sogar vorgeworfen, dass ich ihm schöne Augen gemacht hätte.«

»Stimmte das?«

»Ich war noch sehr jung, und natürlich habe ich für den neuen Cousin geschwärmt. Ich war naiv und wusste nicht, wozu auch junge Männer fähig sind. Das hat er ausgenutzt.«

»Und deine Tante hat eins und eins zusammengezählt?«

Lilly nickte. »Wahrscheinlich. Benjamin sieht ihm ziemlich ähnlich.«

Auf einmal überkam sie noch eine andere Angst. Was, wenn Theodor sie beobachtete und den Jungen sah? Wenn er zufällig auf ihn traf und die Ähnlichkeit bemerkte? Wer sagte ihr, dass er ihn nicht entführte?

»Hat sie es deinen Eltern berichtet?«, fragte Rudolph.

»Ich weiß es nicht. Ich …« Lilly stockte. Die Übelkeit kehrte wieder zurück, und sie versuchte, dagegen anzuatmen.

»Keiner von denen wird Benjamin bekommen«, sagte Rudolph. »Dafür sorge ich. Auch wenn es so aussieht, als ob sie in der Übermacht wären: Es gibt immer noch Mittel und Wege, euch zu beschützen. Und das werde ich tun, bis ich sterbe.«

Lilly warf sich gegen ihn. »Ich will nicht, dass du stirbst! Niemals!«

»Ich werde nicht sterben. Und wenn doch, werde ich vorher dafür sorgen, dass du in Sicherheit bist.« Er hielt sie noch eine Weile, dann sagte er: »Ich werde mal nach Benjamin schauen. Danach sehe ich mir deine Blessuren an, ja?«

Lilly nickte und richtete ihren Blick gegen die Decke. Ohne Pause spulte sich die Begegnung mit Theodor vor ihrem geistigen Auge ab. Sie fühlte sich wie das hilflose fünfzehnjährige Mädchen.

Bald darauf setzte sich Rudolph wieder neben sie. Diesmal hatte er seinen Arztkoffer dabei.

»Was macht Benjamin?«, fragte sie.

»Er baut gerade eine neue Burg. Ich habe ihm gesagt, dass du dich ein wenig ausruhen musst.«

Lilly nahm diese Information mit einem Nicken hin.

Rudolph betrachtete ihr Gesicht, drehte es vorsichtig von einer Seite auf die andere.

»Hat er dich nur im Gesicht gepackt?«, fragte Rudolph sanft. »Du hast Flecken am Kiefer.«

»Und am Arm.«

»Darf ich es sehen?«

Lilly zog ihren Ärmel hoch. Der Griff hatte rote Spuren hinterlassen, die sich langsam blau färbten. Rudolph betastete sie vorsichtig, wandte sich dann wieder ihrem Gesicht zu.

»Am Kinn wirst du blaue Flecken bekommen, der Arm sieht noch gut aus.« Er streichelte ihre Wange. »Es tut mir leid, dass du das erleben musstest.«

Lilly schüttelte den Kopf. »Meine Tante ist wirklich das Letzte. Kommt sie mit einer Sache nicht durch, versucht sie es auf einem anderen Weg.« Sie blickte ihn an. »Er hat gedroht, dich verprügeln zu lassen.«

»So weit wird es nicht kommen, das verspreche ich dir.« Ein entschlossener Ausdruck trat auf sein Gesicht.

Erschöpft von dem Erlebnis und ihrem Weinen schlief Lilly noch auf dem Sofa ein. Als sie wieder wach wurde, dunkelte es bereits. Rudolph saß auf einem Stuhl ganz in ihrer Nähe und schaute gedankenvoll aus dem Fenster.

»He du«, sagte er, als er hörte, dass sie sich regte.

»He«, antwortete sie und richtete sich auf. Ihr Arm schmerzte an der Stelle, wo sie die Blutergüsse hatte.

»Wie geht es dir?«

»Besser«, sagte sie. Der Schlaf hatte nicht nur die Übelkeit von ihr genommen, sondern auch die Angst. »Ich sollte nach Benjamin sehen.«

»Das kannst du gleich«, gab er zurück. »Vorher möchte ich dir einen Vorschlag machen.«

Lilly zog die Augenbrauen hoch. »Du willst doch nicht etwa zur Polizei gehen?«

Rudolph schüttelte den Kopf. »Erinnerst du dich an den Schokoladenfabrikanten Novak aus Prag?«

Lilly nickte. »Wie kommst du jetzt auf ihn?«

»Er hatte uns doch eingeladen, ihn zu besuchen.« Nach einer Pause fügte Rudolph hinzu: »Wie wäre es mit einer kleinen Reise?«

Lilly blickte ihn an. »Eine Reise nach Prag? Aber wir haben dafür doch keine Vorbereitungen getroffen.«

»Ich bin sicher, dass Herr Novak sich trotzdem freuen wird. Prag ist eine große Stadt und hat bestimmt sehr viele schöne Hotels und Gasthäuser. Wir werden uns dort für eine Weile einmieten. Was läuft uns weg? Benjamin ist noch in den Ferien, das neue Schuljahr beginnt erst demnächst.«

Er strich ihr sanft übers Haar und küsste sie. »Außerdem läufst du nicht Gefahr, ihm noch einmal zu begegnen. Egal mit wem er hier anrückt, wir werden nicht da sein. Und wir können uns dann in Ruhe überlegen, was zu tun ist.«

Lilly betrachtete ihn. Weglaufen klang gut, selbst wenn es nur für ein paar Tage war. Sie wusste, dass sie der Konfrontation nicht entkommen konnte. Aber fürs Erste würden sie sicher sein.

»Wann wollen wir fahren?«, fragte sie.

»Am Samstag.«

»Aber da ist doch Sabbat.«

»Wir machen eine Reise, das ist nicht verboten.« Rudolph streichelte ihre Wange und küsste sie. »Fühlst du dich gut genug, Benjamin davon zu erzählen?«

Lilly nickte, ergriff seine Hand und presste sie noch eine Weile an ihr Gesicht. Wieder einmal würde sie weglaufen. Wieder einmal blieb ihr keine andere Wahl.

73. Kapitel

Zehlendorf, 28. April 1933

Lilly packte alles ein, was sie für zwei Wochen Aufenthalt brauchte. Viel besaß sie ohnehin nicht. Sie entschied sich für die neueren Kleider, Unterwäsche, drei Bücher, Kosmetik und ihr Strickzeug.

Auch für Benjamin fiel das Gepäck recht gering aus. Sie legte Kleidung in den Koffer, das Märchenbuch, aus dem sie ihm vor dem Einschlafen immer vorlas, einen Kasten mit Holzbauklötzen und sein Schwert.

»Mit den anderen Sachen kannst du wieder spielen, wenn wir zurück sind«, sagte sie und gab ihm einen Kuss auf den Scheitel.

Rudolf nahm einen etwas größeren Koffer. Über die Vorbereitungen für sich und Benjamin hatte sie gar nicht mitbekommen, was er alles eingepackt hatte.

»Hast du da ein Harmonium drin?«, fragte sie lächelnd.

»Nur ein paar Dinge für den modernen Herrn«, sagte er. »Außerdem ein bisschen Fachliteratur. Für den Fall, dass es regnet.«

»Die Zeitung hat gutes Wetter verkündet.«

Rudolph lächelte bitter. »Wie wir gesehen haben, können Wetterverhältnisse schnell umschlagen.«

In den frühen Morgenstunden, während die Stadt noch im Schlummer lag und noch nicht einmal die Zeitungsjungen und Milchmädchen unterwegs waren, beluden sie den Wagen. Aus ihrer Vorratskammer hatten sie Wegzehrung mitgenommen: Karotten, Radieschen, dazu Butterkekse und die Brote, die Lilly die halbe Nacht lang geschmiert hatte, weil sie vor Aufregung nicht schlafen konnte.

Obwohl es unwahrscheinlich war, dass sie jemand beobachtete, schaute Lilly sich um. Zu sehen war außer ihnen niemand. Der Platz, an dem Theodor ihr aufgelauert hatte, war leer. Trotzdem lief ihr ein eisiger Schauer über den Rücken.

Rudolph bemerkte ihren Blick und trat zu ihr. »Alles in Ordnung?«

»Ja«, sagte sie und vertrieb die Erinnerung mit einem Kopfschütteln.

Nachdem sie Benjamin in den Fond geholfen und zu ihm geklettert war, stieg Rudolph auf den Fahrersitz. Nachdenklich schaute er die Straße entlang, dann setzte er ein Lächeln auf und ließ den Wagen an.

Die Straßen von Zehlendorf waren noch still und leer. Ein Omnibus begegnete ihnen, doch hinter den Scheiben saßen nur wenige Fahrgäste.

Als sie die Stadt verließen, überkam Lilly ein merkwürdiges Gefühl. Was würde noch da sein, wenn sie zurückkehrten? Das Karussell der Veränderungen drehte sich momentan so schnell, dass sie kaum noch folgen konnte.

Würden sie in zwei Wochen noch eine Wohnung haben? Oder würde die Regierung den Juden auch das verbieten? Und was wurde aus Benjamins Schule? Sie hatten es nicht mehr geschafft, ihn irgendwo anders anzumelden, alles hatte sich überschlagen.

Als sie die Stadt verließen und das freie Land erreichten, versuchte Lilly, ihre Unruhe beiseitezudrängen. Sie war schon öfter in Schwierigkeiten gewesen, doch immer hatte sich ein Weg gefunden. Vielleicht war es auch diesmal der Fall.

***

Mit sorgenvoller Miene nahm Hanna die Formulare für die Kassenpatienten aus der Ablage. Der Bescheid der Ärztekammer, dass Dr. Conradi fürs Erste nicht mehr Kassenpatienten behandeln durfte, weil seine arische Abstammung nicht zweifelsfrei bewiesen werden konnte, war heute Morgen eingetroffen.

Er hatte seine und Catherines Geburtsurkunden und das Heiratszeugnis eingeschickt, doch das reichte den Behörden nicht. Sie wollten einen Stammbaum über mehrere Generationen. Im Falle seines Vaters, der sich amtlich als Waise deklariert hatte, der von seiner Mutter wenig und von seinem Vater nichts wusste, nahm man Rücksicht. Eine vermeintlich jüdische Herkunft seiner Großmutter konnte man nicht beweisen, doch man interessierte sich dringlich für seine amerikanischen Vorfahren, da man annahm, dass diese möglicherweise Juden seien.

»Wiedemann steht zu seinem Wort«, hatte Dr. Conradi grimmig bemerkt, als er ihr den Brief zeigte.

»Aber dass die Ärztekammer Sie gleich von den Kassenpatienten abzieht …«, hatte Hanna empört zurückgegeben. »Wie soll es denn hier laufen?«

»Es muss irgendwie gehen«, sagte er und machte dann seine Runde durchs Haus.

Es lag nahe, Dr. Meyer, der seine Unterlagen ordnungsgemäß vorweisen konnte, vorerst als Klinikleiter einzusetzen. Doch wer sollte die Frauen im Kreißsaal entbinden? Besonders jetzt, wo Dr. Rosenbaum fort war und ein Ersatz noch nicht in Sicht. Außerdem waren die OP-Pläne voll, und auch wenn einige Privatpatienten darunter waren, blieben doch etliche Kassenpatienten. Früher oder später würde es zu Problemen kommen, denn Dr. Lexow und Dr. Wolf konnten Conradis Sprechstunden und Operationen nicht mit erledigen.

Nach einer Weile kehrte er ins Sprechzimmer zurück.

»Vielleicht sollte ich eine Reise machen«, erklärte er frustriert und begab sich zum Schreibtisch, doch anstatt dahinter Platz zu nehmen, stützte er seine Hände auf die Tischplatte und schaute aus dem Fenster hinaus auf den Park. »Wenn die Unterlagen nicht bald eintreffen, werde ich kaum etwas zu tun haben.«

»Die Unterlagen werden kommen«, sagte Hanna. »Wir alle beten jeden Tag dafür. Haben Sie ein wenig Vertrauen.«

»Vielleicht ist es gar nicht Gottes Wille, dass wir dieses Krankenhaus weiterhin unser Eigen nennen sollen«, sinnierte er weiter. »Es könnte doch auch sein, dass meine Zukunft in Amerika liegt …«

Diese Worte erschreckten Hanna. Sie erinnerte sich, dass er vor acht Jahren daran gedacht hatte, in Amerika zu bleiben, als er bei Dr. Cushing hospitiert hatte. Davon war er jedoch wieder abgerückt, weil er sich für das Waldfriede verantwortlich fühlte.

Doch wie würde es jetzt sein?

»Vielleicht sollten Sie eine Beschwerde einreichen«, sagte sie. »Es kann nicht sein, dass Sie nur wegen einer Formalität davon abgehalten werden sollen, Menschen zu helfen.« Sie trat um den Tisch herum, damit er sie ansehen musste. »Dr. Conradi, Sie sind das Herz dieses Hauses. Wenn Sie aufgeben, was sollen wir dann tun?«

Der Doktor blickte sie lange an.

»Haben Sie Zeit, einen Brief zum Diktat aufzunehmen?«, fragte er dann.

Hanna lächelte. »Natürlich, Herr Doktor.«

***

Louis wusste nicht, wie es ihm gelang, den ganzen Tag über zu tun, als sei nichts geschehen. Weder die Patienten noch die meisten ihrer Mitarbeiter bekamen etwas von der Änderung mit.

Neben Hanna, die er gebeten hatte, Stillschweigen zu bewahren, vertraute er sich nur einem einzigen Kollegen an: seinem Freund Erich Meyer.

»Aber du bist doch kein Jude!«, brauste Erich auf, während sie durch den Park spazierten. Der Nachmittag war mild, und in ihrer Nähe turnte eine Schar Weidenlaubsänger durch die Äste. »Wie kann die Ärztekammer dir verbieten, Kassenpatienten zu behandeln?«

»Offenbar gerät im Nationalsozialismus einiges ins Rollen, das uns vorher unmöglich erschienen war«, sagte Louis, der die Hände auf dem Rücken verschränkt hatte. »Ich weiß jetzt genau, wie sich

Professor Kirsch und Dr. Rosenbaum gefühlt haben müssen, als ich ihnen die Kündigung aussprach.«

»Nur dass deine Suspendierung aufgehoben werden müsste, wenn die Unterlagen eintreffen. Warum machen sie sich und uns diese Mühe?«

»Weil wir ihnen fremdartig erscheinen. Sie glauben, wir wären Juden, haben dafür aber noch keinen Beweis. Ich vermute, dass wir in den nächsten Jahren noch einige Schwierigkeiten deswegen bekommen werden.« Louis atmete tief durch. »Immerhin bin ich wohl bei der Medizinischen Gesellschaft noch gut gelitten. Dort haben sie auch etliche Mitglieder rausgeworfen. Dr. Lazarus, Dr. Hirsch und viele andere ... Sie verlieren nicht nur ihre Anstellung, sondern auch den Kontakt zu den Kollegen. Und niemand kann ihnen helfen.«

Erich nickte betroffen. »Wir sollten unbedingt mit dem Ostdeutschen Verband über diese Angelegenheit sprechen.«

»Ich habe Heinrich schon informiert. Er ist immer noch der Ansicht, dass Beten allein helfen würde. Aber irgendwann werden wir gezwungen sein, etwas zu unternehmen.«

»Oder auch nicht«, gab Erich zurück. »Meinst du nicht, wir sollten uns so still wie möglich verhalten? Die Regierenden werden in den kommenden Monaten und Jahren ausreichend beschäftigt sein mit allem, was ihnen missliebig ist.«

»Aber dieser Wiedemann wird uns nicht vergessen«, erwiderte er. »Er wird uns verfolgen, solange wir dieses Haus besitzen.«

Erich sah ihn lange an, schließlich sagte er: »Dann sollten wir alles tun, damit Wiedemann uns nichts anhängen kann.« Nach einer Pause fügte er hinzu: »Wie geht es mit deinen Plänen voran, den Führerschein zu machen?«

»Ich habe mich angemeldet. Aber vorher werde ich mit Catherine ein paar Tage wegfahren. Es bringt nichts, wenn ich in meinem Sprechzimmer sitze und Däumchen drehen muss. Da kann ich die Zeit auch nutzen, um Kraft zu tanken.«

Erich legte ihm die Hand auf die Schulter. »Als dein Arzt kann ich diese Entscheidung nur befürworten. Und als dein Freund sage ich: Bleib zuversichtlich. Wir alle werden uns für dich einsetzen, wenn man versuchen sollte, dich als Chefarzt abzulösen.«

Louis lächelte. Das zu hören tat gut, doch was war, wenn es ihnen ebenso unmöglich war? Er blickte zu dem Trompetenbäumchen, das er von seinem Vater zum zehnten Jubiläum des Hauses erhalten hatte. Sollte es jetzt aus einem anderen Grund sein Schicksal sein, es genauso wie das Waldfriede nicht weiter blühen zu sehen?

***

Nach einer Übernachtung in Dresden überquerten Lilly und Rudolph einen Tag später mit Benjamin die Grenze zur Tschechoslowakischen Republik. Der Grenzbeamte überprüfte ihre Pässe, fragte, ob sie etwas zu verzollen hätten, und wünschte ihnen dann einen guten Tag.

Am Nachmittag näherten sie sich Prag, der Goldenen Stadt, wie Rudolph sie nannte, während er ihnen etwas über ihre Geschichte erzählte. Sie war der Schauplatz vieler bedeutender historischer Ereignisse gewesen wie etwa dem Prager Fenstersturz, der im 17. Jahrhundert den Dreißigjährigen Krieg ausgelöst hatte.

»Zwei Burgberge gibt es hier, den Hradschin im Norden und den Wyschehrad im Süden«, referierte er weiter und deutete auf die entsprechenden Landmarken. »Dadurch konnten sie sich gegen ihre Feinde stets gut verteidigen.«

»Du solltest vielleicht eine Karriere bei einem Verlag für Reiseführer beginnen«, sagte Lilly scherzhaft.

»Ich fürchte, auch die sehen die Nazis als öffentlichen Dienst an«, gab er etwas grimmig zurück, lächelte dann aber wieder. »Aber dafür reicht es ohnehin nicht. Ich bin Arzt, kein Schriftsteller. Ich habe das Talent, mir viele Dinge zu erlesen, ohne selbst dort gewesen zu sein.«

»Nun, jetzt bist du ja hier.« Sie verstummte eine Weile, dann sagte sie: »Ich hoffe wirklich, dass die Novaks keinen Schreck kriegen, wenn wir zu Besuch kommen.«

»Ganz sicher nicht. Sie werden uns mit Schokolade mästen, bis wir nach Hause rollen können. Unsere Zahnärzte werden sich freuen.« Rudolph lachte auf, während Lilly einen Blick nach hinten warf. Benjamin hatten die lange Fahrt und die Geschichtsstunde offenbar müde gemacht. Gut so, dachte Lilly, und ein wenig wünschte sie sich, genauso unbeschwert sein zu können wie ihr Sohn.

***

Die letzten roten Sonnenstrahlen schienen auf das Bahnhofsdach. Am Gleis standen zahlreiche Reisende, die wie er und Catherine in Richtung Hamburg wollten. Dort würden sie kurz bei seinem Vater übernachten und dann den Weg nach Skodsborg fortsetzen. Für Louis war es ungewöhnlich, am Abend zu einer Reise aufzubrechen. Normalerweise schätzte er es, am frühen Morgen zu fahren, wo er noch ausgeruht war und die Strapazen ihn nicht so angingen.

Aber er hatte beschlossen, keinen einzigen Tag länger damit zu verbringen, sich um die ausstehenden Dokumente zu sorgen und die Beschäftigungslosigkeit, zu der man ihn verdammt hatte, zu ertragen. Die Beschwerden an das Innenministerium und die Ärztekammer waren auf dem Weg. Zuletzt hatte er Hanna noch einige Instruktionen gegeben. Sie hatte ihm eine gute Reise gewünscht, doch in ihren Augen hatte er Besorgnis gesehen. Es war dieselbe Besorgnis, die auch Catherine an den Tag gelegt hatte, als er ihr seine überraschenden Reisepläne offenbarte.

»Wir müssen uns überlegen, was wir tun können«, begann er, nachdem er seine Mitreisenden eine Weile beobachtet hatte. »Wenn ich nun meine Dokumente nicht bekomme und nicht weitermachen kann …«

Catherine schaute ihn erschrocken an. »Woran denkst du?«

»Ich weiß es nicht. Ich habe jedenfalls nicht vor, meine Anstalt im Stich zu lassen«, sagte Louis nachdenklich. »Aber was, wenn die Behörden mich nicht mehr arbeiten lassen?« Er seufzte schwer.

»Möglicherweise könnte Professor Cushing mir in Amerika eine Anstellung vermitteln. Oder ich arbeite als Arzt im Sanatorium Skodsborg.«

»Und was ist mit dem Haus am Wasser, das wir gekauft haben?«, fragte Catherine. »Dem Alterssitz, an dem wir beide unsere Zeit verbringen wollten?«

»Pläne ändern sich. Niemand weiß, was Gott mit uns noch vorhat.«

»Aber wenn wir fort sind, wäre alles, was wir hier aufgebaut haben, sinnlos! Und die Angestellten verlassen sich doch auf dich.«

Er blickte sie an. Es würde nicht das erste Mal sein, dass sie in ein anderes Land gingen. In die Schweiz wollte er nicht mehr zurück, aber Dänemark war ihm gewogen. Und nach Amerika hatte er verwandtschaftliche Verhältnisse.

Wenn sich nur sein Herz nicht so schwer anfühlen würde, sobald er daran dachte, das Waldfriede zu verlassen. Aber wenn die Regierung ihm keine Wahl ließ? Wenn Wiedemann endlich gewann?

»Ich bin der Meinung, dass du abwarten solltest«, erwiderte sie. »Eine vorschnelle Entscheidung können wir uns nicht leisten.«

Louis seufzte. Er hatte das Warten satt, diese Schwebe, in der sie hingen. Er wollte eine Entscheidung, endlich wieder Sicherheit in seinem Leben.

Das Pfeifen des Zuges ertönte, und der Boden unter ihnen bebte, als die Lokomotive ihre Waggonlast über die Schienen zog und die Passagiere in Rauch einhüllte.

»Gut, dann versuchen wir Klarheit zu bekommen«, sagte er. »Vielleicht ergibt sich in der Zwischenzeit etwas, das uns das Bleiben im Waldfriede ermöglicht.«

***

Das Hotel wirkte gemütlich und heimelig, und Lilly fühlte sich sofort wohl. Prag hatte keine große Ähnlichkeit mit Berlin, und die Gefahr, dass Fürsorge, Theodor oder gar Cäcilia auftauchen würden, war hier nicht gegeben. Zum ersten Mal seit Monaten löste sich ihre Anspannung ein wenig.

Die Gastwirtin war eine Frau Mitte fünfzig, etwas rundlich, mit adretter Frisur und einem leuchtend magentafarbenen Kleid. Sie begrüßte sie auf Deutsch und erklärte ihnen, dass die Deutschen gern zu ihr kämen und sie schon mit dem Gedanken gespielt hatte, ihr Hotel »Deutscher Hof« zu nennen. Rudolph sagte ihr, dass »Dům růží«, was so viel wie »Haus der Rosen« bedeutete, ein schöner Name sei.

Das Zimmer hatte große Fenster, ein breites Himmelbett und ein kleineres Bett für Benjamin. Passend zum Namen des Hauses waren Rosen auf die Tapeten gedruckt, die Vorhänge bestanden aus altrosafarbenem Samt.

»Hier ist es fast so wie an der Ostsee«, erklärte Benjamin, während er zu den Fenstern lief, die einen schönen Ausblick auf die Straße und die Nachbarschaft boten.

Lilly schaute ihn verwundert an, erinnerte sich dann aber, dass er mit Cäcilia zur Kur gewesen war.

»Nur das es kein Meer gibt, was?«, fragte Rudolph lachend. Auch er wirkte nun etwas gelöster. Schwungvoll hievte er die Koffer aufs Bett und begann mit dem Auspacken. Als sie die Masse der Bücher sah, die er mit sich schleppte, hob Lilly fragend die Augenbrauen. »Denkst du, die Stadt ist so langweilig?«

»Du weißt doch, dass ich meine Arbeit liebe«, entgegnete er.

»Ich würde mir gern etwas anschauen.«

»Das werden wir. Aber es wird auch nicht schaden, wenn ich geistig nicht einroste.«

Am späten Nachmittag machten sie zu dritt einen Spaziergang durch die engen Gassen der Altstadt. Überall reckten kleine Kapellen ihre Türme in den Himmel, daneben gab es wunderschöne Barockgebäude.

»Man nennt Prag auch die Stadt der tausend Türme«, erklärte Rudolph.

»Woher weißt du eigentlich so viel über Prag?«, fragte Lilly.

»Ich war des Öfteren zu medizinischen Tagungen hier. Es waren immer schöne Tage, und die tschechischen Kollegen waren sehr freundlich.«

Am Rathaus machten sie schließlich vor einer großen Uhr halt. Sie hatte Zifferblätter für Sonne und Mond und zeigte die Tierkreiszeichen. Auf einem zweiten Zifferblatt war ein Kalendarium zu sehen.

Als es zur vollen Stunde schlug, begannen die kleinen Figuren, die die Uhr schmückten, zum Leben zu erwachen. Benjamin klatschte vor Freude in die Hände.

»Es heißt, dass der Sensenmann Unglück bringen würde«, sagte Rudolph, während er den Arm um Lilly legte. »Doch es gibt auch eine Geschichte der Hoffnung. Ein Ritter, der im Gefängnis gegenüber dem Rathaus auf sein Todesurteil wartete, beobachtete einen Spatz, der sich, als der Sensenmann seinen Kiefer aufklappte, hineinsetzte. Als das Glockenspiel beendet war, wurde das Tier darin gefangen und musste eine Stunde warten. Als die Uhr wieder schlug, flatterte der Spatz davon – und der Ritter wurde wenig später begnadigt.«

Werden wir auch wie dieser Spatz sein?, fragte sich Lilly. Werden wir eines Tages wieder zu unserem normalen Leben zurückkehren können?

Am Abend ging Rudolph hinunter an die Rezeption, um zu telefonieren. Als er zurückkehrte, sagte er: »Ich soll dich von den Novaks grüßen. Sie haben uns für morgen zum Mittagessen eingeladen.«

»Das ist sehr freundlich von ihnen«, erwiderte Lilly, dann blickte sie zu Benjamin, der sich bereits auf seinem Bett ausgestreckt hatte und eingeschlafen war. Der Spaziergang hatte ihm gutgetan und ihn auch ziemlich müde gemacht. »Wissen sie denn, dass wir beide …«

»Ich habe ihnen gesagt, dass ich mit meiner Verlobten und ihrem Sohn komme«, antwortete er. »Sie werden natürlich überrascht sein, aber du bist ja jetzt keine Schwester im Waldfriede mehr.«

»Willst du ihnen denn erzählen, dass du auch nicht mehr im Waldfriede bist?«

»Warum sollte ich es nicht?«, gab er zurück. »Ich bin entlassen worden, weil ich Jude bin, und nicht, weil ich mir etwas zuschulden kommen ließ.« Rudolphs Stimme schwoll an. »Meine Patienten haben ein Recht darauf zu erfahren, wie in Deutschland mit uns umgegangen wird!«

Lilly griff nach seiner Hand und spürte, dass er am ganzen Leib zitterte. So lange hatte er mit seiner Wut hinter dem Berg gehalten, doch nun schien sie aus ihm herausbrechen zu wollen.

»Komm mit«, sagte sie. Sie verließen das Hotel, um Benjamin nicht zu wecken, und setzten sich in den Wagen, wo Rudolph seinem Frust freien Lauf ließ.

»Was für Menschen sind das, die andere nur wegen ihrer Religion verurteilen und abkanzeln? Die dafür sorgen, dass wir unsere Familien nicht mehr ernähren können! Diese Barbaren werden Deutschland ins Elend stürzen und das gesamte Volk mit ihnen!«

Lilly sagte nichts dazu, sie hörte einfach zu und versuchte ihm eine Stütze zu sein.

»Und dieser Feigling Conradi? Tut nichts für uns! Einfach nichts! Er sagt, dass er sich für uns verwenden wolle, aber wo war er die ganzen Tage? Er duckt sich, macht sich klein vor den Machthabern, weil er Angst hat, mit uns in einen Topf geworfen zu werden.«

Kurz regte sich in ihr der Impuls, Dr. Conradi zu verteidigen. Doch sie hatte ihn immer noch vor sich, wie er mit seiner Frau im Park gestanden hatte, unwillig, ihr zu helfen. Möglicherweise dachte er sogar, sie habe ihren Verstand verloren.

»Er hatte Rosenbaum gesagt, dass er für ihn einstehen würde – Rosenbaum hat es mir erzählt!«, fuhr Rudolph fort. »Ich habe ihn zu seinem Patienten gefahren, einem Kommunisten, der windelweich geprügelt worden war. Ich hatte das Gefühl, dass er mit den SA-Leuten und Faschisten nichts anfangen kann. Und dennoch hilft er uns nicht! Er wirft uns raus wie Hunde, die lästig geworden sind!«

Schwer atmend hielt er inne, wischte sich mit einer nervösen Geste übers Gesicht. Keine Beschimpfung der Welt würde ihm seine

Anstellung zurückgeben oder dafür sorgen, dass er in einer eigenen Praxis unbehelligt blieb. Das wusste er nur zu gut.

Doch allmählich beruhigten sich seine Atemzüge wieder. »Bitte entschuldige«, sagte er schließlich. »Ich … wollte nicht rumbrüllen, aber plötzlich war alles zu viel. Mir war, als wäre all der Ärger, den ich die ganze Zeit auf dem Rücken getragen habe, in meine Eingeweide gesackt.«

»Schon gut«, sagte Lilly. »Irgendwann muss man sich Luft machen.«

»Ich habe das bei dir noch nie erlebt«, entgegnete er mit einem verlegenen Lächeln. »Und du hattest schon mehr Ärger als ich.«

»Vielleicht bin ich es einfach nur gewöhnt, große Last zu tragen.« Sie lächelte, dann fügte sie hinzu: »Vor ein paar Tagen war ich bei Dr. Conradi. Ich habe ihn gebeten, mich wieder einzustellen.«

Rudolph zog die Augenbrauen hoch. »Warum hast du mir nichts davon gesagt?«

»Es war ein spontaner Einfall. Und eine dumme Idee. Er sagte, dass er deine Abteilung geschlossen habe.«

»Und die Patienten?«

»Die letzten Patienten werden wohl noch bis zu ihrer Entlassung behandelt.« Lilly schnaubte wütend. »Ich dachte, er sei ein netter Mann, aber vielleicht haben die Nazis ihn auch schon eingenommen mit ihren Reden vom Ariertum.«

»Das glaube ich nicht«, erwiderte Rudolph resigniert. »Möglicherweise konnte er wirklich nicht anders. Das Wohl so vieler Menschen steht auf dem Spiel, und ich bin mir nicht sicher, wie es den Adventisten unter der neuen Regierung gehen wird.«

»Er hat euch geopfert!« Der Ärger brannte jetzt noch schlimmer in Lilly.

Rudolph nahm sie in den Arm. »Stimmt, aber wir können nichts dagegen tun. Und möglicherweise sind ihm tatsächlich die Hände gebunden.«

Er gab ihr einen Kuss auf die Schläfe. »Vielleicht sollte es so sein. Vielleicht sollen wir einen anderen Weg einschlagen.«

»Uns wird nichts anderes übrig bleiben«, grummelte Lilly.

Rudolph nickte bedächtig. »Ich hätte mir nie träumen lassen, wie wenig Wahl einem dieser Tage gelassen wird.«

»Zum Glück haben wir immerhin noch die Wahl zu gehen«, sagte Lilly, dann öffnete sie die Tür und stieg aus dem Auto. »Wir sollten nach Benjamin sehen. Nicht, dass er erwacht und glaubt, wir hätten ihn allein gelassen.«

74. Kapitel

Prag, 30. April 1933

Die Novaks bewohnten eine wunderschöne Villa am Rande der Stadt. Über einen weitläufigen Park gelangte man zu dem weißen Haus mit hohen Fenstern, dessen rotes Ziegeldach von breiten Säulen getragen wurde.

Benjamin war begeistert von dem Springbrunnen, der so gestaltet war, dass vier Fische, jeder in einer anderen Himmelsrichtung angebracht, sich lange Wasserstrahlen entgegenspien. Ringsherum waren Primeln gepflanzt worden, die langsam ihre Blüten öffneten. Rot, blau und gelb leuchteten sie im noch trockenen Gras.

Mit Benjamin an der Hand folgte Lilly Rudolph die Stufen hinauf und fragte sich, ob sie auch irgendwann ein eigenes Haus haben würden. Eines wie dieses war zu groß für sie, aber ein kleines, ganz für sie allein?

Die Hausherrin erschien an der Tür, hübsch zurechtgemacht in einem fliederfarbenen Kleid. Ihr dunkles Haar war zu einem komplizierten Knoten geschlungen, an ihren Ohren baumelten Ohrringe mit kleinen Amethysten.

»Willkommen!«, sagte sie freundlich, dann fiel ihr Blick auf Benjamin. »Das ist also Ihr Stiefsohn, Herr Professor?«

Rudolph blickte zu ihm. »Vielleicht ist er es bald. Das sind meine Verlobte, Lilly Wegner, und ihr Sohn Benjamin.«

»Ja, Schwester Lilly!«, rief Milena Novak aus. »Wie schön, Sie beide zu sehen. Alfred wird sich über einen Spielkameraden sehr freuen.«

Sie führte sie durch das Foyer des Hauses. Ihre Schritte hallten kurz über den Marmorboden, wurden dann von dichten dunkelroten Teppichen gedämpft. Ein Kristalllüster hing von der Decke, neben der Treppe stand eine Sitzgruppe aus rotem Samt.

Lilly hatte immer geglaubt, dass Tuberkulose eine Armenkrankheit wäre, dass jene, die davon befallen wurden, nur bessere Wohnungen und mehr Essen bräuchten, um sich davor zu schützen. Doch die Novaks waren keine armen Leute. Ihr Sohn hatte eine wahre Odyssee an Behandlungen hinter sich gebracht. Sein Glück war der Reichtum seiner Familie gewesen, denn nur so hatte er eine Behandlung bei einem Arzt wie Rudolph erhalten können.

Wenig später kam ihnen der Junge mopsfidel entgegengelaufen. Er war gewachsen, und nichts erinnerte an die Zeit, in der er mit Sandsäcken an den Füßen im Bett verharren musste.

»Herr Professor!«, rief er.

»Na, Alfred? Wie geht es dir?«

»Gut«, sagte er. »Sind Sie gekommen, weil Sie nach mir schauen wollten?«

»Ich glaube, du bist bei deinen Eltern in guten Händen. Aber es ist schön, dich wiederzusehen.«

Alfred wandte sich Benjamin zu. »Und wer bist du?«

»Benjamin«, antwortete er.

»Ich bin Alfred. Willst du meine Ritterburg sehen?«

Benjamin blickte zu Lilly, und als diese nickte, zog er mit dem Novak-Sohn von dannen.

»Kinder können so unkompliziert Freundschaften schließen«, bemerkte Frau Novak dazu und führte sie dann in den Wintergarten, von dem aus sie einen schönen Blick auf die Parkanlage hatten. Die Forsythien standen in voller Blüte, und auch die Weidenkätzchen zeigten sich in all ihrer Pracht. Teppiche von Osterglocken, Hyazinthen und Krokussen breiteten sich über das Gelände aus. Dazwischen standen Rosenstöcke, die die ersten grünen Blätter ausbildeten. »Manchmal wünsche ich mir, dass wir Erwachsene zu dieser Unbeschwertheit zurückfinden könnten.«

»Wenn man das Kindesalter verlässt, macht man so viele Erfahrungen, dass es einem schwerfällt, zu vertrauen«, sagte Lilly.

»Da haben Sie recht, aber die Welt wäre vielleicht ein besserer Ort, wenn es mehr Menschen gäbe, die Vertrauen verdient hätten.«

Der Wintergarten war mit Korbmöbeln eingerichtet, außerdem gab es mehrere unterschiedliche Palmen, die einen starken Kontrast zu der heimischen Vegetation bildeten. Lilly fragte sich, ob die Novaks die Länder besucht hatten, aus denen sie stammten, oder sich nur einer Mode gefügt hatten.

»Mein Mann lässt sich entschuldigen, er wurde noch einmal in seine Firma gerufen«, erklärte Frau Novak, während sie Platz nahmen. »Wenn man Unternehmer ist, hat man nie Ruhe. Aber das kennen Sie ja, nicht wahr?«

Rudolph nickte. »Ja, auch in der Medizin gibt es immer wieder Situationen, die ein sofortiges Eingreifen erfordern.«

Geräusche ertönten im Haus, eine Tür wurde zugeschlagen. Wenig später stürmte Herr Novak zur Tür herein. »Entschuldigen Sie bitte, dass ich mich verspäte. In der Fabrik war noch etwas zu klären.« Er trat zu ihnen und gab Lilly und Rudolph einen kräftigen Händedruck. »Und Sie haben Ihre Kollegin gleich mitgebracht?«

»Schwester Lilly und ich sind mittlerweile verlobt«, erklärte Rudolph.

»Meinen Glückwunsch!«, sagte Herr Novak. »Arzt und Schwester, das ideale Paar.«

Lilly blickte verlegen zu Rudolph. Der lächelte mit stolz geschwellter Brust. »Wir beide ergänzen uns wirklich gut. Und haben uns tatsächlich über die Arbeit lieben gelernt.«

»Ach, wie romantisch!«, rief Frau Novak aus. »Mein Anton und ich sind von unseren Eltern praktisch verkuppelt worden. Bei einem Sommerfest.«

»Das bedeutet aber nicht, dass ich mich nicht auf Anhieb in dich verliebt hätte!« Herr Novak lächelte seine Frau breit an, deren Wangen sich daraufhin röteten.

»Wo ist Alfred?«, fragte Anton Novak und schaute sich um.

»Er spielt mit dem Sohn von Schwester Lilly. Die beiden sind ganz reizend miteinander!«

Novak musterte sie verwundert. »Sie haben einen Sohn? Für eine vorherige Ehe sind Sie doch beinahe ein bisschen jung.«

Lilly presste die Lippen zusammen.

»Anton, das geht uns wirklich nichts an«, sagte Milena Novak tadelnd.

»Entschuldigen Sie bitte. Ich habe leider die Angewohnheit, meine Gedanken direkt auszusprechen.«

»Nicht die schlechteste Angewohnheit«, gab Rudolph zurück. »Ich schätze ehrliche Menschen, die ihr Herz auf der Zunge tragen.« Er blickte zu Lilly, die beklommen an ihrem Ärmel nestelte. Natürlich fiel es auf, dass sie bereits einen Sohn hatte, der schulpflichtig war.

»Ich war nicht verheiratet«, platzte es aus Lilly heraus. »Im Alter von fünfzehn Jahren wurde ich schwanger, durch Umstände, über die ich nicht sprechen möchte. Lange hatte ich nicht die Gelegenheit, ihm eine Mutter zu sein, aber nun kann ich es. Und ich schäme mich nicht dafür. Ich liebe meinen Sohn ebenso wie Sie den Ihren lieben.«

Ein Lächeln erschien auf dem Gesicht der Hausherrin. »Das glaube ich Ihnen. Und es gibt wirklich nichts, dessen Sie sich schämen müssten. Jedes Kind ist ein Gottesgeschenk. Und in unserem Haus wird niemand für seine Vergangenheit verurteilt. Was zählt, ist die Gegenwart.«

Fünf Gänge wurden ihnen von den emsigen Dienstmädchen serviert: eine Rinderbrühe, Salat, Täubchen, Rinderbraten mit Knödeln und zum Abschluss noch eine Schokoladencreme aus hauseigener Produktion.

Es war erstaunlich, wie die Novaks auf Rudolph Rücksicht nahmen. Das Fleisch war mit Milch nicht in Berührung gekommen, und Herr

Novak hatte beim Anschneiden des Bratens betont, dass sie es in einer koscheren Schlachterei gekauft hätten.

Nach dem Essen fühlte sich Lilly ein wenig schläfrig. So üppige Mahlzeiten war sie nicht mehr gewöhnt. Am liebsten wäre sie auf dem weichen Sofa eingenickt, aber die Höflichkeit verbot dies. Schließlich konnte sie ein Gähnen nicht mehr unterdrücken.

»Wir wäre es mit einem kleinen Rundgang durch den Garten?«, schlug Herr Novak vor.

»Oh, das wäre eine gute Idee!«, entgegnete seine Frau. »Gehen Sie doch schon mal vor und schauen Sie sich um. Ich werde der Köchin noch ein paar Anweisungen geben, dann komme ich mit Ihnen und zeige Ihnen das Gartenhaus.«

Die Luft war mild und von einem süßen Duft erfüllt, als sie durch die Tür des Wintergartens traten. Lilly hakte sich bei Rudolph ein.

»Es ist wirklich ein Jammer, was mit Deutschland geschieht«, sagte Novak, nachdem sie ein Stück gegangen waren. »Ich verfolge die politischen Vorgänge schon eine Weile – immerhin ist Deutschland das Hauptabsatzgebiet für meine Schokolade. Aber was sich tut, gefällt mir überhaupt nicht. Die Unruhe, die Krise und jetzt die neuen Machthaber. Meine Leute sagen, dass man diesem Hitler nicht trauen kann. Einige hoffen, dass er bei der nächsten Wahl abgesetzt wird.«

»So einfach wird es nicht sein«, erwiderte Rudolph. »Bereits jetzt wird gegen Kommunisten und Sozialdemokraten gearbeitet. Der Reichstagsbrand hat ihnen einen Bärendienst erwiesen. Wir rechnen damit, dass die Parteien verboten werden, sollte sich eine Mitbeteiligung an dem Feuer herausstellen.«

»Das wäre sehr schlecht für das Land und alle, die anderer Meinung sind als der Reichskanzler.« Novak blickte ihn eine Weile an. »Wie sieht die Situation der Juden aus?«

Lilly horchte alarmiert auf. Gab es etwa wieder Neuigkeiten? Sie hatte in den vergangenen Tagen keine Zeit gehabt, die Presse zu verfolgen …

»Es gibt ein neues Gesetz, das alle Juden von der Arbeit im

öffentlichen Dienst ausschließt. Das betrifft Beamte genauso wie Ärzte.« Rudolph senkte den Kopf.

»Aber das Waldfriede wird Sie doch nicht entlassen, wo Sie doch …«

»Das hat es schon«, schaltete sich Lilly ein. »Dr. Conradi hat nicht mal mit der Wimper gezuckt.«

»Er hatte keine andere Wahl«, verteidigte Rudolph ihn erneut. »Als mein Kollege Rosenbaum und ich die Kündigung erhielten, mussten auch viele andere Juden ihre Posten räumen: in der Charité, in den Universitäten …«

»In der Stadt versuchen sie, den Kaufleuten ihre Kunden abspenstig zu machen«, sagte Lilly, die spürte, wie die Wut in ihr zu lodern begann. Aus Rücksicht auf Rudolph hatte sie ihre Beobachtungen für sich behalten, aber nun brachen sie aus ihr hervor. »An die Schaufenster hat die SA ›Vorsicht, Jude!‹ geschmiert. Auch vor Anwaltskanzleien und Arztpraxen haben sie nicht halt gemacht.«

Sie spürte Rudolphs Blick. Ja, sie hätte ihm auch davon erzählen sollen. Aber in den vergangenen Wochen war so viel zusammengekommen. Bereits jetzt fühlte sie sich, als wäre ihr Weggang aus dem Waldfriede ein Jahr her und nicht erst vier Monate.

»Viele Juden erwägen eine Ausreise«, fuhr Rudolph fort. »Mein Kollege Rosenbaum will nach Übersee gehen.«

»Und Sie?«, fragte Novak.

»Ich weiß es noch nicht. Wir möchten den Aufenthalt hier nutzen, um den Kopf ein wenig frei zu bekommen.« Er sah Lilly an. »Um uns klar zu werden, was wir tun können.«

»Warum ziehen Sie denn nicht nach Prag, Herr Professor?«, fragte Anton Novak nach einer Weile. »Männer wie Sie könnten wir hier gebrauchen.«

»Die Tschechoslowakei hat doch auch sehr gute Ärzte. Ich habe einige kennengelernt.«

»Das stimmt, aber es sind nicht genug. Mit einer Praxis an der richtigen Stelle – oder sogar auf dem Land – könnten Sie sich ein neues Leben aufbauen, frei von der in Deutschland herrschenden Willkür.«

Rudolph blickte zu Lilly. Eine Frage lag in seinem Blick. Zog er den Vorschlag von Herrn Novak tatsächlich in Erwägung?

»Natürlich verstehe ich, wenn Sie zögern. Niemand verlässt seine Heimat so einfach. Sie haben sicher Eltern, Geschwister …«

»Eine Schwester«, präzisierte Rudolph, dann blickte er zu Lilly.

»Zu meinen Eltern habe ich keinen Kontakt mehr«, sagte sie. »Unser Verhältnis ist schon lange nicht mehr gut.«

»Sind Sie Jüdin?«, fragte Novak weiter.

»Nein, ich bin evangelisch.«

»Sie wollen doch heiraten, nicht wahr? Haben Sie denn vor, zum Judentum überzutreten?«

Lilly blickte zu Rudolph. »Ich … ich weiß nicht … Kann man das denn so einfach?«

Novak lachte. »Natürlich kann man das. Sie könnten als Jude auch zum Christentum übertreten.«

»Letztlich würde das für die deutschen Machthaber aber nichts ändern«, sagte Rudolph. »Für sie ist ein Jude der, der irgendwann in seinem Stammbaum einen Juden hatte.«

»Dann wird es für viele Menschen in Deutschland noch großes Leid geben.«

Anton Novak machte vor einem kleinen Steingebäude halt, das ein wenig verwunschen wirkte. Es versteckte sich hinter einer hohen Hecke und passte nicht so recht zu dem weißen Haus vorn. Aber es strahlte eine gewisse Gemütlichkeit aus, die Lilly auf Anhieb gefiel.

»Unser Gartenhaus!«, sagte er. »Sie hätten eigentlich kein Hotel nehmen müssen, wir hätten Sie hier einquartiert.«

»Das ist sehr freundlich von Ihnen«, gab Lilly zurück. »Aber wir wollten niemandem zur Last fallen.«

»Besuch fällt uns nie zur Last«, erwiderte Novak. »Wollen Sie es sich mal anschauen?«

Er zog den Schlüssel aus der Tasche. »Für den Fall, dass Sie Ihren Aufenthalt hier verlängern möchten, können Sie sehr gern zu uns kommen.«

75. Kapitel

Nachdem sie sich verabschiedet hatten, schritten sie langsam zum Auto. Rudolph trug Benjamin, der sich beim Herumtoben mit Alfred völlig verausgabt hatte und nun schläfrig an seiner Schulter lehnte.

»Was würdest du davon halten, hierzubleiben?«, fragte er, während die Nachtluft sie umfing. »Wir könnten versuchen, hier Fuß zu fassen, eine Arbeit zu finden, ein neues Heim …«

»Neuanfänge sind alles andere als leicht«, entgegnete Lilly. »Ich weiß das, ich musste schon einige Male neu anfangen.«

»Wenn man bedenkt, dass ich in Deutschland keine Möglichkeit hätte, meine Familie zu ernähren …« Rudolph schwieg eine Weile, dann fuhr er fort: »Hier in Prag wären wir sicher. Du hast Herrn Novak gehört. Es gibt einige Familien, die einen privaten Arzt benötigen. Ich könnte hier eine Praxis eröffnen, fernab von Hitler und seinen Braunhemden.«

Lilly dachte an Benjamin und dass er erneut die Schule wechseln, sich erneut an eine fremde Umgebung gewöhnen müsste. Aber hatten sie das nicht ohnehin vorgehabt? Ihn an eine Schule zu schicken, über der keine Hakenkreuzfahne wehte?

Und da waren auch noch Theodor und Cäcilia. Ganz zu schweigen von den möglichen Angriffen der SA auf Rudolph oder sie alle, wenn sie zusammen gesehen wurden.

Lilly hatte keine Lust auf ein Versteckspiel, und sie wollte auch nie wieder die Angst fühlen, die sie bei dem Angriff der Braunhemden auf Rudolph oder der Begegnung mit Theodor ergriffen hatte.

»Benjamin bräuchte eine Schule«, sagte sie. »Ich weiß nicht, ob es hier eine Schule mit deutschen Lehrern gibt. Auf jeden Fall muss er die Landessprache lernen. Und wir alle brauchen eine Erlaubnis, um hier für immer zu leben und zu arbeiten.«

Rudolph legte die Arme um sie. »Das wird kein Problem sein. Deutschland wird froh sein, mich loszuwerden.«

Lilly musste wieder an Dr. Rosenbaum denken. Ob er in Amerika sein Glück finden würde? Seit dem Nachmittag, als er mit Rudolph aus dem Waldfriede gekommen war, hatte sie ihn nicht mehr gesehen.

»Ich muss zugeben, dass es verlockend klingt.« Sie überlegte eine Weile, spürte dem Gefühl nach, das sie bei dem Gedanken, hier zu leben, überkam. »Also bleiben wir hier. Sofort.«

»Sofort?«, fragte Rudolph erstaunt.

»Es ist Ferienende, das neue Schuljahr beginnt. Benjamin müsste wieder in die Schule.«

»Willst du nicht noch einmal mit deinen Verwandten reden?«

»Nein.«

Rudolph betrachtete sie zweifelnd. »Und deine Eltern?«

»Ich werde ihnen einen Brief schreiben«, sagte Lilly entschlossen. »Ich bin mir sicher, dass Cäcilia mich bei ihnen schlechtmacht, obwohl es schlechter schon fast nicht mehr geht.« Sie stieß ein freudloses Lachen aus. »Ich vergebe ihnen, was sie getan haben. Aber sie sollen auch wissen, was Theodor getan hat. Dass nicht ich die Schuldige bin, sondern er. Das hätte ich ihnen schon viel früher sagen sollen.«

»Hätten sie dir denn geglaubt?« Er schloss den Wagen auf und setzte Benjamin vorsichtig in den Fond.

»Ich weiß nicht. Aber es ist müßig, über Dinge zu sprechen, die nicht passiert sind, nicht wahr?«

»Da hast du recht.«

Er schloss die Tür und zog sie in seine Arme. »Also gut, wir werden neu beginnen. Gemeinsam. Und wir werden heiraten. Vorher werde ich aber noch einmal nach Deutschland fahren.«

»Ich werde mitkommen!«, sagte sie sofort, doch er schüttelte den Kopf.

»Nein, du bleibst mit Benjamin hier. Bereite ihn darauf vor, dass wir ab sofort hier wohnen werden. Und dann gib mir eine Liste der Sachen, die du noch haben möchtest. Ich werde unsere Möbel einlagern lassen, bis wir eine Wohnung gefunden haben.«

»Sollen wir hier im Hotel bleiben?«

»Ich werde heute Abend mit Herrn Novak reden. Da er uns das Gartenhaus schon angeboten hat, warum sollten wir es nicht nutzen? Außerdem kann er uns vielleicht auch anderweitig helfen.«

Lilly lehnte sich an ihn. Wieder ein neuer Anfang. Doch diesmal fühlte es sich gut an.

»Gib mir auch den Brief für deine Eltern mit. Verschweige ihnen aber, dass wir in Prag sind. Es wäre angesichts der Tatsache, dass dieser Theodor dich aufsuchen könnte, zu gefährlich.«

Lilly nickte. Nach ihrem letzten Besuch bei ihren Eltern hatte sie sich nicht wieder blicken lassen, einerseits weil sie die Ablehnung ihres Vaters gespürt hatte, andererseits weil sie Diskussionen fürchtete, für die sie nicht die Kraft hatte. Doch nun tat es ihr leid, dass sie ihnen nicht einmal mitteilen konnte, wo sie war. Dass sie die Tür zur Versöhnung nicht offen lassen konnte.

»Werde ich es ihnen jemals sagen können?«, fragte sie. »Eine Versöhnung wird schwierig werden, zu viel ist kaputtgegangen. Aber vielleicht wollen sie Benjamin kennenlernen …«

Rudolph schmiegte sein Gesicht an ihren Scheitel. »Eines Tages, wenn der Wahnsinn vergangen ist, kannst du es ihnen sagen. Vielleicht könntest du jemanden benennen, bei dem sie sich melden können, wenn sie sich für dich oder deinen Sohn interessieren.«

Lilly wollte schon sagen, dass so jemand nicht existierte, doch dann fiel ihr etwas ein. Eine Person gab es, der sie immer noch traute, auch wenn sie sie nun schon einige Monate nicht gesprochen hatte.

»Das wäre eine gute Idee«, erwiderte sie, und bereits jetzt formten sich in ihrem Kopf die Worte, die sie später niederschreiben würde.

Liebe Mutter, lieber Vater,

seit meinem Besuch bei euch ist einige Zeit vergangen, eine Zeit, in der ich nichts von mir hören ließ, weil ich mir nicht sicher war, ob ihr von mir hören wolltet.

Vielleicht hätte ich mich wieder melden sollen, doch die Umstände der vergangenen Wochen ließen mir keine Gelegenheit dazu. Das hole ich jetzt nach. Ich weiß nicht, ob ihr es von Cäcilia bereits erfahren habt, aber Benjamin ist nun bei mir, und egal welche Kräfte meine Tante in Bewegung setzt, ich werde nie zulassen, dass sie ihn mir noch einmal wegnimmt.

Ich hadere noch immer mit mir, ob ich glauben soll, dass ihr damals, nach Bekanntwerden meiner Schwangerschaft, nur das Beste für mich wolltet. Viel wahrscheinlicher ist es wohl, dass ihr an euch gedacht habt und daran, wie ihr am besten den Skandal bewältigen konntet. Es hätte andere Wege gegeben, aber ihr habt diesen gewählt und mir damit auch meinen vorgezeichnet.

Hat Cäcilia je mit euch über Theodor gesprochen?

Habt ihr eine Ahnung, was er im November 1924 mit mir angestellt hat, als wir seine Familie besuchten? Möglicherweise könnt ihr euch denken, woher das Kind in meinem Bauch kam. Möglicherweise habt ihr die Augen davor verschlossen, weil es euch leichtfiel, in mir, die damals erst fünfzehn war, die Schuldige zu sehen. Aber er war es, der mir Gewalt angetan hat.

Wie dem auch sei, den Erschütterungen zum Trotz habe ich es geschafft, wieder glücklich zu sein. Ich habe einen Beruf erlernt und werde eine Familie haben, einen Mann, der mich liebt und mir beisteht. Egal, was Cäcilia euch über meinen Verlobten erzählt, nichts, was sie berichten kann, entspricht der Wahrheit.

Ich werde versuchen, euch als die Eltern meiner Kindheit in Erinnerung zu behalten. Es wäre ungerecht zu sagen, dass ihr mir nur Schlechtes angetan habt. Aber das eine Mal, das entscheidende Mal, habt ihr mir nicht beigestanden. Das eine Mal habt ihr falsch für mich entschieden. Dieses Mal hat uns entzweit, aber ich verzeihe euch. Und mehr noch: Solltet ihr je das Bedürfnis haben, etwas über euren Enkel zu erfahren, wendet euch an eine Schwester im Waldfriede, Hanna Richter. Ich werde sie unterrichten, eure Nachrichten an mich weiterzuleiten, denn der Ort meines Aufenthaltes muss aus verschiedenen Gründen geheim bleiben. Ich hoffe, von euch zu lesen, doch es bleibt natürlich euch überlassen.

Ich wünsche euch nur das Beste und vor allem Gesundheit. Lebt ein gutes Leben, wie auch ich beabsichtige es zu tun. Und solltet ihr entscheiden, mich und euren Enkel zu vergessen, werde ich ihm trotzdem eines Tages von euch erzählen.

Mit besten Grüßen
Lilly

An dem Abend kehrte Rudolph erst spät zurück. Er wirkte abgespannt, aber auch erleichtert.

»Die Novaks sind einverstanden, dass du bei ihnen im Gartenhaus wohnst«, berichtete er. »Sogar als ich nur erwähnt habe, dass ich nach Berlin fahren würde, haben sie mir schon das Angebot gemacht. Ich werde dich und Benjamin morgen hinbringen, bevor ich aufbreche.«

»Ich hoffe wirklich, wir fallen ihnen nicht zur Last.«

»Die Novaks sind sehr ehrliche Leute«, sagte Rudolph. »Sie würden es uns wissen lassen, wenn etwas nicht passt. Und ein Vorteil ist auch, dass Benjamin sich mit Alfred anfreunden kann. Die beiden sind wohl sehr gut miteinander ausgekommen, Alfred hat schon nach ihm gefragt.«

Lilly blickte zu Benjamin. Hin und wieder hatte er alte Freunde aus Hamburg erwähnt, auch Kurt aus seiner Klasse, doch sie hatte nicht das Gefühl, dass es enge Freundschaften waren.

»Benjamin, hast du gehört?«, fragte Lilly. Der Junge blickte auf. »Wir werden zu den Novaks ziehen. Dann kannst du die nächsten Tage mit Alfred spielen.«

»Ja!«, rief er begeistert aus und klatschte in die Hände.

»Und wenn du magst, kannst du ihn vielleicht auch mal zur Schule begleiten«, fügte Rudolph hinzu.

»Aber er wird kein Wort verstehen«, wandte Lilly ein.

»Alfred kann ihm übersetzen, und so hört er sich schon ein wenig in die Sprache ein. Wie wir das auch tun sollten.« Er lächelte sie an. »Milena hat angeboten, dir Sprachunterricht zu geben. Tschechisch ist eine sehr hübsche Sprache.«

»Ich war in der Schule nie gut in Sprachen. Aber es gefällt mir hier, und ich werde mich anstrengen.«

Der Himmel rötete sich zaghaft, als sie das Hotel gegen sechs Uhr morgens verließen und ihr Gepäck in den Wagen luden. Auf den Straßen war noch alles still, genauso wie an dem Tag, an dem sie aus Berlin aufgebrochen waren.

Die Gastwirtin verabschiedete sie mit einer Papiertüte voller Hefeteilchen mit Pflaumenmus, die sie Kolatschen nannte, und freute sich, als Rudolph versprach, ihr Haus all seinen Kollegen und Bekannten zu empfehlen.

»Ich könnte mir vorstellen, dass einige Mitglieder meiner Gemeinde eine erste Anlaufstelle benötigen«, sagte er, als er den Wagen vom Parkplatz des Hotels lenkte. »Ich werde ihnen ans Herz legen, ebenfalls nach Prag zu kommen. Je mehr von uns hier sind, desto besser. Herr Novak hat mir von der jüdischen Gemeinde in Prag erzählt, und ich habe gleich Kontakt aufgenommen. Sie werden uns ebenfalls behilflich sein.«

»Das alles hast du an einem Tag gemacht?«, fragte Lilly verwundert.

Im Haus der Novaks waren nur wenige Fenster erleuchtet. Für einen Moment glaubte Lilly, dass sie zu früh seien, doch wenig später erschien Herr Novak an der Treppe.

»Guten Morgen!«, sagte er und zog die Schlüssel des Gartenhauses hervor. »Dann zeige ich Ihnen mal Ihr neues Domizil.«

Er ging voran durch den Garten, der im ersten Morgenlicht wie verzaubert wirkte. Überall glitzerte und raschelte es, und hier und da erreichte sie eine Spur von Blütenduft.

Das Haus war von den Dienstmädchen bereits hergerichtet worden. Der Duft von frischem Bettzeug strömte ihnen entgegen.

Das Haus verfügte über ein elegant eingerichtetes Wohnzimmer mit hellen Möbeln, ein Schlafzimmer und einen weiteren Raum, der wie ein Kinderzimmer wirkte und ein gemütlich aussehendes Bett besaß. Daneben gab es noch ein Badezimmer mit einer Sitzwanne, die auf goldenen Löwenfüßen stand.

Lilly fühlte sich sofort wohl, zumal als sie hinter dem Haus eine große Terrasse entdeckte, die von Rosenhecken umgeben wurde wie ein Dornröschenschloss.

»Meine Angestellten stehen Ihnen zur Verfügung. Wir würden uns sehr freuen, wenn Sie uns zum Abendessen Gesellschaft leisten würden.«

»Danke«, sagte Lilly, noch immer überwältigt von dem, was Herr Novak ihnen zeigte.

»Ich werde mit meiner Frau sprechen wegen Ihres Sohnes. Unser Alfred wird ihm gern helfen, ein paar Wörter auf Tschechisch zu lernen. Und wenn Sie mögen, können Sie ihn sicher auch an derselben Schule anmelden.«

»Das wissen wir sehr zu schätzen«, sagte Rudolph. »Es ist alles ein bisschen viel, aber wir werden in den nächsten Monaten Zeit haben, uns einzugewöhnen.«

»Gut, dann lasse ich Sie in Ruhe auspacken. Haben Sie keine Scheu, Ihre Wünsche anzumelden. Meine Hausmädchen werden versuchen, Ihnen den Aufenthalt so angenehm wie möglich zu machen.«

Mit diesen Worten verabschiedete sich Anton Novak.

Lilly stand im Wohnzimmer, ließ ihren Blick über die holzverkleidete Decke schweifen und fragte sich, ob das alles nur ein Traum sei.

»Ich kann es noch gar nicht glauben«, sagte sie.

»Ich hab dir doch gesagt, dass die Novaks sehr großzügig sind.«

»Aber solch ein Glück für uns …«

»Wir haben es verdient.« Er trat hinter sie und umschloss sie mit seinen Armen. »Und hier kann ich mir sicher sein, dass du gut aufgehoben bist.«

Er küsste sie und machte sich daran, das Gepäck aus dem Wagen zu holen. Nacheinander nahmen sie die Räume in Beschlag.

»Wann kann ich denn endlich zu Alfred?«, fragte Benjamin, während Lilly seine Kleidung in dem schmalen Schrank neben der Tür verstaute.

»Zuerst verabschieden wir Rudi«, antwortete sie. »Danach kannst du zu ihm.«

Nachdem ihre Taschen leer waren, stellte Rudolph den großen Koffer neben die Tür. Er würde ihn brauchen, um weitere Dinge aus der Wohnung zu holen.

Während des Auspackens war Lilly aufgefallen, dass er vieles, was ihm wichtig war, bereits mitgenommen hatte.

»Du hattest schon im Sinn, hierher auszuwandern, nicht wahr?«, fragte sie, während sie einen gläsernen Briefbeschwerer in der Hand wog, der einst seinem Vater gehört hatte. Dies war nun wirklich kein Gegenstand, den man zu einer kleinen Urlaubsreise mitnahm.

»Ja«, gab er zu. »Aber ich wusste nicht, ob du bereit sein würdest, alles hinter dir zu lassen.«

»Das heißt, wenn ich Nein gesagt hätte, hättest du das ganze Zeug wieder mit zurückgeschleppt?«

»Ja. Aber vorher hätte ich versucht, dich zu überzeugen.« Er trat zu ihr und küsste sie.

»Das hättest du gar nicht tun müssen«, erwiderte sie. »Ich gehe dahin, wohin du auch gehst. Und wenn du zurück bist, fangen wir ein neues Leben an.«

76. Kapitel

Skodsborg, 13. Mai 1933

Die Wochen in Skodsborg waren sehr erholsam. Louis nutzte die Zeit, um mit seiner Frau lange Spaziergänge am Strand zu unternehmen und all jene Leute wieder zu treffen, die während seiner Krankheit für ihn gesorgt hatten.

In Dänemark konnte er vergessen, welche Umwälzungen in seinem eigenen Land im Gange waren. Er genoss das Essen und die Ruhe und gewann allmählich wieder an Stabilität.

Der Rückkehr nach Berlin sah er mit gemischten Gefühlen entgegen. Am liebsten wäre er in diesem Kokon aus Entspannung, Meeresrauschen und Menschen, mit denen er sich gut verstand, geblieben. Doch wie im Flug gingen die Tage vorbei, und die Abreise stand an.

Schon als der Zug die Stadtgrenze überfuhr und sich dem Lehrter Bahnhof näherte, kehrten all die Sorgen, die ihnen in Dänemark so fern erschienen waren, wieder zurück.

»Was meinst du, ob die Dokumente jetzt eingetroffen sind?«, fragte Catherine, als könnte sie seine Gedanken lesen.

»Ich hoffe es«, sagte er.

»Möglicherweise hat das Ministerium seinen Irrtum eingesehen.«

»Das wäre das Letzte, womit ich rechne. Der Amtsschimmel hat vorher schon gelahmt, warum sollte er jetzt schneller sein?«

»Gib die Hoffnung nicht auf«, erwiderte Catherine. »Gott hat uns schon früher geholfen, und er wird es wieder tun.«

Eine Viertelstunde später hielt der Zug. Louis und Catherine verließen den Waggon, holten ihre Koffer und nahmen sich auf dem Bahnhofsvorplatz ein Taxi. Während der Fahrt nach Zehlendorf schwiegen sie.

Am Waldfriede angekommen, lud der Fahrer ihr Gepäck aus, und Louis steckte ihm ein Trinkgeld zu. Dann gingen sie zum Ärztewohnhaus.

Unruhe wühlte in seinem Magen. Er hatte Hanna aufgetragen, ihm Bescheid zu geben, wenn sich etwas Besonderes ereignete. Das betraf den Erlass neuer Gesetze ebenso wie die Vorgänge im Haus. Auch wenn Kowalski mal wieder versuchte, das Waldfriede in Misskredit zu bringen, sollte sie sich melden.

In der Nacht, wenn seine Gedanken wie wilde Pferde mit ihm durchgingen, hatte er schon vor sich gesehen, wie ein neuer Chefarzt berufen oder das Krankenhaus von Wiedemann und seinen Vorgesetzten enteignet wurde.

Doch das Haus wirkte wie immer, und auch von Hanna hatte er nichts gehört.

»Willst du nicht rübergehen und nach dem Rechten schauen?«, fragte Catherine, die seinen Blick bemerkt hatte.

Louis rang mit sich. Im Sprechzimmer würde er die Post der vergangenen Tage finden. Er könnte an Hannas Tür klopfen und sich von ihr auf den Stand der Dinge bringen lassen. Doch was, wenn die Unterlagen nicht eingetroffen waren? Ohnehin machte er sich nur wenig Hoffnung auf eine gute Wende. Sollte er sich davon den letzten Rest Urlaubsruhe vorzeitig aus der Seele ziehen lassen?

»Ich denke, morgen wird reichen«, sagte er und schloss die Haustür auf. In der unteren Etage war alles ruhig, offenbar war die Predigerfamilie nicht anwesend. Louis trug die Koffer die Stufen hinauf und zog dann den Haustürschlüssel aus der Manteltasche. Dabei hätte er beinahe den weißen Umschlag übersehen, den irgendwer – vermutlich Hanna – mit Klebestreifen neben der Tür angebracht hatte.

Er stellte die Koffer wieder ab und löste den Umschlag von der Wand.

Er war recht dick und aus grobem Papier hergestellt. Ein Stempel verwies darauf, dass die Sendung per Postschiff transportiert worden war. Der Absender war Edith Wakeham, eine Cousine aus Wisconsin.

Sein Herz begann zu klopfen. »Catherine« rief er seiner Frau zu, die nun ebenfalls die Treppe heraufkam. »Schau nur! Es ist da!«

»Was?«, fragte sie, doch Louis antwortete nicht und riss sogleich den Umschlag auf. Einige Blätter lagen darin, Abschriften von Urkunden und anderes, außerdem ein Brief in Ediths Handschrift. Rasch sah er alles durch und las auch die Zeilen seiner Verwandten, in denen sie ihm mitteilte, wie die Vorgänge in Deutschland bei ihnen wahrgenommen wurden. Man fürchtete Schwierigkeiten für Mitglieder ihrer Gemeinschaft und bot gleichzeitig Hilfe an.

Eine schon lange nicht mehr gekannte Erleichterung überkam ihn.

»Das sind sie!«, jubelte er, umarmte Catherine und drückte ihr einen Kuss auf den Mund. »Ich werde die Unterlagen sofort an Wiedemann senden.«

»Aber es ist Sonntag!«, gab seine Frau zurück, doch da stürmte er schon die Treppe hinunter.

Sein Ziel war allerdings nicht das Sprechzimmer, sondern die Unterkunft von Schwester Hanna. Um diese Uhrzeit war sie sicher dort, ihren Rundgang durch das Haus machte sie viel früher.

Vor der Tür vernahm er das leise Klappern einer Schreibmaschine.

»Herein«, rief sie auf sein Klopfen. Er trat ein und sah sie am Tisch sitzen. Neben ihr lagen einige Blätter, offenbar war sie wieder mit der Chronik beschäftigt.

»Dr. Conradi!« Ihr Gesicht hellte sich auf. »Sie sind wieder hier.«

»Und ich habe das hier gefunden.« Er zeigte ihr den Umschlag.

»Ja, es war gestern in der Post. Ich wollte, dass Sie es sofort finden.«

»Vielen Dank dafür, Hanna. Sie wissen gar nicht, wie erleichtert ich bin.«

»Wenn Sie möchten, mache ich mich gleich an das Protestschreiben an die Ärztekammer.«

»Ich hätte große Lust, Wiedemann die Papiere persönlich zu bringen.«

»Und ich würde zu gern sehen, was für ein Gesicht er zieht. Aber haben Sie die Unterlagen auch genau geprüft? Möglicherweise fehlt noch etwas.«

»Ja, das habe ich, alles ist da. Die Wakehams sind sehr gewissenhafte Leute. Und damit scheint auch meine vermeintlich jüdische Herkunft geklärt zu sein …« Ein Gedanke schien ihm durch den Sinn zu gehen, dann fragte er: »Haben sich eigentlich Professor Kirsch oder Dr. Rosenbaum noch einmal gemeldet? Ich hatte ihnen ihr Zeugnis geschickt.«

»Nein. Und das ist ihnen auch nicht zu verdenken, nicht wahr?«

»Nein, das ist es nicht. Ich will mir gar nicht vorstellen, was bei ihnen los ist. Diese Hoffnungslosigkeit …« Er senkte den Kopf. »Während der Reise habe ich hin und wieder an sie gedacht und mich gefragt, wie es mir ergangen wäre.«

»Sie hätten in dem Fall ebenso wenig tun können wie die beiden.«

»Das stimmt, und ich weiß nicht, ob ich die Schuld, die ich mir damit aufgeladen habe, jemals wiedergutmachen kann.«

»Sie haben das Wohl von vielen im Sinn.«

»Das stimmt schon, aber wenn wir das Wohl Einzelner dabei aus dem Blick verlieren …«

Einen Moment lang schauten sie einander an, dann setzte Louis hinzu: »Sollten Sie etwas von ihnen hören, lassen Sie es mich bitte wissen.«

»Das werde ich«, versprach Hanna. »Ach ja, und ehe ich es vergesse, morgen früh kommt ein Dr. Blumöhr. Er hat sich um eine Stelle beworben und wollte sich melden, sobald Sie wieder hier sind.«

***

Die Stunden und Tage zogen sich für Lilly scheinbar unendlich dahin. Zwei Wochen war Rudolph nun fort. Bei seiner Ankunft in Berlin hatte er sie angerufen, doch danach war das Telefon stumm geblieben. Sicher, es gab viel zu tun. Benjamin musste von der Schule abgemeldet werden, sie brauchten Papiere für die Immigration und mussten in Berlin ihre Wohnsitzänderung bekannt geben. Aber die Zweifel und Ängste wirbelten in Lilly herum und brachten sie in manchen Nächten um den Schlaf.

Nur wegen Benjamin, der von allem nichts mitbekommen sollte, riss sie sich zusammen und tat so, als wären es normale Ferientage, die sie mit Spaziergängen und Besuchen in Museen und dem erst vor zwei Jahren eröffneten Zoologischen Garten füllten. Alfred brachte ihm tatsächlich ein paar tschechische Wörter bei, die er ihr ganz stolz präsentierte und sie aufforderte, nachzusprechen.

»Du musst doch mit meinen neuen Lehrern sprechen können«, sagte er begeistert und Lilly gab sich alle Mühe.

Als Frau Novak ihr anbot, Benjamin mit Alfred in seine Schule zu schicken, willigte sie ein, denn sie bemerkte, dass es ihrem Sohn guttat, einen Freund zu haben. Und sie freute sich darüber, dass er trotz allem, was schon hinter ihm lag, so offen und fröhlich war.

Deshalb verbarg sie ihm gegenüber ihre eigenen Sorgen, doch wenn Benjamin schlief oder mit Alfred Novak unterwegs war, packte sie die Unruhe erneut. Was, wenn Theodor Rudolph auflauerte und angriff? Er wusste natürlich nicht, wie er aussah, aber wer konnte schon sagen, ob die SA nicht Zugriff auf die Meldebehörden hatte? Er hatte ja auch ihre Wohnadresse in die Hand bekommen. Hellers Arm schien weiter zu reichen, als sie anfänglich gedacht hatte.

Milena Novak spürte ihre Unruhe und kümmerte sich rührend um sie. Die Einladung zum Abendessen nahm Lilly jedoch nicht immer an. Einerseits wollte sie den Novaks, die schon so viel für sie taten, nicht zur Last fallen. Andererseits wollte sie sich ihren Gedanken ungestört hingeben und sich in eine Decke kuscheln, wenn alles zu viel wurde. An solchen Abenden schickte Frau

Novak ihr kurzerhand eines der Dienstmädchen mit dem Essen vorbei.

Zweieinhalb Wochen nach Rudolphs Abreise erschien Elsa, ein Mädchen mit rotem Haar und Sommersprossen, um die Mittagszeit bei ihr. Diesmal hatte sie kein Tablett dabei und kam auch nicht, um zu putzen.

»Da ist ein Anruf für Sie in Herrn Novaks Büro«, sagte sie.

Lilly sprang auf. Das war sicher Rudolph!

Mit pochendem Herzen stürmte sie ins Haus und in das Büro, dann meldete sie sich. »Wegner.«

»Hallo, mein Liebes.« Als sie Rudolphs Stimme vernahm, atmete sie erleichtert auf. Noch nie zuvor hatte er sie so angesprochen, doch der Kosename wärmte ihr Herz.

»Geht es dir gut?«, platzte es aus ihr heraus. »Ich dachte schon …«

»Keine Sorge, es ist alles in Ordnung. Es hat nur eine Weile gedauert, bis ich alle Papiere hatte.«

Lilly presste die freie Hand auf die Brust. Freudentränen stiegen ihr in die Augen. »Bist du schon auf dem Rückweg?«

»Ich fahre morgen in aller Frühe.« Er machte eine Pause, dann sagte er: »Ich habe den Brief an deine Eltern abgegeben.«

»Das ist gut.«

»Ich habe ihn deinem Vater persönlich überbracht.«

»Aber … wie …« Lilly schüttelte verwirrt den Kopf.

»Ich wollte ihn wenigstens einmal sehen.«

»Du hast dich ihnen doch hoffentlich nicht zu erkennen gegeben!«

»Ich sagte, dass ich ein Bekannter von dir sei und dass es dir gut gehe. Alles Weitere würden sie aus dem Brief erfahren.«

Lilly konnte darauf nichts sagen. Ihr Magen krampfte sich zusammen. Mit dem Brief hatte sie sich von ihren Eltern verabschiedet – vielleicht für immer.

»Liebes?«, fragte Rudolph sanft. »Ich hoffe, du bist mir deswegen nicht böse.«

»Nein, das bin ich nicht«, sagte sie. »Ich … ich muss es nur verarbeiten, dass du ihm tatsächlich gegenübergestanden hast.«

»Ich erzähle dir mehr, wenn ich wieder da bin. Mach dir keine Sorgen, es wird alles gut.«

»Das sagst du immer«, erwiderte Lilly.

Rudolph lachte. »Und ich bin davon überzeugt.«

Tatsächlich kehrte Rudolph am Abend des folgenden Tages nach Prag zurück. Lilly hatte Benjamin eben zu Bett gebracht, als sie den Wagen auf den Hof rollen hörte.

Schnell lief sie zum Fenster und sah gerade noch, wie das Fahrzeug ein wenig abseits vom Gartenhaus zum Stehen kam. Als sie durch die Tür lief, schritt Rudolph ihr bereits entgegen. Er trug einen großen Koffer in der Hand, den er abstellte, um sie aufzufangen und an seine Brust zu drücken. Sie küssten sich innig, dann barg Lilly ihren Kopf an seiner Schulter. »Ich habe dich so vermisst.«

»Ich dich auch«, entgegnete er und küsste sie erneut.

Lilly sah ihn an. »Wie war es in Berlin?«

»Bedrückend«, gab er zu. »Ich habe mit Sarah gesprochen und mit anderen Mitgliedern unserer Gemeinde … Im Gegensatz zu meiner Schwester denken sehr viele nicht daran, das Land zu verlassen. Sie glauben, dass die Regierung zur Vernunft kommen wird.«

»Vielleicht wird sie das ja.«

Rudolph schüttelte den Kopf. »Nein, nicht solange sie im Reichstag sitzt. Und es heißt bereits, dass Hitler über kurz oder lang das Parlament abschaffen wird.« Er schlang seine Arme fest um sie. »Wir haben das Richtige gemacht, du wirst sehen. Gleich morgen werde ich für Benjamin eine neue Schule suchen, dann Räume für eine Praxis. Wir werden das beste Leben leben, das wir bekommen können.«

Wenig später gingen sie ins Haus. Lilly holte einen Teller Suppe, den sie vom Mittag aufgehoben hatte, und setzte sich neben ihn.

»Wie ist es bei der Polizei gelaufen?«, fragte sie im Flüsterton, weil sie ihren Sohn nicht wecken wollte. »Hat man dir Schwierigkeiten wegen der Papiere gemacht?«

»Nein, es verlief alles reibungslos. Ich hatte den Eindruck, dass man froh ist über jeden Juden, der das Land verlässt. Ich habe mich mit einem jungen Möbelfabrikanten unterhalten, der ebenfalls dort war. Er hat gerade geheiratet und will mit seiner Frau nach Palästina, um an der Errichtung eines jüdischen Staates mitzuarbeiten. Kannst du dir das vorstellen? Ein Land nur für uns!«

»Ich weiß nicht einmal so recht, wo Palästina ist.«

»Ich zeige es dir, sobald ich einen Atlas in die Hand bekomme.« Er nahm ein paar Löffel Suppe, dann fuhr er fort: »Es gibt einen Verein in Berlin, der sich Hechaluz nennt. Sie sammeln junge Juden, um mit ihnen nach Palästina zu gehen. Sollten wir aus irgendeinem Grund hier in Prag nicht Fuß fassen können, dann können wir uns ihnen anschließen.«

»Aber ich bin keine Jüdin.«

»Du bist schon bald meine Frau. Ich glaube nicht, dass sie da empfindlich sind. Es geht ihnen darum, tatkräftige Leute zu finden.« Er hielt inne und griff nach ihrer Hand. »So voller Hoffnung und Tatendrang war ich schon lange nicht mehr.«

»Das merke ich«, erwiderte Lilly.

»Der Polizist wollte eigentlich, dass du persönlich erscheinst, aber mit der Vollmacht und deinen Papieren konnte ich die Angelegenheit dann doch erledigen.«

»Und was ist mit deiner Schwester?«

»Sie bereitet sich darauf vor, nach Paris zu gehen. Eine Freundin vermittelt ihr ein Zimmer. Sie hat schon die meisten Möbel verkauft und Geld bei ihrer Bekannten deponiert.«

»Wird sie dir nicht fehlen?«

»Doch, sehr«, gestand Rudolph. »Seit dem Tod unserer Eltern hatte ich nur sie. Aber ich weiß sie in Paris in Sicherheit, das ist alles, was zählt. Und wir können sie besuchen, so wie sie uns.« Er machte eine Pause, dann griff er nach ihrer Hand und fügte hinzu: »Wir werden das

Beste aus der Situation machen. Und vielleicht sind wir irgendwann imstande, auch meinen Glaubensangehörigen, die in Deutschland zurückbleiben müssen, zu helfen.«

Lilly gab ihm als Antwort einen Kuss.

77. Kapitel

Prag, 20. Juli 1933

Mit klopfendem Herzen trat Lilly vor den Spiegel in Milena Novaks Schlafzimmer. In den vergangenen Wochen war sie nachts, wenn Rudolph schlief, immer wieder zu der Schachtel geschlichen, in dem ihr Brautkleid schlummerte, hatte es hervorgeholt und sich angehalten.

Das schmale Oberteil bestand aus Wildseide, zwei breite Spitzenbänder kreuzten sich über der Brust. Der Rock war oben schmal, lief aber zu den Waden hin in einer Glocke aus, die mit Spitze verziert war. Der Schleier war lang und zart und an einem Reif aus Rosen und Myrte befestigt.

Endlich war der Tag gekommen, an dem sie beides tragen konnte.

»Du siehst aus wie eine Prinzessin«, sagte Milena, während sie an ihren Ärmeln und dem Rock herumzupfte. »Die Frauen werden vor Neid ganz grün werden.«

»Ich hätte nie gedacht, dass dieser Tag mal kommen würde«, antwortete Lilly.

»Wieso denn? Du bist doch ein hübsches Mädchen! Und der Professor ist genau der richtige Mann für dich!«

Daran hatte Lilly keinen Zweifel. Doch wenn sie an den Augusttag zurückdachte, als sie mit Wehen in ihrem Bett lag und nicht wusste, was werden sollte … Damals hätte sie über die Aussicht, eines Tages einen Mann und ein gutes Leben zu haben, nur gelacht.

Ein wenig wünschte sie sich, dass ihre Mutter sie so sehen könnte. Doch ihr Brief war unbeantwortet geblieben. Auch von Cäcilia hatte sie bislang nicht wieder gehört. Dafür war Rudolphs Schwester erschienen. Paris schien Sarah sehr gut zu bekommen, in ihrer eleganten Garderobe stach sie zwischen den Einheimischen hervor wie ein wunderschöner exotischer Vogel.

Manchmal tat es ihr noch weh zu wissen, dass sie ihre Familie hinter sich gelassen hatte, doch dann blickte sie in Rudolphs Augen und in das Gesicht ihres Sohnes und wusste, dass sie eine neue Familie erschaffen hatte und damit auch ein neues Leben.

Bei der Trauung im Garten der Novaks waren Freunde ihrer Gastgeber zugegen und auch Menschen, die Rudolph in den vergangenen Monaten kennengelernt hatte. Lilly fühlte sich selbst ein wenig einsam, denn von ihrer Seite kam niemand. Sie hatte davon abgesehen, ihre Eltern einzuladen, aber ans Waldfriede hatte sie eine Einladung geschickt. Besser gesagt an Hanna, der sie versprochen hatte, sie auf dem Laufenden zu halten.

Doch eine Antwort war ausgeblieben. Das machte Lilly ein wenig traurig, gleichzeitig war ihr aber klar, dass im Waldfriede viel zu tun war. Und wer wusste, welche Schwierigkeiten sich dort ergeben hatten.

Als ihre Brautjungfern fungierten also Bekannte von Milena Novak, junge Frauen, die darauf hofften, den Brautstrauß zu fangen.

»Wollen wir?«, fragte Milena mit einem Lächeln. Lilly nickte, dann verließ sie das Haus in Richtung Garten.

Rudolph und sie hatten sich dazu entschlossen, erst einmal standesamtlich zu heiraten. Sie sollte Zeit haben, sich mit dem Glauben vertraut zu machen, denn was nützte es, wenn sie nicht glaubte, sondern nur Rudolph zuliebe an den religiösen Handlungen teilnahm?

So war das einzige Zugeständnis an seine Religion die Chuppa, der jüdische Brautbaldachin, den die Dienstmädchen liebevoll mit Blumen und Bändern geschmückt hatten. Der Standesbeamte war ein schlanker Mann mit grau meliertem Haar, der passabel Deutsch sprach, wenn auch mit deutlichem Akzent.

Als Lilly sich dem Baldachin näherte, begann die kleine Kapelle, die für die Feierlichkeiten angeheuert worden war, den Hochzeitsmarsch zu spielen.

Für einen Moment tat es ihr leid, dass nicht ihr Vater sie, wie es Brauch war, zum Traualtar führte. Anton Novak hatte sich angeboten, an seine Stelle zu treten, aber Lilly hatte sich entschieden, allein zu gehen – allein, wie sie in den vergangenen Jahren ihr Leben gemeistert hatte.

Ihr Blick fiel auf Benjamin, der ein wenig unruhig auf dem Stuhl herumrutschte. Er konnte es kaum abwarten, mit Alfred und den anderen Kindern, mit denen er sich jetzt schon sehr gut unterhalten konnte, im Garten zu verschwinden.

Er hatte es akzeptiert, dass »Rudi« schon bald sein Papa sein würde. Rudolph hatte es ihm freigestellt, wie er ihn nennen wollte. Lilly war sicher, dass er bei Rudi bleiben würde, der Name gefiel ihrem Sohn. Sie war froh, dass er nun aus Cäcilias Reichweite verschwunden war und auch Theodor sie nicht mehr aufsuchen konnte. Hin und wieder erinnerte sie ein Traum an diese Begegnung, doch wenn sie dann zur Seite blickte, sah sie Rudolph und schmiegte sich an ihn.

Unter dem Baldachin stand Rudolph bereit, in einem grauen Frack mit weißem Hemd und blauer Krawatte. Durch ihren Schleier hindurch sah Lilly ihn lächeln. Sie selbst lächelte auch, selten hatte sie sich so glücklich gefühlt wie in diesem Augenblick.

Nachdem die Musik verklungen war, begann der Standesbeamte mit seiner Rede. Lilly hatte das Verlangen, Rudolphs Hand zu ergreifen, doch sie musste warten, bis die erlösenden Worte kamen.

»Wollen Sie, Fräulein Lilly Wegner, den hier anwesenden Rudolph David Kirsch zu Ihrem Mann nehmen?«

»Ja, ich will«, sagte sie für alle deutlich vernehmbar.

»Und wollen Sie, Professor Rudolph David Kirsch, das hier anwesende Fräulein Lilly Wegner zu Ihrer Frau nehmen?«

»Ich will«, gab er zurück.

»Dann erkläre ich Sie hiermit zu Mann und Frau«, sagte der Beamte. »Sie dürfen die Braut nun küssen.«

Rudolph hob ihren Schleier von ihrem Gesicht und strahlte sie an. Lilly sah, dass Tränen in seinen Augenwinkeln glitzerten. Und im nächsten Augenblick zog er sie an sich und küsste sie innig, unter dem Applaus der Anwesenden.

Auf die Trauung folgte eine Feier, die entgegen Rudolphs und ihren Absichten doch recht groß wurde. Zahlreiche Menschen fanden sich an der Tafel zusammen, kamen zu ihnen, gratulierten, gaben die eine oder andere Geschichte zum Besten. Sarah unterhielt sich lebhaft mit einigen Frauen, und Lilly bemerkte, dass die Blicke vieler Männer auf ihr lagen. Sicher war es nur eine Frage der Zeit, bis auch sie heiratete.

Anton Novak, voll des Lobes über die Heilung seines Sohnes, wirkte auf Lilly wie ein Verkäufer, der Rudolph wie eine leckere Tafel Schokolade an den Mann bringen wollte.

Während die Kapelle spielte, trugen die Dienstmädchen und sonstige Helfer, die die Novaks rekrutiert hatten, das Essen auf.

Als sie schließlich zum Hochzeitstanz ansetzten, scharten sich die Gäste um sie. Lilly schwebte wie auf Wolken, gehalten von Rudolphs Armen. Es kam ihr wie ein Traum vor, aus dem sie nicht erwachen wollte.

Bei ihrer Rückkehr zur Festtafel entdeckte Lilly eine Gestalt am Rand der Gästeschar. Sie trug ein hellblaues Kleid und hatte die blonden Haare zu einem Kranz um den Kopf geschlungen, was ihr ein mädchenhaftes Aussehen gab.

»Hanna!«, rief sie aus und lief ihrer ehemaligen Kollegin entgegen. »Wie schön, dass du gekommen bist!«

»Das habe ich doch versprochen«, gab sie zurück und reichte ihr eine Schachtel. »Das ist von uns allen zu deiner Hochzeit.«

»Auch von Dr. Conradi?«, fragte Lilly ein wenig zögerlich.

»Ja, auch von ihm. Er wünscht euch beiden alles Gute und war froh, von euch zu hören.«

Lilly nickte, dann ergriff sie Hanna bei der Hand. »Komm mit, Rudolph wird sich freuen, dich zu sehen.«

Sie fand ihren Mann im Kreise einiger anderer Herren, alles Bekannte von Anton Novak.

»Schwester Hanna!«, rief er aus. »Wie schön, Sie wiederzusehen!«

»Ich freue mich auch, Herr Professor. Und ich hoffe, dass es Ihnen gut geht.«

»An einem Tag wie diesem …« Er deutete auf den strahlend blauen Himmel, dann legte er einen Arm um seine frischgebackene Frau. »Uns beiden geht es prächtig.«

Ein Schatten huschte über Hannas Gesicht. Einen Moment lang schien sie mit sich zu ringen, ob sie etwas dazu sagen sollte, dann setzte sie ein Lächeln auf. »Das freut mich. Und ich wünsche Ihnen beiden alles Glück der Welt und Gottes Segen.«

Kurz bevor sie sich auf den Weg zu ihrem Hotel machte, kam Hanna noch einmal zu Lilly. Diese konnte auf ihren Schuhen kaum noch stehen und sehnte sich nach einem Augenblick der Ruhe.

Mit ernster Miene griff Hanna nach ihrer Hand und reichte ihr einen grauen Umschlag.

Von meinen Eltern?, durchzog es Lilly, und für einen Moment war sie wie gelähmt. Als sie ihn dann aufriss, fand sie eine Fotografie darin, die sie zusammen mit einem Mädchen zeigte: vorn die kleine Ilse mit ihrer Beinschiene und dem rosa Kleidchen, sie dahinter in der Tracht der Schwestern vom Waldfriede.

»Eine Frau Gebhard war bei mir und hat nach dir gefragt. Das hier hat sie mir für dich mitgegeben.«

Tränen stiegen ihr in die Augen. Herr Gebhard hatte Wort gehalten.

Sie dachte manchmal noch an die kleine Ilse und fragte sich, was aus ihr geworden war. Normalerweise wäre die Zeit gekommen, in der Rudolph eine Nachuntersuchung vornehmen würde.

Das Foto war wie ein Blick in eine andere Zeit. Lilly drückte es ans Herz. »Danke, Hanna.«

Sie zögerte, doch sie konnte nicht umhin, nachzufragen: »Und meine Eltern?«

»Nichts«, antwortete Hanna. »Ich hätte es dir geschickt.«

Lilly nickte und spürte ein bitteres Ziehen in ihrer Brust. Sie hatte sich keine Illusionen gemacht und war sich auch mit Rudolph einig gewesen, dass sie sie nicht zur Hochzeit einladen würden. Doch noch immer hoffte sie, dass ihre Eltern sich melden würden. Irgendwann …

»Aber das heißt nicht, dass sie dir nicht noch schreiben werden«, sagte Hanna. »Manchmal brauchen Menschen viel Zeit, um Dinge klarer zu sehen.«

»Danke, dass du dich darauf einlässt, meine Poststelle zu sein«, sagte Lilly und zwang sich zu einem Lächeln.

Hanna nickte, dann blickte sie nachdenklich auf den Boden. »Ich bin mir nicht sicher, ob ich dir das sagen sollte, immerhin ist es eure Hochzeit …«, begann sie schließlich, als sie wieder aufsah.

»Ist etwas passiert?«, fragte Lilly. »Sag es ruhig.«

»Ihr habt gut daran getan, dass ihr rechtzeitig gegangen seid.« Hanna blickte über ihre Schulter zu Rudolph. »Vielleicht habt ihr es schon gehört: Vor ein paar Wochen sind SA-Leute durch die ganze Stadt gezogen und haben Sozialdemokraten, Kommunisten und Juden verfolgt. Viele wurden verletzt, etliche ermordet. Auch einige Ärzte waren darunter.«

Lilly ergriff Hannas Hand. Angst peitschte durch ihren Körper. Sie hatte wieder das Gesicht des jungen Arztes vor sich, seine Verzweiflung nach dem Rauswurf. »Und Dr. Rosenbaum?«

»Ich weiß nicht, was mit ihm ist. Seit er gegangen ist, habe ich keinen Kontakt mehr zu ihm. Ich weiß nur, dass er zu einer der Schwestern gesagt hat, er würde nach Amerika auswandern.«

»Das hat er uns auch erzählt.«

»Dann hoffen wir, dass er rechtzeitig abgereist ist.« Hanna zwang sich zu einem Lächeln. »Das wollte ich euch nur sagen. Wenn ihr könnt, kommt nicht mehr nach Deutschland zurück. Es wird schlimmer werden, wer weiß, welche Zeiten dem Waldfriede blühen.«

»Wenn es zu schlimm wird, könnt ihr auch gehen.«

Hanna schüttelte den Kopf. »Das ist nicht so einfach. Viele von uns sind mit dem Waldfriede verwachsen, die Menschen dort sind unsere Familie. Wir müssen einfach hoffen, dass Gott seine schützende Hand über uns hält.«

Lilly sah sie einen Moment lang an, dann beugte sie sich vor und gab Hanna einen Kuss auf die Wange. »Ich wünsche euch alles Gute. Ich werde das Waldfriede nie vergessen.«

»Du kannst uns jederzeit besuchen, wenn sich die Umstände wieder bessern«, sagte Hanna, und Lilly merkte ihr an, dass sie den Tränen nahe war. »Du wirst jederzeit bei uns willkommen sein.«

Später, als Hanna schon wieder fort war, kehrte Lilly zu ihrem Mann zurück. Rudolph spielte gerade Kreiseldrehen mit Benjamin, der müde aussah.

»Meine beiden Männer«, sagte Lilly lächelnd, als sie sich zu ihnen setzte.

Rudolph lächelte, auch er wirkte ein wenig erschöpft. »Ich habe Neuigkeiten für dich. Einer unserer Gäste hat Praxisräume für uns. In der Altstadt, auf einem Hinterhof. Wir können sie uns morgen anschauen.«

»Das ist ja wunderbar!«, sagte Lilly. »Da hat Antons Anpreisen also geholfen.«

»Und wie!« Rudolph lachte auf, dann sah er sie ernst an. »Ich möchte, dass du wieder mit mir zusammenarbeitest. Ich möchte keine Schwester anstellen, dazu habe ich weder Geld noch Lust.«

»Und was ist mit Benjamin?«

»Er geht ja zur Schule und kommt am Nachmittag zu uns. Im Aufenthaltsraum kann er Hausaufgaben machen, nicht wahr?«

Benjamin nickte und lehnte sich an Lilly. Sie streichelte ihm übers Haar und wandte sich an Rudolph.

»Also gut, schauen wir uns die Räume an. Und ich arbeite gern mit dir zusammen. Das hat mir die ganze Zeit über gefehlt.«

Rudolph strahlte. »Ich liebe dich«, sagte er sanft und griff er nach ihrer Hand.

»Ich liebe dich auch«, gab Lilly zurück, und ihre Finger verschränkten sich zu einer untrennbaren Einheit. »In guten wie in schlechten Zeiten.«

Epilog

Zehlendorf, 10. August 1936

Wie jeden Morgen machte sich Hanna auf den Weg zum Röntgenzimmer, um nach dem Rechten zu sehen. Der OP-Plan war voll, und zahlreiche Patienten hatten sich für den heutigen Tag angemeldet.

»Hast du dir in der *Wochenschau* die Olympiade angeschaut?«, hörte sie im Vorbeigehen eine Jungschwester zu einer anderen sagen.

Eigentlich gab es andere Dinge, um die sie sich kümmern sollten, doch ganz Berlin war im Olympiafieber. Auch unter den Patienten schien es kaum ein anderes Gesprächsthema zu geben. Die Kinos und Filmpaläste boten tägliche Berichte, die *Wochenschau* war voller Aufnahmen von athletischen Menschen aus aller Welt.

Wenn man nicht genau hinschaute, konnte man glauben, dass das Leben wieder in geordneten Bahnen verlief, doch Hanna war skeptisch. Durch das Waldfriede hatten sie Kontakt mit Gemeindemitgliedern in aller Welt, die besorgt auf die Entwicklungen in Deutschland schauten.

Und auch sie selbst hatten viel Grund zur Sorge. Im November 1933 hatten ihnen amtliche Stellen untersagt, sich zu versammeln. Auf Nachfrage von Dr. Conradi hatte man ihm mitgeteilt, dass ihre gesamte Gemeinschaft verboten worden sei. Allen Beteuerungen zum Trotz hielt man sie für eine Religion, die ihre Ursprünge im Judentum hatte. Heinrich Schubert, der eigentlich in den Ruhestand geschickt worden war, hatte versucht, diese Ansichten zu entkräften. Wenige

Wochen später war das Verbot wieder aufgehoben worden. Die Gemeinschaft hatte mit einer Denkschrift reagiert, in der sie ihre Glaubenssätze deutlich machte. Dennoch nutzten Mitglieder der Regierung jede Gelegenheit, ihnen zu unterstellen, dass sie sich aus dem amerikanischen Judentum gebildet hätte. Erst im vergangenen Jahr hatten sie diesen Vorwurf wieder abwehren müssen.

»Manchmal kommt es mir vor, als würden wir alle auf einem Drahtseil balancieren«, hatte Dr. Conradi einmal gesagt. »Man weiß nie, wann einen der nächste Sturm in die Tiefe stürzen lässt.«

Was würde folgen? Welcher Sturm lauerte auf sie? Hanna beobachtete, dass sich die Reihen bei ihren Gottesdiensten lichteten. Diejenigen, die sich zeigten, rückten allerdings näher zusammen.

Ein Klopfen an der Tür zum Röntgenraum holte sie aus ihren Gedanken. Dr. Conradi trat ein.

»Ich habe Post für Sie, Hanna«, verkündete er. Er hatte es sich zur Gewohnheit gemacht, jeden Morgen die Post persönlich hereinzuholen.

Der Briefstapel, den er unter dem Arm trug, war nicht so gewaltig wie sonst, was daran liegen mochte, dass auch die Krankenkassen und Ämter den Wettbewerben im Olympiastadion verfallen waren.

»Für mich?«, fragte Hanna verwundert.

Conradi reichte ihr den Umschlag. Im nächsten Augenblick sah sie, dass er von Lilly Kirsch stammte, die noch immer in Prag wohnte.

»Er ist von Schwester Lilly«, sagte sie und öffnete das Kuvert.

»Was schreibt sie?«, fragte Dr. Conradi. »Oder ist es etwas Privates?«

»Ich weiß es noch nicht«, entgegnete Hanna.

Dr. Conradi nickte und zog sich zurück.

Hanna begann zu lesen:

Liebe Hanna,

wie gern denke ich an die Zeit im Waldfriede zurück und auch an dich! Seit unserer Hochzeitsfeier haben wir nicht mehr voneinander gehört, was ich bedaure. Es tut mir auch leid, dass ich den Kontakt nicht früher gesucht habe. So viel ist in den vergangenen drei Jahren passiert, und ich hoffe, mein kleiner Bericht findet deine Aufmerksamkeit.

Kurz nach unserer Hochzeit hat Rudolph neue Praxisräume in der Altstadt bezogen. Der Beginn war zunächst ein wenig holprig, aber mit der Unterstützung des Ehepaars Novak haben wir durchgehalten. Mittlerweile haben wir zahlreiche Privatpatienten, und Rudolph hat die Möglichkeit, wieder in seinem alten Beruf zu arbeiten. Auch Verbindungen zur Prager Universität hat er geknüpft. Hin und wieder lädt man ihn zu Vorträgen ein, an den Hospitälern wird sein Rat als Experte für die Knochentuberkulose auch häufig in Anspruch genommen. Du weißt ja, wie sehr er seine Arbeit liebt!

Mittlerweile ziehen viele deutsche Juden nach Prag, die Stadt nimmt sie mit offenen Armen auf, was nicht von allen gern gesehen wird. Doch nur selten bemerken wir, dass etwas gegen die Juden gesagt wird. Wir fühlen uns sicher, und nur deshalb haben wir beschlossen, ein weiteres Kind zu bekommen. Ich bin jetzt im vierten Monat schwanger und stelle jeden Tag fest, wie wenig ich noch von meiner ersten Schwangerschaft weiß. Rudolph meint, dass Benjamin, der mittlerweile schon fast elf Jahre alt ist, eine Schwester bekommen würde. Mir ist das egal, solange das Kind gesund ist und ich ihm eine Zukunft bieten kann, die frei von Angst ist.

Ich hoffe sehr, dass es dir und auch dem Waldfriede gut geht. Es war der Ort der Rettung für mich und ein Ort des Glücks. Ich wünsche mir so sehr, dass ihr unbehelligt bleibt und glücklich seid. Grüße bitte meine Kolleginnen und schreibe mir, wenn du die Gelegenheit dazu hast.

Mit lieben Grüßen und Wünschen
Lilly

Hanna faltete den Brief zusammen. Ein breites Lächeln stand auf ihrem Gesicht. Eine schönere Nachricht hätte der Doktor ihr nicht bringen können.

Nachdem sie im Röntgenraum fertig war, kehrte sie ins Sprechzimmer zurück. »Sie ist schwanger«, rief Hanna. »Lilly ist schwanger!«

Dr. Conradi rührte sich nicht. Vor ihm auf dem Schreibtisch lag ein Schreiben, das wie üblich Hakenkreuz und den Reichsadler trug. Ein dicker roter Stempel mit dem Vermerk »Vertraulich« prangte auf dem Briefkopf.

»Herr Doktor?«, fragte Hanna und trat zu ihm. »Geht es Ihnen nicht gut?«

Noch eine ganze Weile rührte er sich nicht, dann sah er sie an. »Ich habe mich immer auf Sie verlassen können, Schwester Hanna.«

»Natürlich«, gab sie verwundert zurück. Was hatte das zu bedeuten?

»Auch jetzt benötige ich Ihre Hilfe.« Er machte eine Pause, dann fügte er hinzu: »Man weist uns an, Maßnahmen für den Luftschutz zu unternehmen. Dazu gehört die Aufstellung einer Feuerwehrtruppe für das Haus.«

»Luftschutz?«, fragte Hanna sorgenvoll.

Dr. Conradi sah sie beunruhigt an. »Dieser Brief kann nur eines bedeuten. Ein Krieg steht uns bevor.«

Nachwort

Der Beginn der 1930er-Jahre brachte dem Krankenhaus Waldfriede die ersten größeren Krisen in persönlicher und auch politischer Hinsicht. Wie schon in Band 1 *Sternstunde* habe ich auch hier Fakten mit Fiktion vermischt, dabei aber versucht, den historischen Kontext zu erhalten.

Im Jahr 1930 wurde Hanna Rinder, das reale Vorbild meiner Hanna Richter, tatsächlich aufgefordert, ihre Prüfung als Röntgenschwester zu wiederholen. Die Terminschwierigkeiten und die Prüfung an sich hatten sie derart mitgenommen, dass sie sie später in einem kleinen Artikel zum 50. Jubiläum des Waldfriede niedergeschrieben hat. Es ist einer der wenigen Einblicke in ihr persönliches Leben.

Die Geschichte von Professor Kirsch, der eigentlich Kisch hieß, habe ich zunächst in der Chronik des Krankenhauses Waldfriede gefunden.

Er war neben dem tatsächlich existierenden Dr. Rosenbaum ein Opfer einer neuen, am 7. April 1933 erlassenen Verordnung geworden, die Menschen jüdischen Glaubens von der Arbeit im öffentlichen Dienst ausschloss. Dieses Gesetz, das den verschleiernden Namen »Gesetz zur Wiederherstellung des Berufsbeamtentums« trug, hatte starke Auswirkungen auf die Öffentlichkeit. Zahlreiche Juden wurden entlassen, auch Ärzte waren davon betroffen. Viele wurden in die Emigration getrieben. So ging Dr. Rosenbaum nach Übersee, um dort ein neues Leben anzufangen.

Außer dem Vermerk, dass er aus dem Waldfriede entlassen wurde, findet man über Professor Kisch nichts weiter in Hanna Rinders Chronik.

Weitere Hinweise auf ihn entdeckte ich in einer Magisterarbeit über das Krankenhaus Waldfriede, niedergeschrieben von Ulrike Weiland zum 80. Geburtstag des Hauses.

Eine Patientin berichtet darin über ihren Aufenthalt im Waldfriede. Als Vierjährige musste sie dort wegen Knochentuberkulose behandelt werden, was einen derartigen Eindruck auf sie gemacht hat, dass sie selbst über siebzig Jahre später immer noch ausführlich davon berichten konnte.

Sie schilderte nicht nur den Ablauf der Therapie und ihre eigenen Empfindungen, auch erwähnte sie eine Schwester Lily, die wohl so etwas wie ein Muttererersatz für das kleine Mädchen war. Sie hatte sogar noch ein Foto von sich und Schwester Lily, die das reale Vorbild für meine Lilly war.

Bei einer späteren Nachfrage im Haus erfuhr die Patientin, dass ihre »geliebte Schwester Lily« mit Professor Kisch nach Prag gegangen sei, um sich dort um das Kind eines Prager Schokoladenfabrikanten zu kümmern.

Sie schrieb: »Von dem [weiteren] Schicksal des Professor Kisch, dem ich dieses Leben ohne Beschränkung verdanke, weiß ich nichts. Ich verneige mich in Dankbarkeit vor ihm.«

Wie die Beziehung zwischen dem echten Professor und Lily ausgesehen hat, kann ich freilich nicht sagen. Ich habe aber meine Fantasie spielen lassen und den fiktiven Figuren eine Liebesgeschichte geschenkt.

Die Krankheit von Chefarzt und Klinikleiter Dr. Louis Conradi sorgte lange Zeit für Unruhe im Waldfriede. Tatsächlich stand er Ende des Jahres 1931 auf der Schwelle zum Tod, danach brauchte es noch mehr als ein halbes Jahr, bis Besserung eintrat. Im Herbst 1932 konnte er wieder in sein Sprechzimmer zurückkehren.

Den politischen Umschwung nach der Machtergreifung Hitlers und dem Reichstagsbrand bekamen auch das Waldfriede und die Gemeinschaft der Siebenten-Tags-Adventisten zu spüren. Nicht nur, dass die Conradis wie alle anderen Deutschen zur damaligen Zeit Papiere über ihre Abstammung erbringen mussten, was sich aufgrund ihrer ausländischen Herkunft als schwierig erwies, auch standen die Adventisten unter dem Generalverdacht, eine jüdische Glaubensgemeinschaft aus Amerika zu sein. Im November 1933 wurde die Freikirche verboten, das Verbot wurde nach einem Monat allerdings wieder aufgehoben.

Danach gab es, obwohl man in einer Denkschrift versichert hatte, christlich zu sein, dennoch immer wieder Schikanen seitens der Behörden. Auch das Betriebsklima änderte sich. So ist der SA-Obmann im Haus ebenso verbürgt wie die Schwester, die offen mit der NSDAP sympathisierte. Und das sind nur zwei Beispiele dafür, dass der Eindruck entstand, man könnte seiner Kollegin oder seinem Kollegen nicht mehr trauen.

In dieser Zeit spielte Dr. Conradi, sicher unter dem Eindruck der Krankheit und der mehr oder weniger offenen Angriffe auf die Adventisten, mit dem Gedanken, seinen Posten als Chefarzt zu räumen, doch das durfte er nicht: Jede Veränderung hätte die Aufmerksamkeit der Nazis auf sie gelenkt und womöglich gravierende Folgen für das Krankenhaus Waldfriede gehabt. So blieb Dr. Conradi weiterhin auf seinem Posten, begleitet von seiner rechten Hand Schwester Hanna.

Der Auftakt der neuen Saga von Bestsellerautorin Maria Nikolai

Meersburg, 1917: Ein romantisches altes Gasthaus am Ufer des Bodensees, umgeben von einem blühenden Garten – für Helena Lindner und ihre Schwestern ist der Lindenhof ein Ort voller idyllischer Kindheitserinnerungen. Doch drei Jahre Krieg haben ihre Spuren hinterlassen. Die Gästezimmer stehen leer, Vater Gustav ist an der Front, und Mutter Elisabeth regiert mit eiserner Hand. Trotz der schweren Zeit lässt Helena der Traum nicht los, den Ort ihrer Kindheit zu neuem Leben zu erwecken und zu einem Grandhotel auszubauen. Als ein junger Adliger sich im Lindenhof einmietet, erwacht in ihr neuer Mut. Den schönen Fremden umgibt eine faszinierende Aura, aber sein Gesicht trägt tiefe Narben. Während sich die beiden näherkommen, entdecken sie Gemeinsamkeiten, die tief in Helenas Vergangenheit führen …

PENGUIN VERLAG